LE
COUREUR DES BOIS

OU

LES CHERCHEURS D'OR

PAR

GABRIEL FERRY

(LOUIS DE BELLEMARE)

—

DIXIÈME ÉDITION

Avec une Préface de MARIUS TOPIN

—

TOME SECOND

PARIS

LIBRAIRIE HACHETTE ET Cie

79, BOULEVARD SAINT-GERMAIN, 79

—

1884

LE

COUREUR DES BOIS

OUVRAGES DE GABRIEL FERRY

LIBRAIRIE HACHETTE

Le Coureur des bois ; 10ᵉ édit. 2 vol.................. 7 fr.
Costal l'Indien, ou **le Dragon de la Reine**. 4ᵉ édit.
1 vol... 3 fr. 50

Les Scènes de la vie sauvage au Mexique. 9ᵉ édit. 1 vol.
Charpentier, éditeur.

Les Aventures du capitaine Ruperto Castaños. 2ᵉ édit.
1. vol. Maurice Dreyfous, éditeur.

Les Aventures d'un français au pays des Caciques.
1 vol. Maurice Dreyfous, éditeur.

La Fièvre d'or. 1 vol. Plon, éditeur.

Le Crime du bois de Hogques. 1 vol. Plon, éditeur.

Lambert Boit-Rouge. Roman historique, édition illustrée.

Les Révolutions du Mexique. 1 vol. Julien Lemer, éditeur.

Sous presse.

Souvenirs du Mexique et de la Californie. 1 vol. Maurice Dreyfous, éditeur.

9008-83. — CORBEIL. Typ. et stér. Crété.

LE
COUREUR DES BOIS

OU

LES CHERCHEURS D'OR

PAR

GABRIEL FERRY

(LOUIS DE BELLEMARE)

DIXIEME ÉDITION

Avec une Préface de MARIUS TOPIN

TOME SECOND

PARIS
LIBRAIRIE HACHETTE ET Cie
79, BOULEVARD SAINT-GERMAIN, 79

1884

LE
COUREUR DES BOIS

DEUXIÈME PARTIE

CHAPITRE PREMIER

OU LES CHACALS VEULENT AVOIR LA PART DES LIONS.

Dans le tumulte des scènes terribles qui viennent de se passer, Fabian, Bois-Rosé et le chasseur espagnol avaient complétement oublié pendant quelques instants la disparition de Baraja et d'Oroche.

On a suffisamment entrevu les pensées secrètes qui germaient dans le cœur des deux vauriens, quelque temps avant la catastrophe grâce à laquelle ils se trouvaient séparés de leurs compagnons : il est facile dès lors de pressentir leurs dispositions mutuelles quand ils vont se trouver seuls.

Le premier coup de carabine qu'ils entendirent en fuyant (c'était celui qui venait d'abattre le cheval de don Estévan avec ses deux cavaliers) eut un joyeux retentissement au dedans de leur cœur. Un des possesseurs du secret merveilleux était sans doute réduit au silence de la mort. L'autre n'allait pas tarder probablement à porter son secret dans un monde meilleur, où l'on n'a plus souci de l'or de la terre.

II. — 1

Quand tous deux s'étaient vus à l'abri derrière les rochers escarpés fermant l'enceint du val d'Or du côté de l'ouest, ils n'avaient pas perdu de temps à s'éloigner du lieu qui avait failli leur être si funeste. Cette chaîne des rochers s'abaissait dans la plaine en une inclinaison assez douce, et se rejoignait aux Montagnes-Brumeuses comme un contre-fort jeté sur leurs flancs.

En suivant cette espèce de rempart, il fut facile aux deux aventuriers de gagner les retraites impénétrables de la Sierra. Ils ne tardèrent pas à faire halte dans une gorge profonde au fond de laquelle, cachés par les vapeurs suspendues au-dessus de leurs têtes, ils se trouvèrent complétement en sûreté.

Là, un flot de joie inonda leur cœur, et les sensations qu'ils éprouvaient furent d'abord trop vives pour leur permettre d'échanger un seul mot pendant le premier moment.

« Permettez-moi, seigneur Oroche, dit Baraja, qui recouvra le premier la parole, de vous féliciter d'avoir échappé aux carabines de ces intraitables tueurs de tigres.

— D'autant plus volontiers, seigneur Baraja, que, si vous aviez eu le crâne fracassé d'une balle (car ces diables incarnés ont un faible pour viser toujours les gens à la tête), il vous eût été difficile de me faire agréer vos compliments, et que je suis fort aise de vous voir vivant. »

En quoi Oroche fardait un peu la vérité. Dans le fond de sa pensée, et sans trop se rendre compte pourquoi, il eût presque mieux aimé rester seul. Le voisinage d'un trésor fait naître assez ordinairement le désir de la solitude.

Peut-être les compliments de Baraja n'étaient-ils pas plus sincères que ceux d'Oroche, et nous doutons que l'habitude des chasseurs de tigres de viser leurs ennemis à la tête lui eût paru aussi fâcheuse qu'au gambusino, si celui-ci leur eût servi de but.

Le fait est que, par suite d'une conformité d'idées, source de leur étroite amitié, les deux drôles devinrent tout à coup rêveurs.

L'explosion d'une carabine, répercutée par l'écho des montagnes, interrompit leur rêverie.

« C'est le second coup de fusil qui trouble le calme profond de ces solitudes. Le premier a dû briser le crâne de Diaz, et il me serait bien douloureux de penser que le second a terminé les campagnes de don Estévan de la même façon, s'écria Oroche, qui dissimulait assez mal son vif désir de demeurer seul possesseur du secret du val d'Or.

— Je le conçois, répondit avec distraction Baraja ; ces solitudes sont effrayantes pour deux hommes isolés comme nous allons l'être à présent.

— Caramba ! pensa Oroche, mon ami Baraja, quoi qu'il en dise, me trouverait-il encore de trop avec lui ?

— Pourquoi donc armez-vous votre carabine, seigneur Oroche ? demanda vivement Baraja à son ami.

— Sait-on ce qui peut arriver dans ces déserts ? Voyez-vous, il faut être prêt à tout.

— Vous avez raison, on ignore ce qui peut advenir. »

En disant ces mots, Baraja fit également jouer la batterie de son arme et se tint sur la défensive.

« Ah çà ! qu'allons-nous faire maintenant ? dit Oroche.

— Sommes-nous assez forts pour déloger de leur forteresse ces trois endiablés chasseurs ? Non. Eh bien, il nous faut retourner au camp, répondit Baraja, et revenir en force faire main basse sur les usurpateurs des trésors étalés dans le vallon que nous n'avons fait qu'entrevoir.

— Partons donc au pius vite, s'écria Oroche avec impétuosité.

— Nous n'avons pas une minute à perdre, » ajouta Baraja.

Mais ni l'un ni l'autre ne bougèrent, par la raison toute simple qu'Oroche, pas plus que son ami, ne se souciait d'ouvrir la voie du val d'Or aux vautours rapaces qu'ils avaient laissés au camp.

Ils pensaient avec raison que les trois chasseurs, dussent-ils emporter chacun son poids en or, en laisseraient toujours plus à celui des deux qui survivrait à l'autre que si toute la troupe des aventuriers, guidée par eux, venait fondre sur cette riche proie.

Tous deux se représentèrent en frémissant ce val d'Or, encore vierge, aux lueurs éblouissantes, envahi, profané par leurs avides compagnons, ne gardant sur sa surface souillée que la trace impure de leur passage. Comme les chacals affamés qui guettent la retraite du lion repu pour dévorer les débris qu'il a dédaignés, Oroche et Baraja, sans l'avouer, voulaient chacun être seul à profiter du départ des chasseurs dont ils fuyaient tous deux la présence.

« Écoutez, dit Baraja, je vais être franc avec vous.

— Quel mensonge va me conter ce drôle ? se dit Oroche tout bas. Je n'attendais pas moins de votre loyauté, reprit-il tout haut.

— Vous craignez qu'en retournant au camp avec moi nous ne soyons découverts dans notre fuite.

— Vous êtes d'une pénétration qui m'étonne, répliqua Oroche.

— C'est tout naturel, continua Baraja d'un ton de bonhomie charmante ; deux hommes attirent plus l'attention qu'un seul.

— On ne lit pas plus clairement dans la pensée d'un homme, répondit à son tour Oroche avec tant d'abandon que Baraja en fut un instant effrayé.

— Eh bien, puisque vous partagez si parfaitement mes idées, vous partagerez aussi mon avis, fit Baraja.

— Je le goûte déjà sans le connaître ; je n'ai jamais confiance à demi dans mes amis.

— Est-ce à dire que vous vous en défiez toujours complétement.

— Oh ! seigneur Baraja ! s'écria Oroche en se drapant d'un air de candeur offensée dans le haillon qu'il appelait un manteau, je pèche constamment par l'excès contraire.

— Je pense donc que, pour gagner le camp avec moins de danger d'être aperçus par les chasseurs qui visent toujours à la tête, il est prudent de prendre chacun un chemin différent.

— Vous parlez d'or, seigneur Baraja.

— C'est l'influence du terroir, et je m'empresse de vous donner l'exemple.

— Un instant, dit Oroche, et où nous rejoindrons-nous ensuite ?

— A la fourche de la rivière. Le premier arrivé attendra l'autre.

— Et l'attendra-t-il longtemps ? demanda Oroche avec une naïveté parfaitement jouée.

— Cela dépendra de l'impatience du premier arrivé et du degré d'affection qu'il aura pour son ami.

— Diable ! reprit Oroche, ce serait alors, au cas où j'arriverais le premier, et où par malheur une chute dans un précipice ou une balle vous empêcherait de me rejoindre, me condamner à attendre jusqu'au jugement dernier.

— Cet excès de dévouement de votre part n'a rien qui m'étonne, répondit Baraja d'un ton pénétré ; mais je ne saurais l'accepter. L'amitié même doit avoir ses limites. Si cela vous convient, nous fixerons une heure d'attente, après quoi....

— Le premier arrivé regagnera le camp en pleurant son ami. »

Là-dessus les deux drôles prirent en sens oblique un chemin à angle divergent, marchèrent quelque temps à la vue l'un de l'autre, et ne tardèrent pas à disparaître chacun de son côté au milieu du brouillard éternel des Montagnes-Brumeuses.

Quand Baraja eut perdu de vue le gambusino, dont la brise du matin faisait frémir le manteau comme les haillons qui servent d'épouvantail au milieu d'un champ de blé, il s'arrêta et examina les lieux. Ce n'était pas afin de chercher le chemin le plus court pour arriver à la fourche de la rivière.

Nous ne surprendrons personne en disant qu'il ne songeait pas plus à regagner le camp qu'à revenir se livrer aux chasseurs qu'il fuyait. Baraja n'était pas si simple : il cherchait tout bonnement un endroit commode et sûr pour faire une courte sieste, en laissant Oroche se morfondre à l'attendre au rendez-vous convenu.

L'avide chercheur d'or ne voulait pas trop s'éloigner cependant : il comptait presque sur quelque faveur inattendue de la fortune qui lui ouvrirait ce nouveau jardin des Hespérides, objet de sa convoitise.

Mais Baraja comptait sans les trois formidables hôtes du désert et sans la sympathie de son ami, et l'on sait qu'en pareil cas on est forcé de compter deux fois.

Non loin de lui, un enfoncement dans un rocher, dont le fond était tapissé de longues herbes sèches, s'offrit à ses regards.

Baraja descendit de son cheval, le débrida pour qu'il pût paître à l'aise, tira d'un petit sac de cuir suspendu à sa selle une poignée de farine grossière de maïs, et, avec quelques gouttes d'eau versées de son outre dans une calebasse, il eut bientôt composé un frugal déjeuner.

Étendu sur sa couche et roulé dans son manteau, il s'était en vain flatté de dormir un instant : sous ses paupières fermées, l'or du vallon jetait des étincelles qui chassaient le sommeil; des feux follets semblaient danser devant lui comme pour l'inviter à les suivre. Puis enfin une soudaine et terrible pensée le fit tressaillir : peut-être Oroche guettait-il un assoupissement passager pour venir le surprendre et se défaire de lui.

Baraja se leva, il regarda attentivement tout autour; mais la solitude et le silence régnaient partout, et le vent du désert murmurait seul son chant plaintif.

« Bah! se dit-il en se recouchant, Oroche m'attendra cinq minutes, puis il ira au.... »

Baraja interrompit sa phrase commencée; la brise venait de lui apporter un hennissement de cheval bien distinct.

« Oh, oh! pensa-t-il, Oroche serait-il resté dans ces montagnes pour ne pas s'exposer à m'attendre là-bas jusqu'au jugement dernier! »

Baraja brida promptement son cheval et s'élança en selle, la carabine au poing.

Il n'eut pas marché quelques minutes, qu'il aperçut presque sous ses pieds un spectacle aussi inquiétant qu'inattendu.

L'endroit où il était arrivé était un large pont d'une seule arche, jeté par la nature sur une des ramifications de la rivière, dont un des deux bras se frayait un passage à travers la chaîne de Montagnes-Brumeuses.

Ce courant d'eau, peu large et peu profond, disparaissait sous la voûte du pont, et allait, après avoir parcouru un long espace sous terre, former et alimenter le lac près du val d'Or.

Un canot d'écorces de bouleau, monté par deux hommes, suivait le cours de l'eau, et, par une chance sans doute heureuse pour l'aventurier, au moment où il jetait un regard surpris sur ces deux personnages, leur embarcation disparaissait sous l'arche du pont.

Baraja eut cependant le temps de considérer en détail l'étrange costume de ces inconnus, qu'on verra jouer avant peu un rôle aussi marquant que terrible.

Il semblait que ces lieux jusqu'alors si déserts fussent tout à coup devenus le rendez-vous d'un des individus de chaque classe d'hommes qui parcourent les déserts américains.

Baraja n'était pas au bout de ses émotions et de ses surprises. A peine les deux sinistres navigateurs venaient-ils de disparaître, qu'une nouvelle source de terreur s'ouvrit devant le chercheur d'or.

Inquiet du hennissement qu'il avait entendu, Baraja se remit à regarder autour de lui. Il était temps.

Au milieu de la brume, un homme, la carabine à la main, s'avançait de son côté, le canon de son arme dirigé contre son corps.

Cet homme n'était pas méconnaissable à ses yeux.

C'était Oroche.

Baraja se jeta à bas de cheval pour se dérober au coup qui le menaçait et viser lui-même plus à son aise.

Un éclat de rire de son ami arriva jusqu'à lui avec ces mots :

« Vive Dieu ! seigneur Baraja, vous ressemblez si bien de loin à Cuchillo, que j'allais commettre sur votre personne une erreur que j'aurais déplorée....

— Jusqu'au jour du jugement ? interrompit Baraja avec ironie.

— Et peut-être au delà. Mais, seigneur Baraja, si, maintenant que nous sommes en pays ami, nous désarmions, que vous en semble ?

— Volontiers, » reprit Baraja, qui ne se souciait pas plus que son ami d'un duel périlleux qu'il pouvait remplacer plus tard par un guet-apens.

Et tous deux, rejetant leur carabine sur l'épaule, s'avancèrent l'un vers l'autre, mais dans l'attitude d'une paix armée.

« Qui diable eût pu se douter que vous fussiez là ? s'écria Oroche.

— Et vous donc ? dit Baraja.

— L'air des montagnes m'est si salutaire ! répliqua impudemment Oroche.

—Et moi, un étourdissement subit m'a empêché de poursuivre ma route, J'y suis fort sujet.... à ces étourdissements, » reprit Baraja d'un ton dolent.

Les deux dignes associés convinrent que chacun de son côté avait les plus valables motifs pour ne pas s'éloigner seul du val d'Or, et se jurèrent de nouveau un dévouement à toute épreuve.

Puis Baraja fit part à Oroche de la rencontre singulière qu'il venait de faire.

« Vous voyez, ajouta-t-il, que notre intérêt exige plus que jamais que nous restions unis. Retournons au camp tous les deux; plus tard vous reviendrez respirer l'air des montagnes.

— Vous n'avez plus d'étourdissement?

— C'était le chagrin de vous quitter.

— En route! »

Un nouvel incident retarda le départ des deux coquins.

De l'endroit où ils avaient fait halte en se rejoignant, un étroit sentier, frayé par les chamois, se dirigeait en serpentant sur les hauteurs. Il était facile en le suivant, de passer inaperçu dans les rochers derrière le tombeau de la pyramide, et de reprendre la plaine loin des yeux ou du moins hors de la portée de la carabine de Bois-Rosé et de Pepe.

« Prenons ce sentier, dit Oroche à Baraja. Pourquoi hésiter plus longtemps? Veuillez me montrer le chemin, et je vous suis.

— Je n'en ferai rien, je me pique de trop de politesse pour cela, par Dieu!

— Oh! reprit Oroche, entre amis fait-on tant de façons?

— Mon cheval est craintif, seigneur Oroche, et j'ai la vue basse. D'honneur, vous me rendrez service en passant le premier puisque ce sentier est trop étroit pour contenir deux cavaliers de front.

— Voyons, soyez franc, vous ne vous souciez pas de retourner au camp, même ensemble, fit Baraja.

— Ni vous plus que moi.

— Vous voudriez me voir à tous les diables, seigneur Oroche ?

— Et vous, vous voudriez m'y envoyer, seigneur Baraja. »

Baraja fixa sur son compagnon un regard ironique.

« Ne le niez pas, seigneur Oroche, dit-il, vous ne vouliez me faire passer le premier que pour me lâcher par derrière un coup de carabine.

— Oh ! qui peut vous le faire supposer ? répliqua Oroche.

— Eh ! parbleu ! le désir que j'ai moi-même de me débarrasser de vous.

— Votre franchise excite la mienne, reprit le gambusino aux longs cheveux. J'ai osé concevoir cette idée meurtrière ; mais je réfléchis que, lorsque je vous aurais tué, je n'en serais pas plus fort contre cet enragé Canadien, et j'y renonce.

— Et moi aussi.

— Jouons cartes sur table, continua Oroche ; nous ne retournerons pas au camp, et nous nous embusquerons dans ces montagnes. Il se présentera bien cette nuit quelque occasion de nous défaire de ces envahisseurs étrangers quand ils dormiront. Quant à don Estévan et à Diaz, nous n'avons, hélas ! que trop de raisons de croire qu'une mort prématurée a mis fin à leur carrière. Dès lors, n'étant plus que deux à partager le val d'Or, nous n'aurons plus besoin de nous égorger mutuellement, fi donc ! des gens si riches que nous le serons ne doivent, au contraire, chercher qu'à prolonger leur vie. Pour gage de ma franchise, je passe le premier.

— Je réclame cet honneur, s'écria Baraja.

— Je tiens à vous prouver mon repentir.

— J'ai le plus vif désir que vous oubliiez mon égarement. »

Les deux drôles insistaient d'autant plus fortement qu'ils avaient plus que jamais envie de se défaire l'un de l'autre : seulement ils ajournaient à une autre époque l'exécution de leur projet.

Oroche passa enfin le premier, sans défiance et sans même songer à tourner la tête. Jugeant son compagnon d'après lui-même, il était convaincu que Baraja ne chercherait à se défaire de lui qu'après avoir tenté tous les moyens de l'employer comme un instrument à l'accomplissement de son dessein.

La route, quoique peu longue pour gagner l'endroit où, non loin d'eux, la cascade se précipitait dans le gouffre derrière le sépulcre indien, offrait mille difficultés au pas de leurs chevaux.

Le sentier étroit qui y conduisait était pratiqué dans un terrain bouleversé par des éruptions volcaniques qui devaient être de date récente, à en juger par le bruit sourd qui grondait dans les entrailles de la montagne. Parsemé de fragments de rochers qui obstruaient le passage et qu'il fallait franchir, ce sentier était d'autant plus dangereux que, de distance en distance, il longeait de profonds précipices où, au moindre faux pas, cavaliers et chevaux se seraient engloutis.

Au milieu de cette scène sauvage, la cascade, cachée à la vue des aventuriers faisait entendre sa voix tonnante.

Tout à coup Oroche arrêta si brusquement son cheval que celui de Baraja le heurta par derrière.

« Qu'est-ce ? » demanda celui-ci à voix basse à Oroche, qui, les yeux fixés devant lui, faisait signe de la main de garder le silence.

Baraja n'eut pas besoin de renouveler sa question.

A travers les vapeurs grisâtres et à peine transparentes, apparaissait confusément un homme, les cheveux tout dégouttants d'eau, les vêtements souillés de vase, étendu à plat ventre, et occupant toute la largeur du sentier. Était-ce un Indien ou un blanc ? était-il vivant, ou n'était-ce qu'un cadavre ?

C'est ce qu'Oroche ne pouvait distinguer.

Pour comble d'embarras, le sentier, à l'endroit où les deux aventuriers avaient été forcés de s'arrêter, longeait d'un côté un de ces abîmes dont nous venons de parler, et de l'autre une rampe escarpée qui ne permettait pas à un homme à cheval de faire volte-face.

Oroche hésitait à avancer, effrayé et surpris à la fois de rencontrer une créature humaine dans cette solitude où les aigles et les chamois seuls devaient faire leur demeure.

Il contemplait avec inquiétude l'étrange apparition.

La tête de cet homme s'avançait au-dessus du précipice, et, dans une rapide éclaircie du brouillard, il put le distinguer un moment, ses bras soutenant son corps, et occupé à contempler quelque objet sous ses yeux.

La cascade grondait assez fort en cet endroit pour étouffer la voix d'Oroche.

« C'est Cuchillo, s'écria-t-il sans se retourner vers son compagnon.

— Cuchillo ! répéta Baraja étonné ; et que diable fait-il là ?

— Je l'ignore.

— Lâchez-lui donc un coup de fusil, ce sera une de ces rares choses qu'il n'aura pas volées.

— Oui, répliqua Oroche, pour que la détonation apprenne à ce Canadien que nous sommes ici. »

Il ne lui vint pas à l'idée que c'était en outre se mettre désarmé à la merci de son ami.

En ce moment les vapeurs se condensèrent de nouveau, et Cuchillo disparut derrière un rideau de brume. Pendant quelques instants, à peine les deux voyageurs purent-ils se distinguer l'un l'autre.

Il devenait dangereux, impossible même, d'avancer

sans s'exposer à rouler au fond du gouffre ; du reste, dans aucun cas, les deux chercheurs d'or ne voulaient révéler leur présence à Cuchillo.

« Ne faites pas un pas de plus, seigneur Oroche, dit Baraja de manière à se faire entendre de son ami seul au milieu du fracas de la cascade ; songez que j'attache un prix énorme à votre précieuse existence.

— Aussi me garderai-je de l'exposer ; vous trouvez ces solitudes si effrayantes, que je tiens à vous conserver un compagnon.

— C'est un procédé dont j'apprécie toute la générosité. Quant à moi, vous ne doutez plus, j'espère, de ma sincérité. Voyez, en heurtant seulement un peu rudement du poitrail de mon cheval la croupe du vôtre, je me trouvais parfaitement seul. »

Baraja disait vrai, et Oroche, pour la première fois, regardant l'abîme dans lequel son ami pouvait le pousser sans risque pour lui, sentit un frisson glacial parcourir tout son corps.

« Mais, continua Baraja, nous ne sommes pas trop de deux pour lutter avec avantage contre nos trois ennemis.

— L'union fait la force, » dit avec emphase le gambusino aux longs cheveux, qui, malgré cet aphorisme, désirait vivement ne pas trop prolonger chez son ami les tentations d'en oublier la pratique.

Au bout de quelques instants, pendant lesquels la vue du gouffre et le bruit assourdissant de la cascade lui donnaient le vertige, une bouffée de vent ouvrit de nouveau une large trouée dans le brouillard.

« Ah ! grâce à Dieu ! s'écria Oroche en respirant après ce moment d'angoisse, ce coquin de Cuchillo a disparu. »

Le chemin était débarrassé d'obstacles de son côté, et la solitude des montagnes était redevenue complète.

Oroche poussa rapidement son cheval à l'endroit que venait d'abandonner Cuchillo.

L'étrange paysage au milieu duquel les deux fugitifs

erraient à l'aventure, le voisinage du trésor que chacun se rappelait avoir un instant entrevu, et les émotions de tout genre auxquelles ils étaient en proie depuis le matin, tout avait contribué à exciter violemment leur imagination.

L'attention que Cuchillo avait mise sous leurs yeux à considérer un objet visible piqua vivement la curiosité des deux aventuriers.

La route s'élargissait assez en cet endroit pour permettre de mettre pied à terre entre le précipice et la rampe de rochers, et, sans s'être communiqué leurs impressions, Oroche et Baraja descendaient de cheval chacun en même temps.

« Qu'allez-vous faire? demanda le premier.

— Vous le savez bien, parbleu! puisque vous allez m'imiter, répondit Baraja; je vais essayer de voir ce que regardait Cuchillo tout à l'heure avec tant d'opiniâtreté. Ce doit être fort intéressant, si je ne me trompe.

— Prenez garde, ces rochers sont glissants en diable.

— Soyez sans crainte, et ne vous gênez pas pour faire comme moi. »

En disant ces mots, Baraja s'agenouillait pour prendre position au-dessus du gouffre. A six pas du flanc de la montagne s'élançait la cascade : au-dessus de sa bouche béante le sentier formait une espèce de voûte naturelle.

Oroche prit son cheval par la bride et passa de l'autre côté de la voûte.

Il crut prudent de s'éloigner de son compagnon, et quelques instants après, tous deux, invisibles l'un à l'autre, couchés à plat ventre et la tête penchée sur l'abîme, jetaient un regard avide au-dessous d'eux.

Le même spectacle les frappa à la fois, et fit de nouveau monter à leurs tempes des idées de meurtre un instant ajournées.

Le bloc d'or étincelant entre la cascade et le rocher, qui avait fait pousser à Cuchillo un cri sauvage, fut sur le point de leur en arracher un semblable; mais il fallait dissimuler et se contenir.

Ce ne fut pas sans un effort surhumain.

Fixé dans le roc, ce bloc fascinateur lançait des gerbes de lueur fauve, et semblait inviter la main de l'homme à ne pas laisser dévorer par le gouffre béant cette merveilleuse munificence de la nature.

L'humidité constante avait tapissé les parois à pic du roc d'un manteau de mousse verte. Au-dessous du bloc d'or une légère saillie, quoique enduite par les vapeurs de l'eau d'une couche visqueuse, semblait attendre le pied assez hardi pour se fier à cet appui dangereux; mais un seul homme ne pouvait tenter l'entreprise.

Telle avait été la cause de la retraite de Cuchillo, qui tout à l'heure repaissait avidement ses yeux de ce magnifique trésor, objet de tous ses désirs.

Baraja fut le premier à s'arracher au vertige que lui causait ce spectacle; car son cœur se serrait à la pensée que le précieux métal pouvait à chaque instant rouler dans l'abîme, comme le fruit mûr qui tombe de l'oranger.

Oroche ne tarda pas à imiter son compagnon, et tous deux se retrouvèrent debout presque en même temps, incertains de ce qu'ils devaient faire et séparés l'un de l'autre par la voûte d'où s'échappait en grondant la cataracte.

« Eh bien! qu'avez-vous vu? dit Baraja le premier.

— Et vous? répondit Oroche.

— Un gouffre sans fond.

— Des tourbillons de vapeurs qui montent de l'abîme.

— L'union fait la force, répéta Oroche, qui avait tout à coup pris son parti.

— A deux on est deux fois plus fort.

— C'est incontestable ce que vous dites là, s'écria

Oroche. Eh bien, à nous deux nous pourrions l'avoir.

— Quoi ? dit Baraja feignant l'ignorance.

— Demonio! le bloc d'or que vous avez vu comme moi.

— Mais comment faire ? continua Oroche.

— Réunir nos deux lazos comme emblême de notre alliance; suspendre l'un de nous le long des flancs du rocher, et ravir à l'abîme son trésor, s'écria Baraja les yeux en feu.

— Qui se dévouera de nous deux ?

— Le sort en décidera, seigneur Oroche, et si c'est vous....

— Si c'est moi, vous me laisserez tomber et me briser les os. »

Baraja haussa les épaules.

« Vous êtes un niais, mon cher Oroche ; un ami ne laisse pas tomber à la fois son ami et un trésor trois fois royal. L'ami.... je ne m'en défends pas ; mais le trésor.... jamais.

— Mon cher Baraja, vous plaisantez des choses les plus respectables, même de l'amitié, » repartit Oroche avec tant de componction que Baraja en fut plus effrayé que jamais.

Bientôt, cependant, cédant à l'ivresse qui les subjuguait, les deux aventuriers cessèrent de lutter d'astuce, et résolurent d'unir leurs efforts pour arracher le bloc d'or à son enveloppe de roche.

Baraja tira de l'une de ses poches un jeu de cartes, et il fut convenu que celui qui amènerait le plus haut point aurait le droit de choisir le rôle qui lui conviendrait.

Ce droit échut à Oroche.

Outre que le raisonnement de Baraja l'avait frappé, le gambusino pensa que la possession du trésor était un talisman tout-puissant contre la perversité de son compagnon, et il choisit, contre l'attente de ce dernier, le périlleux avantage de se faire suspendre au-dessus du gouffre.

Les deux coquins, après s'être rejoints, détachèrent de l'arçon de leur selle le lazo qu'y porte attaché tout cavalier mexicain.

Suivant l'avis de Baraja, les deux longes furent tortillées de manière à porter un poids plus lourd encore que celui d'un homme.

Roulée plusieurs fois sur le tronc d'un jeune chêne vert qui poussait dans une fente de rocher, la double corde était maintenue par Baraja, tandis qu'Oroche, solidement attaché sous les aisselles, descendait petit à petit en se retenant aux saillies du roc et en posant les pieds dans ses fissures.

Au milieu du bruit épouvantable que renvoyait le fond de l'abîme, l'aventurier croyait entendre des voix souterraines qui l'appelaient vers elles; le vertige était près de s'emparer de lui, mais la cupidité soutint son courage.

Au bout d'une minute, ses pieds étaient au niveau du bloc d'or, puis son corps, puis enfin ses mains. Il put caresser ses contours arrondis et dévorer des yeux l'objet de sa convoitise.

Dans sa délicieuse extase, l'abîme ne grondait plus au-dessous de lui; il chantait doucement, comme le ruisseau qui murmure et appelle les plus doux rêves.

Les doigts crispés du gambusino saisirent le bloc; il résista d'abord, puis bientôt remua dans son enveloppe. Deux mains avides étaient insuffisantes pour l'embrasser; un effort mal dirigé pouvait, en l'arrachant du rocher qui l'enchâssait, le faire tomber dans le précipice. Oroche ne respirait plus, et, penché au-dessus de lui, Baraja partagea ses angoisses.

L'écho de l'abîme répéta deux fois deux cris, le cri de triomphe d'Oroche et celui de son compagnon; la masse d'or étincelait entre les bras du ravisseur.

« Remontez-moi promptement, pour l'amour de Dieu, s'écria Oroche d'une voix frémissante. Je porte mon pesant d'or vierge. Ah ! je ne me croyais pas si fort ! »

Baraja hâla d'abord la corde avec une ardeur convulsive, bientôt plus faiblement, puis il cessa soudainement tout effort.

Les mains d'Oroche ne pouvaient encore arriver au niveau du sentier.

« Allons ! Baraja, encore ! s'écria Oroche ; roidissez la corde, et je suis à vous. »

Mais Baraja restait immobile.

Une pensée diabolique venait de naître dans son esprit.

« Donnez-moi ce bloc d'or, dit-il ; il paralyse vos forces et je suis à bout des miennes.

— Non, non, mille fois non, s'écria le gambusino, le front ruisselant d'une sueur subite et en pressant son trésor entre ses bras, je vous donnerais plutôt mon âme. Ah ! ah ! reprit-il, vous me lâcheriez alors.

— Qui vous dit que je ne vous lâcherai pas à présent ! dit sourdement Baraja.

— Votre intérêt, répondit le gambusino dont la voix tremblait.

— Eh bien, je ne vous lâcherai pas, mais c'est à une condition. Je veux cet or pour moi seul..... pour moi seul, entendez-vous ? Donnez-le-moi.... ou je vous abandonne au gouffre. »

Oroche frissonna jusqu'à la moelle des os.

A la vue du visage livide de Baraja, le malheureux maudit sa folle confiance.

Il voulut essayer de faire un effort, mais le fardeau qu'il portait paralysait ses bras. Il resta immobile comme l'homme qui tenait sa vie entre ses mains.

« Je veux cet or, entendez-vous ? reprit Baraja ; je le veux, ou je lâche la corde.... ou je la coupe. »

Et il tirait de sa gaîne un poignard tranchant.

« J'aime mieux mourir, cria Oroche; j'aime mieux que le gouffre m'engloutisse, et cet or avec moi.

— C'est à choisir, répéta le misérable; votre or pour votre vie !

— Ah! vous me tueriez encore si je vous le donnais.

— Soit! » dit Baraja, qui trancha lentement un des six torons de la double corde, en criant au malheureux qu'il était encore temps de se décider.

CHAPITRE II

LES DEUX MEDIANA.

Revenons à une partie de notre récit un instant suspendue.

Pedro Diaz n'avait pas tardé à secouer l'accablement douloureux et le profond étonnement qui l'avaient un instant dominé.

« Je suis votre prisonnier d'après les lois de la guerre, dit-il en relevant lentement la tête, et j'attends de savoir ce que vous déciderez de moi.

— Vous êtes libre, Diaz, reprit Fabian, libre sans conditions.

— Non pas! non pas! interrompit vivement le Canadien; nous mettons au contraire une condition rigoureuse à votre liberté.

— Laquelle? demanda l'aventurier.

— Vous savez comme nous maintenant, reprit Bois-Rosé, un secret qui depuis longtemps déjà nous était connu. J'ai mes raisons pour que la connaissance de ce secret meure avec ceux à qui leur mauvaise étoile le fera partager. Vous seul, ajouta le Canadien, ferez exception à cette règle, parce qu'un homme brave comme vous

l'êtes doit être esclave de sa parole. J'exige donc, avant
de vous rendre la liberté, que vous vous engagiez sur
votre honneur à ne jamais révéler à personne l'existence
du val d'Or.

— Je n'avais espéré de la conquête de ce trésor, répliqua mélancoliquement le noble aventurier, que l'affranchissement et la grandeur de mon pays. Le triste
sort qui menace l'homme dont j'attendais la réalisation
de mes espérances ne fait plus de celles-ci qu'un vain
rêve.... Que toutes les richesses du val d'Or restent à jamais enfouies dans ces déserts, peu m'importe à présent.
Je jure donc et m'engage sur l'honneur à n'en jamais
révéler l'existence à qui que ce soit dans le monde. J'oublierai même que je les ai vues un instant.

— C'est bien, dit Bois-Rosé, vous pouvez partir maintenant.

— Pas encore, si vous voulez le permettre, repartit le
prisonnier. Il y a dans tout ce qui vient d'avoir lieu sous
mes yeux un mystère que je ne cherche pas à m'expliquer.... Mais....

— C'est bien simple, par Dieu! interrompit Pepe; ce
jeune homme, dit-il en montrant Fabian....

— Pas encore, ajouta solennellement celui-ci en faisant signe au chasseur espagnol d'ajourner ses explications; dans la cour de justice qui va s'ouvrir en présence
du juge suprême (Fabian montra le ciel) par l'accusation
comme par la défense, tout deviendra clair aux yeux de
Diaz, s'il veut rester avec nous. Dans le désert, les minutes sont précieuses, et nous devons nous préparer par
la méditation et le silence à l'acte terrible qu'il va nous
falloir accomplir.

— C'est précisément la permission de rester que je
veux obtenir. J'ignore si cet homme est innocent ou coupable. Tout ce que je sais, c'est qu'il est le chef que j'ai
librement choisi, et que je resterai avec lui jusqu'à ses
derniers moments, prêt à le défendre contre vous au prix

de ma vie s'il est innocent, prêt à m'incliner devant la sentence qui le condamnera s'il est coupable.

— C'est bien! vous entendrez et vous jugerez, dit Fabian.

— Cet homme est un des grands de la terre, continua tristement Diaz, et il est là dans la poussière, garrotté comme un criminel de bas étage.

— Défaites ses liens, Diaz, reprit Fabian ; mais n'essayez pas de dérober à la vengeance d'un fils le meurtrier de sa mère, et prenez la parole de don Antonio de ne pas fuir ; nous nous en rapportons à vous à cet égard.

— J'engage pour lui mon honneur qu'il ne fuira pas, répondit l'aventurier, pas plus que je ne l'aiderai à fuir moi-même. »

Et Diaz s'achemina rapidement vers don Estévan.

Pendant ce temps, Fabian, le cœur plein de tristes et graves pensées, s'assit à l'écart en gémissant de sa douloureuse victoire.

Pepe détournait la tête et semblait contempler attentivement les jeux du brouillard à la crête des Montagnes-Brumeuses.

Quant à Bois-Rosé, dans son attitude ordinaire au repos, ses regards remplis de sollicitude se concentraient sur le jeune homme, et sa physionomie paraissait refléter les nuages qui s'amassaient sur le front de son enfant bien-aimé.

Diaz avait rejoint don Estévan.

Qui pourrait dire les pensées tumultueuses qui naissaient et mouraient tour à tour dans l'âme du seigneur espagnol couché sur la poussière ?

Ses yeux avaient conservé le même orgueil qu'aux jours de prospérité où il rêvait de conquérir et d'octroyer un trône à l'héritier déchu de la monarchie espagnole.

Cependant, à la vue de Diaz, qui semblait avoir aban-

donné sa cause, une expression de douleur se peignit
sur sa mâle figure.

« Est-ce comme ami ou comme ennemi que vous venez à moi, Diaz ? dit-il. Seriez-vous aussi de ceux qui
prennent un secret plaisir à voir l'humiliation des
hommes qu'ils adulaient aux jours de leur puissance ?

— Je suis de ceux qui n'adulent que les grandeurs
déchues, reprit Diaz, et qui ne s'offensent pas de l'amertume de langage que dicte un grand malheur. »

En disant ces mots, que confirmaient son attitude et
la tristesse de son regard, Diaz s'empressa de délier la
ceinture dont les bras du noble captif étaient entourés.

« J'ai engagé ma parole que vous ne chercheriez pas
à vous soustraire au sort, quel qu'il soit, qui vous attend
entre les mains de ces hommes qu'un si funeste hasard
a placés sur notre route, ajouta Diaz. J'ai pensé que
vous n'aviez jamais su fuir.

— Et vous avez bien fait, Diaz, répliqua don Estévan ;
mais pressentez-vous le sort qu'il plaît à ces drôles de
me réserver ?

— Ils parlent d'un meurtre à venger, d'une accusation, d'un jugement.

— Un jugement ! reprit don Antonio avec un sourire
amer et hautain ; on peut m'assassiner, mais on ne me
jugera jamais.

— Dans le premier cas, je mourrai avec vous, dit simplement Diaz ; dans le second... Mais à quoi bon parler
de ce qui ne peut être ? Vous êtes innocent du crime
dont on vous accuse.

— Je pressens le sort qui m'est réservé, reprit don
Estévan sans répondre à l'affirmation de l'aventurier.
C'est un fidèle sujet que perdra le roi don Carlos Ier.
Mais vous continuerez mon œuvre, vous régénérerez la
Sonora. Vous retournerez vers le sénateur Tragaduros ;
il sait ce qu'il doit faire, et vous le seconderez.

— Ah ! s'écria Diaz avec douleur, une pareille œuvre

ne pouvait être tentée que par vous. Dans votre main j'aurais été un instrument puissant ; sans elle je retombe dans mon insuffisance et dans mon obscurité. L'espoir de mon pays s'éteint avec vous. »

Pendant ce temps, Fabian et Bois-Rosé avaient quitté l'endroit où les scènes qui précèdent s'étaient si rapidement passées.

Ils avaient regagné le pied de la pyramide.

C'était là qu'allaient s'ouvrir les assises solennelles où Fabian et le duc de l'Armada allaient jouer les rôles de juge et d'accusé.

Pepe fit un signe à Diaz ; don Estévan le vit et le comprit.

« Ce n'est pas assez de ne pas fuir, dit-il ; il faut aller au-devant de son sort ; le vaincu doit obéir au vainqueur... Venez. »

En achevant de parler, le seigneur espagnol, armé de l'orgueil qui ne le quittait jamais, s'achemina d'un pas ferme vers le val d'Or. Pepe avait rejoint ses deux compagnons.

L'aspect de don Estévan, qui s'approchait sans forfanterie comme sans faiblesse, le front intrépide et calme, arracha un regard d'admiration à ses trois ennemis, si bons connaisseurs en courage.

Puis Fabian se leva pour épargner la moitié du chemin à son noble prisonnier. A quelques pas derrière le gentilhomme espagnol, Diaz marchait la tête baissée, l'esprit rempli de sombres pensées.

Tout dans la conduite des vainqueurs lui disait que cette fois le droit était du côté de la force.

« Seigneur comte de Mediana, vous voyez que je vous connais, dit Fabian en s'arrêtant, la tête nue, à deux pas du noble Espagnol, qui s'était arrêté de son côté, et vous savez, vous, qui je suis. »

Le duc de l'Armada restait droit et immobile sans rendre à son neveu politesse pour politesse.

« J'ai le droit de rester le front couvert devant le roi
d'Espagne, j'userai près de vous de mon privilége, ré-
pliqua-t-il ; j'ai le droit aussi de ne répondre que quand
je le juge à propos, et c'est encore un droit dont j'userai, ne vous déplaise. »

Malgré la fierté de sa réponse, l'ancien cadet de Mediana dut se rappeler qu'il y avait bien loin à présent du
jeune homme qui se constituait son juge à l'enfant tremblant et pleurant sous son regard vingt ans auparavant
dans le château d'Elanchovi.

L'aiglon timide était devenu l'aigle qui, à son tour,
le tenait dans ses serres puissantes.

Les regards des deux Mediana se croisèrent comme
deux épées, et Diaz considérait avec un étonnement
mêlé d'un certain respect le fils adoptif du gambusino
Arellanos, grandi et transformé et tout à coup si élevé
au-dessus de l'humble sphère dans laquelle il l'avait un
instant connu.

L'aventurier attendait le mot de cet énigme.

Le front de Fabian s'arma d'un orgueil égal à celui du
duc de l'Armada.

« Soit, reprit-il ; peut-être cependant ne devriez-vous
pas oublier qu'ici le droit du plus fort n'est pas un mot
vide de sens.

— C'est vrai, répondit don Antonio, qui, malgré son
apparente résignation, frémissait de rage et de désespoir
de se voir si fatalement échouer au port. Je ne dois pas
perdre de vue que vous êtes disposé sans doute à profiter
de ce droit. Je répondrai donc à votre question, mais
pour vous dire que je ne sais de vous qu'une chose,
c'est qu'un démon vous a suscité pour jeter continuelle-
ment vos haillons entre le but que je poursuis et moi...
Je sais... »

La rage lui coupa la parole.

L'impétueux jeune homme dévora en pâlissant cet
outrage de la part de l'assassin de sa mère, qu'il soup-

çonnait d'être encore le meurtrier de son père adoptif.

Certes, c'était un héroïsme de modération dont ne pourrait assez s'étonner celui qui sait à quelle faible valeur est estimée la vie d'un homme dans ces déserts, où le bras qui l'a tranchée ne saurait être atteint par la loi ; mais le court espace de temps qui s'était écoulé depuis que Fabian s'était joint à Bois-Rosé avait suffi pour que, sous la douce influence du vieux chasseur, son âme éprouvât de profondes modifications.

Ce n'était plus le jeune homme mettant ses passions fougueuses au service d'une vengeance à laquelle il courait en aveugle ; il avait appris que la force doit toujours être accompagnée de la justice et qu'elle peut souvent s'allier à la clémence.

Tel était le secret d'une modération si contraire jusqu'alors à son tempérament. Il était cependant facile de voir, à la contraction de ses traits, quels efforts il avait dû faire pour imposer silence à la colère qui grondait au fond de son cœur.

De son côté, le seigneur espagnol dévorait sa rage en silence.

« Ainsi, reprit Fabian, vous ne savez rien de plus de moi ? vous ne savez ni mon nom ni ma qualité ? je ne suis donc rien que ce que je parais être ?

— Un assassin, peut-être, » reprit Mediana en tournant le dos à Fabian, pour indiquer qu'il ne voulait plus répondre.

Pendant ce dialogue entre ces deux hommes du même sang, d'une nature également indomptable, le chasseur et Pepe étaient restés à l'écart.

« Approchez, dit Fabian à l'ex-carabinier, et venez dire, ajouta-t-il avec un calme forcé, qui je suis à l'homme dont la bouche me donne un nom que lui seul a mérité. »

S'il avait pu rester quelque doute encore à don Antonio au sujet des dispositions de ceux entre les mains de qui il était tombé, ce doute dut s'évanouir devant l'air sombre dont Pepe s'avançait sur l'ordre de Fabian.

Les efforts évidents qu'il faisait pour comprimer les passions haineuses que réveillait en lui la vue du seigneur espagnol frappèrent ce dernier d'un pressentiment lugubre.

Un frisson passa sur le corps de don Antonio; mais il ne baissa pas les yeux, et, fort de son invincible orgueil, il attendit avec un calme apparent que Pepe prît la parole.

« Parbleu! dit celui-ci d'un ton qu'il s'efforçait en vain de rendre plaisant, c'était bien la peine de m'envoyer pêcher le thon sur les bords de la Méditerranée pour finir par me rencontrer à trois mille lieues de l'Espagne avec le neveu dont vous avez tué la mère? Je ne sais si le seigneur don Fabian de Mediana est disposé à vous faire grâce; quant à moi, ajouta-t-il en faisant résonner sur le sable la crosse de sa carabine, j'ai juré que je ne vous la ferais pas. »

Fabian lança sur Pepe un regard impérieux qui sembla lui enjoindre de subordonner sa volonté à la sienne, et, s'adressant ensuite à l'Espagnol :

« Seigneur de Mediana, vous n'êtes pas ici devant des assassins, mais devant des juges, et Pepe ne l'oubliera pas.

— Devant des juges! s'écria don Antonio ; je ne reconnais qu'à mes pairs le droit de me juger, et je récuse comme tels un échappé des présides et un mendiant usurpateur d'un titre auquel il n'a pas droit. Je ne reconnais ici d'autre Mediana que moi, et je n'ai rien à répondre.

— Et cependant ce sera moi qui serai votre juge, reprit Fabian ; mais un juge impartial ; car, j'en prends à témoin ce Dieu dont le soleil nous éclaire, mon cœur, dès ce moment, ne contient plus pour vous ni animosité ni haine. »

Il y avait tant de loyauté dans l'accent avec lequel Fabian prononça ces mots, que le visage de Mediana perdit tout à coup de sa sombre défiance. Un éclair d'espoir s'y laissa voir, car le duc de l'Armada se rappela qu'il était en face de l'héritier que son orgueil avait un instant pleuré. Ce fut d'une voix moins âpre qu'il lui dit :

« De quel crime suis-je donc accusé ?

— Vous allez le savoir, » reprit Fabian.

CHAPITRE III

LA LOI DE LYNCH.

Il existe sur les frontières américaines une loi terrible, non pas précisément par l'article unique dont elle se compose et qui dit : « Œil pour œil, dent pour dent, sang pour sang ; » l'application de cette maxime est visible, pour celui qui observe la marche des choses ici-bas, dans tous les actes de la Providence. « Celui qui frappe par l'épée, périra par l'épée, » dit l'Évangile.

Mais la loi du désert est terrible par l'apparence de légalité imposante dont elle s'environne ou affecte de s'environner.

Cette loi est terrible, non-seulement comme toutes les lois de sang, en ce que ceux qui l'appliquent usurpent un pouvoir qui ne leur est pas dévolu, mais encore en ce que la partie offensée se constitue juge dans sa propre cause et exécute la sentence qu'elle-même a prononcée.

Telle est la loi de *Lynch*, c'est ainsi qu'on la nomme.

Au milieu des déserts de l'Amérique, les blancs entre eux, les Indiens contre les blancs, les blancs contre les Indiens, l'appliquent avec une impitoyable rigueur.

Les sociétés civilisées en ont modifié l'application en ne la conservant dans son intégrité que pour la peine capitale ; mais la société barbare du désert continue à mettre en vigueur sans restriction cette loi des premiers âges du monde.

N'est-ce pas le cas de faire remarquer ici que ce point de contact entre la civilisation et la barbarie est une tache pour la première, une similitude affligeante qu'elle doit pour son honneur tenter de faire disparaître ?

La société a établi des lois protectrices pour tous.

L'homme qui se fait justice lui-même chez nous devient, en violant ces lois, justiciable de ceux à qui la société a donné mandat pour juger et punir.

Nous ne doutons pas que plus tard, en se perfectionnant, les sociétés ne comprennent que, quand elles éteignent chez un coupable le flambeau de la vie que nul ne peut rallumer, elles brisent l'œuvre du Créateur et commettent ainsi une infraction sacrilége aux lois suprêmes qui régissent l'univers et que Dieu a établies avant les nôtres.

Un temps viendra, nous nous plaisons à le croire, où les lois n'enlèveront à l'homme coupable d'un délit ou d'un crime que ce qu'elles pourront restituer à son repentir.

Ces lois respecteront la vie qu'elles ne sauraient rendre ; à côté des lois infamantes qui ternissent aujourd'hui l'honneur sans retour, il y aura des lois de réhabilitation qui relèveront l'homme sanctifié par le repentir au rang d'où le châtiment l'aura fait descendre.

On se réjouit plus dans le ciel, dit l'Évangile, du retour du pécheur que de l'infaillibilité du juste. Pourquoi les lois humaines n'emprunteraient-elles pas ce reflet des lois divines?

Mais aujourd'hui la liberté est le seul bien que la société sache restituer à celui qu'une faute ou que le malheur en a privé.

Nous disons le malheur; n'y a-t-il pas, en effet, une loi qui assimile au criminel un débiteur honnête et insolvable, et le soumet au même régime dans sa prison?

Ceci dit, nous revenons à la loi de Lynch.

C'était devant un tribunal sans appel, où les parties se constituaient juges, qu'allait comparaître don Antonio de Mediana, et la justice des villes, avec tout son appareil imposant, n'aurait pu égaler en solennité les assises qui étaient au moment de s'ouvrir dans le désert, où trois hommes représentaient la justice humaine dans tout son appareil de terreur.

Nous avons dit quel lugubre et bizarre aspect offraient les lieux où la scène allait se passer. En effet, ces montagnes sombres, couvertes de brouillard, ces bruits souterrains qui grondaient, ces chevelures humaines flottant au gré du vent, ce squelette à jour du cheval indien, tout cet ensemble prenait aux yeux du seigneur espagnol un caractère étrange et fantastique qui eût pu lui faire croire qu'il était sous l'impression de quelque rêve horrible.

On se serait cru un instant transporté au moyen âge, au milieu de quelque société secrète où, avant l'admission du récipiendaire, on déployait à ses yeux tout ce qui était capable de porter la terreur dans son âme, à l'effet d'éprouver son courage.

Tout cela n'était cependant qu'une effrayante réalité.

Fabian montra du doigt au duc de l'Armada l'une des pierres plates semblables à des pierres tumulaires qui jonchaient la plaine, et s'assit sur une autre, de manière

à former avec le Canadien et son compagnon un triangle
dont il occupait le sommet.

« Il ne convient pas à l'accusé de s'asseoir en présence
de ses juges, dit le seigneur espagnol avec un sourire
amer. Je resterai donc debout. »

Fabian ne répondit rien.

Il attendait que Diaz, l'unique témoin à peu près désintéressé dans cette cour de justice, eût choisi la place
qui lui convenait.

L'aventurier demeura éloigné, il est vrai, des acteurs
de cette scène, mais assez près pour tout voir et tout entendre.

Il gardait l'attitude froide, réservée et attentive d'un
juré qui va former sa conviction d'après les débats près
de s'ouvrir sous ses yeux.

Alors Fabian reprit la parole :

« Vous allez savoir, dit-il, quel est le crime dont on
vous accuse. Pour moi, je ne suis ici que le juge qui
écoute, qui condamne ou absout. »

Après cette réponse, il sembla réfléchir.

Il devait avant tout constater l'identité de l'accusé.

« Êtes-vous bien, reprit-il enfin, don Antonio, que les
hommes ont appelé ici comte de Mediana ?

— Non, reprit l'Espagnol d'une voix ferme.

— Qui êtes-vous donc ? continua Fabian avec un étonnement presque douloureux qu'il ne put cacher; car il
lui répugnait de croire qu'un Mediana eût recours à un
lâche subterfuge.

— J'ai été le comte de Mediana, répliqua don Antonio
avec un sourire hautain, jusqu'au moment où mon épée
a conquis d'autres titres; aujourd'hui on ne m'appelle
en Espagne que le duc de l'Armada. C'est le nom que je
pourrais transmettre à l'homme de ma race que j'adopterais pour mon fils. »

Cette dernière phrase, incidemment jetée par l'accusé,
devait former tout à l'heure son unique moyen de défense.

« Bien, dit Fabian, le duc de l'Armada va savoir de quel crime est accusé don Antonio de Mediana. Parlez, Bois-Rosé, et dites ce que vous savez, et rien de plus. »

Cette recommandation était inutile.

Il y avait sur la rude et mâle physionomie du gigantesque descendant de la race normande, immoble à ses côtés, sa carabine sur l'épaule, tant de calme et tant de loyauté, que son aspect seul repoussait toute idée de trahison. Bois-Rosé se leva, ôta lentement son bonnet de fourrure et découvrit son large et noble front.

« Je ne dirai que ce que je sais, dit-il.

« Par une nuit brumeuse du mois de novembre 1808, j'étais matelot à bord du lougre corsaire-contrebandier français *l'Albatros*.....

« Nous étions descendus à terre, d'après un arrangement fait avec le capitaine des miquelets d'Élanchovi, sur la côte de Biscaye. Je ne vous dirai pas, à ces mots un sourire effleura les lèvres de Pepe, comment nous fûmes chassés à coups de fusil d'une côte où nous abordions en amis ; il me suffira de déclarer qu'en regagnant notre navire, des cris d'enfant, qui semblaient sortir du sein même de l'océan, attirèrent mon attention.

« Ces cris venaient d'un canot abandonné. Je poussai le mien vers celui-là, au risque de ma vie, car un feu vif était dirigé contre mon embarcation.

« Dans ce canot, une femme assassinée nageait dans son sang. Cette femme était morte ; à côté d'elle un jeune enfant allait mourir.

« Je recueillis l'enfant ; cet enfant est l'homme ici présent, et il désignait Fabian.

« Je recueillis l'enfant ; je déposai sur le rivage la femme assassinée. Qui avait commis le crime, je l'ignore ; je n'ai rien de plus à vous dire. »

En achevant ces mots, Bois-Rosé se recouvrit, se tut et se rassit.

Un morne silence suivit cette déclaration.

Fabian baissa un instant vers la terre ses yeux qui lan‐
çaient des éclairs, puis il les releva, calmes et froids sur
le miquelet dont le tour était venu de parler. Fabian était
monté à la hauteur de son terrible rôle, et dans la con‐
tenance, l'attitude de ce jeune homme en haillons, revi‐
vait toute la noblesse d'une race antique, avec toute l'im‐
passibilité du juge. Il jeta sur Pepe un regard plein d'une
autorité que le sauvage chasseur ne put s'empêcher de
subir.

Le miquelet se leva, s'avança de deux pas. Son visage
ne laissait plus lire aussi que la résolution ferme de ne
parler que selon sa conscience.

« Je vous comprends, comte de Mediana, dit-il, en s'a‐
dressant à Fabian, qui seul à ses yeux avait le droit de
porter ce titre ; j'oublierai que l'homme ici présent m'a
fait passer de longues années parmi le rebut des hommes
dans un préside. Dieu, quand je comparaîtrai devant lui,
pourra me répéter les paroles que je vais proférer ; je les
entendrai et je ne me repentirai pas de les avoir pronon‐
cées. »

Fabian fit un geste d'assentiment.

« Par une nuit de novembre 1808, dit-il, j'étais alors
carabinier ou miquelet royal au service d'Espagne ; j'étais
de garde sur la côte d'Elanchovi ; trois hommes venant
du large prirent terre sur le bord de la mer.

— Le chef qui nous commandait avait vendu à l'un
d'eux le droit d'aborder sur une côte interdite.

« J'ai à me reprocher d'avoir été le complice de cet
homme ; je reçus de lui le prix de ma coupable fai‐
blesse.

« Le lendemain, la comtesse de Mediana et son jeune
fils avaient quitté de nuit leur château.

« La comtesse fut assassinée ; le jeune comte ne repa‐
rut plus.

« Peu de temps après, l'oncle de l'enfant se présenta ;
il réclama les biens et les titres de son neveu : tout lui fut

donné. J'avais cru ne m'être vendu qu'à une intrigue, j'avais favorisé un assassinat.

« J'ai reproché ce crime devant des juges au nouveau comte de Mediana ; cinq ans de préside à Ceuta ont été la récompense de ma hardiesse.

« Aujourd'hui, loin du tribunal de ces juges corrompus, à la face de Dieu qui nous voit, j'accuse de nouveau comme coupable de l'assassinat de la comtesse l'homme ici présent, usurpateur du titre de comte de Mediana ; il était l'un des trois hommes qui avaient pénétré de nuit, par escalade, dans le château que la mère de don Fabian ne devait plus revoir.

« Que le meurtrier me démente.

« Je n'ai plus rien à dire.

— Vous l'entendez, dit Fabian ; qu'avez-vous à répondre pour votre défense ? »

Au moment où Fabian achevait cette demande, un cri d'angoisse se fit entendre du côté où la nappe d'eau tombait, en se courbant, au fond de l'abîme.

Tous levèrent à l'instant les yeux dans cette direction, et, à travers le voile transparent de la cascade, il leur sembla voir une forme humaine, un instant balancée au-dessus du gouffre, tracer en tombant une ligne noirâtre.

Si les spectateurs de ce terrible épisode avaient connu l'existence du bloc d'or, ils ne l'auraient plus retrouvé à la place où le roc l'avait contenu pendant tant de temps ; il avait disparu, et celui qui le portait s'était englouti avec lui.

Un silence mortel succéda au cri qui venait de se faire entendre, tandis que, sous le brouillard des Montagnes-Brumeuses, des détonations sourdes étaient lugubrement répétées par l'écho.

La scène était en harmonie avec les acteurs.

Des vautours noirs planaient au-dessus de leurs têtes, et comme s'ils devinaient une proie prochaine, ou regrettaient le cadavre de celui que le précipice venait d'en-

gloutir, leurs cris aigus se mêlaient aux grondements
lointains des collines.

Après le premier mouvement de surprise causé par
un spectacle auquel tous étaient si loin de s'attendre,
Fabian répéta :

« Qu'avez-vous à répondre pour votre défense ? »

Une lutte violente entre sa conscience et l'orgueil eut
lieu dans l'âme de Mediana.

L'orgueil l'emporta.

« Rien, répondit don Antonio.

— Rien ! reprit Fabian ; mais vous ne comprenez peut-
être pas l'horrible devoir qui me reste à remplir ?

— Je le comprends.

— Et moi, s'écria Fabian d'une voix forte, je saurai
l'accomplir ; et cependant, quoique le sang de ma mère
crie vengeance, daignez vous disculper, et je bénirai vos
paroles. Jurez-moi, par le nom de Mediana que nous
portons tous deux, par votre honneur, par le salut de
votre âme, que vous n'êtes pas coupable, et je serai trop
heureux de vous croire. »

Puis, sous le poids d'une douloureuse angoisse, Fabian attendit la réponse de Mediana.

Mais inflexible et sombre comme l'archange déchu,
Mediana garda le silence.

En ce moment, Diaz s'avança vers les juges et l'accusé.

« J'ai écouté, dit-il, écouté avec une attention profonde l'accusation portée contre don Estévan de Arechiza, que je savais être aussi le duc de l'Armada. Puis-je
exprimer librement ici ce que je pense ?

— Parlez, répondit Fabian.

— Un point me paraît douteux. J'ignore si le crime
qu'on reproche à ce noble cavalier a été commis par
lui ; mais, en l'admettant, avez-vous mandat pour le juger ? D'après les lois de nos frontières, où les tribunaux
ne peuvent siéger, il n'y a que les plus proches parents

de la victime qui aient le droit d'exiger le sang du coupable.

« La jeunesse du seigneur don Tiburcio s'est écoulée dans ce pays; je l'ai connu comme fils adoptif du gambusino Marcos Arellanos.

« Qui prouve que Tiburcio Arellanos est le fils de la femme assassinée ?

« Comment, après tant d'années, l'ancien matelot, aujourd'hui le chasseur ici présent, a-t-il pu reconnaître au fond de ces déserts, dans l'homme fait que voici, l'enfant qu'il n'a vu qu'un instant dans une nuit brumeuse ?

— Répondez, Bois-Rosé, » dit froidement Fabian.

Le Canadien se leva de nouveau.

« Je dois d'abord déclarer ici, dit le vieux chasseur, que ce n'est pas pendant un seul moment d'une nuit brumeuse que j'ai vu l'enfant en question. Pendant deux ans, après l'avoir arraché à une mort certaine, j'ai vécu avec lui à bord du navire où je l'avais amené.

« Les traits d'un fils ne sont pas gravés plus profondément dans la mémoire d'un père que ceux de cet enfant ne l'étaient dans la mienne.

« Maintenant, comment l'ai-je reconnu ?

« Quand vous marchez dans le désert, sans chemin tracé, ne vous dirigez-vous pas par le cours des ruisseaux, par l'aspect des arbres, par la conformation de leurs troncs, par la disposition de la mousse qui les recouvre, par les étoiles du ciel ? Quand vous repassez dans la saison suivante, ou plus tard, ou vingt ans après, que les pluies aient gonflé le ruisseau ou que le soleil l'ait à moitié tari; que l'arbre que vous avez vu dépouillé soit couvert de feuilles; que son tronc ait grossi; que ses mousses se soient épaissies; que l'étoile du Nord ait changé de place, ne reconnaîtrez-vous pas toujours l'étoile, l'arbre ou le ruisseau ?

— Sans doute, répliqua Diaz, l'homme qui a pratiqué le désert ne s'y trompe pas. Mais.... »

Le Canadien reprit, on interrompant l'aventurier :

« Quand vous rencontrez dans les savanes un inconnu qui échange avec vous le cri de l'oiseau ou la voix de l'animal qui sert de ralliement à vous ou à vos amis, ne dites-vous pas : « Cet homme est des nôtres? »

— Assurément.

— Eh bien! j'ai reconnu l'enfant dans l'homme fait, comme vous reconnaîtriez l'arbuste dans l'arbre grand, le ruisseau qui murmurait jadis, dans le torrent qui gronde aujourd'hui grossi par les pluies; j'ai reconnu l'enfant par un mot d'ordre que vingt ans ne lui avaient fait oublier qu'à moitié.

— Cette rencontre n'est-elle pas pour le moins étrange? objecta Diaz, à près peu convaincu de la véracité du Canadien.

— Dieu, s'écria Bois-Rosé avec solennité, Dieu, qui dit à la brise d'apporter à travers l'espace au dattier femelle la poussière fécondante du palmier mâle; Dieu, qui confie au vent qui ravage, au torrent qui dévaste, à l'oiseau qui voyage, la graine étrangère pour la déposer à cent lieues de la plante qui l'a produite, ne peut-il pas aussi facilement pousser l'une sur le chemin de l'autre deux créatures faites à son image? »

Diaz se tut un instant; puis, n'ayant rien de plus à alléguer contre les paroles chaleureuses du Canadien, dont la loyale figure et l'accent de vérité portaient avec soi une conviction irrésistible, il se tourna vers Pepe.

« Avez-vous reconnu, demanda-t-il, dans le fils adoptif du gambusino Arellanos, le fils de la comtesse de Mediana?

— Il faudrait n'avoir jamais vu sa mère pour le méconnaître plus d'un jour, reprit Pepe; du reste, que le duc de l'Armada nous démente. »

Don Antonio, trop fier pour mentir, ne pouvait nier la vérité sans se dégrader aux yeux de ses juges, sans anéantir le seul moyen de défense auquel son orgueil et le secret désir de son cœur lui permissent de recourir.

« C'est vrai, dit-il, cet homme est de mon sang; je ne saurais le nier sans souiller mes lèvres d'un mensonge. Le mensonge est fils de la lâcheté. »

Diaz inclina la tête, regagna sa place et ne dit plus rien.

« Vous l'avez entendu, dit Fabian, je suis bien le fils de cette femme assassinée par l'homme ici présent. J'ai donc le droit de la venger. Maintenant, que dit la loi du désert ?

— Œil pour œil, fit Bois-Rosé.

— Dent pour dent, ajouta Pepe.

— Sang pour sang, acheva Fabian; la mort pour la mort ! »

Puis il se leva, et s'adressant à don Antonio en accentuant lentement ses paroles : « Vous avez versé le sang et donné la mort; il vous sera fait ce que vous avez fait aux autres : c'est Dieu qui l'a dit et qui le veut. »

Fabian tira son poignard du fourreau; le soleil versait les flots de sa lumière matinale sur le désert, et les objets projetaient au loin leur ombre.

Un vif éclair jaillit de la lame nue entre les mains du plus jeune des deux Mediana.

Fabian en enfonça la pointe dans le sable.

L'ombre du poignard dépassait sa longueur.

« Le soleil, s'écria-t-il, va mesurer les instants qui vous restent à vivre. Quand cette ombre aura disparu, vous comparaîtrez devant Dieu, et ma mère sera vengée ! »

Un silence de mort succéda aux dernières paroles de Fabian, qui, sous le poids d'émotions poignantes longtemps contenues, se laissa tomber plutôt qu'il ne s'assit sur la pierre tumulaire.

Bois-Rosé et Pepe étaient restés assis; juges et condamné, tous étaient immobiles....

Diaz comprit alors que tout était fini; il ne voulut pas assister à l'exécution de la sentence.

Il s'approcha du duc de l'Armada, inclina un genou devant lui, prit sa main et la baisa.

« Je prierai pour le salut de votre âme, dit-il à voix basse. Seigneur duc de l'Armada, me déliez-vous de mon serment?

— Oui, reprit don Antonio d'une voix ferme ; allez, et que Dieu vous bénisse pour votre loyauté. »

Le noble aventurier s'éloigna en silence.

Son cheval était resté non loin de là.

Diaz le rejoignit, et, la bride dans ses mains, il marcha lentement dans la direction de la fourche de la rivière.

Cependant le soleil poursuivait son éternelle carrière. Les ombres se raccourcissaient peu à peu ; les vautours noirs volaient toujours en rond au-dessus de la tête des quatre acteurs du drame terrible dont le dénoûment approchait ; sous les brouillards des Montagnes-Brumeuses, des explosions sourdes continuaient à gronder par intervalles comme un orage lointain.

Pâle, mais résigné, l'infortuné comte de Mediana était resté debout ; plongé dans une dernière rêverie, il semblait ne pas s'apercevoir que l'ombre décroissait toujours.

Les objets extérieurs disparaissaient à ses yeux, entre un passé qui ne lui appartenait plus et l'éternité qui allait s'ouvrir.

Cependant son orgueil luttait encore au dedans de lui, et il gardait un silence obstiné.

« Seigneur comte de Mediana, reprit Fabian, qui voulait tenter une dernière chance, dans cinq minutes le poignard ne projettera plus d'ombre.

— Je n'ai rien à dire du passé, répondit don Antonio, je n'ai plus qu'à m'occuper de l'avenir de mon nom. Maintenant, ne vous méprenez pas sur le sens de mes paroles que vous allez entendre : sous quelque forme qu'elle se présente à moi, la mort n'a rien qui m'épouvante.

— J'écoute, dit doucement Fabian.

— Vous êtes bien jeune, Fabian, reprit Mediana ; le sang versé n'en pèsera que plus longtemps sur vous. »

Fabian laissa échapper un geste d'angoisse.

« Pourquoi souiller sitôt cette vie que vous commen-cez à peine ? Pourquoi ne pas suivre la voie qu'ouvre devant vous une faveur inespérée de la Providence ? Hier, vous étiez pauvre, vous étiez sans famille : Dieu vous fait retrouver une famille, en même temps qu'il vous donne la richesse. L'héritage de votre nom n'a pas dépéri entre mes mains ; j'ai porté pendant vingt ans le nom des Mediana à la hauteur des plus illustres qui soient en Espagne, et je suis prêt à vous le rendre avec tout l'éclat que j'ai su y ajouter. Reprenez donc un bien que je vous cède avec joie, avec bonheur, car mon iso-lement dans la vie me paraissait bien lourd ; mais ne l'achetez pas par un crime qu'une justice illusoire n'ab-soudrait pas, et que vous pleureriez jusqu'à votre der-nier jour.

— Le juge qui siége à son tribunal n'a pas le droit d'écouter la voix de son cœur. Fort de sa conscience, du service qu'il rend à la société, il peut plaindre le coupable, mais son devoir exige qu'il le condamne. Dans ces déserts, ces deux hommes et moi représentons la justice humaine. Dissipez les accusations qui pèsent contre vous, don Antonio, et le plus heureux de nous deux ne sera pas vous ; car je n'accuse qu'en frémissant, mais sans pouvoir me soustraire à la mission fatale que Dieu m'impose.

— Pensez-y bien, Fabian, et songez que ce n'est pas le pardon, mais l'oubli que je sollicite ; grâce à cet oubli, il ne tiendrait qu'à vous d'être, dans le fils que j'adopterais, un Mediana héritier d'une maison princière ; après ma mort, mes titres s'éteignent pour toujours. »

A ces paroles, une pâleur mortelle couvrit le front

du jeune homme ; mais refoulant la tentation de l'orgueil au fond de son cœur, Fabian ferma l'oreille à cette voix qui lui proposait une si riche part des grandeurs humaines, comme s'il n'eût entendu que le vain souffle de la brise murmurant dans le feuillage des saules.

« Oh ! Mediana, pourquoi faut-il que vous ayez tué ma mère? s'écria Fabian en se voilant la figure de ses deux mains ; puis, jetant un regard sur le poignard planté dans le sable : Seigneur duc de l'Armada, le poignard n'a plus d'ombre, ajouta-t-il d'un ton solennel. »

Don Antonio tressaillit malgré lui; se rappelait-il alors la menace prophétique que vingt ans auparavant la comtesse de Mediana lui avait fait entendre.

« Peut-être, lui avait-elle dit, ce Dieu que vous blasphémez vous fera-t-il trouver, au fond d'un désert où les hommes n'auront jamais pénétré, un accusateur, un témoin, un juge et un bourreau. »

Accusateur, témoin et juge, tout était là sous ses yeux ; mais qui allait être le bourreau? Cependant rien ne devait manquer à l'accomplissement de la formidable prophétie.

Un bruit de branches froissées se fit tout à coup entendre.

Un homme, les habits dégouttants d'eau et souillés de vase, sortit de l'enceinte des cotonniers : c'était Cuchillo.

Le drôle s'avançait avec un air d'aisance imperturbable, quoiqu'il semblât boiter légèrement.

Aucun des quatre hommes si profondément absorbés dans leurs terribles réflexions ne manifesta d'étonnement à son aspect.

« Caramba ! vous m'attendiez donc, s'écria-t-il ; et moi qui m'obstinais à prolonger le bain le plus désagréable que j'aie jamais pris, dans la crainte de vous causer à tous une surprise dont mon amour-propre aurait souffert (Cuchillo ne parlait pas de son excursion dans la montagne). Mais l'eau de ce lac est si glaciale que j'aurais affronté, pour n'y pas mourir de froid, un danger plus grand que celui de me joindre à d'anciens amis. Ajoutez à cela que je sentais se rouvrir à ma jambe une blessure que j'y ai reçue... il y a longtemps... fort longtemps... dans ma jeunesse. Seigneur don Estévan, don Tiburcio, je suis bien votre serviteur. »

Un profond silence accueillit ces paroles.

Cuchillo sentait bien qu'il jouait le rôle du lièvre qui vient se réfugier sous la dent des lévriers ; mais il tâchait, à force d'impudence, de régulariser une position plus que précaire.

Le vieux chasseur seul lança vers Fabian un regard qui semblait demander le motif de l'intrusion de ce personnage à l'air impudent et sinistre, à la barbe limoneuse et verdâtre.

« C'est Cuchillo, dit Fabian en répondant au regard de Bois-Rosé.

— Cuchillo, votre serviteur indigne, reprit le drôle, et qui n'est pas sans avoir vu vos prouesses, seigneur chasseur de tigres... Décidément, pensa Cuchillo, ma présence leur est moins désagréable que je n'aurais cru. »

Puis, sentant redoubler son impudence à cet accueil quoique glacial, à ce silence quoique semblable à celui qui a lieu à l'arrivée de chaque nouveau venu dans une maison mortuaire, il dit tout haut, en voyant la contenance sévère de tous :

« Mais, vrai Dieu, je m'aperçois que vous êtes en affaires et que je suis peut-être indiscret ; je me retire : il y a des moments où l'on n'aime pas à être dérangé, je le sais par expérience. »

En disant ces mots, Cuchillo faisait mine de traverser une seconde fois la verte enceinte du val d'Or ; mais la voix rude de Bois-Rosé le retint.

« Restez ici, par le salut de votre âme, seigneur Cuchillo, lui dit le chasseur.

— Le géant aura entendu parler de mes ressources intellectuelles, se dit Cuchillo ; ils ont besoin de moi. Après tout, j'aime mieux partager avec eux que de ne rien avoir ; mais, à coup sûr, ce val d'Or est ensorcelé... Vous permettez, seigneur Canadien, reprit-il en s'adressant au chasseur ; et, feignant une surprise qu'il n'éprouvait pas à l'aspect de son chef : j'ai à... »

Un geste impérieux de Fabian coupa court à la demande de Cuchillo.

« Silence, dit-il, ne troublez pas les dernières pensées d'un chrétien qui va mourir ! »

Nous l'avons dit, le poignard planté en terre ne projetait plus d'ombre.

« Seigneur de Mediana, ajouta Fabian, je vous demande encore, par le nom que nous portons, sur votre honneur, sur le salut de votre âme, êtes-vous innocent du meurtre de ma mère ?... »

A cette interrogation suprême, don Antonio répliqua sans faiblir :

« Je n'ai rien à dire, je ne reconnais qu'à mes pairs le droit de me juger. Que mon sort et le vôtre s'accomplissent.

— Dieu me voit et m'entend, dit Fabian ; puis, emmenant Cuchillo à l'écart : Un jugement solennel a condamné cet homme, lui dit-il. En qualité de représentants de la justice humaine dans ce désert, nous confions à vos mains la tâche du bourreau. Les trésors que ce vallon renferme payeront l'accomplissement de ce terrible devoir. Puissiez-vous n'avoir jamais commis de meurtre plus inique !

— On n'a pas vécu quarante ans sans avoir quelques peccadilles sur la conscience, seigneur don Tiburcio. Cependant je n'aurais pas tué à moins le seigneur don Estévan, et je suis fier de voir priser mes talents à leur juste valeur. Vous dites donc que tout l'or du val d'Or sera pour moi?

— Tout, sans en excepter une parcelle.

— Caramba! Malgré mes scrupules bien connus, c'est un bon prix : aussi ne marchanderai-je pas ; et, si même vous aviez quelque autre petit service à me demander, ne vous gênez pas, ce sera par-dessus le marché. »

Ce que nous avons dit précédemment justifie l'apparition inattendue de Cuchillo.

Le bandit, caché dans les eaux du lac voisin, s'en était échappé pendant qu'avait lieu le prologue du drame auquel il venait se mêler.

La rencontre de Baraja et d'Oroche dans la montagne l'avait fait revenir à sa première idée, celle de se joindre au vainqueur.

A tout prendre, il voyait que les choses tournaient mieux qu'il ne l'eût pensé.

Cependant il ne se dissimula pas le danger qu'il y avait pour lui à être le bourreau de l'homme qui connaissait tous ses crimes, et qui d'un mot pouvait le livrer à la justice implacable en vigueur dans les déserts.

Il comprit que pour gagner la récompense promise, pour empêcher don Antonio de parler, il fallait commencer par le tromper, et il trouva moyen de dire bas à l'oreille du condamné :

« Ne craignez rien.... je suis avec vous. »

Les spectateurs de cette terrible scène gardaient un profond silence, sous l'impression profonde qu'elle faisait éprouver à chacun d'eux.

Une prostration complète avait succédé dans l'âme de Fabian à l'énergie de sa volonté, et son front se courbait vers la terre, aussi pâle, aussi livide que celui de l'homme dont sa justice avait prononcé l'arrêt.

Bois-Rosé, chez qui les dangers continuels de la vie de matelot et de chasseur avaient émoussé cette hor-

reur physique de l'homme pour la destruction de son
semblable, paraissait uniquement absorbé dans la contemplation mélancolique de ce jeune homme qu'il aimait comme un fils, et dont l'attitude brisée révélait la
douleur.

Pepe, de son côté, essayait de couvrir d'un masque
impassible les sensations tumultueuses d'une vengeance
satisfaite, et gardait le silence comme ses deux compagnons.

Cuchillo seul, dont les instincts sanguinaires et vin-
dicatifs l'eussent fait se charger gratuitement du rôle
odieux de bourreau, contenait à peine sa joie à l'idée de
la somme énorme que ce meurtre allait lui rapporter.

En outre, par une singularité piquante, Cuchillo, pour
la première fois de sa vie, marchait d'accord avec une
apparente légalité.

« Caramba ! se dit-il en prenant la carabine de Pepe
de ses mains et tout en faisant à don Antonio un
signe d'intelligence, voilà un cas où l'alcade d'Arispe
lui-même enragerait d'être forcé de me donner l'abso-
lution. »

Et il s'avança vers don Antonio.

Pâle et les yeux étincelants, sans savoir s'il voyait
en Cuchillo un sauveur ou un bourreau, l'Espagnol ne
bougea pas.

« Il m'avait été prédit que je mourrais dans un désert ; j'ai été ce que vous appelez jugé, je suis condamné ; Dieu me réserve-t-il comme suprême outrage de
mourir de la main de cet homme ? Seigneur Fabian, je
vous pardonne ; mais puisse ce bandit ne pas vous être
fatal comme il va l'être au frère de votre père, comme il
l'a été.... »

Un cri de Cuchillo, un cri d'effroi vint interrompre
le duc de l'Armada.

« Aux armes ! aux armes ! voici les Indiens ! » cria-t-il.
Il y eut un moment de confusion.

Fabian, Bois-Rosé et Pepe coururent saisir leurs carabines ; Cuchillo profita de ce court instant, et s'élançant
vers don Antonio, qui, le cou tendu, interrogeait aussi
l'immensité de la plaine, il lui plongea à deux reprises
son poignard dans la gorge.

Le malheureux Mediana tomba en vomissant des flots
de sang.

Un sourire effleura les lèvres de Cuchillo ; don Antonio
emportait avec lui le secret du bandit.

CHAPITRE IV

LE JUGEMENT DE DIEU.

Un moment de stupeur suivit ce meurtre si rapidement accompli. Don Antonio ne bougeait plus. Fabian
semblait oublier que le bandit n'avait fait que hâter
l'exécution de la sentence qu'il avait prononcée lui-
même.

« Malheureux ! s'écria-t-il en se précipitant vers Cuchillo, le canon de sa carabine dans la main, comme s'il
n'eût daigné se servir que de la crosse contre le bourreau.

— Là, là, dit Cuchillo en se reculant, tandis que
Pepe, plus porté à l'indulgence envers le meurtrier de
don Antonio, s'interposait entre eux deux, vous êtes
vif et emporté comme un poulain sauvage, et prêt à
chaque instant à donner de la corne comme un novillo [1].
Les Indiens sont trop occupés ailleurs pour penser à
nous. C'est une ruse de guerre, afin de vous rendre
plus vite le service signalé que vous m'aviez demandé.

1. Jeune taureau.

Ne soyez donc pas ingrat ; car, pourquoi ne pas en convenir ? vous étiez tout à l'heure le neveu le plus embarrassé de son oncle qui fût jamais.... Vous êtes noble, vous êtes généreux : vous auriez regretté toute votre vie de n'avoir pas pardonné à cet oncle, quand j'ai tranché la question ; jai pris le remords pour moi, et voilà tout.

— Le drôle a l'intelligence alerte et la main sûre, dit l'ex-carabinier.

— Oui, reprit Cuchillo évidemment flatté, je me pique de n'être pas un sot et de me connaître en délicatesse de conscience ; j'ai pris sur moi les scrupules de la vôtre. Quand j'aime les gens, je m'oublie toujours pour eux, c'est mon défaut. Lorsque j'ai vu que vous m'aviez si généreusement pardonné le coup de.... l'égratignure que je vous avais faite, j'ai fait de mon mieux pour y parvenir, le reste est à régler entre ma conscience et moi.

— Ah ! soupira Fabian, j'espérais encore pouvoir lui pardonner.

— Que faire à cela ? interrompit l'ex-carabinier. Pardonner au meurtrier de sa mère, seigneur don Fabian, eût été une lâcheté ; tuer un homme sans défense, presque un crime, j'en conviens, même après cinq ans de préside ; notre ami Cuchillo nous a donc épargné l'embarras du choix. C'est son affaire. Qu'en pensez-vous, Bois-Rosé ?

— Avec des preuves semblables à celles que nous possédons, le tribunal d'une ville eût condamné l'assassin à la peine du talion, la justice indienne ne l'eût pas épargné davantage ; c'est Dieu qui a voulu vous éviter de verser le sang d'un blanc. Je dis comme vous, Pepe, c'est 'affaire de Cuchillo. »

Devant ce verdict du vieux chasseur, Fabian s'inclina, mais en silence toutefois, comme s'il n'eût pu démêler au fond de son cœur, parmi les voix contradictoires qui s'y faisaient entendre, s'il devait se réjouir ou s'affliger de cette catastrophe inattendue.

Cependant un nuage d'amère tristesse chargeait son front.

Moins accoutumé que ses deux sauvages compagnons à des scènes sanglantes, il approuvait, bien qu'en gémissant, leur inexorable logique.

Pendant ce temps, Cuchillo avait repris toute son audace ; les choses tournaient au mieux pour lui.

Il jeta sur le cadavre de celui qui ne pouvait plus parler un regard de haine satisfaite et murmura à demi-voix :

« A quoi tient la destinée humaine ? Il y a vingt ans, ma vie n'a dépendu que de l'absence d'un arbre. »

Puis s'adressant à Fabian :

« Il est donc constaté que je vous ai rendu un grand service. Ah ! don Tiburcio, il faut vous résoudre à rester mon obligé ; mais tenez, je pense généreusement à vous fournir les moyens de vous acquitter. Il y a là des richesses immenses, et il ne s'agit pour cela que de vous rappeler votre parole donnée à celui qui, pour vous, n'a pas craint de se mettre pour la première fois, j'ose le dire, en querelle ouverte avec sa conscience. »

Et Cuchillo, qui, malgré la promesse de Fabian de lui abandonner l'or objet de sa convoitise, savait que promettre et tenir sont deux, attendit plein d'anxiété la réponse de Fabian.

« Ah ! c'est vrai ! le prix du sang vous est dû, » dit-il au bandit.

Cuchillo affecta une attitude indignée.

« Eh bien ! celui-là vous sera magnifiquement payé, reprit le jeune homme d'un air de mépris. Mais il ne sera pas dit que j'aurai partagé avec vous ; l'or de ce placer est pour vous.

— Tout ? s'écria Cuchillo, qui n'en pouvait croire ses oreilles.

— Ne vous l'ai-je pas dit?

— Vous êtes fou, s'écrièrent à la fois le carabinier et le chasseur; le drôle l'aurait tué pour rien.

— Vous êtes un dieu! s'écria Cuchillo, et vous appréciez mes scrupules à leur juste valeur. Quoi! tout cet or?

— Tout, jusqu'à la moindre parcelle, reprit simplement Fabian; je ne veux rien de commun avec vous, pas même cet or. »

Et il fit un signe à Cuchillo.

Le bandit, au lieu de traverser la haie de cotonniers, s'élança vers les Montagnes-Brumeuses, vers l'endroit où il avait attaché son cheval.

Quelques minutes après Cuchillo revenait, son zarape à la main. Il écarta les branches entrelacées qui fermaient le val d'Or, et disparut bientôt aux yeux de Fabian.

Le soleil, au milieu de sa course, jetait une lumière étincelante et faisait scintiller de mille feux l'or disséminé dans le vallon.

Un frisson parcourut les veines de Cuchillo.

Le cœur palpitant à la vue de cet amas de richesses, il ressemblait au tigre qui tombe dans une bergerie et ne sait quelle victime choisir; il parcourait d'un œil hagard les trésors dispersés à ses pieds, et peu s'en fallut que, dans un transport insensé de joie, il ne se roulât dans ces flots d'or.

Bientôt cependant, revenu à des pensées plus calmes, il étendit son manteau sur le sable, et, dans l'impossibilité d'emporter toutes les richesses étalées sous ses yeux, il jeta autour de lui un regard observateur.

Cuchillo choisissait de l'œil.

Pendant ce temps, Diaz, qui s'était assis à quelque distance dans la plaine, n'avait perdu presque aucun des détails de cette scène douloureuse.

Il avait vu Cuchillo apparaître subitement, il avait de-

viné le rôle qu'on allait lui faire remplir, il avait entendu
le cri de fausse alarme du bandit, puis enfin le sanglant
dénoûment du drame ne lui avait pas échappé.

Jusqu'alors il était resté immobile à sa place, pleurant
sur le sort de son chef et sur les espérances que sa mort
anéantissait.

Cuchillo venait de disparaître dans le val d'Or, quand
les trois chasseurs virent Diaz se lever et marcher vers
eux.

Il s'avançait à pas lents, comme la justice de Dieu,
dont il allait être aussi l'instrument.

Son bras était passé dans la bride de son cheval, et son
front, obscurci par la douleur, était baissé vers la terre.

L'aventurier jeta un regard empreint de tristesse sur
le duc de l'Armada nageant dans son sang; la mort n'a-
vait pas effacé de son visage l'expression d'un inaltérable orgueil.

« Je ne vous blâme pas, dit-il. A votre place, j'en eusse
fait autant. Que de sang indien n'ai-je pas fait couler
pour assouvir ma vengeance !

— C'est pain bénit, interrompit Bois-Rosé en passant
la main dans son épaisse chevelure grise et en jetant
sur l'aventurier un regard de sympathie. Pepe et moi,
nous pouvons dire que de notre côté....

— Je ne vous blâme donc pas ; mais je pleure parce
que j'ai vu tomber presque sous mes yeux un homme
au cœur fort, un homme qui tenait dans sa main l'a-
venir de la Sonora ; je pleure, parce que la gloire de
mon pays est morte avec lui.

— C'était, comme vous dites, un homme au cœur
fort, mais au cœur de rocher, dit Bois-Rosé ; que Dieu
ait son âme ! »

Un douloureux tressaillement agita le cœur de Fabian.
Diaz continua l'oraison funèbre du duc de l'Armada.

«Nous avions rêvé, lui et moi, l'affranchissement d'une
puissante province et des jours de splendeur ; ni lui, ni

moi, ni personne ne les verra luire! Ah! que n'ai-je pu
être tué à sa place! Personne ne songerait que je ne suis
plus; un champion de moins n'eût pas compromis la
cause que nous servions tous les deux; mais la mort du
chef la perd à jamais. Ces trésors qu'on dit être entassés ici devaient nous servir à régénérer la Sonora;
car vous ne savez peut-être pas que près de cet endroit....

— Nous le savons, interrompit Fabian.

— Bien, reprit Diaz; je ne m'occupe plus de cet immense placer; j'ai toujours préféré la vue d'un Indien
tué de mes mains à un sac de poudre d'or. »

Cette communauté de haine pour les Indiens augmenta
encore chez Bois-Rosé la sympathie que lui avaient ins-
pirée le désintéressement et le courage de Diaz.

« Nous avons échoué au port, continua Diaz d'un ton
empreint d'amertume, tout cela par la faute d'un traître
que je veux livrer à votre justice, non parce qu'il nous
trompait, mais parce qu'il a brisé l'instrument dont Dieu
voulait se servir pour faire de mon pays un puissant
royaume.

— Que voulez-vous dire? s'écria Fabian. Est-ce à dire
que Cuchillo...

— Ce traître qui deux fois a tenté de vous assassiner,
la première à l'hacienda del Venado, la seconde dans la
forêt qui en est voisine, était celui qui nous conduisait
vers le val d'Or.

— C'est donc Cuchillo qui vous en avait vendu le secret? J'en étais presque sûr; mais vous, en êtes-vous
certain?

— Aussi certain que je le suis de paraître un jour devant Dieu; le pauvre don Estévan m'a raconté comment
l'existence et l'emplacement du trésor étaient venus à
la connaissance de Cuchillo; c'est en assassinant son
associé, qui le premier l'avait découvert. Maintenant si
vous jugez que l'homme qui a attenté deux fois à votre

vie mérite un châtiment exemplaire, c'est à vous de le
décider. »

En achevant ces mots, Pedro Diaz resserrait les san-
gles de son cheval et se disposait à partir.

« Encore un mot, s'écria Fabian. Ce cheval gris qui
bronche de la jambe droite de devant, y a-t-il longtemps
que Cuchillo le possède ?

— Il y a plus de deux ans, à ce que je lui ai entendu
dire. »

Cette dernière scène avait échappé au bandit ; l'enceinte des cotonniers était un obstacle suffisant pour lui
en dérober la vue : il était d'ailleurs trop absorbé dans
la contemplation de ses trésors pour en détourner ses
yeux.

Couché sur le sable, il rampait au milieu des innom-
brables cailloux d'or qu'il renfermait, et avait déjà commencé à entasser sur son zarape tous ceux sur lesquels
son choix s'arrêtait, quand Diaz achevait sa terrible révélation.

« Ah ! c'est une effrayante et fatale journée, dit Fabian, aux yeux de qui la dernière partie de cette révélation ne laissait plus de place au doute. Que dois-je
faire de cet homme ? Vous deux qui savez ce qu'il a fait
de mon père adoptif, Pepe, Bois-Rosé, conseillez-moi,
car je suis à bout de force et de résolution ; c'est aussi
trop d'émotions en un seul jour !

— Le vil coquin qui a égorgé votre père mériterait-
il plus d'égards que le noble gentilhomme qui avait tué
votre mère, mon enfant ? répondit résolûment le Canadien.

— Que ce soit votre père adoptif ou tout autre qui
ait été sa victime, ce brigand mérite la mort, ajouta
Diaz en se mettant en selle, et je l'abandonne à votre
justice.

— C'est à regret que je vous vois partir, dit Bois-Rosé
à l'aventurier ; un homme qui est comme vous l'ennemi

acharné des Indiens eût été un compagnon dont j'aurais apprécié la société.

— Mon devoir me rappelle au camp, d'où je suis parti sous l'influence de la fâcheuse étoile du malheureux don Estévan, répondit l'aventurier; mais il est deux choses que je n'oublierai jamais : ce sont les procédés d'ennemis généreux et le serment que j'ai prêté entre vos mains de ne révéler à personne au monde le secret de ces immenses richesses. »

En achevant ces mots, le loyal Diaz s'éloigna rapidement, en réfléchissant aux moyens de concilier son respect pour sa parole et le soin de la sûreté de l'expédition, dont le chef, avant de mourir, avait remis le commandement entre ses mains.

Les trois amis l'eurent bientôt perdu de vue.

Pendant qu'il s'éloignait, un autre cavalier, également invisible pour eux, reprenait, en longeant l'un des bras de la rivière, le chemin du camp mexicain : c'était Baraja.

Celui-là, le cœur plein encore des détestables passions qui lui avaient fait sacrifier son compagnon, et altéré plus que jamais de la soif de l'or, s'était enfin décidé à partager la proie ; et il galopait pour chercher du renfort, bien éloigné de s'attendre à ne trouver au camp que le fer et le feu pour dénoûment.

Le soleil montait et n'éclairait plus dans le vallon que Cuchillo, avidement courbé sur sa moisson d'or, et les trois chasseurs tenant conseil entre eux à son sujet.

Fabian avait écouté en silence l'avis de Bois-Rosé, ainsi que celui donné par Diaz en partant, et il attendait l'avis de l'ancien carabinier.

« Vous avez fait, dit à son tour celui-ci, un vœu dont rien ne peut vous délier; la femme d'Arellanos l'a reçu à son lit de mort ; vous tenez le meurtrier de son mari en votre puissance ; il n'y a pas à s'en dédire. »

Puis voyant une indécision pleine d'anxiété sur la

figure de Fabian, il ajouta, avec cette ironie mordante qui faisait le fond de son caractère : « Mais, après tout, si ce rôle vous répugne tant, je m'en chargerai ; car, n'ayant pas contre Cuchillo la moindre rancune, je puis le pendre sans scrupule aucun : vous allez voir, don Fabian, que le coquin ne sera pas surpris de ce que je vais lui dire ; les gens porteurs d'une figure semblable à celle de Cuchillo s'attendent toujours à être pendus d'un moment à l'autre. »

En achevant cette réflexion judicieuse, Pepe s'approcha de la haie de verdure qui les séparait du bandit.

Celui-ci, étranger à tout ce qui s'était passé autour de lui, ébloui, aveuglé par les lueurs dorées qui jaillissaient, aux rayons du soleil, de la surface du vallon, n'avait rien vu, rien entendu.

Ses doigts crispés fouillaient le sable avec l'ardeur du chacal affamé qui déterre un cadavre.

« Seigneur Cuchillo ! un mot s'il vous plaît, s'écria Pepe en entr'ouvrant les branches de cotonniers ; seigneur Cuchillo ! »

Mais Cuchillo n'entendait pas.

Ce ne fut qu'au troisième appel qu'il détourna la tête et montra au carabinier son visage enflammé, après avoir, par un mouvement spontané de défiance, rejeté un coin de son manteau sur l'or qu'il avait recueilli.

« Seigneur Cuchillo, reprit Pepe, je vous ai entendu tout à l'heure proférer une maxime philosophique qui me donne la plus haute idée de votre caractère.

— Allons, se dit Cuchillo en essuyant son front mouillé de sueur, en voilà encore un qui a besoin de moi. Ces gens deviennent indiscrets ; mais, vive Dieu ! ils payent généreusement. »

Puis, tout haut :

« Une sentence philosophique ! dit-il en rejetant dédaigneusement une poignée de sable dont le contenu eût fait partout ailleurs la joie d'un chercheur d'or.

Laquelle ? J'en dis beaucoup et des meilleures : la philosophie est mon fort. »

Pepe, d'un côté de la haie du val d'Or, appuyé sur sa carabine, dans une pose superbe de nonchalance, avec le sang-froid le plus imperturbable, et Cuchillo, dont la tête dépassait, de l'autre côté, la verte enceinte du petit vallon, avaient l'air de deux voisins de campagne conversant familièrement ensemble.

Personne, à les voir ainsi tous deux, n'eût soupçonné le terrible dénoûment de ce pacifique entretien.

L'ex-carabinier laissait voir sur sa figure un très-gracieux sourire.

« Je le disais bien, répondit-il. « A quoi tient, » avez-vous dit, « la destinée humaine ? Il y a vingt ans, ma « vie n'a tenu qu'à l'absence d'un arbre. »

— C'est vrai, répondit Cuchillo d'un ton distrait ; j'ai longtemps préféré les arbustes, mais depuis je me suis réconcilié avec les plus grands arbres.

— Je le disais bien.

— Et puis, c'est encore une de mes maximes favorites, l'homme sage doit passer par-dessus bien de petits inconvénients.

— Je le disais bien. Et à ce propos, ajouta négligemment Pepe, il y a là haut sur cette colline escarpée deux magnifiques sapins qui se penchent sur l'abîme, et qui vous auraient causé, il y a quelque vingt ans, de bien sérieuses inquiétudes.

— Je ne dis pas non ; mais aujourd'hui je m'en soucie comme d'une touffe d'oréganos.

— Je le disais bien.

— Je le disais bien, répéta Cuchillo avec quelque impatience. Ah çà, vous me faisiez donc l'honneur de parler de moi ? Et à quel propos ?

— Oh ! une simple remarque. Nous avions, mes deux amis et moi, quelques raisons de soupçonner que près de ces montagnes se trouvait un certain val d'Or : mais, néanmoins, ce n'est qu'après de longues recherches que nous l'avons trouvé. Vous le connaissiez donc aussi, et même mieux que nous, puisque sans hésitation, sans perdre un instant, vous avez donné juste au milieu de ce que vous appelez un placer, et que vous avez déjà récolté, ma foi, de quoi bâtir une église à votre patron ? »

Cuchillo, au souvenir de l'imprudence qu'il avait commise et à cette attaque indirecte, sentit ses jambes fléchir sous lui.

« C'est aussi mon intention de n'employer cet or qu'à de pieux usages, dit-il en dissimulant son angoisse du mieux qu'il put. Quant à la connaissance de ce vallon merveilleux, c'est un.... c'est au hasard que je la dois.

— Le hasard vient toujours en aide à la vertu, répliqua flegmatiquement Pepe. Eh bien, à votre place, je ne serais pas, néanmoins, sans inquiétude au sujet du voisinage de ces deux sapins.

— Que voulez-vous dire ? s'écria Cuchillo en pâlissant.

— Rien, si ce n'est que ce pourrait être pour vous un de ces petits inconvénients dont vous disiez tout à l'heure que l'homme ne doit pas se soucier. Vive Dieu ! vous avez un butin à rendre un roi jaloux.

— Mais j'ai gagné loyalement cet or. Pour le mériter, j'ai commis un meurtre : ce que j'ai fait ne valait pas moins.... que diable ! Je n'ai pas l'habitude de tuer gratis, » s'écria Cuchillo exaspéré, et qui, se méprenant sur les intentions du carabinier, ne vit dans ses réticences alarmantes que le regret de la cupidité déçue.

Comme le marin qui, surpris par la tempête, jette à la mer une partie de sa cargaison pour sauver l'autre, Cuchillo se résolut en soupirant à conjurer par un sacrifice le danger dont il se sentait vaguement menacé.

« Je vous le répète, dit-il à voix basse, le hasard seul
m'a fait connaître ce placer ; mais je ne veux pas être
égoïste, et mon intention est de vous laisser prendre
votre part. Écoutez, continua-t-il, il y a dans un endroit
un bloc d'or d'une inestimable valeur : entre honnêtes
gens on est fait pour s'entendre, et ce bloc sera pour
vous. Ah ! votre lot sera plus beau que le mien.

— Je l'espère, dit Pepe ! et dans quel endroit m'avez-
vous réservé ma part ?

— Là-haut, dit Cuchillo, en montrant le sommet de la
pyramide.

— Là-haut ? près de ces sapins ? Ah ! seigneur Cuchillo, que je suis donc heureux que vous n'ayez pas
pris à mal une sotte plaisanterie, et que ces arbres ne
vous inspirent pas plus de souci qu'une touffe d'oréganos ! Entre nous soit dit, don Tiburcio, que vous
voyez si absorbé en apparence, ne regrette réellement
que l'énorme salaire qu'il vous a donné pour une besogne qu'il aurait faite aussi bien lui-même.

— Un énorme salaire ; c'était bien le plus juste prix,
et à moins j'y aurais perdu, s'écria Cuchillo en recouvrant son impudence habituelle à l'aspect du change-
ment qui s'était opéré dans les manières et le ton de
l'ex-carabinier.

— D'accord, reprit celui-ci ; mais enfin il pourrait se
repentir du marché, et je dois convenir que, s'il me donnait l'ordre de vous brûler la cervelle pour se défaire de
vous, je serais obligé de lui obéir. Permettez-moi donc
de l'appeler avec nous pour le rassurer, ou mieux encore,
venez me montrer le lot que votre munificence m'a
destiné. Après quoi, nous tirerons chacun de notre côté, et, quoi que vous en disiez, la part qui vous reviendra dépassera toutes vos prévisions.

— Marchons donc, » reprit Cuchillo, heureux de voir
se terminer aussi avantageusement pour lui une négocia-
tion dont le résultat commençait à l'inquiéter sérieuse-

ment ; et jetant au monceau d'or qu'il avait amassé sur sa couverture un regard de tendresse passionnée, il s'achemina vers le sommet de la pyramide.

Il était à peine arrivé que, sur l'invitation de Pepe, Fabian et Bois-Rosé commençaient à gravir l'escarpement de l'autre côté.

« Nul ne peut éviter son sort, dit Pepe à Fabian, et je vous avais bien prévenu que le drôle ne sourcillerait pas. Quoi qu'il en soit, rappelez-vous que vous avez juré de venger la mort de votre père adoptif, et que dans ces déserts vous devez faire honte à la justice des villes qui tolère l'impunité. Avec de pareils coquins, l'indulgence est un crime envers la société. Bois-Rosé, j'aurai besoin de l'aide de vos bras. »

Le chasseur canadien consulta du regard celui pour qui son dévouement aveugle ne connaissait pas de bornes.

« Marcos Arellanos a demandé grâce et il ne l'a pas obtenue, dit Fabian dont les incertitudes avaient cessé ; qu'à celui-là aussi il soit fait ce qu'il a fait aux autres. »

Et ces trois hommes inexorables s'assirent solennellement sur le sommet de la pyramide, où Cuchillo les attendait déjà. A la vue de la contenance sévère de ceux qu'il avait intérieurement tant de raisons de redouter, Cuchillo sentit renaître toutes ses appréhensions. Il essaya cependant de reprendre son assurance.

« Voyez-vous?... » dit-il en montrant derrière la nappe d'eau, dont l'imposant fracas grondait à leurs oreilles, l'endroit où jusqu'alors le bloc d'or avait jeté ses éblouissantes lueurs et dont la trace seule restait au flanc du rocher.

L'œil avide du bandit en eut bientôt constaté l'absence, et il jeta un cri de rage aussitôt étouffé.

Mais les yeux de ses juges ne se détournèrent pas dans la direction qu'il avait indiquée. Fabian se leva

lentement ; son regard fit courir sur l'épiderme de Cuchillo un frisson de terreur.

« Cuchillo, dit-il, vous m'avez empêché de mourir de
soif et vous n'avez pas obligé un ingrat. Je vous ai pardonné le coup de poignard dont vous m'avez blessé
à l'hacienda del Venado. Je vous ai pardonné de nouvelles tentatives près du Salto de Agua ; je vous ai pardonné le coup de carabine que vous seul avez pu nous
adresser du sommet de cette pyramide ; je vous aurais
enfin pardonné tous les attentats qui n'auraient eu pour
but que de m'enlever la vie que vous m'aviez conser-
vée ; non content de vous avoir pardonné, je vous avais
même payé comme un roi ne paye pas l'exécuteur de sa
justice.

— Je ne le nie pas ; mais cet estimable chasseur, qui
m'a exposé avec toute espèce de ménagements le point
délicat où vous voulez en venir, a dû vous dire combien
il m'a trouvé raisonnable à ce sujet.

— Je vous ai pardonné, reprit Fabian ; mais il est un
crime entre autres dont votre conscience n'a pas dû vous
absoudre.

— Ma conscience et moi nous nous entendons fort
bien, reprit Cuchillo avec un sourire gracieusement sinistre ; mais il me semble que nous nous écartons de
notre sujet.

— Cet ami que vous avez lâchement assassiné....

— Il me contestait le gain de la partie, et, ma foi, la
consommation d'eau-de-vie était très-forte, interrompit
Cuchillo. Mais permettez....

— Ne feignez point de ne pas me comprendre, » s'é-
cria Fabian irrité de l'impudence du coquin.

Cuchillo recueillit ses souvenirs.

« Si vous parlez de Tio Tomas, c'est une affaire qu'on
n'a jamais bien sue, mais.... »

Fabian ouvrait la bouche pour formuler nettement l'accusation d'assassinat d'Arellanos, quand Pepe intervint.

« Je serais curieux, dit-il, de savoir au juste l'histoire de Tio Tomas ; peut-être le seigneur Cuchillo n'aura-t-il pas le loisir de rédiger ses mémoires, ce qui sera dommage.

— Je tiens aussi, reprit Cuchillo flatté du compliment, à prouver que peu d'hommes ont une conscience plus susceptible que la mienne ; voici donc le fait : Tio Tomas, mon ami, avait un neveu impatient d'hériter de la fortune de son oncle. Je reçus cent piastres du neveu pour hâter le moment de l'ouverture de la succession ; c'était bien peu pour un si beau testament.

« C'était si peu que je prévins Tio Tomas, et je reçus deux cents piastres pour que son neveu n'héritât jamais de lui. Je commis la faute de.... dépêcher le neveu sans le prévenir, comme je l'aurais dû faire, peut-être. Ce fut alors que je sentis combien est incommode une conscience hargneuse comme la mienne ; je saisis donc le seul moyen d'accommodement qui me restât. L'argent du neveu était un remords pour moi, je résolus de m'en débarrasser.

— De l'argent ?

— Non pas !

— Et vous dépêchâtes l'oncle à son tour, » s'écria Pepe.

Cuchillo s'inclina.

« Ma conscience n'eut plus dès lors le plus petit reproche à me faire. J'avais gagné trois cents piastres avec la plus ingénieuse loyauté. »

Cuchillo souriait encore quand Fabian s'écria :

« Vous avait-on payé pour assassiner Marcos Arellanos ? »

A cette accusation foudroyante, une pâleur livide décomposa les traits de Cuchillo.

Il ne put se dissimuler plus longtemps le sort qui l'attendait.

Le bandeau qui couvrait ses yeux tomba subitement,

et aux douces illusions dont il s'était bercé succéda brusquement une formidable réalité.

« Marcos Arellanos, balbutia-t-il d'une voix éteinte ; qui vous l'a dit ? Je ne l'ai pas tué !

Fabian sourit amèrement.

« Qui dit, s'écria-t-il, au pâtre où est la tanière du jaguar qui dévore ses troupeaux ?

« Qui dit au vaquero où s'est réfugié le cheval qu'il poursuit ?

« A l'Indien, l'ennemi qu'il cherche ?

« Au chercheur d'or, le métal que Dieu cache ?

« La surface du lac seule ne garde pas la trace de l'oiseau qui vole au-dessus de ses eaux et du nuage qui s'y reflète ; mais les terres, les herbes, la mousse, tout garde pour nos yeux, à nous, fils du désert, l'empreinte du jaguar, du cheval, de l'Indien ; ne le savez-vous pas comme moi ?

— Je n'ai pas tué Arellanos, répéta l'assassin.

— Vous l'avez tué ! vous l'avez égorgé près du foyer commun, vous avez jeté son corps à la rivière ; le sol m'a tout dit, depuis le défaut du cheval qui vous portait, jusqu'à la blessure à la jambe que vous avez reçue dans la lutte.

— Grâce ! seigneur don Tiburcio, s'écria Cuchillo, accablé par la révélation subite de ces faits dont Dieu seul avait été témoin. Prenez tout l'or que vous m'avez donné, mais laissez-moi la vie, et, pour vous en remercier, je tuerai tous vos ennemis, je tuerai partout et toujours sur un signe de vous.... pour rien.... même mon père, si vous l'ordonnez ; mais, au nom du Dieu tout-puissant dont le soleil nous éclaire, laissez-moi la vie, laissez-moi la vie ! reprit-il en se traînant aux genoux de Fabian.

— Arellanos vous demandait grâce aussi ; l'avez-vous écouté ? dit Fabian en se détournant.

— Mais quand je l'ai tué c'était pour m'emparer de

tout cet or à moi seul; je le donne aujourd'hui pour ma vie, que voulez-vous de plus? » continua-t-il en résistant aux efforts de Pepe, qui cherchait à l'empêcher d'aller baiser les pieds de Fabian.

Les traits bouleversés par la terreur, une écume blanchâtre à la bouche, les yeux démesurément ouverts, mais sans regard, Cuchillo suppliait encore en essayant de ramper jusqu'à Fabian. Le bandit était arrivé d'efforts en efforts jusqu'au bord de la plate-forme. Derrière sa tête la nappe d'eau se précipitait en écumant.

« Grâce! grâce! reprit-il, grâce au nom de votre mère, au nom de doña Rosarita qui vous aime, car je le sais, elle vous aime.... j'ai entendu....

— Quoi! » s'écria Fabian en s'élançant à son tour vers Cuchillo ; mais l'interrogation expira sur ses lèvres.

Arraché au sol par le pied du carabinier, Cuchillo, les bras et la tête en arrière, tombait renversé dans l'abîme.

« Qu'avez-vous fait, Pepe? s'écria Fabian.

— Le drôle, dit l'ex-carabinier, ne valait ni la corde qui l'aurait étranglé, ni la balle qui l'aurait abattu. »

Un cri déchirant, un cri qui s'élevait du gouffre, couvrit leurs voix et domina le bruit de la cascade. Fabian avança la tête et recula saisi d'horreur. Accroché aux branches d'un buisson qui ployait sous son poids et dont les racines, qui tenaient à peine aux flancs du rocher, s'en détachaient petit à petit, Cuchillo planait sur l'abîme et hurlait de terreur et d'angoisse.

« Au secours! criait-il de cette voix de désespoir des damnés ; au secours! si vous avez des entrailles humaines! »

Les trois amis échangèrent un regard intraduisible ; chacun d'eux essuyait la sueur de son front.

Tout à coup la voix du bandit s'éteignit, et, au milieu d'éclats de rire hideux, semblables à ceux d'un aliéné, on n'entendit plus que quelques mots inarticulés qui s'échappaient de sa bouche.

Bientôt la voix de la cascade troubla seule le silence
du désert ; l'abîme venait d'engloutir celui de qui la vie
n'avait été qu'un long tissu de crimes.

« Ah! s'écria Fabian, vous avez ôté au jugement des
hommes son auguste caractère.

— Peut-être, répondit Pepe ; mais le jugement de Dieu,
qui vient de s'accomplir, est encore plus effrayant. »

CHAPITRE V

LES VOIX INTÉRIEURES.

Les ombres s'allongeaient insensiblement à mesure
que le soleil s'avançait vers le couchant, et, sous ses
rayons obliques, le val d'Or ne jetait plus que de pâles et
rares lueurs. Bientôt ces vastes solitudes, où venaient de
se passer les terribles événements que nous avons ra-
contés, allaient s'envelopper du manteau de la nuit et
reprendre leur calme habituel.

Un devoir restait à remplir : c'était de donner la sé-
pulture à don Antonio de Mediana. Bois-Rosé et Pepe
se chargèrent de ce soin ; transporté dans leurs bras jusqu'au sommet de la pyramide, il trouva son dernier
asile dans le tombeau du chef indien. La superstition
qui avait consacré ces lieux mettait le corps à l'abri de
la profanation des hommes, et les pierres qui couvraient
la tombe le protégeaient contre la voracité des oiseaux
de proie.

« Que de fois, s'écria mélancoliquement le vieux chasseur, depuis que je suis en âge de porter un fusil ou une
carabine, n'ai-je pas été présent dans ces moments douloureux où l'on compte ses morts ! Ah ! quoi qu'on dise,
l'instinct sanguinaire de l'homme ne s'éteindra jamais ;

qu'il rencontre ses semblables sur l'immensité de l'O-
céan ou au milieu des déserts, c'est toujours le même
résultat : du sang qui rougit la mer ou dont le sable se
teint; et cependant Dieu semble n'avoir créé la terre et
la mer aussi vaste que pour qu'il y ait place pour tout le
monde.

— Est-ce un reproche indirect que vous m'adressez ?
demanda Fabian d'un ton d'amère tristesse ; j'ai condamné le meurtrier de ma mère, j'ai condamné également l'assassin de mon père adoptif comme j'aurais
condamné le vôtre. Ce que j'ai fait, je le ferais encore,
ajouta-t-il avec fermeté ; aurais-je eu le droit de pardonner à l'un et à l'autre ?

— L'amertume est dans votre âme, mon enfant, s'écria
Bois-Rosé, et vous fait mal interpréter mes paroles.
Non, je n'ai pas eu l'intention de blâmer votre conduite ;
que Dieu m'en préserve ! et d'ailleurs le pourrais-je,
quand j'ai moi-même donné un avis semblable au vôtre
dans cette terrible affaire ?

« Ces deux meurtriers, qui avaient échappé à la justice
régulière des hommes, semblent avoir été poussés dans
le désert pour y subir le châtiment dû à leurs crimes.
Les condamner a pour vous été un devoir terrible que
vous imposait la Providence. Vous l'avez rempli comme
il convient à un cœur généreux.

« N'avez-vous pas noblement dédaigné les grandeurs
du monde que vous offrait l'assassin de votre mère ?
Agir autrement eût été lâcheté. Je suis fier de vous,
mon enfant bien-aimé. Ne voyez donc, dans mon enfant bien-aimé. Ne voyez donc, dans mes réflexions sur
l'acharnement des hommes à s'entre-détruire, qu'une
pensée douloureuse que j'exprimais en songeant à la
perversité de l'espèce humaine. Le temps approche où
je serai seul, et je n'ai pu m'empêcher de penser que,
lorsqu'un jour aussi mon tour viendra, peut-être ne
trouverai-je pas alors un ennemi généreux qui protégé

mon corps contre l'outrage des hommes, et le préserve de devenir la pâture des bêtes. »

Fabian ne répondit pas, et le chasseur continua, en étouffant un soupir.

« Avant de vous retrouver, Fabian, je n'osais penser au passé, je n'ose aujourd'hui penser à l'avenir. » Et le chasseur soupira de nouveau. « Mais à quoi bon s'occuper de ce qui n'est plus ou de ce qui n'est pas encore?... Que puis-je désirer dans le présent ? N'êtes-vous pas près de moi, et n'ai-je pas à veiller encore sur l'enfant que le ciel m'a fait retrouver ? Eh bien, quand vous ne serez plus là, je me dirai : « Si Dieu, qui deux fois l'a envoyé « vers moi, ne me le rend pas, c'est qu'il est riche, heu- « reux, que nul danger ne le menace, » et cette pensée me consolera dans ma solitude. »

Le chasseur se détourna pour chasser l'émotion qui se peignait sur sa figure et gagnait sa voix ; il semblait attendre une réponse de Fabian, mais Fabian resta muet.

« Tout cet or est à vous, mon enfant, reprit Bois-Rosé ; c'est l'héritage laissé par votre père adoptif ; Pepe et moi allons emporter tout ce que nous permettront nos forces. Nous avons déjà perdu bien du temps. Allons, Pepe, à l'ouvrage, continua le Canadien en s'adressant à l'Espagnol, qui, le visage appuyé sur sa main, promenait aussi des regards mélancoliques sur le désert.

— Pas encore, dit doucement le jeune homme, apaisé par le ton de tendresse de Bois-Rosé ; si vous le trouvez bon, nous passerons la nuit ici. J'ai besoin de me recueillir ; un choc terrible a ébranlé mes esprits, et je demanderai conseil au silence de la nuit et du désert sur ce que je dois décider ; demain je vous le dirai.

— Sur ce que vous devez décider? demanda Bois-Rosé d'un air surpris.

— Il est trop tard à présent pour nous mettre en route, reprit Fabian sans s'expliquer davantage.

— Soit. Je ne vous contredirai pas ; un jour de plus avec vous me sera toujours précieux. Vous l'entendez, Pepe ; mon avis est donc d'asseoir notre camp là-haut sur la colline.

— Oui, dit Fabian, du voisinage de l'homme qui depuis une heure repose près d'un chef indien peut-être sortira-t-il pour moi quelque leçon dont je profiterai. »

Le soleil s'inclinait de plus en plus vers l'horizon, et les trois amis gravirent de nouveau au haut de la pyramide. De son sommet la vue dominait au loin, et l'aspect du désert était de nature à promettre une nuit tranquille. Un calme profond régnait partout. A l'exception d'une nuée de vautours planant au-dessus du cheval de don Estévan resté dans la plaine sans vie comme son maître dans son tombeau, et qui rappelait une sanglante catastrophe, tout avait repris la même physionomie de morne tranquillité.

Ces heures calmes du soir, dans les lieux qu'habite l'homme, portent à la rêverie ; mais, dans le désert, un sentiment de crainte se mêle toujours aux pensées qu'elles évoquent. Pepe, moins absorbé que ses deux compagnons, jetait seul de temps en temps à l'horizon des regards soucieux.

« Mon avis, dit-il enfin, est que nous commettons une grande imprudence en restant ici cette nuit.

— Pourquoi cela ? où trouverons-nous une position plus forte et plus avantageuse que sur cette hauteur ? reprit le Canadien.

— Nous avons laissé échapper deux coquins dont la rancune peut nous jouer un mauvais tour.

— Quoi ! ces deux vermines ? Ne vous rappelez-vous pas que nous avons vu l'un de ces vauriens tomber dans ce même gouffre où vous avez envoyé Cuchillo le rejoindre ?

— C'est vrai, et je me rappellerai longtemps les cris déchirants de ce malheureux suspendu aux branches d'un buisson, reprit Pepe en frémissant à ce terrible souvenir ; mais l'autre va retourner au camp, et ce soir peut-être nous allons avoir soixante hommes sur les bras.

— Je n'en crois rien. Celui qui sous nos yeux a roulé dans le précipice de la cascade n'y est sans doute pas tombé par accident. Je parierais que c'est son compagnon qui l'y a poussé, pour rester seul maître du secret ; et, s'il n'a pas voulu le partager avec son ami, sera-ce pour convier soixante avides chercheurs d'or au régal qu'il se promet ? Loin de retourner au camp, le drôle doit, à l'heure qu'il est, se tenir tapi dans quelque ravin pour attendre la nuit. Quand les ténèbres couvriront le désert, nous le verrons rôder autour du trésor, comme nous entendons les loups hurler après le cadavre de ce cheval là-bas. »

Le Canadien ne se trompait pas dans ses conjectures, du moins quant au sort d'Oroche.

« Tout ce que vous dites là est très-probable, répondit Pepe sans se laisser convaincre ; mais néanmoins je persiste dans mon avis. Pendant que nous avons encore deux heures de jour, nous devrions emporter chacun trente ou quarante livres de cet or. C'est facile et cela fait, si je ne me trompe, une somme fort ronde. Nous marcherions toute la nuit dans la direction du préside de Tubac ; nous pratiquerions une *cache* dans quelque endroit, nous y enfouirions le magot, puis nous reviendrions chercher une nouvelle provision. Le drôle à qui nous abandonnerions le champ libre nous laisserait encore, dût-il emporter avec lui son poids d'or, plus qu'il n'en faudrait à don Fabian. Voyez, n'est-ce pas une merveille de Dieu que cet amas de richesses dans ce vallon ? »

En disant ces mots, les deux chasseurs jetèrent un regard au-dessous d'eux. L'ombre s'allongeait lentement sur le val d'Or, et les magiques lueurs s'effaçaient petit à petit sous cette ombre croissante.

« Je vous dis que l'homme ne retournera pas au camp : ce n'est pas son intérêt, reprit Bois-Rosé, et d'ailleurs nous partirons dans quelques heures.

— Et le pauvre diable que nous avons laissé là-bas, attendrons-nous à demain pour l'aller chercher ?

— N'attendrions-nous pas plus longtemps encore, si nous suivions votre ami ? Je réponds que la fièvre l'aura fait dormir toute la journée comme un loir, reprit Bois-Rosé. Il est en sûreté, il y a de l'eau ; nous ne pourrions rien pour lui jusqu'à demain. Mon avis est de le laisser où il est : c'est peut-être dur, ajouta-t-il plus bas ; mais, vous concevez, il doit ignorer, sinon l'existence d'un trésor quelque part, au moins son emplacement exact. Nous le dédommagerons de l'abandon forcé où nous le laissons, en lui donnant quelques-uns de ces cailloux d'or, puis nous.... Ah ! voilà l'embarrassant : qu'en ferons-nous ?

— Nous y penserons, continua le Canadien ; mais je présume que, s'il sent quelques livres d'or dans sa poche, il n'aura rien de plus pressé que de nous remercier et de prendre son vol vers les habitations. »

Cette conversation entre les deux chasseurs avait lieu au moment où Fabian était un instant descendu dans la plaine pour réfléchir plus librement.

« Ce qu'il y a de plus clair dans tout ceci, reprit Pepe, c'est que vous êtes de mon avis, mais que don Fabian a dans la tête la dangereuse fantaisie de passer la nuit ici, et que c'est pour vous la loi suprême. »

Le Canadien sourit et ne répondit pas. En ce moment Fabian rejoignait ses deux compagnons au sommet du rocher.

« Je vais à mon tour, dit le carabinier, donner un coup d'œil dans les environs. »

Pepe s'éloigna, sa carabine sur l'épaule. Une demi-heure après il était de retour. Il avait retrouvé les traces de Baraja et d'Oroche dans les montagnes, et il n'avait

pas jugé à propos de les suivre au delà de quelques centaines de pas. Puis il avait gravi la petite chaîne de rochers à l'abri desquels les deux aventuriers avaient
échappé à leurs carabines.

« La cime de ces rochers, ajouta le miquelet en finissant son rapport, et vous pouvez tous deux le voir d'ici,
est couverte de buissons si épais que cinq ou six
hommes pourraient nous faire bien du mal sur cette
plate-forme, et je serais presque d'avis de quitter ce poste
et de nous établir dans celui-là. »

Une circonstance de localité empêcha seule le Canadien de partager l'opinion de Pepe : c'est qu'en cas d'un
siége à soutenir, la cascade était assez près d'eux pour
leur fournir de l'eau à l'aide d'une calebasse au bout
d'une branche d'arbre. C'était une ressource précieuse ;
car, sous un soleil brûlant, l'eau était presque plus nécessaire que les vivres.

Les trois chasseurs résolurent donc d'un commun accord de rester sur la plate-forme qu'ils occupaient et de
se mettre en route vers quatre heures du matin.

Le Canadien n'avait pas oublié l'apparition lointaine
du canot mystérieux qui avait frappé ses yeux dans le
cours de la matinée. Il ne se dissimulait pas non plus
que, selon l'expression de Pepe, c'était une dangereuse
fantaisie de Fabian de s'obstiner à passer la nuit dans
un endroit dont le secret avait pu se répandre d'une
manière ou d'une autre dans le camp des chercheurs
d'or. Mais il suffisait au digne Canadien que son enfant
en eût si formellement exprimé le désir pour qu'il s'y
conformât avec docilité.

A tout prendre, la plate-forme du sépulcre indien
était plus élevée que la chaîne des rochers. Deux de ces
grandes pierres plates si abondantes dans la plaine, qui
se trouvaient près d'eux, furent mises de champ, et ces
nouveaux créneaux, joints à ceux que la nature avait
formés sur la pyramide tronquée, composèrent bientôt

un retranchement derrière lequel les trois chasseurs étaient à l'abri des balles en cas de besoin.

Cette précaution prise, le Canadien jeta autour de lui un regard de calme satisfaction. Leur provision de poudre et de plomb était plus que suffisante, et le chasseur s'en rapportait pour le reste à sa bonne étoile, à l'intrépidité de son cœur, à la justesse de son coup d'œil et à cette fertilité de ressources qui l'avaient tiré de tant de dangers en apparence insurmontables.

« Alors, dit Pepe, nous nous occuperons de manger un morceau avant le premier quart de nuit. Avez-vous encore un peu de viande sèche dans votre carnier, Bois-Rosé ? Quant à moi, il m'en reste à peine quelques bribes qui courent l'une après l'autre sans pouvoir se joindre. »

Inspection faite des provisions de bouche, il se trouva qu'à l'exception d'une quantité de *pinole* [1] suffisante encore pour deux jours, il n'y avait de viande séchée au soleil que juste pour un chétif repas. Mais comme Fabian déclara qu'il se contenterait d'une poignée de farine de maïs délayée dans de l'eau, les deux chasseurs se décidèrent à se contenter de leur *cecina* telle qu'elle se trouvait dans la carnassière de Bois-Rosé.

« Savez-vous, dit Pepe en se mettant en besogne, que depuis notre départ de l'hacienda, à l'exception de ce chevreuil dont vous avez fait sécher les débris au soleil, nous n'avons fait que de bien maigres repas ?

— Que voulez-vous, répondit le Canadien ; trois hommes seuls dans un désert, n'osent guère allumer du feu ni tirer un coup de fusil contre un daim, de peur de se trahir.

— C'est vrai ; mais, quoi qu'il puisse arriver, malheur au premier chevreuil qui se trouvera à portée de ma carabine. »

Pendant que le chasseur et Pepe achevaient leur fru-

1. Farine grossière de maïs concassé, et mêlée d'une portion de sucre et de cannelle broyés.

gal repas, le soleil avait disparu, les étoiles scintillaient une à une, et le brouillard tombait plus intense et plus froid sur le sommet des Collines-Brumeuses.

« Qui va commencer le premier quart de nuit ? demanda Pepe.

— Ce sera moi, reprit Fabian ; vous et Bois-Rosé vous allez dormir ; je veillerai pour vous, car le sommeil est bien loin de mes yeux. »

Ce fut en **vain** que le chasseur insista pour que Fabian, comme le plus jeune, essayât de prendre le premier quelques instants de repos ; Fabian persista dans sa résolution.

Bois-Rosé s'étendit donc à côté du carabinier, et tous deux ne tardèrent pas à oublier les événements de la journée.

Fabian, demeuré seul éveillé, s'enveloppa de son manteau, et, l'œil tourné vers l'occident, d'où pouvait principalement venir le danger, il se tint aussi immobile que ceux qui dormaient à côté de lui.

Au milieu du calme de la nuit, près de la tombe qui venait de se rouvrir pour recevoir son nouvel hôte, le jeune homme, fidèle sans le savoir à la devise de sa maison : *Je veillerai*, interrogea successivement trois conseillers qui ne trompent jamais : la solitude, la mort et Dieu. Après une longue et profonde méditation, il quitta la place où il était resté si longtemps immobile pour s'avancer sur le bord de la plate-forme.

Le val d'Or scintillait de lueurs bleuâtres aux rayons de la lune et semblait couvert de feux follets qui s'agitaient en tous sens.

Fabian considéra longtemps ces prodigieuses richesses près desquelles étaient venues échouer tant d'ambitions. Il y avait là sous les pieds du jeune homme aux vêtements usés par la pauvreté toute une vie de puissance et de luxe à faire pâlir les plus opulents.

Avec une portion de cet or, il y avait de quoi satisfaire

tous les désirs que l'homme peut concevoir dans sa plus folle ivresse. Fabian, un moment, fut en proie à une espèce de fascination.

L'or est presque toujours un aussi mauvais conseiller que la faim. Une phrase de sa mère adoptive à son lit de mort, phrase terrible et oubliée depuis longtemps, vint tout à coup gronder à ses oreilles : « Promets de venger Arellanos, lui avait dit la mourante, et je te confierai un secret qui te fera si riche que, s'il te plaît d'acheter pour une heure, pour un jour, pour un mois, la femme objet de ta folle passion, elle se livrera à toi jusqu'au moment où, elle souillée, toi rassasié de jouissance, tu la rejetteras aux bras d'un autre homme trop heureux de la prendre avec le trésor dont tu auras pavé sa bassesse. »

Frémissant au souvenir de son amour dédaigné, Fabian caressa un instant dans sa pensée cette fatale phrase ; son cœur battait avec violence, le vertige s'emparait de lui... Mais soudain rappelé à lui-même par sa nature noble et généreuse, la vue de cet amas d'or qu'il accusait d'avoir un moment flétri sa pensée ne lui inspira plus que du dégoût. « Arrière, vil métal de corruption, s'écria-t-il ; arrière, démon tentateur ! »

Et le jeune homme ferma les yeux, puis il retourna s'asseoir à sa place. Sa détermination était irrévocablement prise. L'image de Rosarita s'était présentée à son esprit dans toute sa naïve candeur et l'enveloppait de son chaste et séduisant regard.

Cependant Bois-Rosé avait satisfait le premier besoin de sommeil et rouvrait les yeux, que Fabian était encore enseveli dans ses pensées. La voix du vieux chasseur vint l'en arracher.

« Rien de nouveau, demanda Bois-Rosé.

— Rien, répondit Fabian ; mais pourquoi interrompre sitôt votre sommeil ?

— Sitôt ! les étoiles n'ont pas mis moins de quatre

heures à parcourir le chemin qu'elles ont fait ; il est minuit pour le moins.

— Déjà ! je ne pensais pas que la nuit fût si avancée.

— Dormez à votre tour, mon enfant, dit Bois-Rosé,
il n'est pas bon que la jeunesse veille comme la vieillesse.

— Dormir ! reprit Fabian en touchant du doigt le bras
du vieux chasseur ; est-il prudent de dormir quand on
entend de pareils bruits autour de soi ? »

Des hurlements plaintifs s'élevaient du milieu de la
plaine, à l'endroit où le cheval de don Estévan s'était
abattu sous la balle du Canadien pour ne plus se relever.

Des formes noires se montraient confusément aux
clartés indécises de la lune.

« Ces loups, reprit Fabian, pleurent une proie qu'ils
n'osent dévorer en présence de l'homme. Peut-être ne
sommes-nous pas seuls à les effrayer. »

Des détonations lointaines semblèrent confirmer tout
à coup les craintes de Fabian.

Le chasseur, en homme accoutumé à tirer des induc-
tions certaines de moindres signes comme des plus légers bruits de la solitude, n'eut besoin que d'une minute pour se rendre compte de ces détonations.

« Les Mexicains, dit-il, sont une seconde fois aux
prises avec les Apaches et bien loin d'ici. Quant à ces
loups, c'est notre vue seule qui les effraye ; dormez donc,
mon enfant, et dormez sans crainte toutes les fois que je
veillerai pour vous ; vous devez avoir besoin de sommeil.

— Hélas ! reprit Fabian, depuis quelque temps mes
jours ont été des années ; aujourd'hui j'ai, comme la
vieillesse, le privilége de l'insomnie. Puis-je d'ailleurs
espérer de goûter du repos, après la journée qui vient
de s'écouler ?

— Quelque terrible qu'elle ait été, jamais le sommeil
n'a fait défaut quand on a courageusement accompli
son devoir, reprit Bois-Rosé ; croyez-en l'expérience

d'un homme dont la solitude a mûri le jugement.

— J'essayerai, » répondit Fabian. Et, plutôt pour complaire à Bois-Rosé que pour satisfaire un besoin qu'il n'éprouvait pas, il s'étendit à son tour sur la terre.

Bientôt, sous la réaction des émotions terribles de la journée, ses muscles brisés se détendirent, ses yeux se fermèrent involontairement, et un sommeil profond, un sommeil que la jeunesse seule connaît, arrêta tout à coup le cours de ses pensées. Comme aux jours de l'enfance de Fabian, le géant canadien s'inclina sur son visage qu'éclairait la lueur pâle de la nuit.

« Enfant aux cheveux blonds que j'ai tant de fois veillé jadis, se dit-il en se reportant avec la complaisance des vieillards au temps de sa jeunesse, toi qui t'endors maintenant dans toute ta force, toi dont le soleil a bruni la figure et dont le temps a noirci les cheveux, toi qui me sembles à présent comme le commencement et la fin d'un rêve interrompu, dors encore une fois tranquille sous l'œil du chasseur qui t'a fait riche, comme tu dormais autrefois sous la garde du matelot qui t'avait sauvé la vie : le moment approche où nos sentiers à tous deux vont s'écarter de nouveau pour ne plus se rejoindre : le chemin des villes n'est pas celui qui conduit au désert ; le chêne et le palmier ne sauraient vivre sous le même ciel. »

En proférant ces paroles d'un ton de profonde mélancolie, Bois-Rosé souleva doucement la tête du jeune homme, que ce mouvement ne réveilla pas, l'appuya sur ses genoux et s'interposa entre les rayons de la lune et les yeux fermés de Fabian.

Au-dessus d'eux, le ciel resplendissait d'étoiles.

Pendant trente ans de sa vie de matelot et de chasseur, le Canadien n'avait jamais contemplé sans émotion cette immensité mobile, où chaque étincelle est un monde, où tant de millions de mondes, lancés par la main du Créateur, se meuvent dans l'espace sans jamais se heurter. Une vague et triste rêverie s'empara du vieillard, qui prêta l'oreille aux harmonies terrestres mêlées à la muette harmonie des régions célestes. La cascade grondait sourdement au fond de l'abîme, le feuillage des sapins murmurait parfois sous la brise ; de mystérieuses rumeurs semblaient sortir des Montagnes-Brumeuses, et l'écho de la plaine répétait ces rumeurs.

« Combien, se disait Bois-Rosé en suivant le cours de ses idées, combien l'Océan ressemble au désert! J'entends d'ici comme la mer qui brise ; j'entends le canon qui retentit au large. Combien de fois, au bruit de ces grands arbres ébranlés par le vent, n'ai-je pas cru que j'entendais gémir les mâts de l'Albatros ? L'Océan, le désert, Fabian, voilà les trois affections de ma vie. Le désert seul m'a fait oublier la mer. Qui remplacera pour moi le désert? Fabian sans doute. Eh bien, j'essayerai, poursuivit le chasseur en soupirant ; aussi bien l'homme n'est pas fait pour passer sa vie entière dans les bois, loin de ses semblables. Oui, je renoncerai à ma vie errante, et Fabian me saura gré de ce sacrifice. »

Alors le chasseur laissa vaguer son esprit dans un monde depuis longtemps oublié. Tout d'un coup une douloureuse appréhension traversa son cœur : « Mais, reprit-il, pour que Fabian me sût gré d'un sacrifice qui sans doute abrégerait ma vie, encore faudrait-il qu'il me le demandât. Deux fois j'ai fait allusion à notre séparation prochaine, et deux fois son silence m'a brisé le cœur. Oh! mon Dieu! quelle dernière épreuve me réservez-vous? »

Puis le chasseur leva ses yeux humides vers le firmament, où l'instinct de l'homme lui a toujours fait chercher les arrêts de Dieu. Le Chariot s'inclinait vers le nord, près de disparaître derrière les collines ; et, comme un triste présage, des étoiles tombantes, semblables à l'espoir qui brille un moment et s'éteint, mouraient en sillonnant de feu la voûte du ciel.

La tête de Fabian reposait encore sur les genoux du Canadien.

CHAPITRE VI

DE LA COUPE AUX LÈVRES.

Cependant un bruit vague s'élevait de l'enceinte du val d'Or et du pied de la pyramide. Le chasseur déposa doucement par terre la tête du jeune homme, et s'avança en rampant sur le bord de la plate-forme, sa carabine à la main. Ses yeux confirmèrent l'avertissement de ses oreilles, et il allait regagner sa place, quand il trouva Fabian debout.

« Qu'y a-t-il ? demanda le jeune homme.

— Rien, si ce n'est une demi-douzaine de chacals qui grattent la terre là-bas près du lac... attirés par l'odeur du sang

— Ah! c'est vrai, il y a du sang, » répondit Fabian d'un air accablé.

Tous deux s'assirent en silence. Fabian montra du doigt Pepe qui, étendu sur la terre, dormait du plus profond sommeil comme sur le coucher le plus moelleux.

« Le pauvre garçon sait que je veille pour lui, dit le Canadien, et il dort tranquille. Il a en outre un poids de moins sur la conscience, maintenant que son serment est accompli, maintenant qu'il vous a rendu ce qu'il avait contribué à vous ravir. Faites comme lui, mon enfant, vous avez encore deux heures avant quatre heures du matin.

— J'ai assez dormi, et j'ai à causer avec vous de sujets importants pendant que Pepe dort encore. »

A ces mots le cœur du Canadien battit avec violence

dans sa large poitrine. Il attendit plein d'anxiété.

« J'ai passé bien des nuits comme celle-ci, à la clarté des étoiles, reprit Fabian. Élevé dans la solitude, j'en connais tous les bruits nocturnes; mais il m'a semblé entendre soupirer ce soir des voix... des voix que je n'avais jamais entendues !

— C'est possible, interrompit le chasseur étonné de ce préambule; on entend dans le désert des choses qu'on ne peut entendre dans les villes; dans le désert on est plus près de Dieu.

—Deux chrétiens ont péri de nos mains en ce jour qui vient de s'écouler; la justice leur eût laissé le temps de se repentir; ils ne l'ont pas eu. Croyez-vous que Dieu leur ait pardonné? Ces voix que j'ai entendues ne sont-elles sont pas celles de deux âmes en peine? »

Le chasseur garda le silence un instant.

« Vous pensez bien, dit-il à Fabian, que, dans le cours d'une vie comme celle que j'ai toujours menée, et pendant laquelle je n'ai jamais été sûr de voir se coucher le soleil que j'avais vu se lever, ou de voir succéder la nuit au jour qui finissait, j'ai souvent réfléchi au passage de cette vie à l'autre. J'ai donc beaucoup observé et passé bien des heures de la nuit à m'interroger à ce sujet. Eh bien, l'expérience m'a appris qu'une bonne mort couronnait constamment une bonne vie, et que l'expiation marchait toujours derrière le crime.

« J'en ai conclu que les comptes de chacun sont réglés ici-bas, et que, quand l'âme se détache du corps, que ce soit celle d'un juste ou celle d'un méchant, que cette âme soit dans sa pureté primitive ou purifiée par les expiations de la vie, toutes deux sont égales devant Dieu et appelées toutes deux à partager la même félicité. Voyez, continua le Canadien, la mort de ces deux hommes. L'un n'avait commis qu'un crime : vingt ans de remords l'avaient sans doute presque effacé, car lorsque Dieu l'a condamné pour expiation dernière, c'est sans qu'il s'en

doutât que la mort l'a frappé ; l'autre, souillé de tous les
forfaits et que sa conscience ne tourmenta jamais, a souffert dans les courtes mais terribles angoisses d'une mort
affreuse plus de vingt ans de torture ; quelques secondes
de ce supplice ont suffi pour briser sa raison. Non, Fabian, vous n'avez pas entendu les voix de deux âmes
en peine : l'âme du méchant n'est en peine que dans son
corps.

— Je dois vous croire, répondit Fabian ; j'ai peu vécu,
j'ai peu vu, et vous touchez aux limites de la vieillesse ;
vous avez vu, vous avez voyagé, et les leçons de votre
expérience ont déjà fait entrer de nouvelles idées dans
mon âme. Laissons donc de côté ce triste sujet.

— Eh bien, s'écria Bois-Rosé, parlons donc de l'avenir
que vous promettent et les richesses dont vous allez être
le maître et le nom que vous allez recouvrer. Oh ! Fabian, penserez-vous parfois, dans le tourbillon de cette
vie nouvelle et agitée, à ce vieillard que Dieu a fait
naître pour vous conserver l'existence, et dans le cœur
duquel il avait mis pour vous la tendresse d'une mère et
la mâle affection d'un père, dont il lui eût été si doux
de vous donner des preuves ?

— Des preuves ! reprit Fabian avec une chaleur qui fit
tressaillir d'aise le cœur du Canadien ; ne m'en avez-vous
pas donné de telles que la reconnaissance la plus fervente ne saurait être presque que de l'ingratitude ?

— Ah ! dit le chasseur, quand dans le jeune homme
qui venait, d'une voix brisée par la souffrance et la fatigue, demander l'hospitalité près de mon foyer ; quand,
dis-je, dans ce jeune homme je reconnus l'enfant que je
pleurais toujours, j'osai alors espérer faire quelque chose
pour lui. J'avais à toucher à Arispe le fruit de deux
années d'une campagne où chaque pas avait été un péril ; je vous le destinais avec bonheur : mais un seul de
ces cailloux d'or vaut dix fois cette somme ! Que pourrais-je à présent offrir à leur maître ? Plus rien.... rien

que de mourir pour lui, » continua le chasseur avec
amertume.

Puis, voyant que Fabian se taisait encore, et se mé-
prenait peut-être sur son silence, il s'écria, au risque de
voir se dissiper sa plus chère, sa dernière illusion :
« Fabian, mon enfant, est-ce là tout ce que vous avez
à me dire ? »

Au moment où Fabian allait répondre, les bruits
lointains qui grondaient sous la brume des collines semblèrent trouver dans la plaine un écho plus distinct. Ces
bruits se faisaient entendre à des intervalles inégaux,
comme ceux d'une fusillade, et dans le silence imposant
de la nuit chaque retentissement semblait annoncer la
terrible agonie ou la mort de quelques créatures humaines. Oubliant un instant ses préoccupations pour
prêter une oreille attentive, le chasseur fit signe de la
main à Fabian d'ajourner sa réponse.

Au même instant l'ex-carabinier se dressa sur ses
pieds et s'approcha de Bois-Rosé.

« Voilà, dit-il, les mêmes bruits que nous avons enten-
dus la nuit dernière ; mais écoutez.... les feux s'épar-
pillent dans la plaine. Ah ! les malheureux n'ont plus
l'abri de leur camp, les retranchements ont probablement été forcés ; alors à chaque coup ce doit être un
homme qui tombe, et les Apaches vont faire collection
de chevelures ! Malheur à nous si les Indiens les exter-
minent tous ; car, jusqu'à présent, le voisinage de l'expédition a fait notre salut. Nous sommes restés une nuit
de trop ici, Bois-Rosé. »

Les trois amis écoutèrent de nouveau en gardant un
profond silence. Comme l'avait dit Pepe, toute l'attention
des hordes indiennes s'était concentrée sur la troupe des
aventuriers, et c'était grâce à cette diversion que trois
hommes isolés avaient pu pénétrer si avant dans le désert. Ce n'était pas du reste, on l'a déjà dit, la seule
expédition aussi hasardeuse que le chasseur canadien et

Pepe eussent mené à fin, et d'autres avaient aussi traversé avec bonheur ces plaines dangereuses. Mais, quelque intrépide qu'on soit, l'approche du péril a toujours quelque chose de plus imposant pendant la nuit, et il était évident que le péril approchait.

L'heure, le lieu étaient faits pour inspirer de sombres réflexions; mille embûches pouvaient être dressées pendant l'obscurité de la nuit; les hideux et lugubres trophées suspendus alentour indiquaient le sort réservé aux vaincus par des ennemis sans pitié. Le bruit des décharges paraissait se rapprocher, et d'un moment à l'autre un fuyard, en se dirigeant du côté de la pyramide qui servait de refuge aux trois chasseurs, pouvait attirer sur eux une bande d'Indiens.

« Si nous n'avions affaire qu'à une vingtaine, dit Bois-Rosé en suivant le cours de ses réflexions, postés comme nous le sommes, aucun de ces coquins-là ne mettrait le pied sur la plate-forme, et à ce propos, Fabian, je dois vous répéter un avis qui n'est pas à dédaigner. Vous avez le sang trop bouillant, mon enfant, et le danger vous grise; on se fait tuer par trop de bravoure comme par trop de lâcheté, sachez-le bien. Un jeune homme, tant qu'il sent une carabine chargée entre ses mains, ne résiste pas au désir d'en faire usage. Rappelez-vous que chacun de nous ne doit faire feu qu'à tour de rôle, sans se presser, et que le troisième doit attendre, avant de lâcher son coup, que les deux autres aient rechargé.

« C'est une tactique dont l'ami Pepe a reconnu, ainsi que vous, l'excellence, et, de cette façon, six hommes pour chacun de nous, n'ont rien de bien redoutable, quoique cela fasse dix-huit en tout. Seulement, passé ce nombre-là, l'affaire devient sérieuse, parce que, après six coups, le canon s'échauffe, s'encrasse, et ne porte plus aussi juste; c'est ainsi qu'il m'est arrivé de viser à l'œil droit ou gauche de tel de ces coquins, et d'être ensuite fort étonné de l'avoir frappé au sourcil. Quant à

vous, n y mettez pas d'amour-propre et ne visez qu'en
pleine poitrine : c'est moins flatteur, mais c'est plus sûr. »

Pendant que Bois-Rosé donnait cet avis avec le sang-
froid et la précision d'un professeur en chaire, le bruit
de la fusillade s'était éloigné de nouveau, et un quart
d'heure ne s'était pas écoulé qu'elle avait cessé même
de se faire entendre.

« L'air devient plus frais, reprit le Canadien ; la brise
apporte avec elle une odeur de feuillée, et les chacals
ont cessé de hurler : c'est signe que l'aube approche.
D'ici à une demi-heure, il va falloir nous mettre en
route ; le jour nous indiquera quel chemin nous devons
suivre pour ne pas tomber juste au milieu des Indiens ;
les traces ne doivent pas manquer. C'est une excellente
heure pour les reconnaître que celle qui suit la venue
du jour, car le terrain amolli par la rosée les conserve
toutes. Mais avant, nous pouvons manger de nouveau
pour prendre des forces. »

Et quelques instants s'étaient à peine passés que la
sécurité la plus complète avait, par la force de l'habitude, remplacé l'appréhension chez ces hommes, qui
ne comptaient pour quelque chose que le danger présent. Pendant que le frugal repas, composé d'une poignée de pinole pour chacun, s'expédiait à la hâte, Fabian
sentit que le moment était enfin arrivé de s'ouvrir de
ses projets d'avenir à celui que la reconnaissance lui
faisait regarder comme un père. Élevé dès sa plus tendre
enfance dans un pays qu'il avait cru le sien, où le respect
de la famille et de l'autorité paternelle subsiste encore
dans toute sa sainteté primitive, le jeune comte de Mediana subissait malgré lui les conséquences de son éducation.

« Bois-Rosé ! mon père, » s'écria-t-il.

A cet appel, le chasseur tressaillit, puis, à une certaine solennité dans le geste, à quelque émotion dans la
voix du jeune homme, il reconnut qu'il touchait à l'un

des moments suprêmes de sa vie, et son cœur battit
plus violemment encore qu'à l'approche du péril qui
venait de les menacer. Pepe sentit aussi qu'il pouvait
être de trop et s'éloigna discrètement de quelques pas.

« Mon père, répéta Fabian, car ce nom me sera toujours doux à prononcer, vous avez vécu dans les grandes
villes d'Europe et dans nos déserts, et vous êtes à même
d'apprécier la différence des unes avec les autres.

— Oui, répondit Bois-Rosé, pendant cinquante ans de
ma vie j'ai pu comparer la pompe des villes à la magnificence des déserts.

— Ce doit être un beau spectacle que ces grandes ci-
tés où se pressent des milliers d'hommes, que ces palais
élevés à côté les uns des autres ; on est heureux de pouvoir y vivre, n'est-ce pas ? car un jour ne doit jamais
ressembler à celui qui l'a précédé.

— C'est en effet bien beau, répondit ironiquement le
chasseur, que ces grandes rues dans lesquelles la foule
affairée vous coudoie sans cesse, et dans lesquelles le
bruit des voitures vous assourdit ; que ces maisons où
l'air et la lumière que Dieu prodigue dans les déserts
vous sont parcimonieusement mesurés, où le pauvre
meurt de misère sur son grabat au bruit des fêtes des
riches, où.... »

Bois-Rosé s'arrêta court ; il comprit tout à coup qu'il
faisait fausse route, et que c'était étouffer sur les lèvres
de Fabian l'offre qu'il en attendait d'y partager la vie
avec lui. Il est si naturel d'espérer ce qu'on désire ardemment ! Le chasseur s'interrompit donc, et il ajouta
sans transition : « Pour ma part, je serais bien heureux
d'y finir ma vie. »

Aux dernières paroles de Bois-Rosé, Pepe fit entendre
une toux formidable.

Fabian croyait avoir mal entendu.

« Alors, reprit-il, la vie des déserts a donc perdu ces
charmes que vous vantiez ?

— Hum ! répliqua Bois-Rosé, ce serait une belle vie, si ce n'est qu'on y est exposé à mourir tantôt de soif, tantôt de faim, ou bien par le couteau des Indiens, qui ne vous arrachent jamais la vie sans vous arracher en même temps la chevelure. »

La toux de Pepe sembla prendre un caractère convulsif.

« Ce n'est pas là pourtant ce que je vous ai entendu dire si souvent, répondit Fabian étonné.

— Ne le croyez pas, interrompit brusquement l'ex-carabinier en s'avançant ; le matelot, le chasseur de loutres et de castors préférer le séjour des villes aux libres allures des déserts, allons donc ! Ne voyez-vous pas que c'est une pitoyable comédie que joue là le pauvre Bois Rosé, qui s'imagine, parce qu'il ne peut vivre sans vous, et que ce sera un bien vif plaisir, pour un jeune et brillant seigneur comme vous le serez à Madrid, de passer sa vie en compagnie d'une vieille barbe grise comme lui !

— Pepe ! s'écria le colosse d'une voix tonnante en se dressant comme un chêne qui surgirait à terre.

— Je parlerai malgré vous, » s'écria l'Espagnol.

Puis, s'adressant à Fabian :

« Bois-Rosé aller s'enfermer dans une ville, dans la cage de pierre d'une maison ! c'est impossible. Il veut vous tromper sans pouvoir se tromper lui-même ! Le malheureux ! il sait bien qu'il en mourrait. Savez-vous ce qu'il lui faut ? c'est l'immensité devant lui, c'est marcher comme le soleil, c'est-à-dire sans que rien l'arrête. Il a besoin, pour ses vastes poumons, de l'air du désert imprégné de parfums sauvages, chargé parfois des hurlements indiens. Non, non, continua l'Espagnol, le vieux lion ne saurait mourir sur la litière comme un mulet fourbu.

— C'est vrai ! c'est vrai ! murmura le Canadien en gémissant ; mais sa main fermerait du moins mes yeux ! »

Et le vieillard, dans l'angoisse de son cœur, laissa tomber sa tête sur sa poitrine.

« Et moi donc! s'écria Pepe touché de cette douleur silencieuse, ne suis-je pas là, moi qui depuis dix ans n'ai cessé de vous aimer aussi comme un frère, moi qui depuis dix ans ai combattu et souffert avec vous? »

Et il secouait rudement la main du chasseur, qui pendait le long de son corps. Fabian vint à son aide :

« Écoutez, dit-il, écoutez tous deux. J'ai trop présumé de ma force morale, continua-t-il ; j'ai cru pouvoir mener de front le soin de ma vengeance et celui de mon ambition. Ma vengeance est satisfaite et mon ambition s'est éteinte. La nuit et la solitude m'ont porté conseil, et j'ai profité d'un exemple terrible. Le grand seigneur est venu mourir ici d'une mort obscure ; le bandit cupide a trouvé son tombeau près des trésors qu'il convoitait. Que leur reste-t-il à l'un et à l'autre? »

Le vieillard leva sur Fabian un œil où l'attendrissement se mêlait à une douce surprise. Il commençait à comprendre, sans oser espérer encore.

« Continuez, dit-il d'une voix tremblante.

— La richesse, reprit Fabian, je m'en aperçois, n'a de valeur qu'à raison des sueurs qu'elle a coûtées; et de quel prix l'aurai-je payée? Je n'ai pas vécu avec vous sans reconnaître toute la sagesse de vos leçons ; cet or me paraît odieux, car j'aurais versé le sang pour profiter de la dépouille des morts; je n'y toucherai pas.

« Mon enfance, dites-vous, a été entourée de luxe; je l'ai oublié, je ne me souviens que des jours de ma rude et laborieuse jeunesse. Je suis seul de ma race, libre de mes actions, et j'ai déjà, bien jeune encore, à oublier les morts et les vivants. Oh! mon père, oh! mon ami, c'est moi qui vous demande comme une faveur de rester près de vous dans ces déserts, de partager vos dangers et de m'associer à cette vie d'indépendance que nulle autre ne saurait remplacer. Dites, Bois-Rosé, dites, Pepe, le voulez-vous ?

— Corbleu ! si je le veux, répondit l'ex-carabinier d'une voix qu'il s'efforçait de rendre terrible pour cacher son émotion.

— Et vous, mon père, vous ne dites rien ? » demanda doucement le jeune homme.

Le vieux chasseur demeurait, en effet, immobile et muet ; sous l'empire d'une joie qui le privait de la parole, il ne put qu'ouvrir les bras et s'écrier d'une voix tremblante :

« Mon fils, mon Fabian ! ici, sur mon cœur. »

Et le jeune homme sentit se refermer convulsivement sur lui les bras du géant. Une vie nouvelle commençait pour Bois-Rosé. Il venait de retrouver l'enfant de son affection pour ne plus le quitter ; l'élevant alors lentement vers le ciel comme le nouveau-né qu'un père offre à Dieu :

« Oh ! Seigneur, s'écria-t-il, pardonnez-moi ; mais je n'ai pas la force de le dissuader.

— C'est une résolution dont vous pourriez vous repentir, dit Pepe au jeune homme que le Canadien venait de déposer doucement par terre après l'avoir presque meurtri de sa rude étreinte ; réfléchissez-y pendant qu'il est encore temps.

— J'y ai pensé mûrement. Que ferais-je dans un monde que je ne connais pas ? répondit Fabian. J'ai un instant ambitionné la richesse et les honneurs, non pour moi, mais pour les partager. J'espérais encore. il y a quelques jours ; aujourd'hui je n'espère plus, et je rougirais de ne devoir qu'à ma nouvelle condition ce *qu'elle* m'a refusé quand je n'avais qu'un ardent amour à lui offrir. »

Bois-Rosé et Fabian, absorbés dans leurs pensées, ne firent pas attention qu'après s'être un instant assis derrière le tronc des deux sapins qui croissaient sur le som-

met de la plate-forme, l'ex-carabinier était descendu
à pas lents jusqu'à la plaine. Il semblait poussé par une
de ces soudaines et irrésistibles impulsions auxquelles on
obéit machinalement sans s'en rendre compte, et dont
quelquefois les résultats sont incalculables.

La lune, près de disparaître, jetait ses dernières et
douces lueurs sur le val d'Or, quand Pepe se fit doucement jour à travers le rideau de cotonnier et de saules.

Il contempla pendant quelques instants avec une mélancolique attention ce merveilleux sol aux reflets iri-
sés, dont le premier aspect avait été pour lui la cause de
si terribles pensées. Pepe ne pouvait se pardonner encore de les avoir conçues, quoiqu'il pût être si fier à
juste titre de les avoir étouffées pour toujours.

« Au milieu de ces amas de richesses, se dit-il, que
d'âmes moins fortes que la mienne pourront se perdre!
A défaut de pouvoir dépouiller ce vallon de ses trésors,
j'en cacherai du moins la vue à ceux que le hasard amè-
nera par ici. Le voyageur passera désormais à côté de
cet or sans en soupçonner la présence. Ce sont peut-
être bien des crimes dont j'aurai tari la source. »

En disant ces mots, Pepe éparpilla du pied le monceau d'or que Cuchillo avait entassé sur son zarape, et,
quand il eut dédaigneusement nivelé la surface du vallon, il jeta par-dessus la haie le manteau du bandit. Puis
il tira son couteau, coupa quelques brassées d'herbes,
de lianes et de joncs, et en couvrit soigneusement le sol.

Rien désormais ne trahissait à l'œil l'existence de l'or
sous ce voile de verdure; le moindre reflet en avait disparu, et, comme si la lune eût regretté de ne plus pouvoir caresser de ses rayons cette merveille du Créateur,
au moment où Pepe achevait sa tâche, elle achevait
aussi sa course et disparaissait derrière les collines.

Pepe revint silencieusement s'asseoir derrière les sapins, sur la plate-forme où le Canadien et Fabian s'entretenaient ainsi :

« Vous choisissez la bonne voie, mon enfant, disait le
vieux chasseur. Le front que Dieu a donné à l'homme
pour le porter toujours haut ne doit se courber ni sur les
livres ni vers la terre, même pour lui demander sa sub-
sistance. L'or dessèche le cœur, le corps s'étiole dans les
villes.

« Vous êtes aussi de la race du lion, Fabian, et le désert est son domaine. Dompter un cheval sauvage, pêcher
le long des fleuves et des cataractes, chasser dans les bois
et dans les plaines qui n'ont ni limites ni maîtres; lutter
de ruses avec ses ennemis, les combattre par la force,
puis le soir, à la lueur du foyer, à la clarté des étoiles,
rêver sous la voûte du ciel, prêter l'oreille à la voix du
vent et des arbres, au murmure des eaux, incessante
mélodie que la nature chante pour l'homme et que le
fracas des villes ne lui permet pas d'entendre, tel est le
sort que Dieu lui assigne. Oh ! mon fils, ce sort n'est-il
pas digne du descendant des Mediana ?

— Vous entendez, Pepe, s'écria le jeune homme ;
avez-vous quelque chose de plus haut à me proposer ?

— Ma foi, non, dit l'Espagnol, pas même le grade de
capitaine des carabiniers royaux, que j'ai tant envié jadis.

— Allez, Fabian, continua le chasseur, la première
peau de loutre dont vous toucherez le prix vous causera
plus de plaisir que les sacs d'or que vous pourriez récol-
ter ici. Je ferai de vous un tireur comme j'ai fait de Pepe,
et à nous trois nous ferons d'excellentes affaires. Il ne
vous manque plus à présent qu'un bon rifle kentuckien,
et il se trouvera bien quelque bonne âme qui nous en
donnera un à crédit, ajouta naïvement le chasseur en
finissant.

— Qu'attendons-nous donc pour partir? dit Fabian
avec un sourire arraché à son émotion par la candeur de
l'honnête Canadien, qui ne réfléchissait pas qu'il laissait
intact un trésor d'une incalculable richesse.

— Laissez-le dire, don Fabian, fit Pepe en lui touchant

le coude. J'ai pris là-bas de quoi payer votre rifle au comptant. »

Et Pepe montrait à Fabian d'un air de triomphe un grain d'or gros comme une noix, seul emprunt qu'il se fût permis de faire à ce prodigieux amas de richesses, quand il l'avait foulé aux pieds pour le dérober aux yeux des hommes.

Au moment où les trois amis allaient descendre de la plate-forme pour se diriger vers l'endroit où ils avaient laissé Gayferos, le silence de la nuit leur permit d'entendre le galop d'un cheval retentir sur le terrain sonore de la plaine.

Une émotion poignante vint frapper le Canadien au cœur, mais il cacha le trouble qu'il ressentait intérieurement.

« C'est sans doute, dit-il sans l'oser croire lui-même, quelque fugitif du camp mexicain qui s'enfuit de ce côté.

— Plaise à Dieu que ce ne soit pas pis ! reprit Pepe ; je ne suis étonné que d'une chose, c'est que la nuit ait été si tranquille, quand il y a non loin d'ici des Indiens rôdeurs, des blancs plus avides que les Indiens, et ces trésors damnés près de nous.

— Ah ! j'aperçois le cavalier, dit Fabian à voix basse ; mais la nuit est si noire, depuis que la lune est couchée, que je ne puis distinguer si c'est un ami ou un inconnu. C'est un blanc, j'en suis sûr, du moins. »

Le cavalier continuait à galoper, et sa course semblait devoir le faire passer loin de la pyramide, quand il fit un brusque détour et s'élança vers le sépulcre indien.

« Holà ! l'ami, qui êtes-vous ? cria Bois-Rosé en espagnol.

— Un ami, comme vous dites, répondit le cavalier dont chacun des trois chasseurs reconnut la voix : c'était celle de Pedro Diaz. Écoutez-moi tous trois, cria-t-il, et faites votre profit de ce que je vais vous dire.

— Voulez-vous que nous descendions vers vous ? demanda le Canadien.

— Non, peut-être n'auriez-vous pas le temps de remonter dans votre citadelle. Les Indiens sont maîtres de
la plaine ; nos compagnons ont été presque tous massacrés. J'ai pu à peine échapper au carnage.

— Nous avons entendu la fusillade, dit Pepe.

— Ne m'interrompez pas, reprit Diaz, le temps presse.
Le hasard m'a fait rencontrer tout à l'heure un coquin
que vous n'auriez pas dû laisser échapper : c'est Baraja.
Il conduit vers vous deux pirates de ces déserts et des Indiens apaches que je n'ai pas eu le temps de compter. Je
n'ai pu prendre sur eux que quelques minutes d'avance.
Ils sont sur mes pas. Adieu ! vous m'avez épargné quand
j'étais votre prisonnier ; puisse l'avis que je vous trans-
mets acquitter ma dette envers vous ! Quant à moi,
je cours avertir à quelque distance d'ici des amis également en danger, car les forbans qui me suivent ne dissi-
mulent pas leurs projets. Si vous leur échappez, gagnez
la fourche de la Rivière-Rouge, et là vous trouverez des
braves qui.... »

Une flèche décochée par une main invisible passa en
sifflant tout près de Diaz et l'interrompit. Le temps pressait en effet, et, après avoir jeté cet avis incomplet,
l'aventurier piqua des deux en criant d'une voix retentissante, comme dernier avertissement à ses amis et
comme dernière bravade aux ennemis qui venaient derrière lui :

« Sentinelle, prenez garde à vous ! »

Et l'écho répétait encore ce cri d'alarme, que déjà Diaz
avait disparu dans les ténèbres au milieu de l'immense
solitude. En même temps des loups hurlèrent de différents côtés dans la plaine.

« Ce sont les Indiens, dit Bois-Rosé ; ils ont vu des loups
occupés à dépecer le cadavre de ce cheval là-bas, ils imi-
tent leur voix pour s'avertir ; mais les démons ne peuvent
tromper de vieux chasseurs comme nous. »

CHAPITRE VII

OU BARAJA TOMBE DE FIÈVRE EN CHAUD MAL.

Pour expliquer l'origine et la nature du nouveau danger qui menaçait les trois chasseurs, il faut revenir au moment où nous avons laissé le malheureux Oroche suspendu au-dessus du gouffre, serrant entre ses bras le bloc d'or qu'il venait d'arracher avec tant de peine du flanc du rocher. Succombant sous le poids de son fardeau, il eut un moment la pensée de le remettre à Baraja ; mais il se ravisa bientôt, car il jugeait son compagnon d'après lui-même, et il connaissait trop bien sa rapacité pour ne pas être convaincu que, lui livrer sa proie, c'était se livrer lui-même à l'abîme. L'hésitation n'était plus permise ; il préféra de s'engloutir avec son trésor.

Baraja avait impitoyablement tranché les torons de la corde les uns après les autres, en entremêlant son affreuse besogne de prières furieuses et de malédictions suppliantes. Le dernier fil qui retenait le gambusino s'était rompu de lui-même ; c'était donc bien le corps d'Oroche que les chasseurs avaient vu traverser comme un nuage noir le voile transparent de la chute d'eau.

Épouvanté de ce qu'il venait de faire, non pas du meurtre qu'il avait commis, mais de la disparition du bloc d'or, Baraja jeta au fond du gouffre un regard de désespoir. Mais il n'était plus temps : l'abîme ne devait plus rendre ce qu'il avait englouti.

La mort d'Oroche laissait Baraja dans une solitude complète à laquelle il songea pour la première fois. Privé de son compagnon, il devait renoncer à tout espoir d'une lutte égale avec les possesseurs actuels du val d'Or.

Il avait bien eu l'idée d'attendre leur départ ; mais, outre que rien ne prouvait que ce départ dût être prochain, la soif inextinguible de richesse qui s'était emparée de lui ne lui permettait pas de l'attendre longtemps.

Une rage sourde se mêlait à son impatience ; les trois chasseurs en étaient l'objet, et il résolut, même aux dépens de sa cupidité, de débusquer de leur poste ceux qui s'étaient si arrogamment déclarés seuls maîtres du val d'Or.

Bois-Rosé et ses deux amis allaient donc, par suite de la féroce avidité du bandit, se trouver exposés au plus grand danger qu'ils eussent encore couru.

Aveuglé précédemment au point de regarder la présence d'Oroche comme préjudiciable à ses intérêts, Baraja, plus avisé maintenant, finit par se déterminer à regagner le camp pour y chercher du renfort. A ce sujet il avait adopté un moyen terme : c'était de faire part de sa découverte à cinq ou six aventuriers tout au plus, et de déserter avec eux, laissant les autres se tirer d'affaire comme ils le pourraient

Deux obstacles qu'il n'avait pas fait entrer en ligne de compte allaient lui rendre cette détermination impraticable : d'abord la disparition du camp mexicain ; ensuite la présence de Diaz, dont il se flattait d'avoir pleuré la mort, et qu'on a vu remonter à cheval pour aller prendre à la place de don Estévan le commandement de l'expédition.

Il était assez tard déjà quand Baraja s'était résolu à quitter momentanément le val d'Or. Il suivait tout pensif le chemin qu'il avait parcouru le matin avec Estévan, Oroche et Diaz, loin de se douter que ce dernier galopait à quelque distance derrière lui.

Nous n'avons pas besoin de dire qu'il lui avait été facile, en faisant un nouveau détour dans les Montagnes-Brumeuses, de gagner la plaine sans être aperçu des

chasseurs ou de Diaz. C'était au même instant à peu
près où la déroute des Mexicains allait commencer.

La nuit était close quand, à environ une lieue de distance du camp, Baraja entendit le bruit d'une fusillade.
Il prêta l'oreille avec inquiétude et sentit une sueur
froide qui inondait son visage. Bientôt la fusillade re-
doubla.

Baraja s'arrêta plein de perplexité. Avancer ou reculer
était également dangereux ; mais comme, à tout prendre,
il était peut-être plus périlleux d'avancer, le bandit
choisit la retraite. Il allait se mettre en devoir d'exécuter sa résolution, quand le bruit du galop d'un cheval
qui retentissait derrière lui vint redoubler ses appréhensions.

Puis enfin une voix qui se mêla dans les ténèbres au
pas cadencé du cheval porta cette appréhension jusqu'à
la terreur.

Cette voix était celle de Pedro Diaz. Il n'y avait pas à
s'y méprendre ; elle cria à ses oreilles :

« C'est Oroche, si je ne me trompe ? »

Pour Baraja, c'était la voix d'un mort qui en appelait
un autre.

Il ne vint pas à la pensée du misérable, au milieu de
son trouble, que Diaz le prenait dans l'obscurité pour
Oroche, et il s'élança en avant.

Puis le galop du cheval derrière lui devint plus rapide
et la voix plus menaçante. Baraja n'en fuyait que plus
vite dans la direction du camp, en dépit de la fusillade.

Cependant il y eut un moment où les Indiens, qui
massacraient autour d'eux les fuyards échappés au carnage du camp, offraient un si effrayant spectacle, que
Baraja n'eut plus peur des morts et tourna bride. D'ailleurs, nous avons dit que les Mexicains ne sont pas su-
perstitieux longtemps. La rencontre fortuite de Diaz,
qu'il croyait tué depuis le matin, avait frappé ses esprits, ébranlés déjà par le meurtre d'Oroche. La vue

des Indiens l'avait rappelé à la réalité de ce monde.

Malheureusement, en tournant bride, Baraja se trouva
en face de Diaz, que sa désertion du matin n'avait pas
favorablement disposé pour lui.

« Lâche ! cria Diaz en lui barrant le passage, vous ne
fuirez pas deux fois en ma présence. »

Au même instant, les Apaches entouraient les deux
cavaliers, et ce fut bien malgré sa volonté que Baraja
prit part à la lutte mortelle qu'il voulait éviter.

C'étaient les deux cavaliers dont les Mexicains combattant encore dans le camp avaient vu les héroïques
efforts. Diaz avait arraché le casse-tête des mains d'un
Indien et s'en servait avec un effrayant succès. C'est lui
aussi qu'on a vu échapper à la fin à des ennemis trop
nombreux pour qu'il pût espérer de les vaincre; le prisonnier dont des cris de triomphe avaient signalé la
capture, le blanc attaché à l'arbre en attendant le supplice, c'était Baraja.

Étroitement garrotté contre le tronc épineux d'un bois
de fer, et au milieu d'une espèce de ronde infernale
qu'on dansait autour de lui, le meurtrier d'Oroche
voyait s'approcher l'heure de la terrible expiation que
la Providence lui réservait.

Le malheureux, à qui les sinistres récits du vieux Benito revenaient en mémoire, comprit qu'il était tombé
entre les mains d'ennemis plus impitoyables encore qu'il
ne l'avait été lui-même envers le gambusino, et que
toute merci, même une goutte d'eau pour apaiser sa
soif au milieu des tortures, lui serait refusée.

Baraja, dans d'horribles angoisses, enviait le sort du
compagnon qu'il avait si inhumainement sacrifié à son
insatiable cupidité. Oroche, suspendu au-dessus de l'a-
bîme, jetant des yeux égarés sur la corde qui se déten-
dait en craquant à chacun des coups de couteau qui en
tranchait un cordon, était aux yeux du misérable sur un
lit de roses en comparaison de lui-même. Il pensait en

frémissant que sa propre torture durerait autant d'heures
que celle de sa victime avait duré de minutes.

Plongé dans une morne stupeur, il promenait ses
yeux hagards et ternes sur les figures sauvages de ses
bourreaux, qui s'occupaient avec une joie frénétique des
apprêts de son supplice. A la clarté des chariots embra-
sés qui illuminaient la plaine, on pouvait le voir affaissé
sous ses liens, qui seuls empêchaient ses jambes trem-
blantes de se dérober sous le poids de son corps.

Le bandit subissait la terrible conséquence de cette logique inexorable qui veut que, dans les choses d'ici-bas,
du mal naisse infailliblement le mal, et que du bien pro-
cède toujours le bien.

Peut-être y aurait-il moins de malfaiteurs parmi les
hommes si, à la crainte des lois humaines auxquelles on
espère toujours échapper, si à celle d'un châtiment dans
un autre monde, à une échéance lointaine et dont l'in-
crédulité peut se rire, se joignait, comme complément
de l'éducation religieuse, l'enseignement de cette loi du
talion infligée par la Providence et que nul ne peut
éluder. Combien de malheurs en effet dont la source paraît inexplicable viennent nous frapper et qui ne sont
que des expiations ! N'est-il pas dit : « Il te sera fait ce
que tu auras fait à autrui ? »

En ce moment suprême, que n'aurait pas donné Baraja pour avoir connaissance de la haine de l'Oiseau-
Noir pour les trois chasseurs et de ses projets de vengeance contre eux ? Le val d'Or tout entier ne lui eût
pas paru trop pour payer cette connaissance. Indiquer
leur retraite, c'eût été racheter sa vie.

De son côté, l'Oiseau-Noir, qui allait ordonner son
supplice, était loin de soupçonner que le prisonnier aurait pu conduire ses guerriers vers ceux dont il avait
perdu la trace.

Cependant, en attendant que le chef indien donnât
à ses guerriers le signal de la fête, les ferrements des

chariots rougis dans les foyers se convertissaient en ins-
truments de torture. Ceux qui n'avaient pu s'en procurer aiguisaient des pieux ou préparaient leurs couteaux.

Après la victoire complète que les Indiens venaient de
remporter, le supplice d'un prisonnier devait mettre le
comble aux joies de la journée. Les paroles échappées
la veille au vieux Benito résonnaient aux oreilles de Baraja comme une prophétie terrible : « Si le malheur
voulait, lui avait-il dit, que vous tombassiez entre leurs
mains, priez Dieu que les Apaches soient d'humeur jo-
viale ce jour-là, et vous en serez quitte pour un supplice
atroce, mais du moins fort court. »

Or, le triste Baraja ne pouvait se dissimuler que les
Indiens étaient ce soir d'une effroyable gaîté, pas plus
qu'il ne parvenait à oublier que ce court supplice du-
rait cinq à six heures, quelquefois plus, mais jamais
moins.

Un Indien à figure farouche s'avança le premier vers
la victime et lui dit :

« Les visages pâles sont bavards comme la perruche
quand ils sont en grand nombre, et, quand ils se trouvent attachés au poteau du supplice, ils sont muets
comme les saumons des cataractes. Le blanc osera-t-il
chanter son chant de mort ? »

Baraja ne comprit pas, et un sourd gémissement fut
sa seule réponse.

Un autre Indien s'avança vers lui. Une large blessure
faite par le poignard d'un blanc traversait sa poitrine
d'une épaule à l'autre ; le sang en coulait encore avec
abondance, malgré les ligaments d'écorce qui la ban-
daient.

L'Apache trempa son doigt dans son propre sang, et,
traçant sur la figure de Baraja une ligne de démarcation
du front au menton :

« Tout ce côté de la figure, dit-il, la moitié du front,

l'œil et la joue sont ma part, et je les marque d'avance pour moi; moi seul aurai le droit de les arracher au blanc vivant. »

Et, comme Baraja ne comprenait pas davantage cette affreuse menace, l'Indien la lui rendit complétement claire à l'aide de quelques mots espagnols et de l'expressive pantommie de son couteau.

Le sang se figea dans les veines du malheureux.

Excité par l'exemple, un troisième Indien sortit du cercle sauvage formé autour du prisonnier.

« La chevelure sera pour moi, dit-il.

— J'aurai seul alors, ajouta un quatrième, le droit de verser sur le crâne dépouillé du blanc la graisse bouillante que nous donneront les cadavres de ses frères. »

Il était presque impossible à Baraja de ne pas comprendre tous ces horribles détails, dont des gestes expressifs lui donnaient l'explication.

Puis il y eut un moment de répit, pendant lequel les Indiens reprirent la danse du *scalpe*, espèce de bourrée d'Auvergne, mais qu'on dirait exécutée par des démons.

Des hurlements d'une autre nature que ceux qui accompagnent forcément les réjouissances ou les douleurs des Indiens (car le sauvage, le plus féroce des animaux du désert, ne sait que hurler dans sa joie comme dans sa tristesse), ne tardèrent pas à se faire entendre.

C'étaient les rugissements d'impatience de ces tigres toujours hurlants.

Alors le chef blessé, demeuré au sommet de l'éminence avec l'Antilope, se leva brusquement pour dire que le moment était venu où ses guerriers pouvaient commencer à déchirer leur proie.

Mais l'heure de Baraja n'avait pas encore sonné, il n'en était encore qu'à l'expiation morale.

Au moment où l'Oiseau-Noir allait faire commencer

l'horrible drame, un événement inattendu vint en suspendre le signal.

Un guerrier dont l'accoutrement, quoiqŭe indien, ne ressemblait en rien à celui des Apaches, apparut tout à coup dans le cercle de lumière que traçaient les feux des chariots. Sa présence ne parut surprendre personne ; seulement le nom d'El-Mestizo passa de bouche en bouche.

L'inconnu salua gravement de la main les Indiens et marcha vers le prisonnier. La flamme éclairait assez vivement les traits de Baraja pour que le nouvel arrivé pût voir la pâleur livide qui les couvrait. Un dédain profond, sans le moindre mélange de pitié, se lut sur sa figure ; mais Baraja fit un mouvement de surprise. Il venait de reconnaître le mystérieux personnage qu'il avait vu pendant le cours de cette journée pousser silencieusement son canot d'écorce le long du cours d'eau dans les Montagnes-Brumeuses.

El-Mestizo adressa la parole en anglais à Baraja qui ne le comprit pas, puis en français, puis enfin en espagnol. Alors Baraja poussa un cri de joie.

« Oh ! s'écria-t-il, si vous me sauvez, je vous donnerai autant d'or que vous en pourrez porter. »

Baraja avait prononcé ces mots avec un élan si persuasif, que l'étranger, l'Indien, pourrions-nous dire, car il paraissait plutôt appartenir à la race indienne qu'à la race blanche, en sembla vivement frappé. Sa sombre physionomie s'éclaira d'un reflet de joie cupide.

« Vrai ? dit-il, tandis que ses yeux étincelaient.

— Oh ! seigneur, continua Baraja en se tordant les mains, aussi vrai que je vais mourir ici dans un affreux supplice, si votre intervention ne peut me sauver. Écoutez, vous viendrez avez moi ; vous emmènerez dix, vingt, trente guerriers, si vous le voulez, et si demain aux premières lueurs du jour, je ne vous mets pas face à face avec le plus riche gîte d'or du monde, eh bien, vous

'm'infligerez alors d'horribles tourments, plus horribles encore, s'il est possible, que ceux qui m'attendent ici.

— J'essayerai, dit l'inconnu à voix basse ; ne dites
plus rien : car ces Indiens, tout en ne faisant pas grand
cas de l'or des blancs, doivent ignorer ce que vous me
proposez. Chut! on nous écoute. »

Le cercle des sauvages, impatients de commencer leur
fête, se resserrait en effet autour d'eux avec de sourds
murmures.

« Bon ! ajouta l'inconnu à haute voix et en indien, je
transmettrai aux oreilles du chef les paroles du captif à
peau blanche. »

En disant ces mots, le mystérieux personnage lança
autour de lui un regard d'autorité qui fit reculer les
plus acharnés, et s'avança vers l'Oiseau-Noir ; puis, quand
il eût gagné le sommet de l'éminence où le chef était
assis, il s'écria:

« Que pas un Indien ne touche au prisonnier, jusqu'à ce que les deux chefs aient fini de conférer ensemble. »

Un rayon d'espoir vint briller aux yeux de Baraja, et,
tandis que ses tourmenteurs jetaient sur lui un regard
d'impatience sanguinaire, le malheureux, le visage
tourné vers l'homme dont il attendait son salut, sentait
tour à tour son cœur bondir de joie ou s'éteindre dans
sa poitrine. Au milieu d'un flot d'angoisses, Baraja
éprouvait ces sensations dévorantes qui, dans le cours
de quelques heures, peuvent faire blanchir la chevelure
d'un homme. Le meurtrier avait déjà plus souffert que
sa victime.

La conférence des deux chefs fut longue. L'Oiseau-
Noir semblait difficile à convaincre. Du reste, aucune de
leurs paroles n'arrivait aux oreilles des Indiens, et leurs
gestes n'étaient pas faciles à interpréter.

El-Mestizo montrait de sa main étendue la chaîne des

Montagnes-Brumeuses. Il décrivit avec son doigt une courbe qui signifiait sans doute qu'il fallait les franchir : puis, traçant de ses deux bras une espèce de cercle, pour représenter peut-être une vaste plaine, il montra les chevaux égorgés dans le camp et imita le galop des chevaux qui bondissent.

Néanmoins le chef indien hésitait encore, quand Baraja, dont l'œil dévorait les deux interlocuteurs, vit celui qui plaidait pour lui prendre une physionomie triste et pensive et murmurer quelques mots tout bas à l'oreille de l'Oiseau-Noir.

Malgré son stoïcisme, l'Indien ne put ni s'empêcher de tressaillir, ni réprimer un éclair de fureur qui jaillit de ses yeux comme des étincelles. Enfin El-Mestizo ajouta tout haut, afin que chacun l'entendît :

« Qu'est-ce que ce lièvre timide (et il montrait le captif tremblant), en comparaison de l'Indien au cœur fort, aux muscles d'acier que je vous livrerai ? Quand le soleil qui suivra celui de demain aura lui trois fois, Main-Rouge et Sang-Mêlé rejoindront l'Oiseau-Noir à l'endroit où le Gila se réunit à la rivière Rouge, près du lac aux Bisons. Là, les Apaches retrouveront, pour remplacer les leurs, les chevaux que les chasseurs blancs se seront donné la peine de prendre pour eux. C'est là aussi que celui qui..... »

L'Oiseau-Noir interrompit l'étranger en laissant tomber sa main dans la sienne.

Le marché se trouvait conclu.

Alors ce dernier descendit lentement de l'éminence, lança sur les Indiens désappointés un regard ferme et assuré ; puis, tirant son couteau, il trancha les liens qui retenaient Baraja.

Sans écouter les actions de grâces pleines d'ivresse de l'aventurier, il le mena à l'écart, et d'un ton de hautaine menace :

« Ne vous jouez pas de ma crédulité, dit-il ; un compagnon m'attend là-bas (et il montrait les Collines-Sombres); je prendrai encore onze guerriers apaches avec moi.

— Ah! s'écria Baraja, c'est bien peu. Le trésor est défendu par trois hommes dont deux sont terribles. Jamais leurs carabines ne manquent le but qui leur est offert. »

Un sourire de sinistre orgueil plissa les lèvres de l'étranger.

« Main-Rouge et moi n'avons jamais visé en vain un ennemi, ne vit-on de son corps que la grosseur d'un grain de maïs, dit-il en montrant sa lourde carabine. Le faucon est aveugle et lent auprès de nous deux. »

Les Indiens quittèrent alors le camp incendié des chercheurs d'or. Avec le gros de sa troupe, l'Oiseau-Noir, tout blessé qu'il était, marcha dans la direction du lac aux Bisons. Les deux messagers de ses vengeances prirent une autre route.

L'Antilope se dirigea vers la fourche de la rivière avec dix guerriers pour y chercher les traces des trois chasseurs.

El-Mestizo et Baraja, avec onze autres Indiens, suivirent le chemin qui conduisait au val d'Or, tandis que les derniers débris des chariots tombaient en pluie de feu et s'éteignaient en sifflant dans le sang que la terre n'avait pas encore achevé de boire.

CHAPITRE VIII

DEUX PIRATES DU DÉSERT.

Il a été dit, en commençant ce récit, comment, de la recherche des fourrures et des métaux précieux, il s'était formé dans les bois et les déserts de l'Amérique, de-

puis le fond du Canada jusqu'aux rivages de l'océan
Pacifique, c'est-à-dire jusqu'à l'immense territoire de
l'Orégon, conquis par les Américains du Nord, une nouvelle et singulière classe d'hommes.

Nous avons essayé de dépeindre **du mieux** qu'il nous a
été possible les coureurs des bois et les gambusinos.

Les ancêtres de ces aventuriers, dont le Canadien et le
chasseur espagnol résument les mœurs et le caractère,
ainsi que les pères des chercheurs d'or, n'eurent à lutter
dans le principe que contre les possesseurs légitimes des
bois ou des déserts qu'ils exploraient. Aujourd'**hui**, leurs
descendants ont à lutter contre des ennemis plus redoutables encore que les Indiens.

Les blancs qui adoptaient la vie sauvage et se faisaient
renégats de la civilisation contractaient avec les races
indiennes de fréquentes et passagères alliances, et ces
aventuriers donnèrent naissance à une race croisée ou de
sang mêlé, comme on l'appelle. Ainsi qu'il arrive presque toujours, ces métis héritèrent des vices de la race
blanche en gardant ceux de la race indienne.

Maraudeurs infatigables comme les Indiens, redoutables comme leurs pères dans le maniement des armes à
feu, à la fois civilisés et sauvages, parlant la langue paternelle et celle de leurs mères, toujours prêts à abuser
de ces connaissances pour tromper à la fois les Indiens et
les blancs, ces métis sont souvent la terreur des déserts
et les plus formidables ennemis qu'on puisse rencontrer.

Joignez à ces terribles auxiliaires des Indiens les blancs
que des crimes ont bannis des villes et qui trouvent dans
les déserts, avec l'impunité, l'occasion d'exercer leurs
plus funestes passions : tels sont les nouveaux adversaires
que les chasseurs, les trappeurs et les chercheurs d'or
ont aujourd'hui à combattre.

Un poëte rêveur, qui, au milieu d'une riante et tranquille solitude, contemple avec ravissement le nuage
fuyant sur le ciel et la brise qui ride la surface d'un lac,

tandis qu'il prête l'oreille aux voix de la nature qui chantent autour de lui et dont il cherche à noter les harmonies, si tout à coup il voit briller dans un fourré les yeux
sanglants d'une bête féroce, n'est pas plus rudement arraché à ses méditations que Bois-Rosé à ses rêves de
bonheur.

L'avertissement de Diaz surprit le coureur des bois au
milieu de ses projets d'avenir comme un triste présage
que ses projets ne devaient jamais s'accomplir. Il garda
le silence comme Fabian, comme Pepe, qui sifflait une
marche guerrière.

Certes, les pressentiments du Canadien eussent été
plus sombres encore, s'il est possible, et Pepe n'eût pas
si cavalièrement accueilli la nouvelle d'un danger prochain, si Diaz eût pu leur dire que, parmi les ennemis
qui s'avançaient, il y avait deux de ces terribles adversaires dont il venait d'être question.

Déjà, sans qu'ils l'eussent soupçonné, les deux forbans
qui gardaient Baraja étaient venus mettre leur canot
d'écorce à l'abri de toute recherche sous le canal souterrain qui conduisait du lac du val d'Or aux Montagnes-
Brumeuses.

Ces deux pirates du désert étaient le père et le fils. Nous
avons introduit le dernier sous le nom d'El-Mestizo. C'é-
tait ainsi que le désignaient les Mexicains et les Apaches.
Les chasseurs d'origine française, soit du Canada, soit de
la plaine du Mississipi, lui donnaient le nom de Sang-
Mêlé, et les Américains celui de Half-Breed; car telle était
la renommée de cet homme, qu'elle avait parcouru les
déserts fréquentés par toutes ces races diverses.

Quant au premier, qui, suivant le langage différent des
aventuriers errants dans ces solitudes, était appelé Main-
Rouge, Red-Hand et Mani-Sangriento, sa terrible renommée ne pouvait être effacée que par celle de son fils.

A un cœur sans pitié, à une implacable férocité, à une
adresse diabolique, à un courage que rien n'intimidait, le

père et le fils joignaient l'avantage de parler couramment l'anglais, le français, l'espagnol et la plupart des
dialectes indiens en usage sur les frontières.

La suite du récit fera, du reste, plus amplement connaître ces deux personnages, qui, tour à tour amis et ennemis des blancs et des Indiens, qu'ils faisaient servir à
leurs passions sans frein, étaient, par suite des affiliations
qu'ils avaient chez les deux races, aussi redoutés des
Indiens que des blancs.

L'accueil quoique assez froid de l'Oiseau-Noir et de ses
guerriers, la contenance hautaine du métis, et le sacrifice d'un prisonnier de guerre que le chef rouge lui avait
fait, peuvent déjà donner quelque idée de l'influence
occulte et puissante de cet homme sur les tribus indiennes.

« Eh bien, dit Pepe en cessant de siffler, tandis que ses
deux compagnons ne perdaient pas de temps à donner
la dernière main aux retranchements qu'ils avaient
commencé de construire à la chute du jour, avais-je raison de soutenir que c'était une dangereuse fantaisie que
celle de passer la nuit ici? Nous voilà avec une fâcheuse
affaire sur les bras.

— Bah! répondit Fabian avec la mâle résignation qui
avait succédé à ses incertitudes, notre vie ne doit-elle pas
être une suite presque non interrompue de combats? et
nous battre ici ou ailleurs, qu'importe?

— C'était bon pour Pepe et pour moi, dit tristement
le Canadien ; mais à cause de vous, mon enfant, je voulais, sans renoncer à la vie du désert, renoncer à cette
existence solitaire qui en double les dangers. Mon projet
était de nous joindre aux *voyageurs* de ma nation qui
naviguent sur les eaux supérieures du Missouri, ou de
prendre du service parmi les trappeurs et les chasseurs
montagnards de l'Orégon. Là, on est une centaine à la
fois, et, quoique loin des villes, on n'a guère à craindre,
pourvu qu'on serve sous un chef vigilant et capable,

comme il y en a tant dans les États de l'Ouest.

— Je crains, ajouta Pepe après un court silence de ses compagnons, que cet endroit ne soit moins bon pour s'y défendre convenablement que je ne l'avais cru d'abord. Du haut de cette crête d'où jaillit la cascade, on peut nous dominer à l'aise.

— La chute d'eau tombe du milieu des brouillards, et des coquins qui se trouveraient en embuscade à l'endroit d'où elle se précipite dans ce gouffre seraient invisibles pour nous comme nous le serions pour eux. Voyez, nous sommes ici même enveloppés d'une brume opaque; le soleil la dissipera tout à l'heure; mais il n'a pu dissiper celle qui couvre ces montagnes.

—C'est vrai, répliqua Pepe à l'objection du Canadien; nous vienne une éclaircie de quelques minutes, et on tire sur nous comme sur une cible.

— Nous sommes à la merci de Dieu, dit Fabian.

—Oui, et à celle des Apaches, autrement dit des diables rouges. »

Les trois chasseurs ne purent se dissimuler que leur vie pouvait dépendre d'un souffle du vent qui écarterait un moment le panache de brouillard dont les hauteurs étaient couronnées; mais, avec la possibilité d'une attaque imminente, ils ne pouvaient choisir d'autre endroit.

« Ah ! s'écria Pepe, j'ai une idée, et je vais.... Chut ! je crois entendre marcher là-haut. »

Une pierre éboulée des hauteurs tomba au même instant dans le gouffre avec fracas.

« Les coquins y sont, c'est certain, dit le Canadien; écoutons. »

La voix imposante de la cascade se faisait seule entendre au fond de l'abîme où elle s'engloutissait.

« Les démons sont sur les hauteurs et dans la plaine, dit Pepe; mais j'ai besoin d'y descendre pour mettre mon idée à exécution. J'irai sous la protection de votre feu ; ainsi, attention. »

Le Canadien avait l'habitude de s'en rapporter implicitement au courage ainsi qu'à l'adresse tant de fois éprouvée de son compagnon de périls, et ne lui demanda nulle explication. Fabian et le Canadien mirent un genou en terre, l'arme en joue, et se tinrent prêts à faire feu au besoin.

L'Espagnol, sa carabine en travers sur ses genoux, se laissa glisser sur ses talons le long de la pente rapide de la colline et disparut un instant dans l'obscurité. Bois-Rosé et Fabian n'eurent qu'un moment d'inquiétude, et ils ne tardèrent pas à voir de nouveau le carabinier de retour au pied de la pyramide et la gravissant pour les rejoindre. Pepe tenait à la main l'épais zarape de laine qui servait de manteau à Cuchillo.

« Ah ! c'est une bonne idée, dit simplement Bois-Rosé, à qui l'intention de Pepe n'échappait pas.

— Oui, oui, derrière ce rempart de laine doublé de la couverture de don Fabian, je ne connais pas de fusil qui puisse nous atteindre. »

Les coins supérieurs des deux zarapes furent promptement attachés à la hauteur d'homme au tronc des sapins qui dominaient la plate-forme, et leurs plis épais et flottants présentèrent une barrière contre laquelle la balle d'une carabine devait infailliblement s'amortir.

« De ce côté, nous n'avons plus rien à craindre, dit Pepe en se frottant joyeusement les mains ; de celui-ci, les pierres plates que nous avons mises de champ nous protégent suffisamment. Nous pouvons donc attendre l'ennemi de pied ferme et entrer avec lui en pourparler, s'il le juge à propos. Ah ! mon Dieu ! je pourrais dès à présent vous développer tout leur plan d'attaque, ajouta l'Espagnol avec l'aplomb d'un grand capitaine qui devine à l'avance les mouvements stratégiques de l'ennemi qu'il va battre.

— Voyons donc, dit Fabian en souriant du sang-froid de l'ex-miquelet, qui venait de se coucher sur le dos à l'abri du rempart des couvertures et contemplait tranquillement les étoiles scintillantes dans le brouillard.

— Volontiers ; mais couchez-vous d'abord comme
moi, et vous aussi, Bois-Rosé, car vous présentez un but
comme le tronc de ces sapins. »

Tous deux obéirent en silence au conseil de leur compagnon, et bientôt on n'eût pu voir de la plaine que la
silhouette fantastique du squelette équestre aux flancs à
jour, les chevelures humaines au bout des perches et les
longs bras des sapins à la verdure sombre allongés au-
dessus de ces funèbres emblèmes.

« D'abord, reprit le chasseur espagnol, puisque les
aventuriers mexicains (il y en a plus d'un sans doute)
et ces rôdeurs indiens sont guidés par le drôle que vous
appelez Baraja, il est tout naturel qu'il leur ait fait prendre le même chemin qu'il a pris lui-même pour nous
échapper, et voilà pourquoi ils ont gravi les hauteurs ;
mais le coquin qui les conduit a eu encore sans doute
un second motif pour ne pas aborder ici par la plaine.

« S'il est vrai qu'il a précipité son ami intime du haut
de ce rocher pour avoir une plus large part dans la dépouille du val d'Or, ce n'est pas pour découvrir le pot
aux roses à ses nouveaux alliés. Or, en passant par la
plaine, il a craint qu'ils n'aperçussent son trésor. Il semblerait, ajouta Pepe après une courte interruption, que
la Providence m'a inspiré l'idée de couvrir de branches
et d'herbes toute la surface du vallon. Mais j'en reviens
au plan d'attaque. Les coquins vont donc gagner les rochers en face de nous, et de là ils tâcheront de nous tuer
l'un après l'autre, quitte à s'entr'égorger plus tard pour
partager notre héritage. Tenez, voyez-vous, acheva Pepe
avec vivacité, en cas d'hostilité, c'est à ce coquin de Baraja qu'il faut casser la tête en premier lieu. »

Il y en avait un parmi les trois chasseurs qui était loin
de partager le calme et la confiance de l'ancien carabinier : c'était Bois-Rosé.

Depuis le moment (et ce moment venait à peine de s'écouler) où le coureur des bois canadien avait entrevu un beau soir pour sa vie, au milieu des déserts et avec l'enfant qui avait promis de ne plus le quitter, une révolution subite s'était faite dans son âme et à son insu.

Les périls de tout genre que présente le désert à ceux qui en ont fait leur patrie, et qui jusqu'alors, comme l'avait dit Pepe, avaient été pour Bois-Rosé un stimulant plein de puissance, venaient de l'effrayer vaguement pour la première fois.

Au milieu de l'îlot du Rio-Gila, son courage n'avait pas fléchi, bien que son cœur se fût ému de douleur à l'idée du danger qui menaçait Fabian.

Sur la plate-forme de la pyramide, un malaise secret s'emparait de lui. Ses yeux paraissaient n'avoir plus ce regard vif comme l'éclair qui lui faisait entrevoir à côté du danger l'issue pour y échapper ; sa fertilité d'expédients semblait une source tout à coup tarie.

Pendant que Pepe se plaisait à dévoiler le plan de campagne de leurs ennemis, plusieurs fois le Canadien avait ouvert la bouche, et autant de fois, étonné des sentiments que sa bouche allait traduire, il avait étouffé ses paroles.

La conclusion de Pepe lui donna plus de hardiesse.

« Mais, objecta Bois-Rosé, qui saisit au passage une idée de consolation dans les paroles de son compagnon, de deux choses l'une : ces bandits qui s'apprêtent à fondre sur nous ignorent ou connaissent l'existence de ce placer ; je ne parle pas de Baraja qui la connaît ; puisque Fabian n'en veut pas plus que nous, nous leur révélerons le secret s'ils l'ignorent, et, s'ils le connaissent, nous n'aurons rien à leur apprendre ; dans l'un et l'autre cas nous leur céderons la place, et nous nous en irons sans échanger un coup de fusil. Qu'en dites-vous ?... »

Pepe garda un silence glacial.

« C'est le seul moyen à employer, » s'écria le Cana-

dien persistant dans son opinion en dépit du silence de
son rude compagnon, dont il pouvait facilement deviner
la cause.

Pepe se remit à siffler la marche qu'il avait interrompue. Fabian se taisait aussi, et le vieillard intrépide, à
qui son amour pour son enfant conseillait une lâcheté,
se détourna en soupirant pour cacher malgré la nuit la
honte qui colorait son visage.

« Il conviendrait peut-être aussi, dit enfin le carabinier
avec une ironie que le vieux vétéran des déserts ressentit
comme un coup de poignard, que nous leur offrissions
de leur servir de bêtes de somme pour leur épargner la
peine de porter leur butin eux-mêmes. Ce sera beau,
n'est-ce pas, de voir deux guerriers blancs qui seuls ont
poussé jadis sans pâlir leur cri de guerre en face d'une
tribu d'Indiens tout entière, courber le front devant l'é-
cume des déserts? Ah! don Fabian, ajouta le chasseur
espagnol dans l'amertume de son cœur, qu'avez-vous fait
de mon vaillant et chevaleresque Bois-Rosé?

— Oh! mon Fabian, étoile radieuse qui s'est levée sur
le soir de mes jours, s'écria Bois-Rosé, vous qui m'avez
rendu la vie si chère, si douce à porter, n'écoutez pas
cet homme au cœur de roc, il n'a jamais aimé. »

En disant ces mots, le géant couché, le cœur combattu par sa tendresse qui grandissait et son indomptable
courage qu'il sentait faiblir, s'agitait comme Encelade
sous son volcan de l'Etna.

« Bois-Rosé, dit Pepe d'un ton douloureux, nous avons
passé un jour de trop ensemble, puisque déjà vous avez
oublié...

— Je n'ai pas oublié que le couteau à scalper avait
déjà tracé autour de ma tête un sillon sanglant, quand
vous m'avez sauvé au risque de votre vie ; il n'est pas une
heure d'angoisse ou de joie que nous ayons passée ensemble depuis dix ans qui ne soit présente à ma mémoire.
Excusez l'amertume de mon langage ; vous ne pouvez

savoir ce que c'est que la tendresse d'un père : car moi...
moi... le vieux coureur des bois... pour conserver un
appui à ma vieillesse... je voudrais pouvoir... Le lion de
l'Atlas lui-même ne fuit-il pas avec son lionceau ? »
acheva résolûment le chasseur sans chercher à cacher
plus longtemps son héroïque faiblesse.

Fabian saisit la main de celui qui l'aimait plus que son
honneur de vétéran blanchi sur le sentier de la guerre.

« Bois-Rosé, mon père, s'écria-t-il, ne vous ai-je pas
dit que nous mourrions ensemble s'il le fallait ? mais
Pepe et moi nous ferons comme il vous plaira.

— Hum ! dit Pepe, que l'émotion de Fabian et du Canadien gagnait à son tour, l'affaire... hum !... pourra
s'arranger... hum ! De par tous les diables ! c'est dur...
enfin... puisque, comme vous le dites, les lions de l'Atlas... Eh bien, caramba ! ils font là un triste métier, à
moins qu'ils n'aient déchiré, avant de fuir, une demi-
douzaine de chasseurs. Voyons, finissons-en, appelons
cette vermine et capitulons. »

Et le carabinier, en disant ces mots, se leva droit sur
la plate-forme avec cette rapidité de décision qui le ca-
ractérisait et faisait de lui un précieux compagnon de
danger.

Bois-Rosé ne songeait pas à s'opposer à cette détermination soudaine, quand Fabian l'arrêta.

« Vous pouvez fuir ou capituler tous deux sans honte,
c'est moi qui vous le dis, reprit le jeune homme ; en
tout cas, pour qu'une capitulation soit plus honorable et
plus facile, il faut qu'on vous l'offre d'abord. N'attendrons-nous pas qu'il soit jour pour voir à combien et à
quelle sorte d'ennemis nous avons affaire ?

— A quelques bandits mexicains, à quelques rôdeurs
indiens sans doute, qui seront tout aussi étonnés de nous
avoir fait fuir que nous de fuir devant eux, dit Pepe
d'un air de mépris ; mais les coquins sont bien longs, ce
me semble, à faire leurs dispositions d'attaque. »

L'Espagnol s'avança en rampant sur les bords de la plate-forme pour jeter un coup d'œil dans la plaine et au sommet des rochers.

Les premières et indistinctes lueurs de l'aube éclairaient une solitude aussi profonde en apparence que le jour précédent.

« La plaine est déserte, dit l'ex-miquelet, et, si vous m'en croyez, puisque nous sommes décidés à faire comme les lions de l'Atlas, je suis d'avis de battre en retraite, tandis que nous le pouvons encore. Attendre plus longtemps le bon plaisir de ces coquins me semble dangereux. Une capitulation n'entre guère dans les mœurs du désert, vous le savez. »

Avant de répondre à la proposition de Pepe, le Canadien s'avança à son tour à l'extrémité de la plate-forme pour essayer de percer le voile grisâtre étendu sur la plaine.

Les irrégularités du terrain, les pierres dont elles étaient semées ne présentaient encore que des lignes ou des formes insaisissables à l'œil, et le long de ces pierres, dans les crevasses du sol, des ennemis pouvaient se glisser inaperçus et guetter en sûreté les mouvements des trois chasseurs.

Bois-Rosé, trompé par la tranquillité apparente qui régnait au loin, eût peut-être goûté l'avis de son compagnon de fuir tout de suite, si ses oreilles ne fussent venues rectifier le jugement de ses yeux.

Les loups continuaient à hurler après le cadavre du cheval du duc de l'Armada, quand un son plus plaintif se mêla aux glapissements qu'ils faisaient entendre. Ce signe fut compris par le coureur des bois.

Il revint s'asseoir à sa place.

« Penser que la plaine est libre, c'est folie, reprit Bois-Rosé. Tenez, j'entends d'ici les loups grogner après un cadavre dont ils n'osent approcher. Je reconnais cela à leur intonation ; je juge qu'il y a deux ou trois Indiens derrière cette charogne. »

Quand le Canadien eut émis son avis, Pepe revint au poste d'observation qu'il avait quitté.

« Vous avez raison, dit-il en regardant de nouveau ; oui, je les vois à plat ventre. Ah ! si je m'écoutais... mais enfin, suffit, j'en suis toujours pour ce que j'ai dit, poursuivit l'Espagnol : c'est de Baraja qu'il faudra essayer de nous défaire le premier en cas d'hostilité.

— Il ne peut y en avoir, reprit le Canadien. Ce n'est pas à coup sûr à notre vie, mais au trésor qu'ils en veulent.

— Je ne dis pas non ; et cependant partout où il y a des Indiens, les blancs ont des ennemis plus altérés de sang que d'or. »

Comme néanmoins il était probable que Baraja, dont il ne s'expliquait pas trop bien l'alliance imprévue avec les Apaches, ne les avait déterminés à les attaquer que par l'appât du trésor, Bois-Rosé pensa que leur avidité trouverait son compte à une capitulation qui les en rendrait maîtres. L'honnête Canadien attendit donc assez tranquillement que leurs ennemis voulussent bien enfin manifester leur présence autrement que par des hurlements.

Il y eut alors un long moment de silence, pendant lequel Bois-Rosé arrivait par des transactions intérieures à étouffer les derniers murmures d'un honneur peut-être trop susceptible. Pepe, de son côté, essayait de rendre moins amère la concession qu'il faisait à son vieux compagnon, et Fabian regrettait presque l'absence d'un danger qui eût momentanément imposé silence aux voix orageuses qui grondaient dans son sein, à côté de la tombe de Mediana, et si loin de l'hacienda del Venado. Ces deux mots ne résumaient-ils pas toute sa vie ?

Nous profiterons de ce répit pour substituer la réalité des faits aux conjectures de Pepe, ou plutôt pour les confirmer en partie ; car sa pénétration lui avait dévoilé la vérité presque tout entière. Nous dirons aussi le motif de la temporisation des assaillants, qui n'allaient plus tarder à se montrer.

La première pensée de Baraja avait été de conduire franchement le métis au val d'Or, et de lui en livrer toutes les richesses, trop heureux de sauver sa vie à un prix si élevé. Mais, quand la folle ivresse qu'il ressentit d'abord d'avoir échappé à un affreux supplice se fut un peu calmée, il commença à désirer d'avoir sa part du trésor, quelque minime qu'elle fût ; puis, pendant le trajet jusqu'au mystérieux vallon, l'ambition du bandit avait démesurément grossi ; dans l'impossibilité de tout garder pour lui-même, il en était venu à vouloir se réserver la plus forte part. Restait à savoir comment il parviendrait à son but avec les redoutables associés qu'il s'était adjoints.

Incrédule d'abord, El-Mestizo n'avait pas tardé, en n'écoutant que la voix de la cupidité, à laisser succéder à la défiance une conviction pleine et entière. Une fois engagé dans cette voie, la confiance devient inébranlable ; les passions fortement excitées sont toujours aveugles. Baraja le sentit, et il résolut d'en profiter.

Il ne fit donc que transposer, dans les explications qu'il fournit au métis, l'emplacement du trésor et le mettre au sommet de la pyramide. C'était dans le tombeau du chef indien, assura-t-il, que les chasseurs, qu'il fallait débusquer, avaient enfoui des monceaux d'or. C'était, du reste, tout ce qu'il fallait à Sang-Mêlé, et il n'en demanda pas davantage.

Mais, pour Baraja, il était nécessaire d'agir de ruse, afin de ne pas livrer le val d'Or aux regards profanes et aux mains impures de ceux qu'il guidait.

Telles étaient les dispositions dans lesquelles se trouvait l'aventurier, quand le parti qui marchait avec lui reçut une nouvelle recrue. C'était le sauvage chasseur blanc, Main-Rouge, le père du métis, qui avait entendu la fin de la conférence de son fils avec les Indiens. Nous dirons, sans plus tarder, quel en était le but secret.

La bande avait fait halte un instant pour se reposer sous un épais massif d'yeuses, derrière lesquelles Diaz avait été aussi contraint de s'arrêter pour accorder un moment de répit à son cheval légèrement blessé.

C'était le seul endroit dans ces plaines découvertes où l'on pût faire halte avec quelque sûreté.

Ce fut donc bien malgré lui que Diaz, habitant des frontières et qui avait trop vécu avec les Américains pour ne pas comprendre l'anglais, devina plutôt qu'il n'entendit la conversation suivante :

« Eh bien, disait une voix, pourquoi n'avoir pas donné au chef indien un rendez-vous immédiat à la fourche de la rivière Rouge, puisque c'est près de là que se trouve la fille blanche dont vous voulez faire votre femme ?

— Ma femme d'un mois, voulez-vous dire. Pourquoi n'ai-je donné rendez-vous que dans trois jours au chef apache ? Parce que le chien de blanc qui nous guide m'a promis un trésor près d'ici, au pied du sépulcre indien, et que je veux l'or d'abord, puis la fille du lac aux Bisons après. Cela vous suffit-il ? »

Diaz n'entendit pas ce que répondit Main-Rouge à son fils. Ce dernier reprit :

« Allez, vieillard, c'est moi qui vous le dis, c'est une heureuse campagne que celle qui vient de s'ouvrir ; et, grâce à qui ? Me le direz-vous, vous qui ne saviez, avant que j'aie été en âge de vous seconder, qu'asssasiner vulgairement quelque trappeur isolé pour lui voler de misérables trappes ? »

Main-Rouge gronda quelques mots à la façon d'un tigre que son gardien a dompté.

« Oui, interrompit en ricanant le rénégat, deux honnêtes et pacifiques Papagos, qui ont suivi sa trace jusqu'au lac aux Bisons.... »

Ici les voix cessèrent de se faire entendre distinctement.

« Et comment avez-vous décidé le chef indien à s'associer à votre projet d'enlèvement? demanda Main-Rouge ; lui avez-vous dit qu'il y avait trente-deux chasseurs sur les bords du lac ?

— Sans doute, et je lui ai promis les chevaux que les blancs prendront pour lui.

— Et il a consenti?

— A une autre condition encore ; celle que je lui livrerais le Comanche qui rôde dans les environs de la rivière Rouge. »

Diaz n'entendit plus rien que quelques mots sans suite, tels que Rayon-Brûlant, la *cache* de l'île aux Buffles ; puis les Indiens et les deux pirates du désert reprirent leur route vers le val d'Or.

Alors l'aventurier, qui en avait assez entendu pour deviner en entier leur plan, tout en courant se joindre à ces chasseurs de chevaux sauvages menacés par les bandits, avait cru devoir jeter en passant aux trois amis l'avis du danger qui les menaçait.

Quant à Baraja, il avait arrêté son projet. Arrivé, après quatre heures de marche, à un endroit assez rapproché du val d'Or pour que la pyramide du tombeau devînt visible dans les ténèbres, il avait marqué le point de halte.

Il se gardait bien de poster ses complices sur la chaîne de rochers qui formait l'un des côtés de l'enceinte du val d'Or. Il craignait avec raison qu'un simple coup d'œil jeté au-dessous de lui n'apprît au métis l'emplacement réel du trésor.

« Venez par ici, dit-il à Sang-Mêlé ; du haut de ces montagnes nous dominerons la pyramide où les chasseurs ont enseveli l'or que je vous ai promis pour ma rançon. »

Et Baraja montrait l'étroit sentier par lequel il était descendu des Montagnes-Brumeuses dans la plaine.

« Prenez garde de nous tromper, s'écria le vieux Main-Rouge, d'un air de sinistre menace, car je ne vous laisserai pas sur le corps une seule lanière de votre peau.

— Soyez sans crainte, répondit le Mexicain ; mais par quel côté voulez-vous attaquer les gardiens du trésor, si ce n'est du haut de ces collines ?

— En effet, dit Sang-Mêlé ; quand le jour viendra et dissipera ces brouillards, nous planerons sur eux comme l'aigle au-dessus de sa proie. »

Toute la troupe allait s'engager dans l'étroit chemin indiqué par Baraja, quand l'un des Apaches, courbé sur la terre pour examiner des traces que le sable avait conservées, poussa une exclamation et appela deux de ses camarades près de lui.

« Quelle est cette empreinte ? dit-il.

— Celle de l'Aigle des Montagnes-Neigeuses, répondirent à la fois les deux Indiens, en désignant ainsi le chasseur canadien.

— Et celles-ci ?

— Celle de l'Oiseau-Moqueur, et celle du jeune guerrier du Sud. »

C'étaient les noms donnés par les Indiens, pendant le siége de l'îlot, à Pepe et à Fabian.

« Bon, dit l'Apache, j'en étais sûr aussi. »

Puis, s'adressant à Sang-Mêlé :

« El-Mestizo, poursuivit-il, gardera pour lui les cailloux d'or ; les Apaches combattront pour les lui conquérir, et à son tour il combattra pour ses frères. Le sang de nos guerriers crie vengeance. Leurs meurtriers sont là-haut, et il nous faut leur chevelure. Onze guerriers ne se battront qu'à cette condition.

— N'est-ce que cela ? répondit Main-Rouge avec un affreux sourire ; les Apaches auront les chevelures qu'ils demandent. »

Ce marché conclu, les deux écumeurs du désert firent

signe à Baraja de les précéder, et commencèrent à gravir le sentier, tandis que les Indiens se répandaient dans la plaine pour surprendre les chasseurs, s'ils avaient l'imprudence de quitter leur forteresse.

« Nous sommes à présent en face de la pyramide, dit Baraja quand, après une demi-heure de marche environ, ils furent arrivés à l'espèce de soupirail d'où s'élançait la cascade. »

Mais les flots de brouillard épais cachaient l'asile des trois chasseurs, et les yeux des Indiens, ainsi que ceux du père et de son fils, firent de vains efforts pour percer ce nuage.

« La brume qui enveloppe ces montagnes ne se dissipe jamais, même de jour, vous le savez comme moi, dit Main-Rouge à Sang-Mêlé, et du diable si dans une heure d'ici nous y voyons plus clair. Puisqu'il faut des chevelures à ces chiens d'Indiens......

— Vieillard, interrompit le métis d'un ton de menace, n'oubliez pas que j'ai du sang indien dans les veines... car je vous en ferais ressouvenir.

— C'est bien, répondit brusquement le père sans se choquer autrement du ton de son digne fils, auquel il était accoutumé. Je dis que, puisqu'il faut des chevelures à ces Indiens, nous devons chercher un autre endroit pour les leur donner. »

Ce dialogue avait eu lieu en anglais, langue maternelle de Main-Rouge, natif de l'Illinois, d'où ses crimes l'avaient forcé de fuir, et ni les Indiens ni Baraja n'en avaient compris un mot.

« J'en trouverai un, reprit Sang-Mêlé : ayez seulement l'œil sur ce drôle, » ajouta-t-il en désignant le Mexicain.

Puis il gravit la voûte de la cascade.

Quand il fut à quelque distance, l'Américain, laissant tomber sa lourde main sur l'épaule de Baraja, lui dit en mauvais espagnol : « Le fils d'une louve indienne va

trouver sans doute un endroit plus favorable que celui-
ci pour nous procurer l'or que vous nous promettez,
l'ami. En attendant nous allumerons du feu sur cette
hauteur, et la clarté qu'il répandra, perçant à travers ce
brouillard, indiquera aux trois renards que nous vou-
lons traquer qu'il y a là un autre parti qui les surveille. »

Sans perdre de vue le Mexicain, dont il se défiait, il
s'écarta un instant de lui pour faire allumer le feu près
de la cascade, laissant Baraja fort alarmé à l'idée que le
métis pouvait choisir pour commencer l'attaque les
rochers qui dominaient le val d'Or.

Telle était la cause du retard dont s'étonnaient les
trois chasseurs, immobiles et silencieux au sommet de
leur forteresse.

Comme il arrive presque toujours, c'était au moment
où le péril grossissait autour de lui et de ses deux compagnons que Bois-Rosé se flattait le plus complaisamment
de dissiper l'orage qui l'avait un instant effrayé.

« Au lieu de nous décider à capituler, dit Pepe en
rompant le premier le silence, il eût mieux valu fuir de
suite ou envoyer une balle dans la tête de chacun des
deux Indiens cachés derrière la carcasse du cheval. Cela
tranchait la position, car les moyens termes sont toujours dangereux.

— Peut-on quitter un poste comme le nôtre pour se
lancer au hasard au milieu des ténèbres, dans un endroit
où chaque pli de terrain, chaque buisson peut recéler un
ennemi, où les Indiens semblent apportés sur les ailes
du vent? répondit Bois-Rosé. C'eût été courir à une perte
certaine. Notre position n'en est que plus nette. Ou nous
capitulerons honorablement, ou nous nous défendrons
jusqu'à la mort; mais nous allons savoir bientôt à quoi
nous en tenir; les coquins ne songent plus à cacher leur
présence : voyez ce feu là-haut. »

Pepe suivit le doigt du Canadien ; au sommet de la

cascade une pâle lueur scintillait dans le brouillard ;
c'était le foyer que Main-Rouge venait de faire allumer
à la crête des rochers.

« Oh ! s'écria dédaigneusement Pepe, quant à ceux qui
perchent là-haut, je m'en soucie comme d'une troupe
de goëlands sur une falaise ; leurs flèches pas plus que
leurs balles ne perceront le rempart flottant que je leur
ai opposé. Pour ceux-ci, continua l'Espagnol en ramenant
ses regards dans la plaine, voilà des coquins persévérants
et qui se rapprochent petit à petit. »

En disant ces mots, Pepe tournait le canon de sa carabine dans la direction du cheval mort, et montrait à Bois-
Rosé, à quelque distance en deçà de l'animal, deux corps
noirs pelotonnés en boule et immobiles comme des ido-
les indiennes.

« Ces gens nous méprisent, et ils ont raison, sur mon
âme ! Ah ! Bois-Rosé, pourquoi faut-il?... »

Pepe n'acheva pas ; un regard suppliant de son vieux
compagnon fit expirer le reproche sur ses lèvres.

« Qu'il me faille mourir pour lui ou pour vous, et vous
verrez, Pepe, s'écria Bois-Rosé.

— Je le sais, parbleu ! je le sais, murmura Pepe. Cela
n'empêche pas que les deux corps que nous voyons accroupis étaient derrière le cheval, et qu'ils sont à présent
devant. Je ne puis cependant pas les laisser se morfondre ainsi : mais soyez tranquille, je vais leur parler en
ami pour ne pas les irriter.

— Vous feriez peut-être mieux de vous taire, dit le Canadien ; je me défie de votre langue quand elle s'adresse
à un ennemi quel qu'il soit, et surtout à des Indiens.

— Vous allez voir. »

Et Pepe, prenant le ton le plus conciliant qu'il lui fût
possible, s'écria d'une voix de Stentor :

« L'œil d'un guerrier blanc désirerait ne voir qu'une
charogne dans la plaine, et il en voit trois : ce sont deux
de trop. »

Les phrases conciliatrices de l'Espagnol firent sur les deux guerriers indiens l'effet d'une flèche lancée sur eux. Tous deux se levèrent d'un bond sur leurs pieds, se dressèrent de toute leur hauteur et poussèrent ensemble un hurlement de bête féroce ; puis, en deux autres bonds, ils disparurent derrière la chaîne de rochers.

« Des diables aspergés d'eau bénite, dit l'ex-miquelet avec un éclat de rire où le mépris se mêlait à la rage.

— A tout prendre, vous avez bien fait, s'écria Bois-Rosé, dont la vue de ses ennemis abhorrés fouettait le sang, et à qui l'approche de l'action rendait ce courage que sa tendresse pour Fabian pouvait seule dompter.

— Hourra ! je retrouve enfin mon vieux coureur des bois, s'écria Pepe avec exaltation et en tendant les deux mains, l'une au Canadien, l'autre à Fabian. Allons, allons, nous n'avons ni clairons ni trompettes ; eh bien, poussons notre cri de guerre comme jadis, comme il convient à trois guerriers sans peur en face de ces chiens. Faites comme nous, don Fabian, vous qui avez déjà reçu le baptême du feu. »

Et ces trois hommes intrépides, debout, chacun la main dans la main de son ami, modulant avec celle qui leur restait libre les farouches intonations du cri de guerre indien, poussèrent à leur tour trois hurlements terribles qui par leur force et leur sauvage harmonie, ne le cédaient en rien à ceux des fils du désert.

Jamais plus formidable cri de guerre ne fut jeté jadis aux échos de la Palestine, lorsque nos vaillants chevaliers, la lance en arrêt, criaient : *A la rescousse!* en chargeant les infidèles.

Du haut de la cascade et du sommet des rochers qui dominaient sur le val d'Or, les onze guerriers indiens répondirent par des hurlements farouches à ceux de leurs frères ; l'écho de la plaine les répéta. Bientôt la voix de l'homme se tut, et le désert retomba dans son morne silence habituel.

Une légère teinte dont commençait à se colorer l'orient annonçait que l'aube du jour ne tarderait pas à paraître.

CHAPITRE IX

MAIN-ROUGE ET SANG-MÊLÉ.

Les trois assiégés ne perdirent pas de temps à faire leurs dernières dispositions de combat. Toute idée de capitulation était désormais abandonnée.

« Vaincre ou mourir! Vous savez comme moi, Bois-Rosé, dit Pepe en renouvelant l'amorce de sa carabine pendant que ses amis prenaient la même précaution, qu'il est bien plus dangereux de capituler avec ces bandits que de leur livrer bataille. On abandonne sur la foi des traités une excellente position ; nous, par exemple, nous descendrions dans la plaine, et là, au moment où nous nous y attendrions le moins, nous pourrions nous trouver entourés, égorgés et scalpés en un clin d'œil.

— Au cas où le manque de vivres nous y forcerait, une sortie! s'écria le Canadien. Mais que ce ne soit qu'après avoir si bien éclairci leur nombre, que du diable s'il en reste assez pour nous entourer.

— Il est vrai que nous avons peu de vivres, dit Pepe en fronçant stoïquement le sourcil, et j'avoue que j'ai toujours trouvé dur de se battre toute une journée sans avoir le soir une bouchée de chose quelconque à se mettre sous la dent. Toutefois j'ai fait déjà au service de Sa Majesté Catholique un rude apprentissage de la faim, et depuis j'ai continué mes études à ce sujet, et vous aussi, Bois-Rosé ; don Fabian seul n'y est pas accoutumé.

— J'en conviens, dit vivement Bois-Rosé, toujours

fidèle à son système de faire aimer à son Fabian cette terrible vie des déserts, malgré ses dangers ; mais il y a des
jours d'abondance aussi, pendant lesquels la table des
puissants de la terre n'est pas servie comme la nôtre. Ne
nous est-il pas arrivé cent fois d'avoir à choisir depuis
l'humble fretin des ruisseaux de la plaine jusqu'au monstrueux saumon des cataractes de la montagne ; depuis
l'alouette des champs jusqu'au grand coq d'Inde ; depuis
le plus petit des quadrupèdes qu'il est donné à l'homme
de manger, jusqu'au bison des prairies, le plus colossal
d'entre eux ? Vous verrez, vous verrez, lorsque.... » Le
Canadien tomba tout à coup du haut de son enthousiasme au sentiment de la réalité qui les pressait tous....
« Lorsque Dieu aura détourné de nous ce nouveau danger, acheva-t-il d'une voix émue.

— Le dernier des Mediana, celui qui hier encore pouvait prendre une si large part de ces trésors, a plus d'une
fois, au sein de la misère qu'on lui avait faite, entendu
les grondements de la faim dans ses entrailles. Je n'ai
pas fait de la vie un plus doux apprentissage que vous,
dit Fabian.

— Pauvre garçon ! ajouta Bois-Rosé.

— Et Gayferos, s'écria Pepe, que va-t-il devenir pendant tout ce temps ?

— Pour lui, comme pour nous, à la grâce de Dieu, reprit le Canadien ; à présent ne pensons qu'à nous. Pour
peu que parmi ces Indiens il se trouve quelque parent,
quelque ami, ou même tout simplement quelques-uns
des guerriers de l'Oiseau-Noir, le combat sera une lutte
à mort. Dans cent ans les descendants de ceux-ci deman-
deraient encore aux nôtres compte du sang indien que
nous avons fait couler sur les bords du Rio-Gila ; il convient donc de n'omettre nulle précaution. »

Les trois chasseurs déposèrent, à l'abri des couvertures
dont ils s'étaient fait un rempart, leurs cornes de buffle
pleines de poudre, de peur qu'une balle en les attei-

gnant au corps, ne vînt à leur ôter ce seul et précieux
moyen de défense. Leurs sacs de peau renfermant les
balles et les vivres furent placés au même endroit et recouverts de pierres.

Ces dispositions faites, tout en jetant à chaque instant
les yeux sur le sommet des rochers qui faisaient face à la
plate-forme de la pyramide, le Canadien et Fabian se
couchèrent derrière les pierres plates qu'ils avaient dressées devant eux, leur carabine à leur côté, et Pepe s'agenouilla derrière le tronc des deux sapins ; puis tous trois
attendirent le commencement des hostilités.

Ce moment était d'autant plus critique que les assiégés ne pouvaient encore savoir ni à quels ennemis ni à
quel nombre ils allaient avoir affaire. Tout ce qu'ils pouvaient confusément distinguer à travers les meurtrières
de rochers qui les abritaient, c'était un mouvement
presque incessant des bouquets de buissons qui couronnaient l'espèce de rempart en face du leur.

On devine que le métis n'avait pas eu de peine à trouver ce poste si avantageux pour l'attaque, quoique moins
élevé que la pyramide. Il était donc venu, au grand effroi
de Baraja, dont l'inquiète sollicitude pour son trésor
était toujours en éveil, prendre position avant le jour
au-dessus du val d'Or.

L'aventurier éperdu s'était empressé de jeter ses regards
au-dessous de lui. Quelle n'avait pas été sa surprise en
voyant que, comme la main d'un amant jaloux qui voile
à tous les yeux les trésors de beauté dont il est épris,
une main inconnue avait éteint sous un voile de branchages les lueurs scintillantes que naguère renvoyait le
vallon !

Baraja remercia de nouveau son bon ange de cette
faveur signalée, et chercha dans son esprit le moyen de
se glisser dans le val d'Or, afin d'en rapporter au métis
le prix convenu pour sa rançon, sans en trahir la source
presque inépuisable.

Main-Rouge et Sang-Mêlé, confiants dans leur force et leur adresse, avaient assisté avec une impatience mêlée de dédain à tous les préparatifs habituellement si lents d'une attaque indienne.

Lorsque enfin ceux des Apaches qui connaissaient par une sanglante expérience le sang-froid et le courage de leurs redoutables adversaires crurent qu'ils pouvaient ouvrir le feu, se trouvant suffisamment en sûreté derrière les fascines qu'ils avaient amoncelées et les buissons épais dont les rochers étaient revêtus à leur sommet, Main-Rouge frappa le sol de sa carabine.

« Ah çà ! dit-il avec un énorme juron, il est temps d'en finir. Sans ces chiens.... sans ces Indiens, veux-je dire, avec leur stupide amour pour les chevelures qui ne rapportent rien, nous sommerions ces brigands là-haut de nous livrer leur magot, et en leur disant qui nous sommes, ce serait fini ; nous les verrions déguerpir comme les chiens des prairies dont on évente le terrier.

— Ah ! vieux drôle, dit le métis avec un juron qui ne le cédait en rien pour l'énergie à celui de son odieux père, et en faisant allusion à un bruit qui courait sur Main-Rouge parmi les tribus indiennes, il vous faut à vous des chevelures lucratives, de celles que les gouverneurs des frontières vous payaient, dit-on, jadis au poids de l'or. Ces Indiens veulent trois chevelures et il les auront, entendez-vous ? »

Le père et le fils se lancèrent un de ces regards sinistres qui avaient si souvent dégénéré, entre ces coquins sans frein ni loi, en sanglantes querelles ; mais ils s'en tinrent là pour cette fois. Chacun d'eux sentit que le moment était mal choisi pour donner carrière à leurs hideuses passions, et le père reprit, en dévorant sa colère :

« Eh bien, que faut-il faire alors ?

— Que faut-il faire ? répéta Sang-Mêlé en s'adressant à celui des Indiens qui paraissait le plus influent parmi eux.

— L'Oiseau-Noir peut prendre ses ennemis tout vivants ; le désir d'un chef tel que lui est une loi pour ses guerriers.

— Bon, s'écria Main-Rouge, voilà qui est encore plus difficile que d'arracher la chevelure à trois cadavres. » Puis, jetant sur Baraja un regard qui le fit frémir : « Coquin, lui dit-il, est-ce pour cela que tu nous as conduits jusqu'ici ?

— N'ai-je pas dit à Votre Seigneurie, répondit Baraja, que le trésor était gardé par trois redoutables chasseurs ?

— Qu'importe ? dit Sang-Mêlé ; le Mexicain donnera son or, ou jusqu'au moindre lambeau de sa peau, s'il nous a trompés ; Main-Rouge et Sang-Mêlé donneront aux Indiens les trois blancs vivants, ou y perdront eux-mêmes la vie. Ils l'ont promis, et tous deux sont esclaves de leur parole. »

Le perfide métis avait prononcé ces mots moitié en espagnol, pour que Baraja l'entendît, et moitié en Indien, pour donner de sa fidélité à sa parole une idée que ses alliés ne partageaient pas ; et, s'adressant à l'Indien :

« Le nom de mon frère n'est-il pas le Chamois ?

— Qui ; il bondit comme lui sur les rochers.

— Eh bien, le Chamois est-il résolu à sacrifier sa vie et celle de ses guerriers pour s'emparer des blancs ?

— Pourvu qu'il en reste trois pour conduire les prisonniers à la hutte de l'Oiseau-Noir, le Chamois consent à être du nombre de ceux qui ne reverront plus leur village.

— Bon, » dit le métis. Puis se tournant vers Baraja : Et vous, drôle, quel rôle jouerez-vous pour tenir votre promesse ? »

Baraja fut fort embarrassé de répondre. Il ne savait qu'une chose, c'est qu'en fait de rôle, il jouait celui du chacal qui, pour chasser, s'associe avec une bande de tigres.

Il fit cependant un effort sur lui-même, en se rappelant qu'aux yeux du féroce Américain comme à ceux du métis, sa vie devait avoir quelque prix, jusqu'au moment du moins où il aurait payé sa rançon.

« Votre Seigneurie, dit-il, devra considérer que, sachant seul où était enfoui le trésor, je ne dois pas légèrement exposer ma vie.

— Restez donc caché derrière ces rochers, dit El-Mestizo en tournant dédaigneusement le dos à Baraja, et il s'entretint pendant quelques minutes avec son père dans un dialecte que personne des assistants ne put comprendre.

Cette courte conférence avait lieu sur un glacis en pente douce formé par les rochers. Couchés sur ce glacis terminé par une espèce de gradin tapissé de buissons, les Indiens étaient presque debout, la tête à la hauteur des premières pousses, et, bien que moins élevés que leurs adversaires, ils pouvaient eux-mêmes, étant à l'abri, profiter du plus léger mouvement qui les découvrait.

« En leur promettant la vie, ils se rendront, dit le métis en finissant.

— Et nous leur tiendrons parole, puisque nous devons les livrer vivants aux Indiens, » ajouta le père avec un féroce sourire.

En même temps le père et le fils gravirent le talus à moitié et levèrent la main sans se montrer eux-mêmes au-dessus du niveau des buissons.

« Attention, dit Pepe agenouillé derrière les deux sapins, les hostilités ou les pourparlers vont commencer; je vois deux mains qui dépassent la crête des rochers et s'agitent en signe de paix. Eh mais !... ces mains ne tiennent pas le calumet... et les vêtements qui couvrent les bras ne sont pas ceux des Apaches... A qui donc avons-nous affaire? »

Pepe avait prononcé ces paroles et fait ces observations avec une extrême rapidité, quand une voix forte se fit entendre :

« Qui est celui, dit la voix, que les Indiens appellent l'Aigle des Montagnes-Neigeuses ?

— Qu'est ceci? murmura Bois-Rosé surpris, et qui parle anglais parmi ces coquins ? »

Et, comme Bois-Rosé ne répondit pas, la voix reprit :

« Peut-être l'Aigle des Montagnes-Neigeuses ne comprend-il que la langue qu'on parle au Canada? »

Et la voix répéta sa question en français. Bois-Rosé tressaillit.

— C'est pire encore que je ne pensais, continua le Canadien de manière que Pepe seul pût l'entendre; il y a là quelque renégat de notre couleur.

— Un de ces coquins passé du blanc au rouge, dit Pepe par manière de sentence; ce sont les plus enragés.

— Qe veut-on à l'Aigle ? demanda à son tour et également en français Bois-Rosé, en se rappelant le nom que lui avait donné l'Oiseau-Noir.

— Qu'il se montre, ou, s'il a peur de se montrer, qu'il écoute.

— Et si je me montre, qui me répond que je n'aurai pas à m'en repentir.

— Nous lui donnerons l'exemple de la confiance, répondit la voix.

— Que dit-il? demanda Pepe.

— Que je me montre, et que je... »

Bois-Rosé demeura muet de surprise à la vue des deux figures étrangères qui se levèrent tout à coup sur le parapet en face de lui. Il venait de reconnaître deux hommes dont la sanglante et terrible renommée était non-seulement arrivée jusqu'à lui, mais que le hasard plaçait pour la seconde fois sur son chemin. La première lui avait été déjà bien fatale.

A l'aspect de ces deux hommes, un sentiment étrange, inconnu, douloureux, traversa le cœur de l'intrépide coureur des bois; Fabian était là, et pour la première fois de sa vie, Bois-Rosé eut presque peur. Ses muscles

d'acier s'émurent, comme ces fortes lianes des forêts
d'Amérique, que la brise ordinaire n'a jamais fait vibrer
et qui tout à coup frémissent sous le souffle de l'ouragan.

« Main-Rouge et Sang-Mêlé ! Les reconnaissez-vous ? »
dit-il à Pepe.

Pepe fit un geste d'affirmation. Il avait ressenti le
même choc que Bois-Rosé.

« Ne vous montrez pas, s'écria-t-il ; c'est un jour de
deuil pour tous ceux qui les rencontrent.

— Je me montrerai, reprit Bois-Rosé, car j'aurais l'air
d'avoir peur ; seulement couvez de l'œil chaque feuille
des buissons, et ne perdez pas un seul geste de ces deux
démons amphibies. »

En disant ces mots, le Canadien déploya sur la plate-
forme sa haute taille, droit et ferme comme le canon de
sa carabine, et son regard clair, limpide et calme prouva
que la peur était un hôte que son cœur ne savait pas
abriter longtemps.

L'aspect de Main-Rouge était repoussant. C'était un
grand vieillard sec, à la peau tannée et aux yeux hagards ;
ses prunelles de grandeur inégale et comme constellées
de taches de sang, son nez obliquement placé sur un visage anguleux, tous ses traits en un mot dénotaient en
lui le scélérat accompli.

Ses longs cheveux blancs, jadis d'un rouge ardent,
étaient relevés au sommet de la tête à la mode indienne
et maintenus par des courroies de peau de loutre. Une
espèce de blouse de chasse de peau de daim, relevée en
broderies de diverses couleurs, descendait jusqu'à ses
genoux et laissait voir des guêtres de cuir ornées d'une
profusion de franges et de grelots. Ses pieds étaient
chaussés de mocassins couleur vert olive, garnis de ver-
roterie de toutes nuances.

Une couverture aux couleurs bizarres et tranchantes
était jetée sur une de ses épaules. Une sangle de cuir serrait ses flancs évidés, et d'un baudrier rouge pendaient

un casse-tête, un long couteau sans gaîne et le fourreau
d'une pipe indienne.

Ainsi accoutré, personne n'eût pu reconnaître dans
le renégat américain les traits distinctifs de la race
blanche.

Sang-Mêlé avait quelque ressemblance avec son père,
et les yeux de l'un et de l'autre indiquaient une égale
férocité; toutefois le caractère indien de la physionomie
du métis ne dénotait pas la bassesse d'âme si visible chez
le père. Aussi grand, mais plus vigoureusement taillé que
lui. El-Mestizo avait hérité de la force prodigieuse du
vieux renégat, que l'âge n'avait point encore diminuée.
En un mot, il y avait chez le fils du tigre et du lion à la
fois. Chez le père c'était comme le tigre du Bengale
greffé sur le chacal d'Amérique.

Les cheveux épais et noirs d'El-Mestizo étaient relevés
ainsi que ceux de Main-Rouge, non pas par des courroies
de peau, mais par des rubans écarlates, comme ceux
qu'on tresse parfois à la crinière des chevaux.

Son vêtement de chasse, de la même forme que celui
de l'Américain, était de drap rouge, et le reste de son
costume ne différait de celui de son père que par le luxe
des ornements dont un jeune fat indien se plaît à relever les agréments de sa personne.

Sa main soutenait sur son épaule une longue carabine
dont la crosse et le bois, parsemés de clous à tête de
cuivre brillants comme de l'or, étaient curieusement
ornés de dessins au vermillon. Tels étaient les deux
redoutables forbans du désert.

Ces deux bandits à la physionomie repoussante, à laquelle ils cherchaient à donner l'air de gravité des Indiens, formaient un contraste frappant avec Bois-Rosé,
dont la figure calme et les formes athlétiques présentaient la plus belle expression de la force loyale qui se
repose sur la valeur.

« Que veut-on à l'Aigle des Montagnes-Neigeuses, puisque c'est le nom sous lequel on m'a désigné? demanda le Canadien d'une voix grave.

— Eh! eh! dit le brigand de l'Illinois avec un hideux sourire, nous nous sommes déjà vus, ce me semble, et, si j'ai bonne mémoire, le coureur des bois canadien n'eût pas conservé sa chevelure sans...

— Un coup de crosse de fusil que votre excellente mémoire doit rappeler à votre crâne, ajouta Pepe en venant prendre part à la conférence qui avait lieu en anglais.

— Ah! c'est vous aussi? reprit l'Américain.

— Comme vous voyez, répondit l'Espagnol avec un sang-froid que démentaient ses yeux brillants de haine.

— Celui que mes frères indiens appellent l'Oiseau-Moqueur? » dit Sang-Mêlé.

Les prunelles de l'Espagnol, dont les passions ardentes et presque féroces bouillonnaient comme la vapeur qui va faire explosion, lancèrent un éclair vers le métis, et il ouvrait la bouche pour décocher un de ces traits devant lesquels les conférences pacifiques se convertissaient d'habitude en déclarations de guerre acharnée, lorsque Bois-Rosé le supplia de garder le silence.

Bois-Rosé sentait aussi s'évanouir rapidement sa patience, et le redoutable tueur d'Indiens que nous connaissons, désespérant de contenir longtemps le flot de haine qui l'envahissait, voulait conserver assez de calme pour écouter des propositions qu'il n'avait pas provoquées, au cas douteux où son sauvage point d'honneur lui permettrait de les accepter en faveur de Fabian.

« Je suis venu pour entendre des paroles de paix, et voilà que la langue de Main-Rouge et celle de Sang-Mêlé s'égarent loin du but, dit-il gravement.

— Ce ne sera pas long, reprit l'Américain. Parlez, Sang-Mêlé.

— Vous foulez sous vos pieds un riche trésor, dit le métis; vous n'êtes que trois, nous sommes cinq fois plus nombreux que vous, et il nous faut ce trésor ! Voilà.

— Concis, clair et insolent, pensa Pepe. Voyons comment Bois-Rosé va digérer cela. »

Un homme moins confiant dans la supériorité que lui donnaient le nombre de ses alliés, son adresse et sa force physique, eût frémi devant l'expression momentanée du visage de l'athlétique coureur des bois. C'est que, malgré sa fervente tendresse pour Fabian, Bois-Rosé ne sentait plus qu'un ardent désir de châtier l'insolence du bandit.

« Hum ! fit le Canadien avec un effort qui dut lui coûter beaucoup, à l'aspect du métis arrogamment campé sur le canon de son rifle, et sous quelles conditions vous faut-il ce trésor ?

— A la condition par vous trois de déguerpir au plus vite.

— Avec armes et bagages ?

— Avec bagages, mais sans armes, reprit El-Mestizo, bien sûr qu'alors il lui serait facile, en dépit de la foi jurée, de livrer les trois chasseurs à ses sauvages auxiliaires.

— Si les deux scélérats n'en voulaient pas à notre vie, nombreux comme ils doivent l'être, il leur importerait peu que nous conservassions nos armes, souffla Pepe à l'oreille du Canadien.

— C'est clair comme le jour ; mais laissez-moi démasquer ces coquins, » reprit tout bas Bois-Rosé. Puis tout haut au métis : « Les trésors que nous abandonnerions ne sont-ils pas suffisants ? A quoi vous serviraient trois carabines entre quinze guerriers ?

— A vous mettre hors d'état de nous nuire. »

Le Canadien haussa les épaules.

« Ce n'est pas répondre, dit-il ; vous avez affaire à des hommes qui peuvent tout entendre, sans s'émouvoir des menaces et sans se laisser leurrer par des phrases menteuses.... Il faut savoir une bonne fois à quoi s'en tenir, » poursuivit-il en s'adressant à Pepe.

Le vieux renégat prit alors la parole.

« Eh bien, dit-il en ricanant, Sang-Mêlé, dans sa clémence pour vous, oublie une condition.

— Laquelle ?

— Que vous vous rendiez à discrétion, reprit le métis.

— Laissez-moi donc répondre à ce couple de vipères à queue blanche et à tête indienne, dit Pepe en poussant Bois-Rosé du coude.

— Pepe ! dit gravement le Canadien, depuis qu'un fils m'a confié le soin de sa vie, j'ai un devoir sacré à remplir, et en cas de mort je veux paraître devant Dieu sans reproches. Voyons jusqu'au bout. »

Et Bois-Rosé lança vers Fabian attentif à tout ce qui se passait un regard empreint de toute sa tendresse paternelle. Un tranquille sourire de son enfant le paya de son héroïque patience.

« Voyons, Sang-Mêlé, reprit-il, tâchez d'oublier pour un instant les suggestions du sang indien, et parlez franc, comme il convient à un guerrier sans peur et à un chrétien. Que voulez-vous de nous ? Que ferez-vous de vos prisonniers ? »

Mais la loyauté faisait un vain appel à la perfidie. Sang-Mêlé ne voulut découvrir que la moitié de sa pensée. Quoique certain d'en venir à ses fins, il désirait épargner, non pas du sang, mais du temps, et il se flatta follement que les trois chasseurs préféreraient le sort incertain de la captivité à une mort à laquelle rien ne pouvait les soustraire.

« Je serais fort embarrassé de vous trois, dit-il ; mais il y a un certain Oiseau-Noir dont les guerriers m'accompagnent, et qui *vous* veulent absolument, et, ma foi, je *vous* ai promis. »

Le métis s'était servi dans sa réponse du dialecte indien et espagnol, et à ces mots les chasseurs virent surgir à travers les basses branches des buissons des yeux brillants comme ceux d'un tigre embusqué, et un visage hideux que sa peinture de guerre rendait plus effrayant encore que le tigre lui-même.

« Ah! je m'en doutais, dit Bois-Rosé. Eh bien, que nous fera l'Oiseau-Noir?

— Je vais vous le dire, répondit le métis, qui se re-tourna vers son terrible allié. Que fera l'Oiseau-Noir à l'Aigle, au Moqueur et au guerrier du Sud? Que mon frère me réponde à voix basse, lui dit-il, pour que je transmette sa réponse.

— Trois choses, répondit l'Apache avec une horrible précision. Ils seront d'abord les chiens de sa hutte; il fera ensuite sécher leur chevelure à son foyer; puis il donnera leur cœur à manger à ses guerriers : car ce sont trois braves, et leur courage passera dans le cœur de ceux qui auront goûté du leur. »

Telle est encore aujourd'hui, au milieu du dix-neu-vième siècle, l'aménité des mœurs indiennes dans les Prairies, et tel eût été le sort réservé aux trois chas-seurs, s'ils se fussent confiés à la parole du métis. Et ce-pendant aujourd'hui encore, à l'heure où nous retra-çons ce récit, les Prairies sont sillonnées d'un grand nom-bre d'aventureux chasseurs qui après avoir goûté cette vie de périls, n'y peuvent plus renoncer. Cela se conçoit. Que sont les mesquines émotions de l'existence civilisée auprès de ces puissantes émotions de la vie sauvage? Nous pouvons le dire, nous qui les avons goûtées, qui bien des fois nous sommes endormis sans savoir si nous nous réveillerions : elles sont ce que serait au palais journellement enflammé par le piment des Antilles ou le curry de l'Inde, le régime insipide des châtai-gnes tendres et du lait écumeux des bergers de Vir-gile.

« Bon, dit le métis après avoir attentivement écouté les paroles de son allié ; El-Mestizo traduira fidèlement les instructions de son frère. »

Et le brigand, se retournant vers Bois-Rosé, essaya

d'adoucir sa farouche physionomie à l'aide d'un sourire menteur.

« Le grand chef indien, dit-il en ayant soin cette fois de se servir de la langue anglaise, que Fabian seul ne comprenait pas, promet à ses prisonniers l'amitié qu'il a conçue pour trois braves ; il leur promet en outre la fleur de ses chasses et les plus belles de ses femmes.

— Et la vie éternelle, *Amen !* reprit Pepe, dans le cerveau de qui la vapeur cherchait une soupape pour ne pas éclater. Fi donc ! Bois-Rosé, continua le carabinier, c'est une honte d'écouter plus longtemps ce monstrueux rebut de blanc et de rouge ; ne voyez-vous pas qu'il se *gausse* de votre honnêteté ?

— Que dit l'Oiseau-Moqueur ? demanda insolemment le vieux renégat.

— Il dit, répondit Pepe, dont la fureur n'avait pas trouvé la soupape nécessaire, et qui éclatait, il dit qu'il ne veut pas être moins généreux que vous deux, et qu'il vous promet trois choses : à vous un second coup de crosse sur le crâne, à votre fils un coup de couteau en plein cœur, et sa langue menteuse jetée en pâture aux corbeaux.... s'ils n'ont pas peur de s'empoisonner.

— Ah ! » s'écria Sang-Mêlé, qui ne put que grincer les dents en portant à son épaule avec la rapidité de la pensée sa carabine armée à l'avance.

Le brigand oubliait sa promesse de livrer les trois chasseurs vivants.

L'Espagnol et le Canadien n'avaient pu se baisser à temps, et c'était fait de l'un d'eux, car ils avaient déposé leurs carabines hors de leur portée, si, à une détonation éclatant derrière eux, ils n'eussent vu chanceler le métis sur le sommet du talus.

Fabian connaissait la violence de Pepe, son intempérance de langue dans certains moments, et, couché à plat ventre sur la plate-forme, sa carabine en joue, il veillait. Cette circonstance heureuse put seule sauver un des chasseurs.

Malheureusement pour eux tous, la carabine de Fabian n'avait pas la redoutable portée de celle des deux coureurs des bois, et sa balle s'amortit à la fois et contre la couverture de laine flottant sur l'épaule du métis et contre son sac de cuir.

Néanmoins, étourdi par le choc, Sang-Mêlé, quoique fort comme un chêne qu'un seul coup de cognée n'abat pas, chancela et serait tombé dans le val d'Or, où Bois-Rosé l'aurait achevé, si le père n'eût soutenu son fils.

D'un bras vigoureux il l'enleva du talus. L'Indien derrière son buisson et les deux pirates du désert, debout jusqu'alors, disparurent à la fois, puis aux voix humaines qui se turent succéda le silence le plus profond, que troublaient seuls le bruit de la cascade et le murmure du feuillage agité par la brise.

CHAPITRE X

OU L'OR EST UNE CHIMÈRE.

Le dais de brouillards couvrait toujours le sommet des Montagnes-Brumeuses, quoique le soleil, déjà haut dans sa course, incendiât le désert de ses rayons enflammés.

Le feu allumé pendant la nuit au sommet des rochers brillait encore à travers la vapeur, sans que les assiégés pussent savoir si quelques-uns de leurs ennemis étaient là pour l'alimenter.

« J'ai fait tout ce que j'ai pu, mon Dieu, vous le voyez, pour éviter le combat, dit le Canadien, » qui priait à demi-voix en se ressouvenant, à présent que Fabian était

avec lui, que toute force et toute protection viennent
d'en haut ; « mais que votre volonté soit faite. »

Puis, s'adressant à Pepe avec plus de calme qu'il n'en
avait ressenti jusqu'alors :

« Vous qui aimez les positions nettes et précises, vous
devez être satisfait. Il est clair qu'outre la possession du
trésor, les coquins veulent encore celle de nos corps, et
vous savez dans quel but.

— Oui, pour nous octroyer l'amitié du chef au noir
plumage, la fleur de ses chasses et les plus belles de ses
femmes, autrement dit scalpés vifs, écorchés et brûlés.
La position n'est pas ambiguë, c'est vrai.

— Le combat sera long, acharné ; Fabian, mon enfant, la haine de l'homme qui veut prendre son ennemi
vivant est plus terrible que celle de l'homme qui ne veut
que le tuer, nous le savons. Il faut donc, continua le
Canadien, que nous redoublions de prudence et de sang-
froid ; il faut que chacun de nous ne tire qu'à coup sûr ;
il faut surtout, Fabian, que vous soyez d'autant plus
avare de votre vie que vous l'avez consacrée tout entière à un vieillard dont vous êtes la joie dans le présent
et la bénédiction dans l'avenir, et que cette vie ne vous
appartient plus : elle est mon bien. Vous me le promettez ?

— Mais notre vie n'est pas menacée pour le moment,
puisque, dites-vous, on ne veut nous prendre que vivants, répliqua Fabian.

— Vivants ? je n'en ai nul souci, dit Bois-Rosé. Fus-
sions-nous tous les trois blessés à mort, il nous resterait
toujours assez de force pour nous précipiter dans ce
gouffre, et y trouver un sort bien doux, en comparaison
de celui qui nous attendrait si nous étions prisonniers.
Les coquins n'ont pas pensé à cela.

— Il y a encore autre chose, don Fabian, ajouta
Pepe. Ces écumeurs des Prairies n'ont pas le même intérêt que leurs alliés. Ils veulent de l'or avant tout, et

quand l'impatience va les prendre, ils n'auront plus
qu'un but, celui de nous tuer le plus tôt possible pour
en finir. Dieu veuille, du reste, que je ne me trompe pas,
car pour essayer de nous tuer ils se découvriront ; autrement, s'ils persistaient dans l'intention qu'ils ont annoncée, il pourrait arriver telle circonstance, où, malgré la
terrible et dernière ressource que nous offre cet abîme,
nous pourrions être pris les armes à la main, sans qu'il
nous restât la possibilité de nous élancer dans le gouffre
et de nous poignarder l'un l'autre. »

Devant cette effrayante possibilité et devant celle non
moins effrayante où l'un d'eux pourrait tomber seul
entre les mains d'ennemis sans pitié, les trois chasseurs
sentirent un moment l'émotion les gagner.

C'est une sainte et indissoluble amitié que celle de
Bois-Rosé et de Pepe : c'était dix années de périls et de
combats communs. Depuis l'océan Atlantique jusqu'aux
bords de l'océan Pacifique, les carabines des deux chasseurs avaient mêlé leurs détonations ; leurs mains s'é-
taient pressées dans bien des luttes désespérées ; les
joies de l'un avaient été les joies de l'autre. La faim,
la soif, qui désunissent le père et le fils, n'avaient pu
rompre le lien qui les attachait, et ils avaient partagé
leur dernière goutte d'eau comme leur dernière parcelle d'aliments. En un mot, c'étaient une amitié des
déserts où haine, vengeance, amour, toutes les passions
grandissent comme l'immensité où elles prennent naissance. Cette amitié réciproque des deux chasseurs était
devenue commune à Fabian, et un lien indissoluble
unissait les trois amis.

Après ce premier moment de faiblesse humaine dont
les hommes au cœur fort ne sont pas même exempts,
Bois-Rosé et ses deux compagnons devinrent ce qu'avait
fait d'eux l'habitude des dangers, d'intrépides aventuriers, sinon tout à fait sans reproche, du moins sans peur,
et semblables à de souples et vigoureuses lames de To-

lède qui, un instant courbées, se redressent bientôt
d'elles-mêmes.

Quand donc ce court moment fut passé, tous trois es-
sayèrent de mesurer d'un œil calme et attentif l'étendue
du danger qui les menaçait.

Le feu continuant à scintiller au milieu du brouillard
des montagnes attira en premier lieu les regards du
Canadien.

« Je n'aime pas cette lueur là-haut, dit-il ; bien que les
couvertures nous protégent suffisamment de ce côté, cependant il est inquiétant de se sentir fusillé par derrière.
Les coquins, avec toutes leurs intentions pacifiques, n'y
manqueront certainement pas pour distraire notre attention de leur principal point d'attaque, en face de
nous. Le brouillard qui voile les hauteurs n'empêchera
pas les Indiens de tirer sur nous au *jugé*.

— Vous avez raison, ajouta Pepe. Je ne crois pas que
le vieux bandit et son digne fils se soient engagés, par
leur contrat avec l'Oiseau-Noir, à nous livrer avec nos
membres au complet, et ils profiteront des distractions
que nous causera le feu de là-haut pour essayer avec leur
infernale adresse, soit de nous briser une épaule ou deux
à chacun, soit de nous casser un bras ou une cuisse.

« Tenez, Fabian, poursuivit le Canadien, voilà votre
poste. Ayez toujours l'œil alerte et le canon de votre
carabine braqué sur le foyer. Quand vous verrez luire à
travers le brouillard l'éclair d'un fusil, faites hardiment feu
et sans trembler, sur la lumière qui jaillira du bassinet. »

Conformément aux avis de Bois-Rosé, Fabian s'embus-
qua derrière le rempart de laine, le canon de son arme
dirigé sur la hauteur. Quant aux deux autres chasseurs, couchés, le visage tourné vers leurs ennemis, et
sans qu'à travers les meurtrières de pierre la bouche de
leur carabine dépassât d'une ligne la plate-forme de la
pyramide, ils guettaient de l'œil les mouvements des
assaillants.

Les Indiens n'ont pas adopté la tactique impétueuse des Européens. Quelque nombreux qu'ils soient, jamais ils ne sacrifieront la vie de leurs guerriers à l'assaut d'une position bien défendue. Les sauvages, avec la férocité du tigre, en ont la patience infatigable. Des jours entiers se passeront, s'il le faut, à guetter leur ennemi, jusqu'au moment où la lassitude, la famine, le manque de munitions ou quelque imprudence le livrera. Ce sont des guerres d'extermination en détail ; mais, quand il y a de part et d'autre même patience, même astuce, même stratégie en un mot, on conçoit que ces guerres doivent durer longtemps.

Malheureusement, les assiégés avaient à peine des vivres pour plus de vingt-quatre heures, et la tactique des assiégeants devait leur être fatale, puisque ces derniers, libres dans leurs mouvements, avaient la facilité de dépêcher un de leurs chasseurs pour se procurer du gibier dans la plaine et dans les montagnes.

« Comment finira tout ceci ? dit le Canadien à voix basse à Pepe.

— Je n'en sais rien, en vérité, j'ignore même quand cela commencera. Je puis vous le dire à vous, je me sens plus à mon aise quand j'ai brûlé une cartouche ou deux, et quand j'entends les détonations et les cris de guerre répétés par les échos autour de moi. »

En effet, autant le silence des solitudes a de charme lorsqu'on sait qu'on y est seul, autant il devient un sujet d'inquiétude lorsqu'on se sent entouré d'ennemis.

Les vœux de Pepe ne tardèrent pas à être exaucés. Deux explosions successives vinrent troubler la tranquillité de l'air. L'une partait des montagnes, l'autre de la plate-forme, où Fabian venait de faire feu, mais inutilement, contre l'ennemi posté sur la hauteur de la cascade.

Trois fois de suite ces doubles explosions se répétèrent sans succès de part et d'autre. Des morceaux d'é-

corce et une pluie de feuillage arrachés aux sapins tombaient sur les trois combattants, et les balles de Fabian
n'avaient sans doute pas fait plus de mal à l'ennemi.

« Cédez-moi votre place, Fabian, dit Bois-Rosé, et
venez prendre la mienne. Pepe, apprenez-lui comment
il doit placer le canon de son arme pour s'en servir sans
la laisser apercevoir. »

En disant ces mots, le Canadien se recula en rampant
et se croisa avec le jeune homme qui venait rejoindre
Pepe. Bois-Rosé, à son nouveau poste, examinait à la
fois, avec la rapidité habituelle de son coup d'œil, les
hauteurs ainsi que la plaine. Il fut surpris de voir au
delà du lac qui s'étendait au pied de la pyramide, du
côté opposé à la chaîne de rochers, et dont les eaux baignaient le flanc escarpé des Montagnes-Brumeuses, quelques-unes des pierres plates semées en si grand nombre
sur la plaine, dressées de champ à peu de distance les
unes des autres.

Le coureur des bois compta quatre de ces pierres, et
il ne douta pas que ces abris ne cachassent autant d'ennemis embusqués pour empêcher leur fuite de ce côté.
De là le Canadien reporta toute son attention sur les
hauteurs, où le feu jetait toujours une faible lueur à
travers le brouillard ; puis, patient lui-même comme un
Indien, il attendit.

Pendant ce temps, immobiles à son exemple, et couchés à côté l'un de l'autre, Fabian et Pepe échangeaient
quelques mots à demi-voix.

« Vous avez eu tort, Pepe, dit Fabian, d'exaspérer
ainsi ces deux hommes par des outrages gratuits, et
peut-être immérités.

— Pas plus gratuits qu'immérités, don Fabian : d'a-
bord, ils m'ont soulagé d'un poids énorme, et ensuite
ces deux hommes sont les plus grands coquins qui aient
jamais foulé les Prairies, où il y en a un si grand nombre. Vous ne connaissez pas encore cette race perverse

de renégats blancs et de métis rouges. Ces deux brigands réunissent en eux tous les vices des blancs et ceux des sauvages. Bois-Rosé et moi, nous avons été leurs prisonniers, et j'ai vu entre eux ce que je n'oublierai jamais. J'ai vu le père et le fils, ivres d'eau-de-feu, s'avancer l'un contre l'autre, mutuellement avides de leur sang et la hache à la main. »

Fabian frémissait en entendant ces horribles détails.

« J'ai vu, continua l'ex-miquelet ces deux monstres lutter comme des lions, dont ils ont presque la force, se rouler ensemble dans la poussière, en cherchant à s'entredéchirer.... J'ai vu.... Ah ! dit Pepe en s'interrompant, voilà un drôle qui va me fournir l'occasion de me refaire la main... il a tort d'être si curieux et de chercher à voir ce que nous faisons.... il a tort surtout de s'imaginer que je dois prendre la superbe peinture de son visage pour des feuilles rougies par l'automne, et ses yeux.... »

Pepe parlait encore que sa carabine gronda soudain aux oreilles de Fabian. Un cri sauvage répondit à la détonation.

« Ce n'est pas lui qui crie, je vous le certifie ; je gage que la balle lui est entrée dans le crâne par l'orbite de l'œil, auquel cas on ne souffle jamais. Oui, don Fabian, continua le chasseur en rechargeant sa carabine, j'ai vu le père et le fils essayant d'arracher, l'un la vie à celui dont il l'avait reçue, l'autre la vie qu'il avait donnée. J'ai vu le fils tenir sous son genou son père implorant sa pitié et dégainer son couteau à scalper pour arracher la chevelure de son père, quand un Indien vint, au risque de sa vie, empêcher cet exécrable forfait. Pouah ! ajouta énergiquement le carabinier, que voulez-vous attendre d'un monstre pareil ? Hé ! Bois-Rosé, nous avons un ennemi de moins.

— Je le sais, puisque vous venez de tirer, » répondit

simplement le Canadien sans se retourner, pour ne pas perdre de vue l'ennemi qu'il guettait.

Un profond silence succéda au lugubre récit de Pepe, pendant lequel les trois vivants, couchés sur la plate-forme, restèrent aussi immobiles que le squelette de l'animal qui en couronnait le sommet et que les morts qui reposaient sous eux.

Deux heures, deux longues heures se passèrent ainsi. Le soleil, devenu presque vertical, lançait sur le haut de la pyramide des rayons de feu, dont l'ombre perpendiculaire des deux sapins ne pouvait tempérer l'ardeur. Le vent du désert semblait être l'exhalaison d'une fournaise ardente, et la soif et la faim se faisaient sentir aux trois chasseurs.

« Dites donc, Bois-Rosé, vous qui faisiez, il y a quelques heures, de si belles descriptions de nos jours d'abondance, que vous semblerait du plus humble des plats dont votre souvenir chargeait notre table ?

— Bah ! Pepe, ne sommes-nous pas restés déjà vingt-quatre heures sans boire ni manger, tout en combattant depuis une aurore jusqu'à l'aurore suivante ? Si vous avez faim, mâchez quelques-unes des feuilles de sapin que la balle de l'indien a fait pleuvoir sur nous, et du diable si, après cela, la saveur amère de la résine ne vous ôte pas l'appétit pour quinze jours.

— Merci, j'aime mieux une simple tranche de chevreuil ou de bison, répondit Pepe, qui avait recouvré sa bonne humeur. Mais vous êtes là-bas tranquille comme un saint de pierre dans sa niche ; n'y a-t-il donc pas quelque rôdeur de votre côté qui se montre dans la plaine à portée de votre carabine ?

— Il y en a quatre ; mais ils sont cachés dans des trous derrière ces pierres plates semblables à celles qui nous abritent aussi, répliqua le Canadien en jetant un coup d'œil à la dérobée vers l'endroit où il avait remarqué les dalles dressées de champ ; mais elles avaient repris leur

position horizontale. Ah ! poursuivit Bois-Rosé, les coquins ont fait retomber les pierres sur leurs cachettes.
Prenez note de cela, et si, à la nuit close, les renards
n'ont pas quitté leur terrier, nous pourrons tous deux
aller écraser ces vermines. »

Tout en parlant ainsi, le Canadien ne perdait pas de
l'œil l'endroit où le feu avait été allumé sur les hauteurs. Il n'était guère visible qu'à une colonne de fumée
qui s'échappait à travers le brouillard.

De son côté, par l'étroite embrasure des pierres qui les
protégeaient, Pepe pouvait, sans changer de position,
laisser tomber ses regards sur le val d'Or.

Pour la première fois depuis des siècles sans doute, le
soleil ne mêlait plus ses rayons dorés à l'or du riche vallon, caché sous les branches déjà flétries.

« Je ne m'étais pas trompé, comme vous voyez, dit
Pepe à Fabian, en affirmant que ce mauvais drôle de
Baraja n'avait pas révélé à ses alliés le véritable gîte du
trésor ; sans cela, nous verrions ce métis et ce renégat
essayer de se glisser dans le vallon, ou tout au moins y
jeter des regards curieux. Ce serait une occasion superbe
de leur mettre du plomb dans la tête. De plus honnêtes
gens qu'eux, je puis le dire, n'ont pas échappé à cette
fascination de l'or étalé là par monceaux. Décidément
j'ai eu tort de l'avoir dérobé à leurs regards. Mais que
diable peuvent-ils machiner si longtemps, ces démons
de l'enfer ? Je voudrais pouvoir le deviner, continua
l'Espagnol, non sans inquiétude.

— Peut-être se décideront-ils à monter à l'assaut, et
attendent-ils la nuit pour le livrer, répondit Fabian.

— Quoique nous ignorions leur nombre, ce serait à
désirer. »

Un incident vint interrompre les réflexions de Pepe.

Deux raies de feu sillonnèrent l'enveloppe de vapeur
étendue devant les yeux du vieux chasseur, et la double
explosion n'était pas encore parvenue à ses oreilles, que

déjà sa carabine lançait un éclair semblable. Les trois
détonations se confondirent presque en une seule, mais
avec un résultat différent. Séparées de leurs attaches,
que venaient de couper deux balles arrivées à la fois, les
couvertures de laine s'affaissèrent sur la plate-forme,
tandis que le plomb de Bois-Rosé, dirigé vers la lumière
qui avait précédé le coup, avait atteint l'un des tireurs.

« Ah ! don Fabian, s'écria Pepe, quel superbe coup
d'œil vous perdez là ! Il n'y a que ce diable de Bois-Rosé
pour ménager des surprises semblables. »

Un Indien, précipité du sommet de la montagne, faisait de vains efforts pour se retenir aux pointes aiguës
des rochers contre lesquels il se brisait dans sa chute, et,
après avoir décrit d'effrayants écarts en tombant, son
corps évita le gouffre de la cascade et vint s'enfoncer
dans le lac, sous le tapis de verdure qui en couvrait la
surface.

Au même moment, de petits cailloux détachés des
flancs de la montagne glissaient lentement dans l'eau,
comme s'ils eussent été les derniers grains de sable qui
marquent l'heure fatale dans un sablier funéraire, ou
bien la pelletée de terre qu'on jette sur la fosse qui ne
doit plus rendre le corps qu'elle a reçu.

« Chacun une entaille de plus sur notre carabine : voilà
deux coquins de moins, dit Pepe par manière d'oraison
funèbre ; c'est un beau coup ! »

Mais Bois-Rosé songeait à toute autre chose qu'à gra-
ver un trophée de plus sur une crosse où la place menaçait de manquer bientôt.

Il pensait d'abord que les deux couvertures, en tombant, les laissaient découverts du côté de la cascade ; que
les troncs des sapins ne les protégeaient plus si efficace-
ment, et qu'il était impossible de songer à relever leur
rempart abattu. Une circonstance dont il cherchait à
tirer parti l'absorbait tout entier.

L'Indien, en tombant dans le lac, avait arraché dans

sa chute des touffes de longues herbes qui croissaient dans les anfractuosités des rochers, presque à fleur d'eau, et il avait écrasé les roseaux dont les feuilles longues et épaisses se joignaient aux tiges des herbes et formaient un rideau impénétrable à la vue. En disparaissant, ce rideau laissait voir une ouverture béante comme un soupirail, qui semblait être l'entrée d'un canal assez large, quoique fort sombre.

C'était en effet, on s'en souvient peut-être, l'ouverture du canal souterrain dans lequel Baraja avait vu la veille s'engager, dans leur canot d'écorce, Main-Rouge et Sang-Mêlé.

Mais le Canadien ignorait cette circonstance, et il réfléchissait, avec la sagacité qu'avait développée chez lui sa longue expérience, au parti qu'il pourrait tirer de cette découverte, si la famine, plutôt que l'ennemi, les forçait à fuir. Tout en y songeant, Bois-Rosé ne perdait pas de l'œil le point de jonction où la chaîne de rochers qui servait de fort aux assiégeants s'unissait aux Montagnes-Brumeuses, dont elle semblait un capricieux prolongement.

Selon toute apparence, le compagnon de l'Indien que sa carabine venait d'abattre, convaincu de l'inutilité comme du péril du poste élevé qu'il occupait, se replierait sur les autres assaillants. L'étroit sentier joignant les rochers aux montagnes n'était pas tellement abrité qu'il n'y eût un espace suffisant pour viser l'homme qui s'y trouvait engagé.

Bois-Rosé ne s'était pas trompé. Son œil perçant ne tarda pas à distinguer le panache flottant d'un guerrier Indien, qui, tour à tour, s'élevait ou s'abaissait, et disparaissait pour reparaître bientôt.

Un moment le panache de plumes d'aigle resta immobile. Certain que son ennemi l'observait, le Canadien ne bougea pas et parut tourner la tête dans une direction différente. Le guerrier sauvage, soit pour viser plus

à son aise un ennemi qui semblait n'être pas sur ses
gardes, soit, ce qui est plus probable, pour se livrer à
une de ces bravades extravagantes que les Indiens aiment
parfois à faire, malgré leur apparence d'imperturbable
gravité, et qui plaisent à leur courage, se montra tout
entier sur le sommet du rocher. En effet, l'Apache bran-
dit sa carabine sans tirer et poussa un hurlement d'insulte et de défi.

Mais à peine poussé, le hurlement s'acheva en un cri
d'agonie : la balle du coureur des bois venait d'atteindre
l'Indien. Sa carabine lui échappa des mains, et le guerrier lui-même, obéissant à l'une de ces impulsions
étranges du corps humain quand la mort le surprend
au milieu de sa force, fit deux bonds en avant et roula
dans le val d'Or, d'où il ne bougea plus.

« Allons, dit Pepe, ça va bien : Bois-Rosé ne gaspille
pas sa poudre. »

Bois-Rosé, pendant ce temps, s'était avancé en rampant jusqu'au milieu de ses deux compagnons, dont
chacun pressa sa main en signe de félicitation et d'amitié.

« Le vagabond que voilà, dit Bois-Rosé, ne se doute
pas qu'il est couché sur des monceaux d'or.

— Ah ! Bois-Rosé, reprit Pepe, il est douloureux de
penser que tout cet or ne saurait nous servir plus qu'à
lui, ni nous procurer un morceau à mettre sous la dent.
Il est pénible surtout de conserver, au milieu d'une position aussi critique qu'est la nôtre, un appétit qu'on ne
peut satisfaire.

— Songeons d'abord à sauver notre vie, dit gravement
Bois-Rosé. Qu'importe la faim tant qu'elle ne troublera
pas nos yeux et ne fera pas trembler nos bras ? Peut-être
notre position n'est-elle pas désespérée. »

Le Canadien fit alors part, en quelques mots, à ses
deux compagnons, des circonstances de la chute de l'Indien ; il leur dit comment l'ouverture d'un souterrain,
qui semblait servir de communication entre le lac et

l'intérieur des Montagnes-Brumeuses, avait tout à coup apparu devant ses yeux.

Bois-Rosé, non plus que ses deux amis, ne se dissimulait pas que, tout heureuse que pût être cette découverte, elle ne devait servir que comme une dernière ressource. Le lac était profond, et gagner à la nage la bouche du souterrain, en supposant qu'il eût une issue plus loin, en admettant encore que les Indiens qui gardaient la plaine de l'autre côté de la nappe d'eau ne les aperçussent pas, c'était s'exposer à mouiller leur poudre et à se priver de toute défense. Dans le désert, des chasseurs sans armes sont non-seulement à la merci de l'impitoyable férocité des rôdeurs indiens, mais condamnés d'avance à une mort horrible, la mort par la faim.

Le silence profond qui continuait à régner du côté des assiégeants semblait indiquer que, pour ne pas exposer plus longtemps la vie de ses sauvages alliés, dont trois avaient déjà succombé, Sang-Mêlé, comme avant lui l'Oiseau-Noir, se résignait à continuer le blocus et à affamer les trois chasseurs.

CHAPITRE XI

OÙ BARAJA, QUI A SEMÉ LE VENT, CONTINUE A RÉCOLTER LES TEMPÊTES.

Laissons pour un instant les assiégés faire un énergique appel à tout ce que les fatigues et l'habitude des dangers avaient développé en eux de force physique, de courage moral et de fécondité d'esprit, pour préciser plus nettement les dangers qui les menacent et grossissent au milieu du silence obstiné gardé par les assiégeants, derrière les rochers où ils s'abritent.

Cinq Indiens, c'est le nombre auquel la carabine des chasseurs et l'embuscade de la plaine les a réduits, dépouillés de leurs coiffures de plumes et de leurs manteaux flottants de peaux de bison, le corps à moitié nu, sont couchés derrière leur rempart; et leurs yeux, brillant du désir de la vengeance, épient ardemment, à travers les tiges des buissons, le moindre mouvement de l'ennemi.

En face d'eux s'élève le sépulcre indien avec ses ornements funèbres et ses créneaux de rochers, dont les interstices ne laissent rien voir. Le vent agite quelques herbes sèches au sommet de l'éminence où sont blottis les trois chrétiens; les rameaux de sapins se balancent lentement au-dessus d'eux. Nul vestige de corps humain n'est visible; aucun canon de fusil ne luit au soleil, et cependant les Apaches savent qu'à la moindre imprudence de leur part, de cette plate-forme déserte en apparence, jaillira soudain un éclair qui portera la mort avec lui.

Au-dessus d'eux le vieux renégat blanc et Sang-Mêlé, tous deux assis, leur longue et pesante carabine à leur côté, tous deux fumant la pipe indienne au fourneau de terre rouge, jettent de temps à autre un regard sinistre sur Baraja, pâle et inquiet.

Aux terreurs que lui inspirent ses formidables protecteurs se joint l'inquiétude que lui cause la découverte probable du merveilleux gîte d'or.

Baraja avait vu le dernier Indien frappé par la balle du vieux coureur des bois tomber au milieu du vallon, et il tremblait que, dans les convulsions de son agonie, l'Apache n'eût écarté les branches qui en couvraient la surface. Tant que son secret lui appartenait, pensait-il, sa vie était en sûreté, parce qu'il était un allié indispensable; mais que du haut du rocher un coup d'œil révélât au farouche métis l'emplacement réel du trésor, sa fourberie devenait évidente, et peut-être alors Sang-Mêlé se ferait-il un jeu cruel de rendre aux Indiens la victime qu'ils regrettaient, et dont l'existence serait pour lui désormais inutile.

Le malheureux tremblait à la fois pour sa vie et pour son trésor.

« Écoutez, Visage-Pâle, dit enfin le métis avec tout l'orgueil de la race indienne, Main-Rouge et moi nous avons voulu jusqu'à ce moment, en abandonnant les Indiens à leurs seules ressources, leur laisser sentir qu'ils ne sont ni de force ni de taille à lutter contre ces trois blancs ; mais le moment approche où nous allons faire voir à ces coquins la différence qui existe entre des milans et des aigles. N'est-ce pas vrai, ce que je dis là ? ajouta Sang-Mêlé en répétant en anglais à Main-Rouge ce qu'il venait de dire à Baraja.

— Assurément, répondit le vieux renégat blanc avec un sourire féroce, mon fils et moi nous assisterons au supplice de l'insolent drôle qui veut jeter notre langue aux corbeaux. »

Sang-Mêlé continua :

« Bien avant que le soleil soit couché, dit-il en le montrant, ces trois chasseurs désarmés imploreront ma pitié ; mais mes oreilles seront sourdes, ne l'oubliez pas, l'ami. »

Baraja s'inclina silencieusement et le cœur serré.

Le métis lança au Mexicain un regard farouche, et reprit :

« Si donc alors je m'aperçois que vous m'avez trompé, si là-haut je ne trouve pas le trésor que vous m'avez promis, les tourments auxquels je vous ai soustrait, les tortures qu'endureront ces chasseurs, seront douces comme la rosée du ciel après un jour brûlant, en comparaison du supplice que je vous infligerai..., moi-même.

— Quoi ! s'écria alors avec angoisse le malheureux Mexicain, dont tous les nerfs tressaillirent au seul souvenir du sort qui l'avait un instant menacé entre les mains des Indiens, si par hasard ce n'était pas là-haut

que se trouvât le trésor, si je m'étais trompé d'emplacement?... »

Main-Rouge avait mal compris Baraja, et ses yeux
étincelèrent de rage. Il dégaina son couteau.

« Ainsi, dit-il d'une voix sourde, vous avouez nous
avoir sciemment trompés.... Ah! il n'y a plus de trésors!

— Silence, trafiquant de chevelures indiennes, s'écria
à son tour le métis d'une voix tonnante. L'âge trouble
votre intelligence. Cet homme ne dit point que le trésor
n'existe pas. Et puis, que vous importe? ajouta-t-il; qui
vous dit que je consentirai à le partager avec vous?

— Ah! dit en rugissant le renégat, vous ne partagerez
pas avec moi, fils d'une louve indienne! Eh bien.... »

Les deux bêtes féroces se mesurèrent un instant de
l'œil, comme si la lutte sacrilége qu'avait racontée Pepe
allait se renouveler.

« Allons, allons, dit le métis, qui était peut-être le
seul au monde qui eût pris de l'ascendant sur le farouche Américain, si je suis content de vous, je vous jette-
rai quelques os à ronger; mais je prendrai la part du
plus fort, entendez-vous? »

Le vieux renégat gronda sourdement et n'ajouta plus
rien; puis Sang-Mêlé se recoucha en aspirant la fumée
de son calumet.

Quand le métis eut secoué les dernières cendres de sa
pipe, il se leva lentement, comme le tigre qui s'étire après
son sommeil, aux premières teintes du crépuscule du
soir, et flaire le vent, prêt à se mettre en chasse.

« Il est temps d'en finir, dit-il au vieux Main-Rouge,
qui, après l'orage qui avait été près d'éclater, était re-
tombé dans une apathie complète. Voyons si la mort de
trois des leurs aura éteint ou ranimé la soif de la vengeance dans l'âme de nos alliés.

— Ils n'en seront que plus obstinés à vouloir leurs
trois ennemis en vie, répondit l'Américain; vous le savez
comme moi, et qui peut prévoir quand nous pourrons

parvenir à nous en rendre maîtres ? Le temps presse, et mon avis est que, sans tant de façons, nous fassions en sorte de les tuer le plus tôt possible.

— Vraiment ! reprit Sang-Mêlé d'un air moqueur ; la soif de l'or vous talonne, c'est fort bien ; mais comment vous y prendrez-vous pour faire sortir ces renards de leur terrier et les tuer sans tant de façons ? »

Le renégat chercha quelques moments une réponse satisfaisante à la question de son fils, et, faute d'en trouver une, il garda le silence.

« Vous voyez, continua Sang-Mêlé, que vous n'en viendrez pas facilement à bout sans l'aide de ces Indiens, et voilà pourquoi je veux savoir s'ils persistent dans leur projet d'amener à leur chef ses trois ennemis pieds et poings liés. Quoique, pour mon compte, je préférerais la moindre parcelle de l'or que nous promet ce loup-cervier blanc à tout le sang contenu dans les veines de ces trois chasseurs....

— Sang-Mêlé est dans un de ses jours de clémence, interrompit ironiquement le brigand américain ; qu'il en soit à votre fantaisie et à celle de ces... Indiens ; mais finissons-en. »

Sans plus tarder, le métis toucha du doigt l'un des guerriers sauvages couchés au-dessus de lui. L'Indien se retourna et descendit. C'était celui qui s'était désigné lui-même sous le nom de Chamois. Il fixa sur Sang-Mêlé deux yeux ardents dans lesquels se lisait un ressentiment sombre, qu'on eût été embarrassé d'attribuer à la défiance plutôt qu'au mécontentement, et qui exprimait peut-être l'un et l'autre.

« Que veut El-Mestizo à l'Indien qui regrette trois de ses frères ? demanda le guerrier.

— Savoir une chose qui m'embarrasse, dit Sang-Mêlé : c'est de trouver le moyen de prendre vivants ces trois guerriers blancs, dont les mains sont si rouges du sang indien. Un nuage qui obscurcit l'esprit de Sang-Mêlé l'empêche d'en trouver un ; il faut tuer les trois blancs.

— Il y a un moyen. Pendant que nous chasserons là
dans la plaine, pendant que nous mangerons la chair des
élans ou des daims, tandis que la fumée de notre venaison montera jusqu'au sommet du rocher où sont les
trois blancs, la faim s'assiéra au milieu d'eux.

— C'est bien long, reprit le métis ; les Apaches auront
à compter plusieurs jours et plusieurs nuits.

— Ils les passeront.

— Les heures de Sang-Mêlé et de Main-Rouge sont
précieuses ; leurs affaires les appellent au delà de ces montagnes. Ils ne peuvent rester plus longtemps que jusqu'au
prochain soleil. Le Chamois ne trouve-t-il pas de meilleur
moyen que la faim?

— Mon frère indien en trouvera un, parce qu'aux qualités de l'Indien il joint l'esprit subtil des blancs, à qui
rien n'est impossible. El-Mestizo l'a promis, il n'a qu'une
parole.

— Le Chamois, reprit le rusé métis, n'a qu'une parole
aussi, et il a dit : « Le Chamois consent à sacrifier sa vie
« et celle de ses guerriers pour prendre les trois blancs
« vivants. »

— Le Chamois n'a qu'une parole, » reprit noblement
l'Indien.

Sang-Mêlé parut réfléchir quelques minutes, quoique
son plan fût tout fait d'avance. Il avait craint un instant
de n'avoir pour alliés, en dépit des fanfaronnades du
Chamois, que des hommes pusillanimes, et il s'applaudit
au fond de l'âme du courage mâle et sans faste qu'il
trouvait dans l'un des guerriers qui l'accompagnaient.
La pensée que le sang indien dût seul couler pour satisfaire sa cupidité était loin aussi de lui déplaire.

« Mon esprit est maintenant sans nuage comme le
ciel, mes yeux voient clairement les trois chasseurs entre
les mains de leurs ennemis ; mais trois guerriers parmi
mes frères ne les verront pas, car la mort s'arrêtera sur eux.

— Sang-Mêlé, dont l'esprit est si subtil, n'aurait pas dû en laisser déjà tuer trois autres, dit l'Indien d'un ton de reproche.

— Sang-Mêlé ne commande pas à son esprit, il attend ses inspirations quand elles veulent venir. Je dis encore : trois guerriers doivent laisser ici leurs ossements.

— Qu'importe? dit héroïquement l'Indien, l'homme est né pour mourir. Qui sont ceux d'entre nous qui ne reverront plus leur village?

— Le sort en décidera, répondit le métis.

— Bon, il n'y a plus de temps à perdre, ou l'Oiseau-Noir trouverait que ses guerriers ont été bien longs à se décider à mourir. »

Alors le Chamois fit part à ses compagnons des intentions du métis, et tous, avec plus ou moins d'empressement, mais sans exception, acceptèrent la terrible proposition qui leur était faite.

Restait à connaître le plan du métis.

Ce plan, que l'adresse justement célèbre de Main-Rouge et Sang-Mêlé, jointe à l'héroïsme de leurs alliés, rendait d'une exécution aussi facile que terrible, le lecteur le connaîtra plus tard et pourra en juger. Disons en attendant qu'après l'avoir exposé, le métis s'appuya d'un air théâtral sur le canon de sa carabine, comme s'il eût voulu provoquer une explosion de joie de la part de ses sauvages auditeurs.

Ceux-ci ne la firent pas attendre, et des hurlements de vengeance satisfaite, répétés par deux fois, accueillirent les dernières paroles d'El-Mestizo.

Par deux fois aussi les assiégés y répondirent.

Puis on procéda au tirage de la loterie de mort.

La passion du jeu est plus généralement répandue qu'on ne pense chez les peuplades sauvages d'Amérique. Elle est parfois si violente, que, malgré leur ardeur pour la chasse aux animaux ou la chasse à l'homme, elle l'emporte souvent sur leur soif de sang.

Plus d'une fois on a vu des guerriers en embuscade et to près de surprendre leur ennemi le laisser échapper ou se se laisser surprendre eux-mêmes au milieu d'une partie oi d'osselets, jeu favori des Indiens et qui chez eux fait l'of- -i fice des dés.

Ce fut à cette espèce de jeu que l'on confia le soin de ol désigner les trois guerriers sur qui, d'après les paroles as du métis, la mort devait s'arrêter, et il fut convenu que ie ce seraient les trois qui amèneraient le moins de points.   .s

Le fatalisme des Indiens ne le cède en rien à celui des s Orientaux, et la mort ne les effraie que bien rarement.   . Chez cette race extraordinaire, la lâcheté est exception- - nelle.

C'était une de ces occasions graves et imposantes où i l'Indien affiche toujours le plus complet stoïcisme. Ici surtout les guerriers de l'Oiseau-Noir se trouvaient en présence d'un blanc (ils se plaisaient à regarder le métis comme un de leur race), ils tenaient à montrer une fermeté d'âme inaltérable, au moment où ils allaient procéder à un acte solennel et terrible.

Assis à terre, les jambes croisées, tenant sur leurs genoux la redoutable carabine réservée pour la dernière scène de ce drame sanglant, dont le sacrifice de la vie de trois Indiens allait être l'ouverture, le métis et Main-Rouge s'apprêtaient à marquer les points.

Le premier qui vint tenter les chances du sort fut le Chamois. Sa main remua les osselets et les fit rouler sur le sable. Ses yeux noirs suivirent ardemment leurs évolutions; mais aucun muscle de sa face n'avait tressailli.

« Vingt-quatre! le métis après avoir compté, tandis que le renégat, quelque peu plus clerc que ses sauvages compagnons, inscrivait ce chiffre sur le sable.

Dans l'impossibilité de faire revenir les quatre Indiens qui gardaient la plaine, sans les exposer à une mort certaine et inutile, ils avaient été naturellement exceptés du tirage.

Un second guerrier succéda au Chamois. A peine sa main daigna-t-elle agiter les osselets, ils roulèrent une seconde fois sur le sable.

Sept ! s'écria Sang-Mêlé.

— Les guerriers pleureront la mort de Cœur-de-Roc, dit l'Indien en faisant son oraison funèbre ; ils diront que c'était un brave. »

Chacun des osselets n'avait amené qu'un point, et son sort n'était pas douteux ; mais ayant ainsi parlé, l'Indien, par un effort suprême de sa volonté, contint les élans précipités du cœur qui n'avait plus longtemps à battre dans sa poitrine.

Pendant que le guerrier qui venait d'être mis si clairement hors de cause affectait avec un admirable courage une indifférence bien loin de son âme, le sort décidait de la même manière entre les autres. C'était la même gravité, le même silence. Chacun des Indiens tenait à ne pas le céder à l'autre en stoïcisme, et il fallait toute l'impitoyable dureté de cœur des deux témoins de cet héroïsme, pour ne pas se sentir ému à l'aspect de ces braves qui allaient mourir, offerts en holocauste au despotisme d'un chef et à la cupidité du renégat et de son fils.

Bien loin de là, les deux forbans des Prairies savouraient le plaisir de ce spectacle comme jadis les Romains aux fêtes sanglantes du cirque.

Il ne restait plus qu'un Indien qui n'eût pas encore tenté les chances de vie ou de mort. Il n'était guère probable qu'il pût avoir la main aussi malheureuse que Cœur-de-Roc ; mais d'un autre côté, il était douteux qu'il amenât un nombre plus élevé que dix-sept, qui, avec sept et douze, complétait les trois plus bas points annoncés jusqu'alors.

Aussi, malgré tous ses efforts, l'Apache ne put-il s'empêcher de trahir par un tressaillement nerveux ce désir de la vie qui ne veut pas s'éteindre.

L'Américain fronça le sourcil, le métis plissa dédaigneusement les lèvres; les Indiens firent entendre un sourd murmure.

Le guerrier suspendit sa main prête à lâcher les osselets, et, jetant autour de lui un regard triste et pensif :

« Il y a, dit-il, pour excuser sa faiblesse, il y a dans la hutte du Soupir-du-Vent une jeune femme qui n'y est que depuis neuf lunes, et le fils d'un guerrier qui ne voit aujourd'hui que son troisième soleil. »

Et l'Indien lâcha les osselets.

« Onze ! s'écria presque avec joie le vieux pirate, qui trouvait étonnant qu'on aimât sa femme et son fils.

— La douleur et la faim vont être les hôtes de la hutte du Soupir-du-Vent, » ajouta l'Indien d'une voix douce et musicale d'où lui venait son nom ; et il donnait ses dernières pensées aux deux êtres faibles à qui l'amour et la protection d'un guerrier allaient manquer à la fois.

L'Indien s'assit mélancoliquement à l'écart, et l'on ne s'occupa plus de lui.

Sang-Mêlé jeta du côté de son père un regard de triomphe et de supériorité auquel celui-ci répondit par un sourire de tigre en bonne humeur, car le sang allait couler sous ses yeux.

Comme, d'après le plan du métis, chaque sacrifice humain ne devait avoir lieu que l'un après l'autre, il fut convenu de laisser une seconde fois au sort le soin de désigner le tour de chacune des victimes. Le vieux forban semblait avide de prolonger les délicieuses émotions que ce jeu lui faisait goûter; il avait été le promoteur de cette nouvelle décision du sort.

Ce fut au Soupir-du-Vent que demeura l'avantage ou, comme on l'aimera mieux, le désavantage de rester le dernier.

« Soyez tranquilles, enfants, dit l'Américain qui, par un reste d'orgueil que lui inspirait sa couleur, se piquait de ne pas employer dans ses discours les figures du lan·

gage indien, je me ferai un devoir de jeter vos cadavres dans le gouffre de la cataracte, et du diable si on est tenté d'y aller chercher vos chevelures. »

Baraja cependant était resté spectateur muet sans rien comprendre de tout ce qui venait de se passer. La langue indienne était de l'hébreu pour lui, et il cherchait vainement à deviner l'intérêt que les Apaches prenaient à cette partie d'osselets, improvisée au milieu des opérations du siège de la pyramide.

Deux sentiments luttaient en lui et l'absorbaient tout entier : la peur et la cupidité semblaient à l'envi obscurcir ses facultés. Vingt fois la peur lui conseilla d'avouer au métis que le trésor qu'il convoitait était presque à sa portée, et autant de fois la cupidité étouffa la parole sur ses lèvres. Puis enfin il prit le parti de ne rien dire.

Une idée qui à ses yeux conciliait tout vint luire à son esprit. Si les Indiens s'emparaient de la pyramide du Sépulcre, comme leur nombre le donnait à supposer, pendant que le métis et l'Américain en exploreraient le sommet, il lui serait facile, en ayant l'air de chercher aussi, d'entrer dans le val d'Or et d'y prélever une dîme suffisante pour s'indemniser de ses terreurs et de ses frais de campagne.

Mais il fallait s'assurer si les branches répandues sur la surface du vallon cachaient toujours son secret, et, quoique ce fût une dangereuse tentative, il se résolut à la faire.

CHAPITRE XII

OÙ ENFIN BARAJA N'A PLUS RIEN A ENVIER A OROCHE.

On connaît maintenant la cause du long silence qui règne sur la chaîne de rochers et les embûches qu'il recèle, silence terrible, en ce qu'il permet à ceux que d'impitoyables ennemis vont attaquer de tout supposer et de tout craindre.

Cependant le soleil commençait à décliner vers l'occident ; un vent lourd et brûlant soufflait par bouffées inégales et dispersait sur l'azur du ciel de gros nuages blancs entassés à l'horizon. Ces traînées de vapeur se noircissaient en s'étendant, et, signes précurseurs d'un orage, les rameaux des sapins frémissaient quand le vent se taisait, et les vautours noirs, errants dans le désert, cherchaient l'abri des rochers.

« Vous faites-vous à peu près l'idée du nombre de ces Indiens, d'après les deux salves de hurlements qu'ils viennent de pousser ? demanda Bois-Rosé au chasseur espagnol.

— Non, et je me demande en outre avec inquiétude quel stratagème infernal ont pu leur souffler l'astuce de Sang-Mêlé et la férocité de Main-Rouge ; vous avez entendu leurs voix comme moi. Ils ont trouvé quelque chose, c'est certain ; ces hurlements de triomphe en sont la preuve.

— Nous avons pris toutes les précautions que des hommes braves et prudents peuvent imaginer, dit Fabian ; quand on a fait ce qu'on doit, il faut se résigner à tout.

— Résignons-nous donc, reprit Pepe ; mais, en attendant la soif me dévore. Vous qui êtes le plus près de la chute d'eau, don Fabian, voyez donc si, avec ma gourde mise au bout de ma baguette de fusil, vous pouvez, sans danger pour vous, y faire tomber quelques gouttes d'eau.

— Donnez, répliqua Fabian, c'est facile, et je serai bien aise d'étancher aussi la soif qui me consume. »

Fabian s'approcha de la chute d'eau en rampant, et allongeant le bras il remplit la gourde, qui fit le tour entre eux trois, après quoi, un instant soulagés, les chasseurs reprirent le plus commodément possible leur position horizontale, l'œil toujours appliqué aux embrasures de leurs remparts.

Mais, la soif satisfaite, la faim se fit de nouveau sentir; car il était près de quatre heures, et il y en avait douze environ que les assiégés avaient pris leur frugal. et insuffisant repas de farine de maïs. Outre que la nécessité faisait aux assiégés une loi impérieuse de ménager leurs vivres, il fallait attendre la nuit pour pouvoir se livrer, en sûreté et à l'abri des balles, aux préparatifs, tout simples qu'ils étaient, de ce que Pepe voulait bien appeler un souper.

Leur retranchement ne les mettait parfaitement en sûreté que tant qu'ils étaient couchés derrière, et le moindre écart de la ligne horizontale les exposait aux coups de l'ennemi.

Il y eut un moment, après une longue et nouvelle attente, où les yeux des chasseurs virent un mouvement s'opérer au sommet des rochers qui leur faisaient face, mais à un niveau, comme on sait, inférieur de quelques pieds à celui de leur plate-forme. Les buissons qui en couronnaient le faîte s'agitèrent rapidement, et bientôt un manteau de peau de bison se déploya au-dessus des branchages sur lesquels il resta étendu.

« Ah ! voilà le commencement d'exécution d'un plan quelconque, dit Bois-Rosé ; c'est pour détourner peut-être notre attention du véritable côté où sera le danger.

— Il viendra de là, soyez-en sûr, reprit Pepe ; que cinq ou six peaux de buffles soient ajoutées à celle-là, et deux hommes peuvent se mettre à genoux derrière un rempart impénétrable aux balles de nos carabines, quelque courte que soit la distance qui nous sépare. »

Comme Pepe achevait sa remarque, un second manteau, jeté par-dessus le premier par une main invisible, vint confirmer son assertion.

« Quoi qu'il en puisse être, ajouta le Canadien, je

surveille attentivement toute la ligne des buissons, et
pas un œil ne se montrera dans l'interstice des feuilles
sans que je le voie aussitôt. »

Une troisième peau de bison ne tarda pas à être ajou-
tée aux deux premières ; puis, empilées les unes sur les
autres, le poil tantôt en dedans tantôt en dehors, les
chasseurs purent compter encore cinq autres peaux sup-
perposées. Désormais ces manteaux formaient avec leur
longue fourrure un rempart aussi impénétrable qu'un
mur de six pieds d'épaisseur.

« C'est l'œuvre de ce coquin de métis, sans doute,
murmura Pepe ; nous n'aurons pas trop de tous nos
yeux pour ne rien perdre de ce qui peut se passer derrière cet amas de peaux. Tenez, un homme pourrait
presque s'y tenir debout à présent, et un homme debout
nous dominerait à peu près.

— Ah ! dit le Canadien, j'aperçois là-bas, à main gauche, les buissons qui remuent, quoique si imperceptiblement, que l'Indien qui les agite doit penser que nous
prenons la main d'un homme pour le vent. »

L'endroit que désignait Bois-Rosé était à l'extrémité
des rochers opposée à celle où s'élevait le rempart de
peaux de buffles. Une saillie de roc protégeait une ouverture par laquelle un homme pouvait s'avancer et
jeter un regard au-dessous de lui, presque sans danger.

« Bah ! dit Pepe, laissez ce drôle, et défiez-vous plutôt du métis et de son abominable père.

— Non, vous dis-je ; c'est le ciel qui nous livre l'insti-
gateur de cet infernal guet-apens, reprit Bois-Rosé avec
un accent de fureur concentrée. Le voyez-vous ? »

A l'abri derrière la saillie du roc, presque invisible à
travers une franche épaisse de verdure, un homme, dont
l'œil perçant du Canadien devinait plutôt qu'il ne voyait
la position, était accroupi sur le rocher, immobile et
n'osant encore écarter tout à fait le rideau de feuillage.

« Obliquez le canon de votre carabine, Pepe, s'écria
le Canadien. Là !... bien ! qu'il ne dépasse pas la pierre
qui vous couvre.... et maintenant.... »

Une explosion de la carabine du chasseur espagnol interrompit le Canadien, qui, moins bien placé que Pepe,
avait cédé à celui-ci le soin de la vengeance commune.

Baraja, frappé à la tête, déroula son corps comme un
serpent blessé, et l'appui lui manquant, il glissa sur le
flanc des rochers, entraînant avec lui un pan de la dra-
perie de verdure qui les tapissait, et tomba dans le val
d'Or. Là, dans les dernières convulsions, ses mains cris-
pées tracèrent un long sillon au milieu de cet or qu'il
payait de son sang et qu'il mordit en expirant.

Par un hasard presque providentiel, le pan de verdure qu'il avait entraîné avec lui voila de nouveau le
trésor à l'œil de tout homme qui en ignorait l'existence. A l'exception de Diaz et des trois chasseurs, ce
fatal secret avait coûté la vie à tous ses possesseurs.

Quant à Baraja, son expiation avait été complète. La
peine du talion l'avait atteint avec son inexorable rigueur. Les tortures morales qu'il avait endurées au fatal poteau vengeaient celles d'Oroche, et comme le
gambusino, emportant son or avec lui dans l'abîme, Baraja venait de rendre le dernier soupir sur le trésor qu'il
avait si ardemment convoité.

« Le coquin est dans l'or jusqu'au cou, dit philosophi-
quement Pepe.

— Dieu est juste, » ajouta le Canadien.

Et les trois justiciers du désert échangèrent un regard
de vengeance satisfaite.

« Cherche maintenant où est le trésor qu'on t'avait
promis, métis du diable, dit l'Espagnol ; décidément j'ai
bien fait de voiler la surface du vallon. »

Le ciel s'était couvert petit à petit pendant cette nouvelle exécution, et l'écho répéta les premiers et sourds
grondements du tonnerre lointain ; puis un profond et

majestueux silence succéda à la voix de l'orage qui allait
bientôt éclater.

« Une terrible nuit se prépare, dit Bois-Rosé, pendant
laquelle nous aurons à lutter contre les hommes et contre
les éléments déchaînés. Fabian, glissez-vous en rampant
jusqu'au bord opposé de la plate-forme, et voyez si notre
poudre est bien à l'abri, vu le cas où l'orage viendrait
à éclater avant la nuit. En même temps, jetez un coup
d'œil sur la plaine au-dessous de vous, et assurez-vous
si les quatre coquins qui sont là-bas n'ont pas quitté leur
tanière. »

Pendant que le jeune homme s'éloignait silencieusement pour obéir aux ordres du Canadien, celui-ci poussa
un soupir et dit à l'Espagnol :

« Mon âme est sombre comme ces nuages qui portent
la pluie et le tonnerre. Je sens mon cœur faible comme
celui d'une femme ; de noirs pressentiments, dont je ne
voudrais pas trahir la pensée à cet enfant qui est à mes
côtés, ont abattu ce courage dont j'avais été si fier jusqu'à ce jour. Pepe, n'avez-vous rien à dire pour consoler votre vieux compagnon de périls ?

— Rien, mon pauvre Bois-Rosé, répondit le carabinier,
sinon que si, ce dont Dieu me préserve, une balle de ces
démons venait à vous....

— Je ne parle pas de moi, interrompit le coureur des
bois ; si je fais cas de la vie maintenant, c'est un peu pour
vous et surtout pour Fabian. Ne vous offensez pas de ma
franchise ; car j'ajoute qu'entre vous deux il me semble
que j'arriverais au déclin de mes jours comme sur l'un
de ces beaux et larges fleuves aux rives sauvages et fleu-
ries, dont nous avons si souvent suivi le cours ensemble
dans notre canot d'écorce, allumant ici le feu de notre
bivouac de nuit à l'ombre des sumacs et des magnoliers,
nous arrêtant plus loin pour trapper les castors ou pour
chasser les daims qui venaient à l'abreuvoir. J'ai peur
d'autre chose que de perdre la vie.

— Je vous comprends, dit Pepe ; vous craignez d'être séparé, mais sans mourir, comme vous le fûtes déjà.

— C'est cela, Pepe ; vous avez touché du doigt la corde de douleur qui vibre au dedans de moi. Si donc je venais à tomber entre les mains de ces Indiens, ne vous exposez pas à suivre ma trace pendant des semaines entières, comme vous l'avez déjà fait pour moi ; abandonnez à son sort un vieillard inutile, et reconduisez Fabian en Espagne, aidez-le à reconquérir ce qu'il a perdu : seulement ne lui laissez pas oublier (car la jeunesse est oublieuse, Pepe), ne lui laisser pas oublier qu'il y avait dans le monde un homme pour qui sa vue était comme l'ombre du mezquité sur le sable brûlant du désert, comme la colonne de fumée qui guide le chasseur égaré, ou l'étoile du Nord qui surgit du brouillard et lui montre sa route. »

Le vieillard se tut et renferma ses sombres idées au fond de son cœur. Fabian venait reprendre sa place.

« Nos munitions sont à l'abri, dit-il ; mais je n'ai rien vu dans la plaine.

— Les coquins sont restés dans leur trou pour n'en sortir, comme les orfraies, qu'à la nuit, fit Pepe ; alors nous les verrons se glisser jusqu'au pied de cette colline : car sans doute ils n'attendent plus maintenant que l'obscurité des ténèbres pour nous attaquer.

— Je n'en crois rien, reprit le Canadien ; mais, si le jour tombe sans qu'ils aient mis à exécution le plan qu'ils ont combiné, je sais bien qui, à la faveur de l'orage, leur épargnera la moitié du chemin. Nous ferons une sortie à nous deux, Pepe, comme cette nuit où, sur les bords de l'Arkansas, nous fûmes éventrer ces Indiens qui croyaient si sûres les loges de castors où ils s'étaient cachés.

— Oui, répondit Pepe ; si jamais on nous attache au poteau du supplice et qu'on nous prie poliment de chanter notre chant de mort, nous aurions une longue kyrielle de massacres de peaux rouges à leur débiter. »

II. — 11

Cependant, malgré l'assertion du Canadien, l'attaque
semblait devoir se différer encore. Depuis quelque
temps, un nuage de fumée avait commencé à s'élever
en spirales épaisses derrière la chaîne de rochers.

Les chasseurs eurent d'abord quelque peine à s'expliquer pour quel motif les assiégeants allumaient du feu ;
mais, affamés comme ils l'étaient, ils le devinèrent
bientôt. La brise apportait jusqu'à eux un parfum auquel leur odorat ne put se méprendre.

« Voyez-vous, les chiens ! dit Pepe ; ils auront apporté
avec eux quelque quartier de venaison, et les voilà
occupés à le faire rôtir, tandis que des chrétiens comme
nous en sont réduits à se contenter du fumet du rôt pour
tout repas. Ceci veut dire qu'ils sont résolus à nous blo-
quer ici, et à faire par la famine ce qu'ils n'espèrent
pouvoir faire par la force. Ah ! caramba ! j'avais meilleure opinion du métis et de la brute qu'il appelle son
père, et qui, tout brigands qu'ils sont, ne manquent pas
de courage, tant s'en faut. »

Peu à peu la fumée cessa de monter au-dessus des
rochers, et des hurlements si sauvages, qu'il fallait avoir
des nerfs vigoureusement trempés pour n'en pas frissonner, s'élevèrent tout à coup et se mêlèrent aux éclats de
la foudre qui se rapprochait insensiblement. On eût dit
des actions de grâces d'un chœur de démons après un
repas de sabbat.

Les trois chasseurs supportèrent cependant sans frémir cette affreuse harmonie. Ils redoutaient moins encore une attaque qu'un blocus.

« Répondrons-nous ? demanda Pepe.

— Non, dit le Canadien, nos carabines répondront
cette fois pour nous. Mais scrutez d'un œil attentif
chaque tige de buisson, chaque brin d'herbe, comme si
nous avions devant nous toute une couvée de serpents
à sonnettes. Ces reptiles veulent en finir avec nous avant
que la nuit tombe et que l'orage éclate.

— Plaise à Dieu que vous ne vous trompiez pas ! car le jour de demain, sans compter l'obscurité, n'amènerait que de nouveaux périls. Ce coquin que nous venons d'étendre sur son lit d'or a conduit vers nous ces deux bêtes féroces, Main-Rouge et Sang-Mêlé, ainsi que ses alliés, dans le but seul de s'emparer du trésor, et sans savoir qu'il était gardé par les trois guerriers de l'îlot de Rio-Gila. Il est probable que l'Oiseau-Noir suit, à l'heure qu'il est, la trace de ceux qui lui ont tué tant de soldats ; demain sans doute ils se joindront tous ici contre nous.

— Le rempart de peaux de buffles vient de remuer, dit Fabian en interrompant Pepe dans ses suppositions vraisemblables, puisque nous savons que l'Antilope était chargé par l'Oiseau-Noir de retrouver la trace des trois chasseurs. J'ai vu, ajouta-t-il, s'agiter aussi derrière cet amas de manteaux les rubans rouges qui ornent la tête de Sang-Mêlé. »

Depuis le côté du rocher qui s'appuyait sur le flanc des Montagnes-Brumeuses, où, à l'abri de leur bouclier de manteaux, Main-Rouge et Sang-Mêlé s'étaient agenouillés, jusqu'à l'endroit où leur déclivité touchait la plaine, l'œil des assiégés ne laissait pas un pouce inexploré. Mais, pour atteindre un ennemi dans cette dernière partie des rochers, la carabine des chasseurs devait forcément se diriger en ligne oblique, et le tireur en allonger le canon au delà de la surface extérieure des meurtrières, quoique sans se découvrir lui-même.

« Vive Dieu ! s'écria tout à coup Pepe à voix basse, voilà un Indien qui est las de vivre, ou qui veut aussi pousser une reconnaissance au milieu du val d'Or. »

Il montrait en même temps de la tête la main d'un Indien écartant avec précaution des buissons qui bordaient la chaîne de rochers à l'extrémité vers laquelle ils se joignaient à la plaine.

« Reculez-vous un peu vers la droite, dit précipitam-

ment le Canadien à Fabian ; Pepe est trop en face de lui
pour l'atteindre facilement sans se découvrir. »

Fabian se recula vivement presque jusqu'au bord de
la plate-forme, du côté de la chute d'eau, pour laisser à
Bois-Rosé la liberté de ses mouvements.

« Cet homme, ajouta le Canadien, est frappé de démence; voyez, il semble vouloir provoquer un coup de
carabine en signalant sa présence. »

En effet, l'ennemi, dont on ne voyait que la main, agitait les buissons avec une persévérance ou bien malha-
bile ou bien perfide, car il était impossible de ne pas
apercevoir la manœuvre.

« C'est peut-être quelque ruse de guerre pour attirer
notre attention de ce côté, dit Pepe; mais soyez tranquille, j'ai l'œil partout.

— Ruse ou non, reprit le Canadien, je l'ai là au bout
de mon canon, et je pourrais d'ici lui briser le bras entre le pouce et le poignet. Reculez-vous encore, si c'est
possible, Fabian, j'ai besoin d'obliquer un peu plus à
gauche : car, si la main est là, son corps est plus loin.
Bon, à présent je suis en position convenable.

Comme le Canadien achevait ces mots, le cri aigu
d'un oiseau de proie sembla tomber du haut des airs
jusqu'à l'oreille des chasseurs, et tout à coup l'Indien
lâcha les buissons, et sa main disparut.

Il fut impossible à Pepe et à Bois-Rosé de se rendre
compte exactement du cri qu'il venait d'entendre et de
deviner si c'était un signal ou la voix d'un des milans
qu'ils voyaient planer au-dessus de leurs têtes. Un coup
de tonnerre, dont les Montagnes-Brumeuses répercutè-
rent l'explosion, mit en fuite toute la bande d'oiseaux.

Devant le terrible orage qui allait bientôt éclater, tous
les êtres animés, saisis de crainte, cherchaient un abri.
La terre elle-même semblait voiler sa face devant la voix
qui sortait des nuages. Les hommes seuls restaient silencieux en attendant le moment de s'entr'égorger.

« Le diable rouge ne va pas tarder à revenir, dit le Canadien, car personne ne bouge en face de nous ; et, au fait, ce n'est que par la plaine, et non du haut de ces rochers, qu'ils peuvent monter jusqu'ici. »

Prêt à faire feu sur le premier qui se hasarderait à franchir l'espace entre la chaîne de rochers et le pied de la pyramide, le rifle de Bois-Rosé restait immobile, la bouche dirigée vers le buisson que la brise n'agitait même plus.

« Ah ! dit le Canadien, le coquin revient à la charge, encouragé par l'impunité. Mais, de par tous les diables ! je n'ai jamais vu un Indien se comporter de la sorte. C'est quelque *désespéré* des Prairies qui aura fait vœu de se faire briser le crâne à la première occasion. »

La conduite de l'Indien semblait, en effet, justifier la supposition qu'il était un de ceux qui, parmi les hommes de sa race, accomplissent encore aujourd'hui des vœux extravagants, semblables à ceux que faisaient jadis nos ancêtres gaulois, aussi sauvages que les Indiens d'Amérique.

D'un bond, le guerrier rouge s'était élancé des rochers jusqu'à l'enceinte de cotonniers et de saules du val d'Or, et là, quoique caché derrière cet abri impénétrable de branches et de verdure, sa tête le dépassait tout entière, et ses yeux brillaient d'un feu que la certitude de la mort ne pouvait éteindre. Il fixait la carabine de Bois-Rosé, qui sortait lentement de la fente des pierres, comme s'il eût voulu fasciner le tireur.

« Il l'aura voulu, » dit Bois-Rosé, obligé par la position de l'Indien de faire feu de haut en bas, et d'allonger le canon de son rifle qui dépassa le rocher d'un demi-pied.

Trois explosions et deux cris de douleur résonnèrent presque en même temps. La première détonation était celle de l'arme du coureur des bois ; le premier cri, l'agonie de l'Indien qui poussait par bravade son hurlement de mort.

Les deux autres détonations presque instantanées annoncèrent les coups de Main-Rouge et de Sang-Mêlé. Le second cri de douleur était poussé par le Canadien. Deux balles avaient frappé à la fois le canon de son rifle, qui, violemment arraché de ses mains, roula près de l'Indien expirant.

Cœur-de-Roc eut encore la force de s'en saisir, et sa main défaillante le lança au pied des rochers, puis il ne bougea plus. Des hurlements de joie féroce accueillirent ce dernier exploit, tandis que le vieux chasseur, désarmé, jetait sur Pepe et sur Fabian un regard de mortelle angoisse.

Pendant ce temps, le ciel s'assombrissait toujours.

<hr />

CHAPITRE XIII

LA SORTIE.

Au milieu des déserts du Far-West, dans les Prairies lointaines de l'occident de l'Amérique, trois choses sont de nécessité première : un cœur inaccessible à la crainte, en premier lieu ; puis, un habile et vigoureux coursier ; enfin, une carabine à toute épreuve.

Un courage indomptable comme celui des trois chasseurs rend souvent le cheval inutile ; mais, sans son fusil, l'homme au cœur fort n'est plus qu'un jouet fragile que se disputent la faim et les bêtes féroces, ou que le caprice d'un Indien vagabond peut briser.

A l'aspect de l'arme protectrice, qui dans les forêts du Canada jusqu'aux Montagnes-Brumeuses avait été la compagne fidèle de tant de dangers, et qui, échappée aujourd'hui aux mains entre lesquelles elle avait si souvent grondé, gisait abandonnée sur le sable, le cœur du vieux coureur des bois s'émut, comme à la vue du corps inanimé d'un ami bien cher. C'était pour le Canadien non-seulement sa force et sa vie, mais la vie et la force de son enfant, qu'on venait de lui ravir.

Le rude guerrier des Prairies sentit ses yeux humides, comme l'Arabe qui pleure son coursier. Une larme roula de ses yeux sur sa joue.

« Vous n'êtes que deux désormais sur ce rocher; le vieux Bois-Rosé ne compte plus, dit-il en faisant un effort pour cacher sa faiblesse; je ne suis plus qu'un enfant à la merci de ses ennemis. Fabian, mon fils, vous n'avez plus de père pour vous défendre... »

Puis il garda un morne et sombre silence, comme un Indien vaincu.

Ses deux compagnons l'imitèrent : l'un et l'autre sentaient l'étendue du malheur qui venait de les frapper tous trois. Tenter de reconquérir une arme que le choc des balles pouvait avoir faussée était une témérité inutile : c'était s'exposer à être en un clin d'œil entourés d'ennemis dont les chasseurs ignoraient le nombre; c'était se livrer vivants aux Indiens, tandis que, sur le sommet de la pyramide du moins, le salut, c'est-à-dire une mort préférable à la captivité, était encore pour eux au fond du gouffre voisin.

« Je vous comprends, Bois-Rosé, s'écria Pepe en surprenant les yeux du Canadien fixés sur la nappe d'eau qui brillait un instant pour disparaître dans l'abîme; mais corbleu ! nous n'en sommes pas encore là ; vous êtes plus habile tireur que moi, et ma carabine sera mieux placée dans vos mains que dans les miennes. »

En disant ces mots, Pepe faisait glisser son arme sur le sol jusqu'au Canadien.

« Tant qu'il restera entre nous trois un fusil, ce sera pour vous Bois-Rosé, ajouta Fabian. Je pense comme Pepe; à quelles mains plus nobles et plus fidèles pourrions-nous jamais confier notre dernière ressource ?

— Non, merci, mon enfant, merci, mon vieux compagnon, je refuse votre offre, car le malheur est sur moi. »

Et Bois-Rosé repoussa la carabine que Pepe mettait sous sa main.

« Mais, grâce à Dieu, reprit le coureur des bois, dont le douloureux abattement faisait place petit à petit à une de ces colères de lion comme le géant en ressentait parfois, j'ai encore un couteau pour en éventrer autant qu'il s'en présentera, et des bras assez forts pour les étouffer ou leur briser la tête contre les rochers. »

Pepe n'avait pas repris sa carabine.

« Eh bien, chiens de métis, rebut de la race blanche, Indiens vagabonds, oserez-vous sortir de votre tanière et monter jusqu'ici ? s'écria le Canadien, cédant à un élan de fureur, et apostrophant à la fois Main-Rouge, Sang-Mêlé et ses alliés ; nous ne sommes plus que deux ici à vous attendre. Qu'est-ce qu'un guerrier sans fusil ? »

Un majestueux roulement de tonnerre éclata sous la voûte assombrie du ciel et couvrit la voix de Bois-Rosé ; mais son défi parut être entendu. Un autre Indien, suivant à peu près le même chemin que celui qui l'avait précédé, était arrivé derrière la verte enceinte du val d'Or : seulement il se cachait si soigneusement, qu'on ne voyait que le haut de sa tête jusqu'aux yeux et les rubans rouges qui ornaient sa chevelure.

« Ah ! c'est lui, c'est ce chien de métis, s'écria Pepe sans perdre de l'œil les insignes qui distinguaient, en effet, le fils de Main-Rouge, et tout en cherchant à côté de lui sa carabine. Mais Bois-Rosé l'avait prévenu. Animé par la colère qui grondait dans son sein comme le tonnerre dans le ciel, et voyant le moment arrivé où il allait exercer une éclatante vengeance sur Sang-Mêlé, dont il croyait tenir la vie entre ses mains, le Canadien s'était emparé de la carabine de Pepe et ajustait son coup.

Placé dans la même position que l'Indien auquel il

succédait, l'ennemi, pour être atteint, avait forcé le
chasseur à découvrir le canon de son arme comme la
première fois ; frappé à mort comme lui, il tomba derrière la haie, et deux détonations se mêlèrent encore à
celle du coup tiré par Bois-Rosé.

« Malédiction ! malédiction ! s'écria le chasseur d'une
voix tonnante, en se dressant presque debout et en lançant avec rage, vers le cadavre de l'ennemi qu'il venait
d'abattre, la crosse inutile qui lui restait dans les mains.
Telle était la force de l'étreinte du colosse en tenant
son arme, que le canon s'était détaché du bois, sans
pouvoir l'arracher aux doigts qui le serraient.

« Que l'enfer ait ton âme, métis damné de ton vivant !
continua le Canadien en montrant du poing le cadavre
immobile. »

Un éclat de rire, qui semblait poussé par un démon
chargé d'exécuter la malédiction du Canadien, retentit
sur les rochers en face des chasseurs, et, rapide comme
un éclair, le métis, plein de vie, montra un instant, au-
dessus du rempart de peaux de buffles, sa tête couverte
de cheveux dénoués et flottants, et son visage empreint
d'une diabolique ironie ; puis la vision s'évanouit aussi
rapidement qu'elle s'était montrée.

L'Indien qui avait joué son dernier rôle de perfidie
avait habilement emprunté la coiffure du métis pour
exciter plus sûrement la haine de ses ennemis, et il n'a-
vait que trop réussi.

« L'Aigle des Montagnes-Neigeuses n'est qu'un hibou
en plein jour ; ses yeux ne savent pas distinguer au soleil le visage d'un chef ou celui d'un guerrier, cria la
voix de Sang-Mêlé, après la bravade qu'il venait de faire
en se montrant.

— Ah ! Pepe, cet homme nous est fatal ; mais ce sera
désormais entre lui et nous une guerre à mort, s'écria
Bois-Rosé, et les Prairies, toutes grandes qu'elles sont,
ne sauraient plus nous porter tous deux. »

Le Canadien avait repris machinalement son poste, puis il murmura à demi-voix :

« Malheur, a dit le Seigneur, à qui sera dans mes mains la verge de ma colère et le bâton de ma justice ! Pepe, le Seigneur, après s'être servi de nous pour sa vengeance, a brisé l'instrument dont il a voulu se servir ; il a brisé la force entre nos mains.

— Je commence à le croire, répondit Pepe ; mais je jure sur l'âme de ma mère que, si Dieu me conserve la vie, je servirai encore une fois sa colère en plongeant jusqu'au manche mon poignard dans le cœur de ce démon moitié rouge et moitié blanc. »

Comme le ciel prenait acte de ce jugement, une obscurité subite couvrit la campagne, que des éclairs semblables à des nappes de feu sillonnaient d'un horizon à l'autre, et le tonnerre éclata comme une batterie de cent canons subitement démasqués.

Les montagnes et la plaine répétaient en échos plaintifs la grande voix de l'orage qui résonnait dans les prairies comme au milieu de l'immense océan.

La lueur blafarde des éclairs, jaillissant à travers les côtes décharnées du squelette du cheval placé sur la plate-forme, prêtait au groupe des chasseurs une étrange et sinistre apparence. Le Canadien et Pepe jetaient un regard fixe sur les objets qui les entouraient, et semblaient ne pas les voir.

L'échec terrible qu'ils venaient d'éprouver n'avait pas abattu leur courage, mais l'avait momentanément changé en une sombre et pensive résignation. Bois-Rosé, surtout, en pensant à Fabian, baissait mélancoliquement la tête et paraissait affaissé sous le poids de sa douleur. Sa colère impétueuse avait disparu pour faire place à l'humiliation d'un vieux soldat qui se verrait désarmé par des recrues. Quant à Fabian, il avait conservé le calme d'un homme pour qui la vie, sans être un fardeau trop pesant, est un poids incommode dont il attend, sans faiblesse, l'instant d'en être débarrassé.

« Fabian, mon fils, dit tristement le Canadien, j'avais eu trop de confiance jusqu'à présent dans ma force et dans mon expérience; à quoi m'ont servi cette expérience et cette force dont j'étais si fier. C'est mon imprudence qui vous a perdus. Fabian, Pepe, me pardonnerez-vous?

— Nous parlerons de cela plus tard, répondit le miquelet, qui sentait renaître petit à petit son courage et son esprit agressif et railleur; vos armes ont été brisées dans vos mains comme elles l'eussent été dans les miennes, et voilà tout. Mais croyez-vous que nous n'ayons rien de mieux à faire que de nous lamenter comme des femmes, ou que d'attendre la mort comme deux bisons blessés!

— Que voulez-vous que vous dise un chasseur dont un daim pourrait venir à présent lécher les mains sans danger? répondit le Canadien humilié.

— Il est évident que nous pouvons fuir d'ici avant la nuit; nous allons faire une sortie contre les assiégeants. Fabian, de ce poste élevé, nous protégera de sa carabine. Voyez-vous, ce sont de ces coups d'audace qui réussissent toujours. Eh bien, il y a là-bas sous ces pierres quatre coquins qu'il faut aller égorger dans leurs trous. Le jour est presque aussi sombre que la nuit, et nous serons deux contre quatre, c'est bien assez. »

Puis, s'adressant à Fabian, qui approuvait le projet hardi de Pepe :

« Vous, reprit l'Espagnol sans trop perdre de vue les coquins sur les rochers, sans vous découvrir surtout, vous surveillerez ceux de la plaine. Si ces derniers nous aperçoivent, et que l'un d'eux bouge, tirez sur lui; sinon.... le reste nous regarde. Allons, Bois-Rosé, c'est sans doute aussi votre opinion. Eh bien, en route! Don Fabian, quand le coup sera fait, je reviendrai vous chercher, et nous décamperons. »

Ces deux hommes qui, un instant, avaient ployé
comme deux chênes tourmentés par la tempête jusqu'à
leurs racines, allaient bientôt se relever comme eux et
braver de nouveau l'orage.

Le Canadien obéit à un avis qui lui souriait par sa témérité même, et que l'obscurité ne rendait pas impraticable ; puis Bois-Rosé, outre le salut de son fils à opérer, avait une humiliation amère à venger.

Un coup d'œil jeté d'abord sur la plaine, du côté opposé aux rochers leur prouva que rien n'était changé
autour d'eux ; alors les deux chasseurs, le couteau entre
les dents se laissèrent glisser si rapidement du sommet
de la pyramide, que Fabian les croyait à peine partis,
quand déjà tous deux marchaient, en se courbant, le
long des roseaux du lac.

Fabian, plus occupé de suivre leurs mouvements et de
protéger leur vie que la sienne propre, se laissa captiver
par le spectacle plein d'un terrible intérêt que lui offraient les deux intrépides compagnons d'armes.

Les larges dales qui recouvraient les Indiens restaient
aussi complétement immobiles que si elles eussent été
en réalité des pierres tumulaires scellant des morts dans
leur tombeau. Rassuré par la tranquillité morne qui régnait de ce côté, Fabian observa avec moins d'anxiété
les manœuvres du Canadien et de l'Espagnol.

Tous deux avaient fait halte et semblaient se consulter une seconde fois ; puis il les vit entrer doucement
dans les roseaux dont les bords du lac étaient couverts,
et disparaître. Le vent d'orage agitait si violemment ce
fourré mobile, que l'ondulation imprimée par la marche
des deux chasseurs ne devait pas donner l'éveil aux
Indiens.

Débarrassé du soin de surveiller ses deux amis devenus
invisibles, et que l'obscurité et l'épaisseur des joncs et
des roseaux protégeaient suffisamment, rassuré maintenant sur le résultat de leur audacieuse tentative, Fabian

se hâta de regagner son poste au bord opposé de la plate-forme.

Il était temps.

Mais, afin de ne pas jeter de confusion dans le récit des deux actions simultanées, nous ne nous occuperons, pour un seul instant, que du coureur des bois et du chasseur espagnol.

Après que Fabian les eût vu disparaître, enfoncé dans la vase couverte de roseaux, ils avaient fait halte de nouveau. Leurs yeux ne pouvaient percer le rideau de plantes aquatiques qui les cachait; mais ils savaient que du haut de l'éminence, Fabian plongeait sa vue bien au delà.

Au milieu de l'obscurité du ciel, parmi les hauts roseaux dont le vent courbait les verts panaches, les bords du lac paraissaient complétement déserts

« Si, dans une minute, dit le Canadien, nous n'entendons pas retentir la carabine de Fabian, ce sera signe que les Indiens ne nous ont pas vus descendre de la colline; alors, comme ils sont cachés à égale distance à peu près les uns des autres, et sur la même ligne, nous nous élancerons chacun à une extrémité. Poignardez le dernier, j'écraserai le premier sous sa pierre, et, quant aux deux autres, pris entre nous deux, effrayés de la mort de leurs compagnons, nous en aurons bon marché, croyez-moi.

— J'y compte bien, caramba! » dit Pepe.

Ce plan était effrayant de simplicité, et, pendant une minute que le tonnerre grondait, que les éclairs couraient comme des serpents de feu sur la plaine et dardaient de longs rayons à travers les roseaux, les deux chasseurs s'attendaient à chaque instants à entendre la détonation de la carabine de Fabian.

L'impatience les dévorait, et, à l'impatience nerveuse causée par l'excitation du danger, se joignait, chez Bois-Rosé, l'inquiétude et comme un remords d'avoir laissé

le trésor de sa vie, son Fabian bien-aimé, exposé seu:
à un terrible danger, même quand il s'agissait de le sauver.

En vain, depuis le court espace de temps que son fils
avait été rendu à sa tendresse, celui-ci avait-il donné
des preuves d'un courage qui ne le cédait en rien au
sien; Bois-Rosé, au milieu de sa vie de périls, ne continuait à voir dans l'énergique et robuste jeune homme
que l'enfant aux cheveux blonds et bouclés dont il avait,
pendant deux ans, protégé la faiblesse.

Le Canadien frémissant tremblait d'entendre s'élancer du haut de la colline jusqu'à lui le cri d'angoisse
de Fabian, qui appellerait à son aide. D'étranges rumeurs résonnaient en effet dans la plaine.

Le vent sifflait dans la prairie avec un bruit lugubre
comme le bruit de sa solitude éplorée.

« Il est temps, dit Bois-Rosé, car l'enfant est seul....
Allons, Pepe.... vous savez.... le premier et le dernier. »

Les roseaux se courbèrent dans un large espace,
comme sous des rafales impétueuses du vent du Sud,
et semblables à deux tigres du Bengale qui s'élancent
du milieu des jungles sur leur proie, sans un rugissement, mais aussi agiles que silencieux, les deux chasseurs bondirent dans la plaine.

Avec une précision prodigieuse d'instinct sauvage,
chacun des terribles lutteurs courut droit à son ennemi,
Bois-Rosé au premier, Pepe au dernier.

En ce moment, le son bien connu de la carabine de
Fabian retentit au loin. Bois-Rosé tressaillit, mais il ne
pût s'arrêter; d'ailleurs, le coup de carabine de Fabian
avait résonné seul, et il fallait en finir avec leurs ennemis.

Confiant dans la vigueur de ses bras, au moment où
l'Indien, averti trop tard par le retentissement du sol,
essayait de sortir par l'ouverture étroite qu'il s'était
ménagée dans l'une de ses crevasses, le Canadien pressa

d'un pied lourd comme un bloc de granit le corps de l'Apache. Enlever ensuite la dalle de pierre et la laisser retomber sur le sauvage, fut pour Bois-Rosé l'affaire d'un instant; il s'avança vers le second.

Pepe avait attaqué son adversaire d'une façon différente, il s'était jeté à plein corps sur lui, et son bras : armé d'un poignard, fouilla pendant une seconde sous la pierre; puis, s'élançant d'un bond, l'Espagnol vint se joindre à Bois-Rosé.

Deux cadavres, l'un écrasé par la pierre, l'autre égorgé par le couteau, tel avait été le résultat de cette brusque attaque; mais deux autres Indiens pleins de vie s'étaient redressés sur leurs pieds, surpris, épouvantés, incertains s'ils devaient fuir ou combattre.

« Écrasez le reptile avant qu'il siffle, s'écria Bois-Rosé au moment où l'un des Indiens, en poussant un hurlement d'alarme, se reculait pour faire usage d'un arc qu'il tenait en main, tandis que l'autre s'élançait en hurlant aussi sur Pepe. Les deux ennemis se choquèrent avec force, mais non avec un égal succès. »

L'Indien, renversé par le choc, mesura rudement la terre, Pepe se précipita sur lui. A peine l'Apache eut-il la force de se débattre une seconde, il resta immobile.

Pendant ce temps Bois-Rosé se baissait pour éviter la flèche, qui passa en sifflant à quelques lignes au-dessus de lui; et quand il se releva, l'Indien était loin ; mais, comme il l'avait craint, le serpent avait sifflé; ses hurlements retentirent dans la plaine.

« Vite, vite Pepe, à la pyramide ! » cria Bois-Rosé. Et tous deux en reprirent la direction en courant.

Fabian était resté seul pendant dix minutes à peine, tant les deux chasseurs avaient exécuté rapidement leur expédition.

Au moment où, se cramponnant aux buissons, ils gravissaient, presque hors d'haleine, les flancs escarpés de

la colline, le morne silence qui régnait au sommet les
épouvanta.

« Fabian ! Fabian ! cria le Canadien éperdu, tandis
que ses jarrets nerveux semblaient se dérober sous lui,
tant son angoisse était poignante. Fabian, mon fils, »
cria de nouveau Bois-Rosé.

Le vent d'orage qui grondait avec fureur dans les branches des sapins de la plate-forme, répondit seul à ce douloureux appel.

CHAPITRE XIV

LA VOIX DE RAMA.

Au moment où Fabian surveillait d'un œil attentif le
moindre mouvement de ses compagnons, le dernier Indien désigné par le sort pour essuyer le feu des assiégés
se glissait avec précaution le long de l'enceinte du val
d'Or.

C'était Soupir-du-Vent. Les instructions qu'il avait
reçues du métis étaient formelles. Comme la défiance
des trois chasseurs devait être éveillée, l'Indien, afin de
ne pas éventer le stratagème qui avait jusqu'alors si
bien réussi, avait ordre de sembler redoubler de prudence pour gagner le pied de la pyramide. Dans sa route,
à l'abri de la ceinture de saules et de cotonniers, Soupir-
du-Vent ne devait cependant pas dépasser une certaine
limite ; il devait s'arrêter à l'endroit où l'un des chasseurs
ne pourrait plus l'atteindre qu'en allongeant ses bras ou
sa tête hors des créneaux.

Sang-Mêlé commençait à compter ses morts avec une
certaine inquiétude ; sans y comprendre Baraja et les
trois Indiens que Pepe et le Canadien venaient de met-

tre hors d'état de leur nuire, sur onze guerriers qu'il
avait amenés, six avaient succombé. Soupir-du-Vent
allait être le septième, et le métis voulait du moins
que ce fût le dernier et que sa mort lui profitât. Or,
Sang-Mêlè, loin de soupçonner qu'un seul des assiégés
était resté sur le sommet de la colline, croyait bien
qu'aucun des chasseurs n'avait commis l'imprudence
d'exposer ses membres au feu de l'ennemi.

En effet, dans ces guerres de frontières, où il faut se
glisser comme un tigre, ramper comme un serpent, ne
pas découvrir son corps, quelque séduisante que soit la
tentative d'un beau coup, et envoyer la mort sans qu'on
voie même le fusil qui la vomit, la prudence est le plus
simple élément de la stratégie des déserts.

Soupir-du-Vent étonné d'être arrivé déjà depuis quelques instants sain et sauf à l'endroit où les deux guerriers qui l'avaient précédé avaient trouvé la mort, s'était
arrêté comme il en avait reçu l'ordre.

Quoique le jour fût assombri par les nuages épais qui
couvraient le ciel, les yeux toujours vigilants de l'Indien
distinguaient parfaitement jusqu'aux moindres fentes
des rochers, et il lui était facile de voir que, comme
les deux fois précédentes, le canon d'une carabine ne
suivait pas ses plus légers mouvements. La raison en
était simple : c'est que Fabian, occupé ailleurs, ne soupçonnait pas la présence de Soupir-du-Vent, tandis que
celui-ci attribuait ce silence et cette inaction en face de
l'ennemi à quelque ruse qu'il ne comprenait pas. Il ne
s'en attendait pas moins à être frappé à chaque instant
par une arme invisible.

Ce fut donc pour le guerrier rouge un long et terrible moment, et il eut le temps de porter toutes ses pensées d'amour et de regret sur les deux êtres qu'il allait
laisser sans ressources dans sa hutte : sa jeune femme
et l'enfant qui comptait à peine trois soleils.

Pendant que le silence régnait au sommet de la pyra-

II. — 12

mide, l'Indien, résigné à mourir, lutta toutefois et contre le devoir impérieux qui le clouait à la limite fatale qu'il ne devait pas franchir, et contre l'instinct non moins impérieux de la conservation, qui lui criait d'avancer, puisqu'il avait bravé le danger sans que le danger parût vouloir l'atteindre.

Certes, le guerrier du désert avait assez fait pour sa conscience, et sa lutte ne devait pas se prolonger; l'instinct de la conservation l'emporta : il dépassa la limite fixée par les ordres de Sang-Mêlé.

Le même silence se prolongeait au-dessus de sa tête, et l'Apache avait gagné le pied de la pyramide sans que rien l'eût encore troublé. Encouragé par ce succès inattendu, l'Indien osa concevoir l'espérance d'arracher de ses propres mains aux ennemis la dernière arme qui leur restât, sans payer cet exploit de sa vie. Du reste le sacrifice en était fait d'avance, et son sort ne pouvait être pire que celui auquel il était résigné.

Il savait que l'œil des deux chefs suivait tous ses mouvements, et, après s'être arrêté un instant encore, il fit signe de la main anx deux forbans embusqués derrière l'amas de peaux de buffles, surpris comme lui de l'inexplicable immobilité des assiégés, et commença de gravir lentement la pente de la colline tronquée.

Soupir-du-Vent montait avec tant de précaution et de légèreté que pas une pierre arrachée, pas un débris de terre détaché sous ses pieds ne trahit en roulant la présence d'un ennemi.

Au moment de dépasser de la tête le niveau de la plate-forme, l'Indien écouta, immobile. Pas un souffle, pas un mot ne se faisait entendre à ses oreilles. Alors l'Indien se hasarda à jeter un regard au-dessus de l'une des pierres qui protégeaient les assiégés. C'était l'instant où Fabian, couché sur le sommet de la pyamide et suivant d'un œil attentif les manœuvres de ses deux compagnons, les voyait disparaître, cachés par les roseaux du lac.

Avant que le jeune homme, qu'absorbait tout entier l'immense intérêt qu'il prenait à la réussite du plan hardi de l'Espagnol et du Canadien, se retournât pour surveiller à leur tour les ennemis du côté opposé, l'Indien aurait eu le temps de lui briser la tête d'un coup de hache ; mais il était l'un de ceux destinés à être offerts vivants à la vengeance du grand chef, et sa vie était sacrée pour l'Apache.

C'était à la carabine du chasseur blanc qu'il en voulait, et, au lieu d'allonger le bras et de frapper, l'Indien s'avança en rampant pour lui arracher l'arme, objet de sa convoitise. Fabian se retournait à l'instant même.

A l'aspect de cette figure couverte de peinture, au milieu de laquelle deux yeux brillaient comme ceux d'un chat sauvage, incertain s'il était le seul ennemi sur la plate-forme, Fabian sentit un frisson de terreur, mais qui ne dura toutefois qu'une seconde ; étouffant un cri d'appel à ses compagnons, qui aurait pu les trahir et leur faire couper la retraite, réduit à ne pouvoir se servir de sa carabine, que l'Indien venait de saisir par le canon, le jeune homme intrépide enlaça silencieusement le guerrier rouge dans ses bras.

Une lutte acharnée s'engagea.

Dans la répartition de ses dons entre les diverses races humaines, la nature a donné à l'Indien des jarrets si souples et si nerveux que bien peu de blancs peuvent lutter d'agilité avec lui ; mais elle n'a pas doué, tant s'en faut, les bras de l'Indien d'une vigueur égale à celle du blanc.

Soupir-du-Vent en fit la rude expérience.

Deux fois les adversaires, étroitement serrés dans les bras l'un de l'autre, roulèrent sur la plate-forme avec un avantage disputé, et dans l'ardeur de la lutte, la carabine, violemment secouée, fit feu, sans que la balle atteignît aucun des deux lutteurs.

C'était l'explosion qui était parvenue aux oreilles des

deux chasseurs, engagés eux-mêmes dans une lutte non 𝚛
moins terrible.

Enfin Fabian, plus robuste que l'Indien, prit le dessus 𝚞
et maintint son ennemi sous lui ; puis, d'une main dont 𝚊
Soupir-du-Vent, résolu à ne pas lâcher la carabine qu'il 𝚕
avait saisie, ne put assez promptement parer les coups, 𝚊
le jeune Espagnol planta son couteau dans la poitrine 𝚛
de l'Apache. Malheureusement, d'efforts en efforts, le 𝚕
blanc et l'Indien étaient parvenus à l'une des extrémités 𝚎
de la plate-forme.

La poussière humide que la cascade renvoyait du fond 𝚛
de l'abîme se mêlait déjà à leur haleine ; au-dessous 𝚊
d'eux le gouffre grondait sourdement, et par un dernier 𝚎
effort l'Indien expirant cherchait à y engloutir Fabian 𝚛
avec lui. Celui-ci essayait vainement de se débarrasser
de l'étreinte désespérée du guerrier rouge.

Un instant le jeune homme sentit ses muscles engourdis fléchir et lui refuser le service ; mais la crainte d'une
mort horrible rappela sa vigueur défaillante, et il put
éviter l'abîme, mais non empêcher l'Indien de l'entraîner avec lui au fond du ravin, à peu de distance du
gouffre béant.

En roulant pêle-mêle, les deux ennemis, toujours
enlacés, reçurent un choc terrible. Fabian sentit les bras
de l'Indien se détendre paralysés par la mort ; puis,
évanoui lui-même, il resta immobile comme l'Apache.
Sa tête avait frappé sur l'angle aigu d'une des pierres
plates que les deux lutteurs avaient entraînée avec
eux.

De longues minutes s'étaient donc écoulées depuis
l'explosion de la carabine de Fabian, jusqu'au moment
où, sans recevoir à ses appels désespérés d'autre réponse
que les sifflements du vent dans les sapins, le Canadien
atteignit la plate-forme.

Une déchirante expression d'angoisse bouleversait les
traits du vieux chasseur. Quand ses yeux purent voir,

sur la fosse de don Antonio encore fraîche, les empreintes profondes d'une lutte acharnée, quand il vit les remparts de pierres détruits et dispersés sur le sol, il poussa un cri terrible : Fabian n'était plus sur la pyramide.

En ce moment, l'orage éclatait dans toute sa violence. Des éclairs semblables à des lames de feu sillonnaient la plaine de toutes parts. Le tonnerre grondait avec fracas et faisait rugir les échos. La nature en désordre semblait frémir sous le choc de la tempête. Bientôt des flancs d'une masse épaisse de nuages noirs jaillirent des torrents de pluie, comme si toutes les cataractes du ciel se fussent ouvertes à la fois.

Bois-Rosé appelait son enfant d'une voix tantôt tonnante et tantôt brisée, tout en jetant à travers l'épais rideau de pluie qui obscurcissait sa vue des yeux hagards sur tous les points de la plate-forme : elle était déserte :

« Baissez-vous, Bois-Rosé, baissez-vous ! cria Pepe, qui achevait à son tour de gravir la pyramide.

Le Canadien ne l'entendit pas, et cependant le métis, debout sur les rochers en face d'eux, venait tout à coup de se dresser comme un des esprits du mal qu'une des convulsions des éléments aurait fait surgir des entrailles de la terre.

— Mais baissez-vous, pour Dieu ! répéta Pepe ; êtes-vous donc las de la vie ? »

Sans se douter de la présence de Sang-Mêlé, dont la carabine était dirigée contre lui, Bois-Rosé se penchait en cherchant de l'œil son enfant au pied de la pyramide. Le cadavre même de l'Indien n'y était plus.

En relevant la tête, le Canadien aperçut le métis pour la première fois. A la vue de l'homme qu'il considérait à bon droit comme l'auteur de tous les malheurs qui venaient de le frapper, le coureur des bois sentit un flot de haine remonter jusqu'à son cœur ; mais il sentit aussi que le sort de Fabian était entre les mains de cet homme, et il imposa silence à la fureur qui grondait dans son sein.

« Sang-Mêlé ! s'écria d'une voix suppliante le Canadien, dont l'angoisse faisait taire l'orgueil, je m'humilie devant vous jusqu'à la prière : s'il vous reste quelque pitié dans le cœur, rendez-moi l'enfant que vous m'avez enlevé. »

En disant ces mots, Bois-Rosé restait debout, exposé aux coups du bandit, tandis que Pepe, à l'abri derrière le tronc des sapins, lui criait vainement de prendre garde.

Un éclat de rire méprisant fut la seule réponse du pirate des Prairies.

« Fils d'une chienne enragée ! s'écria Pepe à son tour en s'avançant vers le métis le front découvert, et plein de la fureur que lui causaient l'humiliation et la douleur de son vieux compagnon, répondras-tu quand un blanc sans mélange te fait l'honneur de te parler ?

— Taisez-vous, je vous en supplie, Pepe, interrompit Bois-Rosé ; n'irritez-pas l'homme qui tient dans ses mains la vie de mon Fabian.... Ne l'écoutez pas, Sang-Mêlé, la douleur exaspère mon compagnon.

— A genoux ! cria le bandit, et peut-être consentirai-je à vous écouter.... »

A cet insolent langage qui fit frissonner Bois-Rosé, son noble front découvert se colora d'une épaisse teinte de pourpre.

« Le lion ne s'inclinera pas devant le chacal, dit vivement Pepe à l'oreille du Canadien, car le chacal se rirait du lion rampant.

— Qu'importe ! » répondit Bois-Rosé avec une douloureuse simplicité.

L'orgueil du guerrier qui n'eût même pas consenti à baisser le regard pour sauver sa vie était vaincu par la tendresse du père, et le rude coureur des bois s'agenouilla.

« Ah ! c'en est trop, bâtard d'un brigand et d'une coureuse indienne, rugit Pepe, le visage en feu, tandis que ses yeux se mouillaient en voyant le Canadien, le corps baissé, le genoux incliné devant le pirate du désert ; c'est trop s'humilier en face d'un bandit sans foi comme sans entrailles. Venez, Bois-Rosé, nous en aurons raison, dussent cent mille diables.... »

A ces mots, l'impétueux chasseur, emporté par l'affection qu'il avait vouée à Fabian, et surtout par la fervente amitié pour le Canadien, s'élança comme un chamois sur le flanc de l'éminence.

« Ah ! c'est ainsi, » s'écria le métis ; et il ajusta Bois-Rosé, qui implorait la compassion pour son fils.

Mais la pluie continuait à tomber à flots si pressés que le chien du fusil frappa vainement sur la batterie sans enflammer l'amorce. Deux fois d'inutiles étincelles jaillirent de la pierre.

Révolté par cette atroce et perfide tentative contre un ennemi suppliant et désarmé, n'espérant plus rien de sa pitié, Bois-Rosé suivit les traces de Pepe, sans plus calculer que lui le nombre des ennemis que les rochers pouvaient encore cacher. Le Canadien descendait encore la colline que déjà Pepe, son poignard à la main, tournait l'enceinte du val d'Or.

« Accourez, Bois-Rosé, cria la voix de l'Espagnol, qui venait de disparaître derrière la chaîne de rochers ; les coquins ont vidé la place et se sont enfuis. »

C'était vrai ; et au même moment le métis, resté seul, commençait à battre en retraite vers le sommet des Montagnes-Brumeuses.

« Arrête, si tu n'es pas aussi lâche que féroce, dit le Canadien qui voyait, en frémissant, le ravisseur de Fabian échapper à sa vengeance.

— Sang-Mêlé n'est pas un lâche, répondit le métis en reprenant ses habitudes indiennes ; l'Aigle des Montagnes-Neigeuses et l'Oiseau-Moqueur se rencontreront une troisième fois, et alors ils auront le sort du jeune guerrier du Sud, autour duquel les Indiens vont danser,

et dont ils jetteront la chair aux chiens errants des
Prairies. »

Le Canadien continua sa course désespérée ; il rejoignit bientôt l'Espagnol. Les deux chasseurs, dans leur
poursuite sans espoir, semblaient ne tenir aucun compte
des difficultés du terrain ni des rochers glissants qu'il
leur fallait escalader. A travers le rideau de pluie, Sang-
Mêlé était toujours visible ; mais bientôt ils le virent
franchir la crête des montagnes, et il ne tarda pas à disparaître sous les brouillards éternels qui les couvrent.

« Ah ! n'avoir pas un fusil ! s'écria Pepe en frappant
la terre du pied avec rage.

— L'espoir de ma vie s'est éteint ! » s'écria le vieux
coureur des bois d'une voix brisée, en reprenant haleine
un instant, tandis que la pluie du ciel inondait son front
où se peignait une sombre et poignante douleur.

Tous deux recommencèrent à gravir les rochers,
cherchant partout les traces de leurs ennemis : mais les
flots de pluie qui tombaient avec une nouvelle force
effaçaient l'empreinte à peine formée de leurs pas ;
l'obscurité redoublait, car la nuit avançait rapidement,
et le roc n'offrait aucun vestige humain.

L'Espagnol et le Canadien ne tardèrent pas à disparaître eux-mêmes sous le dais de vapeurs des montagnes.

Au-dessous d'eux l'ouragan mugissait dans la plaine,
la terre semblait envahie par les esprits des ténèbres
tout à coup déchaînés.

Tantôt le tonnerre grondait avec un fracas épouvantable ; tantôt la foudre pétillait comme les étincelles du
bois embrasé, en frappant la cime des rocs qui s'écrou-
laient en poussière, et de longs éclairs enveloppaient
de nappes de lumière le val d'Or et la pyramide du
Sépulcre, désormais déserts. Des lueurs bleuâtres entouraient le squelette du cheval de la plate-forme et lui
donnaient l'apparence d'un démon échappé de l'enfer et
traînant après lui les flammes qui le dévoraient.

A la clarté soudaine des éclairs, on eût pu voir les deux chasseurs, dont l'un essayait vainement de consoler l'autre, tristement assis sur une pierre. Tous deux jetaient un regard morne et désolé sur les ravins profonds où le vent s'engouffrait en sifflant, ou sur les pointes aiguës des rochers qui couronnaient la montagne et qui semblaient, comme les tuyaux d'un orgue gigantesque, mugir sous le souffle de la tempête.

Si, lorsque la nuit fut close, quelque voyageur eût erré dans les Montagnes-Brumeuses, il eût entendu se mêler aux bruits de l'orage, tantôt des rugissements comme ceux de la lionne à qui l'on avait ravi son lionceau, et tantôt des cris plaintifs, pareils à ceux de Rachel pleurant dans les solitudes de Rama sans vouloir être consolée, parce que ses fils ne sont plus.

Quand enfin l'orage cessa de gronder, Pepe et Bois-Rosé marchaient encore à l'aventure dans les montagnes, sans leur jeune et vaillant compagnon, sans armes, sans vivres, commençant une de ces terribles phases de la vie du désert, où le chasseur, dénué de tout moyen de lutter contre la faim, est encore impuissant à repousser l'attaque des Indiens ou des bêtes féroces.

Ces deux hommes intrépides venaient cependant de se décider à continuer leur poursuite, car le soleil allait bientôt éclairer une fois de plus ces funestes solitudes; et déjà, sur la voûte éclaircie du ciel, comme les flambeaux mourants d'une fête nocturne, les étoiles s'éteignaient une à une dans le brouillard du matin.

CHAPITRE XV

SOUVENIRS ET REGRETS.

Il en est de ces incidents, parfois frivoles en appa-

rence et qui semblent entraver la marche rapide des
faits, comme des nuages des tropiques sous certaines
latitudes. Ces nuages flottent dans l'air, au-dessus de
l'Océan, blancs et légers comme une plume détachée de
l'aile d'une mouette ; l'œil du passager dédaigne de s'en
occuper, mais celui du marin les suit attentivement, car
souvent le nuage dédaigné grossit, s'étend, couvre l'azur
du ciel d'un voile sombre ; ces orages terribles qui bou-
leversent la mer, arrachent aux navires leurs mâts et
leurs voiles, ne jaillissent que des flancs de ces vapeurs
d'abord imperceptibles.

C'est aussi l'histoire de la vie. Combien de circonstances futiles qui sont grosses d'événements, et dont
l'homme ne daigne pas se préoccuper, ou ne se préoc-
cupe qu'un instant pour les oublier tout aussitôt,
comme les trois chasseurs avaient fait du canot d'é-
corce, qui avait été pour eux le nuage orageux des
tropiques !

Au moment de transporter sur un théâtre plus éloigné
les scènes qui vont marquer le dénoûment de ce récit,
il est quelques incidents que nous prions le lecteur de
se rappeler, parce qu'ils lient étroitement le passé à l'a-
venir.

On n'aura pas oublié peut-être que, dans l'entretien du
métis avec l'Oiseau-Noir, le pirate avait murmuré quelques mots à l'oreille du chef indien, et qu'à ces mots
des éclairs de colère avaient jailli des yeux du guerrier
apache. Le métis avait terminé en faisant espérer à
l'Oiseau-Noir qu'il livrerait entre ses mains un Indien au
cœur fort et au jarret d'acier, en remplacement de Baraja, son prisonnier ; qu'il remplacerait ses chevaux tués
dans le combat, et enfin il lui avait assigné un rendez-
vous, pour le troisième jour, à l'embranchement de la
Rivière-Rouge, près du Lac-aux-Bisons.

Cela dit, nous ferons un court retour sur les événements qui s'étaient passés à l'hacienda del Venado. Ce

retour est indispensable à l'intelligence des faits dont le récit va suivre ; il est nécessaire ensuite à l'harmonie de notre ensemble ; peut-être aussi bien nous sommes-nous trop longtemps complu au milieu des scènes sauvages de la vie des déserts, qui a été parfois la nôtre.

Un paysage n'est complet, selon nous, que quand il présente certains contrastes. L'imagination ne tarde pas à se lasser des sites qui n'offrent que des rocs déchirés, des montagnes abruptes et des bois sombres. L'œil, comme l'imagination, sent bientôt le besoin de s'égarer dans des horizons lointains, dans la brume des plaines fuyantes. Il aime aussi à se reposer sur une eau limpide jetée au milieu d'objets divers pour réfléchir soit la nappe azurée du ciel dans sa pureté, soit des groupes de nuages colorés par le soleil, tantôt immobiles et tantôt parcourant les plaines de l'air. L'homme a besoin qu'on lui rappelle le ciel.

La femme aussi est un de ces délicieux contrastes qu'on aime à rencontrer dans la peinture violente des mœurs du désert. Elle est à ces mœurs ce qu'est au paysage austère la vallée ombreuse où l'on se plaît à rêver, ce qu'est encore le ruisseau qui serpente gracieusement dans la prairie, ce qu'est enfin l'arc-en-ciel déployant toute la richesse de ses couleurs.

Après le brusque départ de don Estévan de Arechiza et de sa suite, après la fuite de Tiburcio Arellanos, l'hacienda del Venado, si bruyante la veille, était retombée dans sa tranquillité habituelle. Comme le jour où y étaient arrivés, au coucher du soleil, l'Espagnol et ses compagnons, qui dorment à présent du sommeil éternel près des Montagnes-Brumeuses, l'hacienda présentait au soleil levant, au moment où nous y revenons, un spectacle de prospérité tranquille. Les troupeaux bondissaient comme d'habitude dans la vaste plaine au milieu de laquelle s'élevait la maison de don Augustin. La campagne était couverte de riches moissons ; les oliviers,

chargés de fleurs, promettaient une abondante récolte.
Les travailleurs sortaient de leurs cabanes pour reprendre leur tâche de la veille; mais, dans la cour de l'hacienda, des chevaux sellés et des mules chargées annonçaient les apprêts d'un voyage.

On n'a peut-être pas oublié la chasse aux chevaux sauvages dont le propriétaire de l'hacienda voulait offrir le
divertissement à ses hôtes, et que ceux-ci, avons-nous
dit, avaient acceptée avec empressement. Hélas! le lendemain n'appartient pas à l'homme. Les événements si
brusquement déroulés l'avaient assez prouvé. Mais don
Augustin, plein de confiance dans la réussite des projets
de don Estévan, et quoique affligé de son départ soudain, n'avait pas voulu renoncer, pour le sénateur, son
gendre futur, ainsi que pour lui-même, aux plaisirs
qu'il s'était promis. Tout était disposé, et il résolut que
la chasse aurait lieu.

Les chevaux attendaient leurs cavaliers, celui de dona
Rosarita comme les autres. Le sénateur, débarrassé de la
présence d'un rival qu'il redoutait, et de celle de don Estévan, dont l'espèce de tutelle le gênait, était radieux;
il n'en était pas de même de la fille de l'hacendero.

Sa figure pâlie portait la trace de l'insomnie de la nuit.
Elle affectait en vain une apparence de sérénité, que démentaient ses yeux encore humides et privés de l'éclat
dont ils avaient brillé le jour précédent.

Au moment de monter à cheval, quand don Augustin donna le signal du départ, Rosarita se plaignit tout
à coup d'une indisposition subite, dont sa pâleur ne
justifiait que trop la réalité, et demanda à son père la
permission de rester seule. Contrarié par ce nouvel obstacle, l'hacendero, tout en maugréant intérieurement
et en pestant contre la santé délicate des femmes, n'en
voulut pas moins partir pour la chasse en compagnie de
Tragaduros, quand un incident vint redoubler sa mauvaise humeur.

Au moment où il allait monter à cheval, un vaquero arrivait à toute bride pour prévenir don Augustin que les batteurs ayant trouvé l'*aguage* (l'abreuvoir) à sec, il était nécessaire d'en chercher un autre, et que la chasse ne pourrait s'ouvrir que huit jours plus tard.

Don Augustin renvoya le vaquero avec ordre de le prévenir dès qu'on aurait trouvé quelque mare où les chevaux sauvages vinssent se désaltérer, et la partie fut remise.

Le sénateur ne ressentait aucune contrariété de cet incident, qui, tout simple qu'il était, devait cependant avoir des suites bien graves. Les exhortations de don Estévan à se signaler par quelque action d'éclat aux yeux de doña Rosario, avaient, il est vrai, réussi à lui donner un sommeil très-belliqueux. S'étant rendormi après le départ du seigneur espagnol, il avait effacé dans ses rêves toutes les prouesses des Centaures ; mais son réveil lui avait démontré les inconvénients de la réalité, et il s'était déterminé à s'en tenir au rôle d'Hercule filant aux pieds d'Omphale, comme moins compromettant et plus facile à remplir.

Quant à Rosarita, l'indisposition dont elle avait paru si subitement atteinte au moment du départ n'était qu'un besoin impérieux chez elle de s'abandonner à ses rêveries, et, en évitant de se joindre à la partie, de se procurer quelques jours de solitude dont elle était avide.

De rapides éclairs qui se succèdent dans un ciel d'azur, un volcan ignoré qui tout à coup vomit des flammes à travers une montagne de neige dont la blancheur n'avait été rougie que par le soleil couchant, causent moins de surprise que n'en éprouve la femme qui soudain voit éclater avec violence un amour qu'elle caressait sans en soupçonner la puissance. Aux tressaillements impétueux qui agitent son sein elle sent qu'elle a perdu ce calme qui naguère faisait toute sa force, et sa stupeur a quelque chose de celle qu'éprouverait un dieu en voyant tomber un à un les rayons de sa divinité. Le cœur de la vierge qui ignore ne brille-t-il pas de tout l'éclat d'un rayon divin, et n'a-t-il pas la pureté de l'azur du ciel et la blancheur de la neige des montagnes?

Rosarita interrogea son cœur dans le silence et la méditation ; des voix jusqu'alors inconnues lui firent entendre les chastes et douces mélodies de l'amour naissant ; puis elles se turent, et il se fit dans l'âme de la jeune fille un vide immense : car celui que nommaient ces voix n'était plus là. Où était-il ? Les jours s'écoulèrent sans qu'on pût le lui dire.

Cependant le sénateur avait investi avec assez d'adresse, il faut le reconnaître, la place qu'il cherchait à faire capituler. Grâce au large crédit que lui avait ouvert don Estévan sur la caisse de l'hacendero, et qu'il ne ménageait pas plus que s'il n'eût jamais dû s'épuiser, il avait réussi à procurer à Rosarita quelques distractions et à adoucir en quelque sorte le chagrin auquel elle était en proie.

Les cadeaux, les surprises pleines d'une galanterie empressée, témoignages d'un cœur bien épris, exercent toujours sur les femmes un certain charme qui chatouille leur amour-propre et finit souvent, sinon par ouvrir le chemin de leur cœur, du moins par les prévenir en faveur de celui qui leur rend des soins. Le sénateur avait en outre dans son mérite personnel une confiance imperturbable, et chantait sans cesse ses propres louanges, pendant que Rosarita, à force de les entendre, finirait par en croire quelque chose. En faisant son panégyrique, il avait soin d'attribuer à son amour pour doña Rosario les qualités éminentes qu'il se donnait si complaisamment.

Tels étaient les moyens que Tragaduros employait pour faire oublier son rival absent et prendre la place qu'il occupait dans le cœur de Rosarita.

L'absence a ses dangers, et il sont nombreux, mais

elle a aussi quelques avantages : elle fait naître des regrets qui plaident pour l'objet qui les excite, elle laisse le souvenir de la séparation, souvenir toujours tendre, et elle prête à l'absent, comme l'azur lointain au paysage, un charme infini : mais quelquefois elle ne doit pas se prolonger, et celle du pauvre Fabian menaçait d'être bien longue. Disons cependant que son image, malgré toutes les séductions employées par un rival présent, restait encore gravée dans le cœur de Rosarita.

Tel était l'état des choses à l'hacienda del Venado environ une quinzaine de jours après le départ de don Estévan, c'est-à-dire un peu avant l'époque où nous avons retrouvé, asseyant son camp dans le désert, l'expédition que commandait le seigneur espagnol.

Don Augustin avait attribué à la solitude seule au milieu de laquelle vivait sa fille la mélancolie dont son visage portait l'empreinte. Il ressentait lui-même tout le poids d'une inaction incompatible avec son caractère ardent, et le retour de son vaquero, avec la nouvelle de la découverte d'un *aguage* auprès duquel on avait rencontré une nombreuse troupe de chevaux sauvages, fut une occasion qu'il saisit avec empressement pour distraire doña Rosarita et satisfaire sa propre passion de chasseur. L'occasion était d'autant plus propice que l'aguage se trouvait plus éloigné de l'hacienda. Ce n'était plus une course dans les environs, c'était un voyage de quatre jours.

Depuis plusieurs années on n'avait signalé dans le pays aucune trace d'Indiens ; ce n'étaient donc que quelques jours de fatigue amplement compensée par l'émouvant spectacle d'une chasse pleine d'intérêt, que les Mexicains de ces contrées lointaines recherchent avec autant d'avidité que celui d'une course de taureaux.

Nous sommes au moment du départ de l'hacienda.

Les chevaux sellés piaffaient dans la cour près du perron.

Les mules chargées de matelas, de bagages et de cantines, ainsi que les chevaux de relais, avaient pris les devants. Deux domestiques, restés seuls pour le service personnel des maîtres, n'attendaient plus qu'eux pour partir.

Le soleil dardait à peine ses premiers rayons, quand
l'hacendero, le sénateur et doña Rosario parurent sur le
perron de la cour, en costume de cheval.

La jeune fille n'avait plus ces fraîches couleurs qui le
disputaient naguère à l'éclat de la grenade entr'ouverte;
mais la pâleur de son visage, où se reflétait la mélancolie de son âme, donnait à tous ses traits un air de molle
langueur qui ne déparait en rien sa beauté.

La cavalcade se mit en route. En passant près de la
brèche du mur d'enceinte qu'avait escaladé, pour cesser
d'être l'hôte de son père, celui que Rosarita nommait
toujours Tiburcio Arellanos, elle ramena son voile sur
sa figure pour cacher une larme que ses yeux laissaient
échapper. Bien souvent la nuit l'avait surprise rêvant
dans ce même endroit; en quittant l'hacienda, il lui
semblait qu'elle disait adieu pour jamais au plus cher
comme au plus douloureux de ses souvenirs. N'était-ce
pas là qu'un soir, sans qu'elle s'en doutât, elle avait senti
tout à coup l'amour circuler dans ses veines? N'était-ce
pas de ce souvenir que datait, pour ainsi dire, sa vie?
Plus loin, rien ne devait lui rappeler Tiburcio.

Ce fut donc sans savoir le danger qu'avait couru dans
ce bois, dans le Salto-de-Agua, celui qui faisait couler
ses pleurs, qu'elle traversa l'épaisse forêt et le pont
grossier du torrent.

Malgré les efforts du sénateur pour la distraire, la première journée du voyage fut triste et se termina de même.

Une lieue ou deux avant d'arriver à la couchée désignée pour la cavalcade, l'ombre s'était épaissie, et les
voyageurs gardaient le silence, car l'approche de la nuit
dans le désert est imposante et fais toujours rêver. Deux
cavaliers se croisèrent alors avec eux.

Leur aspect était à la fois étrange et sinistre. L'un était un vieillard aux cheveux blancs, l'autre un jeune homme à la chevelure noire. Tous deux avaient leurs cheveux relevés en chignon derrière la tête et attachés avec des liens de cuir blanchâtre. Une espèce de calotte étroite de filet grossier, ornée d'une houppe de plumes, couvrait le sommet de leur tête et se maintenait par une mentonnière de cuir.

L'un et l'autre avaient les jambes nues ; mais le haut du corps était enveloppé d'une couverture de laine de l'apparence la plus commune.

C'était le costume des Indiens Papagos ; toutefois, au lieu d'être armés comme eux d'arcs et de flèches, les deux cavaliers portaient en travers de leur selle une longue et lourde carabine dont la crosse et le bois étaient constellés de clous de cuivre. La férocité empreinte en outre sur leur physionomie était loin de cet air de bonté débonnaire qui distingue cette tribu d'Indiens très-pacifiques, auxquels ils ne ressemblaient que par les vêtements.

Doña Rosario poussa son cheval contre celui de son père, tandis que le plus jeune des deux cavaliers arrêtait le sien pour jeter un regard de feu sur le visage de la jeune fille, dont la beauté parut vivement le frapper.

Les deux cavaliers échangèrent quelques mots dans une langue que les Mexicains ne comprirent pas, et passèrent outre, non sans que le plus jeune se retournât plusieurs fois pour suivre des yeux le voile flottant et la taille svelte de la fille de don Augustin. Puis tous deux disparurent dans l'ombre du soir.

« Je n'ai jamais vu, dit Rosarita avec un sentiment d'inquiétude, deux Papagos porteurs d'une semblable figure.

— Ni armés de cette manière, ajouta le sénateur ; on dirait deux loups revêtus de peaux de brebis.

— Bah ! répliqua don Augustin, il y a mauvaises de

figures partout, même parmi les Papagos. Qu'importe,
après tout, ce que peuvent être ces deux Indiens ? nous
sommes ici en nombre et aussi bien armés qu'eux. »

Les voyageurs continuèrent leur route; mais néanmoins ces deux inconnus semblaient avoir laissé dans
l'air un souffle de funeste augure. Pendant le temps
qui s'écoula jusqu'à la couchée, le pas cadencé des chevaux sur le terrain sec et sonore se mêla seul aux derniers bruissements des cigales que les ténèbres faisaient
taire.

Bientôt la vue d'un feu allumé dans la campagne in-
diqua aux voyageurs l'endroit que les domestiques qui
les précédaient avaient choisi pour faire halte jusqu'au
lendemain.

Une petite tente de soie, que la galanterie de Tragaduros avait fait venir d'Arispe en vue de ce voyage, fut
dressée sous un bouquet d'arbres pour doña Rosarita.
Quand le repas du soir fut achevé, elle se retira sous sa
tente, mais elle chercha vainement le sommeil sur les
dentelles de son oreiller. La jeune fille se rappelait la
nuit où Tiburcio dormait non loin d'elle, lorsqu'elle l'a-
vait vu pour la première fois; et, comme l'avait fait
Tiburcio lui-même cette nuit-là, elle écouta tour à tour
avec une larme et un sourire le murmure du ruisseau
qui coulait tout près d'elle, le tintement de la clochette
de la jument *capitana*, les glapissements lointains des
chacals, le cri de l'oiseau de nuit, en un mot, toutes
ces harmonies vagues du désert, qui éveillent tant d'é-
chos dans un cœur de vingt ans.

Que n'eût pas donné Fabian pour voir le lendemain,
quand au point du jour la fille de don Augustin sortit
de son abri de soie pour remonter à cheval, la pâleur
enchanteresse qu'avait laissée sur son visage l'insomnie
dont il avait été l'auteur?

La cavalcade reprit sa marche comme la veille; mais
Rosarita était plus rêveuse encore que le jour précé-

dent. Les souvenirs qu'elle croyait avoir laissés à l'hacienda surgissaient partout autour d'elle; car l'amour
est ingénieux à établir à chaque instant des ressem-
blances frappantes sur les analogies les plus lointaines.

Quoi qu'en disent certains esprits chagrins, l'imagination est aussi habile à se créer de douces illusions qu'à
se forger de désolantes chimères.

Dans tout le trajet de l'hacienda au Lac-aux-Bisons,
car c'était à cet endroit que la cavalcade se rendait, la
réalité semblait favoriser Fabian et ne laisser à l'imagination que bien peu à faire.

Après avoir marché plusieurs heures, le sénateur,
resté quelques instants en arrière, rejoignit la cavalcade. Il apportait en triomphe à Rosarita un bouquet de
fleurs de lianes qu'il s'était arrêté pour cueillir. Un petit
cri de joyeuse surprise, arraché à la jeune fille par la
vue de ces campanules aux brillantes couleurs, paya le
sénateur de sa galante attention; puis, au moment de le
remercier, Rosarita sentit la voix lui manquer et se détourna soudain pour ne pas laisser lire sur son visage
une émotion douloureuse, tandis que sa main laissait retomber, une à une, les fleurs offertes par le sénateur.

« Qu'avez-vous? grand Dieu! s'écria Tragaduros, surpris et peiné à la fois de ce mouvement inattendu.

— Rien, rien, » reprit la jeune fille en faisant un effort pour serrer dans sa main le bouquet si subitement
dédaigné.

En disant ces mots, Rosarita donna de la houssine à
son cheval, qui partit comme un trait. Elle avait besoin
de confier au vent qui sifflait dans ses cheveux un soupir
de douleur qui l'étouffait.

Rosarita venait de se rappeler que jadis aussi Tiburcio
cueillait pour elle des fleurs sur sa route, et celles qu'elle
tenait maintenant dans sa main lui semblaient odieuses; elle les froissa convulsivement et les jeta loin
d'elle.

« Il y avait donc quelque insecte venimeux dans ces
fleurs ? lui demanda le sénateur quand il l'eut rejointe.

— Oui, » dit avec effort Rosarita, qui sentit ses joues
se colorer de la pourpre des fleurs qu'elle venait de
jeter.

Nous en savons assez maintenant des sentiments secrets de doña Rosarita, pour ne plus la suivre pas à pas
dans ce voyage.

Nous laisserons donc arriver la cavalcade, le matin
du quatrième jour, tout près du Lac-aux-Bisons, où
nous devons la précéder.

CHAPITRE XVI

LE CHASSEUR DE BISONS.

La rivière de Gila, après avoir traversé la chaîne des
Montagnes-Brumeuses, vient jeter l'un de ses bras dans
la Rivière-Rouge ; celle-ci, après un parcours d'environ
cent quatre-vingts lieues à travers le Texas et le pays de
chasse des Indiens Caïguas et Comanches, se jette à son
tour dans le golfe du Mexique.

A soixante lieues de l'hacienda del Venado, et à une
demi-lieue à peu près de l'endroit appelé la Fourche-
Rouge, s'étend une vaste forêt de cèdres, de chênes-
liéges, de chênes, de sumacs et de palétuviers.

Depuis sa lisière jusqu'à la fourche, le terrain ne présente plus qu'une plaine garnie d'herbes si hautes et si
touffues, qu'un cavalier sur son cheval dépasse à peine
de la tête ces vagues onduleuses de verdure.

Dans l'un des réduits les plus secrets de la forêt, et sous
les plus sombres arcades formées par la cime de ses
grands arbres ; sur les bords d'une mare si vaste qu'on

pouvait lui donner le nom de lac, et en effet c'était celui par lequel elle était désignée dans le pays, une douzaine d'hommes se reposaient, les uns adossés contre
des troncs de chênes plusieurs fois séculaires, les autres
dormant étendus sur l'herbe épaisse qui tapissait les bords
de l'eau.

C'était une grande nappe limpide d'une configuration
irrégulière, formant une espèce de trapèze. Au bord opposé à celui qu'occupaient ces personnages, et sous une
voûte formée par l'entrelacement de branches d'arbres
et de lianes, un étroit canal se perdait au milieu d'un
réseau de verdure.

Le soleil, encore au début de sa course, lançait obliquement ses rayons qui scintillaient sur la surface de
l'eau, où se reflétaient, comme dans un miroir, les arbres de la forêt et l'azur du ciel.

Des plantes aquatiques aux larges feuilles, des nénufars
étalant leurs fleurs solitaires au calice d'or et d'argent,
de longues guirlandes de mousse grisâtre qui pendaient
aux branches des grands cèdres et se balançaient à fleur
d'eau, donnaient à cette mare un aspect sauvage et pittoresque.

On l'appelait le Lac-aux-Bisons.

Ce nom lui venait de ces animaux, qui en avaient fait
jadis leur abreuvoir favori ; mais, successivement repoussés par le voisinage de l'homme, ils l'avaient abandonné
pour des plaines plus désertes. La position isolée de ce
lac attirait encore néanmoins sur ses bords des troupes
de chevaux sauvages qui préféraient, pour venir se désaltérer, ses eaux cachées sous de profonds ombrages aux
rives découvertes du fleuve voisin.

Les vaqueros de don Augustin avaient suivi jusque-là
les traces d'une nombreuse *cavallada*, et ils n'attendaient
plus pour commencer la chasse que la venue du maître,
annoncée pour le soir du jour où nous les trouvons se reposant dans la forêt.

Sur un des bords du lac, un large espace, que la hache avait tout récemment dégarni des arbres qui le couvraient, était entouré d'une épaisse et forte palissade composée des troncs d'arbres abattus. Ces troncs, assez profondément enfoncés dans la terre pour composer une enceinte inébranlable, étaient encore liés les uns aux autres avec des courroies de cuir de buffle découpées dans des peaux encore fraîches et qui, desséchées et raccourcies par le soleil, donnaient à cette construction autant de solidité que des clous ou des crampons de fer.

Cette estacade, à peu près ovale comme les cirques romains, ne présentait qu'une seule et étroite ouverture, terminée de chaque côté par un pieu dans la longueur duquel on avait pratiqué de larges trous de distance en distance. Dans chacun des trous de l'un de ces pieux reposait, par un de ses bouts, une forte barre de bois qu'il n'y avait plus qu'à pousser pour la faire entrer dans le trou correspondant du pieu voisin. Telle était la barrière qui devait servir à fermer l'ouverture. Pour ne pas effrayer les chevaux sauvages par l'aspect des travaux de l'homme, les vaqueros chasseurs avaient déguisé le mieux possible l'enceinte, en la couvrant d'herbes et de branchages verts.

On conçoit sans peine que de pareils préparatifs avaient demandé les quinze jours qui s'étaient écoulés depuis la remise forcée de cette partie de chasse.

Parmi les douze hommes qui se reposaient non loin du Lac-aux-Bisons, il y en avait quatre qui n'appartenaient pas à l'hacienda del Venado, ce qu'on pouvait hardiment conjecturer au premier abord. Au lieu du costume national que portaient les vaqueros de don Augustin, ces quatre personnages, suivant l'habitude de gens qui passent leur vie sur les limites indécises des blancs et des Indiens, avaient emprunté leurs vêtements à ces deux races ennemies.

Le soleil, en bronzant leur teint, avait si bien complété

le mélange, qu'on n'aurait su dire si ces hommes, chaussés de mocassins et vêtus de cuir, étaient des Indiens civilisés ou des blancs aux habitudes sauvages. Toutefois, la bizarrerie de leur accoutrement cessait promptement d'être plaisante; car il en était peu de parties qui ne fussent souillées de traces de sang desséché. On aurait pu les prendre pour des bouchers sortant de l'abattoir, si leur air farouche, leur tournure sauvage et la dureté de leur visage hâlé, n'eussent indiqué pis encore que des bouchers.

Hâtons-nous de dire cependant qu'en dépit de ces apparences sinistres, un voyageur au courant des mœurs du désert les eût reconnus au premier examen pour ce qu'ils étaient réellement, des chasseurs de bisons se reposant des fatigues de leur profession au bord du lac.

A quelque distance de là, au milieu d'une petite clairière, des peaux encore fraîches séchaient au soleil, maintenues par des piquets, et répandaient dans l'air une odeur fétide dont les chasseurs avaient l'air de ne s'inquiéter nullement.

Le silence profond qui régnait aux alentours et sous les voûtes sombres de la forêt n'était de temps à autre interrompu que par les hurlements plaintifs d'un gros dogue presque enseveli dans l'herbe épaisse, et qui levait quelquefois la tête pour faire entendre ses aboiements de douleur.

Enfin, pour compléter un tableau dont le pinceau reproduirait mieux que la plume le pittoresque ensemble, dans le creux d'un gros chêne séculaire, qui étendait encore au loin ses branches vigoureuses, était suspendue une petite statue de bois grossièrement travaillée, représentant une madone. La statuette était ornée de fleurs fraîchement cueillies, qu'une main pieuse semblait renouveler chaque jour.

Un des chasseurs, agenouillé devant elle, récitait avec onction sa prière du matin

C'était un homme de grande taille, et en apparence
doué d'une vigueur égale à celle des animaux qu'il chas-
sait par profession. Il semblait y avoir dans sa prière
plus de ferveur qu'on n'en met d'habitude à cet acte
quotidien. C'était en effet, de la part du robuste et sauvage chasseur de bisons, l'accomplissement d'un vœu
qu'il avait fait dans un grand péril.

Au moment où il achevait sa fervente oraison, le gros
dogue couché sur l'herbe fit entendre un nouveau hurlement de douleur.

« Je crois, le diable m'emporte ! dit le chasseur en quittant sa posture pieuse et en revenant à ses habitudes de
langage, qu'à force de vivre parmi les Indiens, Oso (c'était
le nom du dogue) a pris leurs usages. Ne dirait-on pas
d'un de ces Peaux-Rouges hurlant sur le tombeau d'un
mort ?

— Vive Dieu ! Encinas, dit un autre chasseur qui faisait ses ablutions dans le lac, vous ne flattez pas les
chiens ; j'aime mieux croire, pour leur honneur, que les
Indiens, au contraire, leur ont emprunté ces hurlements.

— Quoi qu'il en soit, répliqua Encinas, Oso pleure son
camarade, qu'un de ces coquins d'Apaches a cloué sur la
terre d'un coup de lance. Il est vrai qu'il en avait étranglé déjà deux. Ah! mon pauvre Pascual, j'ai bien cru
alors que de ma vie je ne chasserais plus de bisons avec
vous ni avec d'autres, quand, au moment où je m'y attendais le moins.... »

Le chasseur de bisons, qu'on appelait Encinas, fut
interrompu par son compagnon, qui craignait d'entendre une fois de plus un récit dont il connaissait à fond
les moindres détails.

« Allons, Encinas, dit-il, maintenant que vous avez
accompli votre vœu de venir pieds nus prier devant la
madone du lac, et que ces vaqueros n'ont plus besoin
de nos services, il serait temps, je crois, de nous remettre en chasse ; nous avons déjà perdu trois jours, et nos

peaux sanglantes empêcheront les chevaux sauvages de s'approcher de leur abreuvoir ; double raison pour ne pas nous arrêter ici plus longtemps.

— Nous n'avons rien à faire jusqu'au coucher du soleil, répondit Encinas. Restons ici.

— Oh ! vous ne nous gênez pas, » s'écria le plus jeune des vaqueros de l'hacienda, dont l'interruption de Pascual ne paraissait pas faire le compte.

C'était un jeune homme natif du préside, et que son père envoyait faire le rude apprentissage de la vie d'aventures avec ses anciens compagnons. Il n'y avait que quelques semaines qu'il s'était réuni à ceux qui devaient lui servir de maîtres, et comme tous les novices dans quelque profession que ce soit, il était avide d'entendre les récits de ses anciens dans le métier dangereux qu'il avait embrassé.

« Seigneur Encinas, dit-il en s'approchant des deux chasseurs avec l'espoir d'apprendre, en leur faisant des questions, les incidents de la dernière campagne où Encinas avait manqué de perdre la vie, je n'aime pas à entendre votre chien hurler ainsi.... je.... »

Un nouveau hurlement du dogue interrompit à son tour le novice, qui demanda, non sans quelque appréhension, si Oso n'éventait pas par hasard l'odeur des Indiens pour donner ainsi de la voix.

« Non, mon garçon, répondit Encinas ; c'est son chagrin qu'il exhale à sa façon. Si c'était quelque Indien qui rodât par ici, vous verriez son poil se hérisser, ses yeux devenir rouges comme des charbons, et il ne resterait plus calme et immobile comme il est là. Ainsi, soyez tranquille.

— Bon, dit le jeune homme en s'étendant sur l'herbe à côté d'Encinas, je n'ai plus qu'une question à vous faire. N'avez-vous rien appris, dans vos courses au delà de Tubac, sur le sort de l'expédition qui en est partie il y a quinze jours aujourd'hui ? Il y avait là un de mes oncles, don Manuel Baraja, dont nous sommes inquiets.

— D'après le peu de mots que j'ai entendu dire à trois chasseurs de castors qui suivaient l'expédition de près, je dois croire que les traces d'un nombreux parti d'Indiens, que Pascual et moi avons reconnues en nous séparant des trois chasseurs qui allaient prendre position dans une petite île, ne présageaient rien de bon à cette expédition. Je crains bien que vous ne puissiez dire un de ces jours : *feu mon oncle.*

— Ah ! vous croyez qu'il serait.... feu ? .... répondit le novice avec le plus naïf et le plus parfait sang-froid.

— Ce fut peu de temps après, reprit Encinas, que le jeune Comanche.... »

Le novice interrompit encore le chasseur de bisons :

« Savez vous, dit-il, seigneur Encinas ? vous feriez bien mieux de me raconter une bonne fois tout cela par le commencement plutôt que par la fin. Qu'alliez-vous donc faire dans le pays des sauvages ?

— Ce que j'y allais faire ? répondit Encinas, qui ne demandait pas mieux, comme tous les vétérans du désert, que de trouver un auditeur attentif et questionneur comme le novice, et comme nous l'avons été nous-mêmes tant de fois à l'occasion ; je vais vous le dire. Il était venu au préside, pendant que j'y étais, un envoyé des Comanches, qui sont, comme vous le savez, les ennemis mortels des Apaches. L'Indien venait nous proposer de la part du chef de la tribu un marché de peaux de *cibolos* (bisons), en échange de verroteries, de couteaux et de couvertures de laine ; il y avait justement à Tubac un *viandante* (commerçant nomade) d'Arispe, qui avait apporté une pacotille des objets que l'Indien cherchait. Il se disposa à se mettre en route pour conclure le marché.

— Et il vous proposa de l'accompagner ?

— En m'intéressant dans ses bénéfices. Puis, d'un autre côté, il y avait don Mariano, mon compère, à qui

les Indiens avaient enlevé un troupeau de superbes chevaux, et qui emmenait neuf de ses vaqueros pour essayer de rattraper, avec l'aide des Comanches, une portion de ce qu'on lui avait volé. Tout compte fait, nous
étions douze hommes bien déterminés, sans y comprendre le messager venu au préside de la part de sa peuplade.

— Treize ! interrompit l'apprenti chasseur ; c'était un
mauvais nombre.

— Nous n'avions que huit ou dix lieues à faire pour
arriver au campement des Comanches, continua Encinas, et nous n'étions guère inquiets ; ce ne fut que plus
tard que je me rappelai ce nombre fatal. Nous chemi-
nions donc tranquillement, en escortant les mules
de charge du viandante ; le Comanche marchait en
avant....

— Eh bien, interrompit de nouveau le novice, malgré sa curiosité d'entendre la suite de ce récit, il avait
aussi de la confiance à revendre, ce négociant, de se hasarder avec ses marchandises sur la foi d'un Indien.

— Vous aimez, à ce qu'il paraît, qu'on mette les
points sur les *i*, mon garçon. J'oubliais de vous dire que
le chef comanche avait envoyé deux de ses guerriers en
otages. Nous étions donc rassurés encore sur ce point ;
car les Comanches sont une nation loyale. Le messager
lui-même nous inspirait une grande confiance. C'était
un jeune guerrier aussi beau que brave, comme vous
le verrez tout à l'heure, ennemi acharné des Apaches,
quoique Apache de naissance.

— Eh bien, je ne m'y serais pas fié, ma foi.

— Parce que vous ne connaissez pas son histoire. Il
paraît qu'un chef de sa tribu lui avait enlevé une jeune
femme qu'il aimait....

— Tiens ! ça aime donc aussi ces sauvages ?

— Comme vous et moi, mon garçon, et souvent mieux.
Toujours est-il qu'un beau jour il s'était enfui avec sa

maîtresse, devenue de force la femme du chef, et qu'il s'était réfugié chez les Comanches, qui l'avaient adopté. Il avait donc apporté à sa peuplade d'adoption **un** bras solide et un cœur aussi intrépide que plein de haine pour les Apaches, ainsi qu'il en a donné bien souvent la preuve.

« Après avoir marché quelque temps, j'entendis le guide qui était en tête dire à mon compère : « J'ai vu « dans la plaine les traces d'El-Mestizo **et de Main-** « Rouge : attention ! »

« Qu'étaient Main-Rouge et El-Mestizo ? je n'en savais rien. Le Comanche marchait donc en avant, monté sur un cheval d'un grand prix, ma foi, interrogeant la plaine du nez et de l'œil.

« J'avais été obligé de rester à quelque distance de lui avec mes deux chiens, Oso et Tigre, que je tenais en laisse et muselés ; car ces animaux, dressés par moi à combattre les Indiens, voulaient à chaque instant s'élancer sur le nôtre. Cependant je ne perdais pas le guide de vue. Nous traversions la grande plaine des Cotonniers, où ces arbres forment comme une forêt, quand tout à coup jentendis l'Indien pousser un hurlement terrible ; je le vis au même instant, accroché par le pied au pommeau de sa selle, se couler le long de son cheval et le mettre au galop. Un bruit comme le sifflement de cent reptiles se fit aussitôt entendre....

— C'était donc plein de serpents à sonnettes ? » s'écria le novice en ouvrant de grands yeux.

Le robuste chasseur de bisons partit d'un bruyant éclat de rire, à cette question du novice.

« C'était une nuée de flèches, reprit-il ; quelques coups de fusil s'y mêlèrent aussi, comme le tonnerre qui frappe au milieu de la grêle, et je vis mon compère don Mariano, le viandante et les neuf vaqueros, tomber à bas de cheval.

— Ça se conçoit, répéta le novice.

— Ah ! vous concevez ça, vous ? Eh bien, moi, je fus une seconde sans y rien comprendre ; je croyais faire un mauvais rêve. Cependant je démuselai à tout hasard mes deux dogues, qui hurlaient de fureur ; mais je les maintins en laisse, et, quand cela fut fait, je levai les yeux devant moi. A l'exception des chevaux qui galopaient éperdus dans la plaine à travers les cotonniers, il n'y avait plus personne sur le grand chemin, plus de trace de ceux qui étaient tombés de cheval ; j'en conclus que les Indiens cachés dans les fourrés les y avaient entraînés tout aussitôt.

— Était-ce vrai ?

— Je ne les ai plus revus. Quant à moi, je restai immobile, incertain si je devais avancer ou reculer, sentant que j'étais entouré d'ennemis invisibles qui pouvaient être partout à la fois. Mais mon incertitude ne fut pas de longue durée. Sept ou huit Indiens sortirent des fourrés qui bordaient la route et vinrent au galop de mon côté. Eh bien, vous qui concevez si facilement, vous ne le concevez peut-être pas, mais j'éprouvais une angoisse si poignante au milieu du silence de mort qui régnait dans la plaine, que je fus presque heureux de pouvoir enfin compter mes ennemis.

— Je crois cependant que j'aurais mieux aimé n'avoir rien à compter, dit le novice en hésitant.

— Je lâchai mes deux dogues, qui bondirent comme des lions vers les Indiens, et, ma foi, je résolus de les imiter. Dans ce moment-là cela me sembla plus facile que de fuir.

« Je dégaînai au plus vite, et, pendant qu'Oso et Tigre attaquaient l'ennemi avec fureur, j'enfonçai mes éperons dans les flancs de mon cheval, que je contins fortement de la bride pour être bien sûr qu'il ne reculerait pas, car les Indiens sont horribles à voir ; je lui assénai en outre deux ou trois coups de ma cravache plombée sur la tête. Hennissant sous les pointes aiguës qui tourmentaient ses flancs, furieux des coups qu'il ressentait, l'animal, dont je lâchai la bride, s'élança comme un fou, au risque de nous écraser tous **deux** contre les Indiens.

« Je ne sais pas trop ce qui se passa ; tout ce que je puis vous dire, c'est qu'il y avait sur mes yeux comme un nuage rouge, à travers lequel je vis des figures féroces et hideuses près de la mienne ; que j'aperçus confusément Tigre, qui venait d'étrangler deux Indiens, cloué d'un coup de lance sur le corps d'un des cadavres, que je vis, comme à travers un brouillard, Oso, la gueule sanglante, terrasser un autre Peau-Rouge, et qu'au bout de quelques minutes je me trouvai dégagé.

— Demonio ! s'écria le novice ébahi, vous les aviez donc tous tués, maître Encinas ?

— Caramba ! on voit que ça ne vous coûte rien, reprit le chasseur de bisons en souriant. Non, en vérité. Mes deux dogues avaient fait plus de besogne que moi, et la vérité est que j'aurais terminé mes campagnes ce jour-là, si, pendant que j'étais aux prises avec les Indiens, il ne s'était pas passé un peu plus loin d'autres choses que je ne pus voir qu'au moment où je restai seul.

« Je jetai alors un regard autour de moi, et je vis clairement cette fois-ci les deux Apaches étendus par terre à côté de mon pauvre Tigre ; un troisième se débattait encore, le cou dans la gueule d'Oso. Vous sentez bien, mon garçon, que je ne perdis pas mon temps à le questionner sur l'état de sa santé ; j'avais bien autre chose à faire vraiment.

« A dix pas de moi une lutte terrible avait lieu ; un nuage de poussière s'élevait au-dessus d'une pyramide de chevaux éventrés, de corps humains entrelacés. Au milieu de ce carnage, je distinguais des panaches ondoyants, des lances étincelantes, des figures barbouillées d'ocre, de vermillon et de sang, des yeux qui flam-

boyaient. Puis bientôt je vis cette pyramide se disjoin-
dre, et un guerrier se secouer comme un lion qui a
éreinté une foule de loups.

« Au moment où cet homme se vit dégagé, il ne fit
qu'un bond en arrière pour recommencer la lutte, et je
m'élançai avec lui.

— Ah ça ! interrompit encore le novice, cet Indien,
que vous aviez laissé aux prises avec votre dogue, dut
vous gêner en cette occasion ?

— Diable ! vous êtes pointilleux, mon ami, reprit le
chasseur ; ai-je besoin de vous dire que je l'avais achevé
tout d'abord ? Je m'élançai donc avec le guerrier, mais
cette fois la lutte ne fut pas longue ; tous les Indiens
s'enfuirent comme une volée de chauves-souris devant
un rayon de soleil, excepté les morts, bien entendu ; car
avec vous il faut préciser les choses. Je puis, du reste,
vous assurer qu'il en resta plus qu'il ne s'en sauva. Alors
je vis devant moi celui à qui je devais de pouvoir un
jour vous conter cette histoire, mon garçon.

— C'était donc le diable ?

— C'était le Comanche qui, l'affaire une fois faite, se
tenait immobile devant moi, en essayant toutefois vainement de comprimer l'orgueil indien qui gonflait ses narines et faisait petiller ses yeux malgré lui. « Main-Rouge
« et Sang-Mêlé ont fait le coup pour piller les marchan-
« dises des blancs avec les Apaches leurs alliés, dit enfin
« l'Indien.

« Qu'est-ce que cela, Main-Rouge et Sang-Mêlé ? de-
« mandai-je au Comanche.

« — Deux pirates du désert, l'un blanc sans mélange
« et l'autre le fils du blanc et d'une chienne rouge des
« Prairies de l'Ouest. Ce soir, quand vous aurez dit au
« préside ce que Rayon-Brûlant (c'est son nom, et bien
« mérité, ma foi, ajouta Encinas) a fait pour les blancs
« qui s'étaient confiés à sa parole, il sera sur les traces des
« pirates avec les deux Comanches qu'il va reprendre.

« — Certainement, m'écriai-je, je rendrai justice à
« votre loyauté comme à votre bravoure. »

« Après avoir muselé Oso, qui grognait toujours, continua le chasseur de bisons, nous retournâmes au préside,
moi songeant à m'acquitter d'un vœu que j'avais fait,
l'Indien silencieux comme un poisson. Je rendis justice
à sa conduite, les deux otages lui furent rendus, je vins
ici selon ma promesse, et je n'ai plus revu Rayon-Brûlant.

— C'est dommage, dit le novice ; j'aurais voulu savoir ce qu'est devenu ce jeune gaillard-là. Et combien
de jours y a-t-il de votre aventure ?

— Cinq, » répondit Encinas.

En ce moment les domestiques de l'hacendero et de
sa suite arrivaient pour préparer le campement des voyageurs, en annonçant qu'ils ne les précédaient que
d'une demi-lieue.

CHAPITRE XVII

LE COURSIER-BLANC-DES-PRAIRIES.

A la grande satisfaction du novice, la curiosité retenait les chasseurs de bisons prêts à partir, et il espérait
qu'en attendant l'arrivée des voyageurs, Encinas aurait
bien encore quelque histoire d'Indiens à extraire pour
lui des souvenirs de sa vie d'aventures.

Malheureusement, soit que la mémoire du chasseur
de bisons fût à sec, soit qu'il ne voulût plus parler du
passé, Encinas, qu'une nuit de fatigue avait disposé au
sommeil, ne tarda pas à fermer les yeux et à s'endormir profondément.

Nous profiterons de ce moment d'intervalle pour don-

ner sur la chasse aux chevaux sauvages, dans le nord-
ouest du Mexique, quelques détails inédits que leur nouveauté ne rendra peut-être pas sans intérêt, et qui
trouvent tout naturellement leur place dans un récit
consacré à faire connaître les mœurs étranges des frontières américaines.

Ces chasses, qui sont l'un des spectacles les plus at-
trayants et les plus curieux qu'offrent ces contrées lointaines, et dont la description la plus chaleureuse ne pourrait donner une idée complète, ont lieu d'habitude dans
les mois de novembre ou de décembre, c'est-à-dire à
l'époque où les pluies torrentielles et la fonte des neiges
sur les montagnes ont renouvelé les *aguages*[1], et fait
croître dans les plaines et au pied des mosquites une espèce de graminée dont les chevaux sont très-friands.

La ruse, la patience, et cette espèce d'instinct sauvage qu'on peut appeler la science du désert, sont trois
qualités indispensables aux chasseurs pour ne pas perdre
inutilement leur temps et leurs fatigues. Soixante ou
cent hommes déterminés, bien montés, munis en outre
de chevaux apprivoisés et d'assez de vivres pour vingt
jours ou un mois, se réunissent pour ces sortes d'expé-
ditions, dont le théâtre doit être forcément éloigné des
habitations.

Les chasseurs se mettent en route divisés en petites
troupes de sept ou huit, et battent pendant dix ou douze
jours, s'il le faut, les plaines immenses et les forêts du
désert, jusqu'au moment où ils ont reconnu les traces
d'une *cavallada mestena*[2], traces faciles à reconnaître,
du reste, aux dégâts que cause dans les forêts le passage
de ces animaux.

Une fois assurés de la *querencia*, c'est ainsi qu'on appelle le terrain d'affection des chevaux, les chasseurs
cherchent l'aguage qui doit naturellement exister dans

1. Dans l'acception mexicaine, abreuvoirs naturels.
2. Troupe de chevaux sauvages.

les environs : la troupe sauvage ne saurait en effet fréquenter longtemps des parages où l'eau manquerait, car elle lui est nécessaire non-seulement pour apaiser la soif, mais encore pour la guérison d'une infinité de maladies pour lesquelles elle est un souverain remède.

Trouver l'abreuvoir est encore une difficulté, et, au milieu de plaines arides ou de forêts impénétrables, l'Européen mourrait peut-être de soif avant de le découvrir. Les chevaux, guidés par le merveilleux instinct dont ils sont doués, choisissent d'habitude quelque lac ou quelque mare presque inaccessible; mais une observation constante de la nature donne aux habitants des frontières un instinct aussi merveilleux que celui des animaux qu'ils chassent. C'est cet instinct que nous appelons la science du désert.

Lorsque l'un des détachements de chasseurs a trouvé l'endroit où les chevaux se désaltèrent, comme il est évident qu'ils doivent y venir chaque jour au coucher du soleil, tous les autres détachements, à l'aide de signaux convenus, de points de repère arrêtés d'avance, se réunissent à cet endroit, et les préparatifs de la chasse commencent.

Comme nous l'avons dit dans le chapitre qui précède, les chasseurs coupent en premier lieu de gros troncs d'arbres dont ils forment un *corral* (une enceinte) solide, avec une ouverture en face de l'abreuvoir (*estero*).

Cette opération dure, selon le nombre et l'activité des chasseurs, dix ou douze jours pendant lesquels ils campent dans la forêt. Heureux alors le voyageur curieux des récits du désert, que sa bonne étoile conduira dans un de ces campements !

Admis avec cordialité à partager la ration de pinole et de cecina qui composent la nourriture frugale des chasseurs, il trouvera toujours trop courtes les veillées autour du foyer où petille et flambe le chêne; car on ne saurait se lasser d'entendre de la bouche des hôtes du désert les émouvants récits de leurs chasses, de leurs combats et de leurs superstitieuses croyances.

Nous arrêterons ces détails à la construction du corral pour essayer de donner à présent, en action, une idée plus complète d'une suite de scènes dont le charme et la réalité n'ont rien à emprunter à la fiction. Nous dirons seulement que, l'aguage une fois trouvé, comme les chevaux ne tardent pas à s'apercevoir de la présence de l'homme, à l'aspect insolite du paysage où il a laissé ses traces, plutôt que de les laisser s'y accoutumer petit à petit, les chasseurs, pour ménager leur temps, après la construction de l'estacade, se divisent de nouveau en détachements pour faire une battue dans un rayon de plusieurs lieues, et forcer ainsi les chevaux effrayés à se rabattre vers leur *querencia*.

Outre les huit vaqueros qui attendaient l'arrivée de don Augustin, vingt autres étaient disséminés, cinq par cinq, pour procéder à cette battue; comme elle devait se prolonger encore quelque jours, les vaqueros restés cachés près de l'estacade étaient chargés, dans cet intervalle, d'épier l'heure à laquelle les troupes de chevaux se rendraient à l'abreuvoir.

Tandis qu'Encinas dormait, au grand déplaisir du novice, les domestiques de don Augustin avaient dressé les tentes de campagne sous les arbres à l'endroit le plus sombre de la forêt, pour moins effrayer les chevaux; et, à peine toute cette besogne était-elle terminée, qu'un des domestiques de la suite de l'hacendero vint au galop annoncer l'arrivée des maîtres.

Quelques minutes après, la cavalcade déboucha dans une clairière située entre le lac et le bois. Il était une heure environ, et le soleil dardait perpendiculairement sur la vaste nappe d'eau des faisceaux de lumière ardente. C'était l'heure où, par la chaleur du jour, la nature semble assoupie, où tout se tait dans les bois et dans les plaines, à l'exception des myriades de cigales cachées sous l'herbe, où elles font entendre leur chant monotone.

Le sénateur, malgré sa fatigue, s'empressa de mettre pied à terre pour donner la main à doña Rosario, qui, moitié triste, moitié souriante, se laissa glisser de la selle de son cheval dans les bras de Tragaduros, d'où s'échappant elle sauta légèrement à terre.

Appuyée sur le bras du sénateur, elle se dirigeait vers la tente de soie dressée pour elle, pendant que l'hacendero interrogeait les vaqueros accourus à sa rencontre. Il examina d'un œil de connaisseur l'enceinte de pieux, la position du lac; puis, satisfait des réponses qu'il avait obtenues, il entra à son tour dans sa tente pour y faire sa sieste.

En traversant l'espace qui la séparait de sa tente, doña Rosario ne put s'empêcher de jeter un regard de surprise et presque d'effroi sur le singulier accoutrement et la sauvage tournure des chasseurs de bisons; mais la fille du désert était trop familiarisée avec ses mœurs et ses différents hôtes, pour ne pas reconnaître tout de suite la profession d'Encinas et de ses rudes compagnons; souriant de sa terreur momentanée, elle souleva gracieusement la portière de sa tente et disparut comme une sylphide qui, d'un vol léger, s'enlève et s'enveloppe d'un nuage.

« Hein ! que vous semble de notre jeune maîtresse, seigneur Encinas ? demanda au chasseur de bisons le novice, qui voyait pour la première fois la fille de don Augustin.

— Une vraie fleur du désert, répondit Encinas, et que tous ceux qui le parcourent préféreraient à la plus belle fleur des villes et se disputeraient à l'envi; une fleur fraîchement éclose, que l'Indien voudrait avoir dans sa hutte et que le chasseur envierait sous sa tente.

— Eh bien, c'est ce jeune seigneur, sans doute, qui la placera dans son palais, dit en riant le novice, qui désignait le sénateur.

— Qui sait? répliqua Encinas ; j'ai blessé à mort plus
d'un bison que je croyais tenir, et que les Indiens ou les
loups dépeçaient ensuite loin de moi. »

A ce moment, Oso fit entendre un grognement parti
culier. Ce n'était plus un de ces hurlements plaintifs qu'
semblaient, au dire du chasseur de bisons, un souvenir
donné à un compagnon absent. Il y avait dans l'intonation du dogue comme un accent de sourde colère.

« Qu'est-ce donc que ça, maître Encinas ? demanda
le novice alarmé.

— Rien, reprit le chasseur après avoir jeté un regard
sur Oso, dont l'œil brilla un instant et s'éteignit. Oso
aura rêvé de quelque Indien, et c'est une malédiction
qu'il leur adresse en son langage. »

Il était environ cinq heures de l'après-midi, quand les
voyageurs sortirent de la tente où ils avaient fait leur
sieste.

Le Lac-aux-Bisons présentait alors un aspect moins
sauvage, mais non moins pittoresque. Sur ses bords, et à
quelque distance de la tente qu'on avait dressée pour le
sénateur et pour l'hacendero, s'élevait celle de Rosarita,
dont les contours azurés se reflétaient sur la surface
limpide de l'eau, au milieu des plantes aquatiques, et se
mêlaient avec les images répétées des objets d'alentour.

Les chevaux de relais qu'on voyait errer çà et là
ou paître l'herbe sous l'ombrage épais de la forêt ; ceux
des chasseurs de bisons, allongeant leurs têtes au-dessus
des palissades où ils étaient enfermés ; enfin, les deux
voyageurs allant au-devant de doña Rosarita, qui sortait
de sa tente, vêtue d'une robe d'une blancheur éclatante,
et semblait une de ces blanches fleurs des nénufars du
lac, tout cet ensemble composait un tableau qu'un
peintre eût reproduit avec amour.

Prêts à commencer leur journée laborieuse, au moment où les voyageurs avaient achevé la leur, les chasseurs de bisons se disposaient à seller leurs chevaux pour

aller battre bien loin de là les bords de la rivière, en quête de leur monstrueux gibier.

« Eh bien, qu'est-ce, Oso? dit Encinas à son dogue, qui hurla de nouveau; y a-t-il quelque Indien dans les environs?

— Des Indiens! s'écria Rosarita avec effroi; en est-il donc venu de ces côtés?

— Non, madame, dit Encinas, il n'y en a nulle trace dans les environs, à moins qu'ils n'aient sauté comme les écureuils ou les chats sauvages de la cime d'un arbre sur un autre; mais ce chien... »

Et le chasseur de bisons suivait de l'œil les mouvements d'Oso, dont les yeux devinrent rouges un instant et le poil se hérissa, et qui, après s'être élancé avec fureur et avoir fait deux ou trois bonds en avant, revint s'enfouir sous l'herbe, plus tranquille, mais en grondant toujours.

Le dogue ne hurlait pas ainsi sans motifs; Encinas s'empressa néanmoins de rassurer ses auditeurs.

« Ce chien, reprit-il, est dressé à combattre les Indiens sauvages, et il les sent de loin; cependant il s'est tu, c'est signe qu'il a été dupe un moment de son instinct. Maintenant, il ne nous reste plus qu'à prendre congé de vos seigneuries, et leur souhaiter bonne et heureuse chasse. »

Pendant qu'Encinas sanglait son cheval et que, après avoir donné une poignée de main au novice, orgueilleux de serrer une main si fatale aux Indiens, il se préparait à se mettre en selle, ainsi que ses trois compagnons, Rosarita parlait vivement à l'oreille de son père. Don Augustin haussa d'abord les épaules; puis, jetant sur la figure suppliante de sa fille un regard de tendresse, il sourit et parut céder.

« Dites-moi, mon ami, ajouta-t-il tout haut en s'adressant à Encinas comme au plus considérable des quatre chasseurs de bisons, vous n'êtes pas, je présume, sans

avoir eu quelque rencontre avec les Indiens sauvages, et
sans être au courant de leurs ruses? »

Le novice fit un haut-le-corps qui signifiait une foule
de choses, et, entre autres, que son maître ne pouvait
mieux s'adresser.

« Il n'y a pas plus de cinq jours, répondit Encinas, que
j'ai eu un engagement mortel avec ces irréconciliables
ennemis des blancs.

— Vous voyez, mon père, s'écria Rosarita.

— Et où cela? demanda don Antonio.

— Près du préside de Tubac.

— A vingt lieues d'ici à peine, reprit la jeune fille
effrayée.

— Voici un enfant, dit l'hacendero en montrant doña
Rosarita, qui, depuis huit jours qu'elle a rencontré dans
les bois deux Indiens de la tribu des Papagos...

— Oh! mon père, interrompit la jeune fille, deux Papagos n'ont jamais eu cette figure sinistre; c'était quelque déguisement sans doute, des loups revêtus de peaux
de brebis, comme dit don Vicente.

— Don Vicente est un poltron comme vous, dit en
souriant l'hacendero.

— Quand on voyage avec le plus riche trésor du
monde, répliqua galamment le sénateur, on ne saurait
être trop prudent.

— Soit, dit don Augustin; » et, s'adressant ensuite
au robuste chasseur de bisons : « Combien gagnez-vous
par jour, l'un dans l'autre, en exerçant votre périlleuse
profession?

— Ça dépend, répondit Encinas; nous gagnons beaucoup dans un jour, parfois; par contre, nous sommes
aussi de longs jours sans rien gagner.

— De sorte qu'en fin de compte?...

— Nous pouvons gagner deux piastres par jour, en es-
timant à cinq une peau de bison, quand la fourrure est
irréprochable.

— Eh bien, si je vous donnais à vous et à chacun de vos trois compagnons trois piastres par jour, consentiriez-vous à demeurer avec nous tout le temps que nous passerons ici jusqu'à la fin de notre chasse ?

Il n'y eut qu'une voix parmi les compagnons d'Encinas pour accepter la proposition de l'hacendero.

« Je vous laisserai, en outre, continua-t-il, choisir chacun un excellent cheval parmi ceux que nous prendrons.

— Vive Dieu ! il y a plaisir à servir un généreux seigneur comme vous, s'écria Encinas.

— J'espère, mon enfant, dit Pena, qu'avec vingt-huit vaqueros et quatre chasseurs comme ces braves gens, en tout trente-deux défenseurs, la peur n'empoisonnera plus vos plaisirs. »

Pour toute réponse, Rosarita embrassa son père, et ce marché étant conclu à la satisfaction de tout le monde, comme le soleil n'avait plus qu'un court espace à parcourir pour se cacher derrière les cimes des arbres, on s'occupa des préparatifs de la chasse.

Ils étaient encore fort simples ce jour-là. Ils consistaient uniquement à desseller les chevaux des chasseurs de bisons, à rassembler ceux de relais, à les faire parquer dans l'enceinte du corral, et, à l'exception des deux tentes, à débarrasser les abords du lac de tout ce qui pourrait effrayer les chevaux sauvages. L'heure approchait où ces animaux, depuis longtemps écartés de leur abreuvoir et des rives du fleuve, n'allaient pas tarder peut-être à se rapprocher de l'étang.

Don Augustin s'informa à ses vaqueros si, depuis trois jours qu'ils avaient achevé l'enceinte de pieux, quelques chevaux s'étaient déjà présentés à l'abreuvoir.

« Non, seigneur maître, répondit l'un d'eux ; et cependant depuis trois jours Ximenez et ses quatre hommes battent les bords de la rivière pour les en écarter.

— Alors, dit l'hacendero, il est probable qu'il y aura quelques-uns de ces animaux qui se hasarderont ce soir près d'ici. »

Les peaux de bisons à moitié sèches furent arrachées aux piquets qui les retenaient ; les brides et les selles, les bâts et les cantines furent portés dans un endroit écarté ; puis on recouvrit les palissades de nouvelles branches d'arbres, en remplacement de celles dont le soleil avait déjà fané le feuillage. Deux chevaux choisis parmi les plus agiles furent sellés pour les deux vaqueros de don Augustin qui étaient les plus renommés par leur adresse à jeter le lazo.

Alors le sénateur, don Augustin et sa fille s'assirent à l'entrée d'une des deux tentes, dont la portière se referma sur eux de manière à les dérober à l'œil inquiet des chevaux sauvages, sans toutefois leur masquer la vue du lac. Les vaqueros et les chasseurs de bisons se groupèrent du côté opposé à celui où les traces laissées par les animaux montraient le chemin qu'ils suivaient d'habitude pour venir à l'abreuvoir. Les deux autres vaqueros seuls se tapirent avec leurs chevaux dans le corral, près de l'ouverture restée libre et que de longues barres de bois mobiles pouvaient fermer au besoin; puis les chasseurs attendirent.

Le lac et ses alentours paraissaient déserts. Le soleil venait de disparaître derrière les arbres; ses derniers rayons empourprés jaillissaient à travers le feuillage et teignaient les eaux du lac. Les calices blancs des nénufars se coloraient de rose, et les oiseaux des bois commençaient à chanter partout leur mélodie du soir.

Au bout de quelques minutes d'attente, pendant lesquelles l'impatiente curiosité de Rosarita colorait d'une teinte rosée ses joues pâlies, un craquement sourd se fit entendre dans le lointain.

Mais le bruit, au lieu de grossir comme quand deux ou trois cents chevaux altérés s'élancent en bondissant vers leur abreuvoir, écrasant les jeunes arbres et faisant trembler la terre sous leurs sabots, le bruit, disons-nous, au lieu de grossir comme celui d'une avalanche, cessa tout à coup. La troupe sauvage avait aperçu sans doute l'aspect étrange des lieux foulés par l'homme et s'arrêtait saisie d'effroi.

Seulement quelques hennissements, éclatant comme le son des clairons, parvinrent aux oreilles des chasseurs embusqués.

Bientôt cependant les broussailles craquèrent de nouveau, et une demi-douzaine de chevaux plus hardis que les autres montrèrent sur la lisière de la clairière leur tête dressée, leurs naseaux rouges et ouverts et leurs yeux brillants. Leur crinière ondoya un instant sous leurs brusques mouvements, puis, en un clin d'œil, cinq d'entre eux se rejetèrent précipitamment en arrière, et disparurent comme l'éclair au milieu des bois.

Un seul des six coursiers était resté, tremblant sur ses jambes et le cou allongé vers le lac.

C'était un cheval blanc comme la neige, à l'encolure du cygne, dont il avait tout l'éclat, à la croupe arrondie et au large poitrail. Une houppe blanche s'agitait sur son front entre deux yeux sauvages, et sa queue balayait ses jarrets nerveux. Un air de majesté farouche était empreint dans toute sa contenance, à la fois timide et superbe.

« Dieu me pardonne, dit tout bas Encinas à l'oreille du novice, qui avait eu ses raisons pour choisir son poste d'observation à côté du chasseur de bisons, c'est le *Coursier-Blanc-des-Prairies*.

— Le Coursier-Blanc-des-Prairies, répéta le Novice, qu'est-ce que c'est ?

— Un cheval blanc comme celui-ci, répondit Encinas, qu'on ne peut que rarement approcher, dont ceux qui le poursuivent trop loin ne peuvent plus parler, et qu'on ne peut jamais parvenir à prendre.

— Bah ! vous me conterez ça ?

— Chut ! ne l'effrayez pas, mais regardez-le de tous vos yeux ; vous n'en verrez jamais un autre semblable à lui. »

Il était difficile, en effet, de voir un plus bel échantillon de cette magnifique race sauvage, si commune dans certaines parties du Mexique. La force, l'élégance et la légèreté s'harmoniaient si parfaitement chez lui, qu'il eût effacé les plus beaux coursiers qu'ait jamais réunis dans ses écuries le plus riche potentat de la terre.

Quelques bonds le rapprochèrent du lac, et ces bonds étaient si souples et si aisés, qu'il semblait flotter sur l'herbe comme un flocon de brouillard blanc.

D'un autre bond, le noble animal s'élança sur la berge, dressa ses deux petites oreilles et s'arrêta en frémissant, au moment où le cristal du lac répéta comme un miroir l'image de sa fière et noble tête ; puis, avec toute la coquetterie d'une nymphe qui se croit seule, il allongea son cou pour se mieux voir, et posa si délicatement ses deux jambes de devant dans l'eau, qu'il n'en troubla nullement la limpidité et qu'il put y admirer toute la sauvage majesté de ses formes.

« Ah ! seigneur Encinas, dit tout bas le novice, c'est maintenant ou jamais le moment de lui jeter le lazo.

— J'en doute, j'en doute ; il arrive toujours malheur à celui qui veut prendre le cheval des Prairies ; car c'est bien lui, voyez-vous : lui seul est aussi beau parmi tous les fils du désert. »

Le coursier au cou et à la blancheur du cygne s'agenouilla dans l'eau, fit entendre un ronflement sonore et se mit à boire, relevant de temps en temps la tête, et interrogeant d'un œil inquiet les profondeurs de la forêt.

Les chasseurs purent voir alors au-dessus des palissades l'un des vaqueros se dresser sur son cheval, puis son buste se courber sur la selle. Son compagnon l'imita.

Tout à coup le blanc coursier fit un bond de terreur, lança en l'air un nuage d'écume, du sein duquel il sembla jaillir, et s'élança hors du lac. Au même instant, l'un des vaqueros galopait vers lui en faisant tournoyer son lazo de cuir.

La courroie tressée siffla dans l'air ; mais le cheval, lancé trop rapidement le long d'un talus presque à pic, glissa et roula avec son cavalier au fond du lac.

« Je vous l'avais bien dit, s'écria le chasseur de bisons, que cet accident imprévu confirma dans ses croyances superstitieuses. Voyez comme l'insaisissable coursier se dégage du lazo. »

Il secouait en effet sa noble tête et, tout en fuyant, agitait sa longue crinière qui ruisselait d'eau. L'orgueil du fier animal se révoltait à l'attouchement impur de la courroie lancée sur lui par la main de l'homme ; et bientôt il l'eut rejetée loin de lui.

Déjà le second vaquero s'était élancé à sa poursuite.

Ce fut pendant quelques courts instants une lutte merveilleuse d'agilité et d'adresse entre le cheval sauvage et le fougueux cavalier qui le poursuivait le lazo à la main. Rien ne l'arrêtait, ni les troncs des arbres contre lesquels il semblait devoir se briser, ni leurs branches basses qui menaçaient de lui fendre le crâne. Agile comme un centaure, le vaquero tournait tous ces obstacles en apparence insurmontables, et, tantôt couché sur la selle, tantôt accroché aux flancs de son cheval, et presque sous son ventre, il se coulait sous les branches et à travers les troncs des arbres, avec toute la souplesse d'un serpent. Bientôt le cheval blanc et le vaquero disparurent à tous les yeux.

Tous les chasseurs sortirent à la fois de leur embuscade, en poussant des hourras d'encouragement et des cris de joie. Le spectacle dont ils venaient d'être témoins valait presque à lui seul la capture de vingt chevaux sauvages.

Tandis que le vaquero désarçonné sortait du lac, ruisselant d'eau et ses vêtements souillés de fange, Encinas s'approcha de lui pour le consoler.

« Vous êtes heureux, dit-il, d'en être quitte à 'si bon marché. Puissé-je en dire autant de votre compagnon ! car on ne voit plus revenir ceux qui poursuivent de trop près le Coursier-Blanc-des-Prairies. »

CHAPITRE XVIII

L'ASSUREUR ET L'ASSURÉ.

Quand le premier moment de confusion fut passé, don Augustin envoya porter à chacun des quatre détachements qui battaient la plaine et la forêt l'ordre de resserrer pendant la nuit prochaine le cercle qu'ils formaient autour de l'abreuvoir. On ne doutait plus maintenant de la présence d'une troupe de chevaux dans le voisinage, et c'était le lendemain à pareille heure qu'il fallait s'en rendre maître.

Lorsque les messagers furent partis pour exécuter l'ordre qu'ils avaient reçu, ceux des serviteurs de don Augustin restés près de lui s'occupèrent à couper le bois nécessaire pour allumer les feux qui devaient servir à préparer le repas du soir et à éclairer le campement pendant la nuit.

Les chasseurs de bisons aidaient aux vaqueros, à l'exception d'Encinas, que doña Rosario avait désiré entretenir un instant, pendant que son père et le sénateur se promenaient à l'écart, en causant sans doute de leurs projets d'avenir.

La jeune fille, assise sur les bords du lac, effeuillait d'une main distraite les fleurs que le sénateur avait

cueillies pour elle. Une fraîche bise plissait la nappe
tranquille de l'eau, sur laquelle elle jetait des regards
pensifs. Blanche et gracieuse comme une ondine, Rosarita tout en écoutant le chasseur de bisons, rêvait
aux dangers qui environnent les voyageurs isolés dans
le désert. Ce n'était point à elle qu'elle pensait ; toutes
ses idées se portaient vers le jeune homme qui s'était si
soudainement éloigné la nuit, et dont elle n'avait pas
entendu parler depuis quinze jours.

A quelques informations timides qu'elle avait prises,
il avait été répondu que ni sur la route de Guaymas, ni
sur celle d'Arispe on n'avait rencontré le fils adoptif
d'Arellanos. Un vaquero avait vu sa cabane déserte, et
rien n'indiquait son retour aux lieux où s'était écoulée
sa jeunesse. Ce n'était donc que vers Tubac qu'il avait
pu se diriger, et c'était près de Tubac que commençaient les dangers dont elle s'effrayait pour lui. Encinas venait du préside, et la jeune fille espérait que peut-
être il pourrait lui donner quelques renseignements sur
celui dont son esprit n'avait cessé d'être occupé.

Le crépuscule commençait déjà à assombrir la surface du lac, qui reflétait les dernières teintes rouges du
soleil couchant. Déjà l'on voyait, du sein des eaux, s'élever de légères vapeurs qui bientôt allaient s'étendre
comme un voile. C'était l'heure où les oiseaux dans les
bois se cachaient sous le feuillage et faisaient entendre
les dernières notes de leur chant d'adieu au jour. Rosarita, pensive et rêveuse, prêtait l'oreille au murmure
harmonieux de la brise du soir, et semblait plongée dans
une vague mélancolie.

Fille des tropiques, Rosarita aimait, et les premiers
et mystérieux murmures de ses sens, éveillés tout à
coup, portaient le trouble et l'agitation dans son cœur.
Heureux celui dont le souvenir fait naître ces enivrantes
sensations dans le sein de la vierge qui s'ignore encore,
comme la fleur à peine ouverte ignore son parfum ! mais

plus heureux mille fois s'il est là près d'elle pour aspirer le premier parfum de la fleur qui s'épanouit !

« Comme j'ai l'honneur de vous le répéter, madame, disait Encinas, qui s'apercevait des distractions de Rosarita, le préside, au moment où je m'y trouvais, était solitaire comme d'habitude, et, à l'exception des chercheurs d'or, dont la présence l'avait un instant animé, on ne se souvenait pas de l'arrivée d'un seul voyageur depuis un grand mois.

— Ce fut à peu de distance du préside que vous fûtes attaqué par les Indiens ?

— A trois lieues à peine, quand un brave et beau jeune homme arriva.... »

Rosarita tressaillit involontairement.

— Ah ! oui, dit-elle tristement en reconnaissant sa méprise, c'est vrai, ce jeune Comanche qui vous dégagea. »

La jeune fille avait, sans le vouloir, confondu un instant l'homme brave, beau et jeune dont parlait Encinas avec celui que son cœur nommait tout bas.

« Mais ces guerriers sauvages sont affreux à voir.

— Cela dépend dans quel moment, reprit Encinas en souriant ; celui-là me parut beau comme un ange du ciel. »

Rosarita interrompit le chasseur de bisons par un cri d'effroi perçant qui fit accourir en toute hâte don Augustin, le sénateur et leurs gens.

Il semblait que les paroles du conteur eussent évoqué le fantôme de l'un de ces terribles Indiens dont il avait parlé. Encinas, surpris, suivit de l'œil la direction qu'indiquait doña Rosario d'une main tremblante et la pâleur sur le visage.

L'objet, ou plutôt le personnage qu'elle désignait, était de nature, en effet, à justifier sa terreur.

Sous la voûte de feuillage arrondie au-dessus du canal sombre où se perdaient les eaux du lac, une créature humaine s'avançait avec précaution.

Aux ornements effrayants et bizarres à la fois de sa coiffure, à la peinture de ses traits et de son corps et aux tatouages de sa peau rouge, on ne pouvait méconnaître un Indien. Encinas lui-même partagea un instant la surprise mêlée d'effroi des témoins de cette étrange apparition. Mais bientôt il rassura d'un geste don Augustin, qui s'élançait vers les armes suspendues à l'entrée de sa tente, et le sénateur, que la frayeur clouait à sa place, aussi bien que la jeune fille elle-même.

« Ce n'est rien, dit le chasseur de bisons, c'est un ami, effrayant à voir, il est vrai ; c'est celui à qui j'ai l'immense obligation que je disais tout à l'heure à madame. »

Pour achever de dissiper un reste de défiance chez ses auditeurs, Encinas s'avança tranquillement du côté de l'Indien. Celui-ci, du reste, à la vue des personnages assis sur les bords du lac, avait remis en bandoulière la carabine qu'il tenait à la main. Il côtoyait les bords de l'eau pour arriver jusqu'au chasseur de bisons.

C'était un jeune guerrier aux formes élégantes et nerveuses, au pas élastique et fier. Ses robustes épaules et sa large poitrine étaient nues, et autour de ses reins, étroits et cambrés, se drapait un fin zarape du Saltillo, aux couleurs brillantes et variées.

Des guêtres de drap écarlate couvraient ses jambes ; des jarretières brodées en crin, auxquelles étaient attachés des glands curieusement ouvragés de soies de porc-épic, fixaient ses guêtres ; enfin ses pieds étaient chaussés de brodequins d'un travail non moins curieux que les jarretières.

Sa tête entièrement rasée, à l'exception d'une touffe de cheveux courts qui formaient comme le cimier d'un casque, était ornée d'une coiffure bizarre. C'était une espèce de turban étroit, composé de deux mouchoirs pittoresquement enroulés l'un sur l'autre. La peau dessé-chée et luisante d'un énorme serpent à sonnettes se mêlait aux plis du turban, et la queue ainsi que la tête du reptile, l'une garnie encore de ses crotales et l'autre de ses dents aiguës, pendaient sur son épaule.

Quant à son visage, si on l'eût dépouillé des peintures qui en défiguraient la régularité et la grâce, il eût complétement justifié les éloges d'Encinas. Un front élevé sur lequel se peignaient la bravoure et la loyauté, des yeux noirs et pleins de feu, un nez romain, enfin une bouche fine et fière à la fois, donnaient au jeune guerrier un air de majesté imposant. On aurait cru voir en lui la reproduction en bronze florentin d'une statue antique d'un galbe irréprochable.

Calme, et d'un air d'insouciance, l'Indien s'avançait en dédaignant de voir l'effroi qu'il produisait ; cependant il arrêta un instant un regard étonné et ravi à la fois sur la figure de Rosarita, pâle comme la blanche mousseline de sa robe.

La timide tourterelle qui, pour échapper au milan qui va fondre sur elle, n'hésite pas à chercher un refuge sous les épines aiguës du nopal, n'est pas plus tremblante que Rosarita se pressant, pleine de terreur, contre le sauvage chasseur de bisons. La tourterelle n'est pas plus gracieuse non plus ; l'Indien, fasciné, l'œil ardemment fixé sur la fille de don Augustin, ne répondit aux regards interrogateurs d'Encinas que par les deux questions suivantes, empreintes de toute la pompe orientale du langage indien :

« A-t-il neigé ce matin sur les bords du lac ? dit-il, ou les lis des eaux poussent-ils maintenant dans l'herbe des bois ? »

Nous ne saurions dire si le jeune guerrier paraissait toujours aussi hideux aux yeux de la jeune fille ; toujours est-il qu'elle cessa de se presser contre le chasseur de buffles.

Cependant les inquiétudes de ce dernier n'étaient pas tout à fait calmées, et aux galantes et hyperboliques interrogations du guerrier il ne répondit à son tour qu'en lui en adressant d'autres d'un genre différent.

« Qu'est-ce ? lui demanda Encinas en espagnol ; le Comanche m'apporte-t-il quelque mauvaise nouvelle, et croyait-il donc être en pays ennemi pour s'avancer ainsi la carabine à la main, comme lorsqu'il est sur la trace d'un Apache ?

Cette question était faite aussi par Encinas dans le but de rassurer complétement la fille de don Augustin sur les intentions de l'Indien, et surtout sur la manière étrange dont il s'était présenté.

Rayon-Brûlant sourit avec dédain.

« Derrière les Apaches, dit-il, un guerrier comanche ne s'avance que le fouet à la main. Non, le Comanche a vu non loin d'ici les traces des bisons, et il a espéré les surprendre s'abreuvant aux eaux de ce lac. »

Encinas n'avait pas oublié que l'Indien lui avait promis de suivre la trace des deux pirates des Prairies, et il savait aussi que le jeune guerrier n'était pas homme à avoir renoncé à son projet.

« Vous n'avez rien vu de plus ? ajouta le chasseur de bisons.

— Parmi les traces des blancs, j'ai distingué les traces de Main-Rouge et de Sang-Mêlé, et je suis venu prévenir des amis de se tenir sur leurs gardes.

— Quoi ! encore ces coquins par ici ? s'écria le chasseur avec inquiétude.

— Que dit-il ? demanda l'hacendero.

— Rien, seigneur Pena, répondit Encinas. Devinez-vous, demanda-t-il au Comanche, dans quel but Main-Rouge et Sang-Mêlé sont venus de ce côté ?

Le jeune guerrier comanche examinait silencieusement tous les personnages groupés devant lui. Ses yeux s'arrêtèrent encore avec complaisance sur doña Rosarita, suspendue au bras de son père.

« La Fleur-du-Lac est blanche comme les premières

neiges, dit-il avec gravité. Si les yeux de Rayon-Brûlant
n'étaient pleins de l'image de la compagne qu'il s'est
choisie, ils auraient soudain été privés de la lumière par
l'éclat de la femme qui habite une loge faite d'un morceau du ciel. C'est une demeure digne d'elle ; Sang-
Mêlé veut pour lui la Fleur-du-Lac. »

A cette poétique allusion à sa beauté ainsi qu'à la
couleur d'azur de sa tente de soie, Rosarita baissa les
yeux sous le regard de feu de l'hôte des bois, et garda
le silence.

« N'avez-vous pas deux guerriers avec vous ? dit Encinas.

— Tous deux ont regagné leur peuplade ; Rayon-Brûlant est seul, mais il a juré de venger la mort de ceux
qui s'étaient confiés à sa parole ; il veillera aussi sur la
Fleur-du-Lac ; mon frère veillera de son côté. Maintenant
Rayon-Brûlant, content d'avoir averti ses amis, retourne
seul sur les traces qu'il a un instant quittées. »

En disant avec une noble simplicité ces mots pleins
d'emphase, le jeune Comanche tendit la main au chasseur de bisons, et, après avoir jeté de nouveau un regard
d'admiration naïve sur Rosarita, il s'en fut silencieusement comme il était venu, semblant ne faire qu'une
action bien ordinaire en suivant seul la trace des deux
redoutables bandits. Le lecteur sait pourtant s'il y avait
quelque courage à s'y hasarder.

Quand l'Indien eut disparu derrière les arbres, à l'extrémité du lac :

« Que veut dire ce jeune sauvage avec ses fleurs de
rhétorique ? demanda le sénateur, non sans un secret
sentiment de jalousie.

— Votre seigneurie sait que les Indiens ne parlent que
par paraboles, répondit Encinas ; mais il ne nous a pas
moins fidèlement signalé la présence de deux vauriens
qui serait un danger sérieux pour deux ou trois voyageurs isolés, mais ne sauraient être un sujet d'inquié-

tude pour une trentaine d'hommes que nous sommes
ici ou aux environs. »

Alors il expliqua à l'hacendero le peu qu'il avait appris relativement aux deux pirates du désert. Don Augustin était un homme dont la première jeunesse s'était
passée à combattre les Indiens, et son orgueil guerrier
n'avait pas cédé devant les années.

« Fussent-ils encore dix, dit-il, qu'il y aurait honte à
se préoccuper de pareils coquins, ou à interrompre ses
plaisirs pour eux; d'ailleurs, comme vous le faites observer, nous sommes trop nombreux pour avoir rien à
craindre.

— Je m'explique maintenant les aboiements d'Oso,
reprit le chasseur de bisons; il avait senti les ennemis et
les amis. Voyez, il n'a rien dit à l'approche de ce jeune
et noble guerrier. Vous pouvez vous fier à son instinct. »

Cependant, avant que la nuit se fît tout à fait, Encinas prit sa carabine, siffla son fidèle et vaillant dogue,
et s'en fut avec lui battre les environs du lac aux Bisons.
Don Augustin, par prudence néanmoins, fit transporter
la tente de sa fille et la sienne au milieu de la clairière,
parmi les feux allumés pour le campement.

Quand Encinas revint de son excursion, ses compagnons ainsi que les vaqueros avaient presque achevé
leur repas.

Il n'avait rien vu qui fût de nature à causer quelque
alarme, et son rapport rétablit une sécurité complète
parmi les maîtres et les serviteurs.

Tandis que les premiers faisaient un souper froid tiré
des cantines de voyage, les autres, groupés autour de
leurs foyers, à quelque distance, s'entretenaient à voix
basse des événements de la journée. Ce fut près d'eux
que le robuste chasseur de bisons alla s'asseoir.

Les feux projetant au loin leurs clartés éblouissantes,
qui se répétaient sur la nappe d'eau; le reflet rougeâtre
qu'en recevaient les costumes divers des vaqueros et des

chasseurs de bisons, l'attitude enfin des personnages de chaque groupe, donnaient aux bords du lac un aspect non moins pittoresque pendant la nuit que celui qu'ils offraient à la lumière du jour.

« Je vous ai gardé de quoi souper, dit le novice à Encinas ; car enfin il est juste que chacun ait sa part, surtout vous, qui racontez de si merveilleuses histoires. »

Encinas se mit vigoureusement en besogne, après avoir remercié le novice de sa prévenante attention ; mais il mangeait avec autant de taciturnité que d'appétit, et son jeune pourvoyeur ne trouvait pas son compte à ce silence.

« Vous n'avez donc rien vu de nouveau dans les environs ? » dit-il pour entrer en matière.

Le chasseur fit signe que non ; mais il n'ouvrait la bouche que pour manger.

« Tout ça n'empêche pas, reprit le novice, que Francisco ne soit pas encore de retour de sa chasse au Coursier-blanc-des-Prairies.

— Le Coursier-blanc-des-Prairies ! dit un des vaqueros ; quel animal est-ce que celui-là ?

— Un animal merveilleux, répondit le jeune homme ; mais, dame, je n'en sais pas plus long. Le seigneur Encinas vous le dira.

— Vous l'avez vu, parbleu ! répliqua le chasseur de bisons ; votre camarade a voulu le poursuivre, et il a manqué de se rompre le cou. C'est ce qui arrive toujours, je vous l'ai dit.

— Si mon cheval n'avait pas eu trop d'ardeur, il n'aurait pas glissé, et en ne glissant pas....

— Vous ne seriez pas tombé. Mais votre bête a glissé, et voilà.

— Bah ! cela m'est arrivé avec bien d'autres. L'important pour l'honneur d'un vaquero est de ne tomber qu'avec son cheval.

— C'est vrai ; mais, si vous aviez pratiqué comme moi

les prairies de l'Ouest, reprit Encinas fort sérieusement, vous sauriez qu'on y rencontre de temps à autre un cheval blanc si beau qu'on n'en voit pas le pareil, si rapide qu'au trot il va plus vite qu'un autre à toute course ; et je vous défie de me dire que vous avez vu jamais un cheval plus magnifique, plus léger que ce cheval blanc de ce soir.

— J'en conviens, répondit le vaquero.

— Eh bien ! ce cheval est, sans nul doute, celui qu'on appelle le Coursier-blanc-des-Prairies.

— Ça, moi je le crois, s'écria le novice avec une conviction profonde.

— Eh bien ! qu'a-t-il de particulier, ce cheval ? demanda le vaquero.

— D'abord son incomparable beauté, puis ensuite sa légèreté sans égale, et enfin.... Voyons, quel âge lui donneriez-vous bien ?

— Ce cheval-là est encore loin de cesser de marquer, s'écria tout le monde d'une voix unanime.

— C'est ce qui vous trompe, répondit gravement Encinas ; ce cheval blanc a quelque chose comme cinq cents ans ! »

Un cri général s'éleva contre l'assertion du chasseur de bisons.

« C'est comme j'ai l'honneur de vous le dire, reprit-il avec une assurance qui convainquit presque ses auditeurs.

— Mais, fit observer le vaquero, j'ai ouï dire, ce me semble, qu'il n'y a pas encore trois cents ans que les Espagnols ont apporté des chevaux en Amérique.

— Bah ! s'écria le novice, deux cents ans de plus ou de moins, qu'est-ce que ça fait ? Trois cents ans, c'est déjà joli.

— Et puis, reprit Encinas, que l'objection du vaquero n'avait pas déconcerté, pensez-vous que ce cheval-là soit jamais sorti des flancs d'une jument ? lui-même ne fréquente pas les cavales, parce qu'il est seul de son espèce et qu'il ne saurait se reproduire. »

Les hommes de tous les pays sont naturellement portés à croire au merveilleux, et surtout ceux qui vivent dans les solitudes, où l'infériorité humaine, en face de la nature, se fait plus vivement sentir que dans les villes ; les auditeurs d'Encinas le prièrent de leur donner sur le Coursier-blanc-des-Prairies tous les détails qui seraient venus à sa connaissance.

« Tout ce que je puis vous dire, continua le chasseur de bisons, c'est que, depuis longues années, tous les vaqueros du Texas ont vainement essayé de l'atteindre ; que cet animal a les sabots plus durs que la pierre à feu ; que, quand on le suit de loin, on ne tarde pas à le perdre de vue, et que, lorsqu'on le suit de trop près, on ne revoit plus personne, pas plus que personne ne vous revoit. J'en sais quelque chose.

— Est-ce que vous l'auriez poursuivi ? s'écria le novice.

— Pas moi, mais un chasseur texien, qui me l'a raconté.

— Et vous allez nous le raconter à votre tour, s'empressa de dire le novice en se frottant les mains. Holà ! Sanchez, versez un coup d'eau-de-vie au seigneur Encinas ; il n'y a rien de tel pour donner de la mémoire.

— Ce jeune homme est plein d'excellentes idées, s'écria le chasseur. Je vous dirai donc ce que je sais.

« Un Anglais, un assez drôle d'original ma foi, voyageant avec une sorte de tuteur non moins original que lui, avait offert mille piastres (5,000 fr.) à ce chasseur, s'il pouvait lui amener ce fameux coursier blanc dont il avait ouï parler.

« On voulut dissuader le Texien d'un projet si dangereux à exécuter ; mais il n'en persista pas moins dans ses idées, et s'occupa de se procurer le cheval le plus rapide à la course et le plus vigoureux parmi ceux qu'il connaissait.

« Quand il eut ce qu'il lui fallait, il prit ses renseignements sur le chemin à suivre pour trouver la querencia de prédilection du Coursier-blanc-des-Prairies. Vous devez savoir que celui-ci en a plusieurs, contre l'ordinaire des chevaux sauvages, qui vivent et meurent dans l'endroit qu'ils ont pris en affection.

« Le chasseur se mit en route, et aperçut au bout de quelques jours de recherche l'animal en question.

« Il faut vous dire qu'il est si léger, qu'on le voit le lendemain à cent lieues de l'endroit où on l'a vu la veille.

« Le Texien avait un cheval d'une vitesse extrême ; il croyait peu, ainsi que vous pouvez le supposer, aux contes qu'il avait entendu faire à propos du Coursier-Blanc, et il espérait gagner la somme promise. Dès qu'il aperçut la bête qu'il cherchait, il se mit donc à sa poursuite, brandissant son lazo, franchissant les crevasses du terrain, sautant par-dessus les rochers, volant sur la plaine unie ; car son cheval était léger comme le vent, et le Coursier-Blanc perdait à chaque moment un peu de son avantage.

« Ce n'était pas que sa vigueur semblât s'épuiser, à ce que m'assura le Texien ; mais cela venait de ce que, de moment en moment, le Coursier-Blanc tournait la tête vers lui, et qu'il perdait ainsi un temps que le cavalier mettait à profit. Loin de s'épuiser, ses forces semblaient même redoubler. En effet, à mesure qu'un cheval se fatigue, son œil s'éteint, et au contraire, les yeux qui brillaient sous la houppe et la crinière blanche du Coursier paraissaient s'enflammer de minute en minute.

« Cependant la distance diminuait toujours, bien que ses yeux lançassent des éclairs plus vifs, si bien qu'à proportion que le jour tombait et que l'espace s'amoindrissait entre le Coursier-Blanc et le chasseur, les prunelles de l'animal devenaient plus flamboyantes.

« Ce ne fut pas le seul fait alarmant que remarqua le Texien, qui avait besoin, pour ne pas perdre courage,

de se représenter un beau sac de mille piastres, brillant
aussi de mille feux.

« La nuit était venue sans qu'il eût approché le Coursier d'assez près pour le *lacer*, et il fut fort étonné qu'en
galopant sur un terrain pierreux les sabots du cheval
blanc, qui n'était cependant pas ferré, fissent jaillir à
chaque pas de longues traînées d'étincelles. si bien que,
la nuit devenant de plus en plus obscure, ce n'était plus
qu'à la lueur de ces étincelles et des éclairs que lançaient les yeux de l'animal qu'il ne le perdait pas de vue.
Le Texien, quoique ne s'expliquant pas trop clairement
comment des sabots de corne produisaient ces étincelles, comment les yeux du cheval lançaient ces lueurs
étranges.... »

Les aboiements d'Oso interrompirent en ce moment
la narration du chasseur de bisons, au grand déplaisir de
ses auditeurs.

Cependant le dogue ne tarda pas à se recoucher près
du foyer, où il sembla prêter au récit d'Encinas une
oreille aussi attentive que les vaqueros eux-mêmes; et,
comme ce n'était certainement pas un Indien dont Oso
signalait la proximité, Encinas continua de la sorte :

« Le Texien ne s'expliquait donc pas la cause de ces
étincelles et de ces lueurs; mais, comme il était trop
largement payé pour avoir peur longtemps, il ne mettait
que plus d'ardeur à sa poursuite; et il eut la satisfaction de s'apercevoir que la rapidité du Coursier-Blanc
déclinait sensiblement. Puis tout d'un coup il le vit
s'arrêter, flairer le vent, hennir et tendre le cou vers
l'horizon.

« Le Texien fit sentir l'éperon à son cheval, qui commençait à se ralentir aussi, et il s'élança vers le Coursier-
Blanc le lazo à la main. Tout à coup l'attache du nœud
coulant se délia dans l'air, et le Texien ne faisait plus
tournoyer au-dessus de sa tête qu'une corde droite qui
ne pouvait plus rien étreindre. Son cheval n'en était pas

moins lancé sans qu'il eût songé à le retenir; puis il se trouva si près du Coursier-Blanc qu'il eût presque pu le toucher en allongeant la main.

« Le Texien jura comme un païen en sentant son lazo inutile dans ses mains ; ses regrets furent de courte durée. Une ruade du Coursier-Blanc atteignit le cheval du cavalier en plein poitrail, et avec tant de violence que tous deux roulèrent l'un sur l'autre, comme vous tout à l'heure dans le lac, ajouta Encinas en s'adressant au vaquero, qui faisait sécher ses vêtements, et quand le Texien se releva, le Coursier-Blanc avait disparu.

« Quant au cheval du vaquero, il ne se releva pas ; les sabots de fer de l'animal devenu tout à coup invisible lui avaient défoncé le poitrail, et ce fut heureux pour le Texien ; car un pas de plus en avant le précipitait dans un ravin sans fond, au bord duquel le Coursier-Blanc s'était arrêté.

« Je le rencontrai qui s'en revenait à pied, acheva le narrateur, et il me raconta ce que vous venez d'entendre. »

Cette histoire, dont une certaine partie était empreinte d'une incontestable vraisemblance, ne trouva plus un seul incrédule parmi tout le cercle des gens encore à moitié sauvages groupés autour d'Encinas.

« Ainsi, vous verrez, dit le novice en rompant le premier un silence de quelques minutes, pendant lesquelles le pétillement du foyer se faisait entendre seul dans le calme des bois, vous verrez qu'il arrivera malheur au pauvre Francisco, pour avoir poursuivi ce merveilleux coursier qui paraît si jeune avec ses cinq cents ans !

— Je le crains, répondit le chasseur de bisons en hochant la tête, à moins que je ne me sois trompé, et que ce magnifique cheval que nous avons tous vu ne soit réellement le Coursier-blanc-des-Prairies.

— Ce ne peut être que lui, à coup sûr, » répondirent tous les vaqueros, enchantés de pouvoir affirmer plus tard qu'ils avaient, une fois dans leur vie, rencontré ce miraculeux animal, passé dans les Prairies à l'état de tradition.

Les auditeurs d'Encinas allaient, en suivant son exemple, s'étendre autour de leur foyer pour s'endormir ; car depuis longtemps déjà leurs maîtres s'étaient retirés sous leurs tentes, lorsque la voix du dogue se fit entendre nouveau.

« Quelque voyageur, sans doute, » dit Encinas en se relevant sur son coude et en regardant autour de lui avec assez d'indifférence pour faire croire qu'il était sûr de son fait ; et peu de minutes après, à l'endroit où venait expirer la lumière des foyers, deux individus à cheval débouchèrent de la forêt dans la clairière.

Celui des voyageurs qui marchait le premier arrêta son cheval et parut contempler avec surprise le singulier tableau qu'offraient le Lac-aux-Bisons, les tentes dressées sur ses bords, le reflet des feux tremblants sur sa nappe noire, et les sauvages cavaliers couchés près des foyers, à moitié ensevelis dans l'ombre d'un côté, baignés de l'autre d'une clarté d'un rouge vif.

Le second voyageur portait à la main une longue carabine, et tenait en laisse, de l'autre, un cheval chargé de quelques légers bagages, tels que deux petites valises de chaque côté du bât, une tente de campagne et une boîte qui pouvait être tout aussi bien un herbier qu'une boîte à couleurs.

Tandis que le premier voyageur ne paraissait occupé qu'à contempler le côté pittoresque de la scène dont il était venu tout à coup spectateur, le second semblait chargé de l'envisager sous le côté réel.

« Faites votre devoir, dit le premier au second en langue anglaise.

— Mon devoir est tout fait, reprit ce dernier ; votre seigneurie est parfaitement en sûreté ici. »

En disant ces mots, il poussa son cheval vers les dor-

meurs, après avoir jeté sa carabine sur son épaule, et ce
fut en assez mauvais espagnol qu'il demanda aux premiers occupants, d'après la coutume du désert, de prendre place au foyer commun.

La permission lui en fut accordée avec la courtoisie
familière aux Mexicains de toutes les classes.

Tandis qu'il mettait pied à terre et s'occupait de décharger le cheval de somme, le voyageur resté en arrière s'approchait à son tour en silence, salua légèrement
les vaqueros et les chasseurs de bisons, qui, de leur côté,
le considéraient avec attention, et mit pied à terre sans
ouvrir la bouche.

Sauf la distinction de sa tournure, il n'avait rien de
remarquable dans sa personne. Son costume était celui
des Mexicains dans toute son exactitude, et l'obscurité
cachait ses traits. Ce ne fut que lorsqu'il se servit de son
chapeau pour s'éventer, qu'on put voir sa figure fortement empreinte du type anglais.

L'accoutrement de son compagnon différait complète-
ment du sien, et avait une ressemblance parfaite avec
celui des chasseurs américains, si nombreux maintenant
au Texas. Il était vêtu d'une blouse de chasse couleur
olivâtre, en peau de daim assez grossièrement tannée, et
portait de longues guêtres de cuir fauve. D'une stature
moyenne, il paraissait âgé de cinquante ans environ,
comme l'indiquait sa tête à demi chauve et quelques
mèches de cheveux gris flottant sur le collet de sa chemise. Ses membres vigoureux annonçaient une force
herculéenne.

Un couteau de chasse passé dans un baudrier, une
poire à poudre et un large chapeau de feutre bizarre-
ment crevassé, complétaient un costume qu'à l'exception
des chasseurs de bisons, les autres voyaient pour la première fois.

Quoiqu'il parût évidemment aux ordres de son compagnon de voyage, l'Américain ne s'occupa nullement

du cheval de ce dernier, qui le dessella et le débrida lui-même.

Lorsqu'il eut fini cette besogne, qu'il avait accomplie avec la plus imperturbable taciturnité, l'Anglais ramassa un objet déposé par terre à côté de sa valise, et, le montrant aux vaqueros couchés :

« Ce chapeau, dit-il, appartiendrait-il par hasard à quelqu'un d'entre vous ?

— Oui, répondit l'un des Mexicains avec surprise ; c'est le chapeau que portait Francisco il n'y a pas plus de quelques heures. »

Le chapeau fut passé de main en main, et tous le reconnurent pour celui du vaquero dont ils attendaient, ou plutôt dont ils n'attendaient plus le retour.

« Que vous avais-je dit ? s'écria Encinas ; n'y a-t-il pas un sort attaché à celui qui poursuit de trop près le Coursier-blanc-des-Prairies ? »

Ce dernier incident eût achevé de donner à tous les auditeurs du chasseur de bisons une foi robuste et implicite en son récit, quand bien même, au nom du Coursier-Blanc, l'Anglais ne se fût écrié :

« C'est lui précisément que je poursuis depuis le Texas jusqu'ici ; l'avez-vous vu ?

— Il est venu boire ce soir au lac que vous voyez près d'ici. Est-ce donc vous qui avez offert mille piastres à un vaquero texien pour vous l'amener ? demanda Encinas.

— Précisément, et je les offre encore à celui qui pourra le prendre ; car j'ai juré de ne pas revenir dans mon pays sans ce merveilleux coursier. Voyons, y aura-t-il parmi vous quelqu'un jaloux de gagner la récompense promise ? »

Les vaqueros secouèrent la tête, et pas un d'eux n'éleva la voix pour se nommer.

« On sait trop ce qu'il en coûte pour essayer de prendre un cheval dont les sabots sans fers arrachent des étincelles aux cailloux des plaines, » objecta le novice.

L'Anglais haussa les épaules et ne répondit rien.

« Seigneur étranger, dit Encinas, il n'est pas un de nous qui n'expose journellement sa vie pour quelques piastres dans des entreprises que l'homme peut mener à bonne fin, mais non pas dans celles où l'audace et la ruse échouent contre une puissance surnaturelle.

— Bon, dit froidement l'Anglais; demain au point du jour vous m'indiquerez la trace du Coursier-Blanc, et je la suivrai seul.

— Peut-être feriez-vous mieux de renoncer à une poursuite où des dangers de toute espèce vous environnent sans cesse.

— Des dangers! dit l'Anglais en souriant; j'ai payé ce chasseur kentuckien pour les écarter de ma route : c'est lui seul que les dangers regardent.

— Oui, ajouta flegmatiquement le Kentuckien, j'ai pris les dangers de ce voyageur à forfait.

— Et vous ne craignez rien avec lui?

— N'ai-je pas payé pour ne rien craindre? »

Ces mots terminèrent la conversation, et les deux étranges compagnons, dont l'un était assez follement brave pour s'en rapporter complétement aux clauses de son contrat d'assurance, s'étendirent sur l'herbe, sans daigner dresser leur tente; les vaqueros s'étaient recouchés aussi, et le silence le plus profond régna dans les bois et sur les bords herbus du Lac-aux-Bisons.

CHAPITRE XIX.

LA CHASSE AUX CHEVAUX SAUVAGES.

Aux premières clartés du jour, les chasseurs de bisons, les vaqueros et les voyageurs étaient déjà sur pied. Assis

sur un pliant portatif semblable à celui dont se servent
les peintres à la campagne, l'Anglais, qui s'était déjà fait
indiquer la direction qu'avait prise en fuyant le cheval
blanc, qu'Encinas s'obstinait à confondre avec le merveilleux Coursier-des-Prairies, ébauchait sur son album
les principaux traits de la scène pittoresque déroulée
devant lui.

A quelques pas, le chasseur kentuckien se promenait
silencieusement le fusil sur l'épaule, comme une sentinelle qui veille à l'exécution de sa consigne.

Tout à coup le crayon tomba des mains du dessina-
teur, dont un nuage soudain couvrit les yeux.

Blanche et légère comme un flocon de la vapeur matinale qu'on aperçoit sur l'azur du ciel, Rosarita se tenait à moitié cachée sous les plis de la portière de sa
tente. Ses tresses dénattées couvraient ses épaules nues
d'une gerbe de cheveux ondés.

La vue de l'étranger, qui fixait sur elle des regards
remplis d'admiration, la fit disparaître aussitôt derrière
le pan de soie bleue ; mais sa charmante image n'en flottait pas moins devant les yeux du jeune Anglais.

Il serra son album et ses crayons, et appela son garde
du corps.

« Wilson ! dit l'Anglais.

— Sir ! répondit Wilson en s'approchant.

— Il y a près d'ici un danger qui me menace.

— Est-il compris dans notre contrat ? » demanda l'A-
méricain formaliste. »

L'Anglais montra du doigt la tente de doña Rosarita.

« Les beaux yeux de cette jeune fille ? dit Wilson.

— Oui.

— Par Jésus-Christ et le général Jackson, s'écria le
chasseur, je doute que cela soit dans notre papier.

— Voyez. »

L'Américain tira d'une de ses nombreuses poches un
papier fripé, souillé, aux plis usés, et après avoir mar-

motté entre ses dents le protocole du contrat, il lut tout haut :

« Moyennant ce qui précède, le susdit William Wilson s'engage à préserver sir Frederick Wanderer des dangers du voyage, tels qu'Indiens ennemis, panthères, jaguars, ours de toutes les nuances et de toutes les dimensions, serpents à sonnettes et autres ; alligators, soif, famine, incendies des bois et des savanes, etc., etc., et de tous les périls généralement quelconques qui peuvent menacer les voyageurs dans les déserts de l'Amérique..... »

« Vous voyez, dit sir Frederick en arrêtant l'Américain : *de tous les périls généralement quelconques des déserts.*

— Celui-là est un péril des villes.

— Cent fois plus dangereux dans la solitude. Si vous aviez été au bal une seule fois dans votre vie, vous sauriez que cent femmes découvertes sont infiniment moins à craindre qu'une seule d'entre elles le plus chastement voilée jusqu'aux yeux, au fond d'un bois.

— C'est possible : ça ne me regarde pas. »

Et l'Américain impassible reprit sa promenade silencieuse.

« Alors c'est à moi de me préserver moi-même, dit sir Frederick. Veuillez donc seller les chevaux ; nous allons partir en quête du Coursier-blanc-des-Prairies, et comme il n'entre pas dans nos conditions que vous selliez le mien.....

— Je suis votre garde du corps et non votre domestique ; c'est convenu.

— Je le sellerai moi-même. Ah ! je vous prierai de vous souvenir que j'ai besoin ce soir d'un gibier quelconque pour mon souper. »

Les chevaux ne tardèrent pas à être prêts, et sir Frederick remerciait l'hacendero de son hospitalité, quand Rosarita s'approcha de son père. Alors, comme l'avait fait le jeune Comanche avec la dignité naturelle au sauvage, l'Anglais, avec toute l'aisance raffinée de l'homme au dernier degré de civilisation, de l'homme de la meilleure compagnie, s'inclina devant la belle jeune fille.

« Señorita, lui dit-il, je m'étais promis de ne me déranger de ma route pour aucun des dangers qui arrêtent si souvent le voyageur ; mais il en est un, je le vois depuis ce matin, auquel je ne puis me soustraire que par la fuite. »

La beauté de Rosarita avait produit le même effet sur deux hommes, l'un au premier, l'autre au dernier échelon de la société humaine.

Rosarita sourit à ces mots, dont le sens caché, mais transparent, ne lui échappa point. Elle comprenait que c'était un hommage rendu à sa beauté ; mais, en souriant, elle ne put s'empêcher de rougir, car au fond de sa retraite elle n'avait pas été blasée sur ces douces satisfactions de l'amour-propre féminin.

L'Anglais et son garde du corps américain se mirent en selle et s'éloignèrent.

Après ce court épisode fourni par l'originalité anglaise et américaine, nous franchirons d'un bond le restant de la journée jusqu'au moment où le soleil s'inclina de nouveau vers l'horizon du couchant.

Ce fut à cet instant du jour seulement qu'un cavalier accourut à toute bride vers le Lac-aux-Bisons. Il avait la tête nue, la figure déchirée par les ronces, et ses vêtements de cuir portaient aussi la trace des buissons qu'il avait été obligé de traverser dans la rapidité de sa course.

C'était Francisco, le vaquero, que ses compagnons croyaient victime de ses tentatives contre le merveilleux Coursier-blanc-des-Prairies.

Quoiqu'il y eût peut-être au fond du cœur de tous un secret désappointement de voir revenir sain et sauf (le cœur humain est si bizarre !) un homme qu'ils auraient

pu, le reste de leur vie, citer comme le héros d'une légende fantastique, la nuit dans leurs veillées autour des
feux de bivacs, les vaqueros et les chasseurs de bisons
l'entourèrent avec empressement. Ce fut à qui l'interro-
gerait sur ses aventures pendant sa poursuite.

Son récit ne présenta point les particularités remar-
quables qu'on espérait y trouver. C'était par un accident
bien commun qu'une mère branche, qu'il n'avait pu éviter à temps, avait arraché son chapeau de sa tête. Le
vaquero ne s'était pas amusé à le ramasser, et il avait
continué sa course. Il lui avait été, tout aussi naturellement, impossible, de faire usage de son lazo au milieu
de la forêt.

Vingt fois Francisco avait perdu et retrouvé la trace
du cheval blanc, et sa poursuite acharnée l'avait conduit
si loin que, lorsque enfin l'animal avait fini par disparaître complétement, il avait été forcé d'accorder quelques heures de repos à son propre cheval : le maître et
sa monture avaient passé la nuit loin du lac. Quant à sa
journée, elle avait été employée à former, avec ses autres compagnons, la ligne de blocus autour des chevaux
sauvages, dont la troupe n'était plus éloignée du Lac-
aux-Bisons.

Ce récit ne diminua pas le désappointement général.
Cependant, comme l'homme ne se décide pas facilement
à remplacer le merveilleux par la réalité, il n'en demeura pas moins constant pour les vaqueros que Francisco devait un cierge à son saint patron pour l'avoir
préservé des embûches du démon.

« C'est égal, dit le novice, tout prouve là dedans que
c'est bien le Coursier-blanc-du Texas.

— Ce vaquero qui tombe dans l'eau et manque au
début de se rompre le cou.

— Francisco, un *laceur* si habile, qui n'a pu le joindre,
ajouta un autre.

— Et cet Anglais hérétique, avec les mille piastres

qu'il nous offrait encore, poursuivit Encinas, tout cela n'est pas naturel. »

Cette conviction finit par gagner Francisco lui-même, que ses camarades mirent au courant du récit merveilleux d'Encinas, et le vaquero se signa plusieurs fois, en remerciant le ciel de n'avoir pas succombé au péril qu'il avait couru sans le savoir.

Les nouvelles que le vaquero transmit à don Augustin portaient que, pendant la nuit, le cercle des batteurs des bois s'était resserré ; que le jour avait été employé comme la nuit, et qu'il fallait se tenir prêt. On laissa donc de côté toute conversation pour refaire les préparatifs de la veille.

Les tentes furent de nouveau pliées, et les chevaux écartés du lac. Les vaqueros présents se répartirent entre les troncs des arbres, et les quatre chasseurs de bisons prirent place derrière les pieux de la palissade, prêts à en fermer la barrière aussitôt que la troupe sauvage se serait réfugiée dans le corral.

Le danger d'être foulés aux pieds des chevaux effrayés, le seul, du reste, qu'il y ait à peu près à courir dans cette chasse pittoresque, échut donc aux quatre chasseurs.

Une espèce de pont grossier avait été jeté d'un bord à l'autre du canal qui servait de déversoir au lac, et sous l'arcade de verdure que formaient les branches des arbres, l'hacendero, sa fille et le sénateur purent se placer de manière à ne rien perdre du séduisant spectacle qu'on se promettait.

Quand chacun eut pris son poste, tous attendirent immobiles et silencieux la venue de la caballada. Les cris d'un milan qui planait au-dessus de la clairière avaient interrompu le chant des oiseaux, et le calme le plus complet régnait aux alentours du Lac-aux-Bisons.

Bientôt, au milieu de cette profonde tranquillité, des sifflements aigus, comme ceux que font entendre les vaqueros et les conducteurs de troupeaux, retentirent de loin aux oreilles des chasseurs. C'était signe que les batteurs venaient de se mettre en mouvement pour pousser la caballada de leur côté. Des cris se mêlèrent ensuite aux sifflements, et de toutes parts le bruit se rapprocha sensiblement. Peu de temps après, des hennissements encore lointains résonnèrent dans la profondeur de la forêt, mais si nombreux qu'ils indiquaient une troupe considérable de chevaux sauvages.

Ces hennissements se faisaient entendre dans la direction de la Rivière-Rouge, c'est-à-dire précisément en ligne droite depuis ses bords jusqu'à l'endroit où, sur leur pont volant, l'hacendero, sa fille et le sénateur étaient postés pour voir la chasse. Il y avait à craindre quelque malheur, si la troupe sauvage débouchait de ce côté. Les jeunes taillis auraient été incapables d'arrêter l'élan furieux de ces animaux, qui, dans leur fuite, produisent des dévastations semblables à celles de l'ouragan dans les bois.

Don Augustin prévit le péril, et appela deux ou trois vaqueros, qui laissèrent leur poste pour venir à lui.

« Croyez-vous, demanda l'hacendero à l'un d'eux, que la caballada puisse venir de ce côté?

— C'est possible, répondit le vaquero, et je pensais déjà au danger que vous pourriez courir dans ce cas-là. Si donc vous le trouvez bon, nous quitterons, mes deux camarades et moi, le poste que vous nous aviez assigné pour nous embusquer derrière vous, le long de ce canal.

— J'aimerais mieux, reprit don Augustin, que nous abandonnassions notre place plutôt que de vous exposer à un danger inutile. »

Les trois vaqueros, en gens accoutumés à braver tous les périls attachés à leur profession, ne répondirent à la sollicitude de leur maître pour eux qu'en se coulant l'un après l'autre le long des berges de l'étroite issue du lac,

pour aller se poster en sentinelles avancées à une centaine de pas de là, dans la direction de la rivière.

Ce fut la dernière disposition qu'on eut le temps de
prendre; car le moment approchait qui allait décider du
sort des nobles animaux poussés par les chasseurs vers
l'enceinte fatale où les attendait la captivité.

Le bruit augmentait de moment en moment, et dans
les courts intervalles où les cris et les sifflements ces-
saient de se faire entendre, les hennissements des chevaux effrayés et les ronflements sourds échappés à leurs
naseaux retentissaient comme le souffle encore étouffé
de l'orage qui gronde au loin.

Quelques instants encore, et la scène si impatiemment
attendue allait s'ouvrir.

Déjà l'on entendait distinctement la voix des vaqueros
qui, galopant dans la forêt, s'appelaient réciproquement
et se répondaient.

La frayeur s'était emparée de tous les hôtes des
bois. Des bandes d'oiseaux criaient en s'envolant de la
cime des arbres ; des hiboux, éblouis par la lumière du
jour, voletaient incertains çà et là, et les cerfs, quittant
leurs retraites, bramaient en s'enfuyant loin du tumulte.

Bientôt, semblable à une avalanche, la troupe sauvage en s'avançant fit trembler le sol sous ses pieds. Le
craquement des broussailles et des jeunes arbres qu'elle
brisait dans sa course et les hennissements désordonnés
que lui arrachait la terreur, se mêlèrent aux hurlements
redoublés des chasseurs et des vaqueros, répétés par
vingt échos divers. Au bruit épouvantable dont retentit
la forêt de toutes parts, on eût cru qu'une légion de démons échappés de l'enfer hurlaient en galopant sur des
coursiers infernaux.

Tout à coup le rideau de verdure qui entourait la
clairière se fendit en cent endroits à la fois. Par chacune
de ces déchirures on vit jaillir un flot de têtes sauvages,

aux crinières hérissées, aux nascaux rouges, aux yeux hagards et flamboyants.

Subitement envahie, la clairière ne présenta bientôt plus qu'une masse compacte et mouvante de couleurs diverses, semblable à une mer, au-dessus de laquelle des queues ondoyantes s'agitaient en fouettant l'air et se choquaient entre elles comme les vagues qui se heurtent dans l'Océan.

A travers les larges trouées ouvertes par le poitrail des chevaux, on ne tarda pas à voir se précipiter les vaqueros, qui, l'œil en feu, la tête haute et poussant d'horribles clameurs, galopaient et bondissaient en faisant tournoyer leurs lazos dans l'air.

Incertaine sur la direction qu'elle devait prendre, la masse mouvante commençait à se séparer. Ce fut alors que les douze hommes à pied, brandissant leurs chapeaux, qu'ils tenaient à la main, sifflant, hurlant tour à tour et poussant des cris sauvages, s'élancèrent vers la troupe déjà débandée, au risque de se faire fouler sous les pieds de plus de deux cents chevaux. Pressés de tous côtés par leurs nombreux assaillants, étourdis par leurs vociférations, les chevaux s'arrêtèrent.

Il y eut parmi eux un moment effrayant d'hésitation. Qu'ils s'ébranlassent à droite ou à gauche, et les vaqueros à pied et à cheval étaient broyés comme le grain de blé sous la meule.

« Ne mollissez pas, enfants ! » s'écria don Augustin, qui, emporté par son ardeur, s'élança sur le bord du lac en poussant de grands cris.

De toutes parts des cris redoublés répondirent aux siens. Alors le cheval chef de la bande, qui depuis quelque temps fixait ses yeux brillants sur l'ouverture pratiquée dans l'enceinte, s'y élança tête baissée ; toute la troupe le suivit et se précipita comme un torrent.

« Hourra ! hourra ! s'écria l'hacendero, ils sont à nous ! »

Des cris de joie s'élevèrent de tous côtés à l'instant où Encinas et ses trois compagnons, presque engloutis sous cette avalanche vivante, se coulèrent hors du corral à travers les barres de bois de la barrière, qu'ils avaient fermée, non sans danger d'être écrasés **sous les** pieds des chevaux.

Quelques secondes s'écoulèrent sans que ces orgueilleux enfants des forêts s'aperçussent qu'ils étaient captifs; mais quand, pour la première fois de leur vie, ils se sentirent entourés par une enceinte de troncs d'arbres que la tête du plus haut d'entre eux dépassait à peine, des hennissements de douleur furieuse éclatèrent avec le fracas de cent clairons. C'était un spectacle beau à voir que cette masse d'animaux effarés, bondissant avec rage, lançant des flots d'écume par la bouche, et dont les yeux hagards se portaient en vain de tous côtés pour chercher une issue.

Un cri de triomphe des vaqueros retentit dans la forêt, et fut répété par l'écho.

« Ah! il y est! il y est! s'écria la voix tonnante d'Encinas.

— Qui? s'écrièrent vingt autres voix.

— Le Coursier-blanc-des-Prairies! » répondit le chasseur de bisons.

En effet, le plus beau et le plus noble de ces nobles et beaux habitants des déserts, le plus fougueux parmi ces fougueux coursiers, le plus irrité et le plus agile de tous, était un cheval d'un blanc sans tache, comme la fleur de nénufar : c'était celui qu'on avait vainement poursuivi la veille.

Le superbe quadrupède aux yeux de feu s'élançait d'un bout à l'autre du corral, renversant, dans la colère dont il était transporté, ceux de ses compagnons d'infortune qui, se trouvant sur son passage, ne pouvaient éviter le choc terrible de son poitrail. Dans un large espace qui s'ouvrit autour de lui, l'animal bou-

dissant jetait au vent ses hennissements de fureur
plaintive, tandis que sa crinière éparse flottait sur son
cou.

« Par là ! par là ! » s'écria Encinas en se précipitant
vers l'endroit au-dessus duquel le Coursier-Blanc s'apprêtait à s'élancer.

Mais il était déjà trop tard. Le cercle qui s'était ouvert
autour de lui lui permit de ramasser son corps sur ses
jarrets ; les chasseurs virent une ligne blanche fendre
l'air comme une flèche ; le cheval tomba au delà de l'enceinte sur ses jambes flexibles et vibrantes, puis il disparut sous la voûte des arbres.

Un cri de rage des chasseurs et des vaqueros se fit entendre ; mais il restait encore plus de deux cents chevaux dans l'estacade, et c'était assez pour dédommager
de la perte du plus beau d'entre eux.

« Eh bien, doutez-vous maintenant que ce cheval ne
soit le diable ? » cria Encinas.

Personne ne répondit ; tous en étaient convaincus.

Le vide qui s'était fait dans le corral se combla bientôt, et les chevaux captifs, se heurtant les uns les autres,
formèrent un flot roulant de tous côtés. Un instant ce
flot se précipita contre l'enceinte ; mais les robustes
pieux qui la composaient gémirent et craquèrent sans
céder. Des tourbillons de vapeur s'élevaient au-dessus
de tous ces corps haletants.

Parmi les captifs, les uns mordaient avec fureur les
palissades, d'autres creusaient la terre de leurs sabots,
et quelques-uns enfin, succombant sous la pression
d'une rage impuissante, tombaient comme foudroyés
sur le sol, d'où ils ne se relevaient plus. Puis, comme
une mer de lave bouillante se refroidit peu à peu, ainsi
la troupe de chevaux cessa de se ruer sur la palissade,
l'abattement succéda à la furie, et les éléments fougueux firent place à une morne immobilité.

Les farouches habitants des bois étaient vaincus.

Nous n'avons plus que quelques mots à dire sur ce sujet. Il arrive parfois qu'une estacade mal construite cède sous le choc terrible de deux, de trois cents poitrails qui la frappent à la fois. Alors c'est un torrent que rien ne peut arrêter, ni les cris, ni les efforts, ni les lazos de mille chasseurs. Hommes et arbres, tout est renversé sur le passage des chevaux; furieux, éperdus, fuyant avec la rapidité du vent, on croirait, au fracas horrible qu'ils font dans la forêt, qu'elle s'engloutit sous leurs pas. Des tourbillons de poussière accompagnent leur fuite précipitée. Bientôt cependant le calme renaît, et le silence du désert annonce que quelques minutes ont suffi pour mettre une distance de plusieurs lieues entre la troupe, désormais libre, et ceux dont elle avait été captive un instant.

Le lecteur connaît maintenant ces sortes de chasses dans tous leurs détails.

Les farouches habitants des bois étaient *vaincus*, avons-nous dit; mais il restait encore à les dompter par la faim, avant de les conduire aux *agostaderos* (pâturages) à l'aide de juments apprivoisées.

Cette opération devait demander encore cinq ou six jours aux chasseurs, pendant lesquels il fallait suivre pas à pas les progrès de la faim, qui seule dompte les animaux les plus jaloux peut-être de leur liberté, et les accoutume à la présence de l'homme.

La chasse était terminée, et la nuit avait succédé au jour.

C'était une nuit de fête pour les vaqueros triomphants, qui venaient d'accomplir un de ces exploits de chasse dont on parle longtemps durant les veillées des savanes. Don Augustin avait fait distribuer à ses hommes une large ration d'eau-de-vie de Catalogne. Assis autour d'un immense brasier, près duquel rôtissait un chevreuil tout entier, ils s'entretenaient encore des événements de la journée quand les étoiles marquaient minuit.

Il est vrai que ce n'était pas une chasse ordinaire que celle où avait figuré le surnaturel Coursier-blanc-des-Prairies. On pense bien qu'Encinas fut prié de raconter aux nouveaux venus la poursuite du cavalier texien avec ses circonstances merveilleuses, et une foule d'autres encore que l'eau-de-vie de Catalogne rappelait à la mémoire du chasseur de bisons.

« Et ce matin encore, ajouta le novice, l'Anglais en question était assis à cette même place. C'est quelque compère du diable, poursuivit-il, et de premier abord sa figure m'avait paru suspecte. »

Ce fut de cette façon que sir Frederick Wanderer et le formaliste Wilson, son garde du corps américain, furent atteints et convaincus de connivence avec le diable.

Maintenant nous ne devons pas oublier que bien d'autres personnages de ce récit réclament tout notre intérêt ; que Diaz erre encore dans le désert ; que le Comanche suit la trace des deux forbans, et qu'enfin Bois-Rosé pleure l'absence de Fabian. Avant de suivre toutefois celui des personnages qui nous fera retrouver les autres, nous jetterons un dernier regard sur le Lac-aux-Bisons.

Longtemps encore la forêt retentit des joyeux éclats de rire des chasseurs, qui se mêlaient aux hennissements plaintifs des chevaux sauvages dans le corral. Puis, quand les bouteilles furent vidées, quand il ne resta plus que les os du chevreuil, que le dogue du chasseur de bisons faisait craquer sous ses formidables mâchoires, la conversation languit et finit par mourir petit à petit. Alors les vaqueros jetèrent de nouveaux aliments au foyer, et s'étendant, enveloppés de leurs couvertures de laine, sur l'herbe épaisse de la clairière, sans penser que des traces suspectes avaient été vues dans la forêt, ils s'abandonnèrent au sommeil, qui ne se fit pas longtemps attendre.

Tout était calme alentour, et le silence de la nuit n'était interrompu de loin en loin que par les animaux libres naguère, captifs maintenant, et destinés bientôt à obéir au fouet et à l'éperon. La lune laissait tomber ses rayons obliquement, et leur pâle lueur, qui donnait une teinte argentée à la nappe tranquille du Lac-aux-Bisons, formait un agréable contraste avec le reflet de la flamme rougeâtre et mobile du foyer. Non loin de la rive, cette double lumière éclairait aussi les tentes dressées pour les maîtres, et laissait voir autour d'eux leurs nombreux serviteurs étendus sur l'herbe.

Tel était le tableau que présentait le lac; jamais il n'avait offert un aspect plus pittoresque et plus tranquille à la fois.

CHAPITRE XX

LA CACHE DE L'ILE-AUX-BUFFLES.

Le second soir qui suivit les dernières scènes de la chasse aux chevaux sauvages, cinq hommes remontaient le cours de la Rivière-Rouge, par groupes séparés.

De l'endroit où se trouvaient ces divers personnages, disséminés sur un espace d'environ une demi-lieue, il y avait à peu près un jour de marche jusqu'au val d'Or et une distance, jusqu'au Lac-aux-Bisons, qu'un bon piéton pouvait franchir en deux journées.

Le Rio-Gila, dans le parcours que nous avons indiqué, c'est-à-dire depuis sa sortie des Montagnes-Brumeuses jusqu'à la fourche de la Rivière-Rouge, traverse les accidents de terrain les plus variés. Tantôt ses eaux bouillonnent et mugissent entre des berges à pic, sur un fond pierreux, où elles forment des *rapides* ou cascades que le chasseur et l'Indien peuvent seuls franchir dans leur canot d'écorce ou de peau de buffles; tantôt elles coulent, calmes et profondes, entre deux rives basses couvertes d'herbes si hautes, qu'on ne peut y deviner la présence du bison ou de l'ours gris qu'aux ondulations que ces animaux impriment aux tiges qui les cachent.

Dans d'autres endroits, entre des rives sablonneuses, le fleuve caresse en passant des îles verdoyantes, espèces d'oasis impénétrables, tant les vignes vierges, les mousses espagnoles s'enlacent fortement à la végétation, qui semble s'être réfugiée tout entière au milieu des eaux; plus loin, ses eaux dormantes semblent se plaire à couler lentement sous les voûtes que forment en se joignant les arbres des deux rives. Ces berceaux répandent en effet sur le fleuve une ombre épaisse et fraîche qui fait oublier la chaleur des plaines embrasées par le soleil.

Les personnages les plus éloignés du Lac-aux-Bisons n'étaient que deux, et ils remontaient le fleuve dans un léger canot d'écorces de bouleau cousues ensemble avec des fibres de sapin et calfatées avec la résine du même arbre. Ce canot, tout fragile qu'il semblait être, n'en était pas moins si pesamment chargé que son bord dépassait à peine le niveau de l'eau.

Le poids que portait la frêle embarcation ne l'empêchait pas, sous l'impulsion donnée par les rameurs, de remonter assez rapidement le cours du fleuve.

Les objets que contenait le canot étaient des plus variés : c'étaient des selles de chevaux, des vêtements divers, des couvertures de toutes couleurs, des ballots et de petites caisses de fabrication européenne, enfin des sabres, des couteaux et environ une demi-douzaine de carabines de différentes longueurs.

Sans le costume particulier et la physionomie sinistre des deux rameurs, que quelques mots vont faire connaître, on aurait pu les prendre pour deux honnêtes marchands ambulants qui se hasardaient, sur la foi d'un sauf-conduit, à venir trafiquer avec les tribus indiennes du désert.

L'un était un vieillard à cheveux gris, l'autre un jeune homme à la longue chevelure, noire comme le jais. Quand nous aurons dit qu'ils portaient la coiffure distinctive des Indiens Papagos, on nommera Main-Rouge et Sang-Mêlé, dont on a sans doute reconnu le déguisement lors de leurs apparition soudaine dans les bois, le soir où don Augustin Pena se rendait avec sa fille et le sénateur à la chasse aux chevaux sauvages.

Après le coup hardi dont le résultat avait été la spoliation et la mort du marchand du préside, ainsi que l'a raconté le chasseur de bisons, l'alarme s'était répandue dans le pays. Pour échapper aux recherches, les deux bandits avaient adopté le déguisement sous lequel ils rencontrèrent la cavalcade. Le hasard qui avait fait retarder de quinze jours le départ de l'hacendero fut donc seul cause de cette fâcheuse rencontre.

L'homme marche à tâtons, pour lui l'avenir est couvert de nuages. Sait-il ce dont il faut se réjouir ou s'affliger? Combien d'orages éclatent après un beau matin ! Combien d'orages aussi au début d'une journée, au soir de laquelle le soleil se couche radieux dans un ciel pur !

Le métis, toutefois, le lecteur ne l'ignore pas, n'avait pu voir Rosarita sans ressentir l'impression que sa beauté causait habituellement, et sans désirer de la revoir. Il l'avait suivie jusqu'au Lac-aux-Bisons, et c'était pour l'enlever, en dépit de son nombreux cortége, que nous le trouvons gagnant les Montagnes-Brumeuses, près desquelles il connaissait la présence d'un fort parti de guerriers apaches.

Les deux pirates du désert n'étaient pas seulement redoutables à cause de leur courage et de leur adresse

On les a vus faire en quelques heures ce qu'avaient tenté vainement les Indiens autour de l'île flottante pendant un jour et une nuit, c'est-à-dire réduire à l'impuissance la plus absolue les deux meilleures carabines peut-être du désert, après eux. Ils étaient non moins à craindre et par leur incessante activité, et par la rapidité et la spontanéité de leurs mouvements, qu'on aurait dit être ceux des oiseaux de proie que leur vol transporte en un clin d'œil de l'un à l'autre horizon.

Tandis que tous deux se courbaient sur l'aviron, le canot remontait rapidement un espace où la rivière coulait entre une succession presque non interrompue de petites collines vertes, que, dans nos pays d'Europe, on aurait prises pour des tas de foin récemment fauché.

L'œil fauve et inquiet du vieux renégat blanc errait d'une rive du fleuve à l'autre, interrogeant avec sollicitude le plus petit accident de terrain, et se reportant ensuite avec une avide sollicitude sur la cargaison du canot.

« Eh bien, vieux coquin, dit le métis dans un moment où, pour redresser la marche de la barque, Main-Rouge *nageait* seul, apercevez-vous à l'horizon quelque signe suspect?

— Je ne vois que votre folie répondit l'Américain d'un ton chagrin, et quant au nom que vous vous plaisez à me donner, je ne vois que votre stupide orgueil. Qu'est-ce que c'est que le fils d'un chien? un chien. Et le fils d'un coquin?

— L'image de son père, répliqua Sang-Mêlé. Mais vous êtes plus coquin que votre fils, parce que vous avez commencé à l'être bien avant lui.

— Je n'en sais rien, fils d'un renégat blanc et d'une louve indienne, s'écria Main-Rouge avec colère. Quand vous aurez mon âge..... Mais vous n'y arriverez jamais. »

Sang-Mêlé était de bonne humeur ce jour-là, et il ne fit que sourire des injures et de la sombre prédiction de son père.

« Oui, disait ce dernier, quand le cheval et le cerf sont amoureux, la prudence les abandonne.

— Ne pourriez-vous pas comparer votre fils à quelque animal plus noble? dit le métis avec un hautain sourire.

— Qu'importe? Nous avons deux fois retrouvé les traces du Comanche près des nôtres, et, au lieu de suivre les siennes à notre tour, l'impatience de vous emparer d'un joujou, de cette petite colombe blanche, vous fait négliger toute espèce de précaution. C'est moi qui vous le dis, ceux qui dans le désert ne suivent pas les avis qu'ils trouvent imprimés sur le sol n'arrivent jamais à la vieillesse.

— Témoin tant de trappeurs, de voyageurs et d'Indiens qui n'ont pas vu ou ont dédaigné vos traces. Mais silence à ce sujet, vieillard; tout ce qui aura pour résultat de me blâmer de chercher à satisfaire au plus vite la soif d'amour que m'inspire ce nuage blanc, ce flocon de neige, ce nénufar du lac, sonne mal à mon oreille, sachez-le. »

En disant ces mots, les yeux du métis jetaient des flammes comme ceux du tigre, quand la brise lui apporte sur ses ailes chaudes les mystérieuses émanations de la tigresse.

Le père se tut, et tous deux continuèrent à ramer en silence.

Une des îles dont le cours de la rivière était parsemé s'allongeait au loin sur l'eau, comme un oiseau marin endormi.

C'était celle qu'on appelait l'Ile-aux-Buffles.

A quelque distance des deux pirates, et caché par les vertes ondulations de la rive droite, un homme marchait seul, de ce pas élastique et nerveux qui n'appartient qu'à

l'Indien, et qu'on peut comparer à notre pas gymnastique porté à sa dernière perfection.

C'était le jeune Comanche, Rayon-Brûlant, qui suivait
seul le sentier de la guerre.

Le loyal jeune homme avait à cœur de venger son
honneur, qu'il regardait comme entaché depuis le meurtre des blancs qui s'étaient fiés à sa parole, et il accom-
plissait seul une de ces prouesses aventureuses que semblent avoir ressuscitées des anciens temps les chevaliers
errants du désert.

A l'endroit où il était parvenu, un coude formé par la
rivière lui cachait le canot qui en remontait le cours.
L'Indien s'approcha de la rive, fit un paquet de ses munitions, qu'il enveloppa dans son manteau de peau de
buffle. A l'aide de courroies passées sous le menton, il
assujettit solidement sur sa tête ce paquet, au-dessus
duquel il avait lié sa carabine, et il entra doucement dans
la rivière, qu'il fendit d'un bras vigoureux.

Quelques minutes après il prenait terre sur la rive
gauche. Profitant avec une adresse infinie de tous les
abris, de toutes les inégalités du terrain, le Comanche,
invisible aux deux bandits, se mit bientôt en ligne
droite avec eux, puis les dépassa, et gagna l'endroit de
la rive qui faisait face à l'Ile-aux-Buffles.

Les accidents de la Rivière-Rouge lui semblaient fa-
miliers; car, sans hésiter, sans chercher un instant, il
trouva le gué qui conduisait de la rive à l'île, dans laquelle il aborda bientôt sous les saules qui en ombra-
geaient les bords. Là, caché sur la pointe contre laquelle
se brisait le courant de la rivière, il disparut, et l'œil le
plus exercé eût en vain cherché à le découvrir.

Main-Rouge et Sang-Mêlé dirigeaient évidemment
leur canot vers l'Ile-aux-Buffles, où ils ne tardèrent pas
à s'arrêter, à peu près au centre. Rayon-Brûlant n'avait
pas perdu un seul de leurs mouvements. Il les vit amar-
rer leur canot et prendre terre, après avoir eu la pré-

caution de tendre une couverture de laine à l'endroit que leurs pas allaient fouler.

Une petite clairière, tapissée d'un gazon fin et serré, s'ouvrait devant eux, et, à l'aide d'autres couvertures dont ils étaient abondamment pourvus, ils couvrirent d'un vaste et moelleux tapis presque toute sa surface.

Un homme qui n'eût pas connu tous les incidents de la vie du désert eût été fort intrigué par ces mystérieux préparatifs. Mais l'Indien savait ce qu'allaient faire les deux pirates, et il cessa de les observer pour songer à se cacher mieux lui-même jusqu'au moment de leur départ.

L'Ile-aux-Buffles paraissait si complétement déserte qu'à peine les deux bandits daignèrent-ils jeter un regard autour d'eux, et ce ne fut que par pur acquit de conscience qu'ils semblèrent prendre cette simple précaution.

Les buissons qui environnaient la petite clairière furent également mis sous l'abri de plusieurs couvertures, de manière à éviter que les deux pirates n'en froissassent les branches dans leurs allées et venues. Alors Main-Rouge traça avec son couteau, sur la partie de la clairière restée découverte, un cercle d'environ un pied et demi de diamètre, et à l'aide d'une bêche dont il s'était muni, il enleva adroitement la motte entière de gazon comprise dans ce cercle, et la déposa soigneusement sur l'une des couvertures.

Sang-Mêlé, armé d'une pioche, vint ensuite seconder son père, et tous deux commencèrent à creuser le rond mis à découvert, ayant soin de déposer chaque pelletée de terre qu'ils en retiraient sur un cuir de buffle à côté d'eux.

Lorsqu'ils eurent atteint une profondeur d'environ quatre pieds, ils s'occupèrent à évider le trou circulairement, afin de lui donner la forme intérieure d'un dé à coudre. Ce travail leur demanda quelques heures, au

bout desquelles ils se trouvèrent avoir pratiqué une espèce de *silo* comme ceux des Arabes.

Pendant ce temps la cargaison du canot avait été soigneusement exposée au soleil pour en chasser toute l'humidité. Les deux bandits l'eurent bientôt enfouie dans
la cache qu'ils venaient de terminer. Le tout fut alors
recouvert d'un cuir épais, puis de branches et d'herbes
sèches, et cela fait, comme les fossoyeurs qui rejettent
la terre sur la bière, Main-Rouge et son fils se mirent
à combler la partie supérieure du trou, restée vide.

Lorsque la terre, fortement foulée sous leurs pieds,
s'éleva jusqu'à la hauteur de l'orifice, l'un des deux pirates l'imbiba d'eau, afin de lui ôter l'odeur de terre
fraîche qui aurait pu exciter les bêtes carnassières à y
fouiller. Ils replacèrent ensuite avec le plus grand soin
la motte de gazon, comme elle était quelques heures auparavant.

« Eh bien, Sang-Mêlé, dit le vieux renégat, tout en re-
dressant avec le plus grand soin de ses deux mains les
moindres herbes foulées et froissées dans le cours de
leur opération, croyez-vous que cette cache soit bien
pratiquée et que notre butin soit en sûreté ?

— Je l'espère, du moins, » dit le métis en relevant
les couvertures à mesure qu'ils les avaient traversées
pour regagner leur canot.

Il ne restait qu'une chose à faire pour compléter l'opération : c'était de se débarrasser des déblais de terre dont
les marchandises occupaient la place. Enveloppés dans
le cuir de buffle sur lequel ils avaient été jetés, ils furent
portés dans le canot, et quand les rameurs eurent gagné
le milieu de la rivière, l'eau engloutit avec ces débris
les derniers indices qui auraient pu trahir le passage de
l'homme, dont nulle trace ne restait ni sur les rives ni
sur la clairière.

Tels sont les magasins que les trappeurs, les Indiens et
les marchands pratiquent dans le désert pour mettre en

sûreté leurs biens, leur butin ou leurs marchandises.

Nous avons pensé que les détails très-peu connus dans lesquels nous venons d'entrer seraient peut-être agréables au lecteur : aussi nous sommes-nous empressé de les consigner ici.

Le canot des deux pirates, allégé de tout le poids qui le surchargeait, remonta bientôt avec rapidité le courant de la rivière, dans la direction des Montagnes-Brumeuses. Là, trois jours après, Bois-Rosé devait signaler son apparition, et Baraja apercevoir les deux bandits dans ce même canot, puis les retrouver le soir de ce troisième jour, où, grâce au métis, sa mort avait été retardée de quelques heures.

« Bon ! dit le jeune Comanche quand son œil de lynx n'aperçut plus les deux navigateurs, leur âme est enfouie là ; ils y reviendront sous peu. »

Alors le guerrier indien traversa de nouveau la rivière, reprit le chemin qu'il avait suivi ; puis, au bout d'une demi-heure de marche environ, il arriva dans un ravin au fond duquel était attaché un agile et vigoureux coursier, qui hennit à l'approche de son maître.

Rayon-Brûlant le flatta de la main, s'élança sur son dos et partit au galop. Tout à coup le cheval et le cavalier s'arrêtèrent ; tous deux se mirent à flairer le vent comme deux limiers bien dressés. Ce n'était rien : deux hommes isolés étaient seuls visibles dans le lointain.

Nous avons parlé de cinq personnages en commençant ce chapitre : ce sont les deux derniers que nous retrouvons en finissant.

Les deux hommes avaient aperçu, de leur côté, l'Indien à cheval.

« Wilson ! dit l'un d'eux, qui dessinait.

— Sir ! répondit l'Américain.

— Voici cette fois quelque chose qui vous regarde, si je ne me trompe. »

Et sir Frederick, qui payait pour ne pas s'occuper de

tous les menus dangers du désert, ne songea plus qu'au
point de vue qu'il était en train de dessiner.

Les manœuvres de l'Américain et du Comanche, pour
s'aborder mutuellement, témoignèrent quel est le degré
de confiance qui préside aux relations de la vie sauvage
Wilson, en faisant signe de la main qu'il voulait entrer
en conférence amicale, se jeta dans un creux de terrain
que sa tête dépassait seule.

Touché de ce procédé, l'Indien descendit de cheval,
se cacha presque tout entier derrière lui, et, le poussant
en avant sans qu'on pût voir de sa personne que le sommet de sa tête et sa carabine braquée sur sa selle, comme
un fusil de rempart, il s'avança vers l'Américain. L'Anglais dessinait toujours.

Enfin, quand l'Indien et le blanc, après avoir échangé
quelques mots préliminaires, furent convaincus que
l'un ne voulait pas égorger l'autre, ils rejetèrent leur carabine sur leur épaule ; le premier sortit de son trou,
le second remonta sur son cheval et tous deux se touchè-
rent la main.

« A quelle tribu appartient mon jeune ami ? demanda
Wilson.

— A la nation des Comanches, et il va rejoindre ses
frères pour les mener sur la trace d'un ennemi. Que fait
mon frère blanc dans le désert ?

— Je n'en sais rien. »

Et comme l'Indien souriait d'un air incrédule :

« Nous nous promenons, mon cher, dit sir Frederick.

— Les terrains de chasse de Main-Rouge, de Sang-
Mêlé et des Apaches sont pleins de dangers, dit gravement l'Indien.

— Cela ne me regarde pas ; parlez-en à Wilson.

— Ceux-là ou d'autres, reprit flegmatiquement le
Yankee.

— Mes frères sont avertis. »

Cela dit, l'Indien rompit la conférence et partit au galop. Wanderer suivit de l'œil le jeune guerrier bondissant dans le désert sur son coursier sauvage et fougueux comme lui, enivrés tous deux du bonheur de sentir siffler à leurs oreilles ce vent libre comme eux; spectacle imposant et poétique qui ne peut être comparé qu'à celui d'un navire voguant à pleines voiles en fendant l'immensité de l'Océan.

Maintenant que nous avons comblé les lacunes du passé, il est temps de retourner vers Pepe et le Canadien, au val d'Or.

CHAPITRE XXI

LES AMES EN PEINE.

Il ne restait au ciel nulle trace de l'orage qui avait grondé toute la nuit dont fut suivie la disparition de Fabian; mais la terre en portait encore l'empreinte. La pluie avait battu, foulé, égalisé le sol; toute trace humaine avait disparu, et des voix muettes la veille chantaient dans les montagnes : c'étaient des cascades fangeuses, des torrents bourbeux qui roulaient dans la plaine le limon, les herbes sèches et les arbustes souillés, arrachés au flanc des rochers.

Au-dessus de ces scènes de désolation, car ces flots jaunes baignaient des cadavres d'Indiens étendus sur la terre, le soleil brillait dans un ciel limpide comme d'habitude.

Un homme, la tête courbée, sur la face énergique duquel la douleur semblait en une nuit avoir creusé des rides profondes comme les crevasses ouvertes par l'orage au pied des Montagnes-Brumeuses, était assis seul sur un quartier de roc, près de la pyramide du Sépulcre. Ses cheveux gris flottaient autour de ses joues, dont le hâle avait pâli ; il paraissait ne pas s'apercevoir des rayons de feu qui tombaient sur son front nu.

C'était le pauvre chasseur canadien.

Sa force d'âme habituelle, ébranlée déjà par ses angoisses précédentes au sujet de Fabian, semblait avoir disparu tout à coup sous ce dernier choc. Il était immobile et sans regards ; le désespoir était arrivé chez lui au dernier période, celui où il devient muet. Mais aussi, dans un cœur fortement trempé, c'est le moment qui précède le réveil de l'énergie. Il resta bien longtemps plongé dans cette torpeur, car les torrents formés subitement par la pluie de la nuit avaient cessé d'abord de mugir, puis avaient murmuré doucement et s'étaient enfin tus ; Bois-Rosé n'avait pas encore changé d'attitude.

Cependant, semblable à l'homme qui se réveille après une longue léthargie, le vieux coureur des bois releva lentement la tête. Son bras s'allongea machinalement autour de lui, sa main s'ouvrit comme pour chercher et saisir son arme de prédilection ; mais ses doigts ne rencontrèrent que le vide.

Ce fut le premier choc qui le rappela à la vie extérieure ; il se souvint ; puis il leva vers le ciel ses deux bras désarmés.

En ce moment, un homme tournait la chaîne de rochers dont il a été si souvent question, et se montra ; Bois-Rosé le vit, tressaillit, et sa physionomie s'éclaira d'un pâle éclair de joie.

C'était Pepe. Le visage d'un ami n'est-il pas toujours comme un reflet de la Providence qui veille ?

Un nuage sombre couvrait aussi le front du chasseur espagnol, d'ordinaire si insouciant. Un rapide regard jeté sur son vieux compagnon le rassura, car Bois-Rosé venait vers lui. Le front de Pepe s'éclaircit ; il sentit que le chêne plongeait de trop profondes racines dans la terre pour tomber encore, et il se réjouit de le trouver affermi.

Au temps jadis, un robuste et vaillant chevalier, pres-que écrasé dans son armure par la chute d'un créneau ou le choc d'une hache d'armes, avait de ces moments d'étourdissement et de défaillance, semblables à ceux qu'avait traversés le Canadien, et Bois-Rosé venait de se réveiller comme le chevalier.

« Rien ? demanda-t-il d'une voix brève.

— Rien, répondit d'un ton ferme le miquelet, qui, d'après la contenance du chasseur, laissa résolûment de côté toute consolation banale ; mais nous trouverons.

— C'est ce que je me dis. Trouvons donc. »

Le nom de Fabian ne fut prononcé ni de part ni d'autre, quoique son souvenir débordât du cœur de chacun d'eux.

Cependant Pepe voulut éprouver le retour de son compagnon à l'énergie. C'était seulement en calculant froidement leurs chances, en réunissant deux intelligences que la douleur n'obscurcit pas, que la réussite les attendait, et Pepe mit impitoyablement le doigt sur la plaie vive pour s'assurer de la force du patient.

« Il est mort ou vivant, dit-il en regardant fixement le Canadien ; dans l'un ou l'autre cas, nous devons le retrouver. »

Le patient ne tressaillit pas.

« C'est mon avis, répondit-il froidement, tant la réaction s'était faite complète. Si je le retrouve mort, je me tuerai ; si je le retrouve vivant, je vivrai. Dans l'un ou l'autre cas, je n'aurai pas longtemps à souffrir.

— Bien, dit Pepe tout en faisant ses réserves en secret et en comptant sur les bienfaits du temps, qui cicatrise toutes les douleurs, quoi qu'en disent les poëtes, les poëtes lakistes s'entend, qui seuls chantent les incurables douleurs. Voyons, ajouta-t-il, maintenant il nous faut reprendre de nouveau la direction dans laquelle s'est enfui ce coquin de Sang-Mêlé, qui est plus près qu'il ne le pense d'avoir mon couteau ou le vôtre en pleine poitrine; car je tiens plus que jamais à me passer cette fantaisie.

— Essayons d'abord de retrouver ici quelque empreinte qui puisse nous expliquer comment Fabian est tombé dans les mains des Indiens, répliqua Bois-Rosé. Tenez, Pepe, vous reconnaissez comme moi cette pierre plate pour une de celles qui nous servaient de rempart là-haut. C'est donc dans une lutte corps à corps qu'elle a été précipitée en bas; et soit qu'ils fussent debout ou couchés, les deux combattants ont dû rouler avec elle.

— C'est presque certain, et je vais aller voir sur la plate-forme s'il est possible de nous assurer de la position dans laquelle la lutte a eu lieu. Vous concevez que c'est important. Tombant en bas, la tête la première, ce qui est infaillible quand on est debout et que le pied vous manque, don Fabian se serait brisé le crâne; en roulant couché et enlacé à son ennemi, il en aura été quitte pour quelques contusions. »

Pepe allait grimper le long des flancs de la pyramide quand Bois-Rosé le retint.

« Doucement, lui dit-il; montons tous deux sans nous accrocher aux buissons, s'il est possible; j'ai mes idées à cet égard, et examinons-en soigneusement les branches et les tiges. »

Les deux chasseurs commencèrent donc leur ascension en observant avec attention les moindres indices. Ils n'eurent pas besoin de monter au delà de quelques pieds. Comme l'avait espéré Bois-Rosé, l'inspection des buissons leur apprit ce qu'ils désiraient de savoir.

« Voyez-vous, dit le Canadien en montrant deux buissons qui croissaient au même niveau sur le flanc de l'éminence, et à une distance d'environ un mètre l'un de l'autre, ces petites branches brisées sur les deux buissons prouvent que c'est un corps de cette longueur au moins qui les a froissées dans sa chute. Il est évident que les deux combattants ont roulé transversalement. Tenez, voici un trou qui a contenu un cailloux, il y a vingt-quatre heures; la pointe en était sans doute saillante, et les deux corps, en pesant sur son extrémité, l'auront arraché de terre. Nous retrouverons ce caillou, je gage.

— C'est inutile, répondit Pepe. Il est certain pour moi, comme pour vous, que don Fabian n'est pas tombé la tête la première; donc il vit.

— Oui, mais prisonnier, et de quels ennemis !

— L'essentiel est qu'il vive; ne sommes-nous pas là ?

— Oh! s'écria Bois-Rosé en étouffant un frémissement d'horreur, dans quel endroit le poteau du supplice va-t-il s'élever pour lui ?

— Vous y étiez, Bois-Rosé, un jour, et....

— Vous m'en avez arraché, je comprends; nous l'en arracherons aussi.

— L'essentiel est qu'il vive, vous dis-je. »

Bois-Rosé accepta cette consolation, car il n'y avait rien dont il ne se sentît capable pour délivrer Fabian.

« Ce point vérifié, voyons.... »

Le Canadien interrompit Pepe en lui serrant le bras avec une force à le lui briser.

« Le point est douteux, s'écria-t-il comme frappé d'une lumière soudaine. Où sont les cadavres des Indiens que nous avons tués? dans ce gouffre sans doute; qui vous dit que celui de Fabian n'y est pas avec les leurs ?

— Et depuis quand ces chiens d'Indiens, ce métis damné surtout, auraient-ils tant de sollicitude pour les cadavres de leurs ennemis! Les coquins ont sans doute soustrait leurs morts aux profanations des vivants, c'est leur habitude. Non, non; si don Fabian était mort, nous l'aurions retrouvé ici avec sa chevelure de moins. Soyez sûr que le métis a son plan pour avoir si brusquement

levé le siége. Il sait que don Fabian connaît le gîte du
trésor que j'avais si heureusement caché, et sa vie sera
précieuse au bandit jusqu'à ce qu'il lui en ait révélé
l'emplacement. »

Le raisonnement de Pepe était loin d'être dénué de
vraisemblance, et le Canadien fut heureux de l'accepter
comme infaillible. Cependant un indice alarmant vint
tout à coup le détruire presque en entier.

Bois-Rosé s'était avancé vers le gouffre où s'engloutissait la cascade. Il cherchait inutilement sur les bords des
traces humaines que la pluie avait effacées en fouettant
le sol, quand un objet attira soudain ses regards. Il se
baissa précipitamment et le montra d'un air sombre à
l'Espagnol. C'était le couteau de Fabian. L'eau du ciel
ne l'avait pas si bien lavé qu'il ne restât quelques traces
de sang caillé aux clous de cuivre qui en ornaient le
manche de corne. Comment le couteau de Fabian se
trouvait-il si près de l'abîme ?

Pepe ne répondit pas à cette demande de son compagnon. La fertilité de son esprit fut un instant impuissante
à trouver une explication naturelle, et les deux chasseurs
restèrent sous le coup d'une effrayante incertitude.

Toutefois l'ex-miquelet ne se tint pas pour battu, et,
s'avançant vers l'endroit où ils avaient reconnu tous
deux, au froissement des buissons, la direction que les
combattants avaient dû suivre en roulant du haut de la
pyramide en bas, il traça en étendant la main une ligne
imaginaire au centre de l'espace qui séparait les deux
bouquets d'arbustes. Cette ligne aboutissait au pied de
la colline tronquée, à peu de distance de l'ouverture du
précipice.

« Le couteau de don Fabian aura échappé à ses mains
dans la chute, et il aura roulé jusqu'à la place où vous
l'avez trouvé. Supposez maintenant, ce qui est vraisemblable, que, dans la lutte qui se sera continuée au pied
de la pyramide, deux ou trois de ces coquins soient ve-

nus en aide à leur compagnon, en un clin d'œil don Fabian aura été entouré et fait prisonnier avant d'avoir pu ramasser son arme. »

Bois-Rosé dut encore se contenter de cette explication; car il s'était repris à espérer avec ardeur, après avoir triomphé de l'accablement d'esprit qui l'avait dominé. De grandes douleurs se payent parfois de raisons moins bonnes que celle alléguée par Pepe avec une conviction que le Canadien ne pouvait s'empêcher de partager.

Les deux chasseurs quittèrent alors cette portion de terrain qu'ils venaient d'explorer, pour gagner le sommet de la chaîne des rochers.

« J'en reviens à mon opinion, voyez-vous, Bois-Rosé, continua Pepe pendant que tous deux essayaient de percer les mystères d'un événement dont le terrain, lavé par des torrents de pluie, leur refusait toute explication plus satisfaisante; don Fabian, entre les mains de cet abominable Sang-Mêlé, est un prisonnier qu'on essayera de gagner tour à tour par la crainte et par les promesses, et, comme le brave jeune homme se rira de l'une et méprisera les autres, il nous donnera d'une manière ou d'autre le temps d'arriver jusqu'à lui.

— Ah ! s'écria Bois-Rosé avec amertume, un vieux routier comme moi s'être ainsi laissé désarmer!

— Il est encore des armes qu'on ne nous enlèvera pas : c'est un bon couteau chacun, un cœur intrépide, je puis le dire, et la confiance en Dieu, qui ne vous a pas guidé si merveilleusement sur les pas de don Fabian pour vous l'enlever ainsi à jamais. Vous me direz à cela que la faim nous menace, c'est vrai.

— Qu'importe? nous ferons comme ces pauvres diables d'Indiens mangeurs de racines, qui nous ont hébergés l'année dernière dans les Montagnes-Rocheuses, et qui ne se nourrissent que de fruits ou de racines sauvages.

— C'est ainsi que j'aime à vous retrouver, Bois-Rosé, comme ce jour où, dans une position fort délicate, ma foi, je vous voyais fumer tranquillement, tout attaché que vous étiez à ce fameux poteau que vous savez, quand, au son d'une certaine carabine que vous connaissiez si bien, vous retournâtes la tête sans étonnement, au moment où l'Indien qui avait déjà entamé la peau de votre front tombait comme frappé d'asphyxie.

— Sans étonnement, c'est vrai, Pepe, car je vous attendais, reprit simplement le Canadien.

— Je ne vous dis pas cela pour vous rappeler ce petit service, mais parce que cela doit vous prouver qu'il ne faut jamais désespérer de rien dans ce bas monde. »

Les deux chasseurs étaient parvenus au même emplacement qu'occupaient les Indiens la veille. Bois-Rosé, debout sur le glacis qui couronnait le talus, ne put s'empêcher de jeter un mélancolique regard sur la plate-forme de la pyramide en face de lui, et sur laquelle ils étaient retranchés eux-mêmes, forts de leur union, de leur force et de leur courage. Leur union était rompue, leur force brisée ; le courage leur restait seul.

« Ah ! s'écria le Canadien, voilà le premier mouvement de joie qui ait fait battre mon cœur depuis hier soir.

— Qu'est-ce ? dit Pepe en se rapprochant de son compagnon.

— Tenez ! »

Bois-Rosé montrait à l'Espagnol un lambeau de la veste d'indienne de Fabian, que la force du vent, sans doute, avait fixé entre les tiges des buissons.

« Il est venu jusqu'ici, reprit le Canadien avec une joie triste, et c'est en se défendant que ce morceau d'étoffe aura été arraché de son corps.

— Sa veste était bien mûre, à ce pauvre garçon, tout riche qu'il aurait pu être, dit Pepe en souriant ; mais cela prouve aussi que je ne me trompe pas quand je dis

qu'il vit. Et, à ce propos, croyez-vous encore que les Indiens aient tant de sollicitude pour les cadavres blancs ?

— C'est vrai, répondit Bois-Rosé ; je n'avais pas songé
à venir en chercher la preuve ici. »

Un lugubre spectacle plaidait éloquemment en faveur
de cette dernière assertion de Pepe ; c'était le cadavre
de Baraja étendu à l'endroit où la balle du Canadien
l'avait fait tomber. Le malheureux semblait encore cou-
ver son trésor.

« Si ce chien de métis avait eu la sollicitude pour les
morts que vous lui supposiez, dit l'Espagnol, la possession de cet or l'en eût magnifiquement récompensé.
Ah ! don Fabian doit sa vie à l'idée que Dieu m'a ins-
pirée de couvrir ce vallon de branchages qui en ont caché la richesse à tous les yeux. »

En effet, combien de fois dans la vie n'a-t-on pas à se
repentir ou à s'applaudir d'avoir négligé ou suivi ces
inspirations soudaines à l'une desquelles Pepe avait
obéi, ainsi que nous l'avons vu !

« Prendrons-nous un peu de cet or, maintenant que
nous n'avons plus d'autres armes, Bois-Rosé ?

— A quoi sert l'or dans le désert ? Les bêtes féroces
s'éloigneront-elles de nous à sa vue ? Les bisons et les
chevreuils bondissant dans les Prairies viendront-ils
s'offrir à nous pour les prendre ? Laissons ce val d'Or tel
qu'il est, avec ce cadavre comme une preuve de la pu-
nition du méchant. Ce lambeau d'indienne est pour moi
plus précieux mille fois que toutes ces richesses inutiles. »

Les deux chasseurs avaient surpris tous les secrets dont
ils pouvaient espérer que cet endroit leur fournirait la
révélation, et ils se dirigèrent du glacis des rochers vers
les Montagnes-Brumeuses, où le dais de brouillard qui
les couvrait pouvait encore cacher sous ses plis l'explication de bien des mystères.

« Arrêtons-nous ici un instant, dit Pepe quand ils eu-

rent gravi un sentier escarpé, non sans peine toutefois;
car depuis longtemps la faim leur faisait sentir à l'un et
à l'autre son terrible aiguillon. Main-Rouge et Sang-
Mêlé ont peut-être passé par ici, » ajouta l'Espagnol.

Les deux chasseurs partagèrent le peu de provisions
qui leur restaient. C'était leur unique repas depuis celui
qu'ils avaient pris la veille avec Fabian.

De quelque poignante douleur qu'on soit atteint, Dieu
ne permet pas que les droits de la nature soient mécon-
nus au delà d'un certain laps de temps, parce que la vie
de l'homme, dont la durée est fixée à l'avance, ne doit
être qu'une série de douleurs passagères et de joies fugitives auxquelles nul ne peut se soustraire. C'est pourquoi, tout en s'indignant contre sa propre faiblesse,
l'homme est forcé de nourrir son désespoir.

Ce repas achevé, sans prévoir comment, privés désormais de leurs carabines, ils pourraient manger le lendemain, le Canadien et l'Espagnol reprirent leurs pa-
tientes investigations du terrain. Là, il était encore
plus difficile de retrouver les traces effacées par l'orage.
Aux vapeurs épaisses qu'attiraient les pitons magnéti-
ques des Montagnes-Brumeuses, éternel château d'eau
où se distillent et s'élaborent des ruisseaux et des rivières, de nouvelles vapeurs semblaient incessamment
sortir du sein de la terre détrempée, et s'élevaient en
spirales épaisses des gorges profondes de la sierra.

Un minutieux examen dans la portion de terrain que
chacun s'était assignée ne leur présenta nul indice qui
pût les guider. Enfermés tous deux dans un cercle de
brouillard condensé, les chasseurs ne se voyaient plus,
quand Pepe crut devoir appeler le Canadien pour le
consulter.

Il attendit vainement une réponse, et quand il l'eut
appelé une seconde fois, ce fut une voix humaine, mais
une autre que celle du Canadien, qui répondit à l'appel de l'Espagnol. Étonné de n'être pas seul avec Bois-

Rosé au milieu de ces montagnes, Pepe s'écria du
même ton qu'il eût pris en portant sa carabine à l'é-
paule :

« Qui est là, de par tous les diables ?

— A qui en avez-vous ainsi ? dit la voix de Bois-
Rosé au milieu du brouillard.

— Seigneur Bois-Rosé, seigneur don Pepe, où êtes-
vous ?

— Par ici, répondit Pepe en reconnaissant la voix de
Gayferos.

— Grâce à Dieu, je vous retrouve enfin pour ne pas
mourir de faim dans ces montagnes maudites, dit le
gambusino scalpé, en sortant du voile de vapeur qui
l'avait caché jusqu'alors.

— Bon, se dit Pepe, voici un pensionnaire de plus à
nourrir de racines. Eh bien, mon brave, vous êtes mal
tombé, reprit-il tout haut; des chasseurs sans fusil ne
sont que de bien tristes auxiliaires.

— Et don Fabian ? s'écria vivement Gayferos, qui
n'avait pas oublié que c'était aux intercessions du jeune
homme qu'il devait pour ainsi dire la vie; le malheur
que j'ai pressenti s'est-il donc réalisé ?

— Il est prisonnier des Indiens, et vous nous voyez
nous-mêmes sans armes, sans vivres, sans munitions,
exposés comme des enfants aux bêtes féroces, aux Indiens, et qui pis est, à la famine. Mais, mon garçon,
avant de vous raconter tous les malheurs qui nous ont
frappés, laissez-moi demander un renseignement à Bois-
Rosé. »

L'Espagnol montrait au vieux chasseur, au pied d'une
touffe épaisse de hautes absinthes, des empreintes que
la pluie n'avait pu effacer complétement sous le feuillage qui les abritait.

« Y avait-il des blancs parmi eux ? dit-il. Voilà des
mocassins indiens, voici des semelles de souliers d'un
blanc, si je ne me trompe. »

Le coureur des bois n'eut pas besoin d'examiner long
temps les traces que lui montrait Pepe.

« Ce n'est pas le pied de Fabian qui a laissé ces derniers vestiges, répondit Bois-Rosé. Ne vous souvient-il
pas, il y a quelques jours à peine, des empreintes que
nous suivions, lorsque le pauvre enfant, plus ardent que
nous, nous précédait sur la piste du dernier chevreuil
que nous avons tué? J'espère en Dieu; mais rien ne
prouve encore que Fabian soit vivant.

— En douteriez-vous donc? » demanda Gayferos avec
intérêt.

Pour la première fois depuis qu'il venait de se joindre à eux, Bois-Rosé jeta sur le gambusino un regard
de bienvenue. Il fut frappé de l'altération qu'avaient
produite sur lui quarante heures d'abstinence complète
et de souffrance.

« Si nous doutons que don Fabian soit vivant! s'é-
cria Pepe. Oui, certes! Nous ne l'avons laissé qu'un
instant, et nous ne l'avons plus retrouvé. Mais que disiez-vous donc tout à l'heure d'un malheur que vous
aviez craint?

— Hier soir, répondit Gayferos, ne vous voyant pas
revenir ainsi que vous me l'aviez promis, le peu de nourriture que vous m'aviez laissé étant épuisé, craignant
enfin d'être abandonné sans ressource et sans secours,
je résolus de m'aider moi-même. Je suivis un instant vos
traces, que j'ai perdues près de ces montagnes. J'errais
à l'aventure à la chute du jour, quand, arrivé à un endroit
d'où je dominais un large cours d'eau, j'aperçus flotter
au-dessous de moi un chapeau de paille, que je reconnus
pour avoir appartenu à celui que vous appelez Fabian.

— Où donc? s'écria Bois-Rosé en poussant un cri de
joie. Pepe, mon vieil ami, nous sommes sur la trace
des ravisseurs. Ce canot que j'avais signalé..... c'était
celui de ces hommes, sans doute. Conduisez-nous donc
vers cet endroit de la rivière. »

On remarquera que, dans l'exaltation de sa douleur mêlée d'une faible lueur d'espérance, Bois-Rosé ne prodiguait plus aux Indiens ni à leurs alliés les noms de coquins et de démons par lesquels il les désignait d'habitude. Le malheur, comme le feu qui purifie ce qu'il n'a pas consumé, semble grandir ceux qu'il atteint sans les abattre.

La joie visitait le cœur du vieux chasseur, et tandis que les deux amis cheminaient derrière Gayferos, Bois-Rosé s'enquit avec sollicitude de ce qui lui était arrivé pendant leur absence.

« Rien, répondit le gambusino scalpé, si ce n'est que Dieu, sans doute, avait voulu qu'il y eût autour de moi une grande quantité de l'herbe merveilleuse qu'on appelle dans mon pays l'*herbe de l'Apache*, et dont le suc cicatrise immédiatement les blessures. Je fis une compresse de ces herbes, après les avoir écrasées entre deux pierres, et tel fut le soulagement que j'en éprouvai au bout de quelques heures, que j'eus faim et que je mangeai les provisions que vous m'aviez laissées.

— Et c'est en venant nous rejoindre que vous avez vu le chapeau de don Fabian, s'écria Pepe.

— Oui, et cette découverte me fit craindre quelque malheur, que je déplore de voir accompli. »

L'Espagnol fit rapidement part au nouveau compagnon que le hasard leur envoyait, du siége qu'ils avaient soutenu et du triste dénoûment qui en avait été la suite.

« Quels sont donc ces hommes qui ont été plus forts, plus vaillants, plus adroits que vous? demanda Gayferos avec un étonnement qui prouvait assez quel cas il faisait de la force et de l'intrépidité de ses libérateurs.

— Des coquins qui ne craignent ni Dieu ni diable, mais auxquels nous avons une terrible revanche à demander, répondit Pepe en nommant les deux redoutables adversaires que leur mauvaise étoile leur avait fait rencontrer pour la seconde fois. « Nous verrons la troisième, » ajouta le chasseur espagnol.

En ce moment les trois piétons arrivèrent, après bien des détours causés par le manque de mémoire du gambusino, tout près de l'endroit où il venait de les rencontrer, à cette même place d'où Baraja avait vu le canot monté par les deux pirates des Prairies disparaître sous le conduit souterrain.

Ce ne fut qu'avec mille peines qu'ils purent tous trois descendre les pentes escarpées qui dominaient ce bras perdu de la rivière, sur les bords duquel les deux chasseurs espéraient trouver des indices de nature à compléter ceux qu'ils avaient déjà découverts.

CHAPITRE XXII

LA FAIM.

Lorsque les deux chasseurs et le gambusino furent parvenus sur le bord du cours d'eau, ils ne tardèrent pas à s'apercevoir qu'à une assez courte distance de l'endroit où ils étaient descendus, il y avait un chemin d'un accès plus facile qui serpentait de la cime des rochers jusqu'au niveau de l'eau.

« C'est sans doute le chemin qu'ont suivi ces coquins avec leur prisonnier, dit Pepe, et c'est au bas de ce sentier qu'il faut chercher leurs traces.

— Je ne m'étonne que d'une chose, répondit Bois-Rosé en examinant attentivement les lieux, c'est que Fabian, impétueux comme je le connais, ait consenti à descendre tranquillement le long de cette rampe. Ces buissons, ces absinthes ne portent aucune trace de résistance de sa part.

— Eussiez-vous mieux aimé qu'il se fût précipité du haut de ces rochers avec ceux qui l'entouraient?

— Non, sans doute, Pepe, répliqua Bois-Rosé; mais vous l'avez vu comme moi, le jour où il faillit se briser dans le Salto de Agua, ne tenir compte ni du nombre de ceux qu'il poursuivait, ni de l'abîme qu'il devait faire franchir à son cheval, et je trouve aujourd'hui dans cette soumission passive de sa part quelque chose qui m'inquiète. L'enfant était blessé sans doute, évanoui peut-être, et c'est ce qui m'explique.....

— Je ne dis pas non, interrompit Pepe. Votre opinion est assez vraisemblable.

— Mon Dieu! mon Dieu! s'écria Bois-Rosé avec chagrin, pourquoi faut-il que cet orage ait lavé toute trace de sang, battu et foulé toutes les empreintes? Il eût été si facile, sans cela, de les retrouver et de se rendre compte de tant de choses qu'il nous importe de savoir! Vous n'avez pas distingué, Gayferos, s'il y avait du sang à ce chapeau que vous avez vu flotter?

— Non, dit le gambusino, j'étais trop éloigné; ces rochers où j'étais sont fort élevés, et le jour s'assombrissait.

— En admettant comme certain qu'il n'ait pu faire de résistance parce qu'il était blessé, cela ne prouverait-il pas que don Fabian, entre les mains de ces coquins, était pour eux l'espoir d'une riche rançon, pour qu'ils se soient donné la peine de le transporter dans leurs bras jusqu'à leur canot? »

Bois-Doré accueillit avec un regard de reconnaissance cette supposition probable et consolante du chasseur espagnol.

C'était, en effet, pendant un long évanouissement qui suivit la chute de Fabian, et causé, comme on ne l'a pas oublié peut-être, par le choc de sa tête contre l'angle de la pierre plate qui avait roulé avec lui, qu'il avait été transporté jusqu'au canot. Un des Indiens, qui s'était emparé de son chapeau, n'avait pas tardé à le rejeter dédaigneusement à l'eau, à cause de son état de vétusté.

Jusqu'à ce moment, les deux chasseurs qui ne s'étaient trompés dans aucune de leurs conjectures, sans savoir toutefois qu'ils avaient deviné la vérité presque tout entière, continuèrent leurs recherches avec une nouvelle ardeur.

Ils remontèrent, non pas le cours de ce bout de la rivière; car l'eau en paraissait stagnante, mais jusqu'à l'ouverture sur leur droite. En cet endroit, la profondeur de l'eau ne dépassait pas deux pieds, et des roseaux en tapissaient le fond presque partout.

Une idée soudaine vint à l'esprit de Bois-Rosé, qui courut vers l'étroit canal et disparut sous la voûte sombre.

Pendant ce temps, Pepe et Gayferos interrogeaient, de leur côté, les berges, les buissons et jusqu'à la surface de l'eau, mais sans que rien leur révélât le passage d'êtres humains depuis la création du monde, quand un hourra de Bois-Rosé, dont la voix gronda sous le canal souterrain, les fit accourir vers lui.

Ce n'était pas sans raison que le Canadien avait poussé un cri de triomphe. Des empreintes profondes, conservées intactes sur un terrain vaseux, les unes à moitié couvertes par l'eau qu'on voyait sourdre du sol, d'autres nettes, précises et comme moulées sur la terre humide, s'offrirent de toutes parts aux yeux des deux chasseurs et du gambusino.

C'était l'endroit où Main-Rouge et Sang-Mêlé avaient amarré leur canot.

« Ah ! s'écria Bois-Rosé, nous n'allons plus errer à l'aventure, maintenant. Dieu me pardonne, qu'aperçois-je donc là parmi ces roseaux ? Est-ce un brin de roseau desséché ou un morceau de cuir ? Voyez donc, Pepe, car la joie me trouble les yeux. »

Pepe ramassa, en faisant quelques pas dans l'eau, un objet qu'il montra au vieux chasseur.

« C'est un morceau d'une lanière de cuir qui retenait le canot à cette pierre, et que les coquins ont tranchée, au lieu de la dénouer, dit l'Espagnol ; et pendant que j'y suis, je vais pousser un peu plus loin sous cette voûte. Il me semble, à quelque distance d'ici, voir comme une traînée de lumière grisâtre trembler sur la surface de la rivière. »

Pepe s'avança avec précaution, dans l'eau jusqu'aux genoux, vers l'endroit où, en effet, un jour douteux semblait luire à l'extrémité du canal souterrain. Quelle ne fut pas sa surprise quand, ayant écarté des touffes de joncs et de roseaux, son regard plana sur un lac dont la configuration lui était connue ! C'était, en effet, le conduit qui communiquait sous les rochers avec le lac du val d'Or.

Pepe revint rendre compte au Canadien de sa découverte, quoiqu'elle fût à présent sans aucune importance. Bois-Rosé ne put s'empêcher cependant d'exhaler son chagrin, en pensant que le corps de l'Indien, en roulant du haut des rochers sous l'un de ses coups de feu, avait découvert à ses yeux cette voûte donnant sur le lac près d'eux, et lui avait indiqué providentiellement, sans qu'il eût l'idée d'en profiter, un chemin pour s'échapper avec Fabian et Pepe.

« Et là, acheva-t-il en se frappant le front, nous aurions trouvé ce canot pour sortir de ces montagnes en suivant tout simplement le cours de l'eau !

— Suivons-le donc à pied, s'écria Pepe, et nous marcherons en même temps sur les traces de ce métis maudit.

— Allons, profitons du moment où la faim n'a pas encore engourdi nos jambes et affaibli notre vue. Avant le coucher du soleil, nous aurons déjà fait passablement de chemin. »

En disant ces mots, Bois-Rosé, soutenu par d'aussi
vagues indices, se mit néanmoins courageusement en
marche, suivi de ses deux compagnons.

Leur marche fut pénible, car il leur fallait suivre le
long du cours d'eau les rives escarpées qui l'encais-
saient, et gravir des rochers qui surplombaient devant
eux. Un seul incident marqua les premières heures : ce
fut la trouvaille du chapeau du pauvre Fabian, que
l'ouragan avait fait voler en l'air, et qui, accroché aux
branches épineuses d'un buisson, tremblait sous la
brise.

Bois-Rosé examina d'un œil voilé de larmes ce débris mélancolique de l'enfant qu'il avait perdu pour la
seconde fois. Du reste, nulle trace de sang ne s'y laissait
voir. Le Canadien l'assujettit à son baudrier, comme eût
fait un pèlerin d'une relique sainte, et continua silencieusement sa marche.

« C'est bon signe, dit Pepe, en faisant un effort pour
secouer de son côté la tristesse qui le gagnait ; nous
avons retrouvé son poignard et son chapeau, Dieu nous
le fera retrouver lui-même.

— Oui, dit le Canadien, d'un air sombre ; et, d'ailleurs, si nous ne le retrouvons pas... »

Bois-Rosé acheva mentalement sa phrase commencée.
Le vieux coureur des bois songeait tout bas à ce monde
invisible où se retrouvent, pour ne plus se quitter,
ceux-là dont la tendresse mutuelle doit survivre au delà
du tombeau.

Quoique le soleil fût encore assez éloigné de l'horizon, le jour s'éteignait petit à petit sous le brouillard
condensé au-dessus des montagnes, quand les trois
voyageurs parvinrent à un endroit où l'eau formait une
espèce de remous causé sans doute, à ce qu'assura le
Canadien, par la jonction voisine d'une autre branche
de la rivière.

Bois-Rosé ne s'était pas tout à fait trompé ; mais, au

lieu d'une seule branche, il en existait deux, dont le confluent causait, sur un espace de plusieurs lieues, le remous que les trois amis venaient d'observer.

C'est à ce confluent que la petite troupe fit halte. Une nouvelle incertitude se présenta. Quelle direction avait suivie le canot? Était-ce le bras de la rivière qui coulait à l'est? Était-ce celui qui coulait à l'ouest?

Les trois voyageurs tinrent conseil sans rien résoudre. Ils cherchèrent partout avec ardeur une trace qui pût les guider. La surface grise et sombre des eaux, les roseaux murmurant sur les rives, ne purent leur donner le plus vague indice. Puis la nuit tomba, lugubre et noire, et, sous un dais de brouillards opaques, l'étoile même du Nord ne brillait pas au ciel, dont la voûte semblait de plomb. Il fallait se résoudre à remettre à la clarté du jour la continuation des recherches, et à camper là jusqu'à l'aurore pour ne pas risquer de faire fausse route. La fatigue était encore un obstacle à la marche, et, sans qu'aucun des voyageurs l'avouât aux autres, la faim commençait, non pas à gronder, mais à rugir dans leurs entrailles.

Tous trois se couchèrent silencieusement sur l'herbe.

Mais leurs paupières fermées sollicitèrent en vain le sommeil.

Dans le combat perpétuel qui se livre dans le corps humain entre la destruction et la vie, il est une phase terrible où le sommeil s'enfuit aux cris de la faim, comme le daim s'effarouche et bondit au loin à la voix du tigre. La vie, alors, fait un dernier et suprême effort, et le sommeil rappelé finit par verser sur le corps épuisé un baume réparateur; mais l'effet n'en est que passager : bientôt la destruction, revenant à la charge, marche à pas rapides, et la frêle machine humaine ne tarde pas à succomber sous les atteintes de l'ennemi intérieur qui la ronge.

Les trois voyageurs n'en étaient pas encore à cette

période de la lutte intestine où le sommeil, suivi de l'assoupissement, n'est plus que le précurseur de l'agonie.

Ce ne fut qu'après s'être bien des fois retournés sur leur couche de gazon qu'ils purent fermer les yeux pendant quelques heures, et encore le silence des Montagnes-Brumeuses fut-il troublé à diverses reprises par des cris d'angoisse arrachés aux rêves des dormeurs.

La nuit était encore profonde autour d'eux, quand Bois-Rosé se leva silencieusement. En dépit des atteintes de la faim, le géant canadien sentait que ses forces n'avaient pas encore diminué et que les heures étaient précieuses. Il jeta un regard de tristesse sur le morne paysage qui l'entourait, sur ces montagnes désolées, dont les dentelures semblaient n'abriter aucun être animé, sur la rivière qui roulait silencieusement ses eaux noirâtres ; puis, bien convaincu que la famine était le seul hôte de ces déserts, il éveilla le chasseur espagnol.

« Ah ! c'est vous, Bois-Rosé, dit Pepe en ouvrant les yeux : avez-vous quelque aliment à me donner, en compensation du rêve que vous m'enlevez ? Je rêvais....

— Quand on a devant soi une tâche comme celle qui nous reste à faire, les heures sont trop précieuses pour dormir, interrompit Bois-Rosé d'un ton solennel. Nous n'avons pas le droit de troubler le sommeil de cet homme, ajouta-t-il en montrant Gayferos, il n'a pas de fils à sauver ; mais nous, nous devons marcher la nuit comme le jour.

— C'est vrai ; mais où marcher ?

— Chacun de notre côté, vous le long d'un bords de la rivière, moi de l'autre ; explorer, chercher partout des traces, puis nous réunir ici au point du jour, voilà ce qu'il faut faire.

— Quelle désolation règne autour de nous ! » dit Pepe à voix basse en frissonnant sous la première atteinte du découragement qui se glissait dans son âme.

Le Canadien, dans l'orgueil de sa vigueur encore in-
domptée par le besoin, ne s'aperçut pas que l'énergie de
son compagnon avait un instant faibli. Pepe toutefois
eut bientôt rappelé à lui sa mâle insouciance

« Avez-vous quelque idée à ce sujet? ajouta-t-il promptement.

— Oui. Quand pour la première fois j'ai pris pour un
tronc d'arbre flottant le canot de ces deux hommes qui
nous sont si funestes, il doublait par le nord-ouest la
pointe de ces montagnes. C'est donc la même direction
qu'il aura reprise pour s'en retourner. Si j'avais pu, au
milieu de ces brouillards, distinguer l'endroit où le soleil s'est couché, je vous mettrais de suite sur la bonne
voie; mais l'étoile du Nord ne brille même pas au ciel.
Si donc, après une heure de marche, vous n'apercevez
pas la plaine devant vous, revenez me rejoindre ici; moi
je l'aurai sans doute trouvée. »

Les deux chasseurs s'éloignèrent, chacun de son côté,
et se perdirent bientôt de vue.

Le gambusino scalpé dormait encore, et lorsque enfin
il s'éveilla, il aperçut qu'il était seul. L'étonnement
mêlé d'inquiétude qu'il éprouva ne fut que de courte
durée : Pepe ne tarda pas à le rejoindre. Les premiers
rayons du jour devaient éclairer déjà la plaine, quoique
sous le brouillard des montagnes le crépuscule du matin
eût à peine commencé.

Pepe était de retour après avoir descendu le cours de
la rivière, au milieu d'une succession non interrompue
de rochers élevés, de pics menaçants et de hautes collines; ce n'était donc pas de ce côté que le canot s'était
dirigé, autant du moins qu'on pouvait le conjecturer en
l'absence de tout indice plus certain que les suppositions
du Canadien. Restait à savoir si celui-ci avait été plus
heureux.

Une nouvelle demi-heure ne s'était pas écoulée que
Bois-Rosé vint à son tour.

« En route, s'écria-t-il du plus loin qu'il aperçut ses deux compagnons. Je suis sur la voie, sur la seule bonne.

— Dieu soit loué ! » dit Pepe.

Et, sans plus questionner le Canadien, il se mit à le suivre avec autant de rapidité que le lui permettait la faiblesse qu'il commençait à ressentir.

Le jour s'était fait à l'instant où la petite troupe vit enfin la rivière s'élargir, couler au milieu d'une plaine immense, et les rayons du soleil étinceler sur la surface des eaux.

Le Canadien marchait en avant, insensible en apparence aux douleurs de la faim, qui ne l'épargnait pas plus que ses deux compagnons. Ceux-ci le suivaient à distance l'un de l'autre, Pepe le premier, essayant vainement de siffler une marche guerrière pour distraire son estomac, le gambusino ensuite, à vingt pas derrière l'Espagnol, se traînant avec peine et étouffant des gémissements douloureux.

Au bout d'une heure de chemin, le Canadien, qui marchait toujours en avant, cria à Pepe de venir le rejoindre à l'endroit où il avait fait halte. C'était sous un bouquet de grands arbres, au milieu de hautes herbes sèches que le chasseur ne dépassait que de la moitié du corps.

« Accourez donc, s'écria Bois-Rosé d'un ton de joyeux reproche, on dirait que vous avez oublié vos jambes au milieu des montagnes.

— Elles sont en révolte ouverte contre moi ; je parle de mes jambes, » répondit Pepe en se hâtant, et il vit le Canadien se baisser et disparaître caché par les herbes.

Quand il l'eut rejoint, il trouva Bois-Rosé agenouillé sur le sol, et examinant avec le plus grand soin des empreintes nombreuses disséminées auprès des restes d'un feu dont quelques tisons fumaient encore.

« La pluie d'orage, dit le Canadien, qui avait effacé les traces dans les montagnes, a conservé celles-ci, parce qu'au lieu d'avoir été faites avant la pluie, elles se sont empreintes sur le sol qu'elle avait détrempé. Voyez ces vestiges durcis par le soleil, ne sont-ce pas ceux des pieds de Main-Rouge et de Sang-Mêlé et de ses Indiens?

— Parbleu, ce brigand de l'Illinois a des pieds de buffle, qu'il est facile de reconnaître entre cent; mais je ne vois pas l'empreinte des pieds de ce pauvre Fabian.

— Je n'en bénis pas moins le ciel de nous avoir conduits jusqu'ici. Nous n'avons vu nulle part ni le poteau du supplice ni les traces d'un meurtre. Croyez-vous que, pendant qu'ils ont passé la nuit ici, les ravisseurs de Fabian se seront gênés pour le laisser garrotté dans leur canot? Voilà pourquoi il ne reste aucun vestige du pauvre enfant.

— C'est vrai, Bois-Rosé; je crois et je sens même que la faim me trouble le cerveau. Ah! les coquins, les brigands! s'écria tout à coup Pepe avec un élan de fureur qui fit tressaillir le Canadien. Voyez-vous, les démons? continua Pepe; ils ont mangé, ils ont rempli leur estomac de viande de daim ou de chevreuil, tandis que d'honnêtes chrétiens comme nous n'en ont pas même les os à ronger, à moins de vouloir se contenter du rebut de ces chiens! »

Pepe, en prononçant ces imprécations, repoussait du pied, avec un mélange de dédain et d'envie, des os encore revêtus de muscles et de lambeaux de chair.

Le gambusino arrivait en ce moment, et, moins orgueilleux que l'Espagnol et le Canadien, il se jeta avidement sur ces débris.

« Il a raison, à tout prendre, dit le Canadien, et c'est peut-être un sot orgueil que le nôtre.

— C'est possible; mais j'aimerais mieux mourir de faim que de devoir la vie aux rogatons de cette vermine. »

Rassurés sur la direction qu'ils suivaient, les deux chasseurs laissèrent Gayferos ronger ses os de chevreuil avec un consciencieux enthousiasme, pour chercher parmi les herbes quelques racines comestibles, qu'ils trouvèrent en petite quantité, et à l'aide desquelles ils purent du moins tromper quelques instants leur faim inassouvie.

La petite troupe se remit en marche le long de la rivière. Des traces de bisons se montraient de tous les côtés ; des bandes de grues et d'oies sauvages commençaient à émigrer vers les lacs plus froids et traversaient le ciel ; des poissons s'élançaient hors des eaux et montraient un instant leurs écailles brillantes au soleil. Parfois aussi un élan ou un daim parcourait en bondissant son domaine désert ; en un mot, le ciel, la terre et l'eau semblaient n'étaler leur richesse aux yeux des voyageurs affamés que pour leur faire sentir plus vivement la perte de leurs armes à feu : c'était le supplice de Tantale à chaque instant renouvelé.

— N'allez donc pas si vite, de par tous les diables ! s'écria Pepe, qui déjà depuis quelques instants marchait derrière le Canadien en maugréant comme un païen. Laissez-moi réfléchir comment nous pourrions donner la chasse à ces magnifiques bisons que nous voyons là-bas.

— Allons d'abord arracher leurs armes aux ravisseurs de Fabian, répondit Bois-Rosé. Nous sommes dans de merveilleuses conditions pour combattre avec succès : la faim fera de nous, d'ici à quelques heures, des tigres irrités ; n'attendons pas le moment où elle nous réduirait à l'état de faiblesse d'agneaux qui bêlent loin de leur mère. »

C'est ainsi que l'ancien carabinier, non pas effrayé à l'idée d'attaquer, le poignard seul à la main, d'aussi redoutables ennemis que ceux qu'ils poursuivaient tous trois, mais tantôt succombant à une torpeur invincible que chaque heure de marche faisait croître, tantôt soutenu, aiguillonné par le Canadien, fournit encore sur ses pas une longue et fatigante journée. Quant à Bois-Rosé, son athlétique constitution, sa force de géant, et par-dessus tout, l'inextinguible foyer de sa tendresse paternelle, semblaient faire de lui un homme inaccessible aux faiblesses physiques de l'humanité. Son cœur n'en était pas moins rongé d'inquiétude sur le sort de Fabian ; mais le découragement était encore loin de l'atteindre.

Le soleil ne déclinait pas sensiblement vers l'horizon quand, plutôt par compassion pour la fatigue de Pepe que par suite de la sienne propre, Bois-Rosé fit halte au bord de la Rivière-Rouge dont ils suivaient depuis si longtemps le cours.

En face d'eux, une des îles dont il est semé s'élevait au milieu du fleuve. Les ombrages épais dont elle était couverte, les lianes pendantes jusque dans l'eau, qui se mêlaient à profusion au feuillage des arbres arrondis en dôme ne firent qu'aigrir la souffrance des malheureux affamés. C'était un de ces abris délicieux que rêve le voyageur dans les déserts pour y prendre son repas du soir et oublier ensuite la fatigue du jour dans un sommeil tranquille et réparateur.

Depuis la poignée de farine de maïs dont les deux chasseurs avaient pris leur part vingt-quatre heures auparavant, c'étaient le deuxième jour de marche qu'ils achevaient presque à jeun. Un peu restauré par le chétif repas qu'il avait fait près du foyer des Indiens, Gayferos n'avait pas encore perdu tout courage ; l'Espagnol non plus, mais ses forces trahissaient son vouloir. Bois-Rosé ne pouvait se dissimuler que Pepe entrait dans cette phase critique où la destruction prend sur la vie un terrible avantage, et que lui-même, malgré la force de sa constitution, il touchait presque à cette même phase.

Il essaya donc, après une heure de repos environ, de faire reprendre à ses deux compagnons la marche inter-

rompue. Ce fut en vain. Des entrailles vides du pauvre
Pepe d'éblouissantes lueurs montaient jusqu'à son cerveau et troublaient sa vue, dont la pénétration rivalisait
encore la veille avec celle du faucon.

« Mes jambes n'ont plus de force, répondit l'Espagnol
aux exhortations du Canadien, tout semble tourner sous
mes yeux. Je commence à voir partout autour de moi
des bisons gras qui viennent me narguer, des poissons
qui sautent dans la rivière et des daims qui s'arrêtent
pour me regarder : aussi, ajouta l'ex-carabinier avec
un dernier éclair de son ironique gaieté, que voulez-
vous que fassent des chasseurs sans fusils, si ce n'est de
devenir la risée des buffles et des daims ! »

Et Pepe s'allongea sur le sable comme le lièvre forcé
par le lévrier en attendant le coup mortel. Le Canadien
le considérait en étouffant un soupir.

« Oh ! dit-il tout bas avec amertume, qu'est-ce donc
que l'homme le plus énergique en face de la faim ?

— Et la preuve, continua l'Espagnol, que j'aperçois
dans le désert des choses qui sont invisibles pour vous,
c'est qu'il me semble voir dans le lointain un bison qui
vient à nous. »

Le Canadien continua de couvrir de ses mélancoliques
regards celui dont la raison faiblissait sous les atteintes
de la faim. Cependant il vit les yeux de Pepe devenir
plus fixes.

« Vous ne le voyez pas, n'est-ce pas ? »

Bois-Rosé ne daigna pas se retourner.

« Eh bien ! je le vois, moi, ce buffle blessé s'avancer
vers moi en perdant des flots de sang, d'un sang ver-
meil, plus beau que la plus belle pourpre du soleil couchant, comme si Dieu l'envoyait pour m'empêcher de
mourir, » continua l'ex-miquelet, dont les prunelles
commençaient à étinceler.

Tout à coup l'Espagnol poussa une sorte de rugissement
se leva d'un bond et s'élança avec la rapidité de l'éclair.

Bois-Rosé n'avait pu prévenir le mouvement de Pepe, tant il avait été soudain. Effrayé à l'idée que le carabinier était frappé de démence, il se retourna pour le suivre des yeux, et il ne put retenir un hurlement semblable à celui de l'Espagnol.

Un animal étrange, monstrueux, plus gros que le plus superbe taureau domestique, secouant une énorme crinière noire au milieu de laquelle deux yeux enflammés roulaient comme deux globes de feu, et battant ses flancs de sa queue nerveuse, bondissait au milieu de la plaine, qu'il rougissait de son sang.

C'était un bison blessé, après lequel Pepe courait comme une bête féroce affamée.

CHAPITRE XXIII

UNE CHASSE A OUTRANCE.

Bois-Rosé, décidé à profiter de la faveur inespérée que leur envoyait la Providence, s'élança sur les traces du carabinier, suivi de Gayferos, qui comprit comme eux que leur existence dépendait de l'heureux succès de cette chasse suprême.

Ce n'était plus en effet une de ces chasses dans lesquelles l'amour-propre seul est en jeu ; ici c'était la vie prête à s'échapper, et qu'il fallait disputer à la mort, qui s'avançait déjà avec son cortége de douleurs ; il fallait chasser, comme font les animaux carnassiers, les entrailles déchirées par la souffrance, l'œil sanglant et les flancs haletants. Mais, au milieu de l'immensité du désert, trois hommes, sans autres armes que leur couteau, avaient à poursuivre un animal assez agile pour se rire de leurs efforts, et trop redoutable pour qu'on pût impunément l'approcher.

A la vue des ennemis qui accouraient vers lui, le bison s'arrêta un instant, gratta la terre du pied, fouetta ses flancs de sa queue en poussant de sourds mugissements, et présentant ses cornes menaçantes, attendit le combat.

« Tournez l'animal par derrière, Pepe, s'écria le Canadien d'une voix presque aussi formidable que celle du buffle mugissant ; Gayferos, prenez à droite, il faut l'enfermer entre nous trois. »

Pepe était celui qui avait le plus d'avance des trois chasseurs, et il exécuta l'ordre du Canadien avec une rapidité dont ses jambes fatiguées n'eussent pas semblé capables ; Gayferos, de son côté, tira promptement sur la droite, et Bois-Rosé s'élança sur la gauche. Tous trois eurent bientôt formé un triangle autour du bison blessé.

« En avant maintenant, et ensemble. Hourra ! hourra ! cria l'Espagnol en se précipitant le couteau à la main vers le buffle, et en buvant des yeux le sang que l'animal furieux secouait autour de lui comme une pluie empourprée.

— Pas si vite, au nom de Dieu, dit le Canadien effrayé de l'ardeur affamée du carabinier, qui bravait le danger. Laissez-nous arriver en même temps que vous. »

Mais Pepe, l'œil en feu, les dents serrées, ne l'écoutait pas. Où Bois-Rosé voyait le péril, Pepe ne voyait qu'une proie à dévorer, et il touchait presque le bison, quand celui-ci, intimidé par les ennemis dont le cercle se resserrait autour de lui, lâcha pied et s'enfuit au moment où le bras de l'Espagnol se levait pour frapper. Ce dernier, entraîné par la force du coup, battit le vide perdit l'équilibre et tomba.

Quand il se releva en poussant un hurlement de rage, le bison était déjà loin.

« Coupez-lui le chemin vers la rivière, Bois-Rosé, s'écria l'Espagnol à la vue du fugitif qui semblait vouloir aller chercher un dernier refuge dans l'eau ; c'est pour Fabian, c'est pour notre vie à tous, qu'il ne faut pas le laisser s'échapper. »

Bois-Rosé n'avait pas attendu l'avertissement de Pepe pour s'apercevoir de la manœuvre du buffle fuyant. Désespéré de voir près de s'évanouir l'unique espoir de leur vie, le Canadien bondissait comme un limier vers la rive du fleuve, et quand il fut à peu près en ligne droite avec le bison, il se rabattit sur lui avec de grands cris ; l'animal prit alors une direction opposée, puis, trouvant encore devant lui le gambusino pour intercepter sa route, il reprit sa direction vers Pepe.

En chasseurs habiles, dont la faim augmentait l'intelligence, le Canadien et Gayferos continuèrent leur poursuite en redoublant leurs cris, tandis que Pepe, au contraire, restait immobile et silencieux, guettant son passage et se courbant sur le sol.

Il devint bientôt évident que le bison se sentait affaibli par la perte de son sang, qui coulait toujours d'une large blessure entre les deux épaules. Ses mouvements avaient perdu leur nerveuse élasticité, des flots d'écume sanglante s'échappaient de ses larges et noirs naseaux, et ses mugissements rauques et saccadés témoignaient sa fatigue. Un nuage paraissait étendu sur ses yeux ; car dans sa course il devait presque effleurer le corps de l'Espagnol en embuscade, et pourtant il ne dévia pas de la ligne droite.

Le carabinier saisit d'une main une des cornes du buffle, qui ne se détournait pas, et de l'autre il lui plongea deux fois son poignard jusqu'au manche dans le poitrail, au défaut de l'épaule. L'animal tomba sur les genoux et se releva bientôt ; mais il emportait l'Espagnol avec lui. Par une de ces manœuvres hardies que risquent parfois les toréadors de son pays, le carabinier s'était cramponné à son dos et se tenait à sa longue crinière.

Bois-Rosé et Gayferos, qui accouraient, purent voir
pendant un moment le cavalier que la faim dévorait,
enlacé à sa proie comme un serpent, lever alternative-
ment le bras pour frapper, et courber chaque fois la
tête pour aspirer de ses lèvres avides le sang que chacun
de ses coups faisait jaillir.

La faim avait changé l'homme en bête féroce.

Désormais indifférent à la direction que prenait le
bison, qui bondissait dans sa dernière agonie, le miquelet hurlant, frappant à coups redoublés et se laissant
emporter, buvait à longs traits ce sang chaud qui le rappelait à la vie.

« Mort et tonnerre! s'écria le Canadien haletant,
et cédant aussi aux angoisses de la faim si lontemps
comprimées par son inébranlable volonté, achevez-le
donc, Pepe ; allez-vous le laisser échapper dans la rivière ? »

L'Espagnol hurlait et frappait toujours, sans savoir
que le buffle s'élançait vers le fleuve pour essayer de se
débarrasser de son ennemi cramponné à ses flancs. Au
moment où Bois-Rosé poussait un second cri de rage,
l'animal blessé ramassa ses forces et, d'un bond désespéré, s'élança dans l'eau comme un cerf aux abois.

L'homme et le buffle disparurent au milieu d'un flot
d'écume et tournèrent l'un sur l'autre un instant; mais
la vie avait abandonné le géant des Prairies, ses membres se roidirent, et il resta bientôt immobile comme un
bloc au milieu du fleuve.

Au moment où Pepe reparaissait à la surface de l'eau,
le Canadien et Gayferos se précipitèrent aussi dans la
rivière, altérés de sang comme l'Espagnol.

« Boucher maladroit! s'écria le Canadien en s'adressant à Pepe, vit-on jamais massacrer ainsi un noble
animal?

— Ta, ta, ta, répondit Pepe, sans moi ce noble animal
vous échappait, et le voilà, grâce à ma maladresse. »

En disant ces mots avec toute sa bonne humeur enfin reconquise, l'Espagnol s'élançait avec une joie sauvage sur le bison, qu'entraînait le fil de l'eau.

Les efforts des trois chasseurs purent à peine haler l'énorme cadavre sur le bord de la rivière, où ils ne perdirent pas de temps à se mettre à le dépecer, tout en interrompant leur besogne pour se livrer aux élans d'une ivresse qui débordait.

« Des vivres pour toute une campagne, répéta Pepe pour la dixième fois, un repas de géant, et la sieste sous ces beaux arbres, acheva-t-il en montrant les ombrages de l'île en face d'eux.

— Un repas rapide comme celui d'un soldat en campagne, une heure de sommeil, puis en route sur les traces des Indiens, répondit gravement le Canadien.

— Je n'oubliais rien, Bois-Rosé; seulement nous avons tant souffert de la faim ! »

Rappelés au sentiment de leur devoir et de leur affection, les trois chasseurs continuèrent plus silencieusement leur tâche, que des hurlements plaintifs vinrent interrompre.

« Tenez, dit Pepe en montrant sur le bord opposé de l'île deux loups à qui la faim arrachait ces aboiements, et qui considéraient le bison d'un œil de convoitise, voici deux pauvres diables qui demandent leur part du buffle, et, corbleu, ils l'auront comme nous. »

A ces mots, le carabinier saisit une des jambes de devant du bison et, la brandissant au-dessus de sa tête, il la lança, d'un bras vigoureux, presque au delà du fleuve. La proie des loups vint tomber à quelques pas d'eux, et les deux animaux affamés se précipitèrent à l'eau pour l'aller chercher.

« Voilà qui sera plus tard pour eux et leurs compagnons, dit Bois-Rosé quand il eut mis de côté les parties les plus succulentes de l'animal, c'est-à-dire la bosse, qui est le morceau le plus savoureux d'une viande elle-même

justement recherchée pour son exquise saveur, et le
filet, découpé en longues et minces lanières; maintenant
occupons-nous de notre repas.

— Je ne pense pas, dit Pepe, que ce buffle se soit sui-
cidé pour le plaisir de venir se faire dévorer par nous; il
a échappé probablement à la poursuite de quelque chasseur indien, et il n'y aurait rien que de fort raisonnable
de nous attendre à recevoir sous peu la visite d'un ou
de plusieurs de ces brigands de maraudeurs, qui se feront un devoir de nous traiter comme ce buffle.... Il y
a encore là-bas, dans la petite clairière que vous voyez
d'ici dans l'île, ces deux loups qui creusent la terre,
ajouta Pepe en interrompant ses raisonnements judi-
cieux, et ils y mettent une ardeur que je ne m'explique
pas trop, après la curée que je leur ai jetée. »

L'avertissement que le carabinier venait de donner à
ses deux compagnons les avait ramenés au sentiment
d'une situation si critique, que leur bonne fortune inespérée avait seule pu la leur faire oublier pendant quelques instants.

Une ligne tortueuse et d'une couleur jaunâtre tranchait avec la nuance azurée de la rivière et indiquait aux
chasseurs un endroit guéable. Ils se déterminèrent donc,
pour plus de sûreté, à gagner le couvert de l'île pour y
allumer du feu et y préparer leur repas à l'ombre
épaisse des arbres.

Comme la petite troupe traversait le gué de la Rivière-
Rouge, les deux loups, à son approche, cessèrent de
gratter la terre; et l'un d'eux, emportant le morceau
que leur avait jeté le carabinier, s'enfuit en hurlant, suivi
de son compagnon.

Quand les trois chasseurs eurent pris terre dans l'île,
ils trouvèrent, à peu près au milieu de la petite clairière,
une excavation de quelques pouces pratiquée par la
griffe des loups.

« Il y a quelque cadavre là-dessous sans doute, dit

Pepe, dont les impressions étaient d'habitude assez te-
naces; et cependant ce gazon qui recouvre la terre ne
semble pas indiquer qu'elle ait été fraîchement remuée. »

Une seule particularité néanmoins frappa l'Espagnol
au milieu de son examen : c'était que dans l'espace que
la griffe des loups avait dépouillé de gazon, il y avait une
place où ce gazon paraissait avoir été tranché aussi nettement que par un instrument de jardinage.

La voix de Bois-Rosé, qui l'avertissait de venir les
aider à l'endroit qu'il avait choisi pour faire halte, arracha Pepe à son investigation, mais non sans qu'il se
fût promis de revenir la continuer quand sa faim dévorante serait satisfaite.

Quoique, dans la nuit fatale où Fabian leur avait été
enlevé, l'orage eût gâté la poudre des deux chasseurs,
elle était encore assez sèche pour leur permettre d'allumer facilement le feu destiné à cuire leurs aliments. Le
bois sec était en abondance dans l'île, et bientôt les
trois amis affamés purent repaître leur odorat du fumet
délicieux qu'exhalait la bosse du bison, mise tout entière rôtir au-dessus des charbons.

Vingt fois le Canadien, plus maître de lui que ses deux
compagnons, dut interposer son autorité pour les empêcher de se jeter sur la chair du buffle encore saignante.
Enfin le moment vint où ils purent sans contrainte
prendre leur repas si impatiemment attendu, et assouvir leur faim dévorante.

Un formidable bruit de mâchoires se fit seul entendre
pendant quelque temps au milieu du silence de l'île.

« Ceux-là se régalent aussi là-bas, » dit le Canadien
en montrant sur le bord de la rivière qu'ils venaient
de quitter, deux autres convives non moins acharnés
qu'eux-mêmes sur les débris sanglants du bison.

C'étaient les deux loups qui, après avoir traversé
l'eau, attirés par l'odeur du buffle, le dépeçaient avec
une ardeur au moins égale à celle des trois chasseurs.

La bosse du bison avait entièrement disparu, et Pepe jetait encore un œil de convoitise sur le filet découpé en lanières, que Bois-Rosé fit presque calciner sur les charbons, afin de pouvoir conserver pour quelques jours encore la chair ainsi desséchée. Cette provision fut mise à part.

« Une heure de sommeil maintenant, dit le Canadien, puis en route ; la mort et les Indiens n'attendent pas. »

Le coureur des bois s'étendit lui-même sur l'herbe, pour donner l'exemple à ses compagnons, et, par un puissant effort de sa volonté, écartant le flot de pensées sinistres qui l'assiégeaient, le géant s'endormit pour rappeler ses forces et l'énergie dont il avait besoin pour secourir son enfant.

Gayferos imita le Canadien ; mais Pepe, avant de se livrer au sommeil, voulait se rendre compte de l'excavation que les loups avaient pratiquée au centre de la petite clairière.

Le carabinier examina de nouveau avec la patience d'un Indien l'endroit où le gazon paraissait si nettement tranché. Plus tranquille cette fois, il se convainquit bien vite que la griffe de quelque animal que ce fût ne pouvait couper ainsi le sol argileux. Puis bientôt il crut distinguer sur la terre une de ces taches luisantes et métalliques semblables à celles que laisse le soc de fer de la charrue sur le flanc des sillons qu'il ouvre.

Alors Pepe tira son couteau. Il en appliqua la lame à plat dans toute sa longueur contre cette coupure, en lui faisant suivre la ligne tracée dans le sol. La lame du couteau glissa bientôt avec facilité comme dans une espèce de rainure, et décrivit ainsi un large cercle. Pepe sentit son cœur battre plus vivement dans sa poitrine. Il devinait une des caches pratiquées dans les déserts, et dans cette cache, sans doute, des trappes à castor, des munitions et des armes.

En disant maintenant, ce qu'on a déjà deviné, qu'un

heureux hasard avait poussé les trois chasseurs vers l'Ile-aux-Buffles, où le métis avait enfoui son butin, on conviendra que ce n'était pas d'un stérile espoir qu'était agité le cœur de l'Espagnol.

Pepe n'eut plus besoin que d'un simple effort pour soulever et retirer la plaque de gazon qui masquait un trésor qui allait être plus précieux mille fois pour les voyageurs désarmés, que l'or inutile qu'ils avaient naguère dédaigné.

A l'aide de ses ongles et de son couteau, Pepe fouilla le sol avec une ardeur convulsive. Qu'allait-il trouver au fond de cette cache ? Des marchandises dont il ne saurait que faire, ou bien des armes qui rendraient aux trois voyageurs leur force et leur énergie brisées, et à Fabian la vie et la liberté ?

Après s'être un instant arrêté, dominé par une terrible incertitude, Pepe reprit sa tâche. Bientôt, sous la terre encore molle, il sentit le cuir épais qui enveloppait les objets cachés. Il jeta le cuir loin de lui ; un rayon de soleil plongea jusqu'au fond de la cachette, devant les yeux éblouis de l'Espagnol, car il n'avait vu qu'une chose parmi les objets entassés pêle-mêle : des armes à feu de toutes les dimensions, des cornes attachées aux carabines, et laissant deviner à travers leur transparence la poudre grenue et luisante dont elles étaient remplies.

Pour la première fois depuis bien longtemps, Pepe s'agenouilla, récita une oraison fervente, et courut comme un fou vers Bois-Rosé.

Le Canadien dormait de ce léger sommeil du soldat près de l'ennemi.

« Qu'est-ce, Pepe ? s'écria-t-il, réveillé par le bruit des pas de son compagnon.

— Venez, Bois-Rosé, reprit joyeusement Pepe ; venez, Gayferos, » cria-t-il en poussant du pied le gambusino endormi.

Puis il reprit sa course vers la cache, suivi de ses

deux compagnons, qui l'interrogeaient vainement.

« Des armes! des armes à choisir! s'écria l'Espagnol;
tenez! tenez! tenez! »

Et à chaque parole, Pepe, courbé sur le sol, plongeait
son bras dans l'ouverture béante, et jetait une carabine
aux pieds de Bois-Rosé stupéfait.

« Remercions Dieu, Pepe, s'écria Bois-Rosé; il nous
rend la force qu'il avait enlevée à nos bras. »

Chacun des trois chasseurs choisit l'arme qui lui convenait. Bois-Rosé en prit une quatrième pour Fabian:
car cette trouvaille inespérée, après la capture du bison
si providentiellement poussé vers eux, avait ouvert de
nouveau son cœur à l'espérance.

« Remettons le reste en place, Pepe, dit le Canadien;
n'enlevons pas au propriétaire de ces armes et de ces
marchandises les ressources précieuses qu'il a cachées
ici: ce serait être ingrat envers le ciel. »

Les trois chasseurs eurent bientôt comblé la cache et
dissimulé, autant qu'il était possible, son existence à tous
les yeux, sans se douter qu'ils prenaient si généreusement
les intérêts de leurs mortels ennemis.

« En route, maintenant, continua le Canadien; en
route de jour comme la nuit, n'est-ce pas, Pepe?

— Oui; car, à présent, il y a trois guerriers sur la
trace des bandits, s'écria le carabinier, et don Fabian.... »

Un spectacle inattendu fit expirer la parole sur ses lèvres; une terrible réalité menaçait encore une fois de
dissiper les rêves des deux chasseurs, ou du moins d'a-
journer l'exécution de leurs projets. Bois-Rosé et Gayferos venaient de voir la cause de l'interruption soudaine
de Pepe.

Au bord du fleuve, un guerrier indien, soigneusement
peint comme pour un jour de bataille, semblait examiner avec attention les restes du bison abandonnés sur
la rive. Quoiqu'il fût impossible qu'il n'eût pas aperçu

les trois blancs, l'Indien ne tenait en apparence nul
compte de leur présence.

« C'est notre amphitryon, reprit Pepe ; dois-je, pour le
remercier, essayer sur lui la portée de ma nouvelle carabine ?

— Gardez-vous-en bien, Pepe ; quelque brave que
puisse être cet Indien, son calme, car il nous voit sans
paraître daigner y faire attention, annonce qu'il n'est
pas seul. »

L'Indien, effectivement, continuait son examen avec
un sang-froid qui annonçait un courage à toute épreuve,
ou du moins celui qui résulte de la confiance dans la supériorité du nombre, et sa carabine, passée en bandoulière sur son épaule, semblait être pour lui plutôt
un ornement qu'une arme offensive.

« Ah ! c'est un Comanche, continua Bois-Rosé ; je le
reconnais à sa coiffure ainsi qu'aux divers ornements de
son manteau de buffle ; et le Comanche est l'ennemi implacable de l'Apache. Ce jeune homme est sur le sentier
de la guerre. Je l'appellerai, car les moments sont trop
précieux pour agir de ruse et ne pas aller droit au
but. »

Le Canadien s'empressa d'exécuter son projet, qui
souriait à la loyauté de son caractère, et il s'avança
d'un pas ferme sur le bord de l'eau, également prêt à
combattre, si c'était un ennemi que le hasard poussait
vers eux, comme à faire alliance avec l'Indien, s'il devait
trouver un ami dans le jeune guerrier comanche.

« Hélez-le donc en espagnol, Bois-Rosé, dit Pepe ; de
cette façon nous saurons plus vite à quoi nous en tenir. »

Le Canadien leva en l'air la crosse de sa carabine, pendant que l'Indien examinait encore la carcasse du buffle
et les empreintes à côté d'elle.

« Trois guerriers mouraient de faim, quand le Grand-
Esprit a envoyé vers eux un bison blessé, cria le coureur

des bois. Mon fils cherche à connaître si c'est bien celui-là que sa lance a frappé. Veut-il en prendre la part que nous lui avons réservée ? Il prouvera ainsi à trois guerriers blancs qu'il est leur ami. »

L'Indien leva enfin la tête.

« Un Comanche, répondit-il, n'est pas l'ami de tous les blancs qu'il rencontre ; il veut savoir, avant de s'asseoir à leur feu, d'où ils viennent, où ils vont, et quel est leur nom.

— Caramba ! dit Pepe à demi-voix, le jeune homme est fier comme un chef.

— Mon fils parle avec le noble orgueil d'un chef, répliqua Bois-Rosé en répétant plus courtoisement la phrase du carabinier. Il en a le courage sans doute, mais il est encore bien jeune pour conduire des guerriers sur le sentier de la guerre ; et cependant je lui répondrai comme je ferais au chef d'une peuplade. Nous venons de traverser le pays des Apaches, nous suivrons jusqu'à la fourche de la Rivière-Rouge la trace de deux bandits : celui-ci est Pepe le Dormeur, celui-là est le Chercheur d'or dont les Indiens ont pris la chevelure, et moi je suis le Coureur des bois du bas Canada. »

L'Indien avait écouté gravement la réponse de Bois-Rosé.

« Mon père, répondit-il, a la prudence d'un chef, dont il a l'âge ; mais il ne peut faire que les yeux d'un guerrier comanche soient aveugles ni que ses oreilles soient sourdes. Parmi les trois guerriers à peau blanche, il en est deux dont sa mémoire a retenu les noms, et ce ne sont pas ceux qu'il vient d'entendre.

— Holà ! reprit vivement Bois-Rosé, c'est me dire poliment que je suis un menteur ; et ma langue n'a jamais su proférer un mensonge, ni par peur ni par amitié. » Puis le Canadien continua d'une voix irritée : « Quiconque accuse Bois-Rosé de mensonge devient son ennemi ; arrière donc Comanche, et que mes yeux ne vous revoient plus ! le désert est désormais trop étroit pour nous deux. »

En disant ces mots, le Canadien fit jouer la batterie de sa carabine ; mais l'Indien, sans s'émouvoir, fit signe de la main.

« Rayon-Brûlant, s'écria-t-il en frappant fièrement sa poitrine, cherchait le long de la Rivière-Rouge l'Aigle des Montagnes-Neigeuses et l'Oiseau-Moqueur, en quête du fils que les chiens apaches leur ont enlevé.

— L'Aigle, le Moqueur ! s'écria Bois-Rosé au comble de la surprise. Ah ! c'est vrai, j'oubliais.... Mais, dites, au nom du Grand-Esprit, dites, continua vivement le vieux chasseur, avez-vous vu mon Fabian, l'enfant que je cherche ?... »

Et le Canadien, rejetant tout à coup sa carabine loin de lui, se précipita dans le gué de la rivière, qu'il franchit à pas de géant.

« Oui ! oui ! l'Aigle et le Moqueur, c'est bien nous deux, c'est le nom que nous ont donné les Apaches, et que j'avais oublié, continuait le Canadien tandis que ses grandes enjambées faisaient jaillir l'eau autour de lui. Attendez, Rayon-Brûlant, attendez, je suis à vous, comme le fer est à la flèche, comme la lame est à la poignée.... un ami.... à la vie et à la mort.... »

Le jeune Indien souriait en attendant le coureur des bois, qui atteignit bientôt la rive en lui tendant sa large et loyale main dans laquelle le guerrier sentit la sienne comme dans le tronc fendu d'un arbre qui se serait refermé sur elle.

« Ainsi, s'écria le Canadien, résistant à peine au désir d'enlever le jeune Indien dans ses bras, vous êtes l'ennemi de Main-Rouge, de Sang-Mêlé et de toute cette.... Mais qui a dit nos noms au guerrier que les siens ont bien nommé le Rayon-Brûlant ? car mon fils paraît terrible comme les langues de feu qui sortent des nuages.

— Depuis le préside de Tubac jusqu'au Lac-aux-Bisons, où la Fleur-du-Lac se mire dans l'eau, répondit l'Indien en faisant allusion à doña Rosario, dont l'image s'était gravée malgré lui dans sa tête, depuis le Lac-aux-Bisons jusqu'aux Montagnes-Brumeuses, et depuis les Collines-Sombres jusqu'à la cache qu'ils ont pratiquée ici, Rayon-Brûlant a suivi les traces des ravisseurs de son honneur.

— Ah ! c'est à ces dém ... Mais continuez, Rayon-Brûlant.

— Les ravisseurs, poursuivit l'Indien, n'ont pas eu de secret pour lui, et, d'après leurs paroles, Rayon-Brûlant a reconnu les deux guerriers blancs dans l'Ile-aux-Buffles. Les deux guerriers blancs sont-ils braves comme on le dit ? acheva-t-il en fixant les yeux sur l'horizon lointain.

— Pourquoi cette question ? demanda Bois-Rosé avec un sourire calme qui en disait plus que toutes les protestations.

— C'est, répondit tranquillement l'Indien, que je vois d'ici, à l'est, la fumée des feux de l'Oiseau-Noir et de trente guerriers ; à l'ouest, celle des feux des deux pirates du désert ; au nord, celle des feux de dix Apaches, et que l'Indien comanche et les deux Visages-Pâles sont entre trois partis ennemis. »

Bois-Rosé vit en effet dans le lointain un léger nuage de fumée indiquant l'emplacement d'un camp indien.

« Rayon-Brûlant a-t-il vu le fils qu'on a enlevé à son père ? demanda le Canadien avec anxiété.

— Les yeux de Rayon-Brûlant n'ont pas vu le jeune guerrier du Sud, répondit l'Indien, mais il le voit, par les yeux d'un guerrier comanche, captif dans le camp des deux pirates. »

Un rayon d'espoir passa dans le cœur de Bois-Rosé.

CHAPITRE XXIV

LES NAVIGATEURS DE LA RIVIÈRE-ROUGE.

Le jeune Comanche portait des regards pleins de bienveillance sur la noble figure du Canadien.

« Le danger est encore éloigné, lui dit il en montrant du doigt la partie de l'est où la fumée des bivacs indiens s'élevait en spirales presque invisibles ; le Comanche suivra ses nouveaux amis dans l'Ile-aux-Buffles, et là ils allumeront le feu du conseil pour décider ce qu'ils devront faire. Allons. »

Le coureur des bois et l'Indien traversèrent le gué de la rivière pour aller rejoindre Pepe et le gambusino, qui attendaient avec d'autant plus d'impatience le résultat de cet entretien, qu'ils ne pouvaient en entendre un seul mot.

L'Indien toucha cérémonieusement la main des deux blancs, et tous quatre se dirigèrent vers le foyer, près duquel les trois chasseurs avaient pris leur homérique repas. Ils se trouvaient maintenant dans une disposition d'esprit bien différente de celle où ils étaient naguère. La nourriture avait rendu la force et la souplesse à leurs membres fatigués, et la possession de leurs nouvelles armes avait rappelé dans leur cœur la confiance et l'énergie.

Le jeune Comanche prit à la hâte sa part du buffle, qu'il dit avoir été tué par un Indien de la bande de Sang-Mêlé, et Bois-Rosé profita de ce moment pour communiquer à ses deux compagnons ce qu'il venait d'apprendre.

« Ce sont de graves et fâcheuses complications, dit le

Canadien en terminant; poursuivre un ennemi quand
on est poursuivi soi-même, c'est une situation difficile.

— Oui, reprit le carabinier; mais après tout, maintenant que nous sommes armés comme il convient à des
guerriers, est-il donc plus impossible d'en venir à nos
fins qu'il ne l'était quand, étant à la poursuite de don
Antonio de Mediana, nous nous trouvâmes bloqués par
ces coquins d'Apaches?

— C'est vrai, dit le Canadien (car il avait, comme
l'Espagnol, cette intrépide confiance en soi-même qui
fait accomplir des prodiges à ceux qui la possèdent : dans
le cours de la vie bien des projets ne sont impraticables
que par cela seul qu'ils nous paraissent tels).

— Quoi qu'il en soit, s'écria le vindicatif Pepe, maintenant que vous venez de m'apprendre que c'est à ce
damné métis qu'appartient cette cache que nous avons
pris tant de peine à céler à tous les yeux, je cours l'éventrer
de nouveau. Venez, Gayferos; pendant que Bois-Rosé
délibérera ici avec ce jeune guerrier, nous jetterons à
l'eau tout le butin de cette vipère, excepté les armes à
feu. »

Le rancunier miquelet s'éloigna, suivi du gambusino,
et, quand l'Indien eut bu et mangé :

« Mon fils, dit le Canadien à Rayon-Brûlant, me con-
tera-t-il maintenant ce qu'il fait seul, et si loin de sa
tribu, sur le terrain de chasse des Apaches? »

Le Comanche fit à Bois-Rosé le récit des événements
que le lecteur connaît déjà : l'attaque dont Encinas et
lui avaient manqué d'être victimes, l'apparition des
deux pirates près du Lac-aux-Bisons, puis ses courses
aventureuses sur leurs traces jusqu'à l'Ile-aux-Buffles,
où il leur avait vu cacher leur butin dans les entrailles
de la terre.

En ce moment, Gayferos et Pepe revenaient de leur
expédition. Couvertures, selles, marchandises, ils avaient
tout jeté au courant de la rivière, à l'exception d'un

faisceau de carabines qu'ils rapportaient avec eux.

« Bien, dit le Comanche ; ceci servira aux guerriers de ma tribu, qui n'ont pour toutes armes que leurs arcs et leurs flèches, et mettra entre leurs mains le tonnerre des Visages-Pâles. »

Rayon-Brûlant reprit alors son récit, que les trois chasseurs écoutèrent avec attention. Nous croyons ne devoir en donner qu'une courte substance. Le Comanche avait quitté l'Ile-aux-Buffles, espérant y revenir à temps pour surprendre les deux pirates du désert, dans la visite qu'ils ne manqueraient pas de faire sous peu à l'endroit où, selon son expression, les bandits avaient enfoui leur âme. Mais le temps qu'il avait employé à regagner le campement éloigné de sa tribu et la rapidité des mouvements de Sang-Mêlé et de son père avaient trompé ses espérances.

Quand il fut de retour sur les bords de la Rivière-Rouge, à la tête de dix guerriers seulement, que le chef de sa peuplade avait confiés à sa prudence et à son courage, le jeune Comanche avait disséminé en plusieurs endroits des espions. Ceux-ci lui rapportèrent que les deux pirates qu'il poursuivait avaient déjà dépassé l'Ile-aux-Buffles où il espérait les surprendre, et qu'après avoir quitté la rivière, dont ils avaient jusqu'alors suivi le cours dans leur canot, ils se dirigeaient par terre, le long de ses bords, jusqu'à la Fourche, près du Lac-aux-Bisons.

Le Comanche et ses dix guerriers, obligés de remonter un courant assez rapide dans le canot qui les avait amenés de leur peuplade, n'avaient donc pu arriver assez à temps pour se croiser avec les deux pirate des Prairies, et ce fut peut-être heureux pour le jeune chef : car la troupe des deux bandits s'était grossie en route de rôdeurs indiens, comme il s'en trouve tant dans le désert.

Ce rapport de l'un des éclaireurs de Rayon-Brûlant avait été complété par un autre de ces batteurs d'estrade. Ce dernier, s'étant aventuré trop près du bivac de Sang-Mêlé, s'était laissé surprendre. Il avait passé une demi-journée avec le métis et son père, et, au moment où il croyait toucher à sa dernière heure, Sang-Mêlé l'avait envoyé vers Rayon-Brûlant, porteur de paroles de paix et d'amitié pour le jeune chef, et chargé de lui faire savoir en outre qu'il serait le bienvenu dans son camp ; ce que celui-ci toutefois se garda bien de croire, et avec raison, si on n'a pas oublié les intentions du métis à son égard.

C'était par le rapport de ce dernier éclaireur que le guerrier comanche avait appris les noms donnés par les Indiens aux chasseurs blancs, et il les avait reconnus dans l'Ile-aux-Buffles à la description qui en avait été faite à ce même éclaireur.

« Rayon-Brûlant, ajouta l'Indien en terminant son récit, a soif du sang de ses ennemis pour laver son honneur, et il veut leur arracher leur chevelure pour en orner le devant de sa hutte ; il est, de plus, l'ennemi mortel des Apaches, jadis ses frères.

— Nous vous aiderons de tout notre pouvoir, reprit Pepe, qui lisait dans les yeux étincelants du jeune Comanche sa haine implacable pour son ancienne peuplade ; mais mon frère, ajouta-t-il, n'est donc qu'un Comanche par adoption ?

— Rayon-Brûlant, reprit l'Indien, ne se souvient plus qu'il est né Apache, depuis que l'Oiseau-Noir l'a outragé dans ce qu'il avait de plus cher. »

Cette nouvelle communauté de haine pour le chef indien resserra plus étroitement encore les liens d'amitié qui venaient de se former entre le jeune Comanche et les deux chasseurs. Ces derniers, d'après son avis, résolurent de profiter de quelques instants du jour près de finir pour quitter l'île et se mettre en marche vers le but où ils tendaient tous.

« Vos guerriers sont-ils loin d'ici? demanda Bois-Rosé à l'Indien.

— L'un d'eux garde mon canot à la pointe de l'Ile-aux-Buffles ; les autres sont disséminés sur la rive gauche de la Rivière-Rouge, et Main-Rouge et Sang-Mêlé sont sur la rive opposée. A deux portées de carabine du chemin qu'ils suivaient, l'Aigle et le Moqueur auraient trouvé leurs traces.

— Allons, allons, s'écria Bois-Rosé, nous ne les avons pas retrouvés ; mais en revanche nous nous sommes procuré des armes, des vivres, un allié brave et loyal. Dieu soit loué ! tout est pour le mieux. »

En disant ces mots, le Canadien jeta sa carabine sur une épaule, prit sur l'autre le faisceau d'armes retirées de la cache ; Pepe et Gayferos se chargèrent des vivres et des munitions, et tous trois, pleins d'une ardeur nouvelle, suivirent le jeune Comanche, qui les guida vers la pointe de l'île, où était le guerrier commis à la garde de son canot.

C'était une de ces embarcations en usage parmi les Indiens de cette partie de l'Amérique, et la singularité de sa construction exige que la description en soit faite en quelques mots.

Le canot comanche se composait de deux peaux de buffle grossièrement tannées, cousues ensemble et étendues sur un léger châssis de bois de frêne. Les coutures en étaient rendues imperméables à l'aide d'un mélange durci de suif et de cendre. Cette barque fragile pouvait avoir environ dix pieds de longueur, sur trois et demi de largeur ; la proue et la poupe étaient allongées en pointe, et son ventre rond, ainsi que sa couleur, lui donnaient sur une gigantesque échelle quelque ressemblance avec une de ces *casquettes* de cuir bouilli dont on se servait jadis en voyage comme de verre portatif.

C'est cependant à l'aide d'embarcations de ce genre que les Indiens entreprennent de longues navigations sur des rivières parsemées de cataractes, de bas-fonds et de rochers ; et, quelque courte que soit la durée de ces fragiles nacelles, on a le droit de s'étonner qu'elles résistent

II. — 20

encore si longtemps aux chocs qu'elles éprouvent et à la
violence des eaux contre lesquelles elles ont à lutter. Du
reste, leur légèreté même les préserve de mille accidents
qui briseraient en pièces une embarcation plus forte, et
permet, dans les endroits impraticables aux navigateurs,
de les porter sans peine sur leurs épaules, pendant des
journées entières de marche.

Ce fut dans un de ces canots que la petite troupe s'em-
barqua. Le Comanche poussa au large avec ses avirons,
et la frêle machine ne tarda pas à suivre rapidement le
fil de la rivière.

Rayon-Brûlant et le guerrier qui l'accompagnait dirigèrent le canot le long de la rive gauche, en rangeant la
terre le plus près possible, pour se cacher sous l'ombre
des arbres, qui déjà s'allongeait sur le fleuve.

« A quelle distance à peu près supposez-vous que nous
soyons de la Fourche de la Rivière-Rouge ? demanda le
Canadien, qui accusait encore de lenteur la rapidité de
leur marche.

— En naviguant ainsi toute la nuit, nous serons demain
à la Fourche-Rouge, répondit le Comanche, quand le
soleil sera sur l'horizon à la même place que ce soir. »

C'était donc tout un jour et toute une nuit de navigation,
en supposant qu'aucun obstacle n'arrêtât la marche de la
petite troupe, ce qui n'était guère probable, entourés d'ennemis de tout genre, comme l'étaient les cinq voyageurs.

Bois-Rosé, tout en explorant de l'œil, ainsi que ses
compagnons, les bords ombragés de la rivière qu'ils cô-
toyaient, repassait dans sa mémoire, pour calculer les
chances qu'ils avaient de rejoindre le métis, toutes les
particularités du récit de Rayon-Brûlant.

Quelques-unes d'entre elles ne lui paraissaient pas suffisamment claires ; puis le sort réservé à Fabian était
pour lui un sujet d'inquiétude dévorant.

« Lequel de vos batteurs d'estrade, demanda le Cana-

dien au Comanche, a pénétré dans le camp de Main-
Rouge ? »

L'Indien désigna de la tête le guerrier qui ramait à
côté de lui.

« Ah! s'écria le coureur des bois en tressaillant, que
ne me le disiez-vous plus tôt! Comanche, poursuivit-il
en s'adressant au rameur d'une voix pleine d'émotion,
vous avez vu le jeune guerrier du Sud, comme ils appellent mon pauvre Fabian ; vous l'avez vu, vous lui avez
parlé ? Que faisait-il ? Quelle était sa contenance ? Tour-
nait-il souvent les yeux vers l'horizon pour chercher dans
les nuages le vol de l'Aigle des Montagnes-Neigeuses, et
de celui qu'ils feraient mieux de nommer l'Aigle Moqueur ? Parlez, Comanche ; les oreilles d'un père sont
ouvertes pour entendre ce qui se dira d'un fils bien-
aimé. »

Mais à ce flot de questions le guerrier sauvage ne répondit rien ; il ne comprenait pas l'espagnol, et le dialecte comanche était inconnu au Canadien. Rayon-Brûlant transmit les demandes et traduisit les réponses.

« Le jeune guerrier du Sud, dit il, était calme et
triste comme le crépuscule dans les montagnes, quand
l'oiseau de nuit commence à chanter.

— Entendez-vous, Pepe ? s'écria le Canadien les yeux
humides.

— Son visage, continua le traducteur, en répétant fidèlement ce qu'il entendait, était pâle comme un rayon
de la lune sur un lac ; mais ses prunelles avaient l'éclat
de la mouche à feu dans les herbes sombres des Prairies.

— Oui, oui, dit le Canadien ; quand vous voulez savoir
si un homme est brave, ne regardez pas ses joues, regardez ses yeux.

— Mais, poursuivit le truchement, que signifiaient la
pâleur des joues du jeune guerrier du Sud et le feu de
ses yeux ? Que sa chair souffrait de la faim, mais que les
tortures de ses entrailles n'atteignaient pas son âme.

L'âme d'un guerrier ne souffre jamais des maux de son corps. »

Le vieux chasseur avait trop vécu parmi les Indiens pour ne pas mettre en première ligne un courage à toute épreuve ; et un plaisir sauvage brillait dans ses prunelles en entendant l'Indien chanter les louanges de son enfant.

« Le jeune guerrier du Sud, reprit le narrateur en prêtant peut-être à Fabian ses propres impressions, ne cherchait pas à distinguer dans le ciel le vol des aigles, ses amis ; il regardait au dedans de lui, et les cris d'agonie des ennemis qu'il avait tués arrivaient à ses oreilles, et il souriait à la mort.

— Allez, Comanche, le jeune homme ne disait pas ce qu'il pensait. Il sait bien que son vieux Bois-Rosé.... Et, continua le Canadien d'une voix qu'il s'efforçait en vain d'affermir, le Comanche sait-il.... à quel moment.... on avait fixé le supplice du jeune guerrier du Sud ?

— Au moment où le grand chef, l'Oiseau-Noir, aura rejoint Sang-Mêlé à la Fourche-Rouge.

— Vous êtes fatigués tous deux ; laissez-nous ramer à notre tour, Pepe et moi, dit le Canadien les yeux enflammés ; l'aigle est sur la trace des vautours. »

Sous l'impulsion des deux nouveaux rameurs, le canot de peaux de buffle glissa plus rapidement sur la surface du fleuve.

Bois-Rosé se trouvait néanmoins soulagé d'un poids énorme ; il savait que Fabian vivait, que son supplice était différé jusqu'à la jonction de l'Oiseau-Noir et du métis ; il savait que la troupe du premier était derrière eux et qu'il arriverait avant elle à la Fourche-Rouge. Cependant Sang-Mêlé pouvait changer son campement, ou n'y pas faire du moins un séjour assez long pour qu'on pût espérer l'y rencontrer et l'attaquer avec quelque chance de réussite.

« La Fourche-Rouge est-elle éloignée de l'endroit que

vous appelez le Lac-aux-Bisons? demanda Bois-Rosé à
Rayon-Brûlant, pour éclaircir ses doutes.

— D'une demi-lieue.

— Et que veut faire Sang-Mêlé au Lac-aux-Bisons, où
vous avez trouvé sa trace ? Mon fils le sait-il ?

— Cueillir la Fleur-du-Lac, qui habite une hutte couleur du ciel, dit le jeune Indien avec un regard de feu.

— Je ne vous comprends pas, Rayon-Brûlant.

— La Fleur-du-Lac, reprit le Comanche en essayant
de voiler l'éclat de ses prunelles, est une fille des blancs ;
elle est blanche elle-même et belle comme la fleur du
magnolier, qui s'entr'ouvre le matin et s'épanouit à midi ;
elle est plus belle que l'Étoile-du-Soir, qui.... jusqu'a-
lors avait paru aux yeux d'un guerrier au-dessus de
toutes les filles indiennes.

— Et que fait cette jeune fille loin des habitations ?
continua Bois-Rosé, à qui rien ne pouvait faire soupçonner que ce fût celle qui occupait une si large place dans
le cœur de Fabian.

— Elle accompagne son père et trente-deux chasseurs
de chevaux sauvages.

— Trente-deux chasseurs ! Ah ! Pepe, s'écria le Canadien plein de joie, c'est ce que voulait nous dire Pedro Diaz, et c'est là sans doute que nous le retrouverons.
Mais alors ce sera une action en règle : soixante Indiens, quarante ou cinquante Indiens et blancs contre
eux ! continua le chasseur, le visage animé du feu des
batailles. La Fourche-Rouge verra couler bien du sang.
Nous sauverons Fabian au milieu de ce tumulte, et nous
briserons à coups de crosse le crâne de ces pirates des
Prairies.

— Nous les crucifierons, Bois-Rosé, s'écria Pepe en
s'abandonnant aux passions féroces qu'excitait en lui sa
haine pour Main-Rouge et Sang-Mêlé ; ce couple de démons n'aura pas mérité un sort plus doux. »

Le loyal coureur des bois, qui savait plus aimer que

haïr, et l'implacable carabinier, capable de haïr comme il savait aimer, se courbèrent avec plus d'ardeur encore sur leurs avirons.

Les eaux de la rivière se teignaient de noir, quand les bords se rétrécirent et formèrent à cent pas au delà de la barque un canal étroit, couronné par les cimes des arbres entrelacées. Un dernier rayon de pourpre du soleil couchant se jouait encore sur l'eau en laissant une longue traînée lumineuse, à travers le dôme de verdure, et se fondait avec l'ombre opaque qui couvrait la surface du fleuve.

Avant de s'engager dans cette passe sombre, Rayon-Brûlant fit un signe au guerrier assis près de lui et tous deux reprirent leurs avirons des mains des chasseurs, qui remplacèrent la rame par la carabine. Bientôt après, les deux Indiens firent entendre deux cris semblables à celui des hirondelles lorsqu'elles volent en rasant l'eau.

Peu d'instants s'étaient écoulés, lorsque le canot entrait sous la voûte épaisse des arbres. Le dernier rayon de soleil semblait s'être éteint dans la rivière, et à peine, au milieu de l'obscurité, pouvait-on, de l'arrière à l'avant de l'embarcation, distinguer un objet.

« Si les ténèbres ne produisaient parfois de ces illusions étranges, dit Bois-Rosé, je jurerais que je vois là-bas, à la fourche de ce frêne penché sur l'eau, comme une apparence de forme humaine. »

Le jeune Comanche arrêta le Canadien qui apprêtait déjà sa carabine.

« L'Aigle et le Moqueur sont ici en pays ami, dit-il ; des guerriers éclairent au loin la route devant eux. »

En disant ces mots, Rayon-Brûlant donna l'ordre à l'Indien de cesser de ramer un instant, et, d'un coup d'aviron en sens inverse, en sciant, comme disent les marins, il fit brusquement arriver la canot sur le tronc incliné du frêne que désignait le Canadien.

Au même moment, avant que Pepe ni Bois-Rosé eussent pu se rendre compte de leurs impressions, un corps noir glissa le long de l'arbre, le canot reçut un choc qui le fit trembler, et un Indien vint prendre place à côté du chef comanche.

Ce nouveau personnage fit quelque bref rapport que les chasseurs blancs ne comprirent pas, tandis que le canot continuait sa marche à travers l'obscurité; puis l'Indien ne tarda pas à garder un silence semblable à celui de tous les passagers.

Au bout d'une heure environ de navigation silencieuse, le même fait se répéta : un autre Indien se laissa encore glisser dans le canot, qui menaçait d'être bientôt trop petit, si le nombre de ceux qui le montaient devait s'augmenter ainsi d'heure en heure. Le nouveau venu dit aussi quelques mots à Rayon-Brûlant en dialecte comanche, et cette fois, au lieu de continuer à ramer, les deux Indiens levèrent leurs avirons et laissèrent le canot suivre de lui-même pendant quelque temps l'impulsion de la rivière. Un murmure lointain commençait à se faire entendre sous la voûte sonore qui couvrait le fleuve.

Bientôt le bruit grossit, on entendait l'eau gronder comme sur un bas-fond; mais l'obscurité empêchait de distinguer devant soi : alors la fragile barque commença de tourner lentement sur elle-même, sans que les deux Indiens fissent aucune tentative pour la diriger. Puis ensuite elle marcha en travers, présentant la proue et la poupe aux deux rives du fleuve, et enfin elle reprit sa première position parallèle au fil de l'eau et glissa plus rapidement. Bientôt, descendant comme un plan incliné, elle fendit l'onde avec la rapidité d'une flèche.

C'était en effet un des *rapides* du fleuve, que les deux Comanches, empêchés par l'obscurité, laissaient à leur barque le soin de franchir seule. Un instant l'eau bouillonna sous la fragile nacelle, qui sembla nager sur des flots d'écume ; un choc terrible l'ébranla, comme si ses flancs allaient, en se crevant, donner passage à l'eau, puis elle devint immobile.

Le mauvais pas étant franchi sans accident, et Rayon-Brûlant et son compagnon reprirent les avirons et continuèrent leur route.

Les voyageurs ne tardèrent pas, après avoir dépassé le rapide, à sortir de cette passe obscure, qui s'était prolongée presque sans interruption pendant plusieurs lieues, et à gagner un endroit découvert. Là, il devint nécessaire de prendre terre sur la rive pour laisser sécher le canot, qui commençait à faire un peu d'eau.

A l'exception de quelques bouquets de cotonniers qui croissaient sur le bord opposé à celui où ils étaient descendus et avaient transporté leur embarcation, les voyageurs se trouvaient au milieu d'une plaine presque nue.

« L'Aigle et le Moqueur peuvent dormir un instant pendant que nous allumerons le feu, mes guerriers et moi, pour réparer notre canot endommagé, dit Rayon-Brûlant.

— Avec votre permission, mon jeune ami, s'écria Pepe, j'aime mieux commencer par manger, puis dormir après, s'il reste du temps pour le faire. »

Les quatre guerriers comanches eurent bientôt allumé un feu autour duquel les trois chasseurs blancs s'assirent à leurs côtés, et les restes du bison ne fournirent pas aux sept convives un souper moins splendide que le dîner précédent sous les ombrages de l'Ile-aux-Buffles.

Quand on eut retourné le canot pour découvrir la voie d'eau, le Comanche s'aperçut que les coutures avaient perdu une partie de leur enduit, et que c'était par là que l'eau pénétrait. A l'aide de la graisse du buffle, mélangée avec les cendres du foyer, les coutures du canot allaient être de nouveau calfatées, quand l'Indien prêta l'oreille à une rumeur lointaine.

« Entendez-vous quelque bruit suspect? demanda Pepe
à l'Indien.

— Rayon-Brûlant prête l'oreille aux hurlements du
petit Loup-des-Présages.

— Eh bien, mon garçon, vous avez l'oreille fine, vous
pouvez vous en vanter. Quels présages vous transmet-
tent les hurlements du petit loup des Prairies, qui, à
mon idée, n'annoncent que sa faim?

— Quand les Indiens sont en chasse, répondit gravement le Comanche, les grands loups des Prairies les
suivent en silence, bien sûrs qu'ils auront leur part du
butin; les petits loups, comme les plus faibles, accompagnent les plus forts en hurlant, et demandent aussi
leur part. J'ai entendu la voix du Présage au nord; la
bande de l'Oiseau-Noir est à l'est; il y a donc du côté
du nord l'autre bande que nos éclaireurs n'ont pas vue,
et les bisons fuient devant elle. Mon frère peut les entendre.

Une rumeur encore vague ne tarda pas en effet à
gronder au loin. Le Comanche prit alors un tison du
foyer et l'approcha du sol, à peu de distance de l'endroit
où le feu était allumé. Une large bande de terre, foulée
et marquée de nombreux piétinements comme l'arène
d'un cirque de chevaux, s'étendait à partir de la rivière
jusqu'à perte de vue dans la plaine.

« Nous sommes ici sur une trace de bisons, s'écria
l'Indien; c'est un endroit dangereux qu'il faut fuir; à
peine en aurons-nous le temps : un troupeau va repasser
sur les traces qu'il a laissées déjà. »

Des mugissements se mêlèrent bientôt au retentissement sourd de la terre. Rayon-Brûlant dit quelques
mots à ses trois hommes, et ceux-ci dispersèrent et éteignirent promptement le feu, à l'exception d'un tison
que conserva le chef; puis les Comanches, aidés par les
chasseurs, se hâtèrent d'emporter le canot sur les pas de
Rayon-Brûlant.

Le jeune chef choisit, pour s'y arrêter de nouveau, le sommet d'une de ces petites collines dont le pays est plein. Là, un autre foyer fut disposé, auprès duquel les quatre guerriers rouges reprirent leurs travaux de calfatage interrompus.

A peine étaient-ils à l'œuvre qu'en face de l'endroit qu'ils venaient de quitter, et sur la rive opposée du fleuve, une longue et large colonne de buffles au galop se dessina dans la plaine. On vit sous le choc irrésistible de ces monstrueux habitants des Prairies, le bouquet de cotonniers s'affaisser en craquant et se coucher par terre comme une gerbe d'herbes sèches. Des mugissements à assourdir l'oreille s'entremêlaient au souffle bruyant des naseaux de la troupe sauvage, flairant l'eau qu'elle allait traverser ; puis l'eau gronda sous un flot de poitrails recouverts de longues crinières ; et, comme poussé par une marée subite pendant l'équinoxe, le fleuve mugit et déborda sur ses deux rives.

CHAPITRE XXV

DES RIVERAINS INCOMMODES.

L'échelle gigantesque sur laquelle la nature américaine a été taillée par le Créateur ; ses cordillères, la plus longue chaîne de montagnes connue ; son sol qui sue l'or, l'argent, le fer ; ses arbres, colosses de la végétation ; les herbes de ses prairies, hautes comme nos jeunes arbres ; ses fleuves de douze à quinze cents lieues de parcours, larges comme des mers ; ses lacs *océaniens*, enfin ses ports immenses comme celui de San-Francisco, où tiendraient toutes les flottes de l'Europe réunies, tout cet assemblage d'éléments grandioses présage-t-il à l'A-

mérique un degré de splendeur et de puissance supé-
rieur à celui que l'Europe ait jamais atteint ? A tort ou
à raison, nous sommes de ceux qui le pensent, s'il est
vrai que l'avenir, toujours solidaire du présent, doive
glorieusement couronner les efforts audacieux d'un
peuple qui, naguère au berceau, a su promptement
secouer les langes de l'enfance et qui, dans toute l'ardeur de sa jeunesse, tend chaque jour à devenir grand
comme la nature qui l'environne.

A certaines époques périodiques, les fleuves, les cours
d'eau des Prairies, et jusqu'à leurs plus minces filets, re-
gorgent de monstrueux saumons, pressés comme nos
bancs de harengs et de sardines ; les eaux ne peuvent plus
les contenir, elles les rejettent hors de leur sein, et les
Indiens errants dans ces plaines sans fin partagent avec
les animaux carnivores des déserts la pâture que leur
envoie la Providence.

A d'autres époques, nombreux comme les saumons
dans les fleuves, des troupeaux de bisons, dont la taille
est à celle de nos taureaux ce que le Meschacébé est au
Danube, parcourent les Prairies, fuyant devant l'Indien
qui les poursuit et devant l'ours gris qui les combat. En
vain chercherions-nous dans le monde entier à quels
animaux chasseurs on peut comparer l'ours gris. Il n'en
est aucun, car sa taille égale presque celle du buffle ;
armé de longues griffes acérées comme les défenses du
sanglier l'ours gris, sur l'épaisse fourrure duquel la
balle du chasseur vient s'amortir, emporte au grand
trot dans sa tanière un buffle tout entier. Abattre un de
ces colosses terribles est la victoire dont s'enorgueillit
le plus le guerrier rouge des Prairies.

C'était une des colonnes voyageuses de buffles que les
navigateurs venaient de voir traverser la Rivière-Rouge,
à quelque distance de l'endroit où ils avaient fait halte
en premier lieu.

« Mon fils croit donc aux rêves et aux présages ? dit

Bois-Rosé au Comanche, quand on n'entendit plus que le tumulte lointain des bisons fuyants.

— La voix du Loup-des-Présages ne trompe jamais, répondit Rayon-Brûlant avec un air de conviction dont sourit le Canadien. Les rêves que le Grand-Esprit envoie au guerrier qui dort ne le trompent jamais non plus. L'Aigle des Montagnes-Neigeuses croit-il qu'à cette heure de la nuit les bisons, pour profiter de sa fraîcheur, abandonnent les hautes herbes et se mettent en voyage ?

— Ce n'est pas probable : Dieu envoie aux animaux comme à nous le sommeil pendant la nuit. Des bisons ne sont ni des loups ni des tigres qui rôdent dans les ténèbres et dorment le jour ; les Indiens sans doute ont donné la chasse à cette colonne d'animaux fuyants qui viennent de passer.

— Eh bien, les rêves sont pour mon esprit ce que sont pour mes oreilles les hurlements du Loup-des-Présages, ce qu'est pour mes yeux la fuite des buffles la nuit : un indice certain que le danger nous entoure.

— Si vous dites vrai, reprit Bois-Rosé, comme je le pense, car, bien que vous ayez à peine la moitié de mon âge, vous avez pour vous et l'expérience de vos pères, qu'on ne dédaigne pas plus dans les déserts que dans les grandes villes, et les premières impressions de votre enfance. Si donc vous croyez le danger prochain, je suis d'avis que nous reprenions notre navigation au plus vite.

— Le canot est prêt ; mais nous avons encore quelques précautions à prendre. Nous allumerons six feux à distance les uns des autres, derrière ces collines. Du bord opposé de la rivière où campe la troupe qui suit nos traces, et de celui-ci, où a fait halte l'Oiseau-Noir, les Apaches verront ces feux sans pouvoir distinguer s'il y a des guerriers qui veillent alentour, et, pendant qu'ils perdront un temps précieux à imaginer un moyen de s'avancer sans être vus, Rayon-Brûlant, l'Aigle, le Moqueur

en profiteront pour prendre l'avance sur l'ennemi qu'ils
poursuivent. »

La sagesse de cet avis frappa Bois-Rosé et l'Espagnol.
Les feux furent allumés derrière des buissons et de petites collines, qui n'en laissaient voir que le reflet en ca-
chant le foyer; le canot de buffle, garni de son enduit
imperméable, fut remis à la rivière, et la petite troupe
reprit, à force de rames, sa navigation interrompue pendant près de trois heures.

Les trois chasseurs blancs, pleins de confiance dans les
quatre Comanches, qui tour à tour se reposaient et re-
prenaient l'aviron, mirent ce temps à profit pour s'étendre au fond du canot et tâcher de goûter quelques instants de sommeil. En voyageant ainsi de jour comme de
nuit, Pepe et Bois-Rosé sentaient qu'ils réparaient la
perte des heures qu'ils avaient été forcés de subir, et,
consolés par cette conviction rassurante, ils ne tardèrent
pas, non plus que Gayferos, à cesser de lutter contre l'assoupissement invincible qui appesantissait leurs yeux.

Depuis longtemps déjà les feux avaient disparu dans le
lointain. Les trois chasseurs fatigués dormaient profondément. Assis à la poupe du canot, pendant que deux
de ses Indiens ramaient en silence, le jeune Comanche
ne cessait d'interroger de l'œil tous les points de la solitude qu'ils traversaient. Rayon-Brûlant semblait inaccessible au sommeil, quoique les troncs d'arbres ou les
rochers qui bordaient la rive ne fussent pas plus immobiles que lui.

Sa figure au profil énergique, ses yeux brillants, la
symétrie parfaite de sa tête avec ses larges épaules et son
buste nerveux que son manteau de peau de bison laissait voir à nu, faisaient du jeune renégat apache un bel
échantillon de la race humaine à l'état de nature. Le
jeune guerrier regardait-il en dedans de lui-même pour
y retrouver l'image de la Fleur-du-Lac, ou celle de l'É-
toile-du-Soir, pour qui il avait quitté la terre où repo-

saient les ossements de ses pères? c'est ce que nous ignorons, et ce qui importe peu pour le moment. Quelque
absorbé toutefois qu'il fût dans ses pensées, il ne restait
étranger à aucune des vagues rumeurs qui, de loin en
loin, se faisaient entendre.

Cependant à l'immobilité de sa posture, qui prouvait
que tous les bruits du désert n'étaient que ce qu'ils devaient être, succédaient, petit à petit, quelques mouvements du corps ou de la tête, comme si d'autres indices
se mêlaient aux voix de la nuit et de la solitude.

Une sorte de ronflement sourd, apporté par la brise,
et qui semblait sortir du milieu même de la rivière,
confirma bientôt les soupçons de l'Apache. Il fit signe à
ses deux rameurs de cesser de nager, et il se pencha sur le
corps du Canadien, qui, sentant qu'on lui touchait l'é-
paule, ouvrit les yeux et regarda autour de lui. Il vit les
deux Indiens tenant en main leurs avirons immobiles; il devina qu'il y avait quelque danger encore caché.

La rivière qui, à l'endroit où il s'était endormi, coulait
à travers une plaine, était encaissée entre deux rives
assez élevées, quand il se réveilla.

« Dois-je appeler Pepe? dit le Canadien.

— Laissez-le dormir, reprit le Comanche; nous l'éveil-
lerons s'il est besoin. J'ai ouï dire que la balle de l'Ai-
gle-des-Montagnes ne manquait jamais son but.

— Oui, mon garçon, c'était vrai avec la carabine que
j'ai laissé briser entre mes mains; avec celle-ci je ne
pourrais, en vérité, ne l'ayant pas essayée, répondre du
premier coup que je lâcherai. Mais pourquoi m'avez-
vous éveillé? »

Un grognement plus distinct et plus prolongé, semblable au bruit d'un soufflet de forge, se chargea de la
réponse de l'Indien.

« Ah! dit le Canadien, je ne vous en demande pas davantage. Qu'importe, après tout? Passons outre, et, à

moins que vous ne soyez trop fatigué de ramer, laissez-
moi continuer mon somme.

— Nous ne pouvons passer outre sans sa permission.
L'animal occupe un petit îlot au milieu de la rivière,
qui, au delà du détour que vous voyez, devient fort
étroite. Ce qu'a vu Rayon-Brûlant une seule fois, il ne
l'oublie plus. Il connaît les moindres sinuosités de la Rivière-Rouge. »

Cependant le canot avançait toujours en tournoyant,
et comme il était urgent de prendre un parti avant de
s'engager dans la passe dangereuse que signalait le jeune
Indien, Bois-Rosé prit les avirons et fit remonter le canot contre le courant.

Tout en le maintenant immobile, quand il eut gagné quelques toises : « Nous ne devons pas, dit-il, pro-
diguer les coups de fusil au milieu de ces solitudes qui
peuvent recéler des ennemis tout près de nous; ce serait leur donner l'éveil. Une seule détonation même
suffirait pour cela. Eh bien! Comanche, je suis d'avis
que, laissant de côté tout amour-propre, nous prenions
terre avec le canot sur nos épaules, pour n'avoir pas de
querelles avec ce diable d'animal. Plus loin, nous re-
prendrons le cours de la rivière.

— Les trois Indiens ont une hache affilée et des bras
vigoureux; les chasseurs blancs ont leurs couteaux poin-
tus et tranchants, reprit Rayon-Brûlant.

— L'amour-propre d'un jeune homme ne s'accom-
mode pas de la fuite, je le sais. Préférez-vous risquer
de faire chavirer notre canot, ce qui ne serait pas
grand'chose, après tout, mais de le faire crever comme
une gourde sèche, ce qui serait irréparable? Écoutez,
Rayon-Brûlant; faites pour l'amour d'un père à la recherche de son fils, dont les moments sont comptés, le
sacrifice de votre gloriole de jeune homme; c'est un
vieillard dont les cheveux sont gris, dont le cœur est
plein de tristesse, qui vous en prie.

— La Fleur-du-Lac, dit l'Indien, incapable de cacher les impressions de son jeune cœur, eût frémi en voyant la dépouille du monstrueux animal, et elle eût souri au guerrier qui la lui eût apportée; le cœur de Rayon-Brûlant se serait réjoui.

— Oui, mon enfant, il est doux d'obtenir un sourire de celle qu'on aime; c'est doux pour un Indien comme pour un blanc; mais il est doux aussi d'obliger un vieillard qui pleure son fils. Le Grand-Esprit bénira vos chasses. »

Le Comanche ne répliqua plus. On éveilla Pepe et Gayferos pour leur apprendre qu'un ours gris des prairies gardait une passe étroite qu'on ne pourrait franchir sans avoir maille à partir avec lui, et qu'il fallait, en emportant le canot, faire un détour par terre et éviter ainsi le bruit dangereux d'un combat contre le redoutable gardien de l'îlot.

La nouvelle qu'un ours gris barrait le passage de la rivière mit Pepe de très-mauvaise humeur.

« Le diable torde le cou à cette vermine! dit-il en bâillant, et en flétrissant par rancune, d'un terme de mépris que les chasseurs n'appliquent qu'à des animaux d'un ordre inférieur, le plus terrible des habitants des Prairies; je dormais si tranquillement! »

Cependant, après avoir fait aborder le canot au rivage, le Canadien, toujours prudent, résolut, avant de laisser débarquer toute la troupe, de jeter un coup d'œil dans la plaine. Il escalada doucement la berge qui encaissait la rivière. De hautes herbes en couronnaient le sommet et opposaient à la vue un rempart infranchissable.

Le Canadien s'avança donc en se coulant à travers leurs tiges, la carabine à la main, et disparut pour quelques minutes aux yeux de ses compagnons.

Ceux-ci se tenaient sur leurs gardes; car il ne suffisait pas de chercher à éviter le féroce animal pour être

à l'abri d'une attaque de sa part. Il était évident que
l'ours flairait les émanations humaines, et qu'il ne se
sentait plus seul dans son domaine désert. Comme
ces redoutables châtelains qui, du haut de leur rocher
ou de leur tour, dominaient jadis le cours d'un fleuve,
il était à craindre que l'animal riverain n'essayât de prélever le tribut d'un chasseur ou d'un Indien, s'il avait
déjà goûté dans sa vie de la chair de l'un ou de l'autre.

Aux ronflements précipités de ses naseaux se mêlait
de temps à autre le grincement de ses formidables dents
et de ses ongles qui grattaient le roc de l'îlot.

En ce moment le Canadien revint en toute hâte.

« Au large ! au large ! dit-il à voix basse dès qu'il eut
rejoint la petite troupe. Il y a là une douzaine d'Indiens
à cheval qui battent la Prairie.

— Les Loups-du-Présage ne trompent jamais, répondit l'Indien. Dans quelle direction les chiens apaches
parcourent-ils la plaine ?

— A droite et à gauche ; mais ils semblent venir du
côté où nous avons laissé nos feux allumés. Allons,
Rayon-Brûlant, c'est à présent et sans hésiter qu'il faut
avoir recours aux haches indiennes et aux couteaux des
blancs contre l'ours gris. Quoi qu'il en puisse arriver,
nous ne saurions rester ici sans danger une minute de
plus. Un de ces cavaliers peut d'un moment à l'autre
s'avancer vers la rivière. »

Le canot fut de nouveau poussé au milieu du courant,
dans la direction de l'îlot, malgré le grondement effrayant qui s'y faisait entendre.

Dans toute autre circonstance, en dépit de la force
et de la férocité de l'animal qui, au dire de l'Indien,
devait s'être installé sur la petite île et dominer le passage étroit qu'elle formait sur chaque rive du fleuve, les
navigateurs ne se fussent que médiocrement inquiétés
de cette rencontre.

A l'exception de Gayferos, tous avaient passé leur vie

dans les déserts et ils étaient accoutumés **à en braver les**
dangers : lui, cependant, ne paraissait pas plus effrayé
que ses compagnons : c'est qu'il ignorait à quel ennemi
ils avaient affaire. Les deux chasseurs et les Indiens le
savaient et appréciaient tout ce que le voisinage des
Apaches ajoutait de péril à un combat déjà si dangereux par lui-même.

Les armes blanches, au cas où l'animal ne serait pas
d'humeur à les laisser passer tranquillement, étaient
les seules qu'ils pussent employer pour ne pas révéler
leur présence. L'épaisse fourrure, d'ailleurs, dont l'ours
gris est revêtu , rendait la lutte bien incertaine. Ses
hurlements, s'il était blessé, pouvaient attirer les Indiens, avides de le chasser ; le canot risquait d'être
crevé par la moindre atteinte de ses griffes tranchantes ;
le voir couler bas était presque inévitable.

Bois-Rosé, pour plus de sûreté, et afin d'empêcher le
Comanche de commettre quelque acte d'agression, pria
Rayon-Brûlant de prendre en main l'un des avirons, et
lui-même s'empara du second ; puis, au risque de ce
qui pouvait lui en advenir, il poussa le canot contre la
rive droite, de façon à attaquer la passe de ce côté, et à
se trouver le plus rapproché du féroce animal.

Le canot, en suivant le cours assez rapide de la rivière, eut bientôt regagné la distance que Bois-Rosé lui
avait fait perdre en remontant. Ce fut un moment imposant et terrible que celui où il vint à tourner le coude
que décrivait le fleuve.

La hache à la main à l'avant de l'embarcation, les
trois Indiens se tenaient prêts à en frapper le colosse
d'un triple coup, et armés chacun de leur couteau,
Pepe et le gambusino restaient à l'arrière. La petite
barque glissa silencieusement, et des ronflements sonores continuaient à sortir du fond de la rivière, comme
si quelque monstre marin s'y fût échoué **sur un bas-**
fond.

Bientôt, sur la surface sombre du fleuve, l'îlot apparut aux yeux des navigateurs, et sur l'îlot de sable et de rochers une masse énorme et noirâtre se laissa voir.

« Jésus Maria ! dit à voix basse le gambusino, épouvanté à la vue de l'ennemi dont il ne soupçonnait pas la taille gigantesque.

— Fiez-vous plus à votre couteau qu'à une prière, » fit vivement Pepe.

Le canot avançait doucement, et, à l'aspect des hommes qui le montaient, l'ours fit entendre un horrible grognement, et l'une de ses monstrueuses pattes, en grattant le sol, fit couler dans la rivière une avalanche de sable ; puis il commença de se lever lentement sur l'arrière-train, comme un buffle cabré.

Le canot avait attaqué la passe fatale ; ceux qui le montaient se tenaient prêts.

« Allons, Comanche, un bon coup de rame, d'où dépend peut-être la vie de sept hommes ! » dit Bois-Rosé.

Et l'Intrépide coureur des Bois enfonça d'un bras ferme son aviron dans l'eau de manière à faire glisser l'embarcation le plus rapidement et le plus loin possible de l'animal, qui, debout, semblait hésiter à commencer l'attaque. L'indien seconda non moins vigoureusement le chasseur et leva sa rame en l'air au moment où la barque passait comme la flèche à une toise à peine du gigantesque et féroce gardien de la petite île.

Celui-ci semblait encore indécis s'il s'élancerait contre le canot, et Bois-Rosé espérait avoir heureusement franchi ce pas dangereux, lorsque, avec une rapidité telle que le vieux chasseur ne put le prévenir, un des Comanches, qui avait lâché sa hache, décocha dans le ventre de l'ours une flèche qui s'enfonça profondément dans ses entrailles.

Bois-Rosé ne put retenir un cri de colère, et l'animal blessé poussa un rugissement de rage comme celui d'un bison atteint d'un coup de lance. et. en faisant claquer

ses énormes mâchoires avec un bruit terrible, il s'élança
dans l'eau, tel qu'un rocher qui fût tombé de la berge.

Le Canadien n'avait pas été moins prompt que le Comanche, et un second coup de rame fit voler l'embarcation plus rapidement encore ; l'ours n'atteignit que le
vide, et ses deux pattes ne frappèrent que la surface du
fleuve.

« Hourra ! s'écria Pepe à moitié suffoqué par les tourbillons d'écume qui fouettaient son visage ; ferme ! Bois-
Rosé, ferme ! Comanche, vous avez manœuvré comme
deux fiers marins. Eh ! là-bas, vos haches, si vous ne
voulez pas que cette vermine nous coule bas. »

Les trois Indiens s'étaient précipités de l'avant à l'arrière, et, au moment où l'animal furieux, hurlant, écumant de rage et les yeux enflammés, n'était plus qu'à un
demi-pied du canot, leur hache levée étincelait dans
leurs mains.

« Frappez donc ! » hurla Pepe.

Les Indiens n'avaient pas besoin de ses exhortations
qu'ils ne comprenaient pas, et les trois haches retentirent sur le crâne du colosse, comme trois coups de
marteau sur une enclume.

« Encore ! encore ! cria de nouveau Pepe. Cette vermine a la vie dure.

— Silence donc ! pour Dieu ! dit Bois-Rosé ; les Indiens ne sont pas.... »

Au milieu des hurlements de rage de l'ours, un éclair
soudain brilla sur la rivière teinte de sang et fut en
même temps suivi d'une détonation qui retentit aux
oreilles des navigateurs comme si c'eût été la trompette
du jugement.

« Demonio ! qu'est ceci ? s'écria l'Espagnol à l'aspect
d'un corps s'agitant convulsivement et tombant dans
l'eau, tandis que le canot fuyait toujours. Qu'est ceci ?

— Rien qu'un Apache qui tombe dans la rivière, un
chien affamé qui se noie, » répondit l'Indien.

Bientôt des hurlements éclatèrent dans la plaine, le long des rives du fleuve ; les Comanches y répondirent, et ces hurlements se mêlèrent à ceux du monstrueux habitant de l'îlot. La flèche qui avait percé ses entrailles, les trois coups de hache qui avaient frappé son crâne semblaient n'avoir fait qu'exciter sa fureur.

« Courage, Bois-Rosé, courage ! s'écria Pepe agenouillé à l'arrière du canot et surveillant, avec les Indiens, les progrès alarmants de l'animal à la nage, qui levait à chaque instant une de ses lourdes pattes pour atteindre la frêle embarcation. Vive Dieu ! nous l'avons échappé belle, continua-t-il au moment où l'eau fouettait de nouveau son visage. Un bon coup d'aviron, Comanche, pour le dernier. Bois-Rosé, est-ce vous qui avez tiré tout à l'heure ?

— Oui, dit le Canadien toujours courbé sous l'aviron, et l'arme n'est pas trop mauvaise. Mais tirez donc à votre tour sur ce diable d'ours : ne visez qu'au muffle. »

En effet, il n'y avait plus rien à ménager : les Indiens connaissaient la présence des fugitifs, et il était urgent de se débarrasser de l'ennemi de la rivière pour être prêts à soutenir la prochaine attaque de ceux de la plaine.

« Allons, Gayferos, êtes-vous prêt ? Vous entendez, au muffle de l'animal.

— Oui, » répondit le gambusino.

Deux coups de feu retentirent à la fois ; mais le canot bondissait si violemment que les balles n'atteignirent pas l'ours à l'endroit désigné. Le monstre ne fit que secouer son énorme tête, d'où cependant l'on vit jaillir le sang.

« L'animal enragé ! » s'écria Pepe désappointé.

L'Espagnol et Gayferos rechargeaient leurs armes pour faire feu tous deux une seconde fois. Sous les oscillations et les écarts de l'embarcation, viser n'était pas chose facile.

Cependant les tireurs avaient réussi à se remettre en

mesure, quand un espace plus large, laissé entre la poupe du canot et le muffle gigantesque de l'obstiné nageur, prouva que la fatigue ou le découragement commençait à s'emparer de lui.

« Hardi sur l'aviron ! cria de nouveau l'Espagnol ; la vermine perd du terrain. »

Les rameurs redoublèrent d'efforts, et la distance s'agrandissait de plus en plus.

« Encore, encore ! là.... bien.... Arrêtez-vous un instant tous deux, s'il est possible, pour que je puisse viser ce diable enragé à l'endroit où je vois briller son muffle noir sous ses longs poils.

— Non pas, non pas, s'écria vivement le Canadien, et sans se rendre au désir de son compagnon ; gardez votre balle pour cet Indien qui arrive sur nous au galop. »

Le canot flottait en ce moment entre des rives plus basses, qui permettaient, malgré les ténèbres, de jeter un coup d'œil dans la plaine. Des ombres noires de chevaux et de cavaliers bondissaient parmi les hautes herbes. Un autre danger, plus immédiat, allait rendre plus périlleuse la situation précaire des navigateurs.

L'ours avait ralenti ses efforts, nous venons de le dire ; mais c'était pour changer de tactique : il s'était dirigé en ligne oblique vers la rive.

« Abordez en diagonale, Bois-Rosé, cria Pepe, qui suivait tous les mouvements de la bête furieuse, ou l'animal va nous couper le chemin et nous attaquer par l'avant. »

Rayon-Brûlant jeta un coup d'œil de côté, et il vit en effet l'ours fendre l'eau à quelque distance de la terre. Le Comanche poussa l'embarcation sur la droite, vigoureusement secondé par Bois-Rosé, que l'avertissement de l'Espagnol avait trouvé prêt à s'y conformer. Ce fut en ligne oblique aussi que le canot vola vers le rivage, et, au moment où l'ours s'élançait à terre, le jeune Comanche, sa carabine à la main, y sautait de son côté.

« Au large ! dit-il à Bois-Rosé. Que l'aigle laisse faire un guerrier sans peur. »

L'Indien et l'ours avaient pris terre sur le même bord, à une distance d'à peu près vingt pas l'un de l'autre.

Les préparatifs de combat du Comanche étaient trop simples pour lui faire perdre plus de quelques secondes. Tandis que l'ours s'avançait à ce trot familier à son espèce, Rayon-Brûlant s'assit par terre avec un calme qui excita l'admiration de Bois-Rosé lui-même, car la vie du jeune Indien allait dépendre d'un faux mouvement, d'un long feu de son fusil, ou d'autres circonstances indépendantes de l'homme le plus intrépide. La crosse de sa carabine contre son épaule, le canon le long de sa joue, et prêt à faire feu, l'Indien immobile attendit.

Presque égal en grosseur à un bison, le gigantesque et féroce animal, la terreur des Prairies, s'avançait en retroussant ses lèvres sanglantes au-dessus de ces terribles dents blanches.

Le fusil du Comanche suivait lentement ses mouvements ; puis, quand la bouche du canon toucha presque son énorme muffle, le coup partit. Le colosse s'affaissa ; mais, entraîné par l'impulsion de sa marche, il eût écrasé l'Indien sous son cadavre, si celui-ci, la gâchette à peine lâchée, ne se fût replié sur lui-même avec la merveilleuse élasticité d'un *clown*, et ne se fût retrouvé sur ses jambes à six pas de là, et le couteau à la main.

L'Indien jeta un regard d'orgueil sur son ennemi gisant sur le sable ensanglanté, et coupant rapidement, avec toute la dextérité d'un veneur habile, la patte énorme de l'ours gris à la première jointure, il vint reprendre sa place dans le canot.

« Rayon-Brûlant est brave comme un chef, dit Bois-Rosé en pressant la main du Comanche. L'Aigle et le Moqueur sont fiers de leur jeune ami. Son cœur pourra

se réjouir, car la Feur-du-Lac sourira en voyant les preuves de son courage. »

Les yeux du jeune Comanche étincelèrent d'une fierté
joyeuse que faisait naître dans son cœur le compliment
de Bois-Rosé, et surtout l'espérance qu'il y éveillait.

L'Indien poussa une exclamation brève et se remit
à ramer : car les Apaches galopant dans la plaine semblaient vouloir, comme l'ours gris, avant eux, couper
aux navigateurs le chemin de la rivière.

CHAPITRE XXVI

ENTRE DEUX FEUX.

L'endroit où les Indiens paraissaient se diriger pour
attendre le canot au passage était parsemé de bouquets
de saules et de frênes, sous lesquels ils devaient trouver
l'occasion d'attaquer les navigateurs sans aucun danger
pour eux-mêmes. Il était donc important d'atteindre ce
poste avant les Apaches, ou, s'ils s'y établissaient les
premiers, de ne pas s'engager dans ces dangereux parages.

Les deux Comanches avaient relayé le Canadien et
Rayon-Brûlant, qui, la carabine en main, ainsi que Gayferos et Pepe, protégeaient les deux rameurs.

Les Apaches avaient à parcourir un immense demi-
cercle sur tous les points duquel il étaient à peu près
tous hors de l'atteinte des balles : le canot n'avait, pour
ainsi dire, qu'à franchir une ligne droite, la corde de
cet arc.

« Quand je vous dis que ces Indiens paraissent apportés dans les Prairies par les ailes du vent, comme j'ai
ouï dire, dans mes voyages sur la côte d'Afrique, que le

simoun apporte des sauterelles, ai-je tort ? demandait à
Pepe le Canadien irrité de ce nouvel obstacle.

— Si je ne me trompe, répondit l'Espagnol, quoique
je ne nie pas que ces coquins ne soient comme l'une des
plaies d'Égypte, nous ne devons pas être étonnés de voir
ceux-ci sur nos traces. Regardez là-bas ce cheval pie
dont on peut distinguer la couleur malgré les ténèbres,
et qui bondit sous son cavalier ; ne vous semble-t-il pas
l'avoir déjà vu galoper autour de l'îlot de la rivière de
Gila ?

— J'ai de terribles motifs pour me le rappeler, ajouta
Gayferos ; l'Indien qui le premier m'a lancé son lazo autour du corps et m'a jeté à bas de mon cheval en montait un exactement semblable à celui-là.

— Et cet autre, reprit le carabinier, ne jurerait-on
pas, à la crinière de bison dont sa tête semble être ornée,
que c'est l'Indien que nous vîmes en sentinelle sur le
bord de la rivière, quand notre îlot flottant en descendait le cours ? Ah ! c'est là une des circonstances de notre vie aventureuse dont je me souviendrai longtemps.
Il y a, à mon avis, cent à parier contre un que les coquins sont les mêmes qui nous ont assiégés, et qu'ils ont
été reconnaître nos traces à l'endroit où nous avons pris
pied pour gagner le val d'Or.

— Je ne dis pas non, » reprit en soupirant Bois-Rosé,
à qui ces dernières circonstances, mentionnées par le
gambusino scalpé ainsi que par l'Espagnol, rappelaient
plus amèrement encore la parole de Fabian.

Les trois quarts de la distance jusqu'aux bouquets
d'arbres étaient à peu près franchis. Le canot se trouvait,
par conséquent, plus rapproché des Indiens, qui achevaient aussi de leur côté de parcourir leur demi-cercle,
et, pour peu que les nouvelles armes des trois blancs
eussent une assez bonne portée, on pouvait espérer démonter un ou deux des cavaliers de la plaine.

Le canot, quoique vigoureusement poussé par l'im-

pulsion des avirons, glissait sur la rivière avec assez peu
d'oscillations pour que la main d'un tireur ne fût pas
dérangée par le roulis.

Le Canadien et l'Espagnol allongèrent une fois de plus
leur bras si fatal aux Indiens, et firent feu.

« En voilà deux qui ne suivront plus les traces de
personne, dit Pepe ; je réponds qu'ils ne tiendront plus
de mauvais propos sur nous.

— Peut-être ne sont-ils que blessés, fit Gayferos, qui
vit, à sa grande joie ainsi qu'à son extrême surprise,
qu'on pouvait atteindre des ennemis de si loin, et la
nuit surtout.

— J'en doute, reprit Bois-Rosé. En tout cas, ils sont
hors d'état de nuire. Mais, ajouta-t-il avec dépit, nous
ne pouvons empêcher ceux qui survivent de se loger
avant nous sous le couvert des arbres. Assez assez, »
poursuivit le Canadien en faisant signe de la main de ne
plus ramer. Les derniers cavaliers indiens venaient de
disparaître sous le taillis, non cependant sans que la carabine du Comanche, qui retentit subitement aux oreilles de tous, en eût jeté un troisième par terre.

A peine quelques instants s'étaient-ils écoulés qu'une
décharge fut dirigée vers le canot. Heureusement, à l'exception d'un des rameurs, dont une balle frappa le bras,
et d'un trou qu'ouvrit une autre balle dans le flanc de
l'embarcation au-dessus de la ligne d'eau, cette riposte
des Indiens n'eut pas de suites funestes. Le Comanche
fit jouer de son bras valide le bras qui venait d'être atteint : l'os n'était pas brisé ; la chair seule était déchirée
tout alentour.

Le Canadien prit l'aviron à sa place et dirigea le canot, en remontant le courant vers une petite crique que
protégeait plutôt une ceinture épaisse de roseaux que
l'élévation du terrain qui la formait.

C'était encore cependant le meilleur abri qui existât
dans le voisinage.

Les voyageurs ne purent, dans le premier moment qui suivit celui de leur retraite, se dissimuler que, pour déloger les Indiens du poste avantageux d'où ils dominaient la rivière, ou pour forcer le passage, ils étaient exposés à perdre un temps précieux ou à courir risque de leur vie.

Il fallait donc se résoudre, sinon à faire abandon de leur canot pour éviter ces deux alternatives, ce qui était renoncer à une précieuse ressource pour voyager promptement et sans fatigue, du moins à essayer de le transporter à bras au delà de l'endroit gardé par leurs adversaires.

Ils avaient à peine commencé à échouer avec précaution l'embarcation sur la rive qu'ils occupaient, quand, au sommet des arbres sous lesquels les Indiens s'étaient retirés, une vive et subite clarté illumina autour d'eux la rivière et ses bords, et au même instant quelques balles vinrent couper et briser les roseaux à peu de distance du canot.

C'était sans doute un signal de feu que les Indiens transmettaient à quelque autre parti des leurs encore éloigné.

Les faisceaux d'herbes sèches recueillies dans la plaine ne projetèrent qu'une clarté aussi passagère qu'éblouissante. Un instant néanmoins la silhouette gigantesque du Canadien, et celle assez remarquable du chasseur espagnol, se dessinèrent nettement au milieu de la teinte rougeâtre qui s'étendait à une assez grande distance. Tout à coup, les cris : « L'Aigle des Montagnes-Neigeuses ! l'Oiseau-Moqueur ! le Crâne-Sanglant ! » trois noms par lesquels les Indiens désignaient le Canadien, le carabinier et le gambusino scalpé, apprirent aux trois chasseurs blancs qu'ils venaient d'être reconnus.

« Pourquoi le grand chasseur au visage pâle s'appelle-t-il l'Aigle ? cria une voix railleuse, puisqu'il n'a pas su dissimuler sa trace depuis les Collines-Brumeuses et les bords du Rio-Gila jusqu'à ceux de la Rivière-Rouge ?

— Ne leur répondez pas, Pepe, dit le Canadien. Un combat de langue est bon quand on a du temps à perdre comme nous en avions dans l'îlot ; mais ici nous devons agir. Le restant de la bande est sans doute derrière ces bouquets d'arbres. Eh bien, Rayon-Brûlant, votre imagination indienne vous fournit-elle un moyen pour sortir d'ici ?

— Qu'est-il besoin de ruser ? reprit le Comanche ; qu'avons-nous à faire de mieux et de plus simple qu'à emporter le canot sur nos épaules, à deux portées de carabine de cette petite crique ? »

Déjà les trois guerriers du jeune chef, la légère embarcation de peaux de buffles sur leurs épaules, prenaient la direction de la plaine sur la rive gauche, quand l'un d'eux poussa une exclamation gutturale.

Quoique la lune, qui ne devait se lever que dans la dernière heure de la nuit, ne brillât pas encore, les étoiles du ciel et les rayons lumineux de la voie lactée projetaient assez de clarté pour qu'on pût distinguer un autre parti d'Indiens, au nombre de vingt environ. Trois ou quatre étaient à cheval, mais ils réglaient leur marche sur celle de leurs compagnons à pied.

Il n'y avait plus à hésiter.

« La carabine de Rayon-Brûlant, quoique son cœur soit si fort, s'écria Bois-Rosé, n'est pas aussi sûre dans sa main que la mienne et celle de Pepe ; le jeune chef et Gayferos prêteront le secours de leurs bras pour transporter le canot aussi vite que leurs jambes le leur permettront, et, mon compagnon et moi, nous les protégerons tous pendant qu'ils seront désarmés.

— Bon, dit l'Indien, un guerrier n'est pas seulement utile en combattant. »

Après cette courte phrase d'assentiment, le jeune Comanche et Gayferos se conformèrent à l'ordre du Canadien. Ce dernier se mit d'un côté des porteurs, Pepe de l'autre, et tous s'élancèrent au pas de course à travers la plaine.

Rien dans la contenance des nouveaux venus n'annonçait que la petite troupe fût aperçue par eux dans sa manœuvre; mais il n'en était pas de même parmi les Indiens en embuscade derrière les saules. Ceux-ci poussèrent des hurlements de désappointement et d'alarme.

« Si je pouvais seulement distinguer l'œil d'un de ces hurleurs ! dit Pepe, qui se tenait entre la rivière et les porteurs du canot.

— Surveillez plutôt ceux à votre gauche, Pepe, reprit le Canadien. Ah ! ceux-ci viennent de nous apercevoir aussi. Les entendez-vous hurler à leur tour? Mais que pas un d'eux ne s'approche à portée de ma carabine, mort-Dieu ! Voyez-vous, Pepe, on a beau dire, l'infanterie est préférable à la cavalerie, dans la guerre des Prairies comme dans celle des pays civilisés. Avant qu'un de ces cavaliers, à moins qu'il ne veuille tirer sur nous au hasard, ait obtenu assez de tranquillité de son cheval pour viser avec quelque chance... je me serai... arrêté.... »

En disant ces mots, Bois-Rosé suspendait sa marche et semblait prendre racine dans le sol.

« Oui, je sais ce qu'il veut dire, grommela Pepe en continuant son pas gymnastique à côté des Indiens chargés du canot. Je me serai arrêté.... j'aurai visé... et...»

La détonation de la carabine du vieux chasseur interrompit le soliloque de l'Espagnol.

« Et, reprit-il à demi-voix, un Indien tombera de cheval, comme un fardeau dont l'attache est brisée.... C'est vrai, parbleu! en voilà un qui vient de dégringoler de sa monture.

— Vite, dit le Canadien en accourant après ce dernier exploit, tandis que, du fond de la plaine où sa balle avait trouvé une victime, en dépit de l'éloignement, deux coups de feu répondaient inutilement au sien. Vous voyez, Rayon-Brûlant, comment, entre les mains d'un bon tireur, une carabine ordinaire semble avoir une portée double des autres, quoique les balles de mon ancienne carabine soient trop petites pour celle-ci, ce qui leur ôte beaucoup de force. »

Jusqu'à ce moment les sinuosités de terrain de la rive gauche que parcourait la petite troupe l'avaient mise à peu près à l'abri du feu des Indiens embusqués derrière les arbres de la rive droite ; mais les fugitifs arrivaient à un endroit où les bords du fleuve étaient unis et plats. C'était là le pas le plus dangereux à traverser, et, malgré l'active surveillance du Canadien et de l'Espagnol, et leurs efforts pour distinguer un but derrière les arbres, une fusillade exécutée par des ennemis invisibles les accueillit au passage. Un des porteurs du canot tomba, trop grièvement blessé pour se relever, si deux de ses compagnons n'étaient venus à son aide.

Dans la crainte de s'exposer eux-mêmes, en se découvrant, à la redoutable carabine des deux chasseurs blancs, dont ils avaient tant de fois éprouvé l'infaillible justesse, les Indiens avaient tiré à peu près au hasard, à travers les troncs d'arbres. Sauf une balle qui effleura la chair de Pepe et n'emporta qu'un lambeau de sa manche, la fusillade ne fit pas d'autre mal aux fugitifs.

Cependant les porteurs du canot, réduits au nombre de deux, Gayferos et le Comanche, ne marchaient plus aussi rapidement. Chargés de leur compagnon mourant, les deux autres Indiens n'avançaient aussi de leur côté qu'à grand'peine, et l'autre parti d'Apaches, les plus à craindre parce qu'ils étaient les plus nombreux et qu'ils occupaient la même rive que les fugitifs, commençait à gagner sensiblement du terrain sur eux.

Deux fois les intrépides chasseurs, qui formaient l'unique corps de bataille de la petite troupe et sa seule défense, s'arrêtèrent pour faire face à l'ennemi, avec cette audace que semble respecter le danger, et deux fois un Indien tomba sous leurs balles.

Pendant cette retraite de lions, les deux coureurs des bois, animés par leur propre poudre, par les balles et les flèches qui sifflaient autour d'eux, et serrés l'un contre l'autre, marchaient à reculons et presque à pas comptés. Déjà loin d'eux, leurs compagnons, à l'abri du feu de l'autre rive par la distance qu'ils avaient pu gagner, tandis que les Apaches embusqués rechargeaient leurs armes, s'empressaient de remettre enfin le canot à flot.

Bois-Rosé et l'Espagnol, faisant face à l'ennemi de la plaine, et le dos tourné à la rivière, ne voyaient pas les cavaliers indiens qui, abandonnant le couvert des arbres, poussaient leurs chevaux dans le milieu du fleuve pour leur couper toute retraite vers le canot.

La voix tonnante du Comanche, suivie d'un coup de carabine sous lequel le cheval d'un des Indiens, mortellement atteint, se cabrait au milieu du courant qui l'entraînait, avertit les deux amis du danger qu'ils couraient.

Pepe se retourna rapidement, mesura l'étendue du péril, et laissa Bois-Rosé tenant en respect, sous le terrible canon de son arme, les ennemis qui s'avançaient de son côté. L'Espagnol, le corps courbé, la carabine en joue, se glissait comme un serpent jusque vers la rive en criant au Canadien :

« Battez en retraite vers le canot, Bois-Rosé, et je vous suis quand j'aurai jeté un cadavre au fil de l'eau. »

Une explosion couvrit la voix de l'Espagnol, qui tomba en jurant et disparut au milieu des herbes. Un cri de douleur échappé de la poitrine du Canadien accompagna la chute du compagnon de toutes ses joies et de tous ses périls, et mourut aussitôt dans le gosier du vieux chasseur, qui perdait son frère après avoir perdu son fils.

La douloureuse émotion qu'il éprouvait ne permit pas au Canadien d'apercevoir qu'à une courte distance de l'endroit où Pepe avait disparu, un cavalier apache allait prendre terre sur la rive.

Une minute de plus, et c'était fait de Bois-Rosé, im-

mobile et frappé de stupeur, si tout à coup, comme par
une espèce de prodige, une raie de feu n'eût semblé s'é-
lancer du sein de la terre. L'explosion qui suivit instan-
tanément l'éclair grondait encore, que l'Indien tombait
de sa selle dans la rivière.

En même temps, la tête de Pepe, mais de Pepe plein
de vie, apparut, moitié railleuse et moitié terrible, au
niveau même de la plaine.

« Accourez, Bois-Rosé, s'écria le chasseur espagnol,
accourez prendre votre place dans le trou où la Providence m'a fait tomber. C'est un poste inexpugnable, et
nul de ces coquins n'en approchera avec ses membres
complets. »

En deux bonds le Canadien courut rejoindre Pepe, et
disparut dans le trou qui lui servait d'abri et que les
herbes rendaient invisible. Comme jadis au fond de la
Poza, où les deux chasseurs, dos à dos, attendaient l'attaque des tigres, Pepe et Bois-Rosé, que leurs ennemis
avaient vainement cherchés pendant quelques instants,
s'adossèrent l'un contre l'autre, le premier surveillant la
plaine, le second les abords de la rivière.

Pepe avait rechargé sa carabine, et les deux coureurs
des bois, la tête à fleur de terre, les yeux étincelants,
guettaient les manœuvres de leurs ennemis.

Découragés par le peu de succès de leurs tentatives,
les cavaliers qui s'étaient jetés dans la rivière cherchaient,
en fendant le courant, à regagner les arbres qui les avaient
abrités; de son côté, l'Indien qui avait été démonté par
Rayon-Brûlant s'efforçait à atteindre le rivage.

« Maintenant, Bois-Rosé, dit l'Espagnol, le canot est à
flot et n'attend plus que nous. Voilà les coquins qui sortent de l'eau, honteux et mouillés comme des barbets
fouettés. Il n'y a plus guère de danger de ce côté; en
avant, et à l'embarcation !

— Doucement, Pepe, s'écria le Canadien entraîné par
son ardeur; plus nous en tuerons aujourd'hui, moins

nous en aurons à combattre plus tard. Si la rivière est balayée, tournez-vous de mon côté, nous allons avoir de la besogne. »

Dispersés dans la plaine, cherchant partout les deux ennemis qu'ils avaient vus disparaître, les Indiens s'avançaient vers le fossé qui abritait les deux chasseurs. Ceux-ci voyaient les uns battre les buissons, les autres, à cheval, fouiller les herbes avec leurs longues lances, et tous s'approchant avec précaution.

« Démontons les cavaliers de préférence, c'est plus sûr, dit le Canadien, et feu tous deux, nous n'aurons plus le temps de recharger. Y êtes-vous?

— Oui, vous à droite; la gauche me regarde. »

Deux éclairs jaillissant du milieu des herbes précédèrent deux explosions presque confondues en une seule, et deux cavaliers tombèrent encore à bas de cheval.

Bois-Rosé et l'Espagnol avaient à peine eu le temps de se baisser derrière le talus de leur fossé, qu'une décharge de balles vint les couvrir de terre, et que des flèches s'enfoncèrent en sifflant tout près d'eux.

« Alerte, dit l'Espagnol, c'est le moment. »

Il parlait encore que déjà il s'était élancé de son trou, accompagné de Bois-Rosé. Bientôt aperçus, les ennemis bondirent après eux, le couteau et le casse-tête à la main. Gayferos, Rayon-Brûlant et ses deux Indiens, accroupis derrière le canot, nourrissaient, contre ceux qui étaient cachés sous les saules de l'autre rive, un feu suivi qui les inquiétait.

Ces décharges répétées coup sur coup, les hurlements que poussaient sans interruption les Comanches, en faisant croire aux Apaches de la plaine à la présence de nombreux combattants contre lesquels ils avaient à lutter, les firent hésiter un moment dans leur poursuite. Ce moment d'hésitation servit heureusement les deux fugitifs, qui, protégés par le feu de Rayon-Brûlant et de ses compagnons, purent traverser sains et saufs la rive découverte et gagner le canot.

Les Apaches de la rive gauche virent, au moment où la petite troupe s'embarquait dans le canot, combien elle était peu nombreuse, et reprirent leur poursuite avec ardeur; mais il n'était plus temps : les Comanches poussaient au large dans la rivière.

Les cavaliers seuls auraient pu regagner la distance que leur indécision momentanée leur avait fait perdre, mais la Providence, disons mieux, la peur des deux infaillibles rifles les arrêta, et ils continrent leurs chevaux.

« Donnez-moi la main, s'écria vivement Bois-Rosé dès que Pepe et lui se retrouvèrent assis à l'arrière de l'embarcation, qui descendait rapidement le courant du fleuve. Diantre! quelle peur vous m'avez faite en tombant! je vous ai cru mort. Dieu soit béni de m'avoir épargné ce nouveau malheur!

— C'est en tombant, au contraire, que j'ai évité la mort, » répondit Pepe en rendant au Canadien une pression de main, sinon aussi rude, du moins tout aussi chaleureuse.

Un long silence suivit ce court échange de félicitations mutuelles; car les deux braves chasseurs étaient heureux d'entendre encore une fois ensemble, tandis que le canot glissait sans bruit sur le fleuve, les rumeurs nocturnes des déserts, qui les avaient si souvent charmés dans le cours de leur vie, les hennissements de l'élan, les beuglements lointains des bisons, les notes mélancoliques des grands oiseaux de nuit, et parfois les cris retentissants du cygne mêlés à la voix du vent et aux murmures de la rivière.

Les circonstances étaient cependant de celles où la sécurité n'est pas de longue durée. Tant que le canot vogua entre deux rives basses et sablonneuses, le long desquelles se dressaient à peine quelques buissons où ne s'élevaient que de loin en loin quelques arbres isolés; tant que rien n'empêchait l'œil de plonger dans la profondeur des plaines, les navigateurs se laissaient bercer doucement par le fleuve. Mais lorsqu'il vint à couler entre deux rives boisées, dont les ombrages pouvaient cacher l'ennemi acharné qui les poursuivait, à la sécurité succéda l'inquiétude, et, la carabine à la main, les deux chasseurs fouillaient d'un regard soupçonuenx les bois qui couvraient l'une et l'autre rive.

Pepe ne s'était pas trompé en affirmant que les Indiens embusqués derrière les saules, auxquels s'était jointe une partie de la troupe de l'Oiseau-Noir, étaient les mêmes guerriers qui les avaient assiégés dans l'îlot de la rivière de Gila. C'étaient bien les hommes avec lesquels on se rappelle que l'Antilope devait partir du camp incendié des Mexicains, pour explorer les traces des trois chasseurs. Un minutieux examen, rendu bien difficile par la dispersion du radeau flottant, et qui dura deux jours entiers, avait conduit l'Antilope depuis l'embranchement des deux rivières jusqu'au val d'Or, du val d'Or au bord de la Rivière-Rouge et jusqu'à l'endroit où Bois-Rosé, Pepe et Gayferos s'étaient embarqués dans le canot du jeune Comanche. Il n'était donc pas probable que l'échec qu'il venait de recevoir arrêtât l'Antilope, une fois sa jonction opérée avec le parti nombreux de l'Oiseau-Noir.

Au milieu des forêts que traversait le fleuve, la navigation devenait dangereuse, lente et pénible : dangereuse à cause des embuscades que les rives pouvaient cacher; lente et pénible, en ce qu'il fallait avoir l'œil partout à la fois, sur les bois épais des bords et sur le cours de l'eau, obstrué à chaque instant par des arbres flottants dont les branchages entravaient la marche du canot et pouvaient en outre le crever d'un moment à l'autre.

Deux heures de navigation n'avaient pas éloigné la barque de plus d'une lieue de l'endroit où les rives du fleuve avaient commencé à se couvrir de grands et sombres taillis, lorsque enfin la lune se leva.

C'était signe que le jour approchait; l'obscurité néanmoins continuait à envelopper la rivière. A peine la lune, qui argentait les sommités des arbres, laissait-elle de loin en loin tomber un pâle et furtif rayon sur le courant du fleuve. Souvent, sur la nappe des eaux que ces lueurs fugitives n'éclairaient pas, les avirons s'engageaient dans le réseau de branchages de quelque arbre flottant accroché au rivage. C'était encore un nouvel obstacle à ajouter aux précédents. Les deux chasseurs s'entretenaient à voix basse, tout en portant leurs regards sur tous les points.

« Si les coquins que nous venons d'étriller, disait Pepe en secouant la tête avec une certaine inquiétude, savent leur métier de maraudeurs, ils auraient beau jeu à venir prendre leur revanche au milieu des embarras de ce maudit fleuve si obstrué, que, de tous ceux que nous avons parcourus en canot, il est le seul que je puisse comparer à l'Arkansas. Depuis que nous sommes entrés dans ce labyrinthe de forêts, nous avons fait à peine une lieue, et à peine y a-t-il une autre lieue entre le commencement de ces taillis touffus et l'endroit où nous avons combattu : total, deux lieues en deux heures. Or, comme je vous le disais, si les coquins savent leur métier, chaque cavalier aura pris un piéton en croupe, et depuis une heure déjà ils peuvent être à nous attendre à l'affût à quelque distance d'ici.

— Je n'ai rien à dire à cela, Pepe, répondit Bois-Rosé; il est certain que ces rives noires sont merveilleusement propres à cacher une embuscade, et je suis d'avis qu'il faut du moins éclairer notre marche sur la rivière pour la rendre plus rapide. Je vais en dire deux mots au Comanche. »

A la suite d'une courte délibération à cet effet, les rameurs firent aborder le canot. Les Indiens enlevèrent

du rivage une large plaque de gazon qui fut disposée
à l'avant de l'embarcation sur deux fortes branches
d'arbre; de menus rameaux de cèdre rouge furent entassés sur cette plaque comme sur la pierre d'un foyer;
après quoi on y mit le feu, et une vive clarté, comme
celle d'un fanal, se projeta bientôt à une assez longue
distance pour éclairer la marche incertaine des navigateurs.

CHAPITRE XXVII

LA PASSE-ÉTROITE.

De temps en temps, à l'aide des branches enflammées
du cèdre, le Canadien examinait attentivement le fleuve
à l'arrière du canot, tandis que, sur l'avant, le brasier
continuait à en guider la marche.

La clarté rougeâtre que répandait le foyer donnait
aux Indiens l'aspect fantastique de statues de bronze
encore incandescent; sur les rives on voyait les arbres,
témoins silencieux du passage des navigateurs, surgir et
disparaître tour à tour comme des fantômes, les uns
avec leurs guirlandes de mousse balancées par la brise,
les autres avec leurs lianes entrelacées, tandis que, dans
la zone lumineuse du foyer, les branches et les troncs
dont la rivière était couverte semblaient flotter dans une
mer de feu.

C'était l'heure où tout dort dans les bois, les bêtes féroces après leur chasse de nuit, les animaux timides
avant de secouer le sommeil à l'approche du matin, et
où le hibou, le premier des oiseaux qui salue l'aube du
jour, est encore engourdi dans le creux des arbres morts.
Le silence profond de la nature assoupie n'était troublé

que par le bruit monotone des avirons qui fendaient les eaux du fleuve.

Un lugubre incident vint encore ajouter à la sombre majesté de ces heures solennelles.

Étendu au fond du canot, le Comanche blessé, jusqu'alors resté sans mouvement, commença de jeter de temps à autre un gémissement sourd, comme si l'âme luttait contre les derniers liens qui l'attachaient au corps.

« Wah-Hi-Ta entend la voix de ses pères, murmura l'Indien en s'agitant faiblement au fond de la barque.

— Que lui disent-ils? demanda Rayon-Brûlant en cessant un instant de ramer.

— De chanter son chant de mort, répondit le Comanche. Mais Wah-Hi-Ta n'en a plus la force; puis ces voix l'appellent et lui disent de venir.

— Rayon-Brûlant chantera pour Wah-Hi-Ta, dit doucement le jeune chef, dont la voix était si retentissante dans la bataille; mais il chantera comme on chante sur le sentier du sang. »

Alors il fit entendre sur un ton bas et voilé une espèce de mélopée plaintive qu'accompagnait en cadence le bruissement des avirons. Ce chant mortuaire, où se trouvaient mêlés tous les hauts faits qui signalent la prudence et l'audace d'un guerrier des Prairies, soit dans les chasses aux bisons et aux animaux féroces, soit dans les hasards de la guerre, empruntait au silence de la nuit une harmonie plus triste encore.

Les chasseurs blancs ne le comprenaient pas en entier; mais ce chant funèbre éveillait dans le cœur du Canadien de douloureuses et mélancoliques réflexions. Son jeune Fabian trouverait-il un ami pour adoucir ainsi ses derniers moments? Plus d'une fois ces pensées amenèrent dans les yeux de Bois-Rosé des pleurs silencieux qu'il se détournait pour cacher.

Pendant ce temps, le canot promenait toujours sur le cours du fleuve et sur les deux rives les reflets rou-

geâtres de son foyer, qui commençait déjà à jeter un
éclat moins vif, et le coureur des bois oubliait, comme
Pepe, de scruter les eaux assombries derrière eux.

La clarté du brasier expirait lentement, quand le
jeune chef cessa de chanter; la nuit reprit son majestueux silence.

Il semblait que l'Indien n'avait attendu que ce moment pour dire adieu à la vie. Un dernier mouvement
convulsif annonça qu'elle n'allait pas tarder à l'abandonner.

« Wah-Hi-Ta est content, murmura-t-il de nouveau,
il a répondu par la bouche d'un ami à la voix de ses
pères.

« Il ne sera plus longtemps un obstacle à la marche
de ses frères ; Rayon-Brûlant portera là-bas (l'Indien paraissait désigner l'emplacement de son village) la nouvelle de la mort qu'un guerrier a trouvée sur le sentier
de la guerre. »

En prononçant ces mots, si bas qu'on put à peine les
entendre, l'Indien expira dans les bras du jeune chef.
Le canot continua encore sa marche pendant quelques
instants; puis, quand il fut hors de doute que le dernier
souffle de la vie était venu expirer sur les lèvres de
Wah-Hi-Ta, les rameurs firent aborder l'embarcation à
l'une des rives.

Deux des Indiens descendirent à terre, la couverture
de laine du mort à la main, et quand elle fut remplie de
pierres pesantes, quand la provision de bois sec se fut re-
nouvelée, le canot reprit sa marche.

Revêtu alors de son manteau, Wah-Hi-Ta fut soigneusement enveloppé dans la couverture et livré aux eaux
du fleuve, pour dérober son corps à toute profanation.

Le foyer ranimé jeta une clarté plus vive ; le cercle de
lumière s'élargit, et les restes du guerrier s'enfoncèrent
dans une nappe d'eau lumineuse qui se referma sur
eux.

« Le Grand-Esprit a reçu l'âme d'un brave, dit Rayon-Brûlant ; son corps est à l'abri des outrages des chiens apaches. Marchons. »

Le canot sous une impulsion plus rapide, traça un large sillon et effaça le bouillonnement des eaux au-dessus de la tombe humide à laquelle le pieux dépôt venait d'être confié.

Après un moment de profond silence :

« Comanche, dit Bois-Rosé au jeune chef, passez-moi une de ces branches allumées ; j'ai besoin de m'assurer que mes yeux ne me trompent pas. Il me semble voir flotter derrière nous plus d'arbres que nous n'en avons évités. »

Rayon-Brûlant prit dans le brasier un tison ardent et le tendit au Canadien, qui se tourna pour jeter un regard sur la surface du fleuve à l'arrière du canot.

Un soupçon parut frapper le coureur des bois.

« Par tous les saints de la légende ! s'écria-t-il, il est impossible que nous ayons pu traverser la forêt qui flotte derrière nous. C'est moi qui vous le dis, des mains indiennes ont seules pu encombrer ainsi le cours du fleuve. Ces arbres n'ont jamais été devant le canot qui nous porte. »

A quelque distance, en effet, derrière l'embarcation, la rivière semblait littéralement hérissée de branches et de troncs d'arbres qu'on voyait à la clarté de la flamme.

« C'est étrange ! ajouta Gayferos.

— Non, ce n'est pas étrange pour un homme qui connaît toutes les ruses dont les Indiens sont capables, répondit Bois-Rosé : demandez plutôt à Pepe. »

Pepe examinait aussi le cours de la rivière à l'arrière du canot, et, comme à Bois-Rosé, il lui sembla matériellement impossible que leur fragile embarcation eût pu, sans se déchirer, traverser cette masse flottante de troncs d'arbres et de branchages entremêlés.

« Je suis de votre avis, s'écria l'Espagnol, ce sont les

mains de ces coquins qui ont dû livrer au cours de l'eau tous les arbres morts qu'ils auront trouvés sur les rives. C'est probablement pendant le temps que nous avons mis pied à terre que les arbres ont dérivé ainsi derrière nous. Cela prouverait que les diables rouges, soit dit sans vous offenser, Comanche, ont l'intention de nous attaquer en aval, et qu'ils veulent nous couper la retraite en amont. »

L'opinion de Pepe, qui n'était que trop vraisemblable, ne trouva de contradiction ni chez Bois-Rosé ni chez le jeune Comanche. Il paraissait certain que les Indiens avaient pris l'avance pour s'embusquer dans les bois en avant du canot; dès lors la route par terre devenait moins dangereuse que par eau : il fut donc résolu qu'on cesserait de naviguer et qu'on ferait un large détour à travers les bois, pour éviter l'attaque qui semblait imminente en continuant à suivre le cours de la rivière.

La barque de cuir fut encore une fois tirée de l'eau et portée au milieu d'un épais massif d'arbres, sous les basses branches desquels elle fut soigneusement cachée avec toutes les précautions usitées chez les Indiens. Les voyageurs ne prirent des munitions de guerre et des provisions de bouche que ce que chacun pouvait en porter sans gêner sa marche ; le reste fut déposé dans un fourré presque impénétrable.

« Vous qui avez déjà parcouru ces solitudes, dit le Canadien à Rayon-Brûlant, vous serez notre guide ; votre jeune tête a toute l'expérience d'un homme dont la chevelure a grisonné sur le sentier de la guerre, et nous nous en rapporterons complétement à vous.

— A la distance que pourrait d'ici franchir un élan sans reprendre haleine, répondit le jeune guerrier, nous trouverons un endroit si resserré entre les deux rives, que le fleuve semble couler sous une voûte. C'est ce qu'on nomme la Passe-Étroite. Si les Indiens sont quelque part à nous attendre, ce ne peut être que là. »

Le Comanche, après s'être un instant orienté, s'avança le premier d'un pas ferme, escorté des deux guerriers de sa nation et des trois blancs qui venaient ensuite.

Les rayons obliques de la lune à travers les arbres éclairaient suffisamment pour rendre la marche des voyageurs aussi rapide que le permettait la prudence. Il était nécessaire, en effet, de faire des haltes répétées pour interroger de l'œil et de l'oreille le silence et la profondeur des bois, où des éclaireurs ennemis pouvaient être disséminés. Ce n'était donc qu'après ces temps d'arrêt que la petite troupe reprenait sa marche interrompue.

Parfois aussi les mousses parasites des cèdres et les longues tiges de la vigne vierge s'enchevêtraient si étroitement dans les branches des arbres et autour de leurs troncs, qu'elles obstruaient le passage et forçaient à faire de longs détours; il fallait ensuite s'arrêter pour s'orienter de nouveau, afin de ne pas trop s'éloigner de la rivière.

Au bout d'une heure environ, pendant laquelle les voyageurs n'avaient pas fait beaucoup de chemin, en raison de tous ces obstacles, quelques bouffées d'air plus frais, qui arrivaient de temps à autre à travers les arbres, annoncèrent que le fleuve n'était plus loin. Bientôt, en écoutant attentivement, on put entendre le grondement sourd des eaux resserrées dans le passsage étroit que leur laissait le rapprochement des rives.

Alors l'Indien fit suivre à la petite troupe une ligne droite, en ayant soin de prêter la joue de distance en distance au souffle du vent humide et l'oreille au bruit des eaux, pour ne pas dévier de la direction qu'il indiquait.

Quand le jeune Comanche eut marché quelque temps ainsi, il cessa d'interroger les fraîches émanations de la rivière, pour chercher des traces au milieu des larges plaques de lumière blanche que la lune laissait tomber sur l'herbe et sur les feuilles sèches du sol.

Marchant quand il reprenait sa marche, s'arrêtant quand il s'arrêtait, les trois chasseurs suivaient silencieusement tous les mouvements de leur guide. Le Canadien surtout considérait avec un plaisir mélancolique ce jeune guerrier dont l'âge et la taille lui rappelaient Fabian, tantôt droit, tantôt courbé sur le sol, et semblant appeler à son aide, pour percer les mystères des bois muets, tour à tour l'instinct de l'animal et la haute intelligence du raisonnement humain.

« Ce jeune garçon sera un jour quelque chef puissant dans sa peuplade, disait Bois-Rosé à Pepe. Voyez, il est sur le chemin sanglant, et cependant rien ne saurait troubler le calme de ses yeux et la lucidité de son jugement. Eh bien, Rayon-Brûlant, continua le Canadien en s'adressant au Comanche, trouvez-vous les traces que vous cherchez ?

— Voyez, répondit Rayon-Brûlant en montrant quelques feuilles sèches brillant aux rayons de la lune, mes guerriers ont passé par ici ; peut-être ne sont-ils plus éloignés de nous. Ce pied a marqué sa trace quand la rosée de la nuit avait déjà ramolli le sol.

— Et qui nous dit que ce soit la trace d'un de vos guerriers ?

— Que l'Aigle se baisse, et il verra qu'il manque le pouce du pied à cette empreinte.

— Il a parbleu raison, dit Pepe en se baissant, et je suis honteux de ne pas l'avoir vu plus tôt. »

D'autres traces, retrouvées après quelques instants, confirmèrent la conjecture du Comanche. Bientôt celui-ci fit faire halte à la petite troupe, et s'éloigna, suivi de ses deux compagnons, en priant les chasseurs blancs de les attendre pendant qu'ils iraient pousser plus loin une dernière reconnaissance.

Les Indiens se dispersèrent bientôt derrière les arbres, marchant avec tant de précaution et de légèreté que pas

un frémissement de feuille, imperceptible même comme
celui que fait entendre l'iguane en se jouant dans un
rayon de la lune sur la mousse, pas un craquement de
buissons ne vint se mêler aux soupirs de la brise de nuit.

Les trois chasseurs attendirent au milieu du plus profond silence le retour de leurs alliés, et Bois-Rosé, appuyé
contre le tronc moussu d'un hêtre, l'esprit agité de pensées mélancoliques, se garda bien de troubler le calme
en harmonie avec sa tristesse. Un rayon de la lune tombait sur sa figure et laissait voir sur sa rude physionomie
l'empreinte des soucis dont il était rongé depuis la perte
de Fabian. Le Canadien calculait avec angoisses toutes
les chances fatales qui semblaient se multiplier sous ses
pas.

Le chasseur espagnol se rapprocha de lui, et d'une
voix qu'il mit à l'unisson de la faible brise dont le souffle
agitait le feuillage des arbres :

« Main-Rouge et Sang-Mêlé n'ont qu'à bien se tenir
sur leurs gardes, dit-il ; car ce jeune gaillard comanche
est un ennemi redoutable qui, en supposant même qu'il
n'eût pas pour alliés deux chasseurs dont l'expérience
et le courage ne sont pas à dédaigner, j'ose le dire, leur
donnera du fil à retordre. Vous me direz à cela que les
deux chasseurs en question ont déjà succombé deux
fois devant ces damnés pirates des Prairies ; mais,
corbleu !...

— Je ne vous dirai pas cela, Pepe ; le sort des armes
est changeant, et, quelque terribles que puissent être
les deux hommes que vous désigner, je ne craindrai
jamais de me mesurer de nouveau avec eux. Si nous
n'avions à tirer du métis qu'une vengeance personnelle
dont l'échéance ne fût pas à une heure près, vous me
verriez les suivre à la piste des mois entiers sans faiblir ;
mais les jours de Fabian, que dis-je, ses jours ? ses minutes sont comptées, et je crains d'arriver trop tard.
Cette idée est affreuse, mon pauvre Pepe !

—Nous arriverons à la Fourche-Rouge aussi vite que ces coquins d'Indiens.... Mais le jour va venir; j'entends là-bas, bien loin, le hibou qui annonce le crépuscule [1]. »

Le *hou! hou!* lugubre et lointain de l'oiseau de nuit retentissait en effet dans les bois et frappa l'oreille des chasseurs.

« En voici d'autres qui se répondent encore plus loin, dit Gayferos; il paraît y en avoir une bande dans cette direction.

— Ce peuvent être aussi des signaux de reconnaissance, répondit le Canadien, en homme accoutumé à chercher dans toutes les voix de la solitude la véritable signification qu'elles peuvent avoir. Les hiboux sont un peu comme les aigles, ils vivent rarement en communauté. »

Rien n'indiquait cependant que les oiseaux de nuit ne se répondissent pas comme font les coqs d'une métairie à l'autre, et que ces cris mélancoliques fussent des signaux.

En admettant toutefois ce dernier cas, ces signaux indiquaient-ils le ralliement d'amis ou d'ennemis?

L'explosion d'une carabine, non moins lointaine que les hurlements des hiboux, fit tressaillir les chasseurs, mais sans éclaircir leurs doutes.

« Je ne saurais reconnaître le son de cette arme, dit Bois-Rosé; en tout cas, l'ennemi est là, et, si c'est la carabine de l'Indien ou celle d'un Apache, peu importe, il n'y a pas deux partis à suivre. »

En achevant de parler, le Canadien, suivi de ses deux compagnons, s'avança rapidement dans la direction où le coup de fusil s'était fait entendre. Ils n'avaient pas marché quelques minutes, qu'ils en comptèrent douze

---

1. Nous ignorons si c'est comme ami ou comme ennemi que contrairement aux idées reçues, le hibou annonce le jour; toujours est-il que le fait est constant.

autres, qui prouvaient qu'un engagement meurtrier
avait lieu dans cet endroit.

Le Canadien contint de la main le carabinier, qui voulait le dépasser.

« Doucement, Pepe, lui dit-il ; il est urgent que,
dans le cas où nos trois alliés se replieraient sur nous, ils
ne puissent nous manquer. Nous n'avons pas de cri de
ralliement avec les Comanches ; c'est un grand tort,
qu'il faut réparer autant que possible. Ne marchons
donc pas à la file indienne, mais de front, à une assez
large distance les uns des autres pour élargir notre ligne
sans cesser d'être à même de nous porter mutuellement secours. »

Les chasseurs adoptèrent l'avis de Bois-Rosé, et s'é-
cartèrent tous trois de manière à former une ligne de
cent cinquante pas de front dans laquelle leurs alliés
ne pussent manquer de tomber en regagnant leur rendez-
vous. Ils prirent un pas égal et rapide, et s'avancèrent
vers l'endroit où d'autres explosions se faisaient encore
entendre. Gayferos occupait le centre de la ligne dont
Pepe, sur la gauche, et le Canadien, sur la droite, formaient les deux points extrêmes.

Pour ne pas risquer de trop s'éloigner les uns des
autres, Pepe et Bois-Rosé faisaient entendre de temps
en temps le cri du coyote ou chacal, leur cri ordinaire
de ralliement dans les forêts, où les animaux de ce nom
se trouvent toujours en grand nombre. C'est la coutume
parmi les Indiens et les chasseurs blancs, pour ne pas
exciter de soupçons, de varier leurs signaux selon les
cris des oiseaux ou des animaux qui fréquentent habituellement les divers endroits où ils se trouvent. Le
gambusino, placé entre les deux coureurs des bois, ne
pouvait manquer de suivre ainsi une marche parallèle
à la leur.

Bois-Rosé fut le premier qui sentit sur sa joue gauche
le souffle plus frais de la rivière.

Quelques pas plus loin, il aperçut à travers les taillis la nappe d'eau qui, noire et silencieuse, roulait les arbres jetés dans son lit. Il en conclut que c'était sur la rivière même, ou du moins sur ses bords, que l'engagement avait lieu. Une nouvelle et soudaine explosion, dont il aperçut l'éclair se répéter l'espace d'une seconde sur la surface du fleuve, le confirma dans ses suppositions.

Alors il avança encore, sans dévier de la ligne parallèle avec la rivière. Un hurlement de guerre qui résonna devant lui, et qu'il crut reconnaître pour un de ceux du jeune guerrier comanche, décida le Canadien à appeler à lui le carabinier et Gayferos, pour courir tous trois à l'aide de Rayon-Brûlant, dont la position exacte lui était maintenant connue.

Trois glapissements du chacal effrayé étaient le signe de jonction convenu à l'avance.

Bois-Rosé poussa le premier cri, auquel l'Espagnol répondit en se rapprochant.

Puis il poussa le second cri, que répéta la voix de Pepe, un peu plus près de lui.

Le Canadien n'acheva pas le troisième. Ce cri à peine commencé expira dans son gosier.

Deux mains vigoureuses pressaient sa gorge, tandis que, au milieu d'un groupe de corps noirs qui semblaient surgir de terre, des couteaux étincelants brillaient à ses yeux d'une lueur sinistre. Qu'un seul instant de faiblesse causée par une surprise si soudaine se fût emparé de Bois-Rosé, et c'était fait de lui ; mais l'intrépide coureur des bois pouvait être un instant surpris, mais non effrayé. D'un bond vigoureux en arrière, le Canadien emporta avec lui l'Indien, dont les deux mains cherchaient à l'étrangler.

Écarter loin de lui, de la main gauche, sa carabine, presser de la droite à son tour la gorge de son ennemi et le rejeter sans vie à ses pieds, sous une irrésistible p ression de ses doigts de fer, fut pour le géant l'affaire d'un clin d'œil. Bois-Rosé reprit haleine et de sa voix tonnante :

« A moi, Pepe ! » s'écria-t-il en recouvrant la parole avec le souffle.

En même temps la lourde crosse de son fusil s'abattait sur la tête d'un second ennemi, qui tomba pour ne plus se relever ; et les buissons, froissés par un choc impétueux, s'ouvrirent près de lui pour donner passage à l'Espagnol.

« Le chien n'aboiera plus, dit Pepe en coupant la gorge à l'Indien que le coup de Bois-Rosé venait d'abattre.

— Mordieu ! vous perdez votre temps, s'écria le Canadien ; ai-je l'habitude de frapper sans tuer ? »

Tout en parlant ainsi, il ajustait l'un des trois autres Indiens qui fuyaient ; Pepe en faisant autant. Les deux coups de feu partirent ensemble, mais sans résultat : les Apaches venaient de disparaître derrière les taillis. Quand les deux chasseurs désappointés s'élancèrent au hasard derrière eux, trois corps noirs sautèrent dans l'eau et disparurent sous les troncs flottants de la rivière.

« Du diable s'ils se dépêtrent de là ! dit Pepe pour se consoler.

— En avant, là-bas ! cria le Canadien au moment où Gayferos les rejoignait et où un groupe de cavaliers indiens galopant sur la rive opposée en remontait le cours de l'eau ; c'est là-bas qu'on a besoin de nous. »

Quelques coups de fusil continuaient à se faire entendre, mêlés à un cri de guerre qui dominait le tumulte.

« Entendez-vous le cri de bataille de cet intrépide jeune homme ?

— Oui ! répliqua Pepe. Poussons le nôtre aussi, pour lui faire voir que nous arrivons à son aide. »

Le Canadien et Pepe poussèrent à leur tour leur hurlement de combat ; puis, comme les héros antiques, ils jetèrent leurs noms au tumulte de la bataille.

« L'Aigle des Montagnes ! s'écria Bois-Rosé d'une voix de stentor.

— Le Moqueur ! » hurla Pepe avec un cri déchirant, imitation railleuse du cri de l'oiseau dont sa langue acérée lui avait fait donner le nom.

Gayferos seul ne lança aux échos ni son hurlement de guerre ni son terrible nom de Crâne-Sanglant ; le pauvre gambusino se contentait d'entendre, éperdu, ces hurlements qui lui rappelaient la perte de sa chevelure et les horribles angoisses qu'il avait souffertes. Ce n'est que petit à petit qu'on se trempe au feu de ces batailles corps à corps.

Des voix répétèrent après eux les noms de l'Aigle et du Moqueur, tandis que les trois guerriers tournaient un coude de la rivière. Là, un spectacle nouveau frappa leurs yeux.

Le fleuve en cet endroit était resserré entre deux berges escarpées qui s'élevaient à une hauteur de quarante pieds au-dessus de son niveau, et à six à peine de distance l'une de l'autre.

L'inclinaison de ces deux berges vers leur sommet semblait indiquer que jadis elles étaient jointes, et qu'une convulsion du terrain avait ouvert la voûte sous laquelle devait couler la rivière comme à travers un canal souterrain.

C'était la Passe-Étroite. La lune brillait de tout son éclat, et les chasseurs purent voir ce qui se passait au faîte de cette arche disjointe.

Ce qui s'accomplit alors à leurs yeux fut si rapid' qu'ils ne purent y prendre un instant part que du regard. De chacun des côtés de l'arche brisée, un guerrier cherchait à franchir l'espace qui le séparait de l'autre guerrier.

« Arrêtez, arrêtez, Comanche, s'écria le Canadien tout

en rechargeant sa carabine ainsi que Pepe, ce qu'ils n'avaient pu faire ni l'un ni l'autre dans la rapidité de leur course; laissez-moi faire, me voilà. »

Rayon-Brûlant, car il était l'un des guerriers, s'arrêta un instant à la voix de son allié. Ce moment suffit à son adversaire, qui s'écria :

« L'Antilope saurait bondir encore plus loin ! » et, s'élançant aussitôt, il tomba sur Rayon-Brûlant, qu'il étreignit dans ses bras.

Bois-Rosé était prêt à faire feu ; mais, dans cette lutte corps à corps, il était impossible de songer à viser l'Apache, et les trois chasseurs ne purent être que témoins inactifs et palpitants des efforts que faisaient les deux guerriers pour se précipiter dans le fleuve.

La lutte ne fut pas longue : bientôt l'eau s'ouvrit pour recevoir les deux combattants, et soudain se referma sur eux.

CHAPITRE XXVIII

UN NOUVEL AMI ET UN ANCIEN ENNEMI.

La rivière bouillonnait encore au-dessus de l'endroit où les deux lutteurs venaient de disparaître, et les deux chasseurs jetaient autour d'eux des regards étonnés et inquiets, sans pouvoir se rendre compte de la scène terrible qui venait de se passer ; ignorant d'ailleurs s'ils étaient entourés d'ennemis ou d'amis, ils cherchaient à fixer leur incertitude, quand tout à coup, de plusieurs endroits du rivage, ils virent une demi-douzaine de corps noirs plonger presque à la fois dans le fleuve.

L'apparition soudaine de ces guerriers, que les ténèbres avaient jusqu'alors cachés aux yeux de Pepe et du

Canadien, fut pour eux un nouveaux sujet de surprise, mais de surprise douloureuse, car ils craignaient que ce ne fussent des ennemis pour leur jeune allié. Tremblants toutefois de le frapper en cherchant à le défendre, ils n'osaient faire usage de leurs carabines.

La lutte à mort qui avait commencé sur la rive avait lieu maintenant dans le sein même du fleuve. Au milieu de l'amas d'arbres dont il était encombré, et qui, ne pouvant franchir l'ouverture trop étroite de la passe fatale, venaient lentement s'échouer l'un après l'autre contre les berges, les plongeurs ne tardèrent pas à revenir au-dessus de l'eau.

La carabine en main, le cœur ému de mille sensations diverses, les deux chasseurs suivaient d'un œil ardent les ombres noires et silencieuses des nageurs. Les uns cherchaient à écarter la masse des branches qui paralysaient leurs mouvements ; les autres gagnaient à force de bras un endroit du fleuve où deux corps, entrelacés dans une étreinte acharnée, paraissaient et disparaissaient tour à tour sous l'impulsion de leurs efforts désespérés.

La surprise des deux chasseurs ne tarda pas à s'accroître, tout en changeant de nature, à l'aspect d'un nouveau personnage. C'était un blanc comme eux, et qui, accourant subitement de l'endroit où il avait été caché jusqu'à ce moment, s'écria en bon espagnol :

« Courage, enfants ! il est là, tenez, le voilà qui revient sur l'eau. »

Et, de la pointe d'une longue rapière qu'il tenait à la main, il indiquait l'endroit du fleuve où les deux guerriers, objets de sa sollicitude, après s'être engloutis sous l'eau bouillonnante, apparaissaient de nouveau toujours enlacés l'un dans l'autre.

« Ah ! demonio, c'est Pedro Diaz, s'écria vivement Pepe.

— Dieu soit loué ! nous sommes en pays de connaissance, ajouta le Canadien en tirant, comme son compagnon d'armes, un immense soupir de ses vastes poumons.

— Qui m'appelle ? » reprit Pedro Diaz, car c'était bien lui, mais sans se retourner et en continuant de montrer de la pointe de sa rapière les deux corps flottants ensemble.

Personne ne répondit ; l'attention des deux chasseurs était absorbée par le spectacle qui se passait sous leurs yeux.

Trois des nageurs venaient de saisir enfin les deux lutteurs acharnés, et trois couteaux se plongèrent à la fois dans le corps de l'un d'eux. Celui-ci ouvrit les bras et disparut sous l'eau, tandis que l'autre poussait un cri étouffé et se laissait entraîner vers la rive aussi immobile que son ennemi naguère si terrible, et dont le fleuve emportait maintenant les restes inanimés.

Il était temps ; car le jeune Comanche, déposé quelques instants après sur la berge, ne donnait d'autres signes de vie que de faibles tressaillements. Avidement penchés sur son corps, tous épiaient le retour de l'air vital dans ses poumons. Rayon-Brûlant avait été plutôt étouffé par son ennemi qu'asphyxié par l'eau, et, à mesure que le temps s'écoulait, la vie renaissait graduellement dans sa poitrine.

« Ah ! c'est vous, seigneur Bois-Rosé, et vous aussi, seigneur don Pepe, s'écria Pedro Diaz quand il fut désormais sans inquiétude sur le sort du Comanche ; vous avez donc échappé à ces brigands ? Et vous aussi, Gayferos ? Eh bien ! c'est un jour heureux que celui-ci. Mais, continua le Mexicain, je ne vois pas avec vous.... »

Et Diaz semblait chercher de l'œil quelqu'un qui manquait à cette rencontre.

« La main de Dieu s'est étendue sur moi, dit le vieux coureur des bois ; il a séparé le père d'avec le fils.

— Il est mort ! s'écria Diaz.

— Il est captif, ajouta douloureusement Bois-Rosé.

— Mais, Dieu merci, nous sommes sur les traces de don Fabian de Mediana, continua vivement le carabinier, et nous avons tellement affaibli ces coquins en les poursuivant, que nous l'arracherons à leurs griffes. »

La voix de Pepe, sa confiance dans la réussite de leur tentative, étaient toujours pour son vieux compagnon de périls comme un baume versé sur ses blessures, et, après ce moment de tristesse, Bois-Rosé reprit bientôt aussi son énergique assurance et sa résignation stoïque.

A l'exception d'une balafre longue, mais peu profonde, sur la poitrine du jeune Comanche, il était maintenant sain et sauf, quoique encore trop affaibli pour reprendre sa marche. Des dix guerriers qu'il avait amenés avec lui, sept lui restaient encore et se trouvaient de nouveau réunis sous ses ordres ; le jeune chef et les quatre blancs composaient donc une troupe aguerrie et résolue de douze combattants.

Après une heure de sommeil pris sur les bords du fleuve, les premières teintes du crépuscule matinal commencèrent à éclairer le bois. Rayon-Brûlant était complétement remis, et la troupe résolut de reprendre sa route.

Comme les Apaches, malgré leur fuite, pouvaient être dissém.nés dans les environs et en quête d'une revanche, Bois-Rosé fut d'avis qu'au lieu d'affaiblir la petite troupe en envoyant quelques hommes à la recherche de la barque, il fallait remonter la rivière sans se séparer, de crainte de quelque surprise.

Quoique le canot fût trop étroit pour contenir douze passagers (il n'avait pu qu'avec difficulté en amener dix), c'était encore le mode le plus prompt et le plus commode, à défaut du cheval. Pour franchir de longues distances, il était certainement moins rapide que les jambes d'un marcheur vigoureux ; mais il offrait au moins cet avantage, que les voyageurs pouvaient alter-

nativement prendre le sommeil si nécessaire, sans s'arrêter et perdre un temps précieux.

C'était à cet inappréciable avantage que Bois-Rosé devait d'avoir pu marcher le jour et la nuit sur les traces
de Fabian et d'avoir ainsi réparé les instants perdus
avant d'entreprendre une poursuite qui allait se terminer, selon toute apparence, au prochain coucher du soleil.

Ce fut donc avec un mélange de joie profonde et d'appréhension non moins vive que le Canadien vit briller
dans la forêt les premières lueurs de ce soleil qui, à son
déclin, allait éclairer une longue et sanglante lutte sans
doute, dont la vie de Fabian devait être le prix inestimable.

En suivant le cours de la rivière, dont les flots étincelaient à la clarté du jour, la petite troupe ne mit pas
plus d'une demi-heure à refaire la route qui, dans la
nuit et avec tous les détours conseillés par la prudence,
lui avait coûté près de deux heures.

Le canot fut retrouvé intact dans le lieu où il avait
été déposé ; on le remit à l'eau. Deux Indiens, sur chacune des rives du fleuve, prirent les devants en éclaireurs, et les huit combattants restants se placèrent dans
le canot de peau de buffles.

Pepe et le Canadien se mirent aux avirons, et la barque glissa de nouveau sur la rivière ; mais, quelques minutes avant d'arriver à l'endroit où elle se rétrécissait et
formait la Passe-Étroite, il fallut encore une fois transporter l'embarcation hors de l'eau. Amassés entre les
deux berges à pic, les arbres jetés par les Indiens obstruaient le fleuve, dont les eaux grondaient autour de
l'obstacle qui arrêtait leur cours.

En arrivant à la Passe-Étroite, les voyageurs purent
juger de l'étendue du péril auquel la sagacité du vieux
coureur des bois les avait soustraits.

Cerné à l'arrière par la forêt flottante que charriait silencieusement le courant du fleuve, et à l'avant par une forte barricade d'autres troncs d'arbres mis en travers de la passe, le canot se fût trouvé dans l'impossibilité de reculer ou d'avancer. Cachés sur les deux côtés de l'arche brisée et sur les deux rives, les Indiens tenaient dans leurs mains la vie des passagers du canot, qu'ils auraient massacrés jusqu'au dernier à coups de flèches et de carabine, sans que ceux-ci eussent même pu se défendre.

« Voyez-vous ? dit Bois-Rosé à Pepe en jetant un coup d'œil sur le réseau de branchages et de troncs d'arbres qui obstruait la passe. Les Indiens ont profité des ravages de l'ouragan d'avant-hier pour jeter au cours de l'eau les arbres déracinés par l'impétuosité du vent. Ils n'ont eu qu'à les traîner à force de bras et les livrer au fleuve. C'est une justice à leur rendre, le coup était bien combiné. »

Restait à savoir de quelle façon Rayon-Brûlant avait rejoint ses guerriers, et comment les Apaches étaient tombés eux-mêmes dans le piége qu'ils avaient tendu.

Pendant que les navigateurs, après avoir transporté le canot sur leurs épaules, à cent pas de la Passe-Étroite, descendent la rivière et font force de rames vers la Fourche-Rouge, où ils espèrent surprendre les deux pirates des Prairies et leur arracher leur prisonnier et la vie, nous donnerons un récit succinct de ces événements.

Après avoir retrouvé les traces des guerriers de sa bande et s'être séparé des trois chasseurs ses alliés, Rayon-Brûlant avait suivi ces traces pied à pied. A mesure qu'il avançait, ces empreintes, dont les Indiens, commes les batteurs des bois à peau blanche, peuvent désigner l'époque avec une merveilleuse précision, devenaient plus fraîches et plus apparentes.

Le jeune Comanche, arrivé non loin de l'endroit où les Apaches étaient embusqués, avait trouvé les feuilles sèches frémissantes encore, pour ainsi dire, sous le poids du pied qui venait de les fouler.

Alors il avait poussé les hurlements du hibou, que ses alliés avaient pris pour les signes avant-coureurs de l'aurore ; mais il y avait dans ces cris nocturnes certaines modulations qui échappèrent à l'oreille de Bois-Rosé, et que devaient comprendre seuls ceux dont elles avaient pour but d'éveiller l'attention.

Rayon-Brûlant ne s'était pas trompé en supposant ses guerriers à peu de distance de lui. Les Comanches avaient découvert la trace des Apaches et la suivaient, quand les modulations particulières que le silence des bois laissa venir jusqu'à eux les avertit de l'arrivée de leur chef.

La réponse ne tarda pas à se faire entendre, et, au bout de quelques minutes, six Indiens l'avaient rejoint. Il avait alors partagé sa troupe en trois détachements.

Le premier, composé de deux hommes, avait gagné le bord de la rivière. Tous deux s'étaient blottis sous l'un des troncs d'arbres qu'elle charriait, et se laissèrent entraîner intrépidement par le courant qui les portait au milieu des ennemis qu'ils allaient attaquer.

Pendant ce temps, Rayon-Brûlant, avec deux autres guerriers, traversaient le fleuve au delà de la Passe-Étroite et venait s'embusquer sur la rive gauche, au pied de l'un des talus élevés qui servaient comme de pilastres à l'arche tronquée formée par les deux berges.

Enfin les quatre autres Comanches prenaient sur la rive droite une position semblable.

Lorsque le jeune et vaillant chef avait supposé que les deux Indiens qui s'étaient confiés au courant du fleuve devaient être à une courte distance de la passe, sinon à la passe elle-même, il avait gravi la berge en silence, tandis que ceux de ses guerriers qui étaient postés sur l'autre rive gravissaient en même temps la berge opposée. Au sommet de ces deux berges, les Apaches sans défiance attendaient impatiemment l'arrivée du canot.

Quelques coups de fusil presque à bout portant, et dont chacun avait tué ou blessé un ennemi, les hurlements des assaillants, qui semblaient sortir de la bouche de vingt guerriers, avaient jeté l'effroi parmi les Apaches. La plupart, surpris, effrayés par cette attaque aussi imprévue que furieuse, avaient voulu fuir ; mais, trouvant la retraite fermée par des ennemis dont l'obscurité de la nuit les empêchait de compter le petit nombre, ils s'étaient élancés dans le fleuve.

Là, les deux Indiens, postés sur leur tronc d'arbre échoué, en avaient massacré deux ou trois et porté parmi leurs compagnons la terreur à son comble.

Cependant, du côté opposé à celui que Rayon-Brûlant, sa hache à la main, venait de gravir seul tandis que ses guerriers s'étaient imprudemment élancés à la poursuite des fuyards, l'Antilope, resté le dernier des siens, avait pu compter enfin les ennemis auxquels il avait affaire.

L'Apache résolut de se venger du moins du renégat de sa nation, dont l'inimitié avait déjà été si fatale à sa peuplade, et, comme on l'a vu, il eût réussi, si les Comanches, abandonnant une vaine poursuite, ne fussent revenus si promptement, et surtout si à temps, prêter secours à leur chef.

Bois-Rosé, après avoir de nouveau complimenté le jeune guerrier de sa victoire, n'avait plus rien à apprendre de ce côté. Ce fut alors qu'il interrogea Pedro Diaz sur les aventures qui l'avaient réuni aux guerriers de Rayon-Brûlant. Diaz le satisfit en peu de mots.

Après avoir jeté aux trois chasseurs, au sommet de leur pyramide, l'avis incomplet qui les avait fait se tenir sur leurs gardes, il avait erré presque au hasard dans la direction de la Fourche-Rouge. Livré à ses propres ressources, l'aventurier, plus intrépide partisan que chasseur habile, n'avait pas tardé à sentir aussi les atteintes de la faim. Au bout de la seconde journée de marche, il

avait presque épuisé les forces de son cheval à la poursuite des bisons et des cerfs, sans pouvoir en atteindre
aucun.

En proie aux angoisses poignantes du besoin, l'aventurier se reposait le soir de ce second jour non loin de
la Rivière-Rouge, dont il avait perdu la véritable direction. Plus heureux que son cavalier, qui cherchait en
vain quelques fruits sauvages ou des racines pour tromper sa faim, le cheval paissait tranquillement à quelque
distance de lui, lorsque Diaz aperçut, à deux ou trois portées de fusil, un animal qu'il prit un instant, d'après sa
grosseur, pour quelque bison attardé et séparé de son
troupeau.

L'obscurité commençait à couvrir la campagne, et
l'aventurier rendait grâces au ciel de l'heureux hasard
qui poussait vers lui un des animaux si vainement pour-
suivis jusqu'alors, quand un grognement terrible le dé-
trompa. Tout à coup, à l'œil effrayé de Diaz, le bison se
convertit en un ours gris d'une taille colossale. Par une
métamorphose qui n'était que la suite naturelle de la
première, le chasseur se trouva à son tour être devenu
le gibier que se proposait d'atteindre l'effrayant habitant
du désert. L'ours s'avançait vers Diaz, à un trot qui, tout
lourd qu'il paraissait, n'en était pas moins fort rapide en
réalité.

L'aventurier battit en retraite vers son cheval, attaché
à un arbre à l'aide d'une longue et forte longe qu'il cherchait à rompre pour s'enfuir. L'animal était plus effrayé
que l'homme.

Avant de se remettre en selle, le Mexicain déchargea
sa carabine sur l'ours arrivé tout près de lui. La balle,
qui s'aplatit sur son corps velu, ne produisit d'autre effet
que celui d'un coup d'éperon dans le flanc d'un cheval,
c'est-à-dire qu'elle accéléra l'ardeur de l'ours à poursuivre
la proie qu'il convoitait. Diaz n'eut que le temps de s'é-
lancer sur sa monture, après avoir tranché la corde qui

la retenait, et le chasseur, comme il arrive parfois, prit chasse à son tour devant le féroce animal.

L'ours-ne se tint pas pour satisfait par ce triomphe d'amour-propre, et de son trot, si pesant en apparence, si rapide en réalité, il suivait le cheval à une courte distance. Souvent un galop redoublé éloignait le cavalier jusqu'à perte de vue; mais, quand la fatigue forçait la monture à ralentir sa marche, l'ours ne tardait pas à se montrer de nouveau, continuant le trot implacable et opiniâtre qu'il avait adopté.

Au jour avait succédé la nuit, et, pendant un instant, l'animal si acharné à sa poursuite avait disparu dans l'obscurité, lorsqu'une fois encore apparut sur le terrain blanchâtre et calcaire de la plaine un corps noir, monstrueux, dont l'allure uniforme et le grommellement ne laissèrent plus aucun doute au cavalier. Ce fut la dernière fois qu'il le perdit de vue.

Comme l'ombre qui suit le corps, comme un de ces fantômes que l'imagination du voyageur effrayé en traversant des lieux déserts lui fait voir attaché à ses pas, ainsi l'ours suivait toujours le cavalier. Cependant la distance qui les séparait commençait à s'amoindrir ; l'ours n'avait pas augmenté sa vitesse, celle du cheval décroissait. La sueur couvrait ses flancs, le souffle s'échappait de plus en plus difficilement de ses naseaux dilatés par la terreur, ses jarrets nerveux mollissaient sous lui, et l'ours ne ralentissait pas son allure.

Deux heures se passèrent ainsi, deux heures dont chaque minute semblait une heure, et, depuis quelques instants déjà, le reniflement joyeux, nous dirions presque ironique de l'ours se mêlait su souffle d'angoisse du cheval, quand ce dernier, à bout de forces, épuisé par la fatigue et surtout par la terreur, s'abattit tout à coup.

Diaz prévoyait cette chute, et tomba sur ses pieds; un heureux hasard voulut que ce fût à deux pas d'un érable élevé, sur lequel il s'empressa de grimper, plutôt par instinct que par raisonnement. Ses talons se trouvaient à quelque distance du sol, quand l'ours, qui semblait évidemment donner la préférence à l'homme, se dressa sur ses pieds et effleura les éperons du cavalier de ses redoutables crocs, à peine moins longs mais plus acérés que les éperons eux-mêmes.

Échappé à l'attaque de l'animal, Diaz se rappela tout à coup l'agilité des ours à grimper au sommet des arbres pour y chercher les rayons de miel des abeilles sauvages, et il s'arrangea le plus commodément qu'il lui fut possible sur la fourche d'une mère branche. Éperonné, botté, la rapière à la main, le cavalier si singulièrement posté attendit l'ennemi, non pas précisément effrayé, car l'aventurier ne s'effrayait guère plus des bêtes que des hommes, mais le cœur ému et palpitant.

Diaz toutefois ignorait une circonstance particulière à l'ours gris des Prairies. A en juger par la longueur prodigieuse de ses griffes, l'ours gris, qui semble être le dernier de cette race gigantesque de *creuseurs* antédiluviens dont l'espèce a disparu, ne peut grimper aux arbres, comme les animaux de la même famille. Celui-ci dut donc se contenter de jeter un regard sur le cavalier, puis après sur le cheval expirant. Pour charmer ses loisirs et prendre patience, l'ours, dont l'exercice avait développé l'appétit, apporta le cheval au pied de l'arbre, et se mit à le dévorer.

Cela ne l'empêchait pas de jeter de temps en temps des yeux de convoitise sur l'aventurier, dont sans doute il lui eût bien convenu de faire le complément de son repas.

Pendant une partie de la nuit, Diaz entendit le craquement des os de son malheureux cheval; puis il vit une énorme masse noire se coucher tranquillement au pied de son arbre. Cependant le sommeil commençait à alourdir ses paupières, et il cherchait en vain à le combattre; accablé de fatigue, il fallut enfin qu'il cédât. L'aventurier s'attacha alors fortement autour de l'arbre avec sa ceinture de crêpe de Chine, passa son poignet dans la dragonne de son épée, et s'endormit malgré la faim et la fraîcheur de la nuit.

Au petit jour il s'éveilla, jeta les yeux au-dessous de lui et crut encore voir la même masse noire et informe; mais elle lui apparaissait d'une manière si confuse, qu'il ne douta pas que ses yeux ne le trompassent. L'ours avait en effet, disparu ainsi que le cheval.

Pendant toute la cruelle journée qui suivit cette nuit non moins cruelle, la faim, la soif, d'effrayantes apparitions d'ours que son imagination lui faisait voir derrière chaque buisson, ne laissèrent pas à l'aventurier un moment de calme ou de repos. Puis, au soleil couchant, il aperçut la fumée d'un feu encore invisible. Dût cette fumée être celle d'un banquet d'ours ou d'Indiens (de part et d'autre le danger était le même), le Mexicain affamé résolut de marcher dans cette direction.

Six Indiens étaient assis autour d'un feu, mais sans la moindre apparence de repas à côté d'eux. Diaz alors s'effraya de l'aspect famélique du foyer et voulut s'esquiver ; mais le groupe sauvage aux yeux de faucon l'avait aperçu, et l'aventurier fut forcé d'obéir à une injonction de s'approcher, injonction si menaçante qu'il fallut bien s'y rendre.

C'étaient les six Comanches de Rayon-Brûlant. Alliés des blancs pour le moment, les guerriers indiens accueillirent pacifiquement leur hôte involontaire, l'interrogèrent en mauvais espagnol sur sa direction, et Diaz nomma le Lac-aux-Bisons. C'était le but des Comanches eux-mêmes ; l'aventurier s'assit au foyer, où, pour unique repas, il dut se contenter d'un calumet de tabac mélangé de feuilles de sumac.

Cependant, soit que ce fût une illusion de son estomac affamé, soit que ce fût une réalité, un parfum de viande rôtie semblait embaumer l'atmosphère autour du Mexi-

cain. Après qu'il eut fini de fumer, un des Indiens se
leva, s'éloigna de quelques pas, et s'agenouilla sur un
endroit du sol qui paraissait récemment fouillé.

Diaz suivait ses mouvements avec un intérêt dont il
ne se rendait pas exactement compte. Il vit alors l'Indien creuser la terre avec son couteau. Ce n'était plus
une illusion : un parfum embaumé, suave, pénétrant,
jaillit du sol entr'ouvert. L'aventurier poussa un hurlement de bête féroce à jeun, au moment où l'Indien tirait
de terre un bloc noir comme du cuir calciné, auquel
il fit une large entaille; Diaz faillit s'évanouir à l'aspect
d'une montagne de chair odorante, rose et juteuse
comme la pulpe incarnate et fondante du melon d'eau,
que le sauvage cuisinier déposa par terre dans sa cara-
pace noirâtre.

C'était une bosse de bison que l'Indien venait d'exhu-
mer du four souterrain dans lequel son enveloppe de
peau d'abord, puis la terre elle-même, concentraient
toute sa substance comme tous ses parfums [1].

En satisfaisant avec délices un besoin si impérieux,
Diaz fut mis au courant par les Indiens du but qu'ils se
proposaient, c'est-à-dire d'attaquer Main-Rouge et Sang-
Mêlé, et dès ce moment il resta en leur compagnie jusqu'à l'escarmouche qui venait d'avoir lieu. Nous termi-
nerons en disant que ce ne fut pas sans un vrai plaisir
que Diaz accueillit comme certain, ce qui toutefois n'é-
tait que probable, que la patte énorme, velue, armée
d'ongles monstrueux, qu'il vit déposée dans un coin du
canot, était celle de l'ours gris à qui il était redevable
de si terribles sensations.

A l'instant où Diaz finissait son récit, le Comanche fit
signe au Canadien et à l'Espegnol de cesser de ramer,
et il signala à l'avant du canot une colonne de fumée

---

1. Pour le lecteur curieux de savoir en détail ce que c'est qu'une
talemada, lire *Les scènes de la vie sauvage au Mexique*. 1 vol.
Charpentier, éditeur.

qui s'élevait sur le bord de la rivière, au milieu de taillis épais.

« Il n'y a qu'un feu, dit Bois-Rosé en laissant tournoyer le canot au cours de l'eau, et cependant il est prudent d'envoyer les éclaireurs en avant, pour reconnaître le nombre et la qualité de ceux qui reposent auprès de ce foyer. »

Le jeune Comanche donna aux deux Indiens qui suivaient le canot sur la rive droite l'ordre d'aller à la découverte. En attendant, chacun prépara ses armes.

Un peu avant qu'on n'arrivât à l'endroit d'où s'élevait la colonne de fumée, un individu encore invisible s'émut sans doute du bruit des avirons, car on entendit une voix forte s'écrier :

« Wilson !

— Sir ! » cria une seconde voix à peu de distance de la première.

Puis la voix reprit, tandis que les chasseurs se regardaient avec étonnement :

« Vous faites de votre emploi près de moi une sinécure ; n'entendez-vous pas ?

— Un canot ? Il y a une demi-heure que je le vois.

— Très-bien ; dès lors je ne m'en occupe plus, c'est votre affaire. »

Comme l'Anglais, qu'on a reconnu sans aucun doute, achevait ces mots, le canot arrivait en ligne droite vers une petite clairière au milieu de laquelle étaient flegmatiquement couchés, à quelques pas l'un de l'autre, nos singuliers personnages, l'Anglais et son garde du corps. Non loin d'eux, l'avant-train d'un chevreuil était suspendu à un petit arbre, et, devant un brasier ardent, une des cuisses de l'animal petillait en rôtissant au-dessus des charbons.

A l'extrémité de la clairière, trois chevaux paissaient l'herbe touffue qu'entretenait l'humidité du fleuve. Sir Fréderick dessinait tranquillement, tandis que, près du feu, l'Américain surveillait le quartier de chevreuil. A l'exception d'un magnifique cheval blanc dont la robe éclatante était souillée de sang, et qui, fortement attaché contre un tronc d'arbre et les jambes entravées, se débattait dans ses liens, ce bivac était, au milieu d'un pays peuplé de dangers, paisible comme le coin du feu d'une ménagère hollandaise.

CHAPITRE XXIX

LE PRISONNIER.

Les voyageurs s'arrêtèrent un instant pour contempler ce tranquille tableau.

« Sir ! s'écria Wilson qui, depuis quelque temps déjà, comme il le disait, avait reconnu dans le canot la tournure et les traits du jeune Comanche qu'il rencontrait pour la seconde fois, nous avons ici un brave guerrier dont la main a déjà serré la vôtre.

— J'y vais, répondit sir Frederick Wanderer sans lever la tête. Et quel est cet ami ? car, grâce à vous, je ne rencontre jamais un ennemi, ce qui en vérité devient monotone.

— Eh ! sir, répliqua l'Américain, ce qui est écrit est écrit ; je ne connais pas autre chose, moi, et après cela, si Votre Seigneurie désire que je la mette en face de quelque bon danger, ce sera l'objet d'une clause additionnelle à notre traité, sans quoi.... vous sentez, sir Frederick, je ne saurais, sans encourir le risque d'un procès ou le reproche de ma conscience, condescendre.....

— Nous verrons, nous verrons, interrompit l'Anglais en se levant. Ah ! c'est mon jeune Comanche, ajouta sir Frederick avec vivacité ; je suis aise de le revoir. »

Rayon-Brûlant serra la main de l'Anglais, pendant que le Canadien et Pepe, ainsi que les deux Mexicains, ne regardaient pas sans étonnement le singulier couple de voyageurs que le hasard leur faisait rencontre.

« Y a-t-il longtemps déjà que Votre Seigneurie parcourt les bords de la Rivière-Rouge? demanda Bois-Rosé en anglais.

Depuis six ou sept jours, répondit sir Frederick ; j'étais à la poursuite de ce beau coursier blanc que vous voyez là-bas, et je me dispose à dire adieu à ces rives, sur lesquelles on voyage, par ma foi, avec autant de sécurité que sur celles de la Tamise.

— Eh bien, interrompit le carabinier, je diffère entièrement d'avis à ce sujet. Demandez à Bois-Rosé.

— Demandez à Wilson, » reprit sir Frederick.

L'Américain souriait d'un air orgueilleux et se rengorgeait.

« Vous pourriez avoir raison, dit-il à Pepe, et sir Frederick quelque peu tort.

— Pour peu que ce fût agréable à sir Frederick, ajouta Pepe, je me charge de le faire changer d'avis d'ici à ce soir. »

Bois-Rosé interrompit la discussion, qui s'animait, à la joie de Wilson.

« Vous n'avez donc pas rencontré, demanda-t-il à l'Anglais, deux bandits escortés d'une dizaine d'Indiens, et qui emmènent un jeune prisonnier ?

— Des bandits ! Vous m'étonnez, mon ami, répliqua Wanderer ; il n'en existe ici que dans votre imagination. Wilson, avons-nous vu des bandits ? »

Le chasseur yankee cligna de l'œil, et dit :

« Sir Frederick, aux termes de nos conventions, je dois non-seulement vous tirer de tout danger généralement quelconque, du fait du désert s'entend, mais encore vous empêcher d'y tomber. Or, pas plus tard qu'au point du jour...

Les efforts désespérés du cheval blanc pour rompre ses liens et se débarrasser de ses entraves forcèrent le chasseur américain de courir vers lui pour l'empêcher de se blesser. Pendant qu'il cherchait à le calmer de la voix, Diaz jetait sur ce magnifique coursier blanc des regards d'admiration et d'envie, en même temps que de compassion, à l'aspect du sang qui ternissait la pureté de sa robe de neige.

« Quel est le barbare, demanda l'aventurier avec une indignation mal déguisée, qui a osé employer le fer ou la carabine contre un si bel animal, qu'un roi serait fier de monter ?

— Ce noble cheval, reprit Wanderer, est, tel que vous le voyez, celui que les vaqueros du Texas appellent le Coursier-Blanc-des-Prairies. C'est depuis le Texas que nous le poursuivons, Wilson et moi, et, de guerre lasse, il a employé le moyen dont on se sert dans son pays pour atteindre les chevaux qui échappent au lazo, celui de loger une balle dans le côté du cou de l'animal. C'est un moyen cruel et hasardeux ; mais il a réussi, car le voilà. Sa blessure n'est rien, et je pourrai m'en faire quelque honneur à Londres.

— Si vous y arrivez, murmura Diaz.

— Or, comme j'avais l'honneur de vous le dire, continua Wilson en rejoignant le groupe, pas plus tard que hier à quatre heures, j'ai vu, pendant que Votre Seigneurie dormait sans se douter de rien, un canot descendre le cours du fleuve, et il apportait une cargaison de passagers qui auraient pu changer les opinions de Votre Seigneurie sur la sécurité de ces bords, si je n'avais pas pris certaines précautions pour vous dissimuler à leurs yeux. »

Le Canadien prêta une oreille plus attentive.

« Il y avait dans ce canot un certain Half-Breed et un autre bandit de ma connaissance nommé Red-Hand.

— Half-Breed et Red-Hand ! s'écria Bois-Rosé en reconnaissant, sous leurs noms anglais, Sang-Mêlé et Main-Rouge. Hier, dites-vous, vous les avez vus ?

— A la chute du jour, descendant le fleuve en canot.

— Étaient-ils seuls ? demanda vivement Pepe, à la vue du Canadien que l'émotion faisait pâlir.

— Oh ! non, il y avait une dizaine d'Indiens avec eux : ces coquins ont l'art de recruter dans ces déserts une foule de bandits de leur espèce.

— Et il n'y avait pas aussi un jeune blanc ? s'écria le Canadien, en comprimant les battements précipités de son cœur.

— Je n'oserais rien affirmer, ni pour ni contre, » répliqua Wilson.

Cette réponse évasive atterra Bois-Rosé, dont la figure trahissait la douleur.

« Il y était, il devait y être ! s'écria impétueusement Pepe.

— Il n'y était pas, murmura douloureusement Bois-Rosé.

— Il y était, vous dis-je, reprit l'Espagnol, c'était au crépuscule, ce chasseur aura mal vu.

— C'est possible, dit flegmatiquement le yankee.

— Vous l'entendez, Comanche, continua Pepe avec feu, hier Sang-Mêlé, Main-Rouge, ces deux démons de l'enfer, descendaient le fleuve en canot. En route ! d'ici à quelques heures nous les aurons rattrapés. Mort et sang, les savoir si près de nous ! Sir Frederick, continua l'Espagnol, si le cœur vous en dit, venez avec nous, et vous assisterez à une sanglante bataille.

— Si vous voulez embrasser une cause sacrée, s'écria Bois-Rosé, qui avait repris quelque empire sur lui-même, celle d'un père qui cherche à arracher à une mort affreuse le fils que Dieu lui a ôté, venez avec nous, et Dieu vous rendra un jour ce que vous aurez fait pour le père et pour l'enfant.

— C'est contre nos conventions, fit observer Wilson. Sir Frederick, voici qui va vous regarder personnellement, et vous me donnerez décharge par écrit.

— Je vous la donne à la face de tous, dit l'Anglais,

qu'avaient ému la douleur et l'accent du vieux coureur des bois ; il ne sera pas dit que j'aurai fait défaut à la cause d'un père dans l'affliction.

— Soit, répliqua Wilson, car nous menons une **vie de fainéants.** »

Les chevaux furent promptement scellés et chargés, et, quand on eut attaché le coursier blanc à la queue du cheval de Wilson, les Indiens à pied, les deux nouveaux cavaliers sur la rive, et le reste de la troupe dans le canot de peaux de buffles, tous descendirent rapidement le cours du fleuve.

Si l'on se reporte en pensée au moment où seuls, sans défense et mourant de faim, les deux intrépides chasseurs, prêts à se mettre à la recherche de Fabian, avaient été rejoints par Gayferos et s'étaient procuré de nouvelles armes ; si l'on considère qu'à présent les trois amis du jeune comte avaient recruté neuf redoutables alliés dans les guerriers de Rayon-Brûlant ; que des escarmouches succcessives avaient affaibli les Apaches ; que Diaz était là ; que deux autres compagnons de périls venaient de se joindre à Pepe et au Canadien, et qu'enfin la troupe entière se compose de quinze combattants, on pourra sans doute fonder quelque espoir sur le prochain résultat des efforts qu'elle va faire pour la délivrance du malheureux Fabian. Nous croyons avoir jusqu'ici assez fidèlement accompagné cette troupe de braves, pour qu'il nous soit permis de cesser de la suivre dans sa dernière marche.

Nous avons trop longtemps oublié dans son malheur e captif, objet de tant de sollicitude et de tant d'efforts ; un devoir impérieux, un devoir d'affection, nous ramène vers Fabian de Mediana. Nous devons auparavant dire en deux mots ce qui lui était advenu depuis le moment où, dans sa lutte avec Soupir-du-Vent, les deux ennemis, enlacés l'un dans l'autre, avaient roulé jusqu'au pied de la colline tronquée.

Étendu sur le sol et immobile, le jeune Espagnol avait

à côté de lui sa carabine. Certains alors qu'il ne restait plus d'armes à feu aux deux chasseurs et qu'ainsi il ne sauraient être à craindre, les assiégeants s'étaient précipités sur Fabian. L'Apache qui gisait près de lui n'était plus qu'un cadavre. On jeta dans le gouffre de la cascade les trois Indiens qui venaient de succomber ; quant à Fabian, il était facile de voir qu'il vivait encore.

Satisfait de ce succès, le métis commença cependant à récapituler ses morts. Sur onze Indiens qu'il avait amenés, six avaient été tués, y compris ceux désignés par le sort : Baraja faisait la septième victime. Tout à coup un hurlement retentit dans la plaine, et l'un des quatre guerriers qui y étaient embusqués accourut raconter au métis le meurtre de trois de ses compagnons. Sang-Mêlé frappa la terre du pied avec fureur ; mais il n'hésita plus. Main-Rouge reçut l'ordre de transporter dans le canot qui était amarré dans le passage souterrain du lac le prisonnier toujours évanoui. Le vieux renégat américain, le Chamois et l'Indien échappé à Bois-Rosé, emportèrent Fabian dans leurs bras et attendirent le métis qui devait les rejoindre bientôt.

Ce fut au moment où il était resté seul que Bois-Rosé, de retour de son expédition et debout sur la plate-forme, apparut tout à coup au pirate. La douleur du Canadien indiquait assez que ravir Fabian à sa tendresse, c'était lui enlever la vie.

Toutefois, non content du chagrin déchirant auquel il le voyait en proie, le féroce métis voulait encore y ajouter quelque blessure profonde, quoique non mortelle, pour assouvir la soif de sang qui le dévorait; mais, convaincu de l'impuissance des armes à feu sous les torrents de pluie qui tombaient, il battit en retraite, ou, pour mieux dire, il prit la fuite.

Au milieu de l'obscurité croissante, à travers le double voile des brouillards et de l'orage, Sang-Mêlé n'eut pas de peine à dissimuler sa trace aux recherches des chasseurs. La rivière, dont il connaissait parfaitement les abords, était si profondément encaissée dans les montagnes qu'il était impossible d'en trouver de suite l'emplacement, et Bois-Rosé et Pepe erraient encore à l'aventure bien loin de là, que déjà le métis avait rejoint ses compagnons, qui l'attendaient avec impatience.

« Qui trop embrasse mal étreint, dit Main-Rouge d'un ton de mauvaise humeur, pendant qu'il ramait avec son fils pour s'éloigner ; vous avez toujours vingt projets en tête, sans jamais en exécuter un seul. »

Le métis montra silencieusement du geste Fabian, étendu et garrotté au fond du canot, pour protester contre l'accusation de son père.

Main-Rouge continua :

« Et les deux autres que vous deviez livrer ! et ce trésor que nous abandonnons ! tandis que, grâce à l'obscurité, grâce à nos armes, nous pouvions en un tour de main nous emparer des hommes et de l'or.

— Écoutez, Main-Rouge, si je consens à justifier ma conduite, c'est dans le but que vous ne me rompiez plus les oreilles de vos récriminations. Nous ne sommes plus que quatre contre deux. Par un temps semblable à celui-ci, une carabine ne vaut pas mieux qu'un couteau. Attendre que l'orage fût passé, c'eût été attendre le prochain lever du soleil, et je n'en ai pas le temps. Quant aux hommes, en voilà déjà un que d'ici à trois jours je livrerai à l'Oiseau-Noir. Les deux autres ne comptent plus : dans les Prairies un chasseur sans armes est un homme mort ; la faim et les ours nous en auront débarrassés, avant que nous soyons à la Fourche-Rouge. Le trésor, ne vous en inquiétez pas, il n'y a pas de danger qu'il s'envole, et nous y reviendrons avant la fin de la lune, tandis qu'un jour peut me faire manquer l'occasion de saisir un autre trésor, la Colombe blanche du Lac-aux-Bisons, qui a des ailes pour s'envoler. Avez-vous quelque chose à répondre à ces raisons? parlez vite, pour qu'il n'en soit plus question.

— Que m'importent à moi toutes les colombes du monde, blanches ou rouges? Les deux chasseurs emporteront le magot avec eux, et à notre retour nous trouverons l'oiseau déniché. »

Le métis haussa les épaules avec dédain.

« L'or donne-t-il à manger dans les déserts? dit-il; songe-t-on à thésauriser quand on meurt de faim, à plus de dix-huit cents milles de tout établissement? Ces deux vagabonds, sans armes, estiment l'or au même prix que le squelette d'un bison nettoyé par les loups. J'ai vu plus d'un chasseur, muni d'un bon rifle, qui ne manquait jamais son coup, endurer la faim dans les Prairies. Que feront ceux-là sans fusil? à l'heure qu'il est, ils cherchent nos traces et ne les trouvent pas, et la mort les surprendra dans leurs recherches. Quant à la Colombe blanche, elle m'importe beaucoup à moi; et, dussé-je fouler aux pieds votre propre cadavre pour arriver jusqu'à elle, j'y arriverai : tenez-le-vous pour dit.

— Puissiez-vous avoir un fils qui vous tienne un jour le même langage! s'écria le vieux renégat en baissant le regard devant l'œil étincelant de Sang-Mêlé, au moment où il prononçait ces horribles paroles.

— Avez-vous autre chose à me répondre? » dit le métis d'une voix railleuse.

Main-Rouge ne répliqua pas, et les deux bandits continuèrent à ramer silencieusement; mais l'Américain avait à décharger sur quelqu'un la rage qui l'étouffait.

« Où avez-vous enfoui le trésor, chien? dit le forban en poussant du pied le corps de Fabian, au moment où celui-ci ouvrait les yeux pour la première fois.

— Répondras-tu, vagabond? reprit le renégat impatient.

— Qui êtes-vous? dit Fabian en se rappelant sa chute,

et aux yeux de qui ne jaillit pas encore dans tout son
terrible éclat la réalité de sa position.

— Il demande qui je suis ! s'écria Main-Rouge avec un
rire farouche. C'est à toi de me répondre d'abord. Où
avez-vous enfoui le trésor ? »

A cette seconde question Fabian avait repris toute sa
connaissance. Il chercha de l'œil Bois-Rosé et l'Espagnol,
et son regard ne rencontra que le visage des deux pirates
des Prairies et les peintures indiennes des deux Apaches.
Qu'étaient devenus les deux chasseurs? voilà ce que Fabian ignorait et dont il voulut s'assurer.

« Un trésor, dit-il, je n'en ai jamais entendu parler.
Bois-Rosé et Pepe n'avaient pas l'habitude de me confier
leurs secrets. Demandez-le-leur à eux-mêmes.

— Le leur demander, à ces vagabonds! s'écria le vieux
renégat ; interrogez le nuage que nous avons vu hier et
que nous ne reverrons plus, le nuage vous répondra-t-il?

— En effet, les morts ne parlent plus, dit Fabian.

— Les vagabonds ne sont pas morts, mais ils n'en va-
lent pas mieux. A quoi leur servira leur liberté sans leurs
armes? à devenir la proie de la faim. A quoi vous sert
maintenant à vous la vie? à devenir également la proie
de l'Oiseau-Noir, dont les serres vous arracheront le
corps lambeau par lambeau. »

Les deux chasseurs étaient libres et vivants, et un sourire dédaigneux erra sur les lèvres de Fabian quand il
eut acquis cette certitude.

« Il y a des chasseurs sans armes qui font encore fuir
devant eux les pirates des Prairies, bien qu'ils affectent
de les mépriser, dit-il en regardant en face les deux
bandits.

— Nous ne fuyons pas, entends-tu, chien ! cria le renégat en grinçant des dents. Voyez-vous l'insolence de
ce jeune drôle, Sang-Mêlé? Quant à moi, je ne sais qui
me tient que je ne lui enfonce dans le gosier ses insul-
tantes paroles, acheva-t-il en dégainant son couteau.

La perspective d'un affreux supplice faisait préférer à Fabian une mort prompte aux tortures dont il se savait menacé.

« Je vous dirai qui vous retient, reprit-il avec assurance : c'est la crainte de l'Oiseau-Noir, qui a fait de vous ses chiens de chasse, et qui vous a lâchés après trois hommes qui l'ont combattu avec avantage, lui et ses vingt guerriers, pendant presque tout un jour et toute une nuit. »

Peut-être ces mots, que portèrent à son comble la rage du vieux Main-Rouge, eussent-ils été les derniers qu'eût proférés Fabian, si le métis n'eût retenu la main de son père prête à le frapper.

« Le jeune guerrier du Sud a peur du poteau des supplices, dit Sang-Mêlé, et il insulte ses vainqueurs pour s'épargner de longs tourments ; mais il changera de langage dans trois jours.

— Un blanc peut mourir comme un Indien, » reprit Fabian.

Après cette réponse, le jeune homme ferma les yeux pour ne plus voir les odieuses figures des deux bandits, qui s'entretenaient vivement en anglais sans qu'il les comprît.

L'orage continuait avec toute sa violence, et les éclats de la foudre se succédaient sans interruption. Le canot d'écorce, léger comme la feuille sèche qui voyage sur l'aile du vent, glissait sur la surface de l'eau, emportant le prisonnier loin de ses deux protecteurs. Fabian, étendu au fond de la barque, le visage baigné par l'eau du ciel, ses vêtements trempés, collés à son corps, pensait avec angoisse à la douleur du Canadien, et parfois aussi un vague espoir venait sourire à ses pensées, jusqu'au moment où, en rouvrant les yeux, il apercevait, à la lueur sinistre des éclairs, la physionomie farouche des deux forbans et les lieux désolés et sombres qu'il traversait.

Alors l'air de férocité brutale du père, l'ironique
cruauté empreinte sur les traits sauvages du fils, lui di-
saient qu'il n'y avait à attendre d'eux aucune merci. Les
gorges désertes qu'il parcourait lui rappelaient aussi
qu'en vain il compterait sur le courage indomptable de
ses deux compagnons d'armes, ces lieux abandonnés ne
devant conserver aucune trace de son passage, pas plus
que la voûte du ciel ne devait garder celle des éclairs
dont elle était sillonnée.

La nuit s'écoula presque entièrement au milieu de ces
tortures morales, que les souffrances physiques venaient
encore aggraver, pendant que, sans paraître faire attention à l'eau qui ruisselait sur eux, les deux pirates et les
Indiens se relayaient ou dormaient à tour de rôle à l'a-
bri de leurs couvertures. Ce fut pour le pauvre Fabian
une nuit longue, lugubre et cruelle. Cependant le métis
avait donné quelque soulagement à ses membres tortu-
rés, en relâchant un peu les liens qui les comprimaient.

Quand le ciel se fut éclairci, les deux pirates firent
halte sur le bord de la rivière, dans un endroit où un
bouquet de grands arbres s'élevait au milieu de hautes
herbes. Les premières teintes du crépuscule commençaient à jeter une lueur vague, et l'un des Indiens profita
de cet instant qui sépare le jour de la nuit pour se mettre en chasse à peu de distance du campement. C'é-
tait l'heure favorable pour attendre à l'affût des daims
ou des chevreuils qui descendent à la rivière.

Fabian fut laissé dans le canot dans un état de torpeur
voisin de l'anéantissement, car la faim redoublait la
souffrance qu'il éprouvait et les pensées tristes qui l'assiégeaient. Pendant ce temps le métis, son père et l'Indien qui était resté avec eux s'occupaient d'allumer un
grand feu pour sécher leurs vêtements mouillés.

Le chasseur ne tarda pas à les rejoindre, apportant
sur ses épaules un daim qu'il avait tué, et tandis qu'il
en faisait rôtir les parties les plus grasses et les plus ten-

dres pour leur repas du matin, les trois compagnons reprirent leur sommeil autour du feu. Quand le rôti fut cuit à point, les dormeurs s'éveillèrent et se mirent à manger. Le soleil était levé et brillait sur un ciel pur qui n'avait conservé aucune trace du terrible orage de la veille.

Le vieux renégat fut le premier à s'occuper du prisonnier avec une sollicitude qui trahissait la rancune féroce qu'il gardait des paroles de Fabian.

« Que pensera l'Oiseau-Noir, dit-il à Sang-Mêlé, quand vous lui livrerez un captif à moitié mort de faim et de souffrances de tout genre ? Quelle figure, quelle contenance voulez-vous que ce jeune vagabond puisse faire au poteau, s'il n'a pas la force de se soutenir ?

— Il souffrira moins longtemps, répondit indifféremment le métis ; que m'importe !

— Eh ! il m'importe à moi ! s'écria le féroce Américain ; je veux qu'il souffre longtemps ; je veux voir sa chair frémir et son cœur s'affaiblir ; je veux l'entendre demander grâce et pouvoir lui dire à son tour qu'il n'est qu'un lâche.

— Faites ce que vous voudrez et laissez-moi tranquille, » reprit impatiemmment le métis, dont l'amour peut-être en ce moment amollissait un peu l'âme impitoyable.

Main-Rouge prit en main un morceau de venaison et s'achemina vers le canot amarré à peu de distance du foyer.

« Le prisonnier a-t-il faim ? dit-il.

— Oui, répondit Fabian avec fermeté ; mais je ne mangerai pas, et d'ici à demain vous n'aurez plus que le cadavre de votre prisonnier à jeter à l'eau.

— Le prisonnier n'est qu'un faux brave, fit Main-Rouge désappointé.

— Et vous un lâche véritable. Taisez-vous ; votre voix est odieuse à mes oreilles comme l'odeur du putois à mes narines.

— Oh ! s'écria le renégat, je vous torturerai de me
propres mains, et je vous arracherai le démenti de vo
paroles avec la chair de votre corps. Oui, le prisonnie
n'est qu'un faux brave ; s'il était sûr de son courage,
mangerait pour conserver ses forces.

— Je vous ferai mentir, dit Fabian, je mangerai
aussi bien, il y a maintenant sur mes traces deux chas
seurs qui veulent que je vive ; mais je ne mangerai pa
comme un chien à l'attache.

— Ah ! ah ! le prisonnier dicte ses conditions.

— Oui, reprit froidement Fabian ; je ne prendrai d'a
liments que les bras libres de leurs mouvements.

— Bien. Il sera fait comme vous le désirez.»

En disant ces mots, l'athlétique Main-Rouge enleva
Fabian tout garrotté hors du canot, le coucha sur l'herbe
non loin du foyer, et fit descendre à ses jambes les liens
de ses mains.

Le pauvre jeune homme, pour la première fois depuis
douze heures, put voluptueusement étendre ses bras en
liberté, après quoi, adossé au tronc d'un arbre, il accepta le morceau de venaison que lui présentait son
bourreau.

Sang-Mêlé ne tarda pas à donner le signal du départ,
et Fabian fut de nouveau transporté dans le canot sur les
bras du vieux renégat ; ce qui explique comment, quand
le lendemain, à pareille heure à peu près, les deux amis
du prisonnier examinèrent les empreintes laissées autour
du foyer et sur les bords de la rivière, ils ne trouvèrent
pas celles de Fabian.

L'intention du métis était de ne continuer la navigation que jusqu'à la hauteur de l'Ile-aux-Buffles. Le bandit voulait s'assurer si la cache qui renfermait leur butin
était demeurée intacte. Une fois cette vérification faite,
son intérêt bien entendu exigeait qu'il continuât sa route
par terre pendant la journée qui allait suivre, afin d'é-
viter les nombreux détours de la rivière, qui dou-

blaient presque la distance jusqu'à la Fourche-Rouge.

Le renégat et Sang-Mêlé prirent en main les avirons, et lorsqu'ils aperçurent de loin, au bout d'un assez court espace de temps, la configuration bien connue de l'Ile-aux-Buffles, ils dirigèrent l'embarcation de façon à en ranger les bords de très-près.

Les deux bandits purent donc examiner en passant la petite clairière qui recélait le fruit de leurs rapines, et virent qu'elle était intacte et telle qu'ils l'avaient laissée trois jours auparavant. Certes, si quelqu'un eût prédit aux deux pirates des Prairies que vingt-quatre heures plus tard cette cache mystérieuse allait être éventée, mise à jour ; que les marchandises précieuses, les armes qu'elle contenait devaient, les unes être englouties dans le fleuve, les autres enlevées et tournées contre eux par les deux chasseurs qu'ils supposaient livrés aux angoisses de la faim, ce prophète de malheur eût probablement reçu une balle dans le crâne ou un coup de couteau dans la gorge ; mais à coup sûr sa prédiction n'eût trouvé que des incrédules. Du moment que le métis se fut assuré de l'intégrité de la cache, il gouverna vers la rive opposée. Un sentiment de défiance semblait l'avertir de ne pas traverser la passe couverte d'arbres où nous avons vu Rayon-Brulant et ses alliés s'engager sous la voûte de feuillage ; et il aborda dans un endroit où d'épais taillis ou de hautes herbes lui permirent de cacher le canot d'écorce, qu'il abandonna.

Sang-Mêlé savait qu'il était arrivé sur le territoire de chasse des Lipanès, alliés de la tribu des Gilenos, à laquelle appartenait l'Oiseau-Noir, et qu'il pouvait voyager en toute sécurité depuis l'Ile-aux-Buffles jusqu'à la Fourche-Rouge. Il n'eut pas marché en effet quelques heures, qu'il rencontra une dizaine de rôdeurs lipanès, qui ne demandèrent pas mieux que de se joindre à lui dès qu'ils surent qu'il s'agissait d'attaquer des chasseurs blancs et de leur enlever les chevaux qu'ils auraient pris.

Le parti des maraudeurs, maintenant au nombre de quatorze, campa jusqu'à la nuit pour reprendre sa marche à la faveur de la fraîcheur et de ténèbres.

Main-Rouge avait dégagé de leurs liens les jambes de Fabian, qui, les mains attachées derrière le dos, avait suivi, non sans peine, son farouche ravisseur. Fatigué de corps, mais non abattu d'esprit, le jeune prisonnier était assis sur l'herbe, à quelque distance du foyer de la halte, gardé à vue par deux Indiens qui ne le quittaient pas un seul moment, lorsque trois batteurs d'estrade lipanès amenèrent un Indien qu'ils avaient surpris à quelque distance du campement.

L'Indien était un Comanche, et, en sa qualité de fils d'une race ennemie, il avait été jeté, entouré de liens, côte à côte avec Fabian. Il devait donner au jeune blanc le terrible exemple du supplice d'un prisonnier de guerre. Le Comanche savait quelques mots d'espagnol, et les deux captifs, dont l'un devait montrer à l'autre le chemin sanglant de la mort, purent échanger quelques dernières et suprêmes paroles. Fabian nomma les deux chasseurs de leur nom indien, l'Aigle et le Moqueur, dont il vanta le courage, la force, l'adresse et surtout le dévouement sans bornes à sa personne.

« Et comment ces chiens appellent-ils le jeune blanc qui va mourir après moi? demanda l'Indien.

— Le jeune guerrier du Sud, le fils de l'Aigle des Montagnes-Neigeuses, » répondit Fabian.

Sang-Mêlé vint interrompre le funèbre colloque. L'heure du Comanche avait sonné.

Celui-ci se leva et suivit le métis d'un pas ferme, en mêlant au chant de mort qu'il entonnait le nom et l'éloge de Rayon-Brûlant, qui devait le venger.

Ce nom fit changer le plan de Sang-Mêlé. Il avait promis à l'Oiseau-Noir de lui livrer le renégat apache, et l'occasion était favorable pour se donner envers le jeune Comanche un faux semblant de dévouement et de générosité.

« Mon frère, dit-il à l'Indien, est un des guerriers de Rayon-Brûlant; il est libre, parce que les amis du Comanche sont ceux de Sang-Mêlé. »

Et il congédia le batteur d'estrade en lui disant :

« Sang-Mêlé et ses compagnons passeront la journée près de ce foyer; allez, et dites au chef comanche qu'il y sera le bienvenu, qu'il y a ici pour lui de la venaison fumante et des cœurs qui s'épanouiront à sa vue. »

L'artificieux métis savait bien que Rayon-Brûlant ne viendrait pas s'asseoir à son foyer; mais il espérait du moins l'endormir par des paroles trompeuse et le décider à ne plus voir en lui qu'un ami prêt à le servir, sinon à se dévouer pour lui.

Le reste de la journée s'écoula, et Rayon-Brûlant n'eût garde de venir en effet. Le soir, avant le coucher du soleil, le chef des maraudeurs lipanès insista pour que toute la troupe reprit le chemin de la Rivière-Rouge dans son canot de guerre. C'était une pirogue creusée dans le tronc d'un cèdre, longue, mince et à fond plat. Elle pouvait facilement contenir vingts passagers et sa marche rapide devait compenser la longueur des détours du fleuve.

L'offre fut acceptée par les deux pirates du désert, et Fabian les suivit le cœur plus léger, depuis qu'il savait qu'un ennemi de Sang-Mêlé l'avait vu, avait appris son nom, et qu'il retournait vers son chef sans être dupe des paroles de paix du métis. Si, comme il n'en doutait pas, Bois-Rosé et Pepe étaient à sa recherche, peut-être le hasard leur ferait-il rencontrer le guerrier comanche.

Le hasard le servit au delà de ses espérances, et ce fut ainsi que les deux chasseurs apprirent les dernières nouvelles qui le concernaient, et trouvèrent dans Rayon-Brûlant un allié sans lequel ils eussent probablement succombé dans ces dernières escarmouches.

Cependant, malgré la rapidité de sa marche, la pirogue indienne ne franchit pas aussi promptement qu'elle

aurait dû lé faire la distance qui la séparait de la Fou-
che-Rouge. L'un des maraudeurs lipanès portait ave
lui une outre pleine de mescal, liqueur tirée de la racine de l'aloës, que distillent les Indiens qui de là on
pris le nom de Mescaleros. Des scènes de confusion e
d'ivresse, en ralentissant la marche de l'embarcation
faillirent plus d'une fois ensanglanter le cours du voyage

L'assoupissement ne tarda pas à succéder à l'ivresse
furieuse, et pendant une partie de la nuit la pirogue
sous l'impulsion de ses rameurs lourds et engourdis, dévia mainte et mainte fois de sa route.

Ce ne fut qu'au soleil levant que la troupe de bandit
put enfin gagner l'embranchement de la Rivière-Rouge,
appelé par abréviation la Fourche-Rouge.

CHAPITRE XXX

LA FOURCHE-ROUGE.

La vallée de la Fourche-Rouge présente un aspect imposant et sauvage. Une double chaîne de hautes montagnes la borde de deux côtés. Au nord, c'est la grande
Cordillère avec ses dentelures bleues, ses pics élevés,
dont les sommets aigus sont tantôt couronnés de nuages, tantôt ceints d'un diadème de neiges éblouissantes,
que fondent, au retour de la belle saison, les brises
chaudes qui s'élèvent du sein de la vallée. Au sud, l'œil
parcourt une autre chaîne de montagnes plus basses,
mais dont les flancs déchirés laissent voir des ravins
béants et des rochers de granit dont la teinte bleuâtre
adoucit à peine dans l'éloignement les âpres contours.

Dix lieues environ séparent ces deux *sierras*; au milieu d'elles coulent, de l'ouest à l'est, deux bras de la

Rivière-Rouge, l'un presque toujours desséché, l'autre baignant de ses flots de hautes herbes qui couvrent l'une de ses rives et semblent un océan houleux de verdure dont les vagues viennent se briser à la lisière de la vaste forêt du Lac-aux-Bisons.

L'espace compris entre les deux bras de la rivière est un terrain humide et marécageux, noyé presque partout, pendant la saison des pluies, par les débordements du bras principal.

Ici des laguunes vaseuses et profondes étalent leurs eaux dormantes sous une couche de plantes aquatiques aux larges feuilles ; là de petites mares, remplies d'une eau moins trouble et entourées d'épaisses saussaies, jettent quelques pâles reflets du soleil ; enfin, dans la partie plus sèche, des bois de cotonniers aux troncs serrés, aux rameaux entrelacés, présentent des massifs touffus où la hache de l'Indien ou du chasseur peut seule lui ouvrir un étroit passage.

L'homme n'apparaît que bien rarement dans cette vallée solitaire et silencieuse. Parfois seulement, sur le sommet des rochers de la sierra du sud, un trappeur montagnard, ses trappes et sa longue carabine sur l'épaule, se montre un instant pour reconnaître le cours du fleuve et jeter un coup d'œil sur les huttes des castors ; parfois aussi l'Indien, dans son canot d'écorce, glisse sans bruit sur la rivière en cherchant le trappeur ou la trace des bisons. A l'exception du vent qui souffle constamment dans les hautes herbes ou qui gémit dans les oseraies, peu de rumeurs troublent le calme de la vallée de la Fourche-Rouge. Ce n'est qu'à de longs intervalles qu'un arbre rongé par la dent du castor s'affaisse avec un craquement aigu, que les mugissements du bison s'y font entendre, ou que les oiseaux carnassiers, voguant sur le cadavre flottant d'un buffle charrié par les eaux, jettent dans le silence de la solitude un lugubre cri de joie pour célébrer leur dégoûtant festin,

Nous aimons à préciser les lieux pour n'y pas laisser le lecteur errer à l'aventure, et nous répéterons ce que nous avons dit en commençant cette dernière partie de notre récit, c'est-à-dire que, depuis la lisière de la forêt dont les ombrages épais cachent le Lac-aux-Bisons, jusqu'à la rive droite du fleuve, où vient d'aborder enfin la bande de maraudeurs indiens, et où celle de l'Oiseau-Noir ne va pas tarder à l'y rejoindre, il y a environ une lieue de distance, et que le terrain ne présente à la vue que de hautes herbes jaunâtres qu'agite incessamment la brise. Par delà s'étendent, depuis la rive gauche, les terrains marécageux dont nous venons de faire mention.

Les chasseurs et les trappeurs se racontent encore aujourd'hui les scènes sanglantes que vit s'accomplir la vallée de la Fourche-Rouge; aussi avons-nous cru devoir en décrire minutieusement le théâtre.

Le mescal fumeux obscurcissait encore les yeux du vieux renégat américain lorsque la pirogue aborda dans une petite crique de la rivière. Sang-Mêlé, cette nuit-là, faisant trêve à ses habitudes d'intempérance, seul parmi ses compagnons, s'était abstenu de participer à la débauche nocturne. Il avait senti que tout son sang-froid lui serait nécessaire pour réaliser ses projets de rapt et de pillage. Quand le père et le fils descendirent à terre, la colère du métis contre Main-Rouge grondait encore dans son cœur, quoiqu'il ne se fût pas fait faute de l'avoir largement épanchée.

« Voyons, lui dit Sang-Mêlé d'un ton brusque, si vous êtes bon à autre chose qu'à vous enivrer d'eau de feu comme un nouvel engagé, repassez l'eau avec le prisonnier, que vous déposerez, jusqu'à mon retour, dans un de ces fourrés de cotonniers, en vous rappelant que vous en répondez à l'Oiseau-Noir.

— Ah! oui, répondit Main-Rouge avec un sourire stupidement ironique, la colombe du Lac-aux-Bisons... »

Un regard de colère de son fils empêcha l'Américain de continuer.

« J'accepte, ma foi, reprit-il ; car mes paupières sont lourdes comme les portières de cuir de ma hutte, et je dormirai près du prisonnier, en ayant soin d'ajouter une courroie de plus à celles dont je me suis complu à l'orner. »

Conformément aux ordres du métis, la pirogue, au fond de laquelle on avait jeté Fabian pieds et poings liés, gagna le bord opposé de la rivière avec trois autres rameurs. Main-Rouge transporta, en chancelant un peu sur ses jambes, le jeune captif derrière un groupe épais d'arbres et d'arbustes, à quelques pas de la rive. Un des Indiens se coucha comme lui à côté de Fabian, et quand les deux autres maraudeurs traversèrent de nouveau le fleuve pour rejoindre le métis, il eût été impossible de deviner que trois hommes étaient cachés à l'ombre des cotonniers.

Cette précaution prise en cas d'événement, la pirogue fut échouée sur le rivage et transportée, non sans peine, par toute la troupe, au milieu des herbes, dont on la couvrit soigneusement, de manière à la cacher à tous les yeux.

Sang-Mêlé mit ensuite deux Indiens en sentinelle sur les bords de la rivière, à peu près en face de l'endroit où Fabian était resté sous la garde du renégat, puis il dispersa les autres de distance en distance dans la plaine, avec ordre de surveiller l'arrivée des alliés qu'il attendait. Il s'occupa ensuite de l'exécution du plan qu'il avait combiné.

Le métis commença par ôter les rubans rouges qui ornaient ses cheveux ; puis il fit disparaître, en plongeant sa figure dans l'eau du fleuve, les peintures dont il l'avait enjolivée à la mode indienne ; il se dépouilla ensuite de sa chemise de drap écarlate et quitta ses guêtres de cuir ornées de grelots, ne gardant de son premier costume que ses mocassins brodés, pareils à ceux que portait le chasseur de bisons resté au bord du lac avec don Augustin. Enfin, ouvrant une petite valise qui contenait divers effets, il en tira des pantalons de toile brune et une veste d'indienne dont il se revêtit, et prit un mouchoir à carreaux bleus et rouges, sous lequel il emprisonna sa longue chevelure flottante. Quand, à l'exception du chapeau mexicain à larges bords, il eut à peu près emprunté le costume d'un blanc, il jeta sa carabine sur son épaule, et se dirigea vers le Lac-aux-Bisons.

C'était le septième jours après son départ de ce même endroit, où don Augustin venait à peine d'arriver lorsqu'il l'avait quitté, et Sang-Mêlé n'ignorait pas que les derniers préparatifs d'une chasse aux chevaux sauvages, ainsi que le temps nécessaire pour dompter par la faim et apprivoiser ceux qu'on venait d'enlever à leurs forêts, demandaient aux chasseurs une dizaine de jours environ.

En se dirigeant vers le lac autour duquel les Mexicains étaient campés, le métis était donc certain de les y trouver encore.

Aussi quand, après avoir traversé la plaine et marché quelques instants dans la forêt, les hennissements de chevaux et le bruit confus de voix humaines frappèrent ses oreilles, Sang-Mêlé n'éprouva-t-il qu'une joie fort vive, sans le moindre mélange d'étonnement.

Alors à sa marche prudente et tortueuse comme celle du chat sauvage il fit succéder une allure plus franche. Sa carabine fut mise en bandoulière sur son épaule, et, peu soucieux de cacher sa venue, le métis avança d'un pas ferme, et en sifflant comme un chasseur désœuvré, vers l'endroit où le bruit se faisait entendre. Cependant, comme personne n'avait signalé son approche, quand il fut arrivé dans une éclaircie du bois qui lui permettait de tout voir sans être vu, il ne put résister au désir d'examiner ce qui se passait sous ses yeux.

Tout à coup un nuage de contrariété violente obscurcit la sombre physionomie du métis. Une demi-douzaine de chevaux sellés semblaient indiquer un prochain départ. Trois de ces chevaux, par la richesse de leurs harnachements, où étaient prodigués les ornements d'argent massif, le velours et les broderies d'or et de soie, annonçaient qu'ils étaient destinés aux maîtres. La figure du métis ne tarda pas cependant à se rasséréner. La tente de soie de doña Rosario et celle de l'hacendero étaient toujours debout ; les mules de charge paissaient tranquillement à quelque distance, et les cantines de voyage, les bâts et tous les bagages étaient rangés avec soin non loin des tentes.

Ce n'était donc probablement qu'une promenade dans les environs ou sur les bords de la rivière, peut-être quelque chasse au cerf, dont les blancs allaient prendre la distraction.

Bientôt, en effet, à la voix de son père botté, éperonné et prêt à monter à cheval, Rosarita apparut sur le seuil de sa petite tente couleur d'azur, plus séduisante mille fois que les souvenirs du métis ne la lui avaient retracée pendant la semaine qui venait de s'écouler. C'est qu'à la beauté et à la pureté de ses traits la jeune fille joignait encore cette rare et indescriptible harmonie dont la vue se délecte avec bonheur, mais dont la mémoire ne retrace jamais l'ensemble que d'une manière incomplète, semblable à ces parfums exquis qu'on savoure à longs traits, mais dont l'odorat, quand il n'en est plus frappé, ne peut retenir les délicates émanations. C'est cette beauté insaisissable qui éclate, qui rayonne de toute part autour de certains visages, et que le pinceau ne peut reproduire parce qu'elle est toujours nouvelle. Cette impuissance du pinceau à rendre ce charme magnétique explique pourquoi nous restons froids devant les portraits de certaines femmes célèbres par leur beauté : c'est que le peintre peut bien

donner à la fleur son brillant coloris, sa forme, ses contours gracieux, mais il ne saurait, malgré son habileté,
y joindre ce léger tressaillement sur sa tige, que lui
imprime l'air dont elle reçoit la vie.

L'œil sauvage du métis, qui n'avait accoutumé de
voir que des beautés indiennes, étincela sous ses noirs
sourcils et une joie satanique éclata sur ses traits bronzés:
le hasard allait lui livrer l'objet d'un désir effréné comme
tous les désirs qu'allumait dans ses veines le sang indien
de sa mère.

Sang-Mêlé résolut alors de ne pas se montrer. L'œil
toujours fixé sur la jeune fille, il recula pas à pas sans
se détourner, et quand, petit à petit, les buissons et le
feuillage eurent intercepté presque complétement ses
regards, il s'accroupit silencieusement sur le sol et resta
immobile, à portée de la voix de ceux qu'il épiait.

« Don Francisco, disait Encinas à l'un des domestiques de l'hacendero, si vous voyez quelques traces
fraîches de bisons sur les bords de l'Étang-des-Castors,
vous me le direz au retour, et en revanche du spectacle
d'une chasse aux chevaux sauvages que vous nous avez
donné, mes camarades et moi nous vous rendrons celui
d'une chasse au buffle, qui a bien aussi son mérite.
Maintenant laissez-moi vous mettre sur la route que
vous devez suivre pour sortir de la forêt. »

Le sénateur, don Augustin et sa fille, montaient à
cheval au même instant, et, conduite par le robuste
chasseur de bisons, la petite cavalcade, suivie de trois
domestiques, s'engagea le long d'un sentier étroit qui
débouchait dans la plaine et serpentait à travers les
hautes herbes.

Là. Encinas se sépara des cavaliers en leur souhai-
tant bonne promenade et en leur indiquant un gué pour
traverser la rivière, et la route qui devait les conduire
à l'étang des Castors, dont la jeune fille désirait visiter
les curieux travaux.

« Seigneur don Augustin, s'écria Francisco à l'hacendero après quelques moments de marche dans le sentier pratiqué par les buffles, il pourrait bien y avoir là-bas un bison ou un cheval sauvage. On voit les herbes s'agiter comme sous le poitrail d'un de ces animaux. »

En effet, à quelque distance de la cavalcade, une ligne onduleuse courait à travers les hautes tiges, comme si un cheval ou un bison les eût courbées en s'enfuyant.

L'animal, si c'en était un, devait couper à angle droit le chemin que suivait la cavalcade ; car la ligne qu'il traçait dans l'herbe décrivait un demi-cercle en avant des chevaux, et ce cercle se rapprochait du sentier. Tout à coup le sillon mobile qui se creusait au sommet des herbes s'effaça, et l'on ne vit plus que leurs moelleuses et régulières ondulations sous le souffle du vent.

« C'est quelque daim effarouché par notre présence, dit l'hacendero ; car ces herbes ne sont pas assez hautes pour cacher tout à fait les bonds d'un cheval sauvage ou d'un bison. »

La cavalcade passa outre, et ce ne fut que longtemps après ce petit incident qu'un nouveau sillon s'ouvrit encore au sommet des herbes, dans la direction de l'endroit où étaient embusqués les Indiens placés en sentinelle par le métis. Les serviteurs de don Augustin étaient trop éloignés maintenant pour distinguer Sang-Mêlé, dont la haute taille s'était redressée, et qui montrait parfois le mouchoir dont sa tête était couverte.

La cavalcade marchait doucement, comme il arrive toujours au matin, quand le cœur semble s'épanouir au souffle d'une brise chargée de tous les parfums de la vie, qu'il savoure avec délices au milieu du désert. Le lever et le coucher du soleil sont les heures de douces pensées, plus riantes le matin, plus sérieuses le soir ; les premières aiment à sourire à l'avenir, les secondes sourient plus volontiers au passé. Dans la jeunesse, ces rêveries ont une douceur égale : car à peine la jeunesse a-t-elle un passé; puis, elle a un si long avenir devant elle !

Rosarita était sous le charme de ces douces impressions. Son passé, à elle, avait vingt jours à peine. Aussi, à ce moment, entre un passé si près d'elle et un avenir si large, elle n'hésitait guère, et, tout en laissant aller son cheval au pas, elle se plaisait à prévoir le moment où Fabian reviendrait à l'hacienda, aussi épris, plus clairvoyant peut-être que jadis.

Pendant que la jeune fille caressait avec ivresse ses rêves de bonheur, Fabian était à une courte distance d'elle. garrotté, prêt à mourir d'une horrible mort, un affreux danger la menaçait elle-même, et Rosarita, dans son heureuse ignorance, continuait à sourire à ses pensées.

Au moment où la petite caravane déboucha enfin du sentier dans la plaine, on aperçut la rivière, dont les eaux larges et profondes firent craindre aux voyageurs qu'Encinas ne se fût trompé en annonçant qu'à quelque distance de là se trouvait un gué. Comme don Augustin et le sénateur se consultaient à ce sujet, le premier s'écria :

« Dieu me pardonne, ces bords que je croyais si déserts sont habités; j'aperçois un homme là-bas.

— Un blanc comme nous? dit Rosarita, que la voix de son père venait de faire tressaillir en l'arrachant à ses pensées. Dieu soit loué !

— C'est un blanc, si l'on doit s'en rapporter à son costume, » répondit le sénateur.

Don Augustin, sans défiance, donna l'ordre à Francisco d'aller interroger cet homme sur l'existence du gué; sans défiance, avons-nous dit, car comment aurait pu en exciter un personnage isolé comme celui-là, pacifiquement occupé, sur les bords d'une rivière déserte, à faire des ricochets sur l'eau?

Quand le domestique arriva près de lui, sans que

l'homme en question, la tête couverte d'un mouchoir à carreaux, eût semblé s'apercevoir de sa présence ni suspendu son amusement, il l'interrogea. Ce qu'il répondit n'arriva pas jusqu'aux oreilles des maîtres attentifs. Ils virent seulement l'inconnu s'avancer vers eux les bras ballants, la démarche gauche et l'œil voilé d'apathie.

« Pardon, seigneur, dit-il en s'adressant à don Augustin avec un accent anglais fortement prononcé, mais un trappeur isolé doit savoir à qui il s'adresse dans ces déserts. Vous demandez, dites-vous, le gué de la Rivière-Rouge?

— Oui, mon ami, » reprit l'hacendero en examinant d'un œil scrutateur l'étrange expression de la figure de l'inconnu.

Mais celui-ci ne perdit rien, sous le regard défiant de don Augustin, de son air de bonhomie indolente.

« Serait-ce pour aller à l'Étang-des-Castors? dit-il.

— Précisément, reprit le sénateur; cette jeune dame désire voir ce curieux spectacle.

— Hum! murmura l'inconnu, j'y ai tendu mes trappes; les trappes d'un pauvre chasseur, c'est sa vie et sa fortune; mais, à tout prendre, ajouta-t-il, si Vos Seigneuries ne veulent que voir simplement, je les y conduirai, à une condition. »

L'hacendero continuait à regarder fixement le trappeur américain, dont la figure ne lui semblait pas inconnue.

Vous n'avez jamais vu de trappeur, sans doute, dit le chasseur de castors avec un rire bruyant et de bonne humeur, et voilà pourquoi vous me regardez avec tant d'attention. Quant à l'Étang-des-Castors, si vous me promettez de ne faire que voir sans tirer un coup de fusil, je vous y conduirai. Le gué est de ce côté, sur la gauche.

— Sur la gauche? interrompit don Augustin; on nous l'avait indiqué du côté opposé.

— Quelque hableur, sans doute, comme il y en a
tant, qui s'imaginent connaître les lieux qu'ils n'ont pas
vus, mieux que ceux qui les fréquentent. Du reste, si
Votre Seigneurie veut essayer de découvrir un autre
gué que le seul qui existe, libre à elle.... Je suis votre
serviteur. »

Et l'inconnu, avec une complète insouciance, reprit
son innocente distraction des ricochets sur la surface
du fleuve, sans plus s'occuper des cavaliers.

« Encinas se sera trompé, dit le sénateur à don Augustin. Holà ! mon ami, cria-t-il au trappeur sur un geste
de l'hacendero, nous nous rendons à votre avis et nous
vous suivons.

— Vous faites bien, s'écria l'inconnu en suivant attentivement de l'œil le quatrième bond que faisait sur
l'eau la dernière pierre qu'il venait de lancer. Je suis
à vous. Par ici, » reprit-il, quand la pierre lancée par
son bras vigoureux se fût enfoncée en sifflant dans le
fleuve.

Le trappeur reprit alors sa démarche gauche, quoique rapide, et remonta le cours de la rivière, au lieu
de le descendre, comme l'avait recommandé le chasseur de bisons dans ses instructions. Les voyageurs le
suivirent.

« N'avons-nous pas vu cette figure quelque part ? dit
l'hacendero à voix basse au sénateur ; je cherche en vain
à me la rappeler....

— Où voulez-vous avoir vu ce rustre ? reprit Tragaduros du même ton ; c'est un de ces chasseurs moitié
barbares, comme ceux que j'ai rencontrés un soir à la
Poza.

— Vous en direz ce que vous voudrez, il y a sur ce
visage comme un masque qui en déguise la véritable
expression, je le parierais. A tout prendre, qu'importe ! »

Les promeneurs suivirent le trappeur en silence pendant quelques centaines de pas, non pourtant sans

qu'ils s'étonnassent de la distance qui semblait séparer le gué du sentier qu'ils venaient de quitter. Rosarita ne disait rien ; elle continuait ses rêveries commencées, que berçaient doucement le murmure des roseaux du fleuve, le cri des courlis pêchant dans les marais, et toutes ces voix matinales qui se font entendre le long des grands cours d'eau.

Le trappeur sembla vouloir charmer l'impatience des voyageurs qu'il guidait, et pour la première fois depuis quelques instants il rompit le silence.

« Ah ! c'est un industrieux animal que le castor, dit-il, et souvent, dans la vie de solitude et de dangers que mène un pauvre trappeur, j'ai passé de longs et tristes moments à les observer. Plus d'une fois, dans le calme des déserts, le bruit de leurs queues battant leurs petites constructions de pieux et d'argile m'a rappelé le son du battoir des lavandières des bords de l'Illinois, et j'ai poussé bien des soupirs en pensant à mon pays lointain.

— Vous êtes loin de votre pays ? dit Rosarita, que l'accent du trappeur avait émue dans l'un de ces moments où le cœur s'ouvre si facilement à la compassion.

— Je suis de l'Illinois, madame, répondit le trappeur d'un ton grave ; et il reprit sa marche. Tenez, écoutez-les, continua-t-il après un nouveau silence ; entendez-vous les bruits dont je vous parlais ? »

Les voyageurs purent entendre, en effet, des rumeurs éloignées, semblables à celles des battoirs sur le linge mouillé.

« Mais, poursuivit le trappeur, après avoir écouté lui-même avec attention, quand les castors travaillent ainsi, ils ne songent pas à se distraire et à mordre à mes trappes ; je vais les effrayer un peu pour les troubler. »

En parlant ainsi, le trappeur tira de sa poitrine, à peu de distance l'une de l'autre, trois notes graves, sonores, et qui firent tressaillir involontairement ses auditeurs.

On eût dit les sons éclatants et rauques à la fois que le lion d'Amérique jette aux solitudes.

Tous les bruits lointains, la voix même des oiseaux de marais, cessèrent de se faire entendre.

Le trappeur sourit de l'étonnement des cavaliers, puis il s'arrêta.

« Nous sommes au gué, dit-il ; voilà la Fourche-Rouge. »

Ils étaient arrivés à l'angle aigu que forment les deux bras de la rivière en se séparant. A la gauche des voyageurs qui longeaient le fleuve, les herbes, plus hautes et plus drues, leur cachaient la plaine ; à leur droite, un massif de saules s'élevait sur la rive opposée.

« La rivière me paraît bien profonde pour être guéable en cet endroit, observa don Augustin.

— Ses eaux sont troubles, et l'on ne voit pas le fond, répondit le trappeur avec assurance. Comme il ne serait pas juste, reprit-il, que, pour être agréable à Vos Seigneuries, je fusse obligé d'entrer dans l'eau jusqu'à mi-jambe, je demanderai à l'un de vous la permission de monter en croupe, et je vous montrerai le chemin, quoique un trappeur soit un assez triste cavalier. »

Francisco proposa de prendre le guide derrière lui. L'Américain accepta et se hissa, non sans de grands efforts, sur la croupe du cheval, et quand il fut assis :

« Poussez votre bête droit devant vous, » dit-il.

Mais, soit que le cheval eût peur, soit que les talons du trappeur chatouillassent désagréablement ses flancs, il refusa d'avancer en regimbant. Alors le trappeur passa son bras gauche sous celui de Francisco, et il prit la bride en main. L'animal continua de refuser.

« Mettez votre monture à côté de la nôtre, dit l'Américain à un des autres domestiques ; en marchant de front, les deux bêtes s'encourageront mutuellement. »

Le domestique obéit, et, comme l'avait assuré le trappeur, les deux chevaux entrèrent dans la rivière.

Tout à coup derrière les cavaliers des rugissements semblables à ceux qu'avait poussés le trappeur pour effrayer les castors se firent entendre au milieu des arbres. La stupéfaction causée par cet accident inattendu se changea rapidement en une terreur profonde.

Le métis, qui, nous n'avons pas besoin de le dire, était le faux trappeur, répondit par un rugissement semblable, et son couteau se plongea jusqu'au manche dans le dos du malheureux Francisco, que la main de fer de Sang-Mêlé arracha de la selle, où il s'affermit lui-même, tandis que le domestique tombait à l'eau la tête la première.

Le métis jeta par-derrière lui sa carabine dans les hautes herbes de la rive; d'une main il saisit la bride du cheval à côté du sien, le fit crabrer, et, au moment où le second domestique vidait les arçons, le bras du métis le frappa à mort et le fit rouler près de son camarade.

Tout cela s'était si rapidement exécuté, que le sénateur et l'hacendero n'avaient pas eu le temps de se mettre sur la défensive, et déjà les huit Indiens, avertis par le signal de Sang-Mêlé, s'étaient précipités sur eux, les avaient jetés à bas de cheval et emportés dans les hautes herbes qui couvraient la rive.

Le troisième domestique seul, à l'aspect des sauvages maîtres du bord du fleuve, avait poussé son cheval au milieu du courant qui l'entraînait, car le gué était bien loin de là, lorsqu'à la voix du métis, un coup de feu sorti des buissons de la rive opposée le culbuta dans la rivière.

Quant à Rosarita, au moment où un Indien se jetait à la nage pour s'emparer du cheval sans cavalier, la malheureuse enfant, plus pâle que la fleur des nymphéas du Lac-aux-Bisons, l'œil hagard, la bouche entr'ouverte comme celle d'une statue d'albâtre, sans qu'aucun cri pût s'échapper de son sein oppressé, tomba de cheval, entraînée dans les bras du faux trappeur.

Elle n'eut pour la première fois, au milieu de ces terribles événements, la conscience du sort qui lui était réservé, qu'à l'aspect des yeux enflammés du métis, qu'
l'odieux contact des bras qui se refermèrent avidemen
sur elle. Alors elle poussa un cri déchirant et ferma le
yeux presque évanouie.

Cependant, au milieu de cette rapide transition entr
la vie et l'insensibilité, elle crut entendre un autre cr
d'angoisse ; l'air lui apporta comme les dernières syllabes
de son nom. Cette voix n'était pas celle de son père ;
c'était le son d'une voix bien connue et surtout bien
chère, qui retentit à ses oreilles l'espace d'une seconde,
comme l'écho d'un monde lointain.

« Merci, mon Dieu, murmura-t-elle au plus profond
de son cœur avec la rapidité de la pensée ; vous avez
voulu que ce fût sa voix que j'entendisse la dernière en
ce monde... »

L'insensibilité complète du corps éteignit bientôt jusqu'à la pensée chez Rosarita.

Le cri, en effet, avait été jeté de l'autre côté du fleuve,
où le vieux renégat et un Indien gardaient à vue le malheureux Fabian.

CHAPITRE XXXI

UN MOMENT CRITIQUE.

Étroitement garrottés comme Fabian, qui n'était séparé d'eux que par la largeur du fleuve, les deux captifs
étaient à peine transportés au milieu des herbes touffues
où le métis venait de déposer près de son père Rosarita,
toujours évanouie, qu'un des Indiens signala en amont
du fleuve un large nuage de poussière.

Les chevelures flottantes suspendues aux fers des lances, les manteaux de peau de buffle agités en l'air au milieu de ce nuage que perçaient de temps à autre les rayons du soleil, le hennissement des chevaux que le vent apportait, tout indiquait la venue de l'Oiseau-Noir et de sa troupe.

Au milieu du dais de poussière qui les couvrait, des cavaliers bondissaient en faisant de sauvages évolutions et en poussant des cris aigus; les couleurs éclatantes dont étaient peints les visages de ces chevaliers errants et pillards du désert, les ornements fantastiques dont ils étaient chargés, leurs haches qui luisaient aux rayons du soleil, leurs boucliers frappés en cadence, donnaient à cette troupe désordonnée un aspect hideux et terrible à la fois.

Les cris : L'Oiseau-Noir, Main-Rouge, Sang-Mêlé ! » s'élevèrent bientôt des deux côtés, et en un clin d'œil les alliés du métis, comme s'ils eussent voulu exécuter une charge furieuse, s'élancèrent au galop en poussant des hurlements sataniques; puis l'escadron s'ouvrit, traça à toute course un cercle rapide autour de Sang-Mêlé et de ses Indiens, et en un instant chaque cheval se trouva subitement arrêté, immobile sur ses jarrets frémissants.

Un silence profond avait succédé au tumulte. Encore revêtu de son costume d'emprunt, le métis attendait, debout et sans faire un pas, la venue du chef. Celui-ci, quoique le visage contracté par la souffrance de sa blessure récente, était droit et ferme sur son cheval. Il s'avança vers le métis, qu'il n'hésita pas à reconnaître malgré son déguisement, et d'un air de tranquille et hautaine majesté, il tendit la main au fils de Main-Rouge.

« L'Indien fils d'un blanc attendait son allié, dit ce dernier.

— N'est-ce pas aujourd'hui le troisième soleil? reprit l'Oiseau-Noir. El-Mestizo a mis son temps à profit, ajouta-t-il en montrant du doigt les captifs.

— Ce ne sont pas les seuls ; il y a là-bas un des blancs
le fils de l'Aigle des Montagnes-Neigeuses.

— Et le Moqueur, et l'Aigle, que sont-ils devenus?
J'avais confié à mon frère onze guerriers : qu'en a-t-il
fait ? demanda le chef indien d'un accent sévère, après
qu'il eut réprimé le premier mouvement de joie que lui
fit éprouver la capture de Fabian.

— Neuf sont morts, répondit le métis. Mais pourquoi
le chef fronce-t-il le sourcil? Il a assiégé pendant un
jour et une nuit les trois blancs dans l'îlot du Rio-Gila ;
qu'a-t-il fait de ses guerriers, que les poissons de la rivière ont dévorés ? Le bras de l'Oiseau-Noir est paralysé
pour bien longtemps. El-Mestizo, en douze heures, a
pris le jeune guerrier du Sud ; il a désarmé l'Aigle et le
Moqueur, dont les buffles, les daims et les enfants indiens se rient à présent.

— L'Aigle et le Moqueur sont sur nos traces ; ils ont
de nouvelles armes, et ils ont semé leur chemin de nouveaux cadavres de nos guerriers. »

Alors le chef sauvage raconta au métis ce qu'il ignorait, les combats qu'il avait soutenus depuis son départ
du camp mexicain, et ce récit arracha au métis plus d'un
grincement de dents.

Cependant l'Oiseau-Noir et Sang-Mêlé, sous l'impression de sentiments de mécontentement mutuel, gardèrent le silence quand le récit fut achevé. Peut-être cette
conférence se fût-elle envenimée promptement sans
l'arrivée de six autres guerriers : c'étaient les débris de
la troupe de l'Antilope, échappés au carnage de la Passe-
Étroite, où le coureur lui-même avait laissé la vie.

Alors toute la fureur des Indiens se tourna contre Fabian : c'était l'issue naturelle qu'elle devait trouver.

« Où est le fils de l'Aigle ? s'écria l'Oiseau-Noir.

— Là-bas, reprit le métis en désignant le massif sur
l'autre bord, où Main-Rouge gardait son prisonnier.

— Qu'il meure! » dit le chef.

Des hurlements de joie accueillirent cette brève et terrible sentence.

Quand ils eurent cessé, le métis reprit la parole :

« Rayon-Brûlant, dit-il, est aussi sur nos traces ; c'est la fille blanche que voici qui l'attire près du Lac-aux-Bisons. Mais il ne la retrouvera plus ; El-Mestizo l'emmène à sa hutte, pendant que l'Oiseau-Noir va s'emparer de plus de cent chevaux que les blancs ont enfermés dans l'estacade. El-Mestizo abandonne sa part au chef des Apaches ; la Colombe-du-Lac est plus précieuse pour lui que tous les chevaux sauvages des Prairies. »

La tranquille impudence qui naissait chez le métis de la conscience de sa force, de son adresse et de son indomptable audace, et avec laquelle il se dégageait de sa promesse envers l'Oiseau-Noir quand celui-ci cessait de pouvoir lui être utile, fit éprouver au chef indien un mouvement de fureur. Il sentit toutefois que sa blessure à l'épaule le privait d'une partie de ses ressources, et que d'ailleurs, dans cette circonstance, la carabine de Main-Rouge et celle de Sang-Mêlé étaient de puissants auxiliaires. Comme jadis les rois qui, pressés par le danger, se trouvaient dans l'obligation de transiger avec de redoubles vassaux, l'Oiseau-Noir dissimula sa colère.

« El-Mestizo, dit-il, est si pressé de nous quitter, qu'il oublie une chose importante. Aurait-il peur du guerrier qui doit venir auprès du Lac-aux-Bisons, pour qu'il ne se rappelle plus qu'il a promis de livrer entre mes mains celui que les Comanches appellent Rayon-Brûlant ? »

Ces derniers mots du chef indien suspendirent tout à coups les préparatifs du départ du métis, qui se disposait à s'éloigner avec ses prisonniers.

« C'est bien ; El-Mestizo restera, parce qu'il n'a peur de rien, pas même des rayons brûlants du Grand-Esprit, » reprit fièrement le métis en faisant allusion au nom de celui qu'on l'accusait de redouter, et qu'il avait promis de livrer.

La troupe de l'Oiseau-Noir, malgré les pertes successives qu'elle avait éprouvées dans le trajet jusqu'à la
Fourche-Rouge, se composait encore d'une quarantaine
de cavaliers. Dix Indiens accompagnaient les deux pirates du désert; six autres venaient de se joindre encore
à ces cinquante guerriers. Les Apaches se trouvaient
donc en nombre suffisant pour attaquer avec avantage
les vaqueros, qu'ils supposaient sans défiance, dût le
chef comanche amener à temps les combattants qu'il
conduisait.

Telle avait été la rapidité de la marche des cavaliers
indiens, car il n'y avait plus un seul piéton avec eux,
qu'il était presque certain que les chasseurs et leur allié ne seraient pas rendus au Lac-aux-Bisons avant la
nuit, ou le coucher du soleil au plus tôt. Les guerriers
du désert ont l'imprévoyance des enfants, dont ils ont
les fougueux caprices. Il y avait pour eux un spectacle
plus attrayant que le pillage des chevaux, c'était le supplice d'un blanc.

Les deux prisonniers, l'hacendero et le sénateur,
étaient la propriété exclusive de Sang-Mêlé, qui fondait
sur leur rachat l'espoir d'une riche proie; leur vie était
sacrée, et c'était celle du malheureux Fabian qui devait
faire les frais du cruel divertissement que se promettaient les Indiens.

Il fut donc résolu qu'on l'offrirait comme une victime
propitiatoire avant le combat.

Tandis que les haches des Indiens ébranchaient un
jeune saule à quelque distance de là pour convertir son
tronc en un poteau de supplice, Rosarita avait recouvré
l'usage de ses sens. Mais à la vue de son père et du sénateur garrottés, à l'aspect des yeux étincelants du métis qui se fixaient sur elle avec une impudique ardeur,
la malheureuse enfant, malgré la voix de son père qui
essayait de la consoler en joignant à ses encouragements
des malédictions à ses bourreaux, ne put empêcher

qu'une seconde défaillance succédât à la première.

« Paix, l'ami! dit froidement le métis à don Augustin; soyez sans crainte pour votre vie : quelques sacs de piastres, une centaine de chevaux, vous rachèteront de mes mains. Quant à la Colombe-du-Lac, elle sera d'abord la femme d'un brave guerrier; puis, plus tard, nous verrons à fixer le prix de sa rançon. J'ai ouï dire que les femmes blanches sont si rebelles d'ordinaire aux volontés de leurs maris, qu'on est bien aise de s'en défaire après un certain temps; même pour rien. »

Puis, sans daigner faire plus attention aux malédictions de l'impétueux don Augustin qu'aux supplications du sénateur, le métis contempla d'un œil indifférent les apprêts du supplice de Fabian.

Comme quelques jours auparavant, lorsque don Antonio de Mediana, dont les minutes étaient comptées, voyait l'ombre projetée par le poignard de Fabian décroître petit à petit, ainsi aujourd'hui chaque progrès que le soleil faisait vers l'occident marquait un moment de moins dans l'existence de Fabian. Dieu devait-il appliquer au juge du seigneur espagnol la peine du talion dans toute sa rigueur? On pouvait le craindre; car dans les courts instants de silence, nulle rumeur lointaine ne se mêlait aux soupirs des roseaux du fleuve ; aucun nuage de poussière à l'horizon, aucun bruit d'avirons battant l'eau sous les efforts de ses amis, n'annonçaient leur venue. Quelques moments de plus, et ceux qui depuis deux jours et deux nuits suivaient sa trace n'allaient plus avoir qu'à venger sa mort.

Une poignée d'herbes sèches avait enflammé quelques branches mortes du saule ; des fascines apportées par les Indiens avaient achevé d'allumer les brasiers. Les terribles préparatifs du supplice étaient terminés; à l'horizon, toujours même silence, toujours même immobilité, hors le courlis qui errait en volant à tire-d'ailes au-dessus des lagunes, hors le retentissement lointain de l'eau fouettée par les castors plongeant dans leurs marais éloignés.

« Le moment est-il venu maintenant ? demanda le métis à l'Oiseau-Noir.

— Mes guerriers n'attendent plus que le captif, répondit le chef indien.

— Il sera fait selon les volontés de mon frère. »

Le métis donna l'ordre de remettre la pirogue à l'eau pour aller chercher Fabian et ramener ses deux gardiens.

« Ah ! c'est ma foi bien heureux, s'écria de l'autre côté de la rivière, où il avait vu les apprêts du spectacle indien, le vieux Main-Rouge en montrant sa haute taille au-dessus des buissons ; ce rôle de chien de garde commençait à me fatiguer horriblement. »

Le renégat, en disant ces mots avec un bâillement d'ennui, étirait ses membres décharnés.

« Allons, mon brave, reprit-il en se baissant, vous devez être aussi las que moi de toutes ces longueurs, de par tous les diables de l'enfer ! »

Un instant après, on vit le corps de Fabian, soulevé dans les bras robustes de l'Américain, se dresser à son tour au-dessus du feuillage.

« Tenez-vous bien là.... C'est cela, dit l'impitoyable vieillard, tandis que le prisonnier, dont les liens engourdissaient les membres, faisait un effort pour maintenir son équilibre et se tenir droit et ferme, comme un guerrier jaloux d'attendre debout le moment suprême. Maintenant, continua le vieux pirate, si vous voulez chanter quelque chose pour vous distraire, libre à vous. »

La pâle figure de Fabian, dont l'œil brillait encore, sans que l'approche d'une mort affreuse en eût éteint l'éclat, ne se montra qu'un instant. Chancelant sur ses jambes gonflées, privé du secours de ses bras, le corps du prisonnier s'affaissa et retomba derrière les buissons.

« Déliez-moi les bras, dit-il à Main-Rouge d'une voix ferme ; qu'avez-vous à craindre ?

— Pas grand'chose ; qu'à cela ne tienne, car tout à l'heure on ne vous en coupera pas un morceau de moins du corps. »

Le renégat trancha le nœud des courroies qui maintenaient ses bras, et Fabian put se relever et se tenir debout.

Un dernier espoir de salut ou plutôt une dernière pensée d'amour semblait l'agiter ; car ses yeux ne jetèrent qu'un simple regard à l'horizon pour interroger le désert, toujours silencieux au loin, et ils concentrèrent bientôt toute leur attention sur le bord opposé, d'où le cri d'angoisse auquel il avait répondu était venu frapper ses oreilles.

Mais les herbes épaisses dérobaient à sa vue le groupe des trois prisonniers, parmi lesquels le sénateur et l'hacendero se demandaient en frémissant quel pouvait être le malheureux blanc dont le supplice s'apprêtait.

Enfin la pirogue était à flot, deux Indiens y disposaient leurs avirons, quand une voix retentissante comme une clameur, terrible comme celle d'Achille sortant de sa tente pour venger la mort de Patrocle, frappa subitement l'air et fut répétée par l'écho.

Cette voix s'était élevée du côté de l'Étang-des-Castors ; les Indiens ne purent l'entendre sans tressaillir, et Fabian sentit instinctivement que c'était une voix amie. L'air vibrait encore sous son puissant éclat, quand, échappé des vastes poumons du coureur des bois, un nouveau cri, plus éclatant dix fois que le premier, lui succéda, et que la voix du carabinier fit à son tour hurler les échos.

Ces deux bouches amies venaient de leur jeter le nom de Fabian, comme une barrière entre la mort et lui, et Fabian y répondit sans trembler.

« Chien ! » s'écria Main-Rouge en levant son couteau pour le frapper.

Fabian arrêta le bras du renégat, et une courte lutte, dont la vigueur extraordinaire de l'Américain n'eût pas rendu l'issue douteuse, s'engageait entre le captif et le féroce gardien, lorsque, aux cris de Bois-Rosé, de l'Espagnol et de Rayon-Brûlant, partis de trois côtés opposés, se mêlèrent des hurlements qui éclatèrent de toutes parts, du nord, du sud et de l'est. Les aboiements furieux d'un dogue résonnaient au milieu de tout ce tumulte, comme les rugissements d'un lion enchaîné.

Dans un des efforts faits par Fabian pour éloigner de sa poitrine le couteau de Main-Rouge, le jeune homme, mal assuré sur ses jambes, que paralysaient les liens qui les serraient, tomba rudement à terre. Cette chute lui sauva la vie pour le moment.

Au milieu du fracas toujours croissant dont cette vallée naguère si calme était le théâtre, le vieux renégat se souvint tout à coup que la vie du prisonnier n'appartenait qu'à l'Oiseau-Noir, et il essaya de distinguer quel était l'ennemi qui s'avançait. Le rideau de verdure jaunâtre étendu devant ses yeux l'en empêcha.

Tout ce qu'il put voir fut cinq cavaliers indiens, probablement les plus alertes à se mettre en selle, dont les têtes surpassaient les hautes herbes ; au milieu de celles-ci et dans le lointain, une large et rapide ondulation, semblable à celle qui aurait été produite par le passage d'un troupeau de buffles, fixait son attention. En même temps cinq coups de fusils se croisèrent, les uns de gauche et les autres de droite, derrière la troupe des Apaches, et couchèrent par terre les cinq guerriers.

Le vieux renégat vit alors un véritable sauve-qui-peut sur la rive opposée. Armé de sa carabine et proférant d'atroces malédictions, il cherchait vainement un des ennemis qu'il pût viser ; mais les herbes les dérobaient tous à sa vue,

Quelques Indiens, trop éloignés de leurs chevaux pour essayer de courir jusqu'à l'endroit où ils étaient attachés, s'élancèrent dans la pirogue, et malgré les cris de Main-Rouge, en dépit des malédictions et des ordres de Sang-Mêlé, firent force de rames vers l'autre rive.

La plus grande partie des autres Apaches, après être remontés sur leurs chevaux, les poussèrent impétueusement dans le fleuve ; car une épaisse fumée s'élevait de la plaine derrière eux, et déjà de longs jets de flamme commençaient à dévorer les hautes herbes. La terreur avait gagné les guerriers indiens plus rapidement que l'incendie ne se propageait dans la plaine. Plusieurs d'entre eux, restés à pied, s'élancèrent à la nage.

« Guerriers timides, au cœur de femme, lâches ! » hurlait Sang-Mêlé avec rage, essayant en vain d'empêcher les Indiens de fuir. Mais la fumée que poussait le vent, le craquement des herbes qui s'enflammaient, et par-dessus tout la terreur panique produite par la brusque attaque d'ennemis invisibles, rendaient inutiles tous les efforts du métis.

Il avait d'ailleurs une proie précieuse à mettre en sûreté ; cessant donc de vaines tentatives, il saisit par la bride l'un des chevaux dont le cavalier venait d'être démonté, et bondit vers Rosarita au moment où elle rouvrait enfin les yeux. Le retentissement des armes à feu avait dissipé son évanouissement, et le premier objet qui s'offrit à sa vue fut encore le terrible Sang-Mêlé, dont la rage qui l'animait rendait l'aspect plus effrayant encore.

En vain voulut-elle fuir ; le métis saisit son bras, et, malgré ses cris, malgré ceux de son père et du sénateur, immobiles dans leurs liens, Sang-Mêlé l'enleva, la jeta en travers de sa selle, et s'élança en croupe derrière elle. Un instant après son cheval fendait du poitrail l'eau du fleuve, qui bouillonnait sous ceux de quarante autres chevaux.

Les diverses scènes que nous venons de décrire avaient été si rapides, que personne parmi les assaillants n'avait pu prévenir ce dernier épisode. Un nuage de fumée leur dérobait l'ennemi qu'ils cherchaient à atteindre ; de ce nuage de fumée noire sortaient des voix confuses.

« Par ici, Bois-Rosé, s'écria la voix tonnante de Pepe. J'entends hurler ce chien de métis. Où es-tu, vipère rouge et blanche ?

— A l'aide ! au nom de tous les saints ! s'écriaient à la fois le sénateur et l'hacendero en se débattant dans leurs liens et étouffant sous de longues et noires ondulations de fumée qui se rabattaient sur eux.

— Wilson ! dit une voix.

— Sir ! » répondit une autre voix.

Et la fumée s'élevait en tourbillons épais, et les herbes de la plaine petillaient sous les flammes qui s'élançaient de tous côtés. Dans la terrible confusion qui régnait chez les assaillants comme chez les fuyards, on eût oublié le sénateur et don Augustin malgré leurs cris, si la voix de sir Frederick ne se fût fait entendre.

« Wilson ! s'écria l'Anglais, cessez de vous occuper de ma personne ; il y a là, quelque part, non loin d'ici du moins, deux malheureux qui courent un grand danger. Les entendez-vous ? Eh bien, supposez que ce soit moi. »

En même temps, l'Anglais et l'Américain, faisant un large détour pour éviter les flammes de l'incendie, s'élançaient vers l'endroit où retentissaient les cris et les appels des deux malheureux captifs. Il était temps; car déjà une chaleur brûlante avait atteint don Augustin et son compagnon d'infortune, quand les deux sauveurs vinrent trancher leurs liens. A peine libre, le malheureux père se précipita sur les bords du fleuve.

Un instant il ne vit qu'une masse confuse de chevaux et de cavaliers luttant contre la rapidité du courant, des têtes d'hommes et d'animaux hurlant, hennissant, se gênant mutuellement dans leurs évolutions précipitées, les uns essayant de passer avant les autres, quelques-uns entraînés au milieu du fleuve, et d'autres enfin prenant terre sur la rive. Parmi ces derniers le métis, chargé de son précieux fardeau, apparut un instant; don Augustin entrevit le pan de la robe flottante de Rosarita; mais le ravisseur qui l'emportait disparut subitement derrière les cotonniers.

Au moment où l'hacendero poussait un cri de rage et de douleur quand il eut perdu de vue sa fille bien-aimée, il se sentit jeté à terre par l'étreinte d'une main puissante. Don Augustin ne s'était pas encore rendu compte de cette nouvelle attaque, qu'une balle passa à quelques pouces au-dessus de lui avec un sifflement aigu.

« Vous l'échappez belle ! » dit flegmatiquement une voix à côté de l'hacendero.

C'était Wilson qui avait rampé derrière lui et l'avait violemment culbuté, précisément à l'instant où Main-Rouge l'ajustait sans qu'il s'en aperçût.

« Tenez, reprit l'Américain, voyez-vous le coquin qui s'enfuit, honteux d'avoir manqué son coup? Ah! si j'avais eu le temps de recharger ma carabine ! mais je n'ai pensé qu'à vous empêcher d'être brûlé vif et d'avoir ensuite le crâne brisé. »

Pendant ce temps, le dernier cavalier indien prenait terre sur la rive, et Main-Rouge disparaissait de la scène; il n'était pas seul. Les deux surveillants de Fabian entraînaient le malheureux jeune homme avec eux, malgré ses efforts, et le vieux renégat leur prêtait l'aide de sa force irrésistible.

« Espérez en Dieu, dit la voix grave de sir Frederick, qui s'avançait à son tour sur la rive du fleuve, où l'incendie, malgré la chaleur brûlante qu'il répandait devant lui, venait expirer sur un terrain humide et nu. Il y a là-bas quelqu'un qui veille sur votre fille. Nous cernons ces bandits de tous côtés, et pas un d'eux n'échappera. »

En disant ces mots, l'Anglais montrait à don Augustin, sur la rive où il se trouvait, une vingtaine de ses vaqueros à cheval et échelonnés le long du fleuve. A cet aspect l'espoir se fit jour pour la première fois dans le cœur de l'hacendero.

« Voyez plus loin encore, continua sir Frederick, de fidèles et vaillants auxiliaires. »

Et il indiquait à deux cents pas de lui, en amont du fleuve, tous deux à cheval et côte à côte, Diaz et Pepe qui fendaient le courant et gagnaient la rive opposée, et à la même distance en aval, dans un canot dont l'hacendero vit avec surprise l'étrange construction, cinq hommes, parmi lesquels deux athlétiques rameurs qui se courbaient sur leur aviron, pendant qu'un dogue furieux hurlait près d'eux.

L'hacendero reconnut les quatre chasseurs de bisons ; quant au cinquième, celui en comparaison duquel le robuste Encinas ne paraissait qu'un homme de taille ordinaire, don Augustin ne le connaissait pas.

« C'est Bois-Rosé, dit sir Frederick, le coureur des bois du Bas-Canada, qui comme vous, don Augustin, s'est vu enlever un fils, l'espoir et l'amour de sa vie. Il y a encore par là-bas, du côté de l'Étang-des-Castors, un jeune et brave guerrier comanche, leur allié ; et tout ce qu'il est donné à l'homme de faire, ces hommes le feront. »

Le coureur des bois et le chasseur espagnol s'aperçurent réciproquement en même temps, malgré la distance qui les séparait l'un de l'autre, et se firent un signe éloquent et silencieux de la main, comme des gens qui n'ont pas besoin d'échanger des paroles pour se deviner.

« Ah ! celui qui sauvera ma fille sera riche pour le restant de ses jours ! » s'écria l'hacendero d'une voix tonnante pour les exciter.

Le riche don Augustin ignorait que, dans chacun de ces groupes d'hommes déterminés qui, obéissant à la même pensée, traversaient le fleuve au même moment, il y en avait un qui avait dédaigné des trésors auprès desquels son opulence n'était presque qu'une humble médiocrité.

Et, comme l'hacendero répétait de nouveau à haute voix sa promesse d'enrichir à jamais celui qui lui rendrait doña Rosario, les deux chasseurs échangèrent encore un regard et un autre signal de la main. Pepe excita l'ardeur de son cheval, qui nageait vaillamment sous son cavalier, et Bois-Rosé donna au canot une impulsion plus rapide. L'hacendero pensa que c'était pour gagner la récompense promise, et Dieu sait quelle était son erreur.

Une fusillade qui éclata tout à coup dans la direction de l'Étang-des-Castors prouva que de son côté Rayon-Brûlant et Gayferos n'étaient pas oisifs. La voix du jeune chef indien arrivait jusqu'à la rive que gardaient Wilson et sir Frederick. Diaz, Pepe, Bois-Rosé, Encinas, qui, de leur côté, l'entendaient également, jetèrent à leur tour un formidable cri pour apprendre au brave guerrier comanche qu'ils venaient se joindre à lui.

Bientôt don Augustin les vit prendre terre et s'élancer avec impétuosité à travers les saules et les cotonniers qui couvraient presque en entier les terrains marécageux où les Indiens allaient se retrancher.

Ils avaient à défendre de trop chers intérêts pour que rien pût les arrêter dans leur course.

Quand ils eurent disparu, les aboiements du dogue d'Encinas, en devenant plus lointains, annoncèrent que les braves aventuriers ne laissaient pas que d'avancer, malgré les difficultés du terrain et les dangers que recélaient d'impénétrables fourrés.

CHAPITRE XXXII

L'ÉTANG-DES-CASTORS.

Avant de passer outre dans notre récit, nous devons, en deux mots, justifier la présence soudaine des chasseurs et des Indiens, sous les ordres de Rayon-Brûlant, ainsi que des vaqueros de don Augustin, à la Fourche-Rouge.

On a vu qu'à l'exception de Main-Rouge et de Sang-Mêlé, dont la troupe était en avant, les trois autres détachements, ceux de l'Oiseau-Noir, de Rayon-Brûlant et de l'Antilope, qui se rendaient à l'endroit désigné comme point de jonction, se suivaient à peu de distance. Résolu à gagner de vitesse ceux qu'il voulait attaquer et à profiter de l'aide des vaqueros de don Augustin, le Comanche pria sir Frederick de lui prêter son cheval, et alors l'Indien, après s'être entendu minutieusement avec les deux chasseurs sur les signes et les cris de ralliement, ainsi que sur le poste que chacun devait occuper, prit sa course vers le Lac-aux-Bisons.

Obligé pour sa sûreté, une fois arrivé à la Fourche-Rouge, de faire un détour par le bras de la rivière que les endiguements des castors avaient presque desséché en le détournant de son cours, le Comanche n'avait pas pu rencontrer don Augustin dans son excursion, dont le résultat venait de lui être si fatal. Rayon-Brûlant, après avoir traversé le grand bras de la rivière au gué indiqué par Encinas et qu'il connaissait lui-même, arriva sur les bords du Lac-aux-Bisons une heure environ après que l'hacendero venait de le quitter.

Il instruisit à la hâte le chasseur de bisons des projets

qui amenaient les Indiens et les deux pirates des Prairies à la Fourche-Rouge ; et le chasseur, dépeignant aux vaqueros le danger qu'ils couraient eux-mêmes ainsi que leur maître, n'eut pas de peine à les faire monter tous à cheval pour cerner les bords de la rivière pendant que Rayon-Brûlant retournerait à l'embranchement du fleuve avant l'arrivée de Bois-Rosé et de toute la troupe qu'il avait laissée derrière lui. Il n'attendit pas longtemps.

Alors le jeune Comanche, Gayferos et six Indiens gagnèrent la vallée par le petit bras du fleuve. Pepe, Bois-Rosé et les autres prirent terre avant l'embranchement où l'Oiseau-Noir avait fait halte. Là, ils devaient, pour attaquer, attendre le signal du Comanche. La voix retentissante qui s'était fait entendre dans la vallée de la Fourche-Rouge, et dont l'écho avait répété les éclats, était celle du guerrier indien. A ce signal convenu, l'attaque avait immédiatement commencé avec impétuosité, ainsi qu'on l'a vu.

Ces explications une fois données, rien ne nous empêche à présent de suivre Bois-Rosé et le chasseur espagnol dans leurs dernières tentatives pour arracher aux mains des Indiens leur jeune compagnon et la fille de don Augustin.

Diaz et Pepe avaient gagné la rive à peu près au même instant que Bois-Rosé avec Encinas et les trois chasseurs de bisons sautaient de leur canot à terre.

Pendant que les cinq combattants marchaient en diagonale pour se rejoindre, tout en explorant les lieux qu'ils traversaient, sir Frederick, à qui son esprit d'aventures rendait insupportable le rôle de spectateur, se résolut tout à coup à seconder activement les chasseurs dans leur attaque, et il n'eut pas de peine à persuader à Wilson, son garde du corps, de l'accompagner.

Don Augustin voulut aussi prendre part à la lutte ; mais il dut céder aux instances de l'Anglais, qui lui représenta que sa présence était indispensable pour maintenir le bon ordre parmi ses vaqueros, peu accoutumés au genre de combats des Indiens. Ce point réglé, l'Américain, après avoir répété plusieurs fois à sir Frederick que c'était de son plein gré qu'il s'exposait au danger, et qu'il cessait d'être responsable momentanément de sa personne, s'empressa de marcher sur ses pas, dans la direction du gué de la rivière.

Pendant ce temps, Pepe et Diaz s'étaient réunis au coureur des bois et aux chasseurs de bisons. Les deux compagnons d'armes, pleins d'anxiété sur le danger que courait Fabian et déterminés à faire les derniers efforts pour le sauver, échangèrent en s'abordant un regard silencieux, mais expressif.

Il vit encore, Bois-Rosé, dit Pepe, qui comprit le langage muet du coureur des bois; demandez à Diaz. Nous venons de voir derrière un massif de saules, à côté de l'empreinte des pieds de buffles de Main-Rouge, celle des pieds de don Fabian; elle se dirige vers là-bas. »

L'Espagnol montrait un de ces vastes couverts de cotonniers dont la plaine marécageuse était remplie. Diaz confirma les paroles de Pepe.

« Les coquins se retranchent dans ces massifs que bordent la digue des castors et le bras à moitié sec de la Rivière-Rouge. Tenez, les entendez-vous? » dit le carabinier.

Un bruit de haches qui frappaient le tronc des arbres retentissait au loin.

« C'est vrai, reprit le Canadien. Si je ne craignais pour la vie de ce pauvre enfant, je rendrais grâces au ciel de nous livrer ainsi ces bêtes féroces dans leur fort; mais il est affreux de penser que le caprice ou la colère d'un Indien peut trancher ses jours.

— Ils l'oseront moins que jamais maintenant, c'est moi qui vous le dis, reprit Pepe; la journée ne se passera pas sans qu'ils aient demandé à capituler. »

Encinas contenait à grand'peine son dogue, qui voulait s'élancer vers l'endroit où son odorat subtil sentait les Indiens, quand Bois-Rosé pensa tout à coup à utiliser son instinct. Il tira de dessous sa veste le chapeau défoncé de Fabian, et le remettant à Encinas :

« Essayez, lui dit-il, de faire flairer ce chapeau à votre chien ; c'est le chapeau de celui que je cherche ; j'ai vu en pareil cas ces animaux suivre à la piste des gens dont on ne pouvait retrouver la trace. »

Le chasseur de bisons prit le chapeau des mains du Canadien et en fit sentir l'intérieur à Oso. L'intelligent animal sembla deviner ce qu'on attendait de lui, et après avoir fortement aspiré les émanations qu'avait conservées cette partie du vêtement de Fabian, il s'élança comme un trait dans la direction où Pepe avait reconnu les traces du jeune homme. Arrivé derrière un massif, le dogue donna de la voix pour attirer son maître sur ses pas.

Les chasseurs coururent à cet endroit, où précisément les traces qu'avait signalées Pepe se retrouvèrent empreintes sur le sol humide.

« Marchons maintenant, s'écria Bois-Rosé avec fermeté. En quelque lieu qu'il soit, mort ou vivant, nous saurons toujours le trouver. »

Sir Frederick et son inséparable Wilson arrivaient au même moment, et les neuf hommes réunis allaient s'avancer pour reconnaître la retraite des Indiens, lorsqu'un messager de Rayon-Brûlant se présenta, chargé par le jeune chef de venir chercher du renfort auprès d'eux. Il y avait, dit-il, en face du fourré impénétrable où les Apaches se retranchaient, un ravin assez profond d'où l'on pouvait inquiéter l'ennemi, et dont il était urgent de s'emparer avant lui.

Ayant ainsi rempli son message, l'Indien repartit pour aller porter aux vaqueros l'invitation de traverser la rivière et d'aller prendre position sur la rive en face, afin

de resserrer au besoin le blocus qu'on devait établir autour des maraudeurs. Pendant que cette manœuvre
s'exécutait et que les vaqueros traversaient la rivière soit
à l'endroit du gué, soit à la nage sur leurs chevaux, ou
enfin dans le canot de cuir, la petite troupe que conduisait Bois-Rosé cherchait un chemin couvert qui pût
la mettre à l'abri des balles pendant qu'elle ferait le tour
du bois sombre où les Indiens continuaient à se fortifier.
Le bruit des haches retentissait toujours.

La végétation vigoureuse des saules et des cotonniers
autour desquels s'enroulaient la vigne sauvage et toutes
les lianes des forêts, rendaient le fourré où s'étaient réfugiés les Apaches si compacte, qu'en en faisant le tour,
les assaillants ne pouvaient de temps en temps tirer qu'à
coups perdus.

Quelques coups de fusil partirent de l'intérieur du
bois; mais de part et d'autre les balles étaient inoffen-
sives. Disséminés en tirailleurs, les premiers arrivèrent à
peu de distance de l'endroit qu'occupait Rayon-Brûlant
avec ses guerriers.

« Concevez-vous, dit Bois-Rosé à Pepe, dans un moment où les deux chasseurs se trouvèrent réunis derrière
un bouquet d'arbres, à l'abri desquels le Canadien examinait l'enceinte en apparence impénétrable du bois, que
tous ces Indiens avec leurs chevaux aient pu si prompt-
tement se faire jour à travers l'épaisseur de ces fourrés ?

— Je pensais à cela à l'instant même, reprit le carabinier. Un homme seul paraît pouvoir difficilement se
frayer un passage parmi ces lianes autrement que la hache à la main, et ces coquins y sont entrés à cheval en
un clin d'œil. Il doit y avoir quelque entrée secrète qu'il
faudrait trouver; car autrement cet endroit est inexpugnable, et nous y laisserions nos os les uns après les autres, en tentant d'en débusquer l'ennemi.

— Nous avons toujours la ressource d'y mettre le feu,
reprit Bois-Rosé; mais malheureusement il y a au milieu

.de ces Indiens des vies précieuses qu'il faut ménager. »

En disant ces mots, les deux chasseurs continuèrent leur marche, et, quelques instants plus tard, ils arrivaient près du chef comanche.

« La Fleur-du-Lac est là, dit Rayon-Brûlant, et le fils de l'Aigle n'est pas loin d'elle. »

Le poste habituellement choisi par le jeune guerrier était l'endiguement fait par les castors sur le bras le plus étroit de la Rivière-Rouge.

Dans toute autre circonstance, c'eût été une curieuse investigation à faire que celle du travail de ces industrieux animaux, de cette digue qu'on eût dite construite par la main de l'homme, avec ces troncs d'arbres soigneusement dépouillés de leur écorce, qui sert, comme on sait, à l'approvisionnement d'hiver des castors. Les intervalles en étaient symétriquement remplis de terre glaise pétrie avec des branchages. Mais le temps était précieux, chaque instant de retard pouvait donner lieu à une catastrophe horrible.

L'eau, détournée d'abord de son cours par la digue, avant de finir par former dans la plaine des lagunes qui la couvraient de distance en distance, s'était creusé un autre lit, bientôt demeuré à sec. Ce fut dans cette espèce de ravine, de quatre pieds environ de profondeur et de vingt de largeur, que les nouveaux auxiliaires du Comanche s'embusquèrent.

De cet endroit éloigné seulement d'une demi-portée de carabine de la ceinture épaisse derrière laquelle l'ennemi était invisible, d'habiles tireurs comme le Canadien, l'Espagnol et l'Américain Wilson, pouvaient lui faire un mal incalculable.

« Encinas. dit le Canadien au chasseur de bisons, si vous lâchiez un instant votre dogue, l'animal pourrait nous rendre un grand service ; c'est la vie d'un chrétien qu'il peut aider à sauver.

— Le pauvre Oso m'est bien précieux, répondit Encinas, et le lancer dans ces fourrés, c'est l'exposer à y laisser sa peau ; mais, à tout prendre, c'est, comme vous dites, la vie d'un chrétien à troquer contre la sienne. »

A ces mots, le chasseur de bisons déliait le nœud qui s'attachait au collier d'Oso.

« Pille, Oso, pille, mon brave! » continua Encinas en faisant de nouveau flairer au chien le chapeau de Fabian ; puis il le lâcha.

Le vaillant dogue sembla, cette fois encore, comprendre la volonté de son maître, qui comptait plus encore sur son instinct que sur sa bravoure, et, au lieu de s'élancer en aboyant avec fureur, il s'élança silencieusement à travers les buissons.

« Nous le suivrons, Pepe, s'écria le Canadien; il ne sera pas dit qu'un animal sera moins prudent qu'un père qui cherche son fils et qu'un ami qui cherche son ami. »

L'Espagnol ne se le fit pas répéter, et les deux chasseurs se mirent avec précaution à la piste du chien. Mais Oso sembla bientôt et évidemment en défaut. Il quêtait en vain dans les touffes d'herbes des émanations semblables à celles qu'il venait de flairer, et les deux chasseurs le virent tout à coup de loin faire un détour et sortir du fourré où il s'était engagé.

« Croyez-vous qu'il ait compris ce qu'on attend de lui? demanda le Canadien bas à Pepe.

— Sans doute; ce n'est certainement pas de ce côté que Fabian est entré dans le bois avec les Indiens, et le dogue va tout naturellement remonter à l'origine de la piste qu'il suit. »

Le chien quittait brusquement, en effet, la lisière du bois de cotonniers, et les deux chasseurs le virent retourner dans la direction du bouquet de saules sous lesquels ils avaient déjà trouvé les traces de Fabian. Tous deux suivirent Oso le plus rapidement possible sans s'inquiéter de se faire voir, et, en débouchant dans l'espace dégarni d'arbres, ils trouvèrent Encinas qui, inquiet de son chien favori, faisait le tour des massifs pour le rejoindre.

« Laissons-le faire, dit-il; mon brave Oso est aussi habile que courageux. Vous voyez qu'il se rend compte de la mission dont je l'ai chargé. »

Après s'être remis sur la voie, le dogue s'élança, en aboyant, dans la direction d'un des côtés du bois qui abritait les Indiens, et que les deux chasseurs, en venant, avaient laissé sur leur droite. Arrivés, après un long détour qu'ils durent faire pour éviter de passer sous le feu de l'ennemi, ils ne virent plus le chien d'Encinas. Dans cette partie du bois, la ceinture d'arbres paraissait moins fournie.

Inquiet de l'absence de son chien, Encinas le siffla pendant quelques minutes sans que l'animal lui répondît; bientôt cependant on l'entendit donner de la voix. Les aboiements qu'il poussait semblaient plutôt annoncer la joie que la présence d'un danger; et les trois chasseurs, obéissant à son appel, prirent leur course à travers le taillis.

Ils ne tardèrent pas à rencontrer un petit sentier dans toute la longueur duquel les herbes paraissaient si récemment foulées que leurs tiges n'étaient pas encore flétries, quoique écrasées sous les pieds des chevaux, dont l'empreinte était aussi visible que sur un chemin sablé.

C'était au bout de cet étroit et tortueux sentier que la voix d'Oso continuait à retentir. Puis les herbes devinrent plus rares; au terrain amolli succéda un sol plus dur. Ici les trois chasseurs s'arrêtèrent à la voix de Bois-Rosé.

« Restez où vous êtes, dit le Canadien. Il est inutile que nous fournissions un triple but aux carabines cachées là derrière. Ah! Pepe, vous ne vous êtes pas trompé, le chien a éventé la mèche. »

Pendant qu'Encinas caressait Oso, revenu vers lui, et rattachait à son collier sa courroie de buffle, Pepe, sans avoir égard aux avis du Canadien, et impatient de voir par lui-même, s'était coulé jusque derrière lui.

Les dernières herbes du sentier venaient mourir sur un terrain pierreux, et à vingt-cinq pas environ de la frange clair-semée qu'elles formaient, le bois commençait. Mais au lieu de présenter à l'œil, de ce côté comme de tous les autres, un rempart insurmontable de lianes, de troncs pressés et de branches entrelacées, le sol, primitivement creusé par les eaux, laissait entre les arbres un passage de quatre pieds de largeur. De chaque côté de cette espèce de ravine s'élevait un talus à pans droits, dont l'intervalle était rempli de troncs d'arbres et de branchages fraîchement coupés

« C'est par ce passage que les coquins sont entrés à cheval comme par une porte cochère, dit Pepe.

— Ne perdons pas notre temps ici, Pepe, et, puisque vous voici, glissons-nous chacun d'un côté de cette ouverture pour voir ce que fait l'ennemi : où est Fabian, et par quel endroit il faut commencer l'attaque. Encinas, tâchez, s'il est possible, que votre chien soit muet; sa voix pourrait nous attirer, à vous comme à nous, le désagrément d'un morceau de plomb dans le corps; ou mieux encore, courez avertir Rayon-Brûlant et don Augustin que nous avons trouvé le passage vers l'ennemi, puis foncez hardiment à la tête des plus braves; nous allons éclairer votre marche, mon compagnon et moi. »

Encinas goûta cet avis et s'éloigna promptement pour remplir sa mission.

A droite et à gauche, à vingt pas du chemin creux, la lisière du bois reprenait toute son épaisseur, et les deux chasseurs n'hésitèrent pas à s'y engager, chacun de son côté, pour exécuter leur projet. Telle était la vigueur de la végétation qu'à peine leurs yeux pouvaient-ils dis-

tinguer les objets à quelques pieds devant eux ; mais,
toute périlleuse que fût cette reconnaissance des lieux,
il était indispensable de la pousser aussi loin que possible. Le Canadien continua donc d'avancer en se glissant
à travers les branches, comme l'alligator qui rampe au
milieu des roseaux et des joncs pour surprendre le buffle
qui se désaltère.

Peu à peu cependant le bois s'éclaircissait, et Bois-
Rosé put non-seulement distinguer des formes vagues
et confuses d'hommes et de chevaux, mais encore jeter
un coup d'œil sur l'espace entouré par l'épaisse ceinture d'arbres qu'il venait de traverser.

L'Étang-des-Castors occupait l'une des extrémités
d'une vaste clairière où les chevaux et les hommes tenaient à l'aise. Sur les bords de cet étang s'élevaient une
quinzaine de huttes de castors de forme ovale. La plupart de ces huttes, que les Indiens venaient d'envahir,
plongeaient presque dans l'eau ; mais deux ou trois
étaient assez éloignées des bords de l'étang pour avoir
été converties par les assiégés en un solide rempart dont
les selles des chevaux, les couvertures et les manteaux
de buffle emplissaient solidement les intervalles. C'était
entre la rive de l'étang et ce retranchement que se tenait le gros des Indiens, tandis que les autres allaient
et venaient pour fortifier les endroits les plus faibles de
la ceinture d'arbres de la clairière.

Du reste, ni Fabian, que cherchaient en vain ses yeux
troublés par l'horrible appréhension qu'il éprouvait pour
son enfant, ni Rosarita, ni Sang-Mêlé, ni Main-Rouge,
ni l'Oiseau-Noir enfin n'étaient visibles au Canadien.

Il supposa que les objets de sa sollicitude, comme
ceux de sa haine, se trouvaient entre l'étang et les
huttes des castors, dont les ouvertures étaient pratiquées du côté de l'eau.

Pepe, de son côté, n'apercevait rien de plus que
Bois-Rosé ; les deux chasseurs durent donc réprimer le

désir qui les aiguillonnait de faire feu sur des ennemis odieux, mais sans importance dans ces circonstances si graves.

Bois-Rosé prêtait l'oreille avec anxiété à tous les bruits qui parvenaient jusqu'à lui. Il espérait entendre la voix de Fabian ou celle de la fille de l'hacendero, et il comptait, plein d'angoisse, les minutes écoulées depuis le départ d'Encinas, en quête de renfort. C'était un moment effrayant, en effet, que celui qui précédait une attaque désespérée où le sang allait si abondamment couler, et où la vengeance d'ennemis sauvages pouvait s'exercer par représailles sur son enfant prisonnier.

Tout à coup, dans la direction de la digue des castors, occupée par le jeune chef comanche, une détonation suivie de hurlements, puis encore une demi-douzaine de coups de feu ébranlèrent les airs. Un grand mouvement eut lieu dans la clairière, près de l'étang, et, au spectacle qui s'offrit quelques instants après aux yeux du Canadien, il sentit tout son sang se figer dans ses veines.

CHAPITRE XXXIII

RAYON-BRULANT.

Pour expliquer la scène qui venait de se passer, et dont Bois-Rosé, dans son embuscade, ne voyait qu'une partie, il est nécessaire de nous transporter un instant au milieu du fort des Indiens.

Il avait fallu toute la haine dont l'Oiseau-Noir était animé contre Rayon-Brûlant pour lui faire braver, malgré sa blessure, la fatigue d'un long voyage de trois jours et les combats sanglants qui avaient décimé sa troupe pendant le trajet. Quoique assez peu confiant dans la parole du métis, entraîné par le désir de la vengeance, par l'amour du pillage et par l'ascendant que l'audacieux bandit exerçait sur les peuplades indiennes, le chef apache avait cédé à ses suggestions.

La brusque attaque qui était venue surprendre les Apaches, à l'instant où ils croyaient n'avoir plus qu'à étendre la main pour saisir une riche proie, la fuite précipitée de ses guerriers lorsque, confiant dans la victoire, l'Oiseau-Noir espérait surprendre son rival en amour sinon désarmé, du moins facile à vaincre, cette réunion de circonstances fatales et inattendues avait changé une confiance presque folle en une terreur exagérée. Le chef, affaibli par la souffrance et la fatigue, les guerriers, dont le découragement, né de défaites successives, était à peine calmé, crurent avoir affaire à des ennemis bien supérieurs en nombre, et tous, à l'exception du métis, entraîné par eux, avaient cédé à une terreur panique dont on a vu les résultats.

Cependant le métis, en faisant aux Indiens le dénombrement à peu près exact de la force des blancs, avait pu ramener la confiance dans l'âme des guerriers et du chef. Néanmoins une sourde colère, fille du désappointement, couvait dans le cœur de l'Oiseau-Noir, et Sang-Mêlé, trop fin et trop rusé pour ne pas la deviner, résolut de se relever dans l'esprit des Apaches par une de ces combinaisons qui lui étaient si familières et dans lesquelles sa perfidie et son courage se partageaient les rôles.

Le chemin creux qui avait livré passage aux Indiens à travers le bois jusqu'à l'Étang-des-Castors leur offrait une issue facile pour fondre au milieu de leurs ennemis dispersés. Tandis que Sang-Mêlé se chargerait d'amuser ceux qui étaient le plus près de lui par des négociations de paix simulées, les Indiens monteraient à cheval, et, tombant à l'improviste sur les divers groupes disséminés dans la plaine, ils ne pouvaient manquer d'en avoir bon marché.

Tel était le plan que le métis fit adopter, ou plutôt ce n'en était qu'une partie, car c'était surtout en vue de son intérêt qu'il l'avait proposé, et il avait eu soin de taire ce qui le concernait personnellement. Main-Rouge devait le seconder, comme on va le voir. Pendant que cette perfidie se tramait, Bois-Rosé et Pepe se glissaient avec précaution jusqu'au retranchement indien.

Passons maintenant au récit des événements.

Quarante chevaux environ, les uns dessellés, la plupart encore harnachés avec tout le luxe des sauvages, étaient attachés aux arbres les plus voisins de l'étang. Dans la hutte de castors qui faisait face à la digue occupée par Rayon-Brûlant, doña Rosario, plus pâle, plus défaite que Fabian, qui savait, lui du moins, que la mort allait terminer ses maux, était enfermée sous la garde du vieux renégat américain, assis à l'entrée de la loge, sa longue carabine en travers sur ses genoux, et caché à Bois-Rosé par les couvertures et les manteaux étendus pour fortifier le retranchement.

Dans la hutte la plus éloignée de cette dernière, Fabian, ne sachant encore s'il avait été le jouet d'un songe et s'il avait réellement entendu la voix dont il eût reconnu le timbre entre mille, réduit par de nouveaux liens à l'immobilité la plus complète, disait un dernier adieu aux plus chers souvenirs de sa courte existence.

Deux Indiens le gardaient, avec ordre de le poignarder si la sortie projetée n'avait pas le succès que le chef apache en attendait. Dans le cas où la victoire la couronnerait, l'Oiseau-Noir voulait savourer à son aise les douceurs d'une longue et cruelle vengeance. Ce n'était donc qu'à la férocité de son ennemi, et non à sa clémence, qu'il devait la prolongation de ses derniers et terribles moments.

Du reste, dans leur position respective, Fabian et Rosarita ne pouvaient soupçonner la présence l'un de l'autre dans cet étroit espace, et encore moins s'apercevoir réciproquement.

Tel était l'aspect de la clairière et des abords de l'Étang-des-Castors, lorsque Sang-Mêlé se dirigea vers la hutte, à la porte de laquelle veillait son père. Un court et rapide dialogue en anglais eut lieu entre les deux pirates. Alors Main-Rouge se leva, et, après une horrible menace dont il est facile de deviner le sens, faite à Rosarita, qui en comprit la portée et resta plus pâle, plus tremblante, et plus immobile que jamais, le vieux renégat suivit le métis.

Tous deux s'avancèrent à l'extrémité de la clairière la plus voisine de Rayon-Brûlant et la plus éloignée de Bois-Rosé, et s'ouvrirent un passage à travers les arbres; après quelques pas les deux bandits s'arrêtèrent, invisibles à la fois aux leurs et à l'ennemi, et la voix de Sang-Mêlé s'éleva du milieu des arbres :

« Que les oreilles du brave guerrier que les Apaches appelaient le Nuage-Sombre, et que les Comanches nomment Rayon-Brûlant, soient ouvertes, cria le métis.

— Rayon-Brûlant n'a jamais connu le nuage sombre, répondit le jeune guerrier; que lui veut-on, et qui l'appelle ? »

Sang-Mêlé avait prononcé ces paroles en un dialecte apache si pur, que Rayon-Brûlant avait cru entendre un des compatriotes dont il répudiait même jusqu'au souvenir.

« C'est moi, Sang-Mêlé, reprit le métis, qui veux presser la main d'un ami.

— Si c'est là tout ce que veut El-Mestizo, qu'il se taise; sa voix m'est odieuse comme le sifflement ou le bruit des sonnettes du serpent, répondit la voix de Rayon-Brûlant.

— Ce n'est pas tout : El-Mestizo tient en son pouvoir

le fils de l'Aigle et la Colombe-Blanche-du-Lac, et lui offre de les rendre. »

Peu s'en fallut que, dans le mouvement de joie passionnée qui l'envahit tout à coup, le jeune Comanche ne fît explosion par un cri de triomphe échappé à sa bouche malgré l'empire qu'il exerçait sur ses fougueuses passions. Il put cependant se contenir pour cacher l'immense intérêt qu'il prenait à la Fleur-du-Lac, et ne pas rendre le brigand plus exigeant dans ses conditions.

Ce ne fut qu'après une courte pause, pendant laquelle il dut contenir et laisser s'apaiser les battements précipités de son cœur, qu'il put répondre froidement :

« A quelles conditions Sang-Mêlé rendra-t-il le fils de l'Aigle et la Fleur-du-Lac ?

— Il les dira quand une de ses mains pressera en signe d'amitié celle de l'Aigle-des-Montagnes-Neigeuses lui-même, et l'autre celle de Rayon-Brûlant. Les chefs n'ont pas l'habitude de conférer sans se voir, sans lire dans les yeux les uns des autres.

— L'Aigle est absent, et Rayon-Brûlant ne pressera jamais la main d'El-Mestizo, à moins que ce ne soit pour la lui briser.

— Bien, répondit le métis, dont le Comanche ne vit pas l'œil enflammé de haine et le désappointement plein de rage. N'y a-t-il pas quelque autre chef derrière la digue des castors ?

— Avec votre permission, Comanche, je me chargerai des négociations, s'écria Pedro Diaz. Sang-Mêlé, ajouta-t-il à haute voix, il y a ici le chef des chercheurs d'or mexicains, qui en vaut bien un autre, si on le juge d'après quelques actions d'éclat que personne ne lui conteste et le sang indien qu'il a fait couler.

— Nous conférerons ensemble, dit le métis. Puis-je, sur la foi de sa parole, m'avancer seul, sans armes, avec un compagnon armé derrière moi ? Vous en ferez autant de votre côté.

— Oui, oui, reprit le loyal aventurier ; j'engage mon honneur et je vais vous donner l'exemple. »

Le métis se retourna vers son père ; tous deux échangèrent un odieux et féroce sourire.

« Attention, lui dit Sang-Mêlé.

— Mon frère a tort, dit le Comanche ; le serpent venimeux, pour siffler parfois comme l'allouette des champs, n'en est que plus à craindre. Attendez au moins qu'il se montre.

— Wilson !

— Sir.

— Vous tirez comme Guillaume Tell, reprit sir Frederick. Je vous verrais avec plaisir accompagner ce brave garçon pour le protéger au besoin.

— Volontiers, » dit l'Américain.

En même temps, on entendit les broussailles craquer, et les deux pirates des Prairies apparurent sur la lisière du bois, au même moment où seuls aussi tous deux, Diaz et l'Américain se montraient sur la digue des castors.

Les quatre parlementaires se considérèrent un instant en silence. C'était pour la première fois, on peut le dire, malgré une précédente rencontre dans la nuit, près du val d'Or, que Diaz voyait les deux bandits ; mais, si leur physionomie avait quelque chose de sinistre à ses yeux, il n'en laissa rien paraître. Quant à Wilson, il connaissait déjà de vue les deux brigands renommés qui se trouvaient devant lui.

Sang-Mêlé s'avança de six pas environ au delà des derniers arbres du bois, Diaz d'une distance double à peu près. L'Américain resta sur la digue, appuyé sur sa carabine ; Main-Rouge gardait la même attitude sur la lisière épaisse de buissons qu'il venait de franchir.

Diaz, d'un pas ferme, vint prendre la main que lui tendait le métis, et il sentit, mais trop tard, que sa loyauté n'avait pas assez tenu compte de la perfidie du brigand, dont les doigts se refermèrent sur les siens comme les ressorts d'un piége à loups.

« Feu! » s'écria le métis d'une voix forte en jetant son autre main sur l'épaule de l'aventurier.

La carabine de Main-Rouge se leva, le coup partit, la balle siffla aux oreilles de Sang-Mêlé ; atteint en pleine poitrine le malheureux Diaz allait tomber, quand les bras vigoureux du métis le soutinrent.

Le pirate s'armant, comme d'un bouclier, du corps de l'aventurier qui n'était presque qu'un cadavre, battit en retraite à reculons, l'œil fixé sur la carabine de Wilson, qui cherchait en vain une place pour le frapper.

Le bandit touchait à la lisière du bois, quand, avant d'expirer, Diaz eut encore la force de tirer son couteau et de frapper Sang-Mêlé à la jointure de l'épaule. Le pirate blessé bondit à reculons, et, quand il sentit par derrière le feuillage des arbres, il lança devant lui l'aventurier, dont ce dernier choc acheva de briser la vie, et s'écria :

« Voilà le cadavre d'un chef! »

Il disparut aussitôt dans le fourré, où la balle de Wilson ne frappa que les branches et le feuillage.

Le premier mouvement de stupeur causé par cet odieux assassinat n'était pas encore entièrement passé que les deux pirates des Prairies étaient déjà loin, et la voix de Sang-Mêlé criait :

« Qui osera venir arracher aux mains d'El-Mestizo la fille des blancs et le fils de l'Aigle?

— Par Jésus-Christ et le général Jackson ! ce sera moi! » s'écria Wilson en s'élançant derrière les bandits. »

Mais, avec la rapidité de la foudre, dont il portait le nom, le jeune Comanche l'avait prévenu, et il entrait déjà dans le taillis, lorsque l'Américain, sir Frederick et les neuf guerriers comanches y pénétrèrent après lui, la hache, la carabine et le poignard en main.

Sang-Mêlé, qui connaissait tous les détours de l'épaisse

ceinture du bois, arriva longtemps avant eux dans la clairière. Le sang ruisselait de son épaule, mais sa vigueur extraordinaire ne semblait pas affaiblie. Quand il arriva au bord de l'étang, les Apaches, avertis par la détonation de la réussite du coup de main de leur allié, se précipitaient déjà sur leurs chevaux pour exécuter la sortie convenue d'avance.

Tel était le mouvement qui avait lieu et dont Bois-Rosé cherchait à deviner la cause, lorsqu'un épisode bien autrement terrible vint le frapper de stupeur et ne lui permit plus de voir que le danger dont était menacé Fabian.

Tandis que, pour accomplir les ordres de Sang-Mêlé, Main-Rouge se saisissait déjà de Rosita éperdue et disposait pour elle le cheval qui devait l'emporter pendant la sortie projetée, le métis s'avança vers l'Oiseau-Noir resté derrière le retranchement, dans l'impossibilité de prendre part au prochain combat. Il montra au chef Indien son épaule ensanglantée.

« C'est à présent que le fils de l'Aigle doit mourir, dit-il d'une voix brève : que l'Oiseau-Noir ne songe plus à ajourner sa vengeance, car elle lui échapperait ; mon sang qui coule veut celui d'un ennemi ; Sang-Mêlé ne peut reprendre la victoire.

— L'Oiseau-Noir arrachera d'abord la chevelure du blanc, répondit l'Apache, redoutant les chances de la lutte. Les guerriers l'achèveront ensuite.

— C'est bien dit. »

Deux Indiens avaient entendu ce court dialogue, et, sans attendre des ordres qu'ils devinaient d'avance, ils s'élancèrent comme deux bêtes féroces vers la hutte où gisait Fabian. Une minute leur suffit pour traîner le malheureux jeune homme jusqu'au pied du retranchement.

Alors Bois-Rosé, dont les membres fléchissaient sous lui, vit l'Oiseau-Noir sortir du fort et s'avancer vers Fabian. Deux fois il ajusta l'Indien ; mais deux fois un nuage épais s'étendit sur ses yeux, et sa carabine tremblait dans sa main, comme une des longues tiges d'herbe des Prairies battues par le vent.

L'Oiseau-Noir se courba lentement ; un couteau brillait dans sa main gauche, près de la tête de Fabian. Alors, à ce moment suprême, la main de Bois-Rosé cessa de trembler, quand une explosion soudaine le fit tressaillir. L'Oiseau-Noir, le crâne fracassé, tomba lourdement sur Fabian, qu'il couvrit de son corps inanimé, et une voix s'écriait en même temps :

« Voilà mon dernier mot, chien à peau rouge ! »

C'était la voix de Pepe.

Un second coup de feu jeta par terre un autre Indien. Cette fois c'était la carabine de Bois-Rosé qui grondait.

Tout à coup, comme un torrent qui se précipite à la saison des pluies dans le lit qu'il a laissé à sec la saison précédente, les Apaches s'élancèrent à cheval par l'issue du ravin. La clairière, les bords de l'Étang-des-Castors étaient presque vides, lorsque Pepe et Bois-Rosé s'y élancèrent la carabine à la main, la poitrine gonflée et tout haletants, sans voir que, du côté opposé à celui par où ils venaient d'entrer, Main-Rouge, portant dans ses bras Rosarita évanouie de nouveau, et suivi de Sang-Mêlé, disparaissait dans l'épaisseur des bois.

Le perfide métis abandonnait ses alliés aux chances du combat et mettait sa proie en sûreté. Mais les deux chasseurs ne voyaient que Fabian. S'élancer vers lui, couper d'une main tremblante et rapide à la fois les liens qui meurtrissaient ses membres, fut pour eux l'affaire d'un instant ; puis sans voix, l'âme oppressée d'une joie foudroyante, le pauvre Canadien ne put que presser dans ses bras et dévorer de caresses muettes le jeune lionceau rendu enfin au vieux lion du désert.

Appuyé sur sa carabine, le chasseur espagnol contem-

plait ce groupe heureux, n'osant proférer une parole, de
crainte d'éclater en sanglots, sans pouvoir toutefois retenir les larmes qui inondaient ses joues hâlées.

Cependant de deux côtés de la clairière, de celui par
où les deux pirates des Prairies venaient de disparaître,
et de la partie opposée d'où s'étaient élancés les Indiens,
un formidable tumulte se faisait entendre. Bientôt, comme
un torrent qui, arrêté dans sa course par une digue qu'il
ne peut franchir, reflue sur lui-même, le ravin revomit
tout à coup dans la clairière le flot sauvage qu'il avait
emporté.

Encinas s'était fidèlement acquitté de sa commission,
et les vingt vaqueros de don Augustin, l'hacendero lui-
même à leur tête, venaient de surprendre les Apaches
dans le chemin creux et les refoulaient en désordre jusqu'à leur retranchement abandonné.

Des voyageurs qui se sont aventurés dans un repaire
de lions en l'absence de ses terribles hôtes, et qui tout
à coup se trouvent surpris par leur retour, pourraient
seuls comprendre à quelles sensations tumultueuses durent être en proie les deux chasseurs et Fabian, à la vue
des cavaliers indiens poussant des hurlements affreux
en envahissant de nouveau la clairière.

Mais ce danger, quelque terrible qu'il fût, n'était pas
de nature à ébranler pour plus d'un seul instant le courage des trois compagnons d'armes. Le Canadien avait
reconquis son enfant; pour lui c'était tout : enlevant
Fabian dans ses bras, il s'élança derrière le retranchement, et Pepe s'y jeta également; là, tous deux rechar-
gèrent précipitamment leurs armes, et, résolus à mourir
cette fois au moins tous les trois ensemble, ils attendirent l'attaque de l'ennemi.

Toutefois l'aspect des choses ne tarda pas à changer.
Au tumulte de la retraite des Indiens succédèrent bientôt des décharges d'armes à feu, et une demi-douzaine
de cavaliers qui arrivaient en désordre, repoussés par

des forces encore invisibles, tombèrent de cheval, morts ou blessés.

« Courage, Pepe ! s'écria le Canadien, nos hommes sont arrivés et attaquent les Indiens par derrière. Fabian, continua-t-il, si vous pouvez vous tenir encore sur vos jambes, glissez-vous derrière les arbres ; c'est une lutte de géants que nous allons soutenir. »

Le flot d'Indiens grossissait à chaque minute et s'éparpillait sur toute la surface de la clairière, tandis que les vaqueros qui suivaient don Augustin purent enfin s'y faire jour et s'y développer plus à l'aise. Les uns étaient à cheval, la plupart à pied; l'hacendero était parmi les premiers.

« Feu ! Bois-Rosé, feu ! en poussant un cri de guerre comme si nous étions cent, » s'écria l'Espagnol, obéissant à l'une de ses impulsions fougueuses qu'il ne savait jamais maîtriser.

Cette fois, le coureur des bois y obéit immédiatement, et, au moment où les deux carabines grondaient de nouveau en démontant les deux cavaliers qu'il leur plut de choisir pour victimes, les trois compagnons d'armes, car Fabian, l'âme ulcérée de vengeance, n'avait pas suivi le conseil du Canadien, poussèrent une fois encore, côte à côte, un cri de guerre si puissant, qu'on eût dit que dix autres guerriers venaient de se joindre à eux.

Puis, profitant du désordre que redoublait cette attaque par derrière et dédaignant l'abri du retranchement, Fabian, armé de son couteau, que lui avait remis le Canadien, Bois-Rosé, saisissant la hache échappée à un Apache qu'il venait de frapper, et Pepe, brandissant son lourd fusil par le canon, s'élancèrent en pleine mêlée en poussant de sauvages hurlements.

Le gigantesque coureur des bois, semblable au faucheur pressé de finir sa journée ou au bûcheron dont la cognée déblaye un jeune taillis, semblait, en frappant ses ennemis d'un bras irrésistible, tracer un cercle de fer infranchissable autour de Fabian. Le Canadien cherchait à se faire jour jusqu'à don Augustin, qui, entouré d'ennemis, frappait d'estoc et de taille de sa longue épée, et il venait enfin de s'ouvrir un passage sanglant jusqu'à l'hacendero, quand le cri terrible d'une voix bien connue retentit derrière lui.

C'était Rayon-Brûlant qui, sanglant, désarmé, mais tenant entre ses bras Rosarita évanouie, se précipita dans la trouée ouverte autour de don Augustin par la hache du Canadien. Le jeune guerrier n'eut que le temps de jeter, pour ainsi dire, avec un hurlement de triomphe, la jeune fille dans les bras du père, et tomba sous les pieds des chevaux.

Tandis que Bois-Rosé se baissait pour protéger celui à qui il devait tant, l'hacendero fit tournoyer son épée autour de sa fille qu'il tenait en travers devant lui, et, mettant l'éperon aux flancs de son cheval, il ne tarda pas à disparaître par le chemin creux hors de la fatale clairière.

Aussi terrible que l'archange des batailles, le Canadien, ses deux jambes écartées comme l'arche d'un pont de pierre, ayant entre elles le corps de Rayon-Brûlant qui perdait son sang par une large blessure, tenait à distance de lui ses ennemis déconcertés. Trop occupé à faire de son corps un rempart au jeune guerrier, il ne vit pas de nouveaux combattants qui venaient de s'élancer du côté de l'Étang-des-Castors sur le champ de bataille jonché de morts.

C'étaient Main-Rouge et Sang-Mêlé repoussés dans leur fuite par Wilson, Gayferos, sir Frederick et les deux Comanches. Les deux pirates blessés, forcés de rebrousser chemin, se trouvèrent en quelques bonds furieux à une longueur d'épée du Canadien et de l'Espagnol.

L'Américain, tout brave qu'il était, sir Frederick, Gayferos et les guerriers de Rayon-Brûlant, également braves, semblaient hésiter à s'approcher des deux bandits que le jeune Comanche avait osé attaquer seul de front, et à qui, aux dépens de sa vie peut-être, il avait arraché Rosarita. Mais il y avait devant les deux pirates un homme qu'aucun ennemi, quel qu'il fût, ne pouvait intimider longtemps : c'était Pepe, qui le premier avait perçu l'arrivée soudaine du renégat américain et de son fils.

« Volte-face, Bois-Rosé ! » cria l'Espagnol.

Bois-Rosé, en se retournant promptement, se trouva face à face avec ses deux mortels ennemis.

Pendant ce temps, le champ de bataille s'était éclairci. La mort de l'Oiseau-Noir, les attaques furieuses du Canadien, de Fabian et de l'Espagnol, les efforts des vaqueros, encouragés par leur maître à reconquérir sa fille, tout avait contribué à répandre de nouveau la terreur parmi les Indiens. La présence inopinée des deux redoutables alliés des Apaches, Main-Rouge et Sang-Mêlé, était trop tardive. La plupart avaient fui, laissant leurs morts sur l'herbe ensanglantée de la clairière, et les vaqueros, en grand nombre aussi, l'hacendero une fois disparu avec son précieux fardeau, s'étaient mis à la poursuite des fuyards.

Vingt-sept cadavres, dont dix-huit Indiens, étaient couchés sur le sol ; quelques groupes acharnés combattaient seuls encore au nombre d'une vingtaine d'hommes à peu près, quand, pour la troisième fois de leur vie, le Canadien et Pepe se rencontraient presque corps à corps, avec les deux pirates des Prairies.

Encore enivré de l'ardeur du combat, Bois-Rosé, la hache levée, se précipita sur le métis ; celui-ci était le plus jeune et le plus fort, et il appartenait de droit au Canadien. Mais, aussi vigoureux que le coureur des bois lui-même, Sang-Mêlé était plus agile. Le métis évita le coup, et il allait s'élancer pour saisir Bois-Rosé de ses bras nerveux, quand, à l'aspect de Wilson qui rechargeait sa carabine, il changea tout à coup de projet, et s'élança jusqu'à l'extrémité de la clairière.

Un arbre mort était couché à cet endroit ; les branches desséchées dont il était encore hérissé formaient un rempart épais, derrière lequel se réfugia le métis. Empêché par un groupe de combattants qui s'interposa entre lui et son ennemi, Bois-Rosé ne put lui couper la retraite.

Quant à Pepe, scrupuleux observateur de sa parole, il allait sans hésiter décharger un coup de crosse sur le crâne du vieux renégat ; mais, de sa hache levée, Main-Rouge avait paré le coup et fait voler en éclats la crosse du fusil de l'Espagnol. Le bandit fut un moment indécis s'il se précipiterait sur son adversaire désarmé ; mais, voyant Fabian le couteau à la main à côté de Pepe, il se dirigea en courant vers le tronc d'arbre où venait de se réfugier Sang-Mêlé.

Ce dernier chargeait sa longue carabine sans perdre de vue, derrière son rempart, les mouvements des deux chasseurs. Un éclair de joie brilla dans l'œil du bandit, qui, dans quelques secondes, allait pouvoir choisir sa victime, lorsque Pepe aperçut le tronc couché d'un autre arbre entièrement dégarni de ses branches et le long duquel avaient poussé de hautes herbes. Assez épais pour surpasser de plusieurs pouces le corps d'un homme couché, ce fut le rempart derrière lequel accourut l'Espagnol.

« Vite ici, Bois-Rosé ! » s'écria Pepe.

Le Canadien s'empressa d'obéir à la voix de son ami, et, au moment où il se courbait à côté de lui, le métis, accroupi à l'abri de son arbre, cherchait de l'œil celui qu'il viserait le premier. Fabian s'était jeté à côté de Wilson derrière une des cabanes de castors, et Sang-Mêlé ne vit plus aucun des ennemis du sang desquels il était altéré.

Alors les deux pirates, inaccessibles aux balles, commencèrent contre les vaqueros qui combattaient encore un feu soutenu et meurtrier, sans que l'Américain ni son pupille, non plus que Fabian, pussent les en empêcher.

« Ces coquins ne doivent ni rester là ni nous échapper cependant, de par tous les diables ! dit Pepe à Bois-Rosé.

— Non certes, et dussé-je y laisser la vie, je veux faire payer à ces brigands les affreuses angoisses qu'ils m'ont causées. »

En disant ces mots, le Canadien rabattit pour la vingtième fois le canon de son arme inutile contre des ennemis que la balle ne pouvait atteindre. Pour la vingtième fois aussi ses regards quittaient le tronc d'arbre qui protégeait les deux pirates pour se tourner pleins d'inquiétude du côté de Fabian. Quoique en sûreté près de Wilson, l'enfant bien-aimé de Bois-Rosé était toujours pour lui un vif sujet d'appréhensions.

« Non, non, murmurait le coureur des bois, tant que ces deux scélérats seront en vie, je ne serai jamais tranquille ; il faut en finir avec eux. »

Deux coups de fusil, tirés par Main-Rouge et Sang-Mêlé, venaient encore d'abattre deux vaqueros.

« Mort et sang ! il faut en finir, Pepe, répéta le Canadien, la fureur peinte dans les yeux. Tenez, voici une manière toute simple d'arriver jusqu'à ces bandits. »

Bois-Rosé, en parlant ainsi, roidit vigoureusement ses bras contre le tronc d'arbre derrière lequel ils étaient couchés, et la masse cylindrique, arrachée au lit que son poids avait creusé dans les herbes, roula d'un pas en avant sur la clairière.

« Hourra ! s'écria Pepe enthousiasmé. Wilson, sir Frederick, Gayferos, si les coquins font un pas pour fuir, tandis que nous allons jusqu'à eux, tuez-les sans pitié comme des bêtes venimeuses ; que vos canons ne cessent de menacer leurs crânes maudits. »

L'Espagnol joignit ses efforts à ceux du Canadien, et les spectateurs purent assister à l'un des duels les plus singuliers de ceux qui composent les escarmouches de broussailles dans les guerres indiennes.

Couchés à plat ventre derrière le tronc d'arbre, les deux chasseurs le poussaient devant eux à force de bras, puis s'arrêtaient derrière leur bouclier roulant, et surveillaient de l'œil et les progrès qu'ils avaient faits et les moindres mouvements de leurs ennemis.

« Main-Rouge, vieux coquin ! criait Pepe, incapable de contenir plus longtemps le torrent de malédictions qui débordait de sa poitrine à la vue de ses deux ennemis abhorrés, et toi, Sang-Mêlé, quel animal immonde voudra de vos corps infects, dont nous allons bientôt faire deux cadavres ? »

C'était un spectacle plein d'une singularité terrible que celui de ces deux hommes rampant sur le sol, roulant devant eux leur rempart mobile, s'arrêtant, essayant de mesurer, sans se découvrir, la distance qui les séparait encore de leurs ennemis. Assaillants et assiégés, les quatre combattants étaient, sans contredit, les plus braves, comme les meilleures carabines des Prairies.

« Courage ! cria Wilson pour animer les efforts des deux chasseurs, vous touchez presque l'arbre de ces deux vermines. Si le crâne de l'un des deux dépasse le bois d'une seule ligne, j'en fais mon affaire. Jésus-Christ et le général Jackson ! je voudrais être à votre place. »

Les troncs d'arbres, en effet, étaient si près l'un de l'autre que les deux pirates, l'œil terrible, mais immobiles et silencieux, entendaient distinctement le souffle des assaillants, haletant sous les efforts qu'ils faisaient pour remuer leur pesant rempart. Sang-Mêlé poussa comme un rugissement de fureur.

« Tirez là-haut, Main-Rouge, dit-il en désignant de l'œil un arbre élevé où deux Comanches étaient grimpés, et d'où l'un d'eux s'apprêtait à faire feu sur le brigand.

— Eh ! le puis-je ? s'écria le vieux renégat avec une

rage impuissante. Ah ! Sang-Mêlé, où nous a conduits votre insatiable cupidité ? »

Un coup de fusil qui, du poste élevé des Comanches, retentit subitement, interrompit le vieux forban, que frappa violemment au front un des éclats de bois enlevés du tronc par la balle. En même temps, au risque de se découvrir au feu des Indiens grimpés sur l'arbre, le métis quitta sa posture accroupie, s'étendit sur le dos et tira. Malgré cette position incommode, le métis atteignit son but, et l'un des Comanches tomba du haut de l'arbre en bas, les reins brisés.

« Ici donc ! s'écria vivement Main-Rouge ; ne voyez-vous pas que l'arbre que roulent ces deux vagabonds va toucher le nôtre ? »

Le rempart mobile poussé par les chasseurs n'était plus en effet séparé des deux pirates que par une distance à peine égale à son épaisseur. Ce fut pour les spectateurs pleins d'anxiété un moment d'un suprême intérêt, que celui où des ennemis acharnés et irréconciliables allaient enfin combattre corps à corps et assouvir dans le sang des vaincus leur haine et leur vengeance.

Sang-Mêlé n'avait pas eu le temps de recharger son arme, Pepe avait perdu la sienne, et de ce côté l'avantage était égal, comme il l'était entre Bois-Rosé et le vieux Main-Rouge, armés tous deux d'une carabine chargée, amorcée, prête à faire feu.

Dans la position respective du Canadien et du brigand de l'Illinois, celui des deux qui se découvrirait le premier devait recevoir à bout portant toute la charge de la carabine ennemie ; celui des deux qui serait le dernier à bondir sur ses pieds était dévoué à une mort certaine.

Les deux ennemis comprirent de la même façon ce qu'ils avaient à faire. A peine les derniers efforts des deux chasseurs eurent-ils fait choquer les arbres l'un contre l'autre, que, dédaignant l'usage de leur carabine,

Main-Rouge et Bois-Rosé, dressés tous deux sur leurs pieds avec la même rapidité, se choquèrent comme les deux troncs d'arbres et se prirent corps à corps.

La lave qui bouillonne et gronde sourdement avant d'être vomie par le volcan ne recèle pas un feu plus violent que celui qui consumait le Canadien au moment où il étreignit l'un de ses deux mortels ennemis, qui naguère l'avaient désarmé et humilié sans pitié; qui l'avaient livré à la plus poignante douleur qu'il soit donné à l'homme de ressentir sans éclater; qui l'avaient enfin jeté dans le désert comme une proie aux tortures de la faim. Bois-Rosé fit un de ces efforts surhumains qui doivent ou briser les muscles du corps ou triompher de l'obstacle.

Main-Rouge venait d'être blessé; affaibli par la perte de son sang, sa vigueur athlétique avait en grande partie disparu. Serré dans les bras du Canadien comme dans un étau, sa respiration s'arrêta, un craquement sourd se fit entendre : le géant lui avait brisé la colonne vertébrale.

Pepe avait autrement compris le rôle qu'il avait à remplir; il avait laissé le métis se lever le premier, et, à peine son front dépassait-il le niveau du tronc, que, par une manœuvre aussi hardie qu'inattendue, il lança de toutes ses forces sa hache contre la tête du métis. Pepe ne lui donna pas le temps de revenir de l'étourdissement que lui causèrent le poids et le tranchant de l'arme, et s'étant précipité sur lui et collé à son corps, il se releva presque aussitôt; le métis ne bougeait plus.

Le père et le fils gisaient sans vie à côté l'un de l'autre.

« Chose promise, chose due ! » s'écria Pepe en montrant au Canadien son poignard, dont le manche seul dépassait la poitrine du métis; puis, le retirant avec effort, il ouvrit de la lame les dents violemment serrées du pirate mort, il fit avec les doigts un mouvement indescriptible, et, jetant loin de lui un lambeau sanglant qu'il arracha : « Pouah ! les corbeaux voudront-ils de cette langue maudite ? » ajouta le ponctuel et implacable chasseur espagnol.

CHAPITRE XXXIV

APRÈS LA VICTOIRE.

A dater du moment qui suivit la mort de Main-Rouge et de Sang-Mêlé, et où les cris de triomphe des blancs et des Comanches apprirent aux Indiens qui résistaient encore que leurs redoutables auxiliaires venaient de succomber, ce ne fut plus, à vrai dire, un combat, mais une déroute sanglante et complète.

Bien peu d'Apaches purent revoir les bords du Rio-Gila ; la perte du côté des blancs fut également cruelle. La moitié des vaqueros de don Augustin resta sur le champ de bataille, où, de quatre-vingts combattants environ qui s'y étaient rencontrés, quarante étaient tombés, sans compter ceux dont les cadavres étaient disséminés dans la plaine ou cachés dans l'épaisseur du bois.

Parmi les morts, on comptait deux des chasseurs de bisons et six des Indiens comanches sous les ordres de Rayon-Brûlant, grièvement blessé lui-même. Bois-Rosé et Pepe, à qui une longue expérience avait appris à panser les blessures soit des armes blanches, soit des armes à feu, avaient donné les premiers soins au jeune guerrier.

L'enterrement des morts, qu'on déposa dans une fosse peu profonde, creusée à coups de hache dans un terrain marécageux, et le transport des blessés près du Lac-aux-Bisons, absorbèrent de longues heures ; le soleil était aux deux tiers de sa course, quand au tumulte de la bataille et au bruit des apprêts funèbres succéda, dans la clairière, la tranquillité la plus complète.

Telles avaient été les diverses phases de la journée à laquelle la vallée de la Fourche-Rouge doit le souvenir lugubre de sa chronique.

Bois-Rosé jouissait d'un bonheur ineffable que nous ne cherchons pas à décrire, non que nous soyons de ceux qui prétendent que la douleur a plusieurs cordes dans le cœur humain, tandis que la joie n'en a qu'une ; loin de partager cette opinion, nous pensons que Dieu a départi à l'homme une égale portion de l'une et de l'autre. Seulement la première vibre bruyamment, comme si, en faisant retentir au loin les douloureux épanchements de l'âme qu'elle déchire, c'était pour lui porter quelque soulagement. La joie, au contraire, est silencieuse ; ses douces vibrations se concentrent dans le cœur, qu'elles emplissent d'une secrète et délicieuse mélodie dont le bruit dissiperait tout le charme.

Vous avouons ingénument notre impuissance de peindre le bonheur du Canadien après les terribles angoisses auxquelles il avait été livré ; aussi laissons-nous au lecteur le soin de se le retracer lui-même.

Le jeune Comanche reposait sur une couche épaisse de manteaux, près de l'Étang-des-Castors, et autour de lui se groupaient, inquiets et silencieux, Bois-Rosé, Fabian et Pepe, ainsi que Gayferos, Wilson, sir Frederick et les trois Indiens qui restaient seuls des dix guerriers qu'avait amenés leur chef. C'était à son courage, à sa présence d'esprit que le coureur des bois devait en partie la délivrance de Fabian ; lui seul avait opéré, au prix de son sang, celle de la fille de don Augustin, et il avait été l'auteur de la mort des deux pirates en empêchant leur fuite.

Bois-Rosé, avec un soin tout paternel, lava la figure et le corps de Rayon-Brûlant. Dépouillé des hideuses pein-

tures et des ornements bizarres dont son visage et sa
tête étaient chargés, il était redevenu ce qu'avait fait de
lui la nature, l'image du Bacchus indien. Le jeune guerrier blessé et étendu sur son lit de douleur, au milieu de
la clairière silencieuse, entouré de ces hommes si vaillants et si énergiques pendant le combat, si tristes après
la victoire, présentait un tableau sombre et lugubre.

Les regards du Canadien se reportaient avec un vif intérêt de Fabian sur le Comanche, tandis qu'il racontait à
son fils d'adoption tout ce qu'avait fait pour eux le jeune
chef indien mourant sous leurs yeux.

Fabian n'avait pas besoin d'être instruit de toutes ces
particularités : il savait que c'était l'Indien qui avait arraché Rosarita à son ravisseur, il l'avait vu la rendre évanouie à son père, et c'en était assez pour qu'il lui vouât
une éternelle reconnaissance.

« Son état n'empire pas, et c'est un bon signe, dit
Pepe. S'il n'a pas quelque partie noble attaquée, et que
Gayferos puisse trouver quelques tiges de l'*herbe indienne*
qui l'a si promptement guéri lui-même, dans trois jours
d'ici nous pourrons le transporter à son village.

— J'en vais chercher dès à présent, dit le gambusino
scalpé en se levant ; nous avons encore près de deux
heures devant nous. »

Cependant une inquiétude secrète semblait agiter Fabian, et la cause n'en put échapper à l'œil clairvoyant
et jaloux de Bois-Rosé, qui suivait avec sollicitude tous
les mouvements de son fils bien-aimé.

Le coureur des bois, tout en paraissant, comme Pepe,
ne s'occuper qu'à démonter et à fourbir pièce à pièce
la carabine de Main-Rouge, dont il s'était emparé par
droit de conquête, comme le chasseur espagnol de celle
du métis, ne perdait pas Fabian de vue. Le jeune comte
de Médiana, comme s'il eût voulu exercer ses membres
si longtemps comprimés, se leva doucement de sa place,
et, après avoir jeté un coup d'œil sur le chef comanche,

son rival ignoré, il s'éloigna insensiblement du cercle de ses amis et se dirigea vers les huttes des castors.

Fabian cherchait à retrouver les traces de celle dont il avait un instant partagé la captivité ; peut-être, au milieu de l'herbe souillée de sang, au milieu de ces empreintes de pieds que l'acharnement de la lutte avait profondément gravées sur le sol, espérait-il distinguer celles laissées par les pieds plus légers de Rosarita.

Cependant, bien que le corps de la jeune fille eût froissé l'herbe qui tapissait l'entrée de la loge où elle avait été déposée ; bien que sa longue chevelure en désordre en eût balayé le sol, les pieds de ses ravisseurs avaient seuls laissé leurs vestiges, mêlés à ceux du cheval qui l'emportait. Aucune trace matérielle de Rosarita n'existait, Fabian ne la retrouvait que dans son imagination ; un instant, rapide comme la pensée, il avait entrevu sa robe flottante, et elle avait disparu comme ces douces images évoquées par un songe, qui s'évanouissent au réveil.

Fabian, la tête penchée vers la terre, était si absorbé dans sa contemplation mélancolique d'un lieu qui faisait revivre tous ses plus chers souvenirs, qu'il ne vit pas qu'on l'avait suivi.

« Cherchez-vous aussi l'herbe indienne ? » lui dit à l'oreille une voix qui le fit tressaillir en le rappelant tout d'un coup à la réalité.

Il se retourna vivement et vit à ses côtés le coureur des bois qui lui souriait d'un sourire qui n'était pas exempt de quelque tristesse.

« Non, répondit le jeune homme en rougissant ; je cherchais à me rappeler, et cependant peut-être ferais-je mieux de chercher à oublier.

— C'est ce que je me disais aussi, Fabian, lorsque sur la mer, lorsque dans les bois je me rappelais toujours le jeune enfant que j'avais perdu ; mais jamais je n'ai pu oublier, Dieu m'a récompensé de ma constance. Il est des choses qu'un cœur ne saurait retrancher de ses souvenirs, comme peut le faire, dans sa route, le voyageur qui abandonne un bagage trop lourd à porter. »

Il y avait dans ces paroles de Bois-Rosé une intention qui échappait à Fabian. Était-ce un encouragement ? était-ce un reproche détourné ? Le Canadien devinait-il la vérité, et se résignait-il à n'occuper que le second rang dans le cœur de son fils ? Fabian ne sut se le dire : mais la plainte du vent du soir, qui semblait chargé des soupirs funèbres du champ de bataille, ne murmurait pas plus tristement sur la surface de l'étang que la voix du vieux chasseur.

« Il est encore jour, reprit Bois-Rosé, après un court silence. Voulez-vous que nous passions ensemble jusqu'au Lac-aux-Bisons ? Peut-être là..... trouverons..... »

Le coureur des bois n'acheva pas ; mais cette fois, Fabain avait compris, et sans voir, on est bien excusable à son âge, l'ombre douloureuse qui obscurcit tout à coup les yeux de son père adoptif :

« Partons, » s'écria-t-il vivement.

Le jeune homme impatient et le vieillard avec un soupir étouffé se mirent en route.

Le soleil commençait à s'incliner derrière les montagnes, dont les hauts sommets brillaient d'une clarté dorée, quand ils débouchèrent dans la plaine par le chemin creux.

Les grandes herbes qui la couvraient frémissaient au milieu d'un silence profond, au souffle de la brise du soir, et rien n'eût rappelé la bataille du matin, si de longues trouées, ouvertes dans la gigantesque végétation de la vallée, n'eussent laissé voir, à travers les brèches et au milieu des tiges écrasées, ici le cadavre d'un Indien, là celui d'un cheval, plus loin ceux du cavalier et du cheval couchés à côté l'un de l'autre.

Les deux compagnons de route marchaient silencieusement, plus occupés de l'avenir que du tableau de la lutte sanglante qui avait eu lieu.

Le Canadien avait pu facilement, avec les demi-confidences de l'amour dédaigné de Fabian et le nom de la fille de l'hacendero, rapprocher des données éparses pour s'en former la certitude que Rosarita était cette jeune fille aimée d'un amour en apparence sans espoir, et qui n'en subsistait pas moins dans toute son ardeur.

Fabian, de son côté, sentait son cœur agité des élans contradictoires d'une joie enivrante et d'une appréhension douloureuse, à l'idée de puiser dans les yeux de Rosarita de nouveaux aliments à une passion qu'il croyait insensée.

Ce fut toujours silencieusement que les deux piétons traversèrent le gué de la Rivière-Rouge et s'engagèrent ensuite dans le sentier frayé à travers les herbes, et qui aboutissait non loin du Lac-aux-Bisons. C'était ce même sentier que, peu d'heures auparavant, Rosarita suivait aussi tandis qu'elle effeuillait les plus secrètes pensées de son cœur et ses doux rêves d'amour et d'avenir pour les confier à la brise discrète du matin.

L'incendie allumé sur la rive droite du fleuve, où se trouvaient Fabian et Bois-Rosé, était venu expirer tout près de là ; quelques restes de fumée noire venaient encore se rabattre sur les deux voyageurs.

« Marchons plus vite, Fabian, dit le Canadien ; cette fumée me rappelle trop les angoisses horribles que j'éprouvais à votre sujet, en pensant que vous étiez peut-être enveloppé dans les flammes. »

Fabian ne demandait pas mieux que d'accélérer sa marche, et, après quelques minutes d'un pas rapide dans la forêt, les aboiements d'Oso indiquèrent aux voyageurs la route à suivre pour arriver sur les bords du lac.

« Entendez-vous, Fabian ? s'écria Bois-Rosé ; c'est la voix de votre libérateur. Sans l'instinct de ce noble animal, peut-être eût-il été trop tard pour arriver à vous ;

c'est lui qui a découvert la brèche et le passage jusqu'au centre de la clairière. C'est d'un heureux augure, mon enfant, que cette bienvenue d'un ami fidèle. »

Fabian accepta cet augure favorable, tout en tremblant d'émotion, car il n'y avait plus qu'un rideau de feuillage, une étroite ceinture d'arbres, entre Rosarita et lui :

« Qui va là ? cria la rude voix d'Encinas.

— Un ami, » répondit Bois-Rosé.

Quelques minutes après, les deux voyageurs étaient sur la rive du Lac-aux-Bisons. A l'exception d'Encinas, d'un de ses compagnons, le seul qui fût resté, et de son dogue, la clairière était déserte. La tente de Rosarita, celles de son père et du sénateur ne se reflétaient plus sur la surface du lac ; les maîtres, les serviteurs, tous avaient précipitamment quitté des lieux qui leur avaient été si funestes.

La barrière même du corral était ouverte, et les chevaux sauvages avaient été rendus à la liberté.

Fabian, le cœur défaillant, eut besoin de s'appuyer contre un arbre pour dissimuler la faiblesse de ses jarrets tremblants, et Bois-Rosé, pour la première fois, évita son regard. Nous n'essayerons pas de lire au fond de l'âme du coureur des bois ; peut-être y trouverions-nous une joie secrète qu'il dut toutefois vivement se reprocher, s'il l'éprouva.

L'accueil cordial du chasseur de bisons et les prévenances qu'il fit aux nouveaux venus donnèrent à Fabian le temps de recouvrer son énergie habituelle, sans cependant que la pâleur de ses joues eût tout à fait disparu. Bois-Rosé se chargea pour lui d'interroger Encinas au sujet du départ précipité de l'hacendero et de sa suite, quoique les motifs n'en fussent pas difficiles à deviner.

« Lorsque deux ou trois vaqueros et moi, répondit le chasseur de bisons, sur la prière instante de don Augustin, eûmes accompagné sa fille et lui jusqu'ici, à peine y resta-t-il assez pour donner à doña Rosarita le temps de se remettre un peu de ses terribles émotions. Le voisinage des Indiens lui inspirait une terreur si vive, que, de peur d'exposer sa fille à de nouveaux dangers, il sella lui-même un cheval pour elle, l'assit le plus commodément qu'il put sur une selle d'homme, dont nous avions fait une espèce de siége, et, accompagné du sénateur qui, je le soupçonne, tremblait un peu pour son propre compte, et de ses trois serviteurs, il prit au galop le chemin du préside. Ils doivent en être près maintenant et hors de tout danger. Là il attendra les vaqueros qui ont échappé aux Indiens. Comme moi, les pauvres diables ont perdu la moitié de leurs camarades, acheva tristement Encinas, et ils ont emporté leurs blessés.

— Hélas! la journée qui vient de s'écouler a été terrible, et le souvenir s'en conservera longtemps dans le pays, dit le Canadien. Peut-être cependant le seigneur don Augustin aurait-il dû s'empresser un peu moins de quitter le voisinage d'un champ de bataille sur lequel, au bout du compte, la plupart des braves gens qui y étaient ne se faisaient égorger que pour sa cause et celle de sa fille.

— Ma foi, seigneur Bois-Rosé, vous tenez là le même langage absolument que cette belle jeune fille, qui paraît n'avoir pas moins de courage que de beauté, ce qui est beaucoup dire. Mais son père n'a pas voulu l'entendre.

— Ainsi, c'est donc contre son gré qu'elle a si promptement quitté le Lac-aux-Bisons?

— Oui; elle prétendait qu'on ne pouvait abandonner ainsi de fidèles serviteurs qui auraient peut-être besoin de soins après la bataille.

— Et parmi ces gens qui s'exposaient si bravement pour elle, je ne parle pas des serviteurs, mais de tous ceux dont l'aide était plus désintéressée, doña Rosarita n'a nommé..... personne? ajouta le Canadien.

— Oh! non, reprit Encinas ; elle parlait en général. »

Fabian écoutait ce dialogue avec la sourde colère d'un homme qui ne sait pas encore deviner la pensée d'une femme sous le voile de discrète réserve dont la timidité la force à s'envelopper. Il semblait ignorer que Rosarita eût-elle invoqué la sollicitude de son père pour tous les combattants l'un après l'autre, le seul qu'elle aurait omis de nommer eût été précisément l'objet de sa préférence. Le pauvre Fabian aimait avec la fougueuse ardeur, mais aussi avec toute l'inexpérience du jeune Comanche, son rival sauvage. Mille pensées amères vinrent l'assaillir ; mille projets incohérents, insensés, contradictoires, à peine éclos, mouraient tour à tour dans son âme. Tantôt il projetait de poursuivre, la carabine au poing, le sénateur qui lui enlevait Rosarita, tantôt de la fuir elle-même jusqu'au fond des déserts et d'y perdre à jamais son souvenir. Au milieu de ce dédale de projets qui se détruisaient l'un l'autre, son irrésolution restait toujours la même, et l'obscurité la plus complète régnait dans ses idées, tandis qu'un seul moment de lucidité dans son esprit lui eût indiqué le seul parti qu'il eût à prendre, celui de se présenter de nouveau à l'hacienda del Venado. C'est ainsi que dans un ciel orageux les éclairs se croisent des points les plus opposés de l'horizon, sans que leur éclat éblouissants puisse dissiper les ténèbres, comme le ferait un seul rayon de soleil.

« Alors, continua Encinas, quand j'ai vu le Lac-aux-Bisons abandonné, j'ai ouvert la barrière aux chevaux que nous avions capturés, et, au moment où vous êtes venu vous-même ici, j'allais vous rejoindre à l'Étang-des-Castors pour chercher des nouvelles du jeune et noble guerrier comanche, que j'aime comme un fils.

— Retournons près de lui de compagnie, si cela vous convient, » dit Bois-Rosé.

Encinas accepta l'offre du Canadien pour aller dire

un dernier adieu à Rayon-Brûlant, si la fin de ses jours était proche, ou le voir revenir à la vie, au cas que sa blessure ne serait pas mortelle. Ils se mettaient en route, lorsque la voix d'Oso signala l'arrivée d'un étranger, dont le cheval faisait retentir le sol de la forêt du bruit de son galop.

« Qui vive? s'écria Encinas en faisant résonner sa carabine.

— C'est moi, parbleu! seigneur Encinas, répondit un cavalier qui se montra couvert d'un manteau de peau de buffle à la mode indienne, et sur lequel le soleil et la lune étaient superbement peints en rayons éclatants d'ocre jaune et de vermillon.

— Ah! c'est vous, mon garçon? dit le chasseur de bisons en riant de l'accoutrement du cavalier, qui n'était autre que le novice, amateur des histoires d'Encinas. Et d'où venez-vous, ainsi affublé?

— Caramba! seigneur Encinas, j'arrive du fond de la vallée, et je viens de donner une rude chasse aux Indiens, je vous en réponds.

— Et c'est là que vous avez conquis ce manteau?

— Oui, dit fièrement le novice, et j'aurai à mon tour de fameuses histoires à raconter sur le sanglant combat de la Fourche-Rouge. Tiens, mais où sont donc les autres?

— Ceux qui ne sont pas morts sont sur la route du préside, où don Augustin vous attend.

— Bon, j'y vais.

— Quoi! n'avez-vous pas peur de rencontrer des Indiens?

— Moi? allons donc, je ne cherche que ça. »

Et là-dessus, l'apprenti vaquero, après avoir pris congé de ses amis, s'enfonça au galop dans les bois avec l'assurance d'un vétéran des déserts, et tout orgueilleux du baptême de feu qu'il avait reçu ce jour-là.

Dans le trajet du Lac-aux-Bisons jusqu'à l'Étang-des-

Castors, Fabian ne prit aucune part à la conversation
des deux chasseurs. Une profonde et sombre mélancolie
avait remplacé dans son âme la tristesse calme qu'il
avait ressentie jusqu'alors ; c'est qu'un moment l'espoir
lui était revenu, et qu'il fallait de nouveau chercher à
éteindre le feu qui s'était rallumé plus ardent que jamais au fond de son cœur.

Plus que jamais aussi Fabian se crut dédaigné par
Rosarita. La douleur que lui causait son départ subit
ne lui permettait pas de se rendre compte de l'impossibilité où la jeune fille s'était trouvée de résister aux
ordres de son père ; il était loin de croire qu'en quittant
si précipitamment le Lac-aux-Bisons, elle emportait la
douce certitude, maintenant qu'elle le savait vivant, de
le voir arriver presque sur ses pas à l'hacienda. Dans
son profond chagrin, le cœur ulcéré par ses injustes
soupçons, il résolut de nouveau d'aller avec ses deux
compagnons enfouir dans le fond des déserts sa passion
désormais sans espoir.

La nuit était venue, lorsque, après le triste et inutile
voyage qu'il venait de faire, Fabian se retrouva près de
l'Étang-des-Castors.

Le jeune Comanche était revenu à lui. Il put reconnaître Encinas et lui presser la main ; puis il se ren-
dormit d'un sommeil assez calme. Sir Frederick fit dresser sa tente au-dessus du blessé pour le mettre à l'abri
de la fraîcheur de la nuit ; chacun ensuite s'étendit auprès d'un large feu pour se livrer au repos après les
rudes fatigues de la journée.

Aucun accident ne marqua le cours de cette nuit, si
ce n'est le tumulte passager causé par le cheval blanc
blessé par le chasseur américain. Incapable de supporter
plus longtemps le joug de la servitude, le noble animal
se débattait et redoublait d'efforts pour rompre les liens
qui le retenaient captif. Au bruit qu'il faisait, Wilson accourut. Il était trop tard, l'agile enfant des forêts avait

déjà pris sa course vers sa querencia avec la rapidité du vent.

Réveillé en sursaut par le craquement des buissons et le hennissement du coursier, mais surtout par les jurons que lâchaient en chœur, à l'envi l'un de l'autre, sir Frederick et l'Américain, Encinas essaya de les consoler en leur répétant qu'autant vaudrait se désespérer de pouvoir arrêter le vent ou s'emparer des nuages du ciel ; mais les deux hérétiques , ainsi que les appelait le chasseur de bisons, ne voulurent pas être consolés.

Le jour brillait à peine que l'Américain et l'Anglais se disposèrent à se remettre en route dans la direction prise par le Coursier-Blanc-des-Prairies. Encinas secoua la tête :

« Prenez garde, seigneur Anglais, dit-il ; ceux qui s'acharnent trop à la poursuite de ce merveilleux animal ne revoient plus ni leur patrie ni leur famille.

— Mon cher ami, dit sir Frederick, nous différons entièrement d'avis. Vous croyez au diable, et moi je n'y crois pas. Quant aux dangers habituels des déserts, en supposant qu'il y en eût d'autres que ceux qu'on cherche, comme dès aujourd'hui je retombe sous l'empire de mon contrat avec Wilson, je ne m'en mêle plus et je recommence à voyager avec plus de sécurité que sur les bords de la Tamise, le long de laquelle on rencontre une foule de vauriens que l'on n'est pas toujours maître d'éviter. Wilson !

— Sir !

— Ai-je bien dit ?

— Votre Seigneurie me fait infiniment d'honneur en se confiant plus en moi seul qu'à tous les policemen de Londres ensemble.

— Êtes-vous prêt ? »

Wilson trouva qu'il pouvait faire l'économie d'une réponse, et la sienne fut de monter à cheval. Sir Frederick Wanderer imita le silence de son garde du corps, serra la main de tous les assistants, se mit en selle, et les deux taciturnes compagnons de route eurent bientôt disparu dans le chemin creux derrière les arbres.

Bien qu'on n'ait plus entendu parler d'eux, nous nous plaisons à croire que la sinistre prédiction du chasseur de bisons ne s'accomplit pas. Nous aimons mieux penser que, si l'Anglais parlait peu, il écrivait encore moins; puis, eût-il écrit, le service des postes n'est pas encore parfaitement réglé dans les déserts.

L'état du jeune Comanche, déjà plus rassurant la veille, s'était encore amélioré vers le matin. Lorsque le Canadien leva le premier appareil mis sur ses blessures, l'aspect qu'elles présentaient était assez satisfaisant pour que, à défaut de la sonde, l'œil en tirât la conclusion qu'aucune partie vitale n'était lésée, et le retour graduel des forces de l'Indien confirmait cette supposition. Ce n'était que le lendemain cependant qu'on pouvait espérer pouvoir essayer de le transporter par eau jusqu'au village des Comanches, situé sur les bords du fleuve, dans l'État du Texas.

A cet effet, les trois guerriers de Rayon-Brûlant se mirent en quête le long de la rivière. Le canot de peaux de buffle qui les avait amenés avait disparu, entraîné en dérive par le courant; mais la pirogue indienne, plus pesante, s'était échouée parmi les roseaux, et les Comanches ne regrettèrent pas leur fragile embarcation, en échange de la barque solide et rapide à la fois dont ils s'emparèrent.

Le point le plus important restait à régler. Quelle direction allait suivre le trio de chasseurs? Allaient-ils accompagner à son village le guerrier blessé, à qui ils étaient redevables de tant de services? La dernière et terrible épreuve par laquelle ils venaient de passer avait-elle changé les dispositions de Fabian? Le Canadien devait-il dissuader son fils de continuer avec eux cette vie de dangers incessants, si fertile en angoisses de toutes sortes, et lui offrir de partager avec lui une existence plus tranquille ? Tel était le grave et solennel sujet que Bois-Rosé et le chasseur espagnol agitaient en conseil secret en l'absence momentanée de Fabian.

« Attendons et voyons ce que voudra faire, de son plein gré, l'enfant lui-même. »

Telle fut la conclusion du coureur des bois, et ce jour-là s'écoula sans que Fabian ait manifesté sa volonté. La raison en était simple : c'est que, déterminé à s'éloigner du pays qui lui rappelait trop vivement Rosarita, il persistait plus que jamais dans la résolution prise en commun au val d'Or, de continuer leur aventureuse carrière de coureurs des bois, et il pensait que rien n'était changé dans cette résolution.

. . . .

Le lendemain de grand matin, comme on venait de transporter Rayon-Brûlant à la pirogue, et que, devant les Indiens prêts à pousser au large, Bois-Rosé et Pepe restaient immobiles sur la rive :

« Eh bien, quoi ! mon père, s'écria Fabian étonné, abandonnons-nous ainsi celui qui a exposé sa vie pour la cause des blancs ? Ne l'accompagnons-nous pas à son village ?

— Est-ce vous qui le voulez, mon enfant ? dit le Canadien.

— Ne le voulez-vous pas aussi ? demanda Fabian.

— Sans doute, mais plus tard....

— Plus tard, ne nous appartient pas. » Puis se penchant à l'oreille de Bois-Rosé, Fabian ajouta : « Je fais cause commune avec ce jeune et noble guerrier ; tous deux nous parlerons de la Fleur-du-Lac. »

Fabian avait entendu Rayon-Brûlant murmurer le nom de la Fleur-du-Lac, et il avait deviné que ce ne pouvait être que Rosarita qu'un autre avait à oublier comme lui.

Tous trois s'assirent dans la pirogue à côté des Indiens.

Encinas et son compagnon prirent congé d'eux, et suivirent longtemps de l'œil l'embarcation qui fuyait sur la Rivière Rouge.

La silhouette de Fabian, rêveur et assis à la poupe du canot, s'effaça petit à petit ainsi que la gigantesque stature du Canadien; puis bientôt ce ne fut plus qu'un point à peine visible dans le lointain. Quelques instants plus tard, les vapeurs de la rivière, colorées par un rayon de soleil, cachèrent entièrement aux yeux des chasseurs de bisons les trois aventuriers, qui se livraient encore une fois sans trembler aux caprices des dieux inconnus.

Les deux chasseurs s'éloignèrent alors, abandonnant la clairière aux morts qu'elle recouvrait, et l'étang aux castors qui allaient en reprendre possession.

CHAPITRE XXXV

L'HOMME-AU-MOUCHOIR-ROUGE.

Six mois se sont écoulés depuis que les trois chasseurs, sans avoir daigné se souvenir des trésors du val d'Or, se sont dirigés, en suivant le cours de la Rivière-Rouge, vers les déserts du Texas. La saison des pluies avait succédé à la saison sèche, et l'été revenait avec ses ardeurs brûlantes, sans qu'on sût rien de leur sort non plus que de l'expédition commandée par don Estévan de Arechiza.

Diaz était mort, emportant avec lui dans le tombeau la connaissance du merveilleux vallon, et Gayferos avait suivi ses trois libérateurs. Qu'étaient devenus ces intrépides chasseurs qui avaient été chercher les fatigues, les privations et les dangers, au lieu de rentrer dans la vie civilisée, riches et puissants comme ils auraient pu l'être?

Le désert avait-il dévoré ces trois nobles existences
comme il en a dévoré tant d'autres? Semblables à ces
religieux qui vont demander au silence du cloître l'oubli du monde, Fabian avait-il trouvé dans les pompes
de la solitude l'oubli de la femme qui l'aimait et l'attendait toujours à son insu?

Ce qui va suivre répondra pour nous à ces questions.

Par une chaude après-midi, deux hommes armés
jusqu'aux dents suivaient à cheval la route solitaire qui
conduit des dernières limites de l'État de Sonora au
préside de Tubac. Leur costume, l'équipement grossier
de leurs montures et la beauté de celles-ci formaient
dans leur ensemble un contraste frappant et semblaient
indiquer deux messagers subalternes envoyés par quelque riche propriétaire, soit pour porter, soit pour chercher des nouvelles.

Le premier était vêtu de cuir des pieds à la tête,
comme les vaqueros des grandes haciendas; le second,
noir et barbu comme un Maure, quoique moins simplement habillé que son compagnon, ne paraissait pas
d'une condition de beaucoup supérieure.

Pendant une route de quelques jours (les maisons du
préside blanchissaient dans l'éloignement), déjà les deux
cavaliers avaient probablement épuisé tous les sujets
de conversation, car ils trottaient en silence à côté l'un
de l'autre.

Le peu de végétation dont les plaines qu'ils traversaient s'étaient parées après les pluies de l'hiver jau-
nissait de nouveau sous le soleil, et l'herbe flétrie n'a-
britait que des cigales dont le chant aigre se faisait
incessamment entendre sous le souffle embrassé du
vent du Midi. Le feuillage des arbres du Pérou s'inclinait languisamment sur un sable brûlant, comme les
saules aux bords des rivières.

Les deux cavaliers arrivaient à l'entrée du préside,
quand la cloche de l'église sonnait l'*Angelus* du soir.

Tubac était alors un village à deux rues transversales, aux maisons en pisé, percées de rares fenêtres sur la façade seule, comme c'est l'usage dans les endroits exposés aux incursions soudaines des Indiens. De fortes barrières mobiles formées de troncs d'arbres, défendaient les quatre accès du village. Une pièce d'artillerie de campagne se dressait sur son affût derrière chacune de ces barrières.

Avant de suivre les nouveaux venus dans le préside, nous devons parler d'un incident qui, bien qu'insignifiant en réalité, n'en avait pas moins la proportion d'un événement au milieu d'un village solitaire comme Tubac.

Depuis une quinzaine de jours environ, un personnage, mystérieux par cela seul qu'il était inconnu aux habitants du préside, y était venu faire de fréquentes et courtes apparitions. C'était un homme d'une quarantaine d'années, maigre, sec et nerveux, dont la figure racontait bien des périls bravés, mais dont la langue était aussi silencieuse que la physionomie était expressive. Il répondait peu aux questions qu'on lui adressait; mais en revanche il interrogeait beaucoup, et il paraissait surtout avoir un extrême désir de savoir ce qui se passait à l'hacienda del Venado. Quelques habitants du préside en connaissaient bien de réputation le riche propriétaire, mais peu d'entre eux ou, pour mieux dire, personne ne connaissait assez à fond don Augustin Pena, pour satisfaire aux interrogations de l'inconnu.

Tout le monde à Tubac se rappelait l'expédition des chercheurs d'or, partis six mois auparavant, et, d'après quelques vagues réponses du mystérieux personnage, on soupçonnait qu'il en savait à cet égard plus qu'il n'en voulait dire. Il avait, à ce qu'il prétendait, rencontré dans les déserts du pays des Apaches la troupe aux ordres de don Estévan dans un moment fort critique, et il avait quelques raisons de croire qu'elle avait dû avoir avec les Indiens un dernier et terrible engagement, du résultat duquel il n'augurait rien de bon.

Enfin, la veille il avait demandé quel chemin il devait suivre pour se rendre chez don Augustin, et surtout il avait laissé paraître un vif désir de savoir si doña Rosarita était encore à marier.

Cet homme portait toujours sur la tête un mouchoir à carreaux rouges, dont les plis descendaient jusqu'à ses yeux, et, d'après cette coiffure, on ne le désignait que sous le nom de l'Homme-au-Mouchoir-Rouge.

Cela dit, revenons aux deux voyageurs.

Les nouveaux venus, dont l'arrivée faisait sensation, se dirigèrent, en entrant au préside, vers une des maisons du village, à la porte de laquelle était assis un homme qui charmait ses loisirs la guitare à la main.

L'un des cavaliers s'adressant à lui : « *Santas tardes*, mon maître, dit-il, voulez-vous accorder à deux étrangers l'hospitalité de votre maison pour un jour et une nuit ? »

Le musicien se leva courtoisement.

« Mettez pied à terre, seigneurs cavaliers, leur dit-il ; cette demeure est la vôtre pour le temps qu'il vous plaira d'y rester. »

C'est tout le simple cérémonial de l'hospitalité encore en usage dans ces pays lointains.

Les cavaliers descendirent de cheval au milieu des oisifs qui s'étaient avancés pour contempler curieusement deux étrangers, nouveauté toujours fort rare au préside de Tubac. Le propriétaire aida silencieusement ses hôtes à desseller leurs chevaux ; mais les curieux n'y mettaient pas tant de discrétion et ne se faisaient pas faute d'adresser aux deux personnages une foule de questions.

« C'est bon ; laissez-nous d'abord soigner nos chevaux, manger un morceau ensuite, puis nous causerons ; mon camarade et moi ne sommes venus que dans ce but. »

En disant ces mots, le cavalier barbu déboucla ses éperons gigantesques, les mit sur la selle de son cheval qu'il déposa, ainsi que les couvertures de laine soigneusement pliées, dans le péristyle de la maison. Le repas des deux étrangers ne fut pas long. Ils revinrent de nouveau sur le seuil de la porte et s'assirent près de leur hôte.

Les curieux n'avaient pas quitté leur poste.

« Je suis, reprit le voyageur barbu, d'autant plus disposé à vous faire savoir à tous le but de notre visite au préside, que nous sommes envoyés par notre maître pour provoquer vos questions. Cela vous va-t-il?

— Parfaitement, dirent plusieurs voix; et d'abord, peut-on savoir qui est ce maître?

— C'est don Augustin Pena, dont vous n'êtes pas sans avoir entendu parler.

— Le propriétaire de l'immense hacienda del Venado, un homme plusieurs fois millionnaire : qui ne le connaît? répondit un des oisifs.

— C'est cela même. Ce cavalier que vous voyez est un vaquero chargé du soin des bêtes de l'hacienda. Quant à moi, je suis majordome attaché au service des propriétaires. Auriez-vous la bonté de me passer du feu, mon cher ami? » continua le majordome barbu.

Il ne s'arrêta que le temps d'allumer sa cigarette de paille de maïs, et il reprit :

« Il y a six à sept mois, il est parti d'ici une expédition à la recherche de la poudre d'or. Cette expédition était commandée par un nommé.... attendez donc, je l'ai entendu appeler par tant de noms que je n'ai pu en retenir aucun.

— Don Estévan Arechiza, répliqua un des interlocuteurs, un Espagnol comme il n'en est pas venu beaucoup dans ces pays, et qui semblait, à son regard fier, à sa contenance imposante, avoir commandé toute sa vie.

— Don Estévan Arechiza ! c'est cela même, dit le majordome, et par-dessus le marché généreux comme un joueur qui a fait sauter la banque. Mais j'en reviens à l'expédition : de combien d'hommes se composait-elle au juste ?

— Il en est parti plus de quatre-vingts.

— Plus de cent, dit un autre officieux.

— Vous vous trompez ; le nombre n'était pas tout à fait de cent, interrompit un troisième.

— Cela n'importe que peu pour le service de don Augustin mon maître. L'essentiel est de savoir combien il en est revenu. »

Là-dessus il y eut encore deux avis différents.

« Pas un seul, dit une voix.

— Si, un seul, » reprit une autre.

Le majordome se frotta les mains d'un air satisfait.

« Bon, dit-il ; c'est au moins un de sauvé, si toutefois ce cavalier, qui prétend que tous les chercheurs d'or ne sont pas morts, a raison, comme je l'espère.

— Croyez-vous, dit le dernier qui venait de parler, que l'Homme-au-Mouchoir-Rouge ne soit pas l'un de ceux que nous avons vus partir il y a six mois ? Je le jurerais sur la croix et sur l'Évangile.

— Eh ! non, reprit l'autre ; jamais cet homme n'a mis le pied au préside avant ce jour.

— En tout cas, interrompit un troisième, l'Homme-au-Mouchoir-Rouge a sans doute quelque intérêt à ménager les envoyés de don Augustin Pena, dont il s'est tant de fois enquis. Avec ces cavaliers, l'inconnu sera sans doute plus expansif qu'avec nous.

— Voilà qui est parfait, reprit le majordome.

— Vous saurez donc, et je puis vous le dire sans indiscrétion, que don Augustin Pena, que Dieu conserve ! était l'ami intime du seigneur Arechiza, et qu'il n'en a pas de nouvelles depuis six mois, ce qui serait naturel s'il a été massacré par les Indiens avec les autres. Or, mon maître attend son retour pour conclure le mariage de doña Rosario, sa fille, une belle et charmante personne, avec le sénateur don Vicente Tragaduros. Les mois se sont écoulés, et, comme l'hacienda n'est pas sur la grande route d'Arispe à Tubac, et que nous ne pouvons interroger personne au sujet de cette déplorable expédition, don Augustin a fini par m'envoyer ici pour en avoir des nouvelles. Quand il aura la certitude que don Estévan ne doit plus revenir, comme les jeunes filles ne trouvent pas toujours des sénateurs au fond des déserts, comme les sénateurs n'ont pas tant qu'ils en veulent des dots de deux cent mille piastres....

— Caramba ! c'est un beau chiffre.

— Comme vous dites, reprit le majordome ; le mariage projeté aura lieu à la satisfaction mutuelle des deux parties. Tel est le sujet de notre venue à Tubac. Si donc vous pouvez m'amener celui que vous dites être l'unique survivant de l'expédition, nous apprendrons peut-être de lui ce que nous avons intérêt à savoir. »

La conversation en était là, quand, à quelque distance de la maison où elle avait lieu, un homme passait la tête baissée.

« Tenez, dit l'un des officieux en désignant du doigt l'homme en question, voilà précisément votre unique survivant.

— En effet, c'est un homme dont les allures sont assez mystérieuses, ajouta l'hôte. Depuis quelques jours il ne fait qu'aller et venir d'un endroit à un autre, sans confier à personne le but ou le motif de ses courses. S'il vous plaît, nous l'interrogerons.

— Hé ! l'ami, s'écria un des curieux, venez par ici, voilà un cavalier qui désire vous voir et vous parler. »

L'inconnu mystérieux s'approcha.

« Seigneur cavalier, lui dit courtoisement le majordome, ce n'est pas une vaine curiosité qui me pousse à vous interroger, mais le juste souci qu'inspire au maître qui m'envoie la disparition d'un ami dont il craint d'avoir à pleurer la mort. Que savez-vous de don Estévan de Arechiza?

— Bien des choses. Mais, s'il vous plaît, quel est le maître dont vous parlez?

— Don Augustin Pena, propriétaire de l'hacienda del Venado. »

Un éclair de joie jaillit de la physionomie de l'inconnu.

« Je fournirai, répondit-il, à don Augustin tous les renseignements qu'il désirera. A combien de jours de marche d'ici se trouve l'hacienda?

— A trois journées avec un bon cheval.

— J'en ai un excellent, et, si vous pouvez m'attendre jusqu'à demain soir, je vous accompagnerai afin de causer avec don Augustin en personne.

— C'est convenu, répondit le majordome barbu.

— A merveille, dit avec empressement l'Homme-au-Mouchoir-Rouge; à demain à cette heure-ci; de la sorte nous voyagerons de nuit et à la fraîcheur. »

Il s'éloigna, tandis que le majordome s'écriait :

« Il faut convenir, caramba! qu'on ne saurait être plus complaisant que ce cavalier au mouchoir rouge. »

Cet arrangement ne faisait pas l'affaire des curieux, qui se trouvaient complétement désappointés; mais il fallait qu'ils en prissent leur parti, car ils virent l'Homme-au-Mouchoir-Rouge repasser à cheval et s'éloigner rapidement dans la direction du Nord.

L'inconnu fut fidèle à sa promesse. Le lendemain, jour désigné pour le départ, il était de retour à l'*Angelus* du soir.

Les deux serviteurs de don Augustin prirent congé de leur hôte, en l'assurant de l'accueil le plus affectueux, si jamais ses affaires le conduisaient à l'hacienda del Venado. Le plus pauvre, dans ces pays aux mœurs primitives, rougirait de recevoir de son hospitalité d'autre prix qu'un remercîment sincère et la promesse qu'il trouvera à son tour une hospitalité semblable.

Les trois cavaliers partirent alors au grand trot. Le cheval de l'inconnu ne le cédait en rien en vigueur et en finesse à ceux que montaient les deux serviteurs de don Augustin.

La route se fit rapidement, et, à l'aurore de la troisième journée, les voyageurs apercevaient déjà confusément dans le lointain le clocher de l'hacienda del Venado. Peu de temps après ils mettaient pied à terre dans la cour. Quoique ce fût à l'heure où le soleil levant jette ses premiers et joyeux rayons, tout portait l'empreinte de la tristesse autour de cette habitation. On eût dit que c'était la mélancolie des maîtres, qui, de l'intérieur, se répandait au dehors.

Le chagrin consumait doña Rosario; l'inquiétude rongeait l'hacendero, qui la voyait dépérir. Malgré l'horrible situation dans laquelle la fille de don Augustin s'était trouvée six mois auparavant, le jour du combat de la Fourche-Rouge, elle avait acquis la conviction que Fabian vivait. Le matin, elle avait reconnu sa voix; quelques heures plus tard, avec cette prodigieuse rapidité du coup d'œil de la femme, Rosarita, portée sur le champ de bataille dans les bras de Rayon-Brûlant, quoique presque privée de connaissance, avait vaguement aperçu Fabian combattant sous la protection de la hache d'un inconnu. Pourquoi donc Tiburcio, comme elle l'appelait toujours, n'était-il pas revenu à l'hacienda? C'est qu'il était mort ou qu'il ne l'aimait plus, et de cette alternative naissait le profond chagrin de Rosarita.

Une autre source d'inquiétude pour l'hacendero était la privation de toute nouvelle du duc de l'Armada; puis à cette inquiétude se joignait quelque impatience. Le mariage projeté entre sa fille et le sénateur était l'œuvre de don Estévan; Tragaduros en sollicitait l'exécution. Don Augustin s'en ouvrit à doña Rosario; mais ses larmes seules lui répondirent, et le père attendit encore.

Cependant, après six mois écoulés, Pena résolut d'en finir et d'envoyer chercher au préside des nouvelles de l'expédition commandée par le seigneur espagnol. C'était le dernier délai que la pauvre Rosarita eût demandé.

Le sénateur était absent pour quelques jours, et l'hacendero était levé depuis longtemps, quand le majordome vint l'informer de l'arrivée d'un étranger qui devait fixer ses incertitudes. Il donna l'ordre de l'introduire dans cette même salle déjà connue du lecteur ; et doña Rosario, qu'il en fit prévenir, ne tarda pas à y rejoindre son père.

Quelques instants après, l'inconnu se présenta.

Un grand feutre auquel il porta la main en entrant, mais sans l'ôter, ombrageait sa figure, sur laquelle les fatigues avaient laissé de profondes traces ; sous les larges bords de son chapeau, un mouchoir de coton rouge descendait si bas sur son front qu'il cachait complétement ses sourcils.

L'étranger considérait avidement la fille de don Augustin.

CHAPITRE XXXVI

LE RÉCIT.

La tête couverte d'une écharpe de soie, sous laquelle s'échappaient d'une abondante chevelure et tombaient négligemment sur son sein de longues tresses de cheveux noirs, doña Rosario portait sur ses traits l'empreinte d'une profonde et secrète souffrance.

Quand elle s'assit, un signe visible d'inquiétude vint ajouter à la pâleur de son visage. La jeune fille semblait craindre de toucher au moment où il allait falloir ne plus rêver du passé pour accepter un avenir sur lequel elle n'osait porter ses regards.

Quand l'étranger se fut assis à son tour :

« Merci, mon ami, lui dit l'hacendero, d'être venu jusqu'ici m'apporter des nouvelles, quoiqu'on m'ait fait pressentir qu'elles doivent être bien tristes ; mais nous devons les savoir toutes. Que la volonté de Dieu soit bénie !

— Elles sont tristes, en effet ; mais, comme vous le dites, il est important (et l'inconnu, en appuyant sur ces dernières paroles, parut s'adresser plus particulièrement à doña Rosario), il est important, répéta-t-il, que vous n'en ignoriez aucune. J'ai vu bien des choses là-bas, et le désert ne cache peut-être pas autant de secrets qu'on pourrait croire. »

La jeune fille tressaillit imperceptiblement et fixa sur l'Homme-au-Mouchoir-Rouge un regard clair et profond.

« Parlez, mon ami, lui dit-elle de sa voix mélodieuse, nous aurons le courage de tout entendre.

— Que savez-vous de don Estévan ? reprit l'hacendero.

— Il est mort, seigneur cavalier. »

Don Augustin poussa un soupir de douleur et appuya sa tête dans ses mains.

« Qui l'a tué ? demanda-t-il.

— Je ne sais, mais il est mort.

— Et Pedro Diaz, cet homme au cœur désintéressé ?

— Mort comme don Estévan.

— Et ses amis, Cuchillo, Oroche et Baraja ?

— Morts comme don Pedro Diaz, tous morts, excepté.... Mais si vous le trouvez bon, seigneur, je reprendrai les choses d'un peu plus loin : ne vous ai-je pas dit que vous deviez tout savoir ?....

— Nous vous écoutons, mon ami.

— Je ne vous ferai pas le récit, reprit le narrateur, des dangers de toute espèce, des combats que nous eûmes à braver depuis notre départ. Sous un chef qui nous inspirait une confiance sans bornes, nous en prenions gaiement notre parti.

— Pauvre don Estévan! murmura l'hacendero.

— A la dernière halte à laquelle j'assistai, le bruit s'é-tait répandu dans le camp que nous étions près d'un immense placer d'or. Cuchillo, notre guide, vint à nous manquer : depuis deux jours, il était absent. Dieu voulut sans doute me sauver, car il inspira à don Estévan l'idée de m'envoyer à sa recherche, et il me donna à cet effet l'ordre d'aller battre la campagne dans les environs du camp.

« J'obéis, malgré les dangers de cette commission, et je me mis en quête des traces du guide. Au bout de quelque temps je fus assez heureux pour les trouver. Je les suivais, quand tout à coup je distinguai dans le loin-tain un parti d'Apaches qui chassaient le buffle. Je tour-nai bride le plus promptement possible ; mais des hurle-ments féroces, qui éclatèrent de tous côtés, m'apprirent que je venais d'être découvert. »

L'étranger, en qui sans doute le lecteur a déjà re-connu Gayferos, le gambusino scalpé, s'arrêta un instant comme en proie à d'horribles souvenirs; puis, conti-nuant, il raconta la manière dont il fut pris par les Indiens, ses angoisses en songeant aux tourments qu'ils lui préparaient, la lutte désespérée qu'il eut à soutenir contre eux, dans une course, nu-pieds, et les souffrances inouïes qu'elle lui causa. « Atteint, dit-il, par l'un d'eux et frappé d'un coup qui me terrassa, je sentis alors le tranchant aigu d'un couteau tracer un cercle de feu sur ma tête. J'entendis un coup de fusil retentir, une balle siffla à mes oreilles et je perdis complétement connais-sance. Je ne sais combien de minutes se passèrent ainsi. De nouveaux coups de fusil me firent rouvrir les yeux, mais le sang qui couvrait mon visage m'aveuglait; je portai la main sur ma tête à la fois brûlante et glacée, mon crâne était nu. L'Indien m'avait arraché la chevelure avec la peau du crâne. Voilà pourquoi, seigneur cavalier, je porte aujourd'hui ce mouchoir sur la tête, le jour comme la nuit. »

Une sueur froide, pendant tout ce récit, couvrait la figure du gambusino. Ses deux auditeurs tressaillirent d'horreur.

Après un moment de profond silence :

« J'aurais peut-être dû, dit le narrateur, vous épargner, ainsi qu'à moi-même, d'aussi tristes détails. »

Gayferos, continuant son récit, raconta à ses auditeurs le secours inespéré que lui portèrent les trois chasseurs réfugiés dans l'îlot. Il en était au moment où Bois-Rosé l'y transportait en présence des Indiens, quand cette action héroïque arracha de la bouche de don Augustin un cri d'admiration.

« Mais ils étaient donc une vingtaine dans cette île ou ce radeau? interrompit-il.

— Y compris le géant qui m'emportait dans ses bras, ils étaient trois, reprit le narrateur.

— Vive Dieu! de fiers hommes alors; mais continuez. »

Le gambusino poursuivit :

« Les compagnons de celui qui m'avait porté dans ses bras étaient un autre homme de son âge, à peu près, c'est-à-dire de quarante-cinq ans, puis, un jeune homme au visage pâle, mais fier, à l'œil étincelant et au doux sourire, un beau jeune homme sur ma foi, madame, tel qu'un père serait fier de l'appeler son fils, tel qu'une femme devrait être heureuse et fière aussi de le voir à ses pieds. Dans un court moment de répit que me donnèrent les douleurs horribles que j'éprouvais, je pus interroger mes libérateurs sur leurs noms et leurs conditions; mais je ne pus rien obtenir d'eux, si ce n'est qu'ils étaient chasseurs de loutres et qu'ils voyageaient pour leur plaisir. Ce n'était guère probable; cependant je ne fis aucune observation. »

Doña Rosarita ne put entièrement étouffer un soupir ;
peut-être attendait-elle un nom.

Gayferos continua à raconter les divers faits que le lecteur connaît. Arrivé à la disparition de Fabian de Mediana, évitant toutefois, par un sentiment de délicatesse,
de parler de Main-Rouge et de Sang-Mêlé : « Oui, madame, s'écria-t-il, le pauvre jeune homme avait été pris
par les Indiens, et son supplice devait venger la mort
des leurs. »

A cet endroit du récit les joues de Rosarita se couvrirent d'une pâleur mortelle.

« Eh bien, ce jeune homme, interrompit l'hacendero,
que cette triste catastrophe émouvait presque à l'égal de
sa fille, qu'est-il devenu ? »

Rosarita, dont la voix s'était éteinte au récit du gambusino, paya d'un regard de tendre reconnaissance la sollicitude que témoignait son père pour ce jeune homme
auquel elle s'intéressait si vivement en dépit d'elle-même.

Gayferos dissimula un regard de joie, et, s'abstenant
encore avec la même délicatesse de faire la moindre allusion à la sanglante action de la vallée de la Fourche, il
reprit ainsi :

« Trois jours et trois nuits se passèrent dans d'horribles
angoisses mêlées de quelques faibles lueurs d'espérance.
Enfin, le matin du quatrième jour, nous pûmes tomber
à l'improviste sur les ravisseurs sanguinaires, et, après
une lutte acharnée, le guerrier géant put reconquérir
sain et sauf et presser sur son cœur celui qu'il nommait
son enfant bien-aimé.

— Grâce à Dieu ! » s'écria l'hacendero avec un soupir
de soulagement.

Rosarita garda le silence, mais son teint qui se ranima
tout à coup témoignait assez tout le plaisir qu'elle éprouvait. Un joyeux sourire s'échappa gracieusement de ses
lèvres aux dernières paroles du gambusino.

Nous devons interrompre un instant le récit de Gayferos pour dire que l'attaque subite de Bois-Rosé et de sa troupe sur les bords de la Rivière-Rouge, et la fuite précipitée de don Augustin avec sa fille, avaient été telles, que tous deux ignoraient non pas les détails de l'action, mais les noms de ceux qui y avaient pris part. Rosarita, il est vrai, avait aperçu Fabian combattant à côté de Bois-Rosé, mais sans savoir comment s'appelait le chasseur, et sans savoir que Fabian eût été fait prisonnier par les pirates des Prairies. Cependant certaines analogies éveillèrent l'espoir de la jeune fille.

« Continuez, reprit l'hacendero ; mais, dans ce récit qui intéresse vivement un homme que les Indiens tenaient captif lui-même il y a six mois, je cherche vainement les détails relatifs à la mort du pauvre don Estévan.

— Je les ignore, continua Gayferos, et je ne puis que vous répéter les paroles du plus jeune des trois chasseurs, que j'interrogeai un jour à ce sujet :

« Il est mort, me dit-il d'un ton grave. Vous êtes vous-« même le dernier débris d'une expédition nombreuse. « Quand vous serez de retour chez vous, car, » ajouta-t-il en soupirant, « vous avez peut-être quelqu'un qui compte « douloureusement les jours de votre absence, on vous « questionnera avec empressement sur le sort de votre « chef et des hommes qu'il conduisait. A cela vous ré-« pondrez : *Les hommes sont morts en combattant ; quant* « *au chef, la justice de Dieu l'avait condamné, et la sentence* « *divine prononcée contre lui a été exécutée dans le désert.* « *Don Estévan Arechiza ne reviendra plus vers ses amis.* »

— Pauvre don Estévan ! s'écria l'hacendero.

— Et vous n'avez pu apprendre les noms de ces hommes si charitables , si généreux, si braves ! s'écria Rosarita.

— Pas pour le moment, reprit Gayferos ; seulement, ce qui me parut étrange, c'est que le plus jeune des trois chasseurs m'eût parlé de don Estévan, de Diaz, d'Oroche et de Baraja, comme s'il les connaissait parfaitement. »

Un frisson d'angoisse se glissa dans les veines de Rosarita ; son sein se souleva, ses joues se colorèrent d'une teinte pourprée, puis elles devinrent pâles comme la fleur du datura ; mais sa bouche resta muette.

« J'achève mon récit, continua le narrateur. Après avoir arraché le fils du brave guerrier aux Apaches, nous nous dirigeâmes vers les prairies du Texas.

« Je ne vous raconterai pas tous les dangers que nous avons courus, nous chasseurs aux loutres et aux castors, pendant six mois à peu près d'une vie errante, qui du reste n'est pas sans charme. Mais il y en avait un parmi nous qui était loin de trouver cette existence agréable : c'était notre jeune compagnon.

« Quand je le vis pour la première fois, je fus frappé de la résignation mélancolique dont son visage portait l'empreinte ; mais depuis, sa résignation semblait journellement diminuer et sa mélancolie augmenter. Le vieux chasseur, que je croyais son père (je sais maintenant qu'il ne l'est pas) saisissait toutes les occasions de lui faire admirer la magnificence des grandes forêts dans lesquelles nous vivions, les scènes imposantes du désert, le charme de ces périls que nous bravions. Vains efforts ! rien ne pouvait chasser le chagrin qui le dévorait, et il ne semblait l'oublier que dans le danger, où il se précipitait avec ardeur. On eût dit que la vie n'était plus pour lui qu'un pesant fardeau dont il cherchait à se débarrasser.

« Plein de compassion pour lui, je disais souvent au vieux guerrier : « La solitude n'est faite que pour l'âge « mûr ; la jeunesse aime le bruit, la présence de ses sem- « blables : retournons aux habitations. » Et le géant soupirait sans me répondre. Peu à peu, le front des deux chasseurs, qui aimaient leur jeune compagnon comme un fils, s'assombrit aussi. Une nuit que nous veillions, le

jeune homme et moi, je lui rappelai un nom que six
mois auparavant ses lèvres avaient laissé échapper pendant son sommeil ; j'appris alors la cause du chagrin
qui le minait lentement. Il aimait, et la solitude n'avait
fait que donner plus de force à une passion que vainement il avait espéré d'éteindre. »

Le conteur se tut un instant et jeta un regard pénétrant sur la contenance de ses auditeurs, surtout sur
celle de doña Rosario. Il semblait prendre un secret plaisir à exciter la jeune fille par le récit de toutes les circonstances les plus propres à faire vibrer le cœur d'une
femme.

Guerrier et chasseur à la fois, l'hacendero ne cherchait
pas à cacher l'intérêt que lui inspirait l'histoire de ces inconnus.

Rosarita, au contraire, s'efforçait, sous l'apparence
d'une froideur étudiée, de dissimuler le charme que lui
faisait éprouver ce roman de cœur et d'action dont le
gambusino lui ouvrait si complaisamment les pages les
plus émouvantes.

Le feu de ses grands yeux noirs, le coloris que retrou-
vaient ses joues, démentaient pourtant ses efforts.

« Ah ! s'écria don Augustin, si ces trois braves eussent
été sous les ordres du pauvre don Estévan, le sort de
l'expédition eût sans doute été bien différent.

— Je le crois comme vous, répondit Gayferos. Dieu en
avait disposé autrement. Cependant, reprit-il, je ressen-
tais vivement le désir de revoir mon pays ; mais la reconnaissance me faisait un devoir de ne point le manifester. Le vieux guerrier sembla le deviner et s'ouvrit à
moi à ce sujet.

« Trop généreux pour me laisser m'exposer seul aux
dangers sans nombre du retour, le chasseur géant résolut de m'accompagner jusqu'à Tubac. Son compagnon
ne mit aucun obstacle à cette résolution, et nous nous
mîmes en route pour la frontière. Le jeune homme seul

semblait nous suivre avec répugnance dans cette direction.

« Je ne vous raconterai pas nos fatigues et les nombreuses difficultés que nous eûmes à surmonter pendant un long et périlleux voyage. Je veux pourtant vous parler d'un de nos derniers combats contre les Indiens.

« Pour regagner le préside, il était nécessaire de traverser la chaîne des Montagnes-Brumeuses, et ce fut vers l'approche de la nuit que nous nous y trouvâmes engagés et obligés de nous y arrêter.

« C'est un des endroits les plus fréquentés des Indiens gilènes, et nous n'y pouvions camper qu'avec la plus grande précaution.

« Rien ne ressemble plus, je l'avoue, à la demeure des esprits de l'abîme que ces montagnes au milieu desquelles nous passâmes la nuit. A chaque instant des bruits étranges qui semblaient sortir des cavités des rochers venaient frapper nos oreilles : c'était tantôt comme un volcan qui gronde sourdement, ou comme la voix d'une cataracte lointaine qui mugit, tantôt comme les hurlements des loups ou comme des gémissements plaintifs, et de temps à autre des éclairs sinistres déchiraient le voile de vapeurs éternelles qui couvre ces montagnes.

« De peur de surprise, nous avions campé sur un rocher qui s'avançait comme une table au-dessus d'un assez large vallon ouvert à une cinquantaine de pieds au-dessous. Les deux chasseurs les plus âgés dormaient. Le plus jeune seul veillait : c'était son tour, qu'il avait, comme d'habitude, été forcé de revendiquer, car ses compagnons semblaient le voir avec peine partager ainsi leurs fatigues.

« Pour moi, malade et souffrant, étendu sur le sol après de longs efforts pour gagner le sommeil, je venais enfin de m'endormir lorsqu'un rêve affreux me réveilla en sursaut.

« N'avez-vous rien entendu ! » demandai-je au jeune

homme à voix basse. « Rien de nouveau, me dit-il, que
« les bruits des volcans souterrains qui grondent dans
« les montagnes. — Dites plutôt que nous sommes ici
« dans quelque lieu maudit, » repris-je ; et je racontai
mon rêve au jeune homme.

« C'est peut-être un avertissement, dit-il gravement.
« Je me rappelle une nuit avoir fait un rêve semblable
« quand.... »

« Le jeune homme s'interrompit. Il venait de s'avancer sur le bord du rocher. Je me traînai machinalement
sur ses pas. Un même objet venait de frapper nos yeux
en même temps.

« Un des esprits de ténèbres qui doivent habiter ces
lieux semblait avoir pris tout à coup une forme visible.
C'était une espèce de fantôme avec la tête et la peau
d'un loup, mais droit sur ses jambes, comme une créature humaine. Je fis un signe de croix et une oraison ;
le fantôme ne bougea pas.

« C'est le diable, murmurai-je. — C'est un Indien, »
reprit le jeune homme ; « tenez, voilà ses compagnons
« à quelque distance. »

« En effet, nos yeux, déjà accoutumés à l'obscurité,
purent distinguer une vingtaine d'Indiens étendus par
terre, et qui certes ne nous croyaient pas si près d'eux.

« Ah ! madame, ajouta le gambusino en s'adressant à
doña Rosario, c'était une de ces occasions pleines de
dangers que le pauvre jeune homme cherchait avec tant
d'avidité, et vous auriez eu comme moi le cœur navré en
voyant la joie triste qui brilla dans ses yeux ; car, à mesure que nous nous éloignions du désert, sa mélancolie
semblait redoubler.

« Éveillons nos amis, dis-je alors. — Non, laissez-moi
« aller seul : ces deux hommes ont assez fait pour moi ;
« c'est à mon tour à m'exposer pour eux, et, si je
« meurs... eh bien, j'oublierai. »

« En disant ces mots, le jeune homme s'éloigna de

moi, fit un détour, et je le perdis de vue, sans cesser
d'apercevoir cependant l'effrayante apparition toujours
immobile à sa place.

« Tout à coup je vis une autre forme noire qui s'élança
sur le fantôme et le prit à la gorge ; les deux corps se
confondirent en un seul; la lutte fut courte et silencieuse, et l'on aurait pu croire que c'était celle de deux
esprits. Je priai Dieu pour le noble jeune homme qui
exposait ainsi sa vie avec tant de sang-froid et d'intrépidité. Peu de temps après je le vis revenir; le sang coulait sur son visage d'une large blessure à la tête. « Oh !
« Jésus! m'écriai-je, vous êtes blessé. — Ce n'est rien,
« dit-il ; à présent je vais éveiller mes compagnons. »

« Que vous dirai-je, madame? continua le gambusino;
mon rêve n'était qu'un avertissement de Dieu. Un parti
d'Indiens que nous avions déroutés complétement à la
Fourche.... au Texas, veux-je dire, s'était remis sur nos
traces pour venger le sang des leurs qui avait coulé sur
les bords de.... à l'endroit où nous avions délivré le
jeune homme. Mais les Indiens avaient affaire à de terribles adversaires. Leur sentinelle, c'était le fantôme,
avait été égorgée par le courageux jeune homme sans
avoir eu le temps de jeter un cri d'alarme, et les autres, surpris dans leur sommeil, furent presque tous
poignardés; quelques-uns trouvèrent leur salut dans la
fuite.

« La nuit n'était pas achevée quand ce nouvel exploit
fut accompli.

« Le grand chasseur s'empressa de panser la blessure
de celui qu'il aimait comme son fils, et le jeune homme,
accablé de fatigue, s'étendit par terre et s'endormit.
Tandis que ses deux amis veillaient autour de lui pour
protéger son sommeil, je regardais avec tristesse ses
traits altérés, sa figure pâle et sa tête ceinte d'un bandeau ensanglanté.

— Pauvre enfant ! interrompit doucement doña Rosa-

rita : si jeune encore et mener cette vie de périls incessants ! Pauvre père aussi, qui doit sans cesse trembler
pour les jours d'un fils bien-aimé !

— Bien-aimé, comme vous dites, madame, reprit le
conteur. Pendant six mois j'ai pu voir à chaque instant
la tendresse infinie de ce terrible père pour son enfant.

« Le jeune homme reposait tranquillement, et sa bouche murmurait faiblement un nom, celui d'une femme,
le même qu'il m'avait naguère révélé pendant son sommeil.

Les yeux noirs de Rosarita semblaient interroger le
conteur ; mais la parole expira sur ses lèvres entr'ouvertes,
elle n'osa dire ce que son cœur murmurait à ses oreilles.

« Mais j'abuse de vos moments, continua Gayferos
sans paraître remarquer le trouble de la jeune fille ; j'arrive à la fin de mon récit.

« Le jeune homme s'éveillait à l'instant où le jour
commençait à paraître. « Tenez, me dit le géant, allez
« là-bas, et vous compterez les morts que ces chiens
« nous ont laissés. »

« Onze cadavres, reprit le gambusino, étendus sur le
sol, et deux chevaux capturés attestaient la victoire de
ces intrépides tueurs d'Indiens.

— Honneur soit rendu à ces redoutables inconnus ! »
s'écria don Augustin avec enthousiasme, tandis que sa
fille, en frappant l'une contre l'autre ses deux petites
mains, s'écriait à son tour, les joues enflammées, l'œil
brillant d'un enthousiasme égal à celui de son père :
« C'est beau ! c'est sublime ! si jeune et si brave ! »

Rosarita n'adressait ces éloges qu'au jeune inconnu,
dont peut-être le sens exquis des femmes, qui semble
parfois être une seconde vue, lui révélait le nom ignoré.

Le narrateur semblait jouir des louanges données à ses
amis.

« Mais enfin vous apprîtes leur nom ? demanda timi-
dement doña Rosarita.

— Le plus âgé s'appelait Bois-Rosé; le second, Pepe ou Dormillon; quant au jeune homme..... »

Gayferos sembla chercher à se rappeler un nom sans paraître remarquer l'angoisse que dénotaient chez la jeune fille son sein agité, sa pâleur et ses narines gonflées.

A la similitude de position de Tiburcio avec celle de ce jeune inconnu, elle ne doutait pas que ce ne fût lui, et la pauvre enfant ramassait ses forces pour entendre son nom et ne pas pousser, en l'entendant, un cri de bonheur et d'amour.

« Quant au jeune homme, reprit le gambusino, il s'appelait Fabian. »

A ce nom qui ne rappelait rien à la jeune fille et qui détruisait ainsi ses douces illusions, elle porta douloureusement la main sur son cœur, ses lèvres pâlirent, les couleurs que l'espoir avait rappelées sur ses joues s'éteignirent, puis elle ne put que répéter machinalement :

« Fabian ! »

En ce moment, le récit du gambusino fut interrompu par l'arrivée d'un domestique. Le chapelain priait l'hacendero de venir le joindre un instant, pour une affaire dont il avait à l'entretenir.

Don Augustin quitta la salle en annonçant qu'il allait revenir bientôt.

Le gambusino et la jeune fille restèrent seuls. Celui-ci contempla quelques instants en silence, et avec une joie qu'il cachait à peine, Rosarita éperdue et tremblante sous son écharpe de soie. Un sentiment secret disait à la pauvre enfant que Gayferos n'avait pas encore fini. En effet, le gambusino lui dit doucement :

« Fabian portait un autre nom, madame : voulez-vous l'apprendre, pendant que nous sommes ici sans témoins? »

Rosarita pâlit.

« Un autre nom ? Oh! dites, reprit-elle d'une voix
frémissante.

— On l'avait appelé longtemps Tiburcio Arellanos. »

Un cri de bonheur s'échappa du sein de la jeune fille,
qui se leva de son siège, s'approcha du messager de la
bonne nouvelle et saisit sa main :

« Merci, merci, s'écria-t-elle, quoique mon cœur me
l'eût déjà dit. »

Puis elle traversa la salle en chancelant, et vint s'a-
genouiller sous une madone dans son cadre d'or.

« Tiburcio Arellanos, reprit le gambusino, n'est plus
aujourd'hui que Fabian; et Fabian, c'est le dernier re-
jeton des comtes de Mediana, une noble et puissante
famille d'Espagne. »

La jeune fille priait toujours, sans paraître entendre
les paroles de Gayferos.

« Des biens immenses, un grand nom, des titres, des
honneurs, voilà ce qu'il déposera aux pieds de la femme
qui acceptera sa main. »

La jeune fille continua sa fervente prière sans tourner la tête.

« Et cependant, reprit le gambusino, le cœur de don
Fabian de Mediana n'a rien oublié de ce qu'avait appris le cœur de Tiburcio Arellanos. »

Rosarita interrompit sa prière.

« Tiburcio sera ici ce soir. »

Cette fois, la jeune fille ne pria plus. C'était Tiburcio,
et non Fabian, comte de Mediana, Tiburcio pauvre et
obscur, qu'elle avait tant pleuré. A ce nom seul elle
écouta. Honneurs, titres, richesses, que lui importait?
Fabian vivait et l'aimait toujours : n'était-ce pas assez?

« Si vous voulez vous rendre à la brèche du mur d'enceinte, où, le désespoir dans le cœur, il se séparait de
vous, vous l'y trouverez ce soir. Vous rappellerez-
vous l'endroit que je veux vous dire?

— Oh! mon Dieu, murmura doucement la jeune fille, comme si je n'y allais pas tous les soirs ! »

Et, toujours inclinée devant l'image de la madone, Rosarita reprit sa prière interrompue.

Le gambusino contempla quelques instants cette ardente et belle créature agenouillée, son écharpe descendue jusqu'à sa taille, les épaules découvertes et caressées par les longues tresses de ses cheveux qui tombaient en souples anneaux sur le sol; puis il sortit de la salle.

CHAPITRE XXXVII

LE RETOUR.

Quand don Augustin Pena rentra, il trouva sa fille seule et toujours agenouillée; il attendit qu'elle eût fini sa prière. La nouvelle positive de la mort de don Estévan préoccupait tellement l'hacendero, qu'il attribua naturellement à l'action pieuse de doña Rosarita un tout autre motif que le véritable. Il pensa qu'elle adressait au ciel de ferventes prières pour le repos de l'âme de celui dont on venait d'apprendre la fin mystérieuse.

« Chaque jour, dit-il, et pendant un an, le chapelain dira, par mon ordre, une messe à l'intention de don Estévan, car cet homme a parlé de la justice de Dieu qui s'est accomplie dans le désert. Ces paroles sont graves, et la manière dont il les a prononcées ne me laisse pas de doute sur sa véracité.

— Que Dieu ait son âme, répliqua Rosarita en se levant, et la reçoive dans sa miséricorde si elle a en besoin!

— Quo Dieu ait son âme ! répéta don Augustin avec
onction; ce n'était pas une âme ordinaire que celle du
noble don Estévan de Arechiza, ou plutôt, pour que
tu le saches, enfin, Rosarita, de don Antonio de Mediana, de son vivant, marquis de Casarcel et duc de
l'Armada.

— Mediana, dites-vous, mon père? s'écria la jeune
fille; quoi ! ce serait donc son fils?

— De qui parles-tu? demanda don Augustin étonné.
Don Antonio n'a jamais été marié. Que veux-tu donc dire?

— Rien, mon père, si ce n'est qu'aujourd'hui votre
fille est bien heureuse! »

En disant ces mots, doña Rosarita jeta ses bras autour du cou de son père, appuya sa tête sur sa poitrine,
et, l'inondant de ses larmes, elle se mit à sangloter.
Mais ses sanglots n'avaient rien d'amer; les larmes de
la jeune fille coulaient doucement, comme la rosée que
le jasmin d'Amérique laisse tomber le matin de ses
cornets de pourpre.

L'hacendero, peu versé dans la connaissance du cœur
féminin, ignorait la volupté que parfois les larmes font
goûter aux femmes, et il ne comprenait rien au bonheur qui arrachait des sanglots à sa fille.

Il l'interrogea de nouveau; mais elle se contenta de
lui répondre, la bouche souriante et les yeux encore
humides :

« Demain je vous dirai tout, mon père. »

L'honnête hacendero avait bien besoin, en effet, qu'on
lui expliquât tout ce mystère dont il ne comprenait pas
le premier mot.

« Nous avons un autre devoir à remplir, reprit-il; le
dernier désir que m'exprima don Antonio en se séparant de moi était de te voir mariée au sénateur Tragaduros. Ce sera obéir à la volonté d'un mort que de ne
pas différer ce mariage plus longtemps. Y vois-tu quelque obstacle, Rosarita? »

La jeune fille tressaillit à ces mots, qui rappelaient un fatal engagement dont elle avait essayé de bannir la mémoire. Sa poitrine se gonfla et ses larmes recommencèrent à couler.

« Bien, lui dit l'hacendero en souriant; c'est encore du bonheur, n'est-ce pás?

— Du bonheur? répéta Rosarita avec amertume; oh! non, non, mon père. »

Don Augustin était plus dérouté que jamais; car toute sa vie il s'était plutôt appliqué à deviner les ruses des Indiens, contre lesquels il avait longtemps disputé son domaine, qu'à scruter le cœur des femmes.

« Oh! mon père! s'écria Rosarita, ce mariage serait aujourd'hui l'arrêt de mort de votre pauvre enfant. »

A cette brusque déclaration qu'il était loin de prévoir, don Augustin demeura tout stupéfait, et, maîtrisant à peine l'irritation qu'elle avait fait naître chez lui :

« Quoi! s'écria-t-il avec vivacité, n'avais-tu pas consenti toi-même à ce mariage depuis un mois? N'avais-tu pas fixé pour son accomplissement l'époque où nous saurions si don Estévan ne devait plus revenir? Il est mort; que veux-tu donc à présent?

— J'avais, il est vrai, fixé ce terme.

— Eh bien?

— Mais j'ignorais alors qu'il fût vivant.

— Don Antonio de Mediana?

— Non, don Fabian de Mediana, reprit faiblement Rosarita.

— Don Fabian? Qui est ce Fabian dont tu parles?

— Celui que nous appelions, vous et moi, Tiburcio Arellanos. »

Don Augustin demeura muet de surprise; sa fille profita de son silence.

« Quand j'ai consenti à ce mariage, dit-elle, je croyais que don Fabian était à jamais perdu pour nous;

j'ignorais qu'il m'aimât encore, et cependant... jugez si moi je vous aime, mon père... jugez quel douloureux sacrifice je faisais à ma tendresse pour vous... Je savais bien... »

En disant ces paroles, l'œil armé de toute la fascination de son doux regard, voilé par ses larmes, la pauvre fille s'approchait insensiblement, puis elle s'élança tout à coup et, appuyant sa tête sur l'épaule de son père pour cacher la rougeur de son visage :

« Je savais cependant que je l'aimais toujours, murmura-t-elle tout bas.

— Mais de qui veux-tu parler ?

— De Tiburcio Arellanos, du comte Fabian de Mediana, qui ne sont qu'une seule et même personne.

— Du comte de Mediana ? répétait don Augustin.

— Oui ! mais, s'écria passionnément Rosarita, je n'aime encore en lui que Tiburcio Arellanos, tout noble, tout puissant, tout riche que puisse être aujourd'hui Fabian de Mediana. »

Noble, puissant et riche, sont des mots qui sonnent toujours bien à l'oreille d'un père ambitieux, quand ils s'appliquent à un jeune homme qu'il aime et qu'il estime, mais qu'il croit pauvre. Tuburcio Arellanos n'aurait obtenu de don Augustin qu'un refus, tempéré il est vrai par des paroles affectueuses ; mais aujourd'hui Fabian de Mediana n'avait-il pas bien des chances en sa faveur?

« Me diras-tu comment Tiburcio Arellanos peut être Fabian de Mediana ? demanda don Augustin avec plus de curiosité que de colère ; qui t'a donné cette nouvelle ?

— Vous n'êtes pas resté jusqu'à la fin du récit du gambusino, répondit doña Rosarita ; sans cela vous auriez su que ce jeune compagnon des deux intrépides chasseurs, dont il a noblement partagé les dangers, n'était autre que Tiburcio Arellanos, devenu aujourd'hui don Fabian de Mediana. Maintenant, quand seul et blessé il s'est éloigné de l'hacienda, par quelles circonstances a-t-il trouvé ces protecteurs inattendus ? Quelle parenté y a-t-il entre Tiburcio et le duc de l'Armada ? Voilà ce que j'ignore ; mais cet homme qui le sait vous le dira.

— Qu'on aille le chercher à l'instant même, » dit vivement don Augustin, et il appela un serviteur à qui il donna l'ordre.

Don Augustin attendait avec une extrême impatience le retour de Gayferos ; mais on le chercha vainement : il avait disparu.

Nous dirons tout à l'heure le motif de cette disparition. Presque au même instant où l'on venait d'en informer l'hacendero et sa fille, un autre serviteur entrait pour leur annoncer que Tragaduros mettait pied à terre dans la cour de l'hacienda.

La coïncidence du retour du sénateur et de la prochaine arrivée de Fabian était un de ces événements auxquels le hasard, plus souvent qu'on ne pourrait le croire, se plaît à donner lieu dans la vie réelle.

Rosarita, pour s'assurer un allié dans son père, se hâta de l'embrasser tendrement en lui témoignant tout son étonnement d'un miracle qui avait fait du fils adoptif d'un gambusino l'héritier d'une puissante famille d'Espagne. Après avoir décoché comme un Parthe cette double flèche contre le sénateur, la jeune fille s'enfuit de la salle, aussi légère que l'oiseau qui s'envole.

Tragaduros fit son entrée en homme qui sent que l'annonce de sa présence est toujours bien reçue. Sa contenance était celle d'un gendre futur ; il avait la parole du père et le consentement de la fille, bien que ce consentement n'eût été que muet.

Cependant, malgré sa satisfaction de lui-même et sa certitude de l'avenir, le sénateur ne put s'empêcher de remarquer l'air grave et imposant de don Augustin; il crut devoir l'interroger à cet égard.

« Don Estévan de Arechiza, le duc de l'Armada, n'est plus, dit l'hacendero ; nous avons perdu, vous et moi, un noble et précieux ami !

— Quoi ! mort ! s'écria le sénateur en voilant sa figure de son mouchoir de batiste brodée. Pauvre don Estévan ! je ne sais pas si je m'en consolerai jamais. »

Son avenir, toutefois, ne devait pas être assombri par un deuil éternel, car le regret qu'il exprimait était loin d'être en harmonie avec ses pensées les plus secrètes. Tout en reconnaissant les nombreuses obligations qu'il avait à don Estévan, il ne put s'empêcher de considérer que, s'il eût vécu, il l'aurait obligé à dépenser en menées politiques la moitié de la dot de sa femme... un demi-million qu'il eût été forcé de jeter au vent!... « Je ne serai, il est vrai, se dit-il à lui-même, ni comte, ni marquis, ni duc de quoi que ce soit; mais, dans ma manière à moi, un demi-million est plus agréable que des titres et doublera mes jouissances. Ce fatal événement rapproche d'ailleurs l'époque de mon mariage... Peut-être après tout n'est-ce pas un malheur que don Estévan soit mort... ! Pauvre don Estévan, reprit-il tout haut, quel coup inattendu ! »

Tragaduros devait apprendre plus tard qu'il eût été bien plus heureux pour lui que don Estévan eût vécu. Nous le laisserons avec l'hacendero et nous suivrons Gayferos, car nous pensons que le lecteur sera bien aise de le retrouver.

Le gambusino avait sellé son cheval, et, sans être vu de personne, avait traversé la plaine et pris de nouveau la route qui conduisait au préside.

Le chemin, qu'il suivait déjà depuis longtemps, ne lui avait amené la rencontre que de rares voyageurs, et, lorsque par hasard quelque cavalier se montrait dans le lointain, le gambusino, au moment où il se croisait avec lui, échangeait un salut d'un air impatient; évidemment ce n'était pas celui qu'il cherchait.

La journée s'écoulait, et ce ne fut que vers une heure assez avancée que Gayferos poussa une exclamation de joie à la vue de trois voyageurs qui s'avançaient au trot.

Ces voyageurs n'étaient autres que le Canadien, Pepe et Fabian de Mediana. Le géant était monté sur l'une de ces robustes mules, plus hautes, plus fortes que le plus grand cheval; et cependant cette monture parais sait à peine en proportion avec la nature du gigantesque cavalier. Fabian et Pepe montaient les deux excellents coursiers qu'ils avaient conquis sur les Indiens.

Le jeune homme était bien changé depuis le jour où il entrait pour la première fois à l'hacienda del Venado.

De douloureux et ineffaçables souvenirs avaient amaigri et fait pâlir ses joues; quelques rides précoces sillonnaient son front, et dans ses yeux brûlait un feu sombre qu'allumait la passion qui dévorait son cœur. Mais, aux yeux d'une femme, sa pâleur, sa maigreur et l'état maladif de son regard devaient faire paraître le jeune comte de Mediana plus intéressant et plus beau.

Ce visage, dont le soleil et la fatigue avaient ennobli les traits, ne devait-il pas rappeler à dona Rosarita un amour dont elle avait droit de se sentir heureuse et fière? Ne devait il pas raconter énergiquement tant de dangers bravés et s'entourer de la double auréole de la gloire et de la souffrance?

Quant à la physionomie mâle des chasseurs, le soleil, la fatigue, les dangers de toute espèce ne l'avaient en rien altérée. Si le hâle avait pu brunir leur teint, sept mois de plus d'une vie aventureuse dont ils avaient l'habitude n'avaient pas fatigué leurs traits bronzés.

Ils ne témoignèrent aucune surprise lorsqu'ils aperçurent le gambusino; mais une avide curiosité se peignit

dans leurs yeux : un regard de Gayferos la satisfit bientôt, et la joie se répandit aussitôt sur leurs figures. Ce
regard leur disait sans doute que tout allait au gré de
leurs désirs. Fabian fut le seul qui manifesta quelque
étonnement à la vue de son ancien compagnon si près
de l'hacienda del Venado.

« Était-ce donc pour nous précéder ici que vous ve-
niez prendre congé de nous près de Tubac ? demanda-t-il
au gambusino.

— Sans doute ; ne vous l'avais-je pas dit ? répondit
Gayferos.

— Je ne l'avais pas compris ainsi, » reprit Fabian,
qui, sans paraître attacher plus d'importance à tout ce
qui pouvait se dire ou se faire autour de lui, retomba
dans le sombre silence qui lui était devenu habituel.

Gayferos tourna bride, et les quatre voyageurs continuèrent silencieusement leur marche.

Après une heure environ, pendant laquelle Gayferos
et le Canadien échangèrent seuls quelques mots à voix
basse, sans que Fabian, toujours absorbé, y prît garde,
les souvenirs d'un passé qui n'était pas bien éloigné
vinrent s'offrir en foule à la mémoire de trois des cavaliers. Ils traversaient de nouveau la plaine qui s'étendait
au delà du Salto-de-Agua ; puis quelques instants après
ils arrivaient au torrent lui-même, qui grondait toujours entre les pierres de ses berges. Un pont, aussi
grossier que l'ancien, remplaçait celui qu'avaient précipité dans le gouffre les hommes qui dormaient maintenant du sommeil éternel dans ce val d'Or, objet de
leur ambition.

Le Canadien avait mis pied à terre un instant.

« Tenez, Fabian, dit-il, ici se trouvait don Estévan ;
les quatre bandits (j'en excepte cependant ce pauvre
Diaz, l'effroi des Indiens) étaient là. Tenez, voici encore
la trace des pieds de votre cheval, quand il glissa sur ce
rocher en vous entraînant dans sa chute. Ah ! Fabian,

mon enfant, je vois encore l'eau qui bouillonne sur vous, l'écho me semble répéter encore le cri d'angoisse que je poussai. Quel impétueux jeune homme vous étiez alors!

— Et aujourd'hui, dit Fabian souriant tristement, je ne suis donc plus le même?

— Oh! non : vous avez aujourd'hui pris le front mâle et stoïque d'un guerrier indien qui sourit aux tortures du poteau. Devant ces lieux, votre figure est calme, et cependant, j'en suis sûr, les souvenirs qu'ils vous rappellent vous déchirent le cœur; n'est-ce pas, Fabian?

— Vous vous trompez, mon père, reprit Fabian ; mon cœur est comme ce rocher, où, quoi que vous en disiez, je ne vois plus la trace des sabots de mon cheval, et ma mémoire est muette comme l'écho de votre propre voix qu'il vous semble encore entendre. Quand, avant de me laisser retourner vivre à jamais loin des hommes dans le fond des déserts, vous m'avez imposé pour dernière épreuve celle de revoir tous les lieux qui pourraient me rappeler d'anciens souvenirs, je vous l'ai dit, ces souvenirs n'existent plus. »

Une larme vint mouiller les yeux du Canadien ; mais il la cacha en tournant le dos à Fabian pour remonter sur sa mule. Les voyageurs traversèrent le pont de troncs d'arbres.

« Retrouvez-vous ici sur cette mousse, sur cette terre, l'empreinte des pas de mon cheval quand je poursuivais don Estévan et sa troupe? demanda Fabian à Bois-Rosé. Non; les feuilles tombées des arbres dans le dernier hiver l'ont effacée, l'herbe de la saison des pluies a poussé sur elle.

— Ah! si je voulais soulever ces feuilles, écarter ces herbes, je retrouverais ces traces, Fabian, comme si je voulais fouiller les replis de votre cœur....

— Vous n'y retrouveriez rien, vous dis-je, interrompit Fabian avec quelque impatience.... Je me trompe, reprit-il avec douceur, vous y retrouveriez un souvenir d'enfance, un de ceux auxquels vous êtes mêlé, mon père.

— Je vous crois, Fabian, je vous crois, vous qui avez été l'amour de toute ma vie ; mais, je vous l'ai dit, je n'accepterai votre sacrifice que demain à pareille heure, et quand vous aurez tout revu, même cette brèche du mur d'enceinte, que vous avez franchie le cœur et le corps saignant tous deux de leurs blessures. »

Un frisson, semblable à celui du condamné à la vue d'un dernier et terrible instrument de torture, passa dans les veines de Fabian.

Les voyageurs firent halte enfin dans cette partie de la forêt située entre le Salto-de-Agua et l'hacienda, dans la clairière où Fabian avait trouvé le Canadien et l'Espagnol comme des amis que Dieu lui envoyait de l'extrémité du monde.

Cette fois les ombres de la nuit ne couvraient pas ces lieux où régnait le silence des forêts d'Amérique, silence imposant quand le soleil, à son zénith, darde ses rayons ardents comme des lames de fer rougi ; quand la fleur des lianes referme son calice, que la tige de l'herbe s'incline languissamment vers la terre comme pour y chercher la fraîcheur, et que la nature entière, muette et plongée dans la torpeur, semble inanimée. Le mugissement lointain du torrent roulant ses eaux avec fracas était le seul bruit qui troublât à cette heure le calme de la forêt.

Les cavaliers débridèrent et dessellèrent leurs chevaux, qu'ils attachèrent à quelque distance. Comme ils avaient voyagé toute la nuit pour éviter la chaleur du jour, ils avaient résolu de faire leur sieste à l'ombre des arbres.

Gayferos fut le premier qui s'endormit ; l'affection qu'il portait à Fabian était sans alarmes pour l'avenir. Pepe ne tarda pas à l'imiter ; le Canadien seul et Fabian ne fermaient pas l'œil.

« Vous ne dormez pas, Fabian? dit Bois-Rosé à voix basse.

— Non ! mais vous, pourquoi ne prenez-vous pas quelque repos comme nos deux compagnons ?

— On ne dort pas, Fabian, dans les lieux consacrés par de pieux souvenirs, répondit le vieux chasseur. Cet endroit est devenu saint pour moi. N'est-ce pas ici qu'un miracle s'est opéré, quand je vous ai retrouvé au fond de ces bois de l'Amérique, après vous avoir perdu sur l'immensité de l'Océan ? Je croirais être ingrat envers Dieu, si j'oubliais ici, même pour goûter le sommeil qu'il nous ordonne de prendre, tout ce qu'il a fait pour moi.

— Je pense comme vous, mon père, et je vous écoute, répondit le jeune comte.

— Merci, Fabian, merci aussi à ce Dieu qui m'a fait vous retrouver avec un cœur aussi noble qu'aimant. Tenez, voici les traces encore visibles du foyer près duquel j'étais assis ; en voici les tisons, noirs encore, quoiqu'ils aient été lavés par l'eau de toute une longue saison de pluie ; voici l'arbre contre lequel je m'appuyais, le soir du plus beau jour de ma vie ; elle a été embellie par vous : car, depuis que vous êtes redevenu mon fils, chaque jour de mon existence a été un jour de bonheur pour moi, jusqu'au moment où j'ai dû comprendre que ma tendresse pour vous n'était pas celle dont a soif le cœur de la jeunesse.

— Pourquoi revenir toujours sur ce sujet, mon père ? répondit Fabian avec cette douceur résignée, plus poignante que les plus amers reproches.

— Soit ; ne parlons plus de ce qui peut vous être pénible ; nous en reparlerons après l'épreuve à laquelle ''ai dû vous soumettre. »

Le père et le fils, car nous pouvons bien les appeler ainsi, gardèrent de nouveau le silence pour n'écouter que les voix de la solitude. Qui pourrait dire tout ce que ces voix racontent à une âme blessée ?

Le soleil descendait vers l'horizon, un léger zéphyr
caressait de son souffle le feuillage des arbres ; déjà,
voltigeant de branche en branche, les oiseaux repre-
naient leur ramage, les insectes frétillaient sous l'herbe,
le mugissement des bestiaux se faisait entendre dans le
lointain : c'étaient les hôtes de la forêt qui saluaient le
retour de la fraîcheur.

Les deux dormeurs s'éveillèrent.

Après un court et substantiel repas, dont Gayferos
avait apporté les ingrédients de l'hacienda del Venado, les quatre voyageurs attendirent dans le calme et
le recueillement l'heure suprême.

Plusieurs heures s'écoulèrent avant que le ciel d'azur
qui s'élevait au-dessus de la clairière se fût assombri.

Peu à peu cependant la clarté du jour diminuait à
l'approche du crépuscule, et bientôt des milliers d'étoiles brillèrent au firmament, comme autant d'étincelles
semées par le soleil après avoir achevé sa course ; puis
enfin, comme ce soir objet de tant de souvenirs, où
Fabian blessé arrivait au foyer du Canadien, la lune vint
blanchir la cime des arbres et la mousse des clairières.

« Allumerons-nous du feu ? demanda Pepe.

— Sans doute. Quoi qu'il arrive, nous passerons la
nuit ici, répondit Bois-Rosé. N'est-ce pas votre avis,
Fabian ?

— Peu m'importe, répondit le jeune homme ; ici ou
là-bas, ne sommes-nous pas toujours ensemble ? »

Fabian avait compris depuis longtemps, nous l'avons
dit, que le Canadien ne pourrait vivre, même avec lui,
au sein des villes, sans regretter toujours la liberté et
l'air des déserts ; il savait aussi que vivre sans lui serait
plus impossible encore, et il s'offrait généreusement en
holocauste aux dernières années du vieux chasseur.

Bois-Rosé avait-il compris toute l'étendue du sacrifice
de Fabian, et cette larme qu'il avait dérobée le matin
n'était-elle pas une larme de reconnaissance ? Nous li-

rons tout à l'heure plus couramment dans le cœur du Canadien.

Les étoiles marquaient onze heures.

« Partez, mon enfant, dit Bois-Rosé à Fabian. Arrivé près de l'endroit où vous vous êtes séparé d'une femme qui peut-être vous aimait, mettez la main sur votre cœur; si vous ne le sentez pas battre plus vite, revenez, car alors vous aurez vaincu le passé.

— Je reviendrai, mon père, répondit Fabian avec un ton de fermeté mélancolique; les souvenirs sont pour moi comme le souffle du vent, qui passe sans s'arrêter et sans laisser de trace. »

Il se mit en marche à pas lents. Une brise fraîche tempérait les chaudes exhalaisons de la terre. La lune resplendissante éclairait la campagne, au moment où, après avoir laissé l'enceinte de la forêt, Fabian arriva dans ces terrains vagues qui s'étendaient entre elle et le mur de clôture de l'hacienda.

Jusque-là il avait marché d'un pas ferme, quoique lent; mais quand, à travers la vapeur argentée de la nuit, il aperçut le mur blanc au milieu duquel se dessinait la brèche encore ouverte, ses pas se ralentirent et ses jambes tremblèrent sous lui. Était-ce sa prochaine défaite qu'il redoutait? car une voix intérieure lui criait d'avance qu'il était vaincu; ou bien étaient-ce ses souvenirs qui, plus vifs et plus poignants, montaient en ce moment comme un flot de la mer?

Le silence était profond et la nuit claire, quoique vaporeuse. Tout à coup, Fabian s'arrêta en tressaillant, comme le voyageur égaré qui croit voir un fantôme se dresser devant lui. Une forme svelte et blanche semblait se dessiner au-dessus de la brèche du mur d'enceinte. C'était comme une des fées des vieilles légendes du Nord, qui, pour les Scandinaves païens, flottaient au-dessus des brouillards. Pour un chrétien, c'était comme l'ange des premières et des seules amours.

Un instant, cette gracieuse apparition parut se fondre devant Fabian ; mais ce n'était que l'erreur de ses yeux, qui, malgré lui, se couvrirent d'un voile. La vision était toujours à la même place. Quand il eut la force d'avancer, il avança encore ; la vision ne s'évanouit pas.

Le cœur du jeune homme fut au moment de se briser dans sa poitrine ; car une idée horrible traversa son âme ; il pensa qu'il n'avait plus devant lui que l'ombre de Rosarita..... et il eût mieux aimé mille fois la savoir dédaigneuse et impitoyable, mais vivante, que de la voir, morte, lui apparaître comme une ombre gracieuse et bienveillante.

Une voix, dont le timbre délicieux vibra à son oreille comme une note tombée du ciel, ne put dissiper son illusion, car cette voix disait :

« C'est vous, Tiburcio ? Je vous attendais. »

La clairvoyance d'un esprit de l'autre monde ne pouvait-elle pas seule deviner son retour de si loin ?

« Est-ce vous, Rosarita ? s'écria Fabian d'une voix éperdue, ou n'est-ce qu'une vision trompeuse qui va s'évanouir ? »

Et Fabian restait immobile et cloué au sol, tant il redoutait de voir disparaître cette douce image.

« C'est moi, c'est bien moi, dit la voix.

— Oh ! mon Dieu ! l'épreuve sera plus redoutable encore que je n'osais le penser, » se dit Fabian.

Et il fit un pas ; mais il s'arrêta : le pauvre jeune homme n'espérait plus rien.

« Par quel miracle du ciel vous retrouvé-je ici ? s'écria-t-il.

— J'y viens tous les soirs, Tiburcio, » répliqua la jeune fille.

Cette fois Fabian se prit à trembler plus fort d'amour et d'espoir.

Rosarita, nous l'avons vu, lors de sa rencontre avec Fabian, avait préféré s'exposer à mourir plutôt que de lui dire qu'elle l'aimait. Depuis ce temps, elle avait tant souffert, tant pleuré, que cette fois l'amour fut plus fort que la pudeur virginale. La vierge a parfois de ces audaces que leur chasteté sanctifie.

« Approchez, Tiburcio, dit-elle; tenez, voici ma main. »

Fabian ne fit qu'un bond jusqu'à ses pieds, et il pressait convulsivement la main qu'on lui tendait; mais il essaya vainement de parler.

La jeune fille arrêta sur lui un regard de tendresse inquiète.

« Laissez-moi voir combien vous avez changé, Tiburcio, reprit-elle..... Oh! oui, la douleur a laissé sa trace sur votre front, mais la gloire l'a ennobli. Vous êtes aussi brave que beau, Tiburcio; j'ai appris avec orgueil que le danger ne vous a jamais fait pâlir.

— Vous savez, dites-vous? s'écria Fabian; mais que savez-vous?

— Tout, Tiburcio, jusqu'à vos plus secrètes pensées, j'ai tout su, jusqu'à votre présence ici ce soir... Comprenez-vous?... et me voici!

— Avant que j'ose vous comprendre, Rosarita, car, cette fois, une méprise me tuerait sur l'heure, reprit Fabian, que ces mots et l'air de tendresse de la jeune fille avaient troublé jusqu'au fond de l'âme, voulez-vous répondre..... à une question.... si j'ose vous la faire?

— Osez, Tiburcio, reprit tendrement Rosarita, dont la lune éclairait le front chaste et pur; je suis venue ici pour vous entendre.

— Écoutez, dit le jeune comte: il y a six mois, j'ai eu à venger à la fois la mort de ma mère et celle de l'homme qui m'avait servi de père, Marcos Arellanos; car, si vous savez tout, vous savez aussi que je ne suis plus.....

— Vous n'êtes toujours pour moi que Tiburcio, interrompit Rosarita ; je n'ai pas connu don Fabian de Mediana.

— Le malheureux qui allait expier son crime, l'assassin de Marcos Arellanos, Cuchillo, en un mot, demandait grâce de la vie. Je ne pouvais la lui accorder, mais il s'écria : « Je la demande au nom de doña Rosarita, qui vous aime, car j'ai entendu... » Le suppliant était au bord d'un abîme ; j'allais lui pardonner pour l'amour de vous, quand un de mes compagnons le précipita dans le gouffre. Cent fois, dans le calme de la nuit, je me suis rappelé cette voix suppliante, et je me suis demandé, avec angoisse : « Qu'a-t-il donc entendu ? » Je vous le demande à vous, ce soir, Rosarita.

— Une fois, une seule fois ma bouche a trahi le secret de mon cœur ; ce fut ici, à cette même place, quand vous avez quitté notre demeure. Je vous répéterai ce que j'ai dit. »

La jeune fille sembla recueillir ses forces pour oser dire à un homme qu'elle l'aimait et le lui dire en termes clairs, passionnés ; puis son front chaste, resplendissant de cette innocence virginale qui ne craint rien, parce qu'elle ignore tout, se leva sur Tiburcio.

« J'ai trop souffert, dit-elle, d'un malentendu, pour qu'il y en ait encore entre nous ; c'est donc mes mains dans vos mains, mes yeux sur vos yeux, que je vous répéterai ce que j'ai dit. Vous me fuyiez, Tiburcio ; je vous savais loin, je croyais que Dieu seul m'entendait, et je me suis écriée : « Reviens, Tiburcio ! reviens, c'est « toi seul que j'aime ! »

Fabian, frissonnant d'amour et de bonheur, s'agenouilla pieusement devant cette sainte jeune fille, et s'écria d'une voix entrecoupée

« A toi pour toujours, à toi ma vie future ! »

Rosarita poussa un léger cri ; Fabian se retourna et demeura comme frappé de stupeur.

Appuyé tranquillement sur le canon de sa longue ca-

rabine, Bois-Rosé était à deux pas, couvrant d'un re-
regard d'une profonde tendresse le groupe des deux
jeunes gens.

C'était la réalisation de son rêve dans l'îlot de Rio-
Gila.

« Oh! mon père, s'écria douloureusement Fabian,
me pardonnerez-vous d'avoir été vaincu?

— Qui ne l'eût été à votre place, mon Fabian bien-
aimé? dit en souriant le Canadien.

— J'ai trahi mes serments, reprit Fabian; je vous
avais promis de ne plus aimer que vous. Pardon, mon
père.

— Enfant, qui implores un pardon quand c'est à
moi de le demander! dit Bois-Rosé. Vous avez été plus
généreux que moi, Fabian. Jamais lionne qui arrache
son lionceau des mains des chasseurs ne l'a emporté au
fond de sa tanière avec un amour plus sauvage que je
ne vous ai arraché aux habitations pour vous entraîner
dans le désert. J'y étais heureux, parce qu'en vous se
concentraient toutes les affections de mon cœur; j'ai
pensé que vous deviez l'être aussi. Vous n'avez pas murmuré, vous avez sacrifié sans hésiter les trésors de votre
jeunesse. C'est moi qui n'ai pas voulu qu'il en fût ainsi,
et je n'ai encore été qu'égoïste au lieu d'être généreux :
car, si le chagrin vous eût tué, je serais mort aussi.

— Que voulez-vous dire? s'écria Fabian.

— Ce que je veux dire, enfant? Qui a épié votre
sommeil pendant de longues nuits, pour lire sur vos
lèvres les secrets désirs de votre cœur? C'est moi. Qui
a voulu accompagner jusqu'à cet endroit l'homme que
votre intervention m'avait fait sauver des mains des
Apaches? Qui l'a envoyé vers cette belle et gracieuse
jeune fille, savoir s'il y avait dans son cœur un souvenir pour vous? C'est encore moi, mon enfant, car votre
bonheur m'est mille fois plus précieux que le mien.
Qui vous a persuadé de tenter cette dernière épreuve?

C'est toujours moi, qui savais que vous y succombe-
riez ! « Demain, vous disais-je, j'accepterai votre sa-
« crifice ; » mais Gayferos avait lu jusqu'à la page la
plus secrète de l'âme de cette chaste enfant. Que me
parlez-vous de pardon, quand, je vous le répète, c'est
moi qui dois implorer le vôtre? »

Le Canadien, en disant ces mots, tendit les bras à
Fabian qui s'y précipita avec ardeur.

« Oh ! mon père, s'écria-t-il, tant de bonheur m'effraye, car jamais homme ne fut heureux comme moi.

— L'amertume viendra quand Dieu l'aura voulu, dit
solennellement le Canadien.

— Mais vous, qu'allez-vous devenir? demanda Fabian
avec anxiété. Votre éloignement serait-il pour moi la
goutte de fiel mêlée à toute coupe de bonheur?

— A Dieu ne plaise ! mon enfant, s'écria le Canadien.
Je ne puis vivre, il est vrai, dans les villes ; mais cette
demeure, qui sera la vôtre, n'est-elle pas sur la limite
des déserts? N'ai-je pas l'immensité autour de moi? Je
bâtirai avec Pepe.... Holà ! Pepe, dit le chasseur à haute
voix, venez ratifier ma promesse. »

Pepe et Gayferos s'avancèrent à la voix du vieux
chasseur.

« Je bâtirai avec Pepe, reprit-il, une hutte d'écorce
et de troncs d'arbres sur l'emplacement où je vous ai
retrouvé. Nous n'y serons peut-être pas toujours, il est
vrai ; mais, s'il vous prend fantaisie plus tard d'aller revendiquer le nom et la fortune de vos pères en Espagne, ou d'aller un jour à ce vallon que vous savez, vous
retrouverez toujours deux amis prêts à vous suivre jusqu'au bout du monde. Allez, mon Fabian, j'ose espérer
être plus heureux que vous, car je jouirai d'un double
bonheur, du mien.... et du vôtre. »

A quoi bon s'appesantir plus longtemps sur de pa-
reilles scènes? le bonheur est si fugitif, si impalpable,
qu'il ne supporte ni l'analyse ni la description.

« Il ne me reste plus qu'un obstacle maintenant, reprit le chasseur : le père de cette angélique créature.

— Demain il attend son fils, interrompit à voix basse Rosarita, dont la lune éclaira cette fois la rougeur.

— Eh bien ! laissez-moi bénir le mien, » dit le Canadien.

Fabian s'agenouilla devant le chasseur.

Celui-ci ôta son bonnet de fourrure, et levant vers le ciel étoilé ses yeux humides :

« Oh ! mon Dieu, dit-il, bénissez mon fils, et faites que ses enfants l'aiment comme lui-même a aimé son vieux Bois-Rosé. »

. . . .

Le lendemain de ce jour, l'illustre sénateur s'en retournait tristement vers Arispe.

« Je savais bien, se disait-il, que je pleurerais toujours ce pauvre don Estévan. Il me resterait du moins encore de la dot de ma femme un titre d'honneur et un demi-million. Son absence a tout gâté. C'est certainement un grand malheur que don Estévan soit mort. »

Quelque temps après, une hutte d'écorce et de troncs d'arbres s'élevait sur une clairière bien connue du lecteur. Bien souvent Fabian de Mediana y faisait un pieux pèlerinage avec la jeune femme que les doux liens du mariage lui avaient donnée pour compagne.

Plus tard, bien plus tard, un de ces pèlerinages eut-il pout but d'aller réclamer le bras des deux intrépides chasseurs pour une excursion au val d'Or ou un voyage en Espagne? Nous le dirons peut-être un jour ; mais qu'importe? Bornons-nous, pour le moment, à dire que, si le bonheur dans ce monde n'est pas une vaine illusion, on aurait pu en trouver la réalité à l'hacienda del Venado, près de Fabian et du COUREUR DES BOIS.

FIN

TABLE DES CHAPITRES

DU SECOND VOLUME.

FIN DE LA TABLE DU SECOND VOLUME.

CORBEIL. Typ. et stér. CRÉTÉ.